LES ÉLUS

Veronica Roth

Les Élus

Traduit de l'anglais (États-Unis)
par Anne Delcourt

Michel Lafon

De la même autrice

La Fin et autres commencements

Série marquer les ombres

Série divergente
Divergente 1
Divergente 2 : *L'Insurrection*
Divergente 3 : *Au-delà du mur*
Divergente par Quatre – Édition augmentée

Titre original : *The Chosen Ones*

118, avenue Achille-Peretti – CS 70024
92521 Neuilly-sur-Seine Cedex

www.michel-lafon.com

À Chicago,
la ville qui tient bon

PREMIÈRE PARTIE

CHICAGO
0 MILE 1/2
0 MÈTRES 500
Lac Michigan
Vers Uptown
Hôtel Drake
Franklin St.
Wells St.
LaSalle St.
Dearborn St.
State St.
Wabash Ave.
Michigan Ave.
Branche nord de la rivière Chicago
Monument de la Décennie
Lieu de la défaite de l'Obscur
Pont de Wabash Avenue (Pont Irv Kupcinet)
Wacker Dr.
Thompson Center
Randolph St.
Wacker Dr.
Franklin St.
LaSalle St.
Willis Tower
Gare Union Station
Institut d'art de Chicago
Van Buren St.
LaSalle St.
Dearborn St.
State St.
Wabash Ave.
Michigan Ave.
Wells St.
Clark St.
State St.
Columbus Dr.
Lake Shore Dr.
Crématorium
Branche sud de la rivière C
Vers Bridgeport
Vers Hyde Park

Extrait du :

Stand-up de l'humoriste Jessica Krys

(Laugh Factory, Chicago, 20 mars 2011)

J'ai une question : comment on a fait pour choisir un nom aussi débile que l'« Obscur » ? Le type débarque de nulle part dans une espèce de nuage de fumée, dépèce littéralement les gens – par la seule force de son esprit, à ce qu'il paraît –, recrute une armée de sbires, rase des villes entières, provoque des destructions qui dépassent tout ce que l'humanité avait pu subir jusque-là… et on n'a pas inventé mieux que l'« Obscur » ? Pourquoi pas le nom du voisin d'en face chelou qui vous mate toujours deux secondes de trop dans l'ascenseur, tant qu'on y était ? Vous savez, celui qui a toujours les mains moites ? Tim. Son nom, c'est Tim.

Personnellement, j'aurais plutôt choisi un truc du genre « Présage d'Apocalypse sous forme humaine » ou « Putain de cauchemar de machine à tuer ». Manque de bol, personne n'a pensé à me demander.

Extrait de :
L'Obscur et l'émergence de la magie moderne
par le Pr Stanley Wiśniewski

Bien sûr, certains argueront que la force largement inexpliquée que nous appelons informellement « magie » a toujours existé sur la Terre sous une forme ou une autre. Des légendes remontant aux premiers temps connus de l'histoire de l'humanité évoquent déjà des phénomènes surnaturels, des *mágoi* d'Hérodote qui interprétaient les vents jusqu'à Djédi, magicien de l'Égypte ancienne qui ressuscitait des animaux décapités, comme le raconte le papyrus Westcar. *A priori*, ces récits font partie intégrante de presque toutes les grandes religions, de Jésus–Christ changeant l'eau en vin aux pratiques vaudoues en Haïti, sans oublier la lévitation des moines bouddhistes theravàda dont parle le Dirgha Agama, bien que les praticiens eux-mêmes ne considèrent pas ces accomplissements comme magiques.

Ces histoires, grandes et petites, se retrouvent dans toutes les cultures, en tous lieux et en tous temps. Jusqu'à récemment, les savants pouvaient encore argumenter qu'il est dans la nature humaine d'inventer des histoires pour expliquer l'inexplicable, pour magnifier les phénomènes perçus comme plus grands que l'homme. Jusqu'à l'apparition de l'Obscur et, avec lui, des Vortex – ces catastrophes atrocement dévastatrices qui défiaient toute explication malgré les tentatives acharnées des scientifiques. Peut-être, finalement, n'y a-t-il rien de vrai dans les légendes de l'Antiquité. À moins qu'il ait toujours existé une force supranormale, une énergie mystérieuse qui s'infiltre dans notre monde.

Quelle que soit la théorie envisagée, une chose est sûre : aucune « magie » ne fut jamais aussi évidente ni puissante que les Vortex que l'Obscur a jetés sur l'humanité. L'objet de notre article est d'explorer différentes hypothèses pour expliquer ce phénomène. En d'autres termes, pourquoi *aujourd'hui* ? Quel concours de circonstances a permis la venue de l'Obscur ? Quel but poursuivait-il, avant d'être contrecarré par nos cinq Élus ? Quel impact a-t-il eu sur notre planète depuis sa mort ?

SLOANE ANDREWS S'EN BALANCE (SI, SI, JE VOUS JURE)

par Rick Lane (Magazine *Trilby*, 24 janvier 2020)

Je n'aime pas Sloane Andrews. Ce qui ne veut pas dire que je refuserais de me la taper.

On s'est donné rendez-vous dans un coffee shop près de chez elle, l'un de ses repaires habituels – à ce qu'elle prétend. Curieusement, le barista n'a pas l'air de la reconnaître, ni comme cliente régulière ni comme l'une des cinq ados qui ont fait tomber l'Obscur il y a dix ans. Même si son visage n'était pas mondialement célèbre, ne pas la remarquer relèverait de l'exploit, Sloane Andrews étant une de ces filles sublimes à la beauté saine et naturelle qui donnent envie de les bousculer un peu. Si elle s'est maquillée, ça ne se voit pas ; c'est une pub vivante pour cosmétiques, grands yeux bleus limpides et peau sans défaut. Elle porte une casquette des Cubs de Chicago dans laquelle elle a coincé sa longue queue-de-cheval, un tee-shirt gris qui la moule juste là où il faut, un jean déchiré qui met en valeur de longues jambes fuselées, et des baskets. Le genre de tenue qui affiche qu'elle n'en a rien à cirer des fringues, ni même du long corps mince et tonique glissé dedans.

Eh bien, je la crois. Je n'ai aucun mal à croire qu'elle se fout totalement de tout, en particulier de me rencontrer. Au départ, elle ne voulait même pas m'accorder cette interview. Elle n'a soi-disant accepté que parce que Matthew Weekes, son petit ami et autre Élu, lui a demandé de soutenir le lancement de son livre, *L'Élu cherche sa voie* (à paraître le 3 février 2020).

Lors de nos premiers échanges à propos de cette interview, elle ne savait pas trop où on pourrait se rencontrer. Tout Chicago a beau connaître son adresse – à Uptown, dans le nord de la ville, à quelques pâtés de maisons de Lake Shore Drive –, elle a refusé tout net de me laisser entrer chez elle.

« Je ne quitte jamais mon quartier. Je ne peux pas le faire sans qu'on m'accoste. Si vous ne voulez pas être obligé de me suivre au pas de course, c'est le Java Jam ou rien. »

Comme j'avais quelques doutes sur ma capacité à prendre des notes en faisant du jogging, OK pour le Java Jam.

Son café commandé, elle ôte sa casquette et ses cheveux se répandent autour de son visage comme si elle tombait à la renverse sur un lit. Quelque chose dans ses traits – peut-être ses yeux, un peu trop rapprochés, ou sa façon de pencher vivement la tête sur le côté quand ce qu'on dit ne lui plaît pas – lui donne un air d'oiseau de proie. D'un simple regard, elle a inversé le rapport de force et c'est moi qui me retrouve sur la défensive. Tandis que j'hésite sur ma première question, alors que la plupart des gens souriraient pour me mettre à l'aise, Sloane se contente de me fixer.

– C'est bientôt le dixième anniversaire de votre victoire sur l'Obscur. Comment vous vous sentez ?

– Comme une survivante.

Le ton est tranchant, un peu agressif.

– Pas de sentiment de triomphe ?

– Question suivante.

C'est là que je percute : je ne l'aime pas. Cette fille a sauvé des milliers – des *millions* de vies. Dont la mienne, sans doute. À treize ans, elle a été désignée par une prophétie comme l'une des cinq jeunes destinés à vaincre un être tout-puissant d'une nature purement maléfique. Elle a survécu à plusieurs affrontements avec l'Obscur – y compris un bref enlèvement dont elle n'a jamais voulu parler – et en est sortie saine et sauve à dix-huit ans, superbe et au sommet de la gloire. Cerise sur le gâteau, elle est en couple avec Matthew Weekes, golden boy et Élu parmi les Élus, globalement considéré comme « peut-être bien le gars le plus gentil de la Terre ». Il n'empêche que je n'aime pas Sloane.

Et elle s'en fout comme de sa première chemise.

C'est précisément ce qui me donne envie de coucher avec elle. Comme si, en la mettant dans mon lit, je pouvais la forcer à ressentir quelque chose. Elle fait de moi un mâle alpha, un chasseur résolu à capturer cette proie insaisissable et à arborer sa tête dans son salon comme un trophée. C'est peut-être pour ça que les gens l'accostent partout où elle va : non parce qu'ils l'aiment, mais parce qu'ils *veulent* l'aimer, la rendre aimable.

Lorsqu'elle pose son mug, mes yeux tombent sur la cicatrice qui traverse tout le dos de sa main droite, large, noueuse, en dents de scie. Sloane n'a jamais dit comment elle l'avait eue et ne me l'avouera pas davantage, mais je me dois de lui poser la question.

– Coupure de feuille de papier.

Je ris, supposant que c'est censé être une blague. Puis je lui demande si elle va aller à l'inauguration du monument de la Décennie, une œuvre d'art érigée sur le lieu de la défaite de l'Obscur, et elle me répond que ça fait partie du taf, comme si elle parlait d'un boulot derrière un bureau et non d'un destin.

– Ça n'a pas l'air de vous emballer.

– Mince, ironise-t-elle. Qu'est-ce qui m'a trahie ?

Avant l'interview, j'ai demandé à quelques amis ce qu'ils pensaient d'elle, pour me faire une idée de la façon dont le citoyen lambda perçoit Sloane Andrews. L'un d'eux m'a répondu qu'il ne l'avait jamais vue sourire. En la regardant, je me demande soudain si ça lui arrive. Je me le demande même à voix haute, histoire de voir comment elle va réagir.

Pas très bien, en fait.

– Vous me poseriez cette question si j'étais un mec ?

Je me dépêche de passer à autre chose. Cette interview est moins une conversation qu'un jeu de Déminage. La tension monte à chaque case sur laquelle je clique, chacune augmentant les risques de faire sauter une mine. Je clique sur une autre en demandant si cette période de l'année fait remonter des souvenirs.

– J'essaie de ne pas y penser, me répond-elle. Ou ma vie ressemblerait à un putain de calendrier de l'Avent. Pour chaque jour, il y a un petit chocolat « l'Obscur » sous une forme ou une autre, et ils ont tous un goût dégueulasse.

Je continue de cliquer en demandant s'il y a de bons souvenirs.

– Eh bien, on était tous amis et on le restera toujours. Quand on se retrouve, on communique presque exclusivement en *private jokes*.

Ouf. Apparemment, je peux m'aventurer sans trop de danger sur le sujet des quatre autres : Esther Park, Albert Summers, Ines Mejia et, bien sûr, Matthew Weekes.

Là, enfin, on trouve le bon rythme. Les dénommés « Élus » se sont rencontrés en 2006 et ont très vite sympathisé, Matt endossant spontanément le rôle de chef.

– C'est dans sa nature, me dit-elle, d'un ton qui donnerait presque l'impression que ça l'agace. C'est le gars qui prend toujours les choses en main, les responsabilités. Il nous obligeait à nous poser les bonnes questions.

Curieusement, dans un premier temps, elle s'était rapprochée d'Albie.

– C'est quelqu'un de posé, m'explique-t-elle, en le présentant clairement comme un compliment. Chacun de nous avait perdu son père et un frère – ça faisait partie de la prophétie –, mais mon frère à moi venait tout juste de mourir et j'avais besoin de calme. Sans compter que l'Alberta, c'est un peu comme le Midwest.

Albert et Ines vivent ensemble à Chicago – dans une relation platonique, Ines étant lesbienne – et Esther est retournée vivre l'an dernier à Glendale, en Californie, pour s'occuper de sa mère malade. Sloane me dit que son départ a été dur pour eux tous, mais qu'ils restent en contact par le biais du compte Instagram d'Esther (très actif *et* très populaire), qui ne laisse rien ignorer des détails de sa vie.

– Que pensez-vous du mouvement « Tous Élus », apparu il y a quelques années ?

Je fais allusion à un groupe restreint mais très militant, qui insiste sur la participation des quatre autres Élus dans la victoire sur l'Obscur, par opposition au rôle prédominant généralement attribué à Matthew Weekes.

Sloane ne mâche pas ses mots :

– J'appelle ça du racisme.

– Certains estiment que le fait de placer Matthew au-dessus des autres est une forme de sexisme.

– Ce qui est sexiste, c'est de ne pas écouter ce que je dis en sous-entendant que je ne sais pas de quoi je parle. Je pense que Matthew est le véritable Élu. Je n'ai pas arrêté de le répéter. Pas la peine de le rabaisser pour essayer de me mettre en valeur.

Je passe ensuite des Élus à l'Obscur, et là, ça dérape. Je demande à Sloane pourquoi il semble s'intéresser plus particulièrement à elle. Elle me fixe en continuant à siroter son café et sa main tremble lorsqu'elle repose son mug. Puis elle remet sa casquette sur sa magnifique chevelure décoiffée version « je viens de m'envoyer en l'air », et déclare :

– On a terminé.

Et ce n'est pas une façon de parler, parce qu'elle est déjà dehors. Jetant un billet de dix sur la table, je la poursuis, décidé à ne pas lâcher l'affaire. Ai-je mentionné que Sloane Andrews réveille mes instincts de chasseur ?

– J'ai signalé *un* sujet interdit, me lâche-t-elle sèchement. Ça vous est sorti de la tête ?

Elle est rouge de fureur, et radieuse, mi-dominatrice mi-sournoise, une sorte de chat sauvage crachant sa colère. Dire que j'ai attendu tout ce temps pour la faire sortir de ses gonds, alors que j'aurais pu m'offrir ce spectacle dès le début.

Le sujet interdit était, bien sûr, tout ce qui a trait à sa relation avec l'Obscur. Je lui fais observer qu'elle ne devait pas s'attendre à ce que je me résigne à l'éviter. C'est ce qu'il y a de plus intéressant sur elle.

Elle me regarde comme si j'étais un déchet échoué dans le caniveau, me dit d'aller me faire voir et traverse au milieu de la circulation pour m'échapper. Cette fois, je la laisse partir.

1

Le Vortex présentait chaque fois le même spectacle, avec tous ces gens qui fuyaient l'énorme nuage noir du chaos en hurlant de terreur, sans jamais courir assez vite. Balayés par le tourbillon, ils se faisaient écorcher vifs et leurs corps explosaient dans un jaillissement de sang comme des moustiques écrasés. Une horreur.

Sloane était toujours debout, pantelante. *Calme-toi.* Elle recroquevilla ses orteils. Le sol était froid chez l'Obscur, et il lui avait pris ses boots. Il lui aurait fallu un objet lourd ou pointu, mais c'était beaucoup demander. Elle n'avait jamais été chanceuse *à ce point.*

Elle ouvrit violemment tous les tiroirs, tomba sur des cuillères, des fourchettes, des spatules. Une poignée d'élastiques. Des pinces à linge. Pourquoi lui avait-il pris ses boots ? Quelle menace pouvait représenter une paire de Doc Martens pour un tueur en série ?

Salut, Sloane, murmura-t-il à son oreille. Réprimant un sanglot, elle ouvrit un nouveau tiroir dans lequel elle trouva une batterie de couteaux. Elle était en train de sortir du bloc le couteau à viande lorsqu'elle entendit un craquement derrière elle, la pression d'un pas.

Sloane fendit l'air de sa lame en faisant volte-face, un peu freinée par l'adhérence du linoléum.

– Merde, arrête !

Matthew lui bloqua le poignet et ils se fixèrent un moment, figés en plein mouvement.

Sloane se remit à respirer en revenant lentement à la réalité. Elle n'était pas chez l'Obscur, ni dans le passé, mais dans l'appartement qu'elle partageait avec Matthew.

– Oh ! non…, souffla-t-elle.

Elle lâcha le couteau qui tomba avec un tintement en rebondissant à leurs pieds. Matt posa les mains sur ses épaules.

– Tu es là ?

Il lui avait posé cette question des centaines de fois. Bert, leur formateur, avait classé Sloane dans la catégorie des loups solitaires et lui avait rarement demandé de se joindre aux autres, que ce soit pour l'entraînement ou les missions. « Laisse-la faire ses trucs, avait-il dit à Matt lorsque celui-ci s'était affirmé comme leader du groupe. Ça donnera de meilleurs résultats. » Et Matt l'avait écouté, ne venant la voir qu'en cas de nécessité.

« Tu es là ? » Au téléphone, ou dans un murmure au milieu de la nuit, ou en la fixant droit dans les yeux, quand quelque chose la faisait dérailler. Au début, elle l'avait mal pris. « Évidemment que je suis là, où veux-tu que je sois, bordel ? » Maintenant, elle lui donnait un autre sens. Il avait compris une chose sur elle que les autres n'avaient jamais pu admettre : la réponse n'était pas toujours *oui*.

– Ouais.

– OK. Bouge pas, je vais te chercher ton médicament.

Sloane s'appuya sur le comptoir en marbre. Le couteau était toujours à ses pieds, mais elle n'osait pas le toucher. Elle se contenta d'attendre en respirant profondément, les yeux rivés sur la tache grise au mur qui lui évoquait toujours le profil d'un vieux bonhomme.

Matt revint avec une petite pilule jaune et le verre d'eau qu'elle gardait sur sa table de chevet. Elle les prit d'une main tremblante et avala avidement la pilule. Ah, le calme rassurant des benzodiazépines ! Un jour où elle avait bu avec Ines, elles avaient composé une ode à la gloire de ces petites pilules, de leurs jolies couleurs, de leurs précieuses propriétés et de leur rapidité d'action.

Elle posa son verre et se laissa glisser à terre. Elle sentit le froid du carrelage à travers son pantalon de pyjama – celui avec des petits chats aux yeux laser – mais la sensation l'aida à s'ancrer, cette fois. Matt, en caleçon, s'assit à côté du frigo.

– Écoute, commença-t-elle.

– Tu n'as pas besoin de le dire.

– T'as raison, j'ai failli te poignarder, pas la peine de m'excuser.

Le regard de Matt était doux et inquiet.

– Ce qui compte, c'est comment tu te sens.

Qu'est-ce qu'ils disaient de lui, déjà, dans le journal *people* ? Ah ! oui, que c'était « peut-être bien le gars le plus gentil de la Terre ». Au moins, sur ce point, elle était d'accord avec Rick Lane, Super-Relou 2.0. Si l'air d'empathie perpétuelle de Matt tenait en partie à ses sourcils rapprochés, il n'en était pas moins sincère.

Il ramassa le couteau qui gisait par terre près de la cheville de Sloane. L'ustensile était presque aussi long que son avant-bras.

– Je sais que tu ne veux pas m'en parler, reprit-il. Mais tu pourrais essayer avec quelqu'un d'autre ?

– Comme qui ?

– Le docteur Novak, par exemple. On a fait une intervention avec elle au centre de détention pour mineurs, tu te rappelles ? Elle travaille avec des vétérans.

– Je ne suis pas un soldat.

– Non, mais elle sait ce que c'est que l'ESPT.

Sloane n'avait pas eu besoin de se faire diagnostiquer pour savoir qu'elle souffrait d'un état de stress post-traumatique. Mais ça faisait bizarre d'entendre Matt le formuler avec autant de naturel, comme s'il parlait d'une grippe.

Elle haussa les épaules.

– OK. Je l'appelle demain.

– N'importe qui aurait besoin d'un suivi après avoir subi ce qu'on a vécu, ajouta Matt. Ines l'a fait, d'ailleurs.

– Ouais, et elle continue à truffer son appart d'objets piégés comme si elle vivait dans *Maman, j'ai raté l'avion*.

– J'avoue, mauvais exemple.

L'éclairage cru de l'escalier extérieur qui se déversait par la fenêtre teintait la peau sombre de Matt en jaune orangé.

– Toi, tu n'en as pas eu besoin, observa-t-elle.

– Où tu crois que j'allais chaque fois que je disparaissais, l'année qui a suivi la mort de l'Obscur ?

– Tu disais que tu allais chez le médecin.

– Quel genre de médecin voit son patient une fois par semaine pendant des mois ?

– Qu'est-ce que j'en sais, moi ? J'ai cru que tu avais un problème de… (Elle désigna vaguement son entrejambe.) De mec, quoi.

Il se marrait.

– Attends. Tu as cru que j'avais je ne sais quel problème gênant qui nécessitait plus de vingt rendez-vous médicaux… et tu n'as pas cherché à en savoir plus ?

Elle réprima un sourire.

– Ça te déçoit, on dirait.

– Non, non, ça m'épate.

Quand elle l'avait connu, il avait treize ans, il était maigre comme un clou, tout en angles, avec des membres interminables, et il avait déjà le même sourire.

Elle avait craqué pour lui à cinq ou six reprises avant de prendre conscience qu'elle était amoureuse : quand il hurlait des ordres par-dessus le rugissement du souffle d'un Vortex pour les maintenir tous en vie ; lorsqu'il restait éveillé avec elle durant les longs trajets à travers le pays, alors que tous les autres dormaient ; lorsqu'il appelait sa grand-mère et que sa voix se faisait toute douce. Il ne laissait jamais tomber personne.

– J'y suis déjà allée, en fait, reprit-elle. Voir un psy. Pendant quelques mois, quand on avait seize ans.

– Ah bon ? Tu ne m'en as jamais parlé.

Il y avait beaucoup de choses dont elle n'avait jamais parlé, ni à lui ni à personne.

– Je ne voulais pas vous inquiéter. Et comme c'est toujours le cas, je préférerais que tu ne le dises pas aux autres, s'te plaît. Je ne tiens pas à lire ça dans un article d'*Esquire* sous le gros titre « Rick Lane vous l'avait bien dit ».

– Pas de problème.

Matt glissa ses doigts entre les siens.

– On devrait aller dormir. On se lève dans quatre heures pour l'inauguration.

Elle hocha la tête, mais ils attendirent encore un peu, le temps que la pilule fasse effet et que Sloane cesse de trembler. Puis Matt rangea le couteau, l'aida à se lever et ils retournèrent se coucher.

TOP SECRET

AGENCE DE RECHERCHE ET D'INVESTIGATION SUR LES PHÉNOMÈNES SUPRANORMAUX

4 octobre 2019

À Mme Sloane Andrews

[redacted]

Référence : H-20XX-74545

Chère Madame Andrews,

Le 13 septembre 2019, le Bureau du Coordonnateur de l'accès à l'information et de la protection des données personnelles a reçu votre demande d'accès à des données personnelles relatives au projet Sosie, datée du 12 septembre 2019, dans le cadre de la loi d'accès à l'information (FOIA).

Un certain nombre des dossiers demandés demeurent classifiés. Cependant, en raison de vos années effectuées au service du gouvernement des États-Unis, nous vous accordons l'accès à la totalité de ces documents, à l'exception de ceux protégés par le plus haut niveau de classification. Les recherches effectuées dans notre base de données nous permettent de mettre à votre disposition les documents ci-joints, équivalant à un total de cent vingt pages, dont nous espérons qu'ils répondront à votre requête. Ces documents sont sans frais.

Bien respectueusement,

Mara Sanchez

Coordonnatrice de l'accès à l'information et de la protection des données personnelles.

TOP SECRET

2

Quand son réveil sonna le lendemain, le premier geste de Sloane fut de reprendre une pilule jaune. Elle allait en avoir besoin : elle assistait, le matin, à l'inauguration du monument de la Paix érigé à la mémoire des victimes de l'Obscur et, le soir, au gala des Dix Ans.

La ville de Chicago avait commandé la réalisation du monument à un certain Gerald Frye. À en juger par sa note d'intention, l'artiste s'était considérablement inspiré de l'œuvre du minimaliste Donald Judd. Le résultat était une boîte en métal grosse comme une chambre standard, plantée au centre d'un espace vide au milieu de la ville. Occupant l'emplacement du gratte-ciel disgracieux qui se dressait autrefois au milieu du Loop, au bord de la rivière, elle semblait minuscule en comparaison des hautes tours qui l'encerclaient.

La voiture les déposa à côté du monument, qui brillait de mille feux sous le soleil.

Matthew avait pris un chauffeur pour qu'ils n'aient pas à chercher où se garer, ce qui se révéla une bonne idée : la ville grouillait de monde et il fallait klaxonner toutes les cinq minutes pour que la foule cède le passage à la Lincoln. Et encore, les gens attendaient de sentir la chaleur du moteur sur leurs mollets pour s'écarter.

Lorsqu'ils furent à proximité, un agent de police laissa la voiture franchir une barrière et ils parcoururent le dernier tronçon dans une rue dégagée. Sloane sentait son pouls battre sur sa tempe, à la limite de la migraine. À l'instant où Matt descendrait du véhicule, les gens les reconnaîtraient. Ils brandiraient leurs portables pour les prendre en vidéo. Ils réclameraient des autographes en tendant des photos, des cahiers ou leurs bras par-dessus les barrières. Ils hurleraient leurs noms, ils pleureraient et se pousseraient pour s'approcher.

Sloane aurait voulu faire demi-tour. Prenant sur elle, elle essuya ses paumes sur sa robe, inspira lentement et posa la main sur l'épaule de Matt. La voiture s'arrêta et il ouvrit la portière.

En sortant derrière lui, elle fut accueillie par un mur de bruit. Matt se tourna vers elle pour lui glisser gentiment à l'oreille :

– N'oublie pas de sourire.

Beaucoup d'hommes lui avaient demandé ça, mais c'était toujours pour exercer une sorte de pouvoir sur elle. Matt, lui, essayait simplement de la protéger. Son sourire était l'arme qu'il brandissait contre les formes de racisme insidieuses, du genre qui poussait certains à le suivre d'un œil suspicieux dans les boutiques avant de réaliser qui il était, à supposer qu'il avait grandi dans un quartier difficile plutôt que dans l'Upper East Side, ou à insister sur l'idée que le monde avait été sauvé par Sloane et Albie sans que Matt, Esther et Ines n'aient aucun mérite. Ce racisme-là filtrait à travers des silences, des hésitations, des blagues blessantes et des gestes maladroits.

Il pouvait aussi prendre des formes plus violentes, mais les sourires n'étaient pas de taille contre celles-là.

Matt se dirigea vers les gens qui brandissaient des photos, des livres ou des articles de presse derrière la barrière. Il sortit un feutre noir de sa poche et les signa d'un rapide « MW », en créant un jeu de miroir entre ses deux initiales. Sloane l'observa à distance, oubliant un instant le tumulte environnant. Il se pencha pour faire un selfie avec une femme rousse, en lui montrant comment passer son portable en capteur frontal. Partout où il allait, les gens lui offraient des petits bouts d'eux-mêmes, soit en lui exprimant leur gratitude, soit en lui parlant de proches que l'Obscur leur avait pris. Il les écoutait tous.

Au bout de quelques minutes, Sloane le rejoignit et lui toucha le bras.

– Désolée, Matt, on va devoir y aller.

Les gens la sollicitaient aussi, bien sûr, agitant des exemplaires de l'article de *Trilby* qui affichait son portrait en pleine page en face des conneries sexistes de Rick Lane. Certains criaient son nom. Elle les ignora, comme toujours. Là où Matt se protégeait par la générosité, la gentillesse, la délicatesse, Sloane avait pris pour armes sa haute taille, le détachement et un affect déconnecté.

Les yeux de Matt se posèrent sur un groupe de jeunes Noirs en uniforme scolaire. L'une des filles était coiffée de très fines tresses aux extrémités nouées par des perles, qu'elle faisait cliqueter en trépignant d'excitation. Elle tenait un porte-bloc à pince qui ressemblait (encore) à une pétition.

– Juste une seconde, dit Matt à Sloane en s'approchant du groupe.

Elle lui pardonna de l'avoir ignorée dès qu'elle le vit prendre une posture plus détendue, les épaules relâchées.

– Salut, dit-il à la fille avec un sourire lumineux.

Sloane eut un petit coup au cœur. Il y avait chez lui des zones auxquelles elle n'accéderait jamais, un langage qu'il ne partagerait jamais avec elle, parce qu'il en perdait le lexique en sa présence.

Elle décida d'avancer sans lui. Après tout, ça n'avait pas d'importance s'il arrivait en retard à la cérémonie. On l'attendrait.

Elle parcourut l'étroit passage que la police avait ouvert dans la foule et se dirigea vers le podium dressé en face de la grosse boîte métallique qui trônait au milieu de l'espace vide.

– Slo !

Esther lui faisait signe depuis le podium, perchée sur des talons de quinze centimètres, en pantalon de cuir et chemisier blanc juste assez ample pour être élégant. De loin, son visage ne semblait pas maquillé – mais plus Sloane approchait, plus elle distinguait que l'éclat de son teint parfaitement lisse résultait d'une superposition de fond de teint, de correcteur, de poudre, d'enlumineur, de blush, et allez savoir quoi.

Sloane sentit sa poitrine s'alléger d'un poids. Les choses n'étaient plus les mêmes depuis qu'Esther était repartie s'occuper de sa mère en Californie. Elle monta les marches en s'appuyant au bras d'un vigile et serra son amie contre elle.

– Jolie robe, approuva Esther. C'est Matt qui l'a choisie ?

– Je suis assez grande pour choisir mes vêtements moi-même. Comment… ?

Mais avant que Sloane ait pu lui demander des nouvelles de sa mère, Esther avait sorti son portable pour prendre un selfie.

– Non.

– Slo, allez ! Je veux une photo de nous deux !

– Non, tu veux une photo de nous deux pour la montrer à des millions de gens sur Instagram.

– Je la prendrai de toute façon. Pas la peine de nourrir toutes ces rumeurs qui te confondent avec le Grinch, ironisa Esther.

Sloane leva les yeux au ciel, plia les genoux et pencha la tête vers l'appareil. Elle parvint même à esquisser un semblant de sourire.

– Seulement une, hein ? Ce n'est pas pour rien que je boycotte les réseaux sociaux.

– Ouais, ouais, on le sait que tu es *différente* et *authentique* et blablabla, fit Esther en agitant la main. T'inquiète, je vais te dessiner une moustache.

– Ce sera parfait pour le dixième anniversaire d'une bataille sanglante.

– OK, je toucherai à rien ! On ne peut jamais rigoler avec toi.

C'était un vieux débat entre elles. Elles rejoignirent Ines et Albie, assis en bordure du podium dans des costumes noirs presque identiques. Celui d'Ines avait des revers un peu plus larges et la cravate d'Albie tirait davantage sur le bleu.

– Où est Matt ? demanda Ines.

– Sa Majesté s'attarde auprès de ses sujets, répliqua Esther.

Sloane se retourna. Il discutait toujours avec l'ado à tresses, le front plissé, hochant la tête à ses paroles.

– Il va arriver, assura-t-elle.

Albie avait le regard vitreux, sans doute parce qu'il se levait rarement avant dix heures et qu'il n'était que huit heures.

– Je t'ai gardé une place, Slo, lui dit-il en tapotant la chaise voisine de la sienne.

Elle s'assit en ramenant les jambes sous son siège, chevilles croisées, comme sa grand-mère lui avait appris. « Tu tiens vraiment à montrer ta culotte à tout le monde ? Non ? Eh ! bien, croise les jambes, bon sang, ma fille ! »

– Ça va ?

– Bof, lui répondit Albie. Scoop !

Elle lui adressa un demi-sourire.

– Salut, les jeunes !

Un homme traversait le podium en costume anthracite et chemise bleu poudré, cheveux poivre et sel soigneusement coiffés en arrière. Et ce n'était pas n'importe qui : John Clayton, maire de Chicago, élu sur la base d'une campagne sur le thème du « candidat un peu moins corrompu que celui d'en face », le leitmotiv de la politique à Chicago ces dernières années. Il aurait également pu concourir pour le titre de l'homme le plus insipide de la Terre.

– Merci d'être venus, dit-il en leur serrant la main.

Matt les rejoignit juste à temps pour que le maire le salue à son tour.

– Je vais faire un petit discours et ensuite, vous pourrez traverser le monument tous ensemble. Pour un genre de bénédiction, vous voyez ? Après ça, on vous libérera ! Ah, et on va sûrement nous demander de poser pour des photos. On règle ça tout de suite ? OK, allons-y.

Le maire était déjà en train de faire signe au photographe, qui les fit prendre place devant le monument avec Matt au milieu, une main au creux des reins de Sloane. Celle-ci se demandait si elle était censée sourire à l'occasion du dixième anniversaire de la défaite de l'Obscur. Cette date serait un jour de fête pour toute la planète. Y compris la ville de Chicago, qui avait été l'une des plus durement touchées. L'eau de la rivière serait teintée de bleu, la bière coulerait à flots dans le quartier de Wrigleyville et le métro aérien ne serait plus qu'une muraille humaine. Cette joyeuse ambiance ferait du bien aux gens. Sloane y avait même participé les premières années, mais elle avait de plus en plus de mal. On lui avait pourtant assuré que le temps arrangerait les choses. Or l'explosion de joie et de triomphe qui avait suivi la chute de l'Obscur s'était estompée et il ne lui restait plus qu'un sentiment d'insatisfaction tenace, et la conscience du prix exorbitant qu'avait coûté cette victoire.

Elle posa sans sourire, puis se rassit à côté d'Albie tandis qu'Esther expliquait au maire le principe des vidéos Boomerang. Matt parlait avec la femme du maire, qui lui demandait s'il serait libre pour assister à l'inauguration d'une nouvelle bibliothèque à Uptown, et Ines faisait tressauter sa jambe, plus survoltée que jamais. Albie pressa la main de Sloane.

– Bon, ben, joyeux anniversaire, lui dit-elle.

– Ouais. Joyeux anniversaire à toi aussi.

TOP SECRET

MÉMORANDUM N° 70 D'ACTION DE SÉCURITÉ NATIONALE

À : ARIS (Agence de recherche et d'investigation sur les phénomènes supranormaux)

OBJET : Catastrophe inexpliquée de 2004

En approuvant le rapport d'événements de la réunion du Conseil de sécurité nationale du 2 février 2005, le Président a demandé une analyse de la catastrophe de 2004 en vue d'identifier un éventuel schéma commun. Ces événements demeurant à ce jour inexpliqués par les moyens conventionnels, cette tâche est confiée à l'ARIS.

En conséquence, il vous est demandé de procéder à cette analyse dans les plus brefs délais, afin d'en présenter les résultats préliminaires lors de la prochaine réunion du Conseil de sécurité nationale. Vous trouverez ci-joint les articles archivés par le Conseil de sécurité nationale concernant les événements susnommés.

Shonda Jordan

TOP SECRET

Chillicothe Gazette

LE GRAND FLOU DES RAPPORTS OFFICIELS SUR LA TRAGÉDIE DE TOPEKA

par Jay Kaufman

TOPEKA, LE 6 MARS

Selon les derniers décomptes, le nombre de victimes de la catastrophe qui a frappé Topeka (Kansas) le 5 mars 2004 s'élève à 19 327. Or nul ne semble en mesure d'expliquer ces pertes considérables (du moins, nul ne s'est manifesté pour le faire).

Les bulletins météorologiques du matin du 5 mars prévoyaient un ciel couvert et une hausse de température de 4 °C, avec un risque de pluie limité à 10 %. Des habitants des villes voisines décrivent des éclaircies et des vents faibles. À 1 h 04 du matin, tout s'est brusquement détraqué. Un employé du Service météorologique national décrit la situation dans les bureaux du service comme « un chaos absolu », mentionnant « des cris et des bruits stridents sur les écrans ».

« Pendant quelques minutes, on aurait cru une tornade associée à un tremblement de terre et à un ouragan. Les changements de pression étaient ahurissants, et des secousses ont été ressenties jusque dans le Kentucky. Je n'avais jamais rien vu de pareil », explique notre source, qui a préféré garder l'anonymat de crainte de perdre son emploi. Par la suite, le Service météorologique national a déclaré ne pouvoir fournir au public aucune information complémentaire, l'enquête étant toujours en cours.

Le gouvernement fédéral s'en tient au même discours. L'Agence fédérale des situations d'urgence, sous la tutelle du département de la Sécurité intérieure, garde le silence. Selon le FBI, l'enquête ne permet pas à ce jour de privilégier l'hypothèse d'une attaque terroriste, sans l'exclure pour autant. Au niveau local, le maire de Topeka, Hal Foster – en vacances à Orlando (Floride) au moment des faits –, a exprimé sa tristesse et ses condoléances sans émettre de théorie sur les causes de la tragédie.

La majorité des informations que nous avons pu recueillir proviennent de simples citoyens. Andy Ellis, de Lawrence (Kansas) a fait survoler la zone de Topeka par le drone qui lui sert à suivre la construction de sa nouvelle maison. Les images produites, remises par M. Ellis à tous les médias d'information nationaux, sont éprouvantes. Elles montrent des squelettes d'immeubles, des corps dans les rues et, plus étrange encore, plus un seul lambeau de matière végétale vivante. Tous les arbres de Topeka visibles sur ces images ont été réduits à des branches racornies et à des feuilles mortes.

Faute d'informations, le public s'est tourné vers des théories conspirationnistes, parmi lesquelles on citera une invasion d'extraterrestres, une expérimentation gouvernementale qui aurait mal tourné, l'apparition d'une nouvelle arme de destruction massive et un nouveau phénomène météorologique dû au réchauffement climatique. Pris dans cette hystérie collective, certains se lancent dans la construction d'abris anti-aériens à domicile ou élaborent des plans d'évacuation en préconisant de s'éloigner des centres-villes. « On a le droit de savoir pourquoi nos proches sont morts, déclare Fran Halloway, une résidente de Willard, l'une des petites villes des alentours de Topeka épargnées par la catastrophe. On a besoin de réponses. Et on n'aura pas de repos avant de les avoir. »

Portland Bugle

LA CATASTROPHE DE PORTLAND FAIT DES DIZAINES DE MILLIERS DE MORTS

par Arjun Patel

PORTLAND, LE 20 AOÛT

Un phénomène météorologique extrême approximativement qualifié d'« ouragan » a frappé Portland (Oregon) le 19 août, provoquant des inondations et la destruction de nombreux édifices et habitations. Si la classification en ouragan est confirmée, il s'agirait du premier ouragan tropical jamais observé sur la côte ouest.

Avec un bilan estimé à 50 000 décès, il représente la catastrophe naturelle la plus meurtrière de toute l'histoire des États-Unis, après le cataclysme de Topeka qui a fait 20 000 morts il y a quelques mois. Aucune explication concluante n'a été fournie à ce jour au cataclysme de Topeka.

Le phénomène météorologique défie la compréhension des scientifiques, pour qui les basses températures de l'océan Pacifique excluent la formation de cyclones sur la côte ouest. « La formation des ouragans nécessite une mer chaude », explique Joan Gregory, professeure en sciences atmosphériques à l'université Madison du Wisconsin. « Une explication *possible* est le réchauffement climatique. Mais à notre connaissance, personne n'a relevé de hausse de température significative récente dans l'océan Pacifique. Il semble donc qu'il s'agisse de circonstances exceptionnelles. » De nouvelles informations devraient nous parvenir à mesure que les efforts de sauvetage se poursuivent. Une veillée à la bougie en hommage aux victimes aura lieu jeudi à 20 heures à Pioneer Courthouse Square.

Rochester Observer

UNE SILHOUETTE DANS LES DÉCOMBRES ENFLAMME LES THÉORIES DU COMPLOT

par Carl Adams

ROCHESTER, LE 7 DÉCEMBRE

« C'était de la folie », se souvient Brendan Peterson, de Sutton (Minnesota), un des survivants de l'attaque de Minneapolis qui a fait presque 85 000 morts il y a un peu moins d'un an. Il se trouvait au cœur de la zone de destruction et décrit un paysage infernal de décombres volant dans les airs en pleine tornade. « Une femme s'est désintégrée juste sous mes yeux, raconte-t-il, les mains tremblantes. Je n'avais jamais rien vu de pareil, même au cinéma. »

Brendan attribue sa survie à de la « chance pure », et il n'est pas le seul. Parmi les rescapés les plus loquaces, plusieurs autres ont fourni des récits similaires de morts atroces, plus sanglantes les unes que les autres. Mais toutes ont un point commun : chacun des survivants témoigne de la présence d'un homme qui se déplaçait d'un pas assuré au milieu des ravages.

« Il se peut que ça ait été une femme, dit George Williams, un autre résident de Sutton voisin de Brendan Peterson. En tout cas, c'était une silhouette humaine. Je n'avais jamais rien vu d'aussi flippant. »

Bien que ces catastrophes soient qualifiées d'« attaques » par le gouvernement, aucun auteur n'a encore été identifié. Toutes sortes de théories ont fleuri sur Internet, des plus plausibles (des actes de terroristes ou d'agents de puissances ennemies) aux plus absurdes (invasion d'extraterrestres, punition divine).

« Mais on ne le voyait pas bien, précise ensuite Brendan au sujet de la silhouette aperçue au cours de l'attaque de Minneapolis. Il était noir de la tête aux pieds. Je suis pas dingue. Je sais ce que j'ai vu. »

3

Le discours du maire égrenait un chapelet de platitudes sur la capacité à se relever, le triomphe du bien sur le mal et le respect dû aux victimes. Au milieu du pensum, Ines se pencha vers ses amis pour lâcher : « Bon œil et cœur pur ne sauraient perdre », en singeant le coach de *Friday Night Lights*. Sloane dut mettre une main devant sa bouche pour masquer un rire, Albie fit mine d'être pris d'une quinte de toux, et Esther balança un coup de coude dans les côtes d'Ines. Seul Matt parvint à garder son sérieux. Et l'espace d'une seconde, cette connivence donna à Sloane le sentiment d'avoir retrouvé quelque chose de précieux.

La fin du discours fut saluée par des flashes d'appareils photo et des applaudissements. Sloane frappa dans ses mains jusqu'à en avoir mal aux paumes. Puis vinrent les poignées de main énergiques et, enfin, le moment pour les Élus de bénir le monument de la Décennie en le foulant de leurs pas sacrés, pour reprendre approximativement l'expression idiote du maire. Sloane se demanda si l'idée pouvait lui servir de prétexte pour enlever ses chaussures qui lui rabotaient les orteils. Ce n'était sûrement pas compatible de bénir quelque chose avec des hauts talons qui vous massacraient les pieds.

Les abords de la boîte en métal avaient été bitumés et Sloane sentit la chaleur de l'asphalte à travers ses semelles en descendant les marches du podium. Elle se dirigea vers l'île de bronze avec l'impression de marcher sur une mer grise. Le monument, qui se dressait à une centaine de mètres, constituait le seul point de lumière chaude des environs, une sorte de mirage éthéré au milieu de la désolation. Elle se rendit compte avec étonnement qu'elle le fixait avec les larmes aux yeux. Au fil du temps, le bronze se patinerait, son éclat se ternirait d'un vert sourd. Leurs souvenirs des événements pâliraient eux aussi, se flétriraient, et le monument tomberait dans l'oubli. Un jour, il ne serait plus qu'une destination pour les groupes scolaires et les circuits touristiques pour passionnés d'histoire.

Et Sloane se ternirait, elle aussi. Toujours célèbre, mais déclinant peu à peu, comme les vieilles stars de cinéma qui portent sur leur visage le fantôme de leur jeunesse disparue.

Cette soudaine certitude d'avoir atteint son sommet était une sensation vraiment étrange.

Elle marcha derrière Albie jusqu'à la boîte, suivie par les autres. Elle ne put s'empêcher de regarder l'autre berge de la rivière, sur laquelle Matt s'était tenu lors de leur dernier combat, brandissant à bout de bras le Rameau d'or qui jetait sur son visage sa lumière surnaturelle. C'était l'un des quelques moments où il l'avait fait craquer.

On pénétrait à l'intérieur par un espace étroit ménagé dans le mur. Albie s'y glissa sans hésiter. Alors qu'Ines allait le suivre, Sloane l'arrêta en posant la main sur son bras.

– Laisse-lui un petit instant.

Ils s'associaient entre eux selon des modes différents, chacun se connectant aux autres par des aspects spécifiques. Esther savait faire rire Albie tandis qu'Ines était capable de lire dans ses pensées et que Matt arrivait à le faire parler. Quant à Sloane, elle était la spécialiste de l'Albie des mauvais jours, et celui-ci ne pouvait qu'en être un.

– Tout le monde va venir pisser sur ce truc, dit Ines.

– Tu n'es pas obligée de remplir *tous* les silences, observa Matt.

– Je vais voir si ça va, déclara Sloane. Donnez-moi deux minutes.

– OK, dit Matt.

– Ouais, ça laissera le temps à Esther de déterminer le bon angle de caméra, ajouta Ines.

L'intéressée lui donna une tape sur le bras avant de dégainer son portable. Sloane prit la fuite avant qu'elle ait pu la persuader de faire un nouveau selfie, et entra dans le monument par l'étroite ouverture.

Les noms de toutes les personnes tuées par l'Obscur étaient gravés en toutes petites lettres sur les murs en métal. L'artiste expliquait qu'il avait fallu des années pour les trouver et les graver tous, et la plupart étaient si petits qu'ils étaient presque illisibles. Ils étaient rétroéclairés par des panneaux lumineux placés derrière les plaques de métal. On avait l'impression de contempler un ciel de nuit en pleine nature, là où la pollution n'interfère pas avec la lumière des étoiles.

Albie fixait l'un des murs, debout au milieu du cube.

– Salut, lui dit-elle.

– Salut. C'est joli ici, non ?

– Il a bien fait de prendre du bronze. C'est chaleureux. Tu as trouvé le nom de ton père ?

– Non. Une aiguille dans une botte de foin.

– On pourrait demander à l'artiste.

Albie haussa les épaules.

– Je ne crois pas que l'idée soit de faire ressortir les individus, juste de donner une idée du nombre.

Un nombre tel que cela finissait par annuler l'effet, de l'avis de Sloane. Elle connaissait déjà le nombre de victimes de l'Obscur. Au-delà de cent, tout chiffre devenait trop abstrait pour que son esprit en saisisse la réalité.

– Ça me plaît comme ça, reprit Albie. Ça me rappelle qu'on n'est qu'une petite poignée parmi tous ceux qui ont perdu quelque chose. Qu'on ne souffre ni plus ni moins que les familles de tous ces gens.

Il désigna d'un geste le panneau qui se dressait devant lui. À tout juste trente ans, Albie avait déjà les tempes dégarnies. Et des rides profondes lui creusaient le front, aussi. Le temps imprimait déjà ses marques sur lui.

– J'en ai marre d'être quelqu'un de spécial, dit-il avec un rire incertain. J'en ai marre d'être glorifié pour le truc le plus horrible que j'aie jamais vécu.

Sloane s'approcha jusqu'à ce que leurs bras se touchent. Elle pensa à la pile de documents officiels qui se trouvait dans le tiroir du bas de son bureau, à Rick Lane qui parlait d'elle comme si elle était un bout de viande sur l'étal d'un boucher, aux cauchemars qui la poursuivaient la nuit jusqu'à son réveil.

– Ouais, dit-elle dans un soupir. Je vois ce que tu veux dire.

Du moins elle le supposait. Mais en voyant Albie se passer une main tremblante sur le visage, elle se demanda si elle le savait vraiment.

– Toc, toc ! fit Esther.

Elle entrait en tenant son portable le bras tendu – à un angle flatteur, bien entendu –, les cheveux disposés artistiquement sur ses épaules. Elle se tourna de manière qu'Albie et Sloane soient dans le cadre.

– Dites bonjour à mes followers sur Instagram, les gars !

– C'est du direct ? demanda Sloane.

– Non.

Après un coup d'œil à Albie, Sloane leva les deux majeurs tandis qu'il plaquait les mains sur ses joues pour produire un bruit de pet sonore. Ines arriva à son tour d'un pas nerveux, à temps pour voir Sloane agiter ses majeurs autour du visage d'Albie. Esther abaissa son portable d'un air dépité.

– Ça devait être une capture live de ma première visite dans le monument de la Décennie ! Maintenant, je n'ai plus qu'à recommencer en faisant *semblant* que c'est la première fois !

Et elle ressortit d'un air furieux en croisant Matt.

– J'ai raté quelque chose ?

– Attends, lui intima Albie en posant un doigt sur ses lèvres.

Esther refit son entrée en tenant son portable à distance de son visage, les yeux écarquillés dans une expression de surprise devant les noms qui luisaient sur les murs. Albie se précipita vers elle, colla la tête devant le portable et déclara :

– C'est son deuxième essai ! Ne croyez pas tout ce qu'elle vous dit…

Esther le repoussa d'un coup de coude.

– Mais c'est *quoi*, votre problème ?

– Nous, on a un problème ? C'est toi qui as un portable pratiquement greffé sur la main ! Tu es pire que Matt.

– Hé, je n'ai rien à voir là-dedans, moi ! protesta ce dernier en levant les mains.

– Je ne suis pas la première à utiliser les réseaux sociaux, répliqua Esther. C'est mon boulot, merde ! Vous n'avez pas à me juger comme ça !

– C'est quand même censé être un jour solennel, je vous signale, dit Matt. Et ça aurait pu être une occasion de se retrouver…

– Je ne vois pas en quoi le fait de filmer diminue son importance, objecta Esther.

– À part quand tu choisis l'angle idéal pour un selfie, rétorqua Ines en mimant sa manière de tenir l'appareil, la hanche en avant. « Tenez, regardez bien les noms de tous les morts et mon cul de bombasse. »

Sloane ne put retenir un petit rire, si aigu qu'elle plaqua vivement la main sur sa bouche.

– Sloanie Sloanie Macaroni vient de faire un bruit girlie, chantonna Albie en haussant les sourcils.

– Interdiction de m'appeler comme ça.

– C'est pas comme si on ne t'avait pas vue dans les vidéos amateurs de Cameron, dit Esther. T'es peut-être dans ta phase de dure à cuire qui n'en a rien à cogner, mais au fond de toi, tu seras toujours la meuf qui danse sur *Diamonds Are a Girl's Best Friend* dans un tutu en papier alu.

Sloane maudit la caméra vidéo de son frère, et allait riposter quand Matt déclara :

– J'ai trouvé Bert.

Bert ne s'appelait pas réellement Robert Robertson, bien sûr. Il leur avait avoué son vrai nom à titre confidentiel quelques mois avant sa mort, pour qu'ils puissent le retrouver au cas où ils se perdraient de vue. Mais pour eux, il était et resterait toujours Bert.

Tous allèrent se placer derrière Matt et suivirent son doigt qui se posait sur des lettres capitales gravées en tout petit sur le mur : EVAN KOWALCZYK. Sloane ne voyait pas comment Matt avait réussi à le trouver parmi tous les autres noms, au milieu de tous ces panneaux. Ça revenait à trouver un arbre précis au milieu d'une forêt d'arbres tous identiques. Matt laissa retomber sa main et le nom de Robert se fondit de nouveau parmi les autres.

Toutes ces vies perdues, et toutes pour rien. À cause d'un seigneur des ténèbres et de son appétit insatiable.

– Je me demande ce qu'il ferait maintenant, dit Matt.

– Il refuserait probablement de profiter tranquillement de sa retraite, répondit Ines.

Sloane se hâta de se tourner vers la porte avant que son expression ne la trahisse. Elle ne voulait pas leur dire ce qu'elle avait découvert dans les dossiers qu'elle avait reçus suite à sa demande d'accès à ses données personnelles, et qui laissait deviner un Bert très différent de celui qu'ils avaient connu.

4

L'invitation au gala était fixée sur leur frigo : CÉLÉBREZ LES DIX ANS DE PAIX. Comme si la victoire sur l'Obscur avait amené l'harmonie sur toute la planète. C'était loin d'être le cas. Mais cela avait donné aux États-Unis une raison pour se retirer de tout. Les médias avaient qualifié cette réaction de « nouvelle ère isolationniste ». L'opinion avait été… mitigée. Les uns s'étaient réjouis du retrait des troupes stationnées dans d'autres pays, tout en protestant contre le départ des organisations humanitaires internationales. Les autres avaient applaudi à la fermeture des frontières, mais déploré la baisse de la présence militaire à l'étranger. Tous partageaient la même paranoïa indépendamment de leur sensibilité politique. Nul ne savait d'où avait surgi l'Obscur, ce qui signifiait qu'il pouvait venir de n'importe où. Il pouvait s'agir d'un voisin ou d'un ami, d'un réfugié ou d'un immigrant. La mère de Sloane elle-même s'était procuré un petit pistolet et s'entraînait au tir une fois par mois. Comme si cela pouvait servir contre l'Obscur, qui avait le pouvoir de désintégrer les armes, de faire imploser les immeubles et de tordre le métal sans même le toucher. Sloane ne pouvait s'empêcher de se demander combien de temps il faudrait à l'ARIS pour maîtriser ce pouvoir. Si ce n'était déjà fait.

Elle prit sa robe dans l'armoire pour la suspendre à la porte. C'était une robe longue brodée de perles dorées qui semblait sortie tout droit des années vingt. Comme elle pesait son poids, Sloane attendait le dernier moment pour la mettre. Elle n'aurait pas choisi une tenue aussi habillée en temps normal, mais elle adorait les soirées officielles – ce qu'elle n'aurait avoué pour rien au monde. Elle s'était même cachée dans la salle de bains pour consulter les tutos d'Esther sur le tracé d'eyeliner en virgule. Si Esther l'apprenait, Sloane en entendrait parler jusqu'à la fin de ses jours.

La forme ultra moulante de la robe à perles allait malheureusement l'obliger à porter l'accessoire qu'elle redoutait par-dessus tout : une gaine. La meilleure défense contre les petites imperfections féminines depuis le corset. Mais elle était prête à tout plutôt que d'affronter les sites people montrant des photos de plus en plus resserrées sur la bouée autour de sa taille, accompagnées de spéculations sur la condition de son utérus. Les rumeurs de grossesse la poursuivaient depuis le premier jour de sa relation avec Matt.

Ne trouvant la fameuse gaine ni dans son tiroir à chaussettes ni dans celui de ses sous-vêtements, elle s'attaqua à l'armoire de Matt. Il arrivait que l'accessoire se perde dans l'océan de caleçons noirs qui avaient sa préférence. Tandis qu'elle fouillait dans le Lycra, ses doigts frôlèrent quelque chose de dur.

Une petite boîte, qui tenait dans sa paume. Noire.

Merde.

Sloane glissa un coup d'œil vers la porte. Elle était bien fermée, et il n'y avait pas un bruit dans le couloir. Parfait. Elle ouvrit la boîte. Elle contenait une bague, bien sûr, et pas n'importe laquelle : une bague ancienne, sertie de pyrites à la place de diamants. Il s'était rappelé le genre de bijoux qu'elle aimait, même si elle n'en portait jamais.

Elle referma la boîte et la rangea, la gorge serrée. Elle savait ce que ça voulait dire, bien sûr : il allait la demander en mariage. Bientôt, sans doute, car il était trop prudent pour se fier à une cachette aussi peu sûre à moyen terme. Et étant donné le goût de Matt pour les gestes spectaculaires, il allait le faire le jour même, à la soirée de gala.

L'appréhension lui nouait le ventre. Elle ouvrit la porte pour jeter un coup d'œil dans le couloir. Matt était au téléphone avec son assistant, Eddie. Son programme était bourré de rendez-vous liés à des causes humanitaires. Rien que cette semaine-là, il faisait le modérateur dans un panel de discussion sur l'engorgement des prisons, participait à un événement caritatif pour lever des fonds pour une école des quartiers ouest, et devait rencontrer un sénateur à propos de la création d'un service d'aide aux survivants de l'Obscur atteints d'un syndrome post-traumatique. Il risquait d'en avoir pour un moment au téléphone.

Elle referma la porte et s'assit sur le lit, les yeux sur l'appartement d'en face, dont l'avant-toit était décoré été comme hiver d'une guirlande lumineuse qui clignotait d'un bleu agressif.

Sloane prit son portable et tapa un numéro qu'elle n'avait pas composé depuis des années. Celui de sa mère.

« – Allô ? fit la voix de June Hopewell, qui n'avait rien perdu de son tranchant.

– Maman ?

– Sloane ? »

Celle-ci fronça les sourcils.

« – Euh, oui, à moins que tu n'aies d'autres enfants dont je n'aurais pas entendu parler.

– Je t'ai vue à la télé ce matin. Tu es sûre de ne pas vouloir revenir sur ta position anti-autographes ? Tu donnais l'impression d'être pourchassée par une meute de loups.

– Oui, maman, je suis sûre. »

Sloane doutait que sa mère s'intéresse réellement à cette question, mais depuis la défaite de l'Obscur, elle mettait un point d'honneur à donner son avis sur tout ce que faisait sa fille, peut-être dans l'espoir de rattraper son absence totale d'influence parentale quand Sloane était plus jeune. De fait, elle était passée à côté de toute son adolescence, pour la bonne raison qu'elle s'en était foutue éperdument quand le gouvernement avait emmené sa fille.

« – Écoute, il faut que je te parle d'un truc, dit Sloane. J'ai trouvé une bague dans le tiroir à sous-vêtements de Matt. Une bague de fiançailles. »

Sa mère resta silencieuse un moment. Puis :

« – D'accord. Et alors ?

– Et alors ? Et alors, je flippe ! s'exclama Sloane en plaquant la main sur son front.

– Slo, vous êtes ensemble depuis dix ans. »

Sa fille sentit ses joues s'enflammer.

« – On n'a même pas abordé le sujet ! Tu ne trouves pas que s'il voulait qu'on se marie, il aurait pu évoquer la question à un moment ou à un autre, ne serait-ce qu'en passant ? Pour autant qu'il sache, je suis contre par principe.

– Ça, ça vaut pour tellement de choses ! répliqua sa mère avec une pointe d'amusement dans la voix. Mais il veut peut-être te faire la surprise ! »

Sloane regarda un chat passer le long de la gouttière.

Sa mère soupira.

« – Sloane. Tu ne trouveras pas mieux. Crois-moi. »

Sa fille ne répondit pas.

« – Bon, il faut que j'y aille, reprit sa mère. »

Pour faire quoi ? eut envie de demander Sloane.

Elle raccrocha sans dire au revoir, ce qui risquait peu de surprendre June. Elles se parlaient généralement une fois par an, cinq minutes à Noël. Elles ne s'étaient pas dit « je t'aime » depuis la petite enfance de Sloane. Depuis avant le départ de son père. Ils l'avaient retrouvé dans une morgue de l'Arkansas, tué par un Vortex, et June avait dû aller identifier le corps.

« Tu ne trouveras pas mieux. » Elle ne pouvait qu'avoir raison ; Matt irradiait la bonté au point qu'on avait parfois envie de le frapper. Ne pas l'aimer, c'était un peu comme ne pas aimer la liberté. Ou les chatons.

Mais quelque chose dans la formulation de sa mère la hérissait. « *Tu* ne trouveras pas mieux. » Ça aussi, c'était vrai. Elle aurait dû faire quoi ? S'inscrire sur une appli de rencontres ? En s'inventant un boulot normal ? À quel moment était-elle censée dire qu'elle faisait partie des cinq sauveurs de l'humanité ? C'était le genre de sujet à aborder au troisième rancart, ou plutôt au cinquième ?

N'empêche que ça aurait été sympa de la part de June de lui dire quelque chose de gentil et de rassurant, pour une fois.

Sloane resta assise sur le lit, son portable à la main. Le soleil se couchait et la guirlande lumineuse aveuglante s'était allumée de l'autre côté de la rue. Elle se sentait physiquement décentrée, comme si la pièce avait bougé sur son axe. Mais si Matt lui proposait le mariage, elle savait qu'elle accepterait, parce que c'était la seule chose sensée à faire. Ils se marieraient, il prendrait soin d'elle, et elle ferait tout son possible pour le mériter.

TOP SECRET

ARIS

AGENCE DE RECHERCHE ET D'INVESTIGATION SUR LES PHÉNOMÈNES SUPRANORMAUX

OBJET : CATASTROPHE INEXPLIQUÉE DE 2005
TRANSCRIPTION D'UNE RÉUNION DE COMPTE RENDU
AVEC L'AGENT PRINCIPAL [redacted], NOM DE CODE BERT

AGENT S : Veuillez indiquer votre nom pour le rapport officiel.

AGENT K : Je suis [redacted], mais dans le cadre de cette mission, on m'a attribué le nom de Robert Robertson.

AGENT S : C'est noté. Nous sommes ici aujourd'hui pour que vous fassiez votre rapport sur le recrutement du sujet n° 2 du projet Sosie, Sloane Andrews.

AGENT K : Alors. On m'a informé le 17 octobre que le sujet n° 2 avait été identifié et que son recrutement devait être effectué immédiatement.

AGENT S : Le rapport indique que malgré cet ordre, il s'est écoulé un délai de vingt-quatre heures. Pouvez-vous nous en fournir la raison ?

AGENT K : Oui. J'ai demandé un report d'une semaine pour permettre au sujet n° 2 d'assister aux funérailles de son frère. Cette requête a été rejetée, mais on m'a accordé un délai de vingt-quatre heures. Bien que l'ayant jugé insuffisant, je me suis plié aux consignes et je suis arrivé au domicile des Andrews le 18 octobre à 1500 heures.

AGENT S : Quelle a été votre impression des lieux ?

AGENT K : Sans surprise. Nos renseignements précisaient que la famille Andrews était de condition socio-économique relativement modeste et je m'attendais à trouver un logement assez décrépit dans un quartier plutôt à l'abandon.

AGENT S : Avez-vous pris contact avec le sujet n° 2 directement à votre arrivée ?

AGENT K : Elle était assise sur les marches devant la porte. Son aspect était assez débraillé. Je lui ai fait confirmer son nom et je me suis présenté sous mon nom de code.

AGENT S : Quelle a été sa réaction ?

AGENT K : Elle a dit : « On dirait un nom bidon. »

AGENT S : Très perspicace. Et votre réponse ?

AGENT K : J'ai confirmé que c'était un faux nom. J'ai pensé que je gagnerais sa confiance plus facilement en me montrant sincère.

AGENT S : C'est noté. Continuez.

AGENT K : J'ai demandé si sa mère était là et si je pouvais lui parler. Elle a paru mal à l'aise. Elle m'a demandé qui j'étais et ce que je voulais, et j'ai dit que je ne pouvais lui parler qu'en présence de sa mère. Sa réponse a été que si j'attendais que sa mère soit « présente », je pouvais attendre longtemps.

AGENT S : Ah.

AGENT K : J'ai alors jugé préférable de changer de stratégie. En principe, avec les sujets du projet Sosie, je m'adresse simultanément au parent et au sujet, mais il s'agissait d'un cas particulier : un père et un frère décédés, et une mère qui semblait dans l'incapacité d'assumer son rôle. Le sujet était globalement livré à lui-même. J'ai donc décidé de m'adresser à elle seule. Je lui ai demandé si l'on pouvait entrer chez elle, mais elle a refusé en disant qu'il n'était pas question qu'elle laisse un inconnu entrer chez elle. Alors nous sommes restés dehors.

AGENT S : Par quoi avez-vous commencé ?

AGENT K : Elle m'a redemandé qui j'étais. J'ai répondu que je faisais partie d'un organisme gouvernemental secret, dont je ne pouvais révéler la nature exacte, et que j'étais là en raison d'une prophétie.

AGENT S : Précisons que l'agent fait référence à la Vision précognitive n° 545 relative à l'Obscur et à son pendant, familièrement nommé l'Élu. Comment le sujet a-t-il réagi à la mention d'une prophétie ?

AGENT K : Elle a dit qu'elle ne croyait pas à ces « trucs-là ». Qu'elle s'en tenait à ce qu'elle pouvait voir et toucher. Je lui ai demandé comment elle expliquait ce dont l'Obscur se montrait capable. Ce n'était peut-être pas une remarque très appropriée, sachant qu'il venait de tuer son frère…

AGENT S : Vous a-t-elle paru bouleversée ?

AGENT K : Plutôt le contraire, en fait. Elle a pris une expression totalement neutre. Et elle a dit : « Je ne sais pas. » Il m'a semblé qu'il valait mieux faire appel à son côté rationnel et j'ai suggéré que c'était peut-être le mot « prophétie » qui lui déplaisait. J'ai ensuite cité la troisième loi de Newton.

AGENT S : Signalons que, d'après la troisième loi de Newton, il existe pour chaque action une réaction contraire équivalente.

AGENT K : Je vous remercie.

AGENT S : Tous parmi nous ne se rappellent pas leurs cours de physique.

AGENT K : J'ai expliqué que, selon la prophétie, un individu de force égale surviendrait pour s'opposer à l'Obscur. Et que nous disposions d'une liste de critères décrivant cette personne. Les attaques étant circonscrites jusque-là à l'Amérique du Nord, nous avions donc entrepris d'établir la liste des individus coïncidant avec ce portrait, en collaboration avec le Canada et le Mexique. Le fait que le frère de Sloane soit mort victime de l'Obscur faisait d'elle une candidate.

AGENT S : Une approche pour le moins directe.

AGENT K : J'ai parié sur le fait qu'une jeune fille contrainte à l'autonomie par la négligence parentale interpréterait ma franchise comme le signe de mon respect pour son indépendance. Et il semble que j'aie eu raison. Elle n'a pas manifesté de réaction. J'ai ajouté que j'avais pour mission de préparer les cinq individus identifiés par nos recoupements à l'éventualité d'une confrontation, afin de donner à l'humanité ses meilleures chances de survie.
Elle m'a demandé si cela signifiait qu'elle était l'Élue. En mimant des guillemets autour de l'expression.
J'ai répondu qu'il s'agissait seulement d'une possibilité, et cité une partie des critères qu'elle remplissait : la mort de son père et de son frère, sa naissance pendant une lune d'automne, une mère qui ne portait pas le même nom de famille qu'elle, son groupe sanguin AB négatif, très rare…

AGENT S : … considéré comme critère d'identification préliminaire, ou CIP.

AGENT K : En effet. Je qualifierais sa réaction d'incrédule. Elle m'a demandé qui avait émis cette prophétie, et pourquoi le gouvernement s'intéresserait à, je cite, « un dingue qui crache des poèmes ». On m'avait autorisé à dévoiler certains détails sur la voyante. Je lui ai révélé son nom, et le fait que cette femme avait manifesté à plusieurs reprises des connaissances stupéfiantes. Et également qu'elle avait émis 746 prophéties qui s'étaient toutes réalisées sous notre observation.

AGENT S : Comment a réagi le sujet ?

AGENT K : De manière surprenante… Les autres avaient exprimé de l'incrédulité, ou de la peur, ou même, dans le cas du sujet n° 1, une ferme détermination. Le sujet n° 2 a été la première à demander ce qui se passerait si elle disait non.

AGENT S : Non ?

AGENT K : Oui, non. Si elle refusait de combattre l'Obscur.

AGENT S : [*Il rit.*] Lui avez-vous expliqué qu'elle n'avait pas vraiment le choix ?

AGENT K : Il m'a semblé que ce serait une erreur. Elle me faisait un peu penser à un chien errant. Ils risquent de mordre si on essaie de les capturer. En s'y prenant bien, en revanche, on a des chances de les amadouer.

AGENT S : Si on sait de quoi ils se nourrissent.

AGENT K : C'est vrai. Et je pense que dans ce cas précis, le respect était le meilleur appât, si l'on peut dire. Alors, j'ai répondu : « Je pense que si tu refusais, cela augmenterait considérablement les risques de fin du monde. » J'ai préféré jouer sur les conséquences de sa décision plutôt que sur la contrainte. Lui exposer une alternative, dont l'une des issues n'était pas acceptable.

AGENT S : Et cela a-t-il fonctionné ?

AGENT K : Très bien. Elle n'a rien dit pendant un long moment. J'ai rarement rencontré quelqu'un de son âge capable de rester aussi immobile. Puis elle a dit simplement : « Ça craint », et s'est mise à discuter des questions logistiques avec moi.

AGENT S : Très pragmatique.

AGENT K : Contrairement à ce qu'on peut voir au cinéma, nos Élus font rarement de déclarations poétiques. Dans le cas qui nous concerne, je pense qu'elle est le seul sujet à avoir réellement compris ce qui l'attendait.

AGENT S : Quelles questions logistiques avez-vous abordées ?

AGENT K : L'entraînement qu'elle devait suivre à [redacted] et à [redacted], les préparatifs à effectuer avant son départ, et la date à laquelle je reviendrais la chercher. Je lui ai demandé combien de temps il lui fallait, et elle m'a dit qu'une journée suffirait. Quand je lui ai proposé de lui laisser davantage de temps pour expliquer la situation à sa mère et faire ses adieux à ses proches, elle m'a répondu que ce n'était pas nécessaire. « Au cas où vous n'auriez pas remarqué, je vis seule ici. » Voilà ce qu'elle m'a déclaré, si ma mémoire est bonne.

AGENT S : Elle n'a pas envisagé que sa mère s'oppose à ce qu'un organisme gouvernemental inconnu lui enlève sa fille pour l'envoyer se battre contre l'Obscur ?

AGENT K : Non. Et, de toute évidence, elle avait raison. À mon retour le lendemain, elle était assise au même endroit, munie d'un sac à dos et d'une boîte à archives en carton.

AGENT S : Si je veux être honnête avec vous, je ne pense pas qu'elle soit l'Élue. Je parierais plutôt sur le sujet n° 4.

AGENT K : Espérons seulement qu'il se trouve parmi eux.

TOP SECRET

5

Sloane enfourna une nouvelle bouchée de spanakopita. Elle se tenait avec Esther à une table haute près du buffet de la salle de bal de l'hôtel Drake, où se déroulait le gala des Dix Ans. Leurs têtes étaient toutes proches, comme si elles étaient en grande conversation. C'était le seul moyen qu'elles avaient trouvé pour manger sans être dérangées toutes les deux minutes. Faire partie des Élus au gala des Dix Ans était aussi prenant qu'être une mariée à son mariage.

La grande salle dallée de marbre était toute blanche, ornée de dorures et de grosses colonnes à filigranes dorés, le tout chaudement illuminé par de grands lustres. Une vaste baie vitrée permettait de contempler les lumières des immeubles, la courbe de la voie rapide de Lake Shore Drive qui longeait le lac Michigan et, derrière, la vaste étendue d'eau noire dans la nuit.

Sloane et Esther étaient entourées de petits groupes d'hommes en smoking et de femmes en robe longue qui tenaient leurs coupes de champagne du bout des doigts. Croisant le regard d'un invité, Sloane s'empressa de détourner le sien pour le dissuader d'engager la conversation.

– Tu n'arrêtes pas de faire la grimace, lui signala Esther.

– Je me suis fait une coupure à l'aisselle en me rasant ce matin, et la sueur me fait exactement le même effet que du sel.

Une goutte de transpiration venait justement de rouler sur le point sensible, et cela n'avait rien d'agréable.

– Je compatis, dit Esther en grimaçant à son tour.

Elle portait le genre de tenue qu'elle seule pouvait s'autoriser : une robe drapée aux plis sophistiqués, aux tons de menthe fanée. Ses cheveux étaient retenus par un chignon tout simple. Son visage arborait une épaisse couche de maquillage, comme toujours, mais cette fois, c'était de circonstance. L'ombre grise qui couvrait ses paupières donnait l'impression qu'un nuage de fumée s'était posé dessus.

– Ça me manque de ne plus vivre ici, déclara-t-elle.

Elle piquait sa fourchette dans les olives de sa salade de pâtes en essayant de les embrocher une à une. Son air absorbé faisait partie des détails qui parachevaient leur système de dissimulation. Si on baissait la tête, les gens se disaient qu'on était peut-être en train de pleurer, et gardaient leurs distances. Combinée à l'expression de Sloane, dont les yeux jetaient des éclairs sans qu'elle ait à se forcer, cette attitude leur assurait encore quelques minutes de tranquillité.

– Et ta mère, comment ça va ? demanda Sloane.

– Moyen, avoua Esther en haussant les épaules. D'après son oncologue, il n'y a plus grand-chose à faire à ce stade… à part gagner un peu de temps.

– Je suis vraiment désolée, Essy. J'aimerais pouvoir te dire quelque chose de plus intelligent, mais… enfin, ça craint.

Franchement, ça paraissait tellement injuste qu'après avoir sauvé le monde en éliminant une incarnation du mal uniquement grâce à la *magie*, ils ne soient toujours pas capables de mettre leurs proches à l'abri de la maladie. Aux yeux de toute l'humanité, ils étaient les Élus, des sauveurs, des héros – mais face au cancer, ils étaient ravalés au même niveau que tous les autres.

– Bah, la sincérité vaut mieux que l'intelligence, éluda Esther.

À cet instant, Sloane repéra par-dessus l'épaule de son amie un mince jeune homme en smoking et nœud papillon bleu qui observait Esther avec intérêt. Quand le regard de l'inconnu glissa sur elle, Sloane secoua doucement la tête en plissant les yeux et il s'éloigna.

– Tu nous manques, tu sais, reprit-elle. Même si on a l'air ronchon, comme ça.

– Oh, parce qu'on a l'air ronchon, tu crois ? Slo, même depuis la Californie, je vois à ta tête que tu es en train de péter les plombs. Qu'est-ce qui t'arrive ?

Sloane la lorgna par en dessous, et songea un instant à rappeler le jeune homme au nœud papillon pour qu'il détourne Esther de ce sujet de conversation.

– Pas la peine de me faire le coup du regard qui tue, je ne m'écraserai pas, lui signala Esther. Je t'ai posé une question.

Les deux filles étaient coutumières de ce genre d'échange. Partageant une même tendance, pour le meilleur ou pour le pire, à communiquer à coups de boutoir, elles s'affrontaient régulièrement, avec des résultats le plus souvent désastreux. Cela dit, cela leur évitait de gaspiller le temps de l'autre. Si Esther avait quelque chose dans la tête, elle le disait. Sloane n'avait jamais besoin de jouer aux devinettes avec elle.

– J'ai réclamé de pouvoir consulter des documents gouvernementaux, avoua Sloane. Leur lecture s'est révélée instructive.

– Hmm. Tu sais, parfois, ça ne fait pas de mal de rester dans le noir, répondit Esther en buvant une gorgée de champagne. Au fait, c'est le moment de te débarrasser du morceau d'épinard coincé entre tes dents, parce que j'ai l'impression que Matt va attirer l'attention générale sur toi d'une minute à l'autre.

Et, en effet, les musiciens qui jouaient dans un coin posèrent leurs violoncelles, leurs violons et ce qui devait être une contrebasse pour se tourner vers Matt, tout sourire dans son smoking immaculé rehaussé d'un nœud papillon doré. Matt fit tinter sa flûte de champagne avec un petit couteau dans le but de faire taire l'assistance.

– Puis-je avoir votre attention, s'il vous plaît ?

Sa voix résonna dans la grande salle. Le commandant Matt, voilà comment ils l'appelaient lorsqu'il prenait ce ton autrefois, dans leur combat contre l'Obscur. Il était le seul à pouvoir les mener ainsi. Aucun des quatre autres n'aurait réussi à se faire entendre par-dessus le vacarme d'un Vortex.

Sloane s'empressa de glisser un ongle entre ses incisives pour faire disparaître le morceau d'épinard.

Enfin, le silence se fit dans la salle. Tous s'étaient tournés vers Matt, tels des élèves dociles dans une salle de classe.

– Veuillez m'excuser pour l'interruption, dit Matt, glissant du mode commandant à celui de diplomate. Je vous remercie de m'accorder quelques instants. Où est Sloane ?

L'intéressée se redressa en ôtant son doigt de sa bouche. Matt lui fit signe et elle le rejoignit sous l'un des lustres au centre de la salle. Elle était si oppressée qu'elle en avait mal à la poitrine. Il lui prit la main et elle lui adressa un regard interrogateur, tout en remarquant que la main en question s'était brusquement engourdie. Elle le savait, qu'elle aurait dû boire une troisième coupe.

– Il y a à peu près onze ans, déclara Matt, j'ai su que j'étais amoureux de Sloane. Près d'une zone de Vortex où on était allés enquêter sur l'Obscur, il y avait un gamin qui avait été séparé de ses parents. Sloane l'a pris dans ses bras et elle est allée voir tous les gens qu'elle apercevait.

Sloane se souvenait de l'épisode. Elle avait porté le gamin parce qu'il refusait de bouger et qu'elle n'avait pas l'énergie de discuter. Elle avait été étonnée par la confiance avec laquelle il s'était calé sur sa hanche, d'autant qu'elle n'avait jamais tenu un enfant dans ses bras jusque-là.

– Elle interrompait toutes les conversations pour demander aux gens s'ils savaient qui il était. À sa manière à elle. Ceux qui la connaissent comprendront ce que je veux dire.

Des petits rires parcoururent l'assistance. Même ceux qui ne la connaissaient pas pouvaient deviner l'allusion, pour peu qu'ils aient lu l'avalanche de portraits publiés sur elle au cours des dix dernières années, qui la présentaient comme instable, taciturne, sombre, grincheuse. En résumé, une garce. Une antihéroïne. Elle se sentit rougir. Pourquoi plaisanter là-dessus maintenant, devant tout le monde ?

– Sloane, c'est un œuf de Pâques. Elle a une coquille dure, mais une fois qu'on l'a percée, on tombe sur le fondant du praliné à l'intérieur.

Matt souriait, les yeux brillants.

Sa description était censée être un compliment. Au lieu de quoi elle avait soudain la sensation d'être une gamine affublée d'une robe longue.

Puis il sortit l'écrin de bague de sa poche, l'ouvrit et posa un genou à terre. Des murmures de surprise étouffés s'élevèrent dans la foule.

– Je t'aime, Sloane. Je t'aime depuis longtemps.

Il la regardait dans les yeux, mais tout autour d'eux, les gens sortaient leurs portables pour les braquer dans leur direction. Ces images, comme la plupart des vidéos de Sloane prises par des inconnus, ressurgiraient dans les journaux, les émissions de divertissement et sur les blogs people qui les disséqueraient dans leurs moindres détails : son expression, sa posture, sa tenue, jusqu'à son foutu rouge à lèvres.

– Et je veux passer le reste de ma vie avec toi, à percer la coquille de l'œuf. Veux-tu m'épouser ?

La foule soupira d'un seul souffle, comme un animal géant.

« Ne les laisse pas voir qui tu es », se dit-elle, comme elle l'avait fait quand les sbires de l'Obscur – tous morts depuis, disparus avec lui – s'approchaient en rampant dans la nuit. Si ce n'est que dans le cas présent, cela n'impliquait pas de s'enfuir, mais de se cacher aux yeux de tous.

Sloane rassembla tout ce qu'elle avait pu apprendre sur l'art des faux-semblants au fil des interviews et se plaqua un grand sourire sur la figure, espérant qu'il atteignait ses yeux.

– Oui.

Elle avait répondu d'une voix un peu étranglée, presque dans un soupir, ce qui était parfait, parce que Matt réagit en se relevant d'un bond pour la prendre dans ses bras et la fit tourner sur elle-même, soustrayant son visage aux regards.

La foule les acclama. Les portables émirent un concert de déclics numériques et les caméras des médias virevoltèrent pour les capturer sous tous les angles, Matt en smoking et elle dans sa robe longue. L'Élu et sa fiancée rougissante.

Qui était, aux dernières nouvelles, un œuf au praliné à la con.

Elle était là, à regretter que personne n'ait inventé une façon socialement acceptable de s'essuyer les aisselles en public, et elle était ailleurs.

Au bord de la rivière, dans l'air froid qui lui brûlait les poumons, fixant l'Obscur de l'autre côté du pont juste avant leur dernier combat. Une partie d'elle y resterait toujours.

6

Sloane avait déjà glissé la bague à son doigt lorsque la foule l'engloutit sous les félicitations. Quelqu'un lui colla une flûte de champagne dans la main. Elle chercha Matt des yeux en espérant réussir à le persuader de s'esquiver à l'aide d'un regard éloquent. Mais il discutait avec un homme en costume sirotant une flûte de champagne semblable à la sienne. Sloane avait le visage en feu. Souriant à la femme qui lui disait avec des yeux humides qu'ils formaient « le couple parfait », elle repensa à un article récent qualifiant leur relation de « déconcertante ». Il était maintenant affiché sur leur frigo, parce que Matt l'avait trouvé amusant.

Un filet de sueur coula sur son ventre jusqu'à son nombril. Inspectant la foule à la recherche d'Albie, elle le repéra près d'une colonne, en conversation avec une femme en robe noire moulante, aux cheveux rabattus sur un côté. Sloane s'excusa auprès de la femme à la larme facile – qui s'était lancée dans le récit de ses propres fiançailles, vingt ans plus tôt – et rejoignit Albie en posant sa flûte sur une table au passage.

Elle l'attira à elle pour lui dire à l'oreille :

– Il faut que je sorte d'ici. Tu viens ?

– Euh, répondit-il en regardant la foule par-dessus son épaule. Ouais, OK. Et Matt ?

Elle le chercha des yeux dans l'assemblée. Il n'était pas difficile à trouver. À lui seul, son sourire était un phare, auquel s'ajoutait l'éclat de son nœud papillon. Elle sentit un élan de tendresse percer la mare d'angoisse dans laquelle elle se noyait. Il avait un don pour ça. Il l'avait toujours eu.

– Ne t'inquiète pas pour lui. Direction le vestiaire. T'as cinq dollars sur toi ?

Il chercha son portefeuille dans sa poche tandis qu'ils sortaient de la salle de bal. Le vestiaire se réduisait à un renfoncement dans un mur, tenu par un adolescent aux cheveux gominés qui jouait sur son portable. Alors qu'il s'éloignait mollement pour aller chercher leurs manteaux, Sloane souleva le bas de sa robe pour détacher les fines lanières de ses escarpins. Elle irait plus vite à plat.

– On est grillés, lui souffla Albie.

Un couple sortait de la salle à son tour et les deux hommes, vêtus de smokings blancs assortis, la fixèrent aussitôt. Par réflexe, elle se pencha en avant en se tenant le ventre comme si elle ne se sentait pas bien. Albie prit les manteaux que lui tendait l'ado, lui laissa un pourboire et posa une main réconfortante dans le dos de Sloane.

– On va trouver des toilettes, dit Albie en croisant les deux hommes près de la porte de la salle de bal. Évitez la spanakopita, leur glissa-t-il au passage.

Les hommes échangèrent un regard perplexe. Sloane et Albie se dirigèrent d'un pas boitillant vers le restaurant, appuyés l'un sur l'autre. Une fois hors de vue de l'entrée de la salle de bal, elle éclata de rire et l'entraîna vers les cuisines.

Ils avaient chacun leurs points forts, et ceux de Sloane les avaient sortis de plus d'une situation périlleuse. Elle cherchait toujours les issues, même lorsqu'il n'y en avait aucune. Dans quelques circonstances où Matt avait décrété qu'il était temps de se lancer dans le dernier combat, elle leur avait finalement permis de s'enfuir. C'étaient les seuls moments où elle avait jamais eu le sentiment d'être réellement une Élue.

Et voilà que ce talent l'aidait à échapper aux conversations. Ce n'était pas exactement ainsi qu'elle avait imaginé l'exploiter.

– Hello, bonjour ! pépia-t-elle en entrant dans les cuisines. On est en mission officielle pour l'hôtel, faites comme si on n'était pas là.

Balançant ses chaussures par leurs lanières au bout de ses doigts, elle se glissa derrière l'un des cuisiniers, esquiva la flamme qui jaillissait d'une poêle et plongea sous le bras de quelqu'un qui ouvrait un congélateur. Albie s'excusa dans son sillage. Elle ouvrit la porte de derrière et inspira profondément l'air froid du dehors.

– Pitié, Sloane, ne me dis pas que tu vas sortir pieds nus dans la rue, dit Albie en lui tendant son manteau.

– Je te promets de faire attention aux tessons de verre, répondit-elle en calant son manteau en place d'un coup d'épaule.

Elle éclaira le bitume avec la lampe de son portable et se fraya un chemin sautillant dans l'allée, entre les ordures et les premières plaques de givre. Passant devant une rangée de poubelles, ils débouchèrent sur la rue. Albie la retint par le coude.

– Il y a un bar pourri au bout de la rue, dit-il en désignant une épingle sur la carte du quartier de son écran de portable. Mais on a intérêt à y aller en courant si on ne veut pas se faire repérer.

– Comme au bon vieux temps, hein ? fit Sloane en arborant un grand sourire.

– Ouais, moins la menace d'une mort imminente, précisa Albie avec un petit rire. Allez, c'est parti.

Ils s'élancèrent sur le trottoir et coururent jusqu'à l'enseigne au néon vert fluo « Chez Fred » qui se reflétait dans la vitrine du bar. L'endroit était désert et sentait la salle de sport. Des coques de cacahuètes craquèrent sous les plantes de pied de Sloane lorsqu'elle s'approcha du comptoir. Le tabouret sur lequel elle s'installa était traversé d'un bout à l'autre par une déchirure recouverte de ruban adhésif.

– Parfait, approuva-t-elle.

– Un whisky, commanda Albie au barman, un homme d'âge mûr dont le visage exprimait un manque d'intérêt absolu.

Albie glissa un coup d'œil vers Sloane avant de rectifier :

– Mettez-nous deux doubles. De l'Old Overholt, si vous avez.

Le barman haussa les sourcils mais se retourna sans commentaire pour les servir. Sloane retira les épingles de ses cheveux et les aligna soigneusement sur le comptoir.

– Je suppose que cette demande en mariage ne s'est pas passée comme tu l'avais espéré, lui dit Albie.

– Si cette soirée s'était passée comme j'espérais, il n'y aurait pas eu de demande du tout.

– Dans ce cas, pourquoi tu as dit oui ?

– Il y avait cinq cents caméras braquées sur nous. J'aurais dû faire quoi ? Humilier l'Élu parmi les Élus en direct, sur toutes les chaînes nationales ?

– Vu comme ça…, admit Albie après un instant de réflexion.

– Et puis je n'ai pas dit que je ne voulais pas me marier avec lui.

Puis, avec un froncement de sourcils :

– Bon, d'accord, je ne veux pas. Mais je serais incapable de t'expliquer pourquoi.

Et, avec un grognement, elle abattit son front sur le comptoir.

– Euh, tu devrais arrêter de mettre ta tête ou tes pieds en contact direct avec toutes les surfaces de ce bouge, dit Albie en lui tendant des serviettes en papier. J'ai peut-être ma petite idée sur la raison pour laquelle tu ne veux pas l'épouser.

Sloane enroula les serviettes autour de ses pieds avant de remettre ses orteils sur le repose-pied du tabouret. Le papier resta collé à sa peau sans difficulté.

– Ah oui ? Alors je t'en prie, éclaire-moi.

Albie fronça le nez.

– Eh bien, il ne donne pas l'impression de te connaître très bien, Slo. Tu n'as rien de mou à l'intérieur…

– Techniquement, *tout le monde* est mou à l'intérieur…

– … et ce n'est pas un *reproche*. On a connu beaucoup de vaillants généraux et de pères responsables dotés d'une saine distance émotionnelle qui n'avaient rien de mou. Certains sont même considérés comme des héros.

– J'ai toujours rêvé d'être un père responsable doté d'une saine distance émotionnelle.

Sloane déplia une autre serviette sur le comptoir et posa son front dessus.

– Putain, Albie, qu'est-ce que je vais faire ?

– Honnêtement, tu le sais déjà, non ?

Elle soupira en regardant la bague glissée à l'annulaire de sa main gauche. Les pierres étincelaient sous les lumières jaunâtres du bar.

Le barman posa deux whiskys devant eux. Ils prirent leurs verres, les portèrent à leurs lèvres d'un même geste et les vidèrent presque cul sec.

– Je vois bien qu'il voudrait que j'arrive à passer à autre chose, reprit Sloane. Comme il pense qu'on a tous vécu la même chose, il se dit que s'il s'en est remis, je devrais m'en être remise aussi.

Albie serra les lèvres, vida son verre et fit signe au barman de les resservir.

– Tu crois qu'il a raison ? Que je devrais juste… passer à autre chose ?

– Si tu trouves comment, préviens-moi.

Elle but sa dernière gorgée de whisky et fixa l'étalage de bouteilles multicolores alignées derrière le bar.

– On n'en a jamais parlé, dit-elle d'une voix sourde.

Elle faisait allusion au jour qu'ils avaient passé tous les deux prisonniers de l'Obscur. Le seul jour, de tous les jours sombres qu'ils avaient eu à subir, qu'ils n'avaient jamais évoqué ni l'un ni l'autre.

– Qu'est-ce qu'il y a à en dire ? demanda-t-il.

– Ouais. Ah, et il pense que je devrais voir un psy.

Albie ricana.

– Un psy. C'est tout ce qu'ils ont comme conseil à donner ?

– Ça ne t'a pas aidé, toi ?

– Si. Et non. Je n'en sais rien. Je voudrais juste qu'ils arrêtent de présenter ça comme si ça allait tout arranger.

Il souleva son deuxième verre d'une main tremblante. Puis il la regarda.

– Ça fait longtemps que tu as demandé à voir ces documents, Sloane ? Pourquoi j'ai l'impression que ça ne fait que te rendre les choses plus difficiles ?

Sloane resta silencieuse un moment.

– Il y a une question que je me suis toujours posée, déclara-t-elle enfin. Je me demande s'ils avaient trouvé d'autres Élus potentiels que nous. Je sais que les critères étaient très précis, mais il y a trois cents millions d'habitants rien qu'en Amérique, alors… il y en avait peut-être quelques autres.

– Et ça te chiffonne ?

Elle hocha la tête et reprit, en inclinant son verre du bout de l'index :

– Et si la différence entre eux et nous, ce qui a fait de nous les Élus, c'était juste que nos parents ont dit oui alors que les leurs ont refusé ?

Elle se rappela sa conversation avec sa mère. La chambre faiblement éclairée, aux lourds rideaux fermés. Les vêtements sur lesquels elle avait marché en s'approchant du lit. Et les contours du corps de sa mère sous les couvertures, recroquevillée sur elle-même comme les insectes morts sur le luminaire au-dessus de la table de la cuisine. L'odeur d'alcool et de corps non lavé qui imprégnait tout l'appartement.

Et la façon dont elle avait dit à Sloane qu'elle pouvait faire ce qu'elle voulait.

Albie la regarda tristement.

– Ça voudrait dire qu'on a des parents de merde. Ce qui n'est pas un scoop, pour être franc.

Sloane riait entre chaque mot.

– Ça ne s'est pas *du tout* passé comme ça ! Bert m'a entraînée à l'écart et il m'a sorti un truc du genre : « Tu as l'air d'avoir du mal à travailler sous le regard des autres. »

– Et ensuite, il a ajouté que tu devrais la jouer tueuse solitaire ! s'exclama Albie. Je t'assure que ça s'est passé comme ça.

– Comment tu le saurais ? Tu n'y étais même pas ! Sans compter que je n'ai jamais tué personne.

– N'empêche que tu faisais une Élue bien plus coriace que moi, insista Albie. Moi, j'étais plutôt du genre… chair à canon. Comme Bert m'a dit un jour : « Tu es parfait dans la tempête, Albie. Matt a de la chance de t'avoir. » Sous-entendu pour mourir à sa place, histoire qu'il puisse continuer à sauver le monde.

Sloane secoua la tête.

– Tu sais parfaitement que ce n'est pas ce qu'il voulait dire.

Il haussa les épaules.

– Espèces de bâtards, leur lança Esther en arrivant à grands pas.

Sloane ne l'avait pas vue entrer. Elle portait un manteau en fausse fourrure qui bouillonnait autour de son visage, comme une collerette à l'ancienne. Elle était suivie par Ines et Matt, qui brossait ses épaules saupoudrées de neige.

– La prochaine fois que vous vous faites la malle, merci de nous mettre dans le coup. Une bonne femme m'a tenu la grappe pendant *vingt minutes* avec son voyage à Florence !

Elle balança son sac à main sur le comptoir, fit signe au barman et commanda une flottille de gin-tonics.

Matt posa une main froide sur l'épaule de Sloane.

– Dis donc, tu as une façon un peu curieuse de fêter nos fiançailles.

– Attention, dit-elle à Albie. Retour aux choses sérieuses.

– Chut, répliqua ce dernier. Il t'entend.

– J'aimerais juste que tu me dises ce que tu ressens vraiment, Sloane, reprit Matt assez sèchement.

– Si tu veux savoir, je regrette d'avoir mis ce corset. Assieds-toi et prends un verre.

– Pourquoi tu t'es enroulé les pieds dans des serviettes en papier ? s'étonna Ines.

– Si j'avais écouté Albie, je serais entièrement enroulée dans des serviettes en papier. Des bandeviettes.

Elle n'aimait pas la manière dont Matt la regardait : comme une voiture en panne au bord de la route, dont il cherchait à identifier le problème en inspectant le moteur. Comme si un truc clochait dans sa mécanique interne et qu'il comptait bien réussir à la réparer. Et c'était peut-être bien le fond du problème dans leur relation : il ne la voyait pas. Il voyait celle qu'elle pourrait être après quelques ajustements, alors qu'elle ne demandait qu'à rester cassée et à avoir la paix.

– Tu sais quoi ? dit-elle en appuyant la joue sur sa paume. Ça me plaît d'être comme ça, en fait.

– Tu veux dire bourrée ? Ouais, tu n'es pas la seule, Slo.

La main de Matt était toujours sur son épaule, mais elle s'était réchauffée à son contact.

– Pas bourrée, non. Comme je suis au quotidien. Et je suis comme ça à l'extérieur *et* à l'intérieur. Pas de fourrage praliné. Tous les autres te le diront.

Albie s'était mis à hocher la tête.

– Ou alors, peut-être un fourrage au jus de citron. Ou à la réglisse.

– Peut-être que les autres ne te connaissent pas aussi bien que moi, dit doucement Matt.

– Sauf que c'est moi qui te le dis, répliqua Sloane plus fermement. L'Obscur a aspiré tout ce qu'il y avait à l'intérieur. Je le sais, tout le monde le sait. Sauf toi.

– Sloane…

– Je rentre.

Elle décolla les serviettes en papier de ses plantes de pied, les posa sur le comptoir et sortit en trébuchant, ses chaussures à la main. Matt la suivit et héla un taxi. Il ne tenta pas de lui parler, et n'objecta même pas lorsqu'elle ouvrit la vitre pour passer la tête dehors tandis que la voiture filait sur Lake Shore Drive. Le temps d'arriver, elle ne sentait plus son nez ni ses joues.

TOP SECRET

ARIS
AGENCE DE RECHERCHE ET D'INVESTIGATION SUR LES PHÉNOMÈNES SUPRANORMAUX

AGENCE DE RECHERCHE ET D'INVESTIGATION
SUR LES PHÉNOMÈNES SUPRANORMAUX

MÉMORANDUM À : CONTRÔLEUR GÉNÉRAL DES FINANCES

À : Service des Finances

OBJET : Projet Sosie, sous-projet 5

Sous l'autorité conférée à l'ARIS par le directeur de l'Agence centrale de renseignement le 4 mars 2018 concernant le projet Sosie AR/CO-2, le sous-projet 5, nom de code Plongée profonde, a été approuvé, et 763 000 dollars des fonds du projet Sosie ont été affectés aux dépenses spécifiques à ce sous-projet.

Charlotte Krauss,

Directrice de la recherche sur les artefacts

ARIS

TOP SECRET

7

Entre les émanations de la vieille BMW diesel de Matt et sa gueule de bois, Sloane avait vaguement mal au cœur. Elle appuya sa tempe sur la vitre fraîche. Esther était repartie dans la matinée. Ils l'avaient déposée à l'aéroport sur le chemin, en lui promettant d'aller la voir bientôt en Californie. Assis à l'avant à côté de Matt, Albie faisait le DJ et le pilote, un portable dans chaque main. Ines, qui partageait la banquette arrière avec Sloane, faisait tressauter son genou tout en pianotant dessus.

– C'est dingue, Ines, lui dit Matt. Tu me fais penser à ces jouets qui vibrent quand on les remonte.

– Ouais, ben je serais peut-être moins stressée si tu ne conduisais pas comme si tu étais immortel.

– Moins fort, s'il vous plaît, intervint Sloane. Slo va vomir.

– Et alors ? Tu as peur qu'on rate l'événement si on parle trop fort ? fit Ines en haussant les sourcils.

– Oui. J'ai besoin d'un public.

Ines éclata de rire en lui tendant un paquet de chips vide. Sloane essaya de capter dans le rétroviseur le regard de Matt, dont le portable sonna à ce moment-là.

– Allô, Eddie ? répondit-il en décrochant.

Cela dit, portable ou pas, il n'aurait pas croisé son regard. Il refusait de le faire depuis la veille au soir.

Sloane décocha un coup d'œil furieux à Ines tout en prenant le sachet, et se détourna encore davantage pour ne plus voir gigoter son genou. Elle regarda les arbres défiler, brouillés par la vitesse. Ils étaient à une heure de Chicago, dans la banlieue nord, où la ville faisait place peu à peu à de paisibles demeures aux pelouses soignées et aux boîtes aux lettres en forme de grange, de chien ou de barque. Elle se demanda quel effet ça faisait d'aller en cours avec de l'argent pour le déjeuner au lieu du sandwich au faux fromage sous Cellophane, de se déplacer dans la voiture offerte par ses parents pour qu'on s'entraîne à conduire, de faire des sorties scolaires en ville, le nez en l'air, à admirer les gratte-ciel. De vivre l'une de ces petites vies tranquilles qui se poursuivent sans accrocs.

– Il faut que je te laisse, Ed, dit Matt. Je ne vais plus avoir de réseau.

Il raccrocha et reposa l'appareil dans le porte-gobelet.

Sloane avait appris à conduire à quatorze ans avec Bert, dans les champs derrière la maison où elle s'était formée à se battre contre l'Obscur. Elle avait failli mettre la vieille Accord dans le fossé, à cause d'un virage trop serré dans la boue. Elle n'avait pas eu besoin de passer par l'auto-école comme tout le monde ; Bert l'avait prise en photo sur fond de mur blanc et, quelques semaines plus tard, lui avait remis un permis sans crier gare, en même temps qu'un passeport et une carte de fidélité déjà partiellement remplie pour des smoothies (AU BOUT DE DIX SMOOTHIES, LE ONZIÈME GRATUIT !)

Sloane sourit à ce souvenir. La carte était toujours dans son portefeuille.

– Tu ferais mieux de télécharger le plan du coin, Albie, dit soudain Ines.

– Fait. Depuis le temps, je suis quand même au courant que les GPS ne marchent pas aux abords des zones de Vortex.

– Tu l'as su à une époque, mais tu t'es tapé deux ans pas faciles entre-temps…

– Oh, très bel euphémisme pour « complètement shooté ».

– Raison pour laquelle je ne prends pas le risque de me fier à ta mémoire.

– Ça se tient.

Sloane fut prise d'un frisson quand Matt quitta la route principale. Elle jeta un coup d'œil sur son portable : plus de réseau. Et ils étaient encore à plus de mille cinq cents mètres du Vortex. Ils ne savaient même pas ce qui leur valait cette convocation.

Mais quand les agents Henderson et Cho demandaient à les voir, ils y allaient sans discuter. Ça leur donnait l'occasion de garder un œil sur les activités de l'ARIS.

Le silence se fit dans la voiture tandis que les premières traces du Vortex apparaissaient dans le paysage. Les gens s'étaient réinstallés dans ces endroits après les destructions, mais leurs maisons n'étaient pas de celles qui arboraient de belles pelouses bien tondues et des boîtes aux lettres fantaisie. La BMW traversait une mer de constructions temporaires délabrées, qui n'avaient jamais été réhabilitées après l'anéantissement des lieux par l'Obscur. Les gens vivaient là sans eau ni électricité, parfois avec des trous béants dans leur plancher. Sloane était venue une fois dans le cadre d'une action bénévole à laquelle Matt l'avait persuadée de participer, et elle se rappelait avoir slalomé entre les débris d'une véranda effondrée pour atteindre la porte d'une maison.

Les arbres n'avaient pas été taillés depuis longtemps, et la base des troncs disparaissait derrière des mauvaises herbes aussi hautes que Sloane. Les hautes herbes pliaient sous leur propre poids le long des trottoirs éventrés. La chaussée elle-même était constellée de nids-de-poule creusés par les hivers rigoureux du Midwest, et la conduite de Matt se faisait de plus en plus cahotique. Sloane gardait prudemment son sachet de chips à portée de main.

– Wouah, souffla Albie. Ça promet.

Sloane manqua se cogner le crâne contre celui d'Ines en tendant le cou pour regarder par le pare-brise. Devant eux, la route semblait s'interrompre abruptement, remplacée par une mer d'abris bâchés aux couleurs vives qui faisaient penser à des bosses sur une piste de ski. Et derrière, sur une petite colline, se dressait le bâtiment gouvernemental temporaire qui entourait l'épicentre du Vortex, une géode toute blanche grande comme un stade de football. Le portable de Sloane s'illumina, signalant que le réseau était de retour.

Il y avait toujours du monde aux alentours des zones de Vortex, et Sloane ne s'y était jamais habituée. C'étaient tous des fanatiques, mais divisés en sous-groupes bien distincts : des apprentis sorciers, pour la plupart, mais aussi des désespérés en quête de réconfort spirituel et, les pires, des adeptes de l'Obscur qui souhaitaient son retour.

Matt prit son téléphone, sans doute pour demander de l'aide à l'agent Henderson, vu l'impossibilité de traverser la muraille de tentes qui se dressait devant eux. Il s'arrêta à distance prudente de la foule et attendit.

– Agent... Oui, bonjour, c'est Matt Weekes. Très bien, merci, et vous ? Parfait. On est là, mais on a un petit problème. Ah, entendu, merci.

Il raccrocha.

– Ils envoient une voiturette de golf.

– Pas question que je passe au milieu de cette bande de dingues dans une *voiturette de golf*, protesta Sloane. Ils ne peuvent pas dégager le passage ?

– Ils ont essayé, apparemment, mais sans succès, répondit Matt. Alors soit c'est la voiturette, soit on marche.

C'étaient les premières paroles qu'il lui adressait depuis un « excuse-moi » marmonné dans la cuisine au petit déjeuner.

– Tu as oublié l'option secrète numéro trois qui consiste à faire demi-tour et à rentrer chez nous, lui signala Sloane. D'autant qu'Henderson et Cho ne nous demandent que des trucs qu'on n'a pas envie de donner.

– Allez, t'en fais pas, Slo, dit Ines. Ça va bien se passer. On te laissera même t'asseoir devant.

– Ô, joie !

– Et prends ton sachet de chips.

La voiturette arriva quelques minutes plus tard, un modèle à plusieurs rangées de sièges. Son conducteur était un blond d'une vingtaine d'années aux manières empressées, à la poignée de main ferme. Il se présenta sous le nom de Scott, dirigea Matt vers un parking puis invita le petit groupe à monter. Sloane prit place à l'avant comme promis, en glissant sur le Skaï beige crissant pour faire de la place à Scott. Les autres s'entassèrent derrière et le véhicule se mit en branle en direction des tentes.

– Il y a de l'ambiance ici, hein ? fit Scott avec un grand sourire. Ça me rappelle les festivals de musique, à part pour...

– ... les fringues encore plus moches ? suggéra Sloane en se retenant à la barre tandis qu'il prenait un virage sur les chapeaux de roue.

Devant eux, un groupe de gens vêtus d'habits flottants étaient assis par terre en cercle. Une jeune femme était allongée au milieu, les mains sur le cœur. Lorsqu'ils les croisèrent, Sloane vit qu'elle tenait une pierre violette sur son sternum et elle leva les yeux au ciel. Sûrement une séance de spiritisme. Beaucoup de gens pensaient que la barrière entre la vie et l'au-delà était plus ténue dans des endroits comme celui-ci, où tant de personnes étaient mortes, et ils y venaient pour communiquer avec leurs défunts.

Devant une tente qui se dressait juste après, un bâton d'encens se consumait sur un petit autel. Puis ils passèrent devant un grand panneau représentant un pentagramme, sur lequel était appuyé l'un de ces balais utilisés dans les rituels wiccans. Des pierres peintes de différentes couleurs étaient éparpillées tout autour, entourées de ficelle ou posées sur des tables basses. Une épaisse odeur de patchouli flottait autour d'eux.

– Il y a toujours quelque chose d'étrange dans l'air ici, remarqua Matt. Comme avant l'orage. Sauf qu'il n'éclate pas.

– C'est peut-être l'esprit du lieu qui te fait cet effet-là, dit Albie. L'encens, tout ça.

– Non, non, je ne parle pas de ça.

– Moi aussi, je le sens, confirma Ines du fond de la voiturette. Ça me donne un peu la tête qui tourne.

Un peu plus loin, un vieil homme torse nu jouait de la flûte de Pan. Il lâcha son instrument en les voyant, mais Matt posa un doigt sur ses lèvres pour lui signifier de se taire. Il avait toujours ce geste pour empêcher les gens de partir en vrille à la vue de leur bande. Ça marchait environ une fois sur deux.

Si Sloane était irritée par tous ces gens qui s'imaginaient que la proximité de ces horreurs et de ces destructions allait leur donner des superpouvoirs et réaliser leurs vœux, ils ne lui posaient pas vraiment de problème. Tout simplement parce que le dernier cercle d'individus qui gravitait autour des zones de Vortex était bien pire que les autres.

Ceux-là étaient les adeptes de l'Obscur, tout sauf des Wiccans bien intentionnés, des druides des temps modernes en tunique longue, des médiums lisant l'avenir dans le tarot ou des astrologues penchés sur la position de Mercure (alors en rétrograde). C'étaient des gens comme on en croisait dans la rue sans se retourner, en majorité des hommes, presque tous blancs, en jean. Ils géraient des sites illégaux où ils expliquaient que les médias fournissaient une image fausse de l'Obscur, qu'il n'avait cherché qu'à réguler la population mondiale pour préserver les ressources et purifier l'Amérique du Nord. Ils déguisaient le vitriol du racisme sous l'apparence de la dévotion pour un mort. Pire encore, ils aspiraient à son retour. Comme s'il n'allait pas les tuer tous au cas où il reviendrait.

Sloane en repéra un groupe qui faisait rôtir des hot-dogs, et la devise inscrite sur leur tente la fit s'étrangler : LE MONDE EST AU BORD DE LA RUPTURE. RAMENONS L'OBSCUR.

Le plus grave était la première partie de la proposition : *Le monde est au bord de la rupture.*

Ils estimaient que Matt – les autres aussi, mais Matt surtout – incarnait un mal à réparer, le vrai fléau que l'Obscur allait devoir éradiquer pour ouvrir la voie à leur utopie suprémaciste blanche.

Au dernier moment, l'un des adeptes les reconnut et pointa son hot-dog dans leur direction en criant : « Assassins ! »

– Génial, dit Matt, assis derrière Sloane. Scott, ce truc ne peut pas rouler un peu plus vite ?

– Non, on n'est pas loin de la vitesse maximale. Mais pas de souci, on est presque arrivés !

Sloane sentit une veine palpiter derrière ses yeux. L'un des hommes approchait, hot-dog à la main, les doigts maculés de ketchup. Peut-être qu'il criait lui aussi, mais elle n'en aurait pas juré à cause du bourdonnement dans ses oreilles.

Hou hou, Sloane, ça te ferait du bien de dormir la nuit.

– Qu'est-ce que tu viens de dire ? lança-t-elle au type au hot-dog.

– Tu m'as bien entendu, gronda l'homme. Petite salop…

– Slo, intervint Ines, un bras sur ses épaules. S'il te plaît, reste là.

– Ces… connards de…

– Ouais, je sais. Mais n'importe qui ici peut sortir son portable et tourner une vidéo de toi en train de démolir un crétin adipeux affligé d'un complexe d'infériorité. Alors…

– On y est ! lança joyeusement Scott comme si de rien n'était. On passe la sécurité vite fait bien fait, et je contacte l'agent Cho.

Sloane se demandait parfois si le monde méritait qu'ils l'aient sauvé.

8

Il y avait quelque chose ici.

Sloane le sentit dès qu'ils eurent franchi la porte.

Dans la géode qui hébergeait la société ERZOC (Expertise et réhabilitation des zones de catastrophe), servant d'écran à l'ARIS, on avait l'impression de se trouver à l'intérieur d'une balle de golf géante. La construction était gigantesque et toute blanche, et les petits panneaux triangulaires qui constituaient le toit permettaient d'obtenir une courbe parfaite. Ils étaient incrustés de lumières fluorescentes qui faisaient luire l'ensemble comme une décoration d'Halloween, teintant les visages en vert. Des gens allaient et venaient d'un pas pressé, les uns en uniforme standard de fonctionnaire – costume noir ou gris agrémenté d'une cravate banale et cheveux bien peignés – les autres en combinaison de protection, capuche rabattue sur les épaules.

L'agent Henderson les attendait à l'entrée, les yeux sur sa montre massive, un porte-document en cuir glissé sous le bras. Quand Sloane avait fait sa connaissance, juste après la mort de Bert, c'était l'image type du maître-nageur : grand, musclé, puissant. Mais il s'était épaissi depuis la chute de l'Obscur. Sa barbe auburn était maintenant piquetée de gris. Il avait une femme et deux enfants, un crédit immobilier et un compte de retraite complémentaire.

– Salut, leur dit-il avec un sourire morne.

Sloane l'examina du coin de l'œil. Quelque chose… clochait. À moins que ce ne fût un effet secondaire de son propre malaise.

Il y avait quelque chose ici, dans la géode. Elle le sentait.

– Alors, ça vous a plu, la balade en voiturette de golf ? demanda Henderson.

– Ça bombe, dis donc, ces petits trucs, répondit Albie.

– Ouais, le couple moteur doit tourner autour des cinq cents NM ? enchérit Ines du tac au tac. Sans parler des tours minute !

– Ah, j'avais oublié votre petit numéro, fit Henderson en agitant l'index entre Albie et Ines. Rien repéré de particulier dehors ?

– Il y avait une séance de spiritisme en cours, mais ça a l'air de faire partie de la routine pour ces gars-là, dit Matt. On sait s'il y en a qui ont déjà réussi à parler aux morts ?

– Ils disent que oui, répondit Henderson en haussant les épaules. À mon avis, c'est du flan, mais je n'exclus plus rien. Ça va, Sloane ? T'as pas l'air en forme.

De la magie. Voilà ce que c'était. Forcément. Elle avait des petits picotements dans la poitrine au niveau du sternum. Elle n'avait pourtant jamais perçu de magie ici, dans cette zone en particulier. Il aurait été plus logique qu'elle éprouve les sensations inverses, une sorte de langueur dans l'air, une impression d'étiolement.

– Merci, réussit-elle à répondre. Ça fait toujours plaisir.

Puis ils dirent au revoir à Scott, qui partit retrouver sa voiturette en agitant la main avec entrain, et Henderson les conduisit dans un couloir gris aux murs temporaires masqués de tentures. Le sol était recouvert d'un revêtement à la texture élastique tout aussi gris et tout aussi temporaire. Au bout de dix ans, les locaux faisaient toujours l'effet d'avoir été érigés dans l'idée d'être rapidement abattus. Il n'y avait pas de bureaux, rien que de longues tables encombrées de terminaux d'ordinateurs et d'enchevêtrements de câbles.

La zone du Vortex était comme une roue de vélo dont ils auraient commencé par parcourir la circonférence avant de suivre l'un des rayons vers le centre.

Alors qu'ils s'approchaient du noyau, Sloane vit qu'il était entouré de panneaux vitrés allant du sol au plafond, éclairé par des petits amas de spots à la lumière blanche. Quels que soient les éléments de la zone de Vortex qui avaient subsisté, l'ARIS tenait à les observer de *très* près.

Mais la magie perçue par Sloane ne venait pas de là. Les picotements gagnèrent son abdomen. Elle tenta de concentrer son attention sur la salle de réunion dans laquelle Henderson venait de les faire entrer. Sa partenaire – Eileen Cho – les y attendait en s'amusant à faire tourner un ordinateur portable en rond sur la table. Sur leur droite, une paroi entièrement constituée d'un quadrillage de vitres donnait sur la zone de Vortex, où des dizaines d'ouvriers en combinaison de protection blanche arpentaient les bordures du gouffre en communiquant par signes et en prélevant des échantillons à l'aide d'outils métalliques.

Le Vortex avait créé un profond cratère, si profond que de là où Sloane les observait, les hommes ne semblaient pas plus grands que des enfants. La première fois qu'elle avait vu une zone de Vortex, elle s'était attendue à découvrir une substance uniforme, comme la surface de la Lune. Mais on y distinguait encore les vestiges de ce qui avait été détruit : bouts de planches, briques qui s'effritaient, blocs d'asphalte, fragments de vieux tissu. Ils rappelaient que l'endroit avait été autrefois une rue de banlieue. Que des gens avaient vécu là. Et qu'ils y étaient morts.

– … cérémonies des Dix Ans de Paix, disait Cho. Bert aurait dû y être.

Ines et Matt hochaient la tête. Sloane, elle, n'arrivait pas à penser à autre chose qu'à la pile de dossiers enfermés dans le tiroir du bas de son bureau, qu'elle lisait tôt le matin avant que Matt ne soit levé. Le Bert qui se dessinait dans ces pages ne correspondait pas vraiment à celui dont elle se souvenait. Ce dernier ne l'aurait jamais qualifiée de « chien errant ».

– Hé, ho, Sloane, ça va ? lui demanda Cho.

Ses cheveux étaient noués à la va-vite sur sa nuque et sa chemise boutonnée n'importe comment. Elle donnait toujours l'impression de s'être habillée dans le noir. Ça faisait partie de ses compétences ; elle était chaleureuse, un peu maladroite, et savait inspirer confiance. Bert aussi avait fait preuve de ce talent-là lorsqu'il avait surgi sur la pelouse de Sloane dans sa vieille Honda.

Sloane tapotait le bout de ses doigts ankylosés un à un avec le gras de son pouce afin d'y ramener des sensations.

– Qu'est-ce qui se passe ici ? demanda-t-elle.

– Je vois que tu as fait des progrès dans l'art de la conversation, fit Henderson. Asseyez-vous.

Quand tout le monde se fut installé, il braqua une télécommande sur la paroi vitrée et toutes les fenêtres s'illuminèrent en bleu, révélant l'image d'un écran d'ordinateur agrémenté d'un curseur blanc. Cho avait ouvert le portable et cliqua sur un fichier vidéo intitulé *1ICI45G*. Tous attendirent la fin du chargement en fixant la roue multicolore, et comme toujours, Sloane fut frappée par la lenteur de la technologie gouvernementale. Elle aurait sans doute lâché un commentaire si elle n'avait pas été distraite par ses picotements. Enfin, les images s'affichèrent simultanément sur les cinq fenêtres.

– Cette vidéo a été tournée il y a cinq jours sur un bateau à l'ouest de Guam, dans le Pacifique, précisa Henderson.

Projetée sur des écrans aussi grands, l'image n'était par très nette, mais Sloane perçut clairement les vagues qui s'entrechoquaient, les ventres renflés des nuages chargés de pluie et le tangage du bateau qui fonçait sur l'eau. Sloane retrouva presque les sensations qu'elle avait éprouvées la dernière fois qu'elle s'était trouvée en mer – mais ce n'était pas le moment de penser à ça.

Soudain, la mer devint d'un calme d'huile, le tangage cessa et Sloane vit une masse sombre bouger juste sous la surface. L'objet non identifié transperça le calme et jaillit droit dans les airs. Un autre suivit, puis encore un autre, trop vite pour qu'elle les identifie. Ils étaient de la taille d'un homme – non, plus gros ; ils étaient juste un peu écrasés par l'angle de prise de vue. Ils se mirent à planer au-dessus de l'eau, qui recommença à s'agiter en secouant le bateau comme un canard en caoutchouc dans une baignoire.

Puis la caméra zooma, et Sloane réalisa que c'était des *arbres*. Plus précisément des pins, aux aiguilles chargées d'eau. Il devait y en avoir une trentaine, suspendus en l'air à des hauteurs différentes comme des carillons.

– Qu'est-ce que c'est que cette connerie ? commenta Ines.

– Comme tu dis, fit Henderson. Cho, tu peux ouvrir le deuxième ?

Celle-ci cliqua sur le fichier suivant, intitulé *2ICI45G*.

– Australie, annonça-t-elle en introduction.

La vidéo montrait une plage rocailleuse, à l'heure où le soleil commençait à disparaître dans la mer. Tout baignait dans sa lumière orange, même les herbes sèches qui poussaient sur ses pentes.

« Tu es sûre ? » demanda la voix masculine derrière la caméra.

« Mais oui ! »

La caméra tourna à quarante-cinq degrés, révélant un rocher gros comme une maison auquel s'adossaient des roches plus petites, comme si des blocs s'étaient éboulés sous l'effet de l'érosion. Plusieurs silhouettes minces se tenaient debout dessus, des canettes de bière posées à leurs pieds.

Sloane enregistra les lanières des maillots de bain, les ourlets déchiquetés de shorts en jean et la visière d'une casquette de baseball.

La caméra zooma sur une fille d'une quinzaine d'années au ventre plat et hâlé, en short et haut de maillot de bain rayé rouge et blanc. Ses cheveux éclaircis par le soleil s'étalaient sur ses épaules. Elle s'était tournée pour agiter la main à l'adresse de la caméra. Le coucher du soleil flamboyait derrière elle.

« Si ça ne marche pas cette fois-ci, au pire, je tomberai dans l'eau, déclara-t-elle en haussant les épaules. Tu filmes ? »

« Oui ! répondit la voix du garçon. Vas-y ! »

« OK, regardez-moi ! »

Écartant ses bras frêles en croix, la fille leva un pied et le posa dans le vide devant elle. Puis elle avança l'autre pied et se tint en suspension au-dessus de l'eau. On voyait le ciel rougeoyant sous ses pieds. Il n'y avait rien en dessous d'elle… et elle ne tombait pas.

Ses compagnons poussèrent des cris incrédules en levant le poing en l'air. Certains trinquèrent en faisant tinter leurs canettes, et la caméra trembla lorsque celui qui filmait leva la sienne avec les autres.

« Attention, je vais faire un autre pas ! » prévint la fille.

Et avant que quiconque ait pu objecter, elle avança de nouveau un pied, semblant s'appuyer sur le ciel.

Soudain elle bascula, non pas en avant, mais sur le côté, les jambes balayées comme si on lui avait fait un croche-pied. Elle hurla tandis que ses cheveux formaient un rideau à la verticale. Et ce fut comme si elle tombait en battant des bras désespérément, non pas dans l'eau, mais vers le *haut*, vers les nuages. Ses cris résonnèrent sur les rochers. La caméra la suivit tandis qu'elle continuait à s'élever, de plus en plus petite, jusqu'à ce qu'elle ne soit plus qu'un point dans les nuages. Puis elle disparut.

« Barbara ! Barbara ! » hurlait le garçon à la caméra.

La vidéo prit fin et l'écran redevint bleu. Cette fois, tout le groupe resta muet.

– La troisième, s'il te plaît, Cho.

Ce fichier-là, intitulé *3ICI45G*, s'ouvrit sur des images sous-marines. L'ensemble était bleu, brumeux, plongé dans une atmosphère irréelle. On voyait la surface onduler doucement au-dessus, éclairée par le soleil. De nouveau, Sloane se rappela la Plongée, sa dernière sortie en mer, l'odeur d'algues et d'iode, et les picotements revinrent de plus belle, non seulement dans ses doigts mais jusque dans ses coudes, comme si ses bras s'engourdissaient. Elle les secoua en regardant un plongeur entrer dans le champ de la caméra, les yeux protégés par un masque réfléchissant. Il pointa vers le bas et le mouvement de la caméra suivit la direction indiquée.

Sloane vit ce qui semblait être un paquet d'algues au fond de la mer. Le caméraman descendit tout en souplesse. Les rayons du soleil réfractés par les vagues éclairaient des rangées de plantes bien alignées, dont les longs filaments se balançaient au rythme des courants. Le plongeur s'en approcha et Sloane aperçut bientôt une grande structure métallique, munie de roues et surmontée d'une longue barre transversale.

C'était un pivot d'irrigation, comme ceux que les agriculteurs utilisaient dans les champs, là où elle avait grandi.

Elle se pencha en avant en réalisant que les rangées de plantes n'étaient pas des algues, mais des plants de maïs. On devinait la silhouette d'un tracteur un peu plus loin. Le caméraman s'avança en zoomant sur les épis intacts nichés entre les feuilles et se glissa sous l'arche métallique du système d'irrigation. On distinguait maintenant clairement le tracteur, ainsi que l'homme toujours assis dedans, les genoux bloqués par le volant, les bras flottant vers la surface.

Cho mit sur pause pendant quelques secondes avant d'éteindre.

– Ça, c'était à Hawaï il y a trois semaines, dit-elle. On n'a pas réussi à identifier l'homme dans le tracteur. Mais la fille de la deuxième vidéo s'appelle Barbara Devore. Elle a disparu depuis un mois, maintenant.

– C'est forcément de la magie, dit Matt. Non ? Je ne vois pas ce que ça pourrait être d'autre.

– Ça relève clairement du paranormal, en tout cas, admit Henderson. Nous avons mené des enquêtes approfondies sur chacun de ces incidents, ainsi que sur des centaines d'autres survenus au cours de la dernière décennie. Et nous avons eu la confirmation qu'il ne s'agissait pas de canulars.

– Il y a toujours eu des incidents paranormaux ici et là, ajouta Cho, mais ils semblent de plus en plus nombreux, et de plus en plus rapprochés.

– Vous…, commença Albie.

Il déglutit, et Sloane put voir sa pomme d'Adam redescendre avec difficulté.

– Vous croyez que l'Obscur est de retour, quelque chose comme ça ? C'est pour ça que vous nous avez demandé de venir ?

Sloane ressentit une brûlure à la poitrine, sans savoir si cette réaction avait la même cause que ses picotements ou si elle venait d'un pur sentiment de terreur. N'y tenant plus, elle se leva et contourna sa chaise.

– Qu'est-ce qu'il y a ? lui demanda Cho.

– Quoi ? On ne peut plus faire les cent pas comme au bon vieux temps sans subir un interrogatoire ?

Henderson réagit par un petit rire avant de répondre à Albie :

– Non, on ne pense pas que ce soit l'Obscur. On n'a observé aucun signe de son retour, aucune présence extérieure lors de ces incidents, par exemple. Aucune pratique de la magie par un individu. Ce qui n'empêche pas qu'elle soit omniprésente. Non, de notre point de vue, du moins le point de vue le plus partagé à l'ARIS, c'est un peu comme une radio mal réglée. C'est flippant quand la musique se met en route toute seule, mais ça n'a pas d'implication de malveillance.

– Si je comprends bien, notre planète fonctionne comme une radio défaillante et ça ne vous inquiète pas ? intervint Matt.

– Si, bien sûr que ça nous inquiète, admit Cho. Mais je préfère de loin que le problème vienne d'un dérèglement de la source de magie de la Terre plutôt que du retour de l'Obscur. Sans hésiter.

Sans l'avoir décidé, Sloane se dirigeait maintenant vers la porte à deux battants de la salle de réunion. Tout son corps était en feu. En s'approchant, elle sentit une odeur chimique et familière, une odeur de soufre. Elle l'avait déjà sentie sur ses mains, après avoir pratiqué la magie.

Avec l'artefact.

L'Aiguille de Koscheï.

Lorsqu'elle s'était rendue au milieu de l'océan Pacifique avec une équipe de l'ARIS, elle n'aurait jamais imaginé que l'Aiguille lui coûterait si cher. À la fin, elle était prête à tout pour s'en débarrasser, au point qu'elle l'avait retirée de sa main à coups de dents.

Les autres se taisaient. À moins que ce ne fût le bourdonnement dans ses oreilles qui l'empêchait de les entendre. Elle ne poussa pas la poignée de la porte, se contentant d'y appuyer les paumes en inspirant à fond, lentement.

Elle sentit la présence de Matt derrière elle. Elle n'eut pas besoin de se retourner pour savoir que c'était lui. Elle connaissait ses contours, sa chaleur. Et il n'hésitait pas à se tenir tout près d'elle, si près que leurs bras se touchaient presque. Ce n'était pas seulement parce qu'ils étaient ensemble – pardon, *fiancés*, rectifia-t-elle – mais parce qu'il était comme ça, il n'avait pas peur de s'approcher des autres.

– Qu'est-ce qu'il y a ? demanda-t-il.

– Tu ne sens pas ?

– Il règne une drôle de sensation, mais pas plus que d'habitude sur une zone de Vortex. Pourquoi ? Tu sens quoi, toi ?

Sloane fixa la cicatrice qui barrait le dos de sa main droite, un réseau de peau épaisse, plus pâle que le reste.

– Ça me chiffonne depuis qu'on est entrés. Ils ont fait un truc nouveau. Et ça se trouve derrière cette porte.

– OK, dit Matt en lui effleurant l'épaule. Eh bien, retournons nous asseoir et posons-leur la question.

Sloane acquiesça d'un signe de tête. Elle savait confusément qu'elle en aurait un peu honte plus tard mais, dans l'immédiat, elle laissa Matt la prendre par la main et la ramener à la table.

Henderson, Cho, Albie et Ines étaient toujours à leur place, l'air un peu perplexe.

– Bon, j'imagine que ça fera l'affaire comme transition, déclara Henderson en se grattant la barbe. Alors, disons que depuis l'augmentation de ces incidents, on a mis l'accélérateur sur certains de nos programmes en cours. Comme il nous a paru important de comprendre la nature précise de cette magie et la façon dont elle est mise en œuvre, nous avons développé un procédé dont nous pensons qu'il canalise la magie. À vrai dire, ta réaction est très encourageante, Sloane.

– Vous ne l'avez pas testé ? demanda Ines.

– Pas encore, répondit Cho. On espérait que vous accepteriez de nous aider. Après tout, pour autant qu'on en sache, vous êtes les premiers à avoir employé la magie avec succès. Vous risquez moins de provoquer une catastrophe.

Sloane avait un goût de cuivre dans la bouche. Elle regretta de ne pas avoir gardé son paquet de chips.

– Vous avez choisi quoi, une baguette magique ? fit Ines. Attendez, non, plutôt une boule de cristal ? Un marteau géant ? Allez, dites-moi que c'est un marteau géant.

– Non, dit Sloane.

– Non, t'as raison, on parle du gouvernement, à tous les coups, ça doit être une bête boîte à la con.

– Non, répéta Sloane. On ne vous aidera pas à tester votre arme de merde.

– Slo, glissa Matt. Ce n'est pas parce que ça exploite la magie que c'est une arme.

Cho se déplaça pour s'asseoir en face de Sloane et croisa les mains sur la table. Ses jointures étaient épaisses et calleuses. Sloane lui avait entendu dire une fois qu'elle faisait de l'escalade.

– Pour savoir réparer le problème, quel qu'il soit, on a besoin de comprendre le fonctionnement de la magie et son mode d'utilisation, dit Cho. C'est pour ça qu'on a créé cet outil, et uniquement pour ça.

– Vous espérez me faire croire que vous avez développé ce truc pour empêcher des adolescentes de s'envoler ? reprit Sloane. Vous travailliez déjà dessus avant de savoir qu'il y avait un problème. Vous venez de l'admettre vous-mêmes.

– L'un des rôles de cette agence est de faire progresser les découvertes scientifiques…, commença Cho.

– J'ai étudié l'histoire, la coupa Sloane en ravalant le goût de fer qui lui emplissait la bouche. Je sais ce qui pousse un gouvernement à investir dans les progrès scientifiques. Si on a des fusées qui vont dans l'espace, c'est uniquement parce que vous vouliez faire dégager les Soviétiques. Ce qui se passe ici, ce n'est rien d'autre qu'une nouvelle course à l'espace.

– En admettant que ce soit une arme, Sloane, répondit Henderson, tu préférerais que la Chine ou la Russie la mette au point avant nous ? Tu t'imagines peut-être qu'ils n'essaient pas de maîtriser la magie de leur côté ?

– Si j'avais le choix, répliqua-t-elle, je préférerais que les gouvernements arrêtent de jouer à celui qui pourra détruire les autres le premier.

Au tintement qui résonnait dans ses oreilles, elle sut qu'elle commençait à paniquer.

– Ouais, et moi je préférerais ouvrir un putain de salon de thé, dit Henderson. Mais il faut bien qu'on affronte la réalité.

– Des milliers de gens sont morts à cause de la magie, enchaîna Matt. Ici même, d'ailleurs. C'est arrivé sous nos yeux. Et vous voudriez qu'on se rende complices d'une opération qui risque de provoquer d'autres morts ? Après ce qu'on a vu ? Après ce qu'on a fait ?

Il avait fini d'une voix étranglée que Sloane ne lui avait pas entendue depuis longtemps. Elle se fit la remarque qu'il n'en savait pas la moitié. Il ne savait rien de ce qu'elle avait fait, et il ne le saurait jamais.

À côté d'elle, Albie fixait ses mains, repliées sur le bord de la table. Autrefois, il avait les doigts assez agiles pour plier les origamis les plus complexes. Un jour, il avait essayé d'apprendre à Sloane à faire une grue, et ils avaient fini avec une montagne de papier froissé. Mais les épreuves que lui avait infligées l'Obscur pendant leur détention lui avaient faire perdre toute sensation au bout des doigts et il avait laissé tomber les pliages. Ses mains tremblaient, à cet instant.

– Albie, dit-elle.

Il ne la regarda pas.

– C'est…

Il s'interrompit pour s'éclaircir la gorge. Albie était plus petit que la moyenne, avec des cheveux blonds déjà clairsemés qui formaient des épis partout et une posture voûtée, conséquence des dommages irréversibles subis par sa colonne vertébrale. Il n'était l'Élu de personne et ne le serait jamais.

– C'est quand même important de savoir comment s'en servir, non ? reprit-il. Pour empêcher qu'elle soit utilisée contre nous.

– Tu n'es pas sérieux, réagit Matt.

– Ne prends pas ton ton de héros avec moi, répliqua Albie, dont la voix aussi tremblait, maintenant. Personne n'a jamais utilisé la magie contre vous – aucun d'entre vous – comme l'Obscur l'a fait avec moi. Que ce soit un outil, une arme ou une connerie de peluche, je ne vais pas rester assis là pendant que le reste du monde cherche comment nous faire subir je ne sais quoi sans qu'on sache quoi faire pour répliquer. C'est le principe de l'équilibre de la terreur.

Sloane chercha ses mots et ne les trouva pas. Il n'avait pas tort. Elle aussi, elle avait été kidnappée par l'Obscur, mais il ne lui avait pas infligé ce qu'il avait infligé à Albie, ne s'en était pas pris à elle physiquement et ne l'avait pas laissée avec des doigts insensibles, dans l'incapacité de participer au combat.

Non. Avec elle, il s'y était pris autrement. Il l'avait démolie sans même la toucher.

– Si des gens meurent à cause de ta participation, tu auras ce poids sur la conscience, dit-elle enfin.

– Et si des gens meurent parce que je n'aurai pas participé ? demanda-t-il en la regardant enfin dans les yeux. D'une manière ou d'une autre, on y arrivera. On y arrive toujours.

TOP SECRET

AGENCE DE RECHERCHE ET D'INVESTIGATION
SUR LES PHÉNOMÈNES SUPRANORMAUX

MÉMORANDUM À : ROBERT ROBERTSON (ARIS)

OBJET : PROJET SOSIE, SUJET N° 2, SUITES DE LA PLONGÉE PROFONDE

Cher agent Robertson,

Vous trouverez ci-joint le document dont nous avons parlé. Sloane et moi l'avons rédigé au cours de l'une de nos séances de thérapie cognitive et comportementale visant à traiter son trouble de stress post-traumatique. La thérapie d'exposition consiste à susciter un sentiment de panique chez Sloane pour l'accoutumer aux émotions provoquées par cet état. À cette fin, vous trouverez ci-après le compte rendu détaillé de notre séance, dont le but était de recréer autant que possible l'expérience de l'événement auquel nous nous référerons sous le nom de la « Plongée ».

Je me permets de vous rappeler que j'enfreins la loi sur la confidentialité des données médicales (HIPAA) en mettant ce document à votre disposition. Cependant, j'admets que la gravité de la situation justifie une exception.

Avec mes remerciements.

Bonne semaine,

Dr Maurene Thomas

Je suis sur le bateau de l'ARIS. C'est le matin, et il fait froid. Il y a des reflets aveuglants sur l'eau. Quand je tire la cordelette attachée à la fermeture de ma combinaison de plongée, je sens la matière synthétique se resserrer dans mon dos. L'embout buccal a un goût chimique. J'ai l'impression d'avoir le nez bouché quand j'essaie de respirer uniquement par la bouche.

Je suis entourée par des agents de l'ARIS, qui se ressemblent tous dans leurs combinaisons noires. Mais en les regardant mieux, je reconnais la courbe des hanches de Maggie, les longues jambes musclées de Marie et la petite moustache de Dan. Je ne vois pas leurs yeux derrière leurs masques, et c'est un soulagement, parce qu'ils m'observent d'un œil sceptique depuis mon arrivée.

Et il y a de quoi. Je n'ai que quinze ans. J'ai décroché mon diplôme de plongée à l'arrachée, juste après avoir été briefée par Bert sur ma mission.

Mais comme je suis une Élue, c'est moi qui prends la tête et eux sont censés me suivre. Je m'assois sur le rebord en tremblant de froid, à moitié aveuglée par le soleil, tellement flippée que je pourrais vomir, là, tout de suite, et je me laisse glisser dans l'eau.

Le froid est saisissant. Je me force à rester calme, immobile. À respirer à fond dans le détendeur. À inspirer à fond avant d'expirer, pour ne pas hyperventiler. Tout mon corps picote et brûle. Ce n'est pas la même sensation que la piqûre du sel que je sens autour de mon masque. Ça ressemble plus à ce qu'on ressent quand la circulation revient dans un membre engourdi. En venant, j'ai demandé aux agents de l'ARIS si ça leur faisait pareil. Mais ils ne l'ont ressenti ni avant ni maintenant. Il n'y a que moi. Je vois qu'ils se demandent si j'invente et je me le demande aussi.

Les autres m'ont rejointe dans l'eau. On me balance la corde par laquelle je vais rester reliée au bateau. Je l'attache à ma ceinture et je tire dessus pour vérifier qu'elle est bien fixée. Tous les agents de l'ARIS attendent que je me lance. On dirait des extraterrestres avec leur masques polarisés pour leur permettre de voir sous l'eau. La Plongée est trop profonde pour des débutants comme moi, mais on n'y peut rien. Je dois y aller.

Je bats des jambes en pensant au poème de Millay. *Toujours plus bas, ils descendent, dans les ténèbres du tombeau.* J'ai une lampe torche, que je tiens au niveau de ma hanche. Je m'éloigne du bateau en vérifiant régulièrement que les autres me suivent.

Ce qui m'attend n'est qu'une immensité de bleu brumeux. Des bulles, des grains de sable. Un fragment d'algue qui passe ici et là en flottant mollement. Une forme plus sombre se précise lentement devant moi, et je sais ce que c'est.

Je ne m'attendais pas à ce que le navire se confonde si bien avec le fond. Il est du même bleu sourd, couvert d'une fine pellicule de sable. On aurait pu le prendre pour une étendue de corail mort, sans les arêtes aiguës des antennes du radar et le mât principal avec son échelle. Ses barreaux sont encore blancs lorsque je les éclaire avec ma torche.

Je connais ce navire, le *Sakhaline*. J'ai fait des recherches dessus il y a quelques mois. C'est un bateau espion soviétique de classe Primor'ye, mis en service vers 1970. Ces navires étaient d'anciens bateaux de pêche reconvertis, équipés pour la collecte et la transmission de renseignements électroniques. Ils étaient généralement conçus pour le combat, mais le *Sakhaline* était spécial. En m'approchant, je braque le rayon de ma lampe sur les renflements formés par les systèmes d'armement, dont l'un est entièrement enveloppé par les algues.

Les picotements ont atteint ma poitrine. Lorsque j'approche encore, ils gagnent mon ventre et me donnent des brûlures d'estomac. Je continue à battre des jambes pour avancer vers le noyau d'énergie. Je n'ai pas le choix. Pas parce que l'ARIS me force, mais parce que cette sensation, aussi douloureuse qu'elle soit, m'empêche de faire demi-tour.

Quelqu'un tire sur la corde attachée à ma taille pour me signaler que je devrais m'arrêter. Je continue. Je nage au-dessus du canon en contournant la grosse masse de l'accastillage de poupe. En passant au-dessus de la cheminée, je suis assaillie par une vague de terreur aussi violente qu'un coup de couteau, comme si j'allais être avalée par l'obscurité et mise en pièces. Mais je ne peux pas m'empêcher d'avancer.

Devant le mât de poupe, je sais que je suis au bon endroit. La brûlure dans mon ventre se charge en martèlement. À la base du mât de poupe, il y a une porte fermée par un verrou cassé. Sans trop réfléchir, je cogne dessus avec ma lampe torche. Une, deux, trois fois. Déjà fragilisé par l'usure de l'eau et du temps, il se brise.

La petite porte s'ouvre et je braque le faisceau de la lampe à l'intérieur. C'est un petit placard contenant un coffret laqué de la taille d'un grille-pain, finement décoré de fleurs et de feuillages rehaussés d'or, dans le style des poupées russes.

Je devrais le prendre, remonter à la surface et laisser les agents de l'ARIS le scanner pour vérifier qu'il ne présente pas de danger. Mais si je fais cela, ils formeront un périmètre tout autour. Or il faut absolument que je le regarde, que je le tienne, que je sente en moi les battements de son cœur.

Alors je l'ouvre.

Dedans, couchée sur un lit de velours noir, se trouve une aiguille en argent longue comme ma paume.

L'Aiguille de Koscheï.

J'ai lu beaucoup de légendes en préparation de cette mission. L'une d'elles parle de Koscheï, un homme immortel. Il avait caché son âme dans une aiguille, aiguille qu'il avait cachée dans un œuf, caché dans un canard, caché dans un lièvre, caché dans un coffret. Seule la personne qui briserait l'aiguille pourrait lui ôter la vie.

Je tremble en la touchant. Et je crois qu'elle tremble aussi.

Soudain, une douleur atroce, un éclair blanc. Le picotement a disparu et des flammes m'engloutissent. La peau brûlée qui se détache du muscle, le muscle qui cuit et se détache de l'os, l'os qui se change en cendre, voilà l'effet que ça fait. Je hurle dans mon détendeur, qui se décolle de mon visage en laissant l'eau s'infiltrer. Je suffoque en me débattant, j'essaie de saisir la corde qui me relie au bateau, mais mes mains ne m'obéissent plus.

Puis j'éprouve… une secousse qui fait vibrer tout mon corps, comme le son d'une cloche fait vibrer le clocher d'une église. La sensation de vouloir quelque chose si fort qu'on serait prêt à mourir pour l'avoir, une sensation plus forte qu'une soif inextinguible, qu'une envie dévorante, qu'un besoin irrépressible. Je suis vide, plus que cela, je suis un trou noir si entièrement composé de néant que j'attire toute la matière à moi.

Soudain, l'eau bouillonne et tourbillonne, les bulles sont si épaisses que je n'y vois plus rien. Des parties du navire se détachent, arrachées par le maelstrom. Des formes sombres tombent autour de moi : les agents de l'ARIS dans leurs combinaisons de plongée. Je bois la tasse en hurlant et j'ai la sensation d'inspirer quelque chose, comme si je prenais une respiration.

Quand je rouvre les yeux, je ne vois que le ciel. Rien que des nuages autour de moi. Je me redresse et de l'eau dégouline dans mon dos, pénètre dans ma combinaison. Une eau rouge, rouge sombre. Ma main me fait atrocement mal. Je la lève pour la regarder. Un objet dur et droit est enfoncé sous ma peau comme une écharde, juste à côté d'un tendon. J'appuie dessus. L'Aiguille de Koscheï.

Quelque chose flotte à côté de moi sur la surface. Au début, je crois que c'est du plastique, mais c'est mou et glissant quand je le touche. Je le lâche en hurlant en comprenant que c'est de la peau. Tout autour de moi flottent des lambeaux de peau, de muscles, d'os et de viscères.

Ils sont tous morts. Et je suis seule.

TOP SECRET

9

Albie était resté avec Cho pour tester le système. Elle avait promis de le ramener à la maison lorsqu'ils auraient fini.

Sloane ne doutait pas que le dispositif fonctionne. Dans le cas contraire, elle n'aurait pas perçu sa présence avec une telle force. Ils avaient chacun leur propre relation avec la magie et la sienne passait par un désir irrépressible, un besoin violent de chercher et de comprendre. Elle *connaissait* le système, et réciproquement.

Le rapport d'Albie à la magie avait toujours été plus direct. Avec les Freikugeln – les balles de la légende allemande qui ne manquaient jamais leurs cibles – il n'était ni plus ni moins qu'un homme équipé d'un outil, qui aurait aussi bien pu être un marteau ou une scie. Son artefact ne s'était pas enfoui sous sa peau, n'était pas devenu une partie de lui comme l'Aiguille de Koscheï pour elle. Bien que les balles n'eussent jamais tenu les promesses de la légende – pas plus qu'aucun des artefacts qu'ils avaient trouvés – elles avaient permis à Abbie de pratiquer une magie rudimentaire : allumer des feux, faire flotter des objets, ce genre de choses.

Ines, Matt et Sloane reprirent dans l'autre sens le rayon de la roue de vélo et sa circonférence, qui les ramenèrent à Scott et à sa voiturette. La peur qui avait saisi Sloane envers le dispositif avait disparu, laissant place à une sorte d'engourdissement, une dissociation du corps et de l'esprit. Mais elle savait que le temps les réunirait. Il suffisait qu'elle attende.

Scott reprit la même route qu'à l'aller, zigzaguant entre les tentes. Alors qu'ils venaient de démarrer, Sloane repéra la tente portant l'inscription LE MONDE EST AU BORD DE LA RUPTURE. RAMENONS L'OBSCUR et ses oreilles se remirent à bourdonner. Son corps et son esprit se rejoignirent dans un heurt, comme deux mains qui se frappent. Prenant appui sur la barre de protection, elle jaillit de la voiturette, suivie par le cri poussé à l'unisson par Ines et Matt :

– Sloane !

Elle passa devant un petit autel fait d'une souche arborant un squelette d'écureuil enveloppé de perles et de ficelle, puis devant une tente sur laquelle était suspendu un attrape-rêves, du genre fabriqué en Chine et vendu dans les chaînes de boutiques pour hipsters. Ces gens voulaient de la magie sans avoir la moindre idée de ce que c'était. Ils n'avaient jamais assisté au grand décorticage du Vortex, à la façon dont elle séparait les êtres en éléments distincts. Os, tendons, sang et nerfs se disloquaient de telle sorte que l'on voyait tous les composants d'un corps alors même que ce corps gardait assez de conscience pour appréhender ce qui se passait.

Lorsqu'elle atteignit les garçons qui se prenaient pour des hommes regroupés autour du petit feu de camp, ils avaient fini de faire cuire leurs hot-dogs et écoutaient de la musique. Sloane n'entendait que le martèlement de la basse. Le bourdonnement dans ses oreilles couvrait maintenant la plupart des bruits, y compris la voix d'Ines qui l'appelait.

Elle remarqua le couteau de chasse posé sur une caisse de bouteilles d'eau, se campa devant le grill et fixa l'homme qui l'avait traitée de salope un peu plus tôt. Ce n'était pas la première fois et ce ne serait pas la dernière, mais ça restait violent. Ne serait-ce que parce que ça faisait passer sa colère pour quelque chose de mesquin, que ça réduisait toute sa personne à une petite chose ridicule et bornée.

– Salut, fit-elle d'une voix qui lui parut curieusement mielleuse, tout à coup. Vous me reconnaissez ?

Elle lut la réponse dans les yeux écarquillés du type. Et à l'instant où ils se plissaient, où le mot « salope » se préparait sans doute à ressortir, elle se pencha pour prendre le couteau de chasse.

– Qu'est-ce que…, commença l'homme.

Mais elle avait déjà sorti l'arme de son étui pour la plonger dans la toile de la tente, pile à l'endroit de la devise.

– T'es malade ! lâcha le type.

Tous les autres s'étaient levés d'un bond. Sloane n'entendait plus qu'un tintement continu.

– Imbécile ! Tu crois que s'il revenait, il te serait reconnaissant pour ta fidélité ? Qu'il te récompenserait ? S'il revient à la vie, il t'étripera comme tous les autres.

– Il ne ciblait que les faibles, répliqua l'homme. Ton boy, là-bas, il a eu de la chance la première fois…

Ses yeux s'étaient posés derrière elle, sur Ines et Matt dans la voiturette. Mais il n'alla pas plus loin, parce que Sloane lui avait collé son poing dans la figure.

Ses oreilles ne tintaient plus. Elle secoua la main en serrant les dents pour absorber la douleur qui irradiait rapidement le long de son bras. L'homme avait le nez en sang et ses amis, rassemblés autour de lui, abreuvaient Sloane d'obscénités sans oser riposter. Elle n'était qu'une môme, après tout.

Elle avait déjà cogné avant, mais elle oubliait toujours combien ça faisait mal. Ines vint la prendre par le bras pour la ramener à la voiturette. « Allez vous faire foutre ! » lança-t-elle par-dessus son épaule avant de remonter dedans.

Scott la dévisageait.

– Quoi ? fit-elle.

Il se contenta de secouer la tête avant de repartir, aussi vite que le petit véhicule était en mesure de rouler.

TOP SECRET

MÉMORANDUM À JOINDRE AU DOSSIER

À : ARIS (AGENCE DE RECHERCHE ET D'INVESTIGATION SUR LES PHÉNOMÈNES SUPRANORMAUX)

DE : AGENT [redacted], NOM DE CODE BERT

OBJET : SUITES DE LA PLONGÉE PROFONDE

Monsieur le Directeur,

J'ai été très touché par votre lettre concernant l'incident de la Plongée profonde. Nous sommes profondément attristés par la perte de plusieurs de nos meilleurs agents, et il est difficile de poursuivre le projet Sosie sans eux. Mais comme vous le soulignez vous-même, nous devons aller de l'avant, dans l'intérêt de notre cause. L'Obscur est une menace trop grave.

Je comprends votre préoccupation sur la capacité de Sloane Andrews à continuer après le traumatisme subi, et je me permets de vous écrire pour vous faire part de mes observations personnelles. Bien entendu, la décision vous appartient. Après mûre réflexion, je recommanderais de décharger Sloane Andrews du projet Sosie pour les raisons suivantes :

1. Bien qu'il ait coûté la vie précieuse de nombreux agents, et des pertes à la hauteur d'un million de dollars (dépenses que, de toute évidence, nous ne pouvons espérer recouvrer), le projet Plongée profonde a été techniquement couronné de succès. Nous avons pu récupérer l'Aiguille de Koscheï, actuellement implantée dans la main de Sloane Andrews. Ce qui m'amène au point suivant.

2. Concernant l'hypothèse de retirer l'Aiguille par une intervention chirurgicale, les membres du projet Sosie répugnent unanimement à interférer avec une force que nous ne maîtrisons pas. Nous ignorons comment l'Aiguille réagirait en cas d'intervention. Pour cette raison, nous devons considérer Sloane et l'Aiguille comme inextricablement liées. Se passer de Sloane Andrews serait un immense gâchis de ressources, outre

que cela rendrait inutile le sacrifice de ceux qui ont participé à la récupération de l'Aiguille.

3. Bien que Sloane elle-même ait demandé à être déchargée de sa mission, je ne pense pas que nous aurions du mal à obtenir sa coopération. Je l'observe maintenant depuis des années. J'ai acquis sa confiance. Je représente à ses yeux une sorte de figure paternelle. Si je le lui demande, elle restera.

4. Le comportement de l'Aiguille de Koscheï suggère que Sloane présente une puissante affinité avec la magie. Malgré leur dimension tragique, les événements de la Plongée profonde laissent supposer qu'elle possède un pouvoir considérable, qui peut nous être indispensable pour vaincre l'Osbcur.

Je suggère donc que nous incitions Sloane à adopter les techniques employées (souvent inconsciemment) par les soldats au combat, qui consistent à compartimenter le traumatisme pour pouvoir poursuivre leur mission, en réprimant les aspects de leur personnalité qui ne leur sont pas utiles dans les situations critiques. Sloane Andrews fonctionne mieux lorsqu'elle est livrée à elle-même et bénéficie d'une marge importante de responsabilisation et d'autonomie. De mon côté, j'encouragerai ce caractère indépendant en lui confiant des missions en solo pendant que je formerai les autres à fonctionner en équipe sous la direction de Matt Weekes. Nous pouvons demander à la psychothérapeute de Sloane, le Dr Maurene Thomas, d'associer un traitement médicamenteux à des techniques comportementales, afin d'assurer à Sloane un certain degré de stabilité à court terme.

Je me tiens à votre disposition si vous souhaitez en discuter ou me faire part de vos suggestions.

En vous remerciant encore pour votre implication, et pour les fleurs. Nous ne pouvons que faire de notre mieux pour avancer.

Cordialement,

[redacted]

TOP SECRET

TOP SECRET

MÉMORANDUM À JOINDRE AU DOSSIER

À : MONSIEUR LE DIRECTEUR DE L'AGENCE DE RECHERCHE ET D'INVESTIGATION SUR LES PHÉNOMÈNES SUPRANORMAUX

DE : AGENT [redacted], NOM DE CODE BERT

OBJET : SUITES DE LA PLONGÉE PROFONDE

Monsieur le Directeur,

Dans ma lettre précédente, je vous faisais part de mes observations concernant Sloane Andrews dans le contexte de l'incident de la Plongée profonde, en vous présentant un plan d'action. Dans votre réponse, vous déplorez mon « galimatias pseudopsy » et vous me demandez de me montrer plus clair. J'aurais certes préféré que nos communications se poursuivent sur un ton plus amical, mais comprenant la nécessité d'un langage simple pour aborder ces questions, je reformule ma position dans des termes plus adaptés à votre compréhension :

J'ai eu l'occasion de signaler que Sloane Andrews avait des réactions de chien errant. Nourrissez un chien errant et vous gagnerez sa fidélité, même sans nécessairement bien le traiter. En ce qui concerne Sloane, son besoin de reconnaissance est une laisse par laquelle je la tiens, alors même qu'elle a le sentiment de jouir de sa liberté.

Nous ne pouvons nous permettre de perdre les sujets du projet Sosie. Il est trop tard pour cela. S'ils ne parviennent pas à vaincre l'Obscur, nous mourrons tous.

En espérant, Monsieur, que vous trouverez ces termes suffisamment clairs,

Respectueusement vôtre,

[redacted]

TOP SECRET

10

Sloane se tenait devant l'Aile moderne de l'Institut d'art de Chicago à 9 h 30, heure à partir de laquelle son amie Rebecca pouvait la laisser entrer, bien que le musée n'ouvrît au public qu'une heure plus tard.

Elle vit Rebecca arriver derrière la porte vitrée en nouant sa tresse. Son amie bâilla, ouvrit et lui fit signe d'entrer.

– Déjà dans les starting-blocks ? Tu n'es vraiment pas fichue comme les gens de notre âge.

– D'abord, « notre âge » est hors sujet, vu que tu as vingt-deux ans. Et ensuite, on est mardi.

– Et alors ? répliqua Rebecca. Les cocktails du lundi soir sont aussi bons que ceux du samedi.

La présence de Sloane au musée en dehors des horaires s'était banalisée. Le personnel la connaissait et n'avait jamais exprimé d'objection à ce traitement de faveur. C'était peut-être le seul avantage de faire partie des Élus qu'elle appréciait vraiment.

Elle avait intégré cette visite dans son programme hebdomadaire. Elle ne travaillait pas. Quand le gouvernement les avait rémunérés pour leurs années de service, Sloane avait placé l'argent dans un fonds d'investissement. Les intérêts lui permettraient de tenir un moment, à condition de faire attention.

Les autres avaient trouvé davantage de stabilité financière, mais en en payant le prix. Matt avait vendu les droits de son autobiographie en s'associant avec un écrivain expérimenté, et les revenus générés lui donnaient largement de quoi se la couler douce. Ce dont il ne profitait pas, toujours à voyager, à donner des conférences, à participer à des bals de charité et à des galas philanthropiques, à rencontrer des politiciens et des représentants d'associations. Esther avait fait fructifier sa notoriété en cultivant les réseaux sociaux comme elle l'aurait fait d'un jardin. Ines avait publié son histoire sous forme d'un roman graphique qu'elle avait illustré elle-même, en représentant la mort de l'Obscur dans un feu d'artifice de couleurs. Quant à Albie, il avait tourné dans quelques publicités étrangères, ce qui avait couvert ses frais de désintox.

Un jour, Sloane allait devoir trouver un travail sans aucun rapport avec qui elle était, qui ne réclamerait ni qualifications ni compétences, où elle n'aurait plus qu'à vendre un à un des morceaux d'elle-même, comme le faisaient les autres. Elle ne le leur reprochait pas – enfin, pas trop – mais dans un coin de sa tête, elle préférait encore l'idée d'aller vivre dans le garage de sa mère à celle de sacrifier le peu d'intimité qu'elle avait réussi à préserver.

Aérée et lumineuse, l'Aile moderne était traversée par un large couloir central qui desservait une suite de ailes du musée. Sloane monta au département Architecture et design au deuxième étage. Elle commençait toujours par là. L'endroit était désert, comme toujours, même en cas d'affluence dans les autres ailes du musée. Après avoir déambulé devant les chaises en fil de fer tressé, le vase à l'aspect de lait renversé et les croquis de projets architecturaux de la ville, elle alla s'asseoir sur un banc pour contempler le Plan Burnham, le grand projet de réaménagement urbain de Chicago de 1909, qui n'avait été réalisé que très partiellement.

Son frère, Cameron, était étudiant en architecture lorsqu'il avait répondu à l'appel pour combattre l'Obscur. Il était mort dans un Vortex à Minneapolis. Elle n'avait que douze ans à l'époque, mais ils s'étaient disputés lorsqu'il lui avait annoncé sa décision de mettre ses études en stand-by. « Tu n'es pas un soldat, avait-elle argumenté. T'es qu'un intello maigrichon, tu vas te faire tuer. » L'un de ses rares moments de prescience, peut-être.

Elle avait pris toutes les affaires de Cameron qui se trouvaient chez sa mère, et passé tant de temps penchée sur les dessins qui émaillaient son journal intime qu'elle les connaissait par cœur, de la niche de chien qu'il avait dessinée quand il était petit au plan au sol détaillé de la maison de ses rêves, mesures incluses. Il avait toujours cherché à créer des lieux intéressants et chaleureux. Des lieux qui ne ressemblaient pas à un foyer, avait-elle observé un jour sur le ton de la plaisanterie. En tout cas, pas au *leur*.

Il avait aimé le département de l'Architecture et du design du musée. Alors c'est là qu'elle se rendait pour le voir, non au Vortex où il avait perdu la vie ni dans les endroits qu'ils fréquentaient autrefois dans l'Illinois.

Elle y restait rarement longtemps. Une demi-heure, peut-être, avant de passer aux autres salles. Au rez-de-chaussée, l'exposition temporaire du moment présentait des photos de gros-porteurs. Après y avoir erré quelques minutes, Sloane dit au revoir à Rebecca, qui semblait déjà s'ennuyer à mourir, et s'en alla. Elle tourna à droite, gagna le chemin qui longeait le lac et fit quelques étirements avant de se diriger en courant vers le nord, où habitaient Ines et Albie. Le ciel était couvert, la surface du lac d'un bleu métallique. Une légère brume flottait au-dessus et floutait la ligne d'horizon. Le trajet couvrait dix kilomètres, qu'elle effectuerait en une heure si elle tenait son rythme habituel. Elle croisa une petite troupe de cyclistes en maillot de Lycra et une femme vêtue d'un legging rose fluo qui promenait un épagneul. Un homme en short la dépassa à la vitesse du vent.

Elle courait en regardant les vagues s'écraser contres les brisants, les chiens qui s'élançaient derrière des balles de tennis sur la plage, les femmes coiffées de visières qui faisaient de la marche rapide, les poings serrés le long du corps. Personne ne la remarqua ; ici, elle n'était qu'une joggeuse parmi d'autres. Enfin, elle quitta le chemin pour passer au Java Jam.

Essoufflée, elle y commanda deux cafés et les porta chez Ines et Albie. Ils habitaient un appartement d'angle au premier étage d'une de ces charmantes maisons en brique typiques de Chicago. La moquette vert foncé qui recouvrait les marches était usée au milieu à force d'avoir été foulée. Les murs de la cage d'escalier étaient tapissés de papier peint à petites fleurs violettes, rouges et bleues.

Ines, lunettes sur le nez et chignon au sommet du crâne, avait déjà ouvert la porte lorsque Sloane atteignit le palier.

– T'es un peu en avance, non ? observa-t-elle en prenant son gobelet de café sur le petit plateau.

Sloane entra en sirotant son café et sentit le goût de la cannelle.

– On échange.

Elles intervertirent leurs gobelets.

– Je me demande comment tu fais pour boire ça. C'est que du lait.

Les baskets de Sloane crissaient sur le plancher, un parquet de chêne jaunâtre classique de Chicago, qui craquait où qu'on pose le pied. La porte d'Albie était fermée. Celle d'Ines aussi, mais pas de la même manière. Albie fermait la sienne à cause du bruit. Celle d'Ines était verrouillée de l'extérieur, aussi sécurisée qu'un coffre-fort. Quelques années plus tôt, en toute illégalité, elle y éparpillait encore des objets piégés. Sloane n'avait pas le cœur de lui demander si elle continuait. Son amie faisait comme si tout allait bien, mais Sloane avait remarqué les boîtes de médicaments sur sa commode et sa manière de tressaillir à certains bruits ou à certains gestes.

Il faisait bon et le salon était accueillant, avec un énorme pouf poire qui perdait ses billes de polystyrène, un drapeau canadien en guise de rideau à l'une des deux fenêtres et un drapeau mexicain à l'autre.

Ines retourna à sa plaque de cuisson et remua ses œufs avec une cuillère en bois. L'odeur des oignons imprégnait toute la pièce.

– Tu es consciente que tu arrives à trente ans, et que ton mode de vie d'étudiante de première année va finir par perdre son charme, voire par devenir légèrement flippant ? dit Sloane.

– Pourquoi d'étudiante de première année ? C'est une allusion à Frodon ?

– Tu veux dire Frodon Sacquet, ton pouf poire ? Oui, oui, c'est exactement de ça que je parle.

– Ce n'est pas parce que tu refuses de profiter de la vie que les autres n'ont pas le droit de le faire. Tu as des serviettes de toilette blanches et ton idée d'un plaisir du week-end, c'est de courir à l'aube dans la neige fondue. Tu me fais penser au père dans *Calvin et Hobbes.*

– Je l'ai toujours bien aimé, lui.

– Sans blague, ricana Ines. Tu as parlé à Matt ?

Sloane fit non de la tête.

– Il avait son truc sur la surpopulation carcérale hier soir et une réunion ce matin. Pourquoi ?

Ines but une gorgée de café sans répondre.

– Je suis dans le caca, hein ? reprit Sloane.

Ines haussa les épaules.

– S'il croit que je vais m'excuser pour avoir cassé la gueule à ce connard…

– Je ne suis pas là pour que tu puisses t'entraîner à te disputer avec Matt. Simplement, ne compte pas trop sur lui pour te remercier de te prendre pour son gentil chevalier blanc version *Batman*.

Sloane la regarda d'un sale œil.

– Ça y est, je l'ai dit, conclut Ines. Tu as vu la dernière mise à jour des Secrets d'Essy ?

– Non. C'est regardable ?

Ines sortit son portable, dont l'écran affichait déjà la page concernée. Sloane reconnut le décor familier des vidéos d'Esther : son bureau, un fantasme de décoratrice avec draperies en tissus sophistiqués aux couleurs douces et guirlande lumineuse aux petites ampoules rose pâle, le tout visiblement filmé par une caméra haut de gamme capturant chaque reflet de ses cheveux et chaque bibelot sur ses étagères. Et au milieu, Esther, en pull gris mauve bouffant au niveau des avant-bras, buvant du thé dans une tasse sur laquelle était dessiné un petit oiseau. La vidéo était intitulée : « En balade avec les Secrets d'Essy ! »

Esther repassa son clip de la veille, qui montrait sa routine de soins de peau et de maquillage en accéléré. Sloane éprouvait toujours une sorte de fascination perverse devant le nombre d'étapes de son rituel. Elle-même n'aurait jamais été fichue de se rappeler tout ça au réveil. Pas sans café. Voire des amphétamines.

– Je ne la regarde pas se maquiller, dit-elle. Ça me colle de l'urticaire.

Mais Ines avait déjà tendu le bras par dessus le bar du coin cuisine pour passer en avance accélérée les séances impressionnantes de poudrage, d'application d'eye-liner, de maquillage… jusqu'à ce que la vidéo montre à nouveau Esther dans son pull gris, sa tasse de thé à la main.

« J'ai une nouvelle pour vous », annonçait-elle en remuant les sourcils pour faire monter la tension.

Elle avait pris sa voix spécial vidéo, un cran plus pépiante et plus mielleuse que sa voix normale.

« Et non, je ne commenterai pas le coup de poing de ma copine Sloane. Pour ça, vous trouverez un lien en bas de l'écran. »

– Super, soupira Sloane.

Les yeux parfaitement maquillés d'Esther pétillèrent.

« Le 13 février, je lance Essy, ma propre marque de life-style. Eh oui ! Dorénavant, vous allez trouver sur un seul et même site l'ensemble de mes conseils d'achat et de mes reviews, en bref, les réponses à toutes les questions que vous pouvez vous poser ! Parce que je sais bien que vous rêvez de devenir une Essy girl. »

– Bien, commenta Sloane quand Ines eut arrêté la vidéo. On ne pouvait pas y couper, j'imagine.

Ines éteignit la plaque de cuisson et versa les œufs dans une assiette sur le bar.

– Je lui ai proposé de partir avec moi dans quinze jours. Tu devrais venir aussi. Ça te changerait de ce froid.

– J'adore le froid. C'est à cause de mon sang nordique.

– Pas du tout. C'est à cause de ton obstination à adorer ce que tout le monde déteste et inversement, fit Ines en plantant sa fourchette dans ses œufs caoutchouteux. Tu devrais venir quand même. Je vais kidnapper Albie.

Sloane se raidit au mot « kidnapper ».

– Tu l'as vu après son retour hier soir ? demanda-t-elle. Il t'a parlé du prototype ? Tu sais si ça a marché ?

Ines fronça les sourcils.

– Non. Il a filé directement dans sa chambre. Mais ça a forcément marché.

Sloane fut assommée par un coup de barre, tout à coup.

– Ce n'est pas si tragique, reprit Ines avec un petit haussement d'épaules. Si le monde est vraiment en train de partir en vrille – non, mais tu te rends compte, cette fille qui disparaît dans le ciel ? C'est horrible ! –, on aura peut-être besoin de magie pour arranger les choses.

– Je te rappelle que c'est la magie qui l'a détruit, ce monde, dit Sloane sombrement.

– Tu hais la magie de toutes tes forces, dit Ines en désignant de la tête le nœud de cicatrices qui mutilait la main de son amie. Mais tu n'as jamais expliqué pourquoi.

Sloane glissa la main sous le rebord du comptoir.

– Ce n'est pas que je la hais. Mais j'ai vu ce qu'elle pouvait faire.

– Comme nous tous.

– Ouais…

Mais Sloane ne parlait pas des Vortex, ni de la chute de la tour ni même de la mort de l'Obscur. Elle pensait au goût de cuivre et de sel sur sa langue lorsqu'elle était remontée à la surface après la Plongée.

Elle avait fini son café. Il ne restait que de la mousse dans son gobelet.

11

Ce soir-là, Sloane reçut un message d'Esther : *Joli coup de poing. Bert serait fier de toi.* Elle joignait un lien vers une vidéo où l'on voyait Sloane coller un pain à l'adepte de l'Obscur. Sur les images un peu floues qui accompagnaient l'article, elle montrait les dents, le poing brandi devant elle. Elle enregistra sa pâleur, le film de transpiration qui faisait luire son visage, son regard étrangement vide. Depuis la mort de l'Obscur, elle tombait souvent sur cette expression dans son miroir.

– Merde, dit-elle tout haut.

De retour d'un rendez-vous au café avec Eddie, Matt était en train de suspendre son manteau dans l'entrée.

– Il y a une vidéo de mon coup de poing en ligne, l'informa-t-elle.

– Surprise, fit-il en fermant la porte du placard.

Les manches de sa chemise bleu poudre étaient roulées jusqu'aux coudes.

– Je ne regrette pas du tout, cela dit, précisa-t-elle. Ce mec était un connard. Il ne l'avait pas volé.

– Ce n'est pas la question.

– Je l'ai fait pour te *défendre.*

– Oui, et c'est *ça*, la question. Je n'ai pas besoin que tu me défendes, Sloane. Je sais me débrouiller tout seul.

– Sauf que tu ne l'aurais pas fait. Tu es tellement… *passif* pour ces trucs-là…

– Passif ?

Il eut un rire froid.

– Passif ? Je fais quoi tous les jours, à ton avis, depuis la chute de l'Obscur ? Je me tourne les pouces ?

– Mais non, bien sûr. Mais ces types-là…

– … ne sont pas mon problème. Ils sont faciles à repérer et tout aussi faciles à éviter. Mon putain de problème, ce sont les gens qui se satisfont de la situation et qui refusent de lever le petit doigt pour tout ce qui ne les concerne pas directement. C'est contre eux que je me bats, pour essayer de les bouger. Et ce serait sympa si ma fiancée pouvait le comprendre, au lieu de me compliquer les choses.

– Je peux savoir en quoi je fais ça ? riposta Sloane. C'est *ma* photo, dans le journal, pas la tienne…

– C'est ta photo, ouais, mais du coup, ces connards et leur message se retrouvent partout dans les médias, et en position de victimes, en plus ! Tu leur es tombée dessus sans prévenir, tu les as menacés avec un couteau, tu…

– Je n'ai menacé personne avec un couteau !

– Ce n'est pas l'impression qu'on a en te voyant en *brandir un* sur ces images. Tu ne te rends pas compte que la merde retombe sur nous cinq ? Que si tu recours à la violence pour nous protéger, Ines et moi, ça nous présente *tous* comme violents ? Sauf que nous, on ne sait pas rebondir comme toi. On reste assis là comme des cons à se demander quand une bande d'extrémistes va venir incendier nos apparts.

– Ça n'arrivera pas.

– Eh bien, ça doit être très reposant d'avoir ce genre de certitude, mais ce n'est pas mon cas. Moi, je ne peux pas me permettre de perdre mon sang-froid et de balancer des coups de poing, je ne peux pas me permettre de merder. Je trahis déjà les attentes d'assez de gens.

Toute sa colère semblait s'être envolée d'un seul coup. Il s'assit sur le canapé et se pencha en avant, les coudes sur les genoux. Le pack de glace que Sloane avait pris pour apaiser ses jointures enflées, entièrement fondu, avait glissé entre les coussins.

Elle aurait voulu le consoler, mais ne savait pas comment s'y prendre. Elle ne lui avait jamais vu l'air aussi fatigué, aussi… déçu.

Par le monde, par lui-même, par elle. Elle s'assit à côté de lui, les mains crispées sur ses genoux. Ses yeux tombèrent sur le reflet de leur image sur l'écran noir de la télé, Matt avec la tête baissée, elle assise toute droite, avec raideur.

– Il t'a appelé « boy », murmura-t-elle.

– Oui, répondit Matt en se tournant pour la regarder. Rien de nouveau là-dedans.

– J'aurais dû faire quoi ? Le laisser t'insulter ?

– Pour commencer, tu n'aurais pas dû descendre de la voiturette. Qu'est-ce qui t'arrive en ce moment ? demanda-t-il en haussant les sourcils. Tu as chargé ce mec comme un taureau avant qu'il ait ouvert la bouche. À croire que tu veux mettre le feu à la planète.

« Qu'est-ce qui t'arrive ? » Esther lui avait demandé la même chose. Bien sûr, la réponse se trouvait dans la pile de papiers qui attendait au fond du tiroir de son bureau.

– Esther m'a parlé de ta demande d'accès à tes documents confidentiels.

Sloane plaqua les mains sur son visage.

– Ben voyons. Faites confiance à vos amis.

Matt attendit, les épaules voûtées dans une posture vaincue qui l'irrita. Elle aurait préféré qu'il lui crie dessus.

– J'ai demandé à consulter les documents sur le projet Sosie, reprit-elle. Je voulais en savoir le plus possible. C'est ma vie, et eux, ils … ils ont tout ça sur moi dans leurs *archives*.

– Je comprends que tu veuilles savoir, dit Matt. Je trouve juste un peu bizarre que tu ne m'aies rien dit. Et que tu l'aies confié à Esther en premier.

– Je voulais t'en parler dès le début mais… j'ai commencé à lire et… c'est perturbant.

– Et donc ? Tu as préféré ne pas me perturber ?

– Ce n'est pas ça.

– Eh bien, explique-moi.

Il semblait sincère, mais elle le connaissait trop bien pour s'y laisser prendre. Matt adoptait parfois ce ton autrefois. Elle se souvenait d'un soir en particulier, du temps où l'Obscur n'était qu'un homme et pas encore une ombre au milieu d'un Vortex. Ines avait suivi une piste prometteuse qui avait abouti à une impasse.

« Explique-moi ce qui s'est passé », lui avait demandé Matt. Mais son calme avait laissé place à une brusque explosion de colère, et l'altercation les avait tous laissés aussi tendus que les cordes d'une harpe prêtes à se rompre. Sloane commençait seulement à mesurer combien il était déstabilisé, sans doute par la tension de la vie avec elle ces derniers temps, et peut-être aussi par le stress des commémorations.

– Quelquefois, dit-elle en pesant ses mots, quand une chose me perturbe, tout ce que tu fais, c'est m'expliquer pourquoi j'ai tort de me laisser atteindre.

– Et c'est mal ?

– Ça me rend dingue ! Ça implique que je ne peux pas me fier à mes propres réactions !

– On a tous besoin que les autres nous aident à regarder les choses sous une autre perspective.

Elle leva les yeux au ciel.

– Parce que je ne suis pas capable de le faire moi-même ?

Elle passait sa vie à remettre en cause ses réactions ; à essayer de comprendre les intentions des autres, à se poser des questions sur elle-même, à forcer son cerveau à penser comme il fallait.

– C'est ce que tu crois ? poursuivit-elle en haussant la voix. Tu ne t'es jamais dit que si j'étais perturbée par un truc, je pouvais avoir de bonnes raisons de l'être ?

– Je comprends maintenant pourquoi tu n'es pas toi-même en ce moment. Si j'avais su, je…

– Ton problème, c'est justement de croire que je ne suis pas moi-même. Comme tu estimes qu'être retenue captive par l'Obscur pendant une journée, c'était un détail. Que je devrais m'en être remise, depuis le temps, pour… pour me concentrer plutôt sur ma robe de mariée !

– Tu sais quoi ? T'aurais mieux fait de passer les dix dernières années à *travailler* pour dépasser tout ça, au lieu de cogner sur tout ce qui bouge et de te terrer comme une ermite.

On y était. Le barrage avait cédé, la corde de la harpe avait rompu.

– Je ne dis pas que c'est facile, Sloane. Je t'ai seulement demandé d'essayer, et d'arrêter de te comporter comme si tu étais la seule à souffrir sur Terre.

Elle ne répondit pas. Ses joues brûlaient. Résistant à l'envie violente de se soustraire à la réprobation de Matt, elle s'empêcha de se lever pour sortir en claquant la porte. Cela n'aurait fait que confirmer les accusations de Matt sur son immaturité. Chaque fois qu'elle croyait comprendre ces facettes de lui qu'elle ne connaissait pas, elle se rappelait que c'était impossible.

Le portable de Matt vibra en clignotant à travers la poche de son jean, et il coupa le son. Elle inspira à fond en repensant à la photo du coup de poing, à son regard vide, à ses mâchoires serrées. Au chien errant qu'il y avait en elle.

– Wouah, sympa, la façon dont tu me vois, lâcha-t-elle avec un petit rire. Comment tu peux avoir envie de te marier avec quelqu'un d'aussi immature et égoïste ?

– Sloane…

Son propre portable, posé à l'envers sur la table basse, émit les premières mesures de « Good Times, Bad times » de Led Zeppelin, la sonnerie qu'elle avait affectée à Ines. À son tour, elle tendit la main pour couper le son.

Une seconde plus tard, le téléphone de Matt vibra de nouveau. Cette fois, il répondit.

– *Quoi* ?

Il écouta quelques instants avant de s'asseoir sur le siège de son bureau en se recroquevillant.

– C'est pas vrai.

Il se tourna vers Sloane pour lui annoncer :

– C'est Ines. Albie est à l'hôpital.

Puis, s'adressant de nouveau à Ines :

– Non, je suis désolé, on arrive.

12

— Tu l'as revu depuis la zone de Vortex ? demanda Matt.

Ils étaient en route pour l'hôpital dans sa BMW, coincés au feu rouge le plus long du monde. Sloane regarda au-dehors.

– Non.

Il avait plu, et la chaussée reflétait l'enseigne multicolore de la banque à l'angle de la rue. Enfin, le feu passa au vert dans le chuintement des pneus sur l'asphalte humide et le rugissement du diesel. Ni Matt ni Sloane n'avait allumé la radio pour meubler le silence.

– Désolé si je…, commença Matt.

– Pas maintenant, s'il te plaît, répondit Sloane en se couvrant le visage d'une main. Je suis… Concentrons-nous sur Albie.

Huit jours plus tôt, elle avait découvert un pingouin en origami dans un paquet de farine. Les plis bien marqués indiquaient qu'il datait d'*avant*. Mais Albie avait pensé à le glisser là pour la faire sourire. Elle avait parfois le sentiment qu'il était le seul à la connaître vraiment. Pour la bonne raison qu'il n'attendait rien d'elle, ni amour, ni sexe, ni secrets. Il n'y avait pas d'enjeux entre eux.

Ines n'avait pas dit ce qui s'était passé, mais Sloane avait ses hypothèses : un accident était toujours possible. Il pouvait s'agir de répercussions du dispositif qu'il avait expérimenté sur la zone de Vortex. Ils en connaissaient tous si peu sur la magie que Sloane n'aurait pas été étonnée d'apprendre que l'invention de l'ARIS était nocive, comme les radiations, et que ses effets s'aggravaient avec la durée d'exposition. Mais l'hypothèse la plus probable était prévisible et tristement humaine : Albie avait rechuté et fait une overdose.

Matt se gara dans le parking de l'hôpital et ils reprirent les vieux schémas. Elle était meilleure que lui pour s'orienter dans des lieux inconnus, repérer et interpréter les indices, et elle déduisait la configuration des bâtiments et des espaces publics avec un instinct plus sûr. Matt la suivit dans le couloir qui menait à la salle d'attente des urgences, où Ines était assise, les yeux rougis.

– Je l'ai trouvé il y a une heure, leur raconta-t-elle en consultant l'heure sur son portable. Il avait dû garder des stocks dans un coin. Ou sortir en acheter, je n'ai pas fait attention. Le médecin dit qu'il n'a pas dû en prendre plus que la dose habituelle, mais depuis le temps qu'il était clean, il n'encaisse plus de la même façon.

– Alors, c'était un accident ? Il n'a pas voulu…

– On n'est sûrs de rien. Il n'est pas idiot, il devait savoir que ce serait trop.

Tout en l'écoutant, Sloane regardait les patients autour d'elle. Ils leur jetaient des petits coups d'œil en chuchotant et remuaient sur leurs sièges pour sortir leurs portables de leurs poches.

– Il allait comment, en revenant de la zone de Vortex ? demanda Matt.

– Pas terrible. Mais il donnait le change. Il a dit qu'il était tard et qu'il était fatigué. Je n'ai pas eu le réflexe d'aller voir ensuite comment ça allait.

– Tu n'y es pour rien, lui assura Matt. Tu n'es pas médium.

– Hé, toi ! lança Sloane à un gars d'une vingtaine d'années aux cheveux plaqués par du gel, qui brandissait son portable comme s'il filmait. Qu'est-ce que tu fous ?

– Slo…, fit Matt.

Elle traversa la salle d'attente et arracha le téléphone de la main du garçon alors qu'il tentait de le ranger d'un air alarmé.

Elle navigua à la recherche de la vidéo et l'effaça avant de lui balancer le portable. L'appareil atterrit sur l'estomac du garçon, assez fort pour produire un bruit sourd.

– Occupe-toi de tes affaires, gronda-t-elle.

Puis elle se rassit sans rien dire à côté d'Ines, pendant que Matt allait demander à la réceptionniste s'il n'y avait pas une salle vide où ils pourraient attendre.

Ils passèrent les heures suivantes dans une chambre libre, Ines assise sur la table de chevet et Matt et Sloane chacun sur une chaise. La pièce était peinte dans une harmonie de taupe et de vert pâle au ton d'écume, les couleurs de la cuisine de Sloane quand elle était petite. Ines alluma la télévision à peine entrée et régla la chaîne sur la rediffusion d'une vieille sitcom qu'elle regardait enfant. Le corps de Sloane n'avait pas oublié comment dormir au cœur de l'angoisse ; elle s'affala sur une chaise, cala la tête contre le mur et tomba en quelques minutes dans un état de somnolence, avec des rires en boîte en fond sonore.

Il était autour de minuit quand la porte s'ouvrit enfin sur une femme coiffée d'un chignon. Son expression était grave.

– Bonsoir, je suis le docteur Hart. Vous devez être les amis d'Albert.

Ines se redressa en passant les mains dans ses cheveux. Matt – qui était en train de changer de chaîne – était déjà debout. Sloane se contenta de fixer le médecin. À son inflexion et à la voussure de ses épaules, elle avait déjà compris.

– Je n'ai pas de bonnes nouvelles.

Ensuite, dans la tête de Sloane, tout se fondit dans une sorte d'électricité statique, de bourdonnement de signal occupé. Sloane enregistra les grandes lignes : insuffisance des organes vitaux, Albie, contacter la famille. Mort. Le médecin allait leur laisser un peu de temps et revenir plus tard pour répondre à leurs questions. Elle leur présentait ses condoléances.

Sloane battait des paupières, les yeux sur les deux poubelles qui se trouvaient devant elle, une rouge pour les produits biologiquement dangereux et une blanche pour le reste. Sur le mur était affiché un schéma du système circulatoire : un homme constitué de veines et d'artères.

Il n'y avait rien de tel que le Vortex pour vous rappeler de quoi les gens étaient faits. Sloane avait eu cette pensée la première fois, devant les corps qui s'ouvraient, ces os, ces muscles et ces organes qui se comprimaient avant de s'éparpiller. Elle avait le goût de la mécanique ; elle aimait voir comment les choses marchaient. Chaque fois qu'elle avait assisté à un Vortex, juste avant que son esprit ne soit frappé par la réalité de la mort, elle avait été sidérée par la complexité du corps humain, même exposée dans des circonstances aussi effroyables.

Mais le Vortex révélait également la fragilité humaine. La vulnérabilité des gens, la facilité avec laquelle on pouvait les détruire. Au niveau des faits, elle n'avait pas de mal à croire qu'Albie n'était plus là. Son corps était semblable à tous les autres, cassant et sans défense.

Quant à le *comprendre*, à appréhender le vide qu'il allait laisser, elle en était incapable.

Personne n'avait parlé depuis le départ du médecin. Personne ne pleurait. Personne ne bougeait. Les seuls bruits étaient le tic-tac de l'horloge et le bourdonnement des infos à la télé.

Finalement, Sloane fut obligée de bouger, de faire quelque chose, n'importe quoi, ou elle sentait qu'elle allait hurler. Elle prit son portable dans sa poche et ouvrit la liste de ses contacts.

– J'appelle Esther, dit-elle, plus à l'écran qu'à Ines ou à Matt. L'un de vous peut prévenir la mère d'Albie ? Elle ne m'aime pas beaucoup.

Matt la dévisageait comme s'il ne comprenait pas ses paroles.

– Je vais le faire, proposa Ines d'une voix faible.

– Merci, lui dit Sloane. Je sors dans le couloir. Vous n'avez qu'à rester là.

Elle se leva, le dos raide d'être restée si longtemps sans bouger sur la chaise d'hôpital. Elle pensa à cette douleur, au sol qui crissait sous ses semelles, à l'odeur de dissolvant qui régnait. Dans le couloir, une infirmière lui sourit mécaniquement en la croisant et Sloane lui répondit par automatisme.

Au moins, ici, il y avait un protocole. Appeler la famille, les amis. Penser aux questions qu'ils risquaient de se poser dans les prochaines semaines, les prochains mois, même si personne ne songeait aux détails dans l'immédiat. Puis rentrer à la maison, dormir.

Sloane n'avait pas à s'interroger sur la modalité des funérailles.

Ils connaissaient tous leurs préférences respectives. Cela faisait partie des sujets qu'ils avaient abordés à l'époque de l'Obscur, dans l'éventualité où ils « ne s'en sortiraient pas ». Albie avait choisi la crémation. Ses cendres devaient être répandues sur une zone de Vortex, n'importe laquelle. Pas de grande cérémonie, il n'aimait pas les foules.

Esther était de sortie en boîte ; Sloane l'entendit tout de suite au martèlement des basses. Elle dut crier pour lui demander de sortir, et lui délivra la nouvelle comme l'avait fait le médecin : en termes directs, clairs et concis.

Après avoir raccroché, elle s'accroupit contre un pilier en parpaings et regarda les infirmières aller et venir dans leurs Crocs et leurs blouses. Elle repensa tout à coup aux mains tremblantes d'Albie et au geste qu'il avait eu dans le bar pour lui lancer les serviettes, le soir du gala.

Elle resta ainsi jusqu'à ce qu'elle ne sente plus ses jambes.

Chicago Tribune

MORT À TRENTE ANS DE L'ÉLU ALBERT SUMMERS

par Lindsay Reynolds

CHICAGO, LE 18 MARS

Albert Tyler Summers, plus connu par ses proches sous le diminutif d'Albie, est décédé hier au Northwestern Memorial Hospital, d'une overdose. Il était âgé de trente ans.

Albert laisse une mère, Kathy, et une sœur, Kaitlin. Son père et son frère ont été tués par l'Obscur en 2005 lors de l'attaque d'Edmonton (Alberta).

Albert Summers faisait partie des cinq Élus célèbres pour leur victoire sur l'Obscur le 15 mars 2010.

Identifié comme l'un des individus susceptibles de vaincre l'Obscur grâce aux éléments fournis par une prophétie classée secret défense, il fut recruté à l'âge de seize ans par l'Agence centrale de renseignement (CIA), dans le cadre d'une coopération avec l'Agence centrale de renseignement canadienne. Il fut ensuite formé et entraîné sur un site sécurisé avec les quatre autres Élus : Matthew Weekes, Sloane Andrews, Ines Mejia et Esther Park.

Il passa les années suivantes à lutter contre l'Obscur et son armée, ressortant indemne de dizaines d'affrontements, dont les plus connus restent la bataille de Boise et la place forte de Springfield. Ayant subi des dommages irréversibles à la colonne vertébrale après sa capture par l'Obscur en 2010, il n'en a pas moins participé à l'affrontement final aux côtés de ses compagnons.

Après la défaite de l'Obscur, Albert Summers s'est battu pendant des années contre la toxicomanie avant de suivre une cure de désintoxication au Centre de traitement des addictions de San Diego (Californie). Dans une interview de 2013, il parlait de son addiction en ces termes : « Quand tout s'est arrêté, j'étais totalement perdu, comme si mon cerveau s'était accoutumé à l'adrénaline et qu'il continuait à la rechercher. C'est difficile de changer de mode de fonctionnement, mais je crois que j'y suis enfin parvenu. En mettant un pied devant l'autre. Maintenant, j'essaie de regarder uniquement devant moi. »

Ses amis et sa famille insistent sur sa gentillesse et sa générosité, et le décrivent comme quelqu'un d'une fidélité sans faille envers ses proches. Il restera dans les mémoires pour ses précieux sacrifices.

Ses obsèques se dérouleront dans un cadre strictement privé. Des donations peuvent être faites à la mémoire d'Albert Summers à la Fondation d'Un Jour, qui finance des programmes de désintoxication pour les personnes à revenus modestes.

13

Sloane se lava les mains dans le lavabo du crématorium. Le savon sentait le pansement.

La journée avait été prise en grande partie par les questions matérielles. Ines s'était occupée de la famille d'Albie tandis qu'Esther supervisait le buffet à distance. Matt avait fait ce qu'il pouvait, mais il était très abattu et avait passé de longs moments inactif, le regard absent. Eddie avait annulé tous ses rendez-vous. Sloane croyait comprendre : plus qu'un ami, Albie représentait pour Matt un membre de l'équipe qu'il avait menée. Et, pour le meilleur et pour le pire, Matt se sentait toujours responsable de ses soldats.

Sloane, elle, avait récupéré la mission de se charger du corps d'Albie. Ils n'avaient pas eu besoin d'en parler. Elle était la seule à avoir le sang-froid nécessaire.

Elle avait signé tous les formulaires et accompli toutes les démarches. L'hôpital lui avait remis les affaires qu'Albie avait sur lui à son arrivée et elle avait trouvé parmi ses vêtements la chevalière de lycée de son frère mort, un trombone et un minuscule avion en papier grossièrement plié.

L'avion l'avait d'abord laissée perplexe. Frustré par la perte d'agilité de ses mains après sa blessure, Albie avait totalement laissé tomber les origamis. L'instinct de Sloane l'avait poussée à garder précieusement l'avion, de même qu'elle conserverait ses vêtements sans les laver et ne se servirait jamais du trombone. Mais cet avion la chiffonnait.

Elle s'essuya les mains et se regarda dans le miroir. Elle avait une sale tête. Le teint pâle, les traits tirés, les cheveux gras et les vêtements froissés. Elle s'attacha les cheveux en espérant se rendre à peu près présentable, et sortit pour aller retrouver le responsable de la crémation, qui lui avait accordé une pause toilettes de cinq minutes avant de lancer les opérations.

Les gens n'étaient pas obligés d'assister à la crémation, mais Sloane tenait à le faire. Il avait fallu identifier le corps au préalable et elle avait dû prendre sur elle pour regarder Albie. Ce n'était plus vraiment lui. Cet épi de cheveux blonds était bien le sien, mais sans la vie sur son visage et dans ses yeux, ce corps évoquait plutôt une statue de cire. Néanmoins, elle l'avait identifié, et le cercueil scellé reposait maintenant sur un chariot près de la plaque qui glisserait bientôt dans le four de crémation.

Le responsable s'appelait Walter. Il avait la petite trentaine, un début de ventre et un visage pâle et tiré.

– Prête ? lui demanda-t-il.

Elle hocha la tête. Walter lui montra le bouton sur lequel il fallait appuyer pour lancer la procédure.

– Ne vous inquiétez pas si le bas du cercueil prend feu très vite, lui précisa-t-il. C'est vraiment très chaud là-dedans, il se peut aussi que ça s'enflamme à la fin.

– Pas de problème. J'ai vu pire.

Walter hocha la tête à son tour, et détourna les yeux lorsqu'elle s'approcha du bouton. Mais elle n'était pas aussi prête qu'elle l'avait cru. Elle se pencha pour poser la main sur le cercueil. L'avion en papier se trouvait dans la poche arrière de son pantalon.

– Excusez-moi, Walter, mais ça vous ennuierait de me laisser seule quelques instants ?

Elle vit qu'il faisait un effort pour cacher son irritation. Depuis la défaite de l'Obscur, elle avait découvert que les gens se divisaient en deux catégories dans leur comportement avec elle : ceux qui étaient prêts à tout pour lui faire plaisir, et ceux qui la mettaient plus bas que terre. Comme Walter soupirait depuis le début, il devait appartenir à la seconde catégorie. Mais il acquiesça et quitta la pièce. Sloane attendit qu'il ait refermé la porte pour prendre l'avion dans sa poche.

Elle froissa le papier en serrant le poing à s'en faire mal, et sa vue se brouilla. Elle n'avait pas versé une larme depuis que le Dr Hart leur avait annoncé la nouvelle, n'avait même pas eu à se retenir. Pas même lorsqu'elle avait enfoui le visage dans la chemise d'Albie pour voir si elle portait encore son odeur. « D'une manière ou d'une autre, on y arrivera. On y arrive toujours. »

Sloane s'affala sur le cercueil en repliant les bras autour et éclata en sanglots. Elle avait le sentiment d'avoir perdu son frère une deuxième fois, mais c'était pire cette fois-ci, parce qu'elle garderait davantage de souvenirs de ces funérailles que celui de la robe en laine rêche qu'elle portait à celles de Cameron. De son frère, elle se rappelait la manière qu'il avait de la réveiller à l'aube à la première gelée pour qu'ils sortent marquer l'herbe de leurs empreintes.

Avec Albie, elle se rappellerait la bière de la survie qu'ils buvaient après chaque combat contre l'Obscur, les petits regards qu'ils échangeaient quand Matt passait en mode héros, et la façon dont ils s'étaient enfuis en s'appuyant l'un sur l'autre le jour où ils avaient échappé à l'Obscur. Chacun avait compris la douleur de l'autre mieux que quiconque.

Maintenant, il n'y avait plus personne pour partager cela avec elle.

Ses sanglots s'apaisèrent au bout d'une ou deux minutes, comme toujours. Comme si quelque chose en elle n'avait pas la patience pour ces débordements d'émotion. Mais elle laissa sa joue encore un moment sur le bois, auquel elle avait communiqué sa chaleur. Enfin, elle se redressa, lissa l'avion du mieux qu'elle put sur le couvercle du cercueil, le replia et le remit dans sa poche. Puis elle s'essuya les yeux et rappela Walter.

Il reprit son poste et elle prit le sien.

« Salut, mon pote », pensa-t-elle en appuyant sur le bouton, un disque de métal de la taille de son poing. La porte du four s'ouvrit et une vague de chaleur lui bondit dessus. Le cercueil glissa à l'intérieur et s'enflamma dans un éclair, exactement comme Walter l'avait décrit. Puis la porte se referma, et ce fut fini.

* * *

Sloane rentra du crématorium en métro, dans son camouflage habituel : casquette de baseball rabattue sur les yeux, lunettes, foulard drapé autour du cou et remonté jusqu'aux oreilles. La première fois qu'elle avait visité Chicago, petite, elle avait été émerveillée par les rames de métro qui filaient haut au-dessus du sol en étincelant au soleil. Elle continuait à le prendre autant que possible, préférant son anonymat potentiel à la certitude d'être reconnue par un chauffeur de taxi ou d'Uber. Ce jour-là, elle s'installa près d'une vitre et regarda le soleil descendre derrière les tours de verre et de métal du quartier du Loop.

Le métro la déposait tout près de chez elle et elle choisit de faire le tour du pâté de maisons pour rallonger le chemin. Le matin, les journalistes et les photographes avaient investi le trottoir et elle avait dû se frayer un passage à coups de coude pour gagner le taxi réservé par Matt. Elle ne se sentait pas le courage de recommencer. Elle tourna à l'angle de son immeuble et remonta l'impasse bordée d'étroits garages qui le longeait, entre les bennes à ordures débordantes et les débris de meubles.

Mais avant d'avoir pu ouvrir le portail, elle distingua un mouvement dans la cour derrière la grille, aussitôt suivi par le flash d'un appareil photo. Elle rempocha ses clés en jurant et gagna l'immeuble d'à côté. Il n'était pas difficile de grimper sur la benne et, de là, de sauter par-dessus la palissade qui donnait sur un carré d'herbe négligé. Sloane monta les trois volées de marches qui menaient en haut de l'immeuble et se servit d'un balai qui traînait pour ouvrir la trappe du toit.

Il n'y avait pas d'échelle, mais les tractions ne lui posaient pas de problème. Elle emprunta une chaise sur une terrasse voisine pour monter sur le toit. Celui-ci se trouvait à la même hauteur que le toit de son immeuble et n'en était séparé que par un mètre de vide.

Sloane avait déjà exécuté ce saut à quelques occasions où des journalistes s'étaient montrés un peu trop collants. Elle courut pour prendre son élan, bondit et atterrit sur son propre toit en léger déséquilibre.

C'était devenu une seconde nature chez elle de trouver des issues alternatives et de nouveaux angles de vue pour régler un problème. Elle avait un instinct sûr pour crocheter les serrures et résoudre les casse-tête. Elle avait continué à privilégier les solutions pratiques même après avoir accédé à la magie. C'était prudent, compte tenu de ce qui s'était passé.

Sloane entendit une voix en ouvrant la porte de service, un soprano tranchant qui ne ressemblait ni à celui d'Ines ni à celui d'Esther. De toute façon, elles ne devaient atterrir à l'aéroport O'Hare que dans la soirée.

L'agent Cho était assise sur le canapé, une tasse de thé à la main. Elle semblait différente de d'habitude, les cheveux détachés, en jean et pull à col roulé. Dans les circonstances, sa présence n'aurait pas dû étonner Sloane, mais ni Henderson ni Cho n'étaient jamais venus chez eux.

En même temps, aucun d'entre eux n'était mort jusque-là.

– Salut, Sloane, dit Cho d'un air grave.

Assis en face d'elle dans le rocking-chair qu'il avait hérité de sa grand-mère, Matt se tourna vers elle comme s'il se rendait seulement compte de son arrivée.

– Comment ça s'est passé ?

Il se leva pour déposer un baiser sur sa joue. Soudain enveloppée par l'odeur familière du cèdre et de l'aftershave, Sloane fut prise du besoin aigu de se recroqueviller avec lui sur le lit, de chercher le réconfort dans le froissement de leurs vêtements glissant sur leur peau – de sentir n'importe quoi, plutôt que le trou béant qui s'était ouvert en elle à la place occupée jusque-là par Albie. Mais le contact froid du métal autour de son doigt lui rappela qu'à l'issue de ces funérailles, elle devrait rompre leurs fiançailles. Ce serait malhonnête de chercher de l'apaisement auprès de Matt maintenant, juste avant de lui briser le cœur.

– Ça s'est passé, répondit-elle. Qu'est-ce qu'il y a ?

– Eileen est juste venue… présenter ses condoléances, dit Matt en se rasseyant.

– Oh.

En regardant Cho, Sloane trouva que sa manière de plisser les lèvres exprimait moins le chagrin que… la culpabilité.

– Vraiment, ajouta-t-elle.

Cho joua avec la ficelle de son sachet de thé, enroulée autour de l'anse de son mug. Un vieux mug décoré d'étoiles et de fusées au sigle de la Nasa que Matt possédait depuis l'enfance, avec son prénom flottant dans une bannière.

– Il y a autre chose, admit Cho. Même si c'est classé secret défense et que je…

Elle tourna la tête vers la fenêtre. La guirlande de loupiotes bleues des voisins d'en face clignotait à un rythme qui faisait mal aux yeux. Sloane vit les quatre membres de la famille s'asseoir à la table du dîner.

– Je ne suis pas censée en parler, mais j'estime qu'il y a un code d'honneur à respecter. Alors, me voilà.

– C'est à propos du dispositif, c'est ça ? devina Sloane.

Cho confirma d'un signe de tête.

– Ça a dérapé. Enfin, sur le plan purement technique, ça a marché et l'ARIS considère que c'est une réussite, mais…

Sloane vit la poitrine de Cho se soulever et s'abaisser rapidement et son visage se crisper.

– Comme Albie a toujours été bon avec le feu, on lui a demandé de se servir du dispositif pour essayer d'enflammer une boulette de papier dans un environnement sécurisé. On avait des techniciens équipés d'extincteurs juste à côté et Albie avait mis une combinaison ignifugée. On pensait avoir pris toutes les précautions nécessaires. Alors il a braqué le dispositif sur le papier, et…

Cho secoua la tête.

– On n'a pas réussi à contrôler le feu. Il a encerclé trois de nos techniciens. Deux s'en sont sortis avec des brûlures superficielles, mais Darrick, qui se trouvait directement sur le trajet des flammes…

– … est mort, acheva Sloane.

– Oui.

Sloane avait déjà vu Albie manipuler le feu. Il prenait les Freikugeln dans la main gauche, serrait le poing, levait la main droite… et des langues de flammes se mettaient à danser autour de ses doigts. Il pouvait ne produire que des flammèches, tout comme il pouvait anéantir tout un immeuble. Aucun des Élus n'étant parvenu à maîtriser réellement son artefact, leur usage de la magie était resté imprévisible, ce pourquoi ils avaient toujours privilégié l'action à cinq pour maximiser leurs chances de réussite.

« Si des gens meurent à cause de ta participation, lui avait-elle dit, tu auras ce poids sur la conscience. »

Une vraie prophétie.

Sloane lâcha un rire.

– Slo, fit Matt, choqué.

– Eh bien, merci pour cette révélation, Cho. Tu peux y aller, maintenant.

– Désolé, Eileen, reprit Matt. Elle ne…

Il cala au milieu de sa phrase et en resta là.

– Je comprends, dit Cho en se levant. Appelez-moi si vous avez des questions. Je ne pourrai pas y répondre au téléphone, clairement, mais vous n'avez qu'à me proposer de prendre un café quelque part et je comprendrai.

Elle rendit son mug à moitié plein à Matt en évitant le regard de Sloane et reprit son sac et son manteau sur la table basse dans l'entrée. Matt la suivit pour la raccompagner en bas, mais se retourna vers Sloane en secouant la tête avant de sortir.

Dès que la porte fut refermée, elle prit ses clés et son sweat-shirt au vol et fonça vers la porte de derrière.

Rien à foutre.

Elle qui était prête à tout pour ne pas croiser les journalistes un quart d'heure plus tôt, elle n'en avait plus rien à foutre, maintenant. Elle dévala les trois volées de marches et s'engouffra dans l'escalier du sous-sol en ignorant le crépitement des flashes et le cliquetis des appareils photo. Chaque appartement disposait d'une petite surface de stockage en bas. Celle de Sloane et de Matt contenait principalement des décorations pour chaque jour de fête de l'année, y compris la Saint-Valentin. Bien qu'elle mît un point d'honneur à détester ce genre de choses, Sloane avait un faible pour les décorations kitsch.

Dès qu'elle approcha de la porte, elle ressentit des brûlures et des picotements. Elle déverrouilla et tira la chaînette qui allumait l'ampoule. Une pile de caisses en plastique toutes semblables, au contenu identifié par des inscriptions au marqueur, se dressait devant elle. Elle les contourna pour aller s'agenouiller dans un angle du fond, où un fragment du dallage en béton était descellé. Dans sa poitrine, un deuxième rythme cardiaque s'était mis à battre à contretemps du sien.

Sous le béton se trouvait un nécessaire à couture assez petit pour tenir dans sa paume et, dedans, une boîte d'aiguilles pour machine à coudre de longueurs et d'épaisseurs variées. Quelques-unes étaient cassées en deux, dentelées au point de cassure. Elle prit deux fragments de taille moyenne et les tint dans la lumière, les mains tremblantes.

L'Aiguille de Koscheï.

TRANSCRIPTION DE LA COMMISSION ET DE LA SOUS-COMMISSION PERMANENTES DU SÉNAT DES ÉTATS-UNIS SUR LES ATROCITÉS COMMISES PAR L'OBSCUR

RÉUNION CONCERNANT LE PROJET SOSIE, PROGRAMME D'ACTION CIBLÉE DE L'ARIS (AGENCE DE RECHERCHE ET D'INVESTIGATION SUR LES PHÉNOMÈNES SUPRANORMAUX) CONTRE LE TERRORISTE CONNU SOUS LE NOM DE « L'OBSCUR ».

Washington, DC
Jeudi 28 octobre 2010

Témoignage de Matthew Weekes, sujet n° 4 du projet Sosie ; Sloane Andrews, sujet n° 2 du projet Sosie ; Esther Park, sujet n° 1 du projet Sosie ; et Ines Mejia, sujet n° 3 du projet Sosie.

MATTHEW WEEKES : Merci, monsieur le président. Je souhaite remercier la commission de nous avoir invités ici aujourd'hui pour parler en notre propre nom, ce dont nous avons rarement eu l'occasion depuis que tout ceci a commencé. Je vous remercie également de déployer autant d'efforts pour garder une trace des événements et les empêcher de tomber dans l'oubli. Cela compte beaucoup pour nous.
Après en avoir discuté ensemble, nous sommes venus ici tous les quatre pour faire le récit des événements du 15 mars 2010, date de la défaite de l'Obscur. Quand nous en aurons terminé, nous serons à votre disposition pour répondre à vos questions.
Bien... je vais commencer.
Dans les semaines qui ont précédé le 15 mars, l'Obscur et ses adeptes sont restés très discrets. L'Obscur avait enlevé deux des nôtres durant vingt-quatre heures, au cours desquelles Albie - Albert Summers - a subi de graves blessures. Il était toujours hospitalisé, et ne sachant pas dans quelle mesure il allait récupérer sa mobilité, nous avons considérablement modifié notre plan d'attaque.
Pendant un an, nous avions accompli un travail de reconnaissance avec l'aide de l'ARIS afin de découvrir les origines de l'Obscur. Mais nous n'avions rien trouvé. À croire qu'il avait surgi de nulle part. Mais l'un d'entre nous...

ESTHER PARK : Moi. C'est moi qui l'ai dit.

MATTHEW WEEKES : Donc, Esther a signalé que c'était une information en soi…

ESTHER PARK : Cela nous indiquait qu'il ne voulait pas qu'on apprenne d'où il venait. Ce qui impliquait qu'il avait sans doute utilisé l'un de ses adeptes pour agir à sa place. Mais il fallait bien qu'il mange et qu'il se loge, comme tout le monde. Alors on a abandonné les recherches sur son passé pour enquêter sur ses plus fidèles adeptes. C'était laborieux. Ils couvraient très bien leurs traces.

MATTHEW WEEKES : Mais une quinzaine de jours après le retour de Sloane et d'Albie…

SLOANE ANDREWS : … [*Inaudible*]

MATTHEW WEEKES : … On a enfin trouvé quelque chose. Esther a réussi à identifier l'un des adeptes de l'Obscur comme étant Charles Wright, qui travaillait comme [redacted] chez [redacted] et vivait dans un appartement dans ce qui était alors la Trump Tower.

INES MEJIA : Alors je suis allée voir sur place, en me faisant passer pour une femme de ménage. Deux hommes sont entrés et ressortis de l'appartement pendant que je lavais les vitres, et ils ne m'ont même pas jeté un regard. Une fois, quand la porte s'est ouverte, je l'ai repéré au milieu d'un groupe : l'Obscur en *personne*. C'était énorme. Jusque-là, on n'avait aucune idée d'où il pouvait se trouver entre deux attaques.

ESTHER PARK : Pendant ce temps-là, nous étions à l'hôpital avec Albie. Et c'est un coup de chance, parce que sinon, Sloane n'aurait peut-être pas eu son idée… Sloane ?

SLOANE ANDREWS : Oui ?

ESTHER PARK : Tu veux raconter la suite ?

SLOANE ANDREWS : D'accord. Alors… j'ai suggéré qu'on lui tende un piège. L'idée était de pratiquer la magie au pied de la Trump Tower sur le pont de Wabash Avenue (officiellement, le pont Irv Kupcinet). Je me suis dit que si je rendais ça assez visible, l'Obscur ou ses adeptes le verraient depuis l'appartement.

LE SÉNATEUR GOO : Excusez-moi de vous interrompre. Nous vous sommes reconnaissants de votre participation à ce témoignage, mais avant de continuer, j'aimerais poser une question à Mlle Andrews.

MATTHEW WEEKES : Euh, je ne sais pas si…

SLOANE ANDREWS : Allez-y, monsieur le sénateur.

LE SÉNATEUR GOO : Merci, mademoiselle Andrews. Je me demandais – je me suis toujours demandé – ce qui vous faisait penser que l'Obscur tomberait dans le piège ?

SLOANE ANDREWS : Eh bien, pour commencer, j'ai pensé que s'il se sentait nargué par l'un de ceux que le destin avait désignés pour le détruire – je ne connais pas les termes exacts de la prophétie –, il ne résisterait pas à l'envie d'essayer de le tuer.

LE SÉNATEUR GOO : Je sais que vous avez tenu ce raisonnement dans plusieurs interviews. Mais je ne peux m'empêcher de penser qu'il risquait tout autant de deviner qu'il s'agissait d'un piège.

[*Silence*]

LE SÉNATEUR GOO : Mademoiselle Andrews ?

SLOANE ANDREWS : Excusez-moi. C'est… c'est difficile à expliquer. J'avais vécu… Disons que j'avais vécu une expérience très particulière avec l'Obscur, une expérience unique, lorsque j'étais en captivité. Ça n'a duré que vingt-quatre heures, mais… personne ne l'avait jamais approché d'aussi près sans mourir ou tomber sous son emprise. Même ses adeptes, ceux que nous avions pu interroger, ne semblaient pas savoir grand-chose sur lui.

LE SÉNATEUR GOO : Je comprends qu'il vous soit pénible d'aborder ce sujet, mademoiselle Andrews. J'espérais que vous pourriez essayer, afin que le rapport officiel reflète la réalité le plus fidèlement possible.

SLOANE ANDREWS : D'accord. Eh bien… La vraie raison est un peu plus complexe que celle que j'ai fournie.

LE SÉNATEUR GOO : Tout le monde ici se rend compte que vous avez toujours confié ce que vous pouviez, mademoiselle Andrews.

SLOANE ANDREWS : Oui. Eh bien… Je ne pensais pas vraiment que n'importe lequel d'entre nous pourrait l'attirer sur le pont. Puisque c'est de cela qu'il s'agissait : l'attirer par la ruse, trouver un appât auquel il ne pourrait pas résister. Cet appât, ça devait être moi.

LE SÉNATEUR GOO : Pour quelle raison ?

ESTHER PARK : Disons qu'il était un peu obsédé par elle.

SLOANE ANDREWS : Je crois qu'il... il a dit une fois qu'on se ressemblait. On peut continuer ? Moi non plus, je ne peux pas l'expliquer, je vous assure. Ce type était...

ESTHER PARK : Légèrement taré sur les bords.

INES MEJIA : Et au milieu.

SLOANE ANDREWS : Bref, peu importe pourquoi ça a marché. Nous, on était sûrs de notre coup. Alors on s'est équipés...

MATTHEW WEEKES : Ça veut dire qu'on a pris les artefacts qu'on avait acquis au cours de notre collaboration avec l'ARIS...

LE SÉNATEUR GOO : Et quel était leur usage ?

MATTHEW WEEKES : C'étaient des armes. Des armes magiques, plus précisément. L'ARIS nous avait équipés d'objets de légende, fournis pour la plupart par la générosité de gouvernements étrangers. Le Rameau d'or et l'Anneau de Gygès étaient un prêt de la Grèce, Gjallarhorn, le cor du dieu Heimdall, venait de Suède, les Freikugeln avaient été subtilisées par [redacted] en Allemagne au cours de la Seconde Guerre mondiale – ça, c'était simple...

ESTHER PARK : Prétendument. [redacted] préfère qu'on dise « prétendument ».

MATTHEW WEEKES : D'accord, prétendument subtilisées. Et Sloane avait l'Aiguille de Koscheï. Il s'est révélé que l'Anneau de Gygès ne pouvait pas nous servir, mais les autres objets canalisaient la magie de façon relativement satisfaisante. Alors on a pensé qu'en les utilisant tous en même temps, on multiplierait nos chances d'aboutir à quelque chose. On s'était améliorés en termes de régularité, mais on préférait mettre toutes les chances de notre côté...

INES MEJIA : Je suis restée où j'étais pour m'assurer que personne ne sortait de l'immeuble. J'ai dû laver cette fenêtre vingt fois, je n'avais pratiquement plus de produit...

ESTHER PARK : Matt et moi, on s'est planqués chacun d'un côté du pont. J'étais dans la tour Nord et Matt au Sud, sur la promenade du front de la rivière. Albie aurait voulu venir aussi, mais il n'était pas assez en forme physiquement. Alors il était resté à l'hôpital. Enfin, c'est ce qu'on a cru.

LE SÉNATEUR GOO : M. Summers n'a pas pu être présent ?

MATTHEW WEEKES : Il… Il ne se sentait pas très bien. Il est désolé de ne pas pouvoir être là, mais il m'a demandé d'expliquer les choses à sa place. Donc, Esther et moi, on était en position, et Sloane…

SLOANE ANDREWS: Je suis partie seule, à pied. Avec l'Aiguille. Je me suis arrêtée au milieu du pont. Je voulais… Mon intention était de faire quelque chose de suffisamment spectaculaire pour que l'Obscur ne puisse pas l'ignorer et qu'il soit forcé de sortir. Je ne savais pas encore quoi, mais la magie peut être imprévisible. On a même souvent l'impression que ce qu'on essaie d'en faire n'a aucun impact. Une espèce de lumière est sortie de l'Aiguille, un peu comme… un fil, je dirais. Un fil doré. Droit vers le ciel. Il y a des images vidéo dans le dossier officiel…

LE SÉNATEUR GOO : Plusieurs passants nous ont fourni des images de cet incident, qui ont été classées pièces n° 23, A à E.

SLOANE ANDREWS : En tout cas, ça a marché. Il est descendu. Et il n'a pas fait dans la subtilité. Il est sorti en faisant sauter la moitié de la Trump Tower et il a flotté jusqu'en bas, comme s'il était suspendu à un câble sur une scène de théâtre ou je ne sais quoi. Il s'est posé pile en face de moi. Il m'a parlé. Je… Je ne sais plus trop ce qu'il a dit. Des trucs comme quoi je l'avais appelé, qu'il savait que c'était un piège, mais qu'il avait besoin que je lui donne quelque chose. Mais je n'ai jamais su de quoi il parlait, parce que…

ESTHER PARK : On n'allait pas attendre qu'il lui fasse du mal, on a agi tout de suite. J'avais Gjallarhorn, Matt avait le Rameau et Ines…

INES MEJIA : Moi, je descendais cinq milliards d'étages à pied comme une malade parce que cette saloperie d'ascenseur était tombée en rade à la seconde où l'Obscur avait fait exploser les fenêtres, et…

MATTHEW WEEKES : Gjallarhorn émettait une fréquence trop basse pour qu'on l'entende, mais ça faisait vibrer toute la rue. Ça a carrément ouvert une fissure sous les pieds de Sloane et de l'Obscur. Et j'en rajoutais avec le Rameau, mais on voyait tous les deux que ça ne suffirait pas. L'Obscur avait mis en place une sorte de barrière protectrice autour d'eux et Sloane hurlait…

SLOANE ANDREWS : Je ne pourrais pas vraiment dire ce qu'il me faisait, mais j'avais la sensation qu'il essayait de me déchirer de l'intérieur. Je ne pouvais rien faire d'autre que de me raccrocher à l'Aiguille. Je n'avais aucune chance de réussir à me concentrer assez longtemps pour m'en servir.

MATTHEW WEEKES : Mais ensuite, sur le pont qui se trouvait juste à l'ouest du nôtre, celui de State Street…

SLOANE ANDREWS : Le pont du mémorial de Bataan-Corregidor…

MATTHEW WEEKES : Oui, c'est ça. Bref, c'était Albie. Il tenait les Freikugeln dans son poing et il visait par la vitre ouverte d'un taxi. D'ailleurs, on devrait donner une médaille à ce chauffeur, et il n'y a qu'une poignée de gens qui la méritent. Toujours est-il qu'avec ça, tout s'est… écroulé.

LE SÉNATEUR GOO : Je renvoie l'auditoire aux pièces n° 24 A à R, pour les vidéos relatives à cet événement sous… des angles très variés, soumis à nos services par des civils qui passaient. Pour résumer, la totalité de la Trump Tower s'est arrachée à ses soubassements en emportant avec elle le pont de Wabash Avenue, ainsi que l'Obscur et Mlle Andrews qui se trouvaient dessus. Pendant approximativement 1 seconde et 23 centièmes, tout est resté suspendu en l'air avant d'irradier à partir d'un point central qui se trouvait à l'intérieur de… la tour flottante. Les projections de métal et de verre ont fait quarante-cinq morts et près de deux cents blessés, ainsi que de nombreux dégâts matériels.

ESTHER PARK : Euh… Désolés.

LE SÉNATEUR GOO : Vous devriez bientôt recevoir la facture, mademoiselle Park.

[*Silence*]

LE SÉNATEUR GOO : Je plaisantais.

MATTHEW WEEKES : À ce moment-là, on a tous perdu connaissance, ce qui fait que nous n'avons pas de souvenirs…

SLOANE ANDREWS : Moi, je me souviens d'une chose. Je me souviens d'être tombée dans l'eau. Dans la rivière. J'ai coulé jusqu'au fond avec les blocs de béton du pont. C'est là que je me suis évanouie. Et je me suis réveillée sur la rive. Je ne sais toujours pas comment je suis arrivée là, pourquoi je ne me suis pas noyée. Et l'Obscur… il avait disparu.

14

Sloane remonta le chemin qui serpentait entre les tentes, aux abords de la zone de Vortex. Il avait plu et la terre était meuble sous ses pas. Il y avait moins de monde que lorsqu'elle était venue pendant la journée, et ceux qui traînaient encore dehors s'étaient rassemblés autour de barbecues et de petits feux de camp, éclairés par des lanternes ou par des projecteurs. Elle entendit quelques mesures de « Times They Are A-Changin' » et les paroles la poursuivirent, comme portées par le vent froid, jusqu'à l'entrée de la Géode.

Sloane s'arrêta à la barrière de sécurité qui isolait la zone de Vortex de la foule des chercheurs de vérité (chacun cherchant la sienne, quelle que soit sa catégorie). Elle n'était pas très loin du groupe de tentes où elle avait collé son poing dans la figure du type.

Ce souvenir lui semblait irréel, maintenant. Albie n'était plus là, et quoi que puissent vouloir les adeptes de l'Obscur et les insultes qu'ils pouvaient lui lancer, ça n'avait plus d'importance. Albie n'était plus là, et tout ce qui comptait désormais, c'était ce qui devait être fait, et qui était prêt à le faire.

Elle risquait peu d'être reconnue. Elle s'était changée dans la voiture, pour mettre des vêtements noirs informes qui gommaient toutes ses courbes. Elle était assez grande pour pouvoir passer pour un homme. Elle avait rabattu sa capuche sur ses cheveux, et le masque en néoprène qu'elle portait pour courir en hiver lui couvrait le nez et la bouche. Elle avait bien fait de ne pas se maquiller ce jour-là ; pas besoin de démaquillage. Bien sûr, l'ARIS la soupçonnerait dès qu'ils découvriraient ce qui s'était passé, mais son camouflage lui ferait gagner du temps.

Sloane prit les fragments de l'Aiguille de Koscheï brisée dans sa poche de jean. Elle l'avait cassée elle-même. Après sa captivité aux mains de l'Obscur, après que Bert était mort en se lançant inutilement à leur recherche, à Albie et elle, la présence de l'aiguille dans sa chair lui était devenue insupportable. Elle avait tout fait pour convaincre l'ARIS de la lui retirer, mais ils avaient refusé, au motif qu'on ne pouvait pas savoir ce qui arriverait si on y touchait. Alors une nuit, un pied dans la réalité et l'autre dans un cauchemar, elle avait rongé sa main et l'en avait arrachée avec les dents. Puis, la bouche remplie du goût cuivré du sang, elle avait brisé l'artefact en deux. Mais l'objet avait opposé infiniment plus de résistance qu'une aiguille de machine à coudre qui se casse dès que le fil y est mal inséré. Elle avait dû y mettre jusqu'à ses dernières ressources d'énergie, jusqu'aux dernières gouttes de la magie même de l'Aiguille. Ensuite, elle s'était effondrée, entièrement vidée, et ne s'était réveillée que huit jours plus tard à l'hôpital avec la main bandée.

Depuis, elle n'avait plus jamais touché l'Aiguille à main nue, de peur que celle-ci ne s'enfonce de nouveau dans sa chair. Mais maintenant que l'objet était brisé, il ne semblait plus avoir autant de pouvoir. Elle percevait sa magie en elle comme de l'eau frémissante. Elle en éprouvait des picotements, des brûlures, mais l'attraction avait perdu son côté irrépressible.

La magie n'était pas une arme, ni même une source d'énergie amorale ; c'était un fléau. Partout où elle agissait, des gens mouraient, la nature se décomposait, l'ordre des choses était bouleversé, parfois irrémédiablement. Mais il n'existait pas d'autre arme que la magie elle-même contre celle que l'ARIS avait créée.

Sloane leva les deux fragments de l'Aiguille à la lumière du poste de sécurité. Deux petits points blancs luisaient à leur extrémité, tels deux aimants à la polarité opposée. Elle percevait le lien qui les reliait et la violente force d'attraction qui les poussait à se réunir. Elle les en empêcherait. Mais soudain, ce fut comme si un feu courait dans sa main droite et le long de son bras jusqu'à son épaule, et elle sentit l'appel de l'Aiguille, la volonté de l'objet de la rejoindre, aussi impérieuse que celle de se réparer.

Serrant les dents, elle tint le pouvoir de l'Aiguille à distance. Les deux fragments résistaient, luttant pour s'approcher d'elle, et elle les tourna vers l'extérieur dans son poing comme des couteaux.

Sa paume se mit à brûler comme si elle était aspergée d'acide, mais elle réussit à avancer vers le poste de sécurité en continuant à serrer les deux tronçons de l'Aiguille. Le garde – qui n'était pas le même que lors de sa dernière visite, mais qui portait le même uniforme triste – lui lança l'ordre de s'arrêter. Elle marcha doit vers le portail.

Elle vécut la suite dans une sorte d'automatisme, avec la même sensation de fourmillements que si le médecin venait de lui donner un coup de marteau sur le genou pour tester ses réflexes. Elle pointa les deux moitiés de l'Aiguille vers le haut. Le portail se souleva dans sa totalité loin au-dessus de sa tête et resta là, parfaitement immobile, sous les yeux du garde et de Sloane. Le seul bruit était le tintement des chaînes qui se balançaient doucement dans le vent.

Elle se tourna vers le garde en haussant les sourcils. Il n'esquissa pas un geste pour l'arrêter.

Le portail resta suspendu en l'air même après son passage. Quand Sloane regarda par-dessus son épaule, il flottait toujours sans bouger à quinze mètres du sol, comme accroché aux nuages.

L'entrée principale de la Géode connut le même sort. Les portes sortirent sans effort de leurs gonds et traversèrent le plafond, en y laissant un trou mince et régulier comme une entaille au couteau.

Le plafond transparent était sombre à cette heure, mais l'éclairage d'urgence luisait ici et là, révélant les rayons en roue de vélo qui conduisaient aux sorties de secours. Un garde muni d'un Taser se tenait sur le chemin de Sloane.

– Monsieur, posez votre… arme, articula-t-il.

L'Aiguille parut comprendre ses paroles et Sloane grimaça sous la brûlure accrue qui embrasa sa paume. Elle se contenta de secouer la tête pour ne pas se trahir en parlant.

Le garde brandit le Taser.

Sloane brandit l'Aiguille brisée.

Le Taser explosa en fines particules de poussière noire. Un fil de lumière s'enroula autour du poignet du garde, qui hurla.

Sloane continua sans se préoccuper de lui. Elle n'avait le temps de se laisser aller ni à la compassion ni à l'étonnement. Elle courut vers la salle où elle avait senti la présence du prototype. Elle la percevait de nouveau, comme le cœur sous le plancher dans l'histoire d'Edgar Allan Poe. L'appareil appelait à la fois quelque chose en elle et dans l'Aiguille. La magie faisait signe à la magie, comme toujours.

Comme l'Obscur lui avait fait signe autrefois.

« Bonjour, Sloane. Tu as dormi un peu ? J'espère, parce que tu as une décision importante à prendre aujourd'hui. »

Elle chassa les paroles de l'Obscur de son esprit, refoula la sensation et, après seulement, s'autorisa à formuler ce qu'elle avait toujours su : que la voix de la magie lui faisait l'effet de ressusciter quelque chose, comme un nouveau pouls, ou comme quand le sang se met à circuler dans un membre engourdi.

La magie faisait d'elle un être nouveau.

Les portes du laboratoire abritant le prototype volèrent dans les airs et y restèrent sans bouger, juste en dessous de la voûte de la Géode. Sloane franchit l'encadrement, plus prudemment que la première fois. Le labo était tout blanc : murs blancs, sol blanc, paillasses blanches. L'une d'elles accueillait une rangée de microscopes et une autre, des écrans plats d'ordinateurs. Un lavabo pour douche oculaire, une douche d'urgence. Un réseau enchevêtré de solides tuyaux blancs courait au plafond, aboutissant à de gros conduits d'évacuation.

Tout en enregistrant l'ensemble, Sloane resta concentrée sur le prototype posé tout seul sur sa paillasse, sur une plateforme métallique cernée par une barrière de ruban adhésif rouge. Ines ne s'était pas trompée, c'était bien une boîte en métal mat, assez étroite pour tenir dans une main et longue d'une trentaine de centimètres. Sloane s'approcha en tremblant, l'Aiguille tendue devant elle.

Et soudain, une sensation aussi familière que celle de l'air dans ses poumons. Elle n'avait ressenti cela qu'une seule fois auparavant, cette faim, ce vide qui exigeait d'être comblé : juste avant que l'Aiguille ne tue tous ceux qui l'avaient accompagnée lors de la Plongée. Ce qu'elle avait éprouvé alors s'était résumé tout entier à un besoin indéfini, si puissant qu'elle n'avait pu qu'y céder.

Maintenant, elle ne voulait qu'une chose : détruire cette merde avant qu'elle ne détruise qui que soit ou quoi que ce soit d'autre.

Cette volonté trouva l'Aiguille comme un fil se glisse dans un chas, et…

Un *éclair.*

Une odeur de poussière et de fumée.

Il faisait toujours nuit lorsqu'elle revint à elle. Le sol du labo parfaitement circulaire était intact, aussi immaculé qu'à son arrivée. Mais le reste n'était que débris. La structure de la Géode était restée entière, à part un trou énorme sur le côté, comme une bouchée mordue dans une pomme. Le labo, prototype compris, n'était plus qu'un amas de gravats et de fragments de métal trop petits pour être réassemblés.

Longtemps, elle resta assise par terre sur le sol épargné, tremblant de tous ses membres. Mais le soleil se levait. Alors elle se força à bouger et sortit des décombres en titubant. Sur son chemin, elle vit un garde qui gisait par terre près d'une porte de sortie. Une chance qu'elle se soit réveillée avant lui.

En admettant qu'il ne soit qu'inconscient.

Elle ne vit personne d'autre. Peut-être tout le monde s'était-il enfui aux premiers signes de magie. On ne pouvait pas leur en vouloir ; l'Obscur restait le seul utilisateur de magie connu de la plupart des gens, et les Vortex leur avaient appris que la fuite était la meilleure réaction face à ce phénomène.

La lumière et le bruit avaient réveillé les campeurs, qui s'étaient rapprochés des barrières de sécurité autant qu'on le leur permettait. Sloane passa devant un groupe en pleine séance de spiritisme, puis un autre en grande conversation sur « Son retour ». Personne ne fit attention à elle.

Remontant dans sa voiture, elle se rendit dans une forêt des environs. Il restait encore plusieurs heures avant les funérailles. Elle s'enfonça sous les arbres en ramassant du petit bois, rassembla les brindilles et les petites branches sur l'une des poubelles métalliques qui balisaient les allées, y mit le feu et attendit qu'il prenne pour ajouter des bûches plus épaisses. Puis elle se dévêtit.

Elle brûla ses habits et remit ceux de la veille. Puis, une fois le tissu réduit en cendres, elle repartit. Les branches lui égratignaient le cou, les oreilles et les épaules et les taillis lui éraflaient les chevilles. Elle secoua la poussière de ses cheveux et les noua en une tresse serrée. Lorsqu'elle examina son reflet sur l'écran sombre de son portable, éteint depuis la veille, elle ne put s'empêcher de se dire que tous ses efforts pour paraître normale avaient été vains. Elle avait l'air d'une folle, les yeux trop grands, la mâchoire projetée en avant par la tension nerveuse. Matt saurait qu'il s'était passé quelque chose. Tant pis.

Sloane régla son GPS sur le mémorial du Loop et se mit en route sans allumer la musique.

TOP SECRET

MÉMORANDUM À JOINDRE AU DOSSIER

À : M. LE DIRECTEUR DE L'AGENCE DE RECHERCHE ET D'INVESTIGATION SUR LES PHÉNOMÈNES SUPRANORMAUX (ARIS)

DE : AGENT [redacted], NOM DE CODE EDWINA

OBJET : RAPPORT SUR L'ARTEFACT 200 DU PROJET SOSIE

1. Dans le cadre du présent rapport, l'artefact 200 du projet Sosie sera évoqué sous son nom usuel d'Aiguille de Koscheï.

2. L'Aiguille est un objet important dans le folklore slave, dans lequel Koscheï (surnommé « Koscheï l'Immortel » ou « Sans Mort ») est un personnage hanté par la peur de la mort. Pour y échapper, il cache son âme dans un objet qu'il dissimule ensuite dans d'autres objets : dans une aiguille qu'il enfouit dans un œuf, œuf qu'il cache dans d'autres créatures ou, dans l'une des versions, dans un coffre. Il ne mourra pas tant que l'Aiguille qui héberge son âme demeurera intacte.

3. L'ARIS s'intéresse depuis sa création aux objets réputés mythiques, en particulier à ceux auxquels les gouvernements étrangers accordent de la valeur. Voilà plusieurs décennies que des rumeurs circulent sur l'Aiguille, mais, aux dires de nos agents de terrain en Russie, elle a été portée sur le devant de la scène par la Guerre froide. Nous sommes parvenus à localiser l'aiguille sur un vaisseau espion soviétique, le *Sakhaline*, qui coula dans l'océan Pacifique en 1972. Les technologies de surveillance ont permis de définir les coordonnées du vaisseau en 2007 et une mission incluant le sujet n° 2, Sloane Andrews, fut montée au sein du projet Sosie en 2008 pour récupérer l'Aiguille. Les détails du déroulement de cette mission figurent dans les documents joints au présent rapport.

4. L'ARIS ne souscrit pas à la croyance selon laquelle l'Aiguille héberge réellement une âme humaine, ni à celle qu'un immortel ou même que Koscheï ait jamais existé. Cependant, à l'heure actuelle, nous n'avons pas d'explication à fournir sur l'origine de l'Aiguille. Bien qu'elle semble faite de métal, celui-ci ne correspond à aucun métal connu. Elle ne mesure que cinq ou six centimètres de long et les dentelures de ses extrémités laissent supposer qu'il peut s'agir d'un fragment d'un objet plus grand, mais nous n'avons jamais rien découvert de similaire. Nous avons réussi à faire coïncider certaines de ses particules microscopiques avec des matières des fonds marins, plus précisément des sédiments pélagiques spécifiques à la fosse des Mariannes. Ces analyses figurent en pièce jointe. Des investigations approfondies de la fosse seraient nécessaires pour améliorer nos connaissances sur les origines de l'Aiguille.

5. Un examen approfondi des propriétés de l'Aiguille est en cours, mais nous pouvons d'ores et déjà classer cet objet dans la catégorie des canaux actifs d'énergie supranormale. Nous espérons pouvoir consacrer davantage de temps à cette tâche à l'avenir, l'Aiguille constituant actuellement l'une de nos armes les plus puissantes dans la lutte contre l'Obscur.

TOP SECRET

15

Les yeux masqués par des lunettes de soleil malgré un ciel nuageux, Sloane se fraya un chemin dans la foule.

Les embouteillages avaient transformé la voie rapide de Lake Shore Drive en parking géant, et elle avait préféré se garer au niveau de Michigan Avenue pour poursuivre à pied. Des gouttes de sueur piquetaient la racine de ses cheveux et elle était essoufflée d'avoir traversé le centre-ville à moitié en courant.

Mais elle avait enfin atteint le monument de la Paix, ou du moins la barrière de sécurité élevée par la police.

Elle s'approcha de la policière la plus proche en ôtant ses lunettes. Après l'avoir dévisagée d'un drôle d'air, la femme hocha la tête et la laissa passer.

– Merci, marmonna Sloane en remettant ses lunettes.

Elle contourna la barrière et continua en marche rapide, avant que des gens dans la foule ne se demandent pourquoi on l'avait laissée passer. Elle repéra Esther devant elle, vêtue d'un long manteau noir qui balayait le bout de ses bottes de cuir. Son amie leva un sourcil parfaitement dessiné.

– Mais qu'est-ce que t'as foutu ? lui lança-t-elle avant de l'envelopper dans une étreinte. Matt dit que tu as eu un coup de flip.

– C'est une manière de présenter les choses. Comment ça a fuité ?

– Ne me regarde pas comme ça ! Je ne me suis pas connectée aux réseaux sociaux depuis hier.

Sloane ricana.

– C'est Matt, lâcha Esther. Il a prévenu la police qu'on le ferait aujourd'hui, juste au cas où il se passerait un truc bizarre. Il doit y avoir un flic qui n'a pas su tenir sa langue.

Sloane aurait dû se douter que ça venait de Matt. Il n'avait jamais compris pourquoi elle tenait tant à protéger leur intimité. Il n'hésitait pas à glisser son nom pour obtenir une meilleure table quand il réservait au restaurant, ni à répondre par des clins d'œil aux gens qui le dévisageaient dans la rue. « On passe notre temps à payer le prix de qui on est, avait-il justifié un jour. Alors, autant que ça nous serve à quelque chose quand c'est possible. »

Il se tenait à côté du monument. En la voyant, il réagit comme si un gros nœud se desserrait brusquement en lui. Il l'agrippa comme pour s'assurer qu'elle était bien vivante et l'étreignit pendant plusieurs secondes en écrasant les lunettes de soleil de Sloane sur son épaule, respirant par à-coups tout contre son oreille. Elle comprit qu'il l'avait crue morte. Il ne lui était pas venu à l'esprit de le rassurer.

– Je suis désolée, murmura-t-elle.

Mais de quoi, au juste ? D'être partie ? De s'être disputée avec lui juste avant la mort d'Albie ? D'avoir détruit la Géode ? Ou pour ce qu'elle s'apprêtait à faire : fuir l'ARIS, peut-être même quitter le pays…

– Ouais, fit-il en fuyant son regard.

Cela voulait dire qu'il ne lui avait pas pardonné, ce qui n'était pas une surprise. Même l'indulgence de Matt avait ses limites. Il avait les yeux rouges. Il avait pleuré, et sans doute à peine dormi.

Ines les rejoignit d'un pas vif et colla son poing dans le bras de Sloane, assez fort pour la faire grimacer.

– Putain, Sloane, t'es vraiment qu'une conne.

– Ouais, acquiesça Sloane, qui n'avait pas repris son souffle. Euh, tu m'accordes une minute ? Tu pourras me gueuler dessus tant que tu voudras quand je serai revenue, promis.

Et, passant devant Ines, elle se dirigea vers la bordure du site, là où le béton plongeait dans la rivière. Elle appuya son ventre contre la balustrade. L'odeur de vase et de moisissure qui montait de l'eau noya les relents de fumée qui s'accrochaient à ses cheveux.

Glissant la main dans sa poche, elle toucha les fragments de l'Aiguille, et ses doigts s'engourdirent aussitôt. Puis elle s'accouda à la rambarde pour avoir une meilleure vue sur le pont sur lequel elle avait entraîné l'Obscur vers sa mort. Elle ouvrit la main, et les fragments de l'Aiguille tombèrent dans l'eau.

Elle baissa les yeux juste à temps pour voir le métal étinceler en coulant vers le fond. Elle n'avait pas besoin de savoir où ils allaient se poser. Même brisée, l'Aiguille continuait à fredonner sur la même fréquence qu'elle. Elle pourrait toujours la retrouver.

Sloane rejoignit les autres, dont Ines, qui la foudroya du regard.

– J'avais juste besoin de jeter un coup d'œil.

Le corps de l'Obscur n'avait jamais été retrouvé. Au bout de dix ans, tout le monde avait admis qu'il gisait enfoui au fond de la rivière. Les débris de béton, de métal et de verre de la vieille tour y formaient un amas trop dense pour qu'on puisse en ressortir quoi que ce soit. Au début, tous avaient craint qu'il ait survécu. Sloane s'était même jointe aux plongeurs pour fouiller les décombres, et elle ne s'était déclarée satisfaite qu'après avoir retrouvé plusieurs indices : un bouton doré qui semblait provenir de son manteau, un fragment de tissu décomposé qui ressemblait à un poignet de sa chemise.

Même ensuite, elle avait continué à revenir environ une fois par mois pour se rappeler que la rivière était le tombeau de l'Obscur, qu'il était vraiment mort. Elle venait avec Ines.

Sloane repéra une silhouette familière à la porte du monument, une fille aux traits irréguliers et aux cheveux châtain clair si fins et si crépus qu'ils flottaient autour de son visage comme du sucre filé : Kaitlin, la petite sœur d'Albie. Ça lui fit mal de la regarder.

Sloane retira ses lunettes et Kaitlin lui adressa un bref sourire. La mère d'Albie – Sloane ne la connaissait que sous le nom de Mme Summers – apparut derrière elle, serrant un mouchoir fleuri contre sa poitrine. Elle sortit du mémorial et salua Sloane d'un petit signe de tête.

Elle n'avait jamais aimé Sloane, sans doute pour les mêmes raisons que tout le monde. C'était le genre de personne à suivre religieusement toutes les rumeurs sur les célébrités et à croire tout ce qui se disait dans les chaînes de mails sur les nouveaux virus et les malédictions par Internet. Chaque fois que la Sloane des magazines people trompait Matt, Mme Summers appelait Albie pour savoir si c'était vrai.

Ce jour-là, elle se contenta de :

– Merci. De t'être occupée du…

Les yeux de Mme Summers s'embuèrent, sans doute à la pensée de la crémation.

– Bien sûr. Je veux dire, pas de quoi. Je…

Sloane secoua la tête. Elle ne savait pas quoi dire.

Heureusement, Esther était là pour voler à sa rescousse.

– Bonjour, madame Summers. Ma mère m'a donné ça pour vous.

Elle lui tendit une enveloppe qui portait le nom du destinataire dans une élégante écriture cursive, et Mme Summers la prit en se détournant de Sloane d'un air soulagé.

Matt, à côté de Sloane, fronçait les sourcils en consultant son portable.

– Je viens de recevoir une notification. Il s'est passé quelque chose à la Géode.

Il releva les yeux sur Sloane, qui soutint son regard sans ciller. Elle décida qu'elle ne mentirait pas s'il l'interrogeait. C'était fini, tout ça. C'était sans doute sa faute si Matt la croyait meilleure qu'elle n'était ; elle n'avait pas arrêté de faire semblant, dans le souci de le préserver. Il était peut-être temps qu'il sache à qui il avait réellement affaire. Sentant le rouge lui monter au visage, elle se prépara à affronter ses questions, à lui dire la vérité…

– Bien, dit Ines, on y va ?

Elle tenait la petite boîte que le crématorium avait remise à Sloane. Un silence pesant s'abattit sur eux.

– Alors, avant le dernier combat, reprit Ines, nous avons tous précisé nos dernières volontés au cas où on mourrait. (Elle renifla.) Albie a dit qu'il souhaitait quelque chose de discret, que ses cendres soient répandues à un endroit que l'Obscur avait frappé d'un Vortex. Il… je ne sais pas, il se sentait relié à ces gens morts dans le même combat que lui. Et, d'une certaine manière, ça le réconfortait de se dire que s'il mourait, il ne serait pas seul.

Sloane fit un pas de côté pour qu'ils forment un cercle ; Kaitlin et Mme Summers, Matt et Esther, Ines et elle. Ines ouvrit le couvercle de la boîte. Elle contenait des cendres et, au-dessus, quelque chose de jaune vif. Une grue en origami.

Mme Summers la vit la première et se mit à rire.

Puis ils rirent tous, pas parce que c'était drôle, mais pour la raison contraire : parce que la mort était étrange et sauvage et que ce rire était en réalité un hoquet lâché librement, étrange et sauvage, lui aussi.

– Je n'arrive pas à croire qu'il soit parti, dit Sloane quand le silence fut retombé.

Puis Kaitlin prit la boîte des mains d'Ines, se tourna vers l'ouest, dos à la rivière Michigan, et projeta les cendres dans un grand arc de cercle. La grue en papier jaune retomba par terre.

Une moufle à motif pied-de-poule se replia sur la main de Sloane. Esther. Et de l'autre côté, un gant en cuir épais. Matt. Leurs quatre mains restèrent unies tandis que des poussières de cendres dansaient à leurs pieds. La vue de Sloane se brouilla.

Soudain, elle entendit une voix douce qui semblait lui murmurer à l'oreille, si bas que les mots n'étaient pas intelligibles. Saisie par la brûlure et les picotements qu'elle associait toujours à l'Aiguille et à la magie, elle regarda autour d'elle. Les autres restaient immobiles, la tête baissée. Esther et Matt lui tenaient toujours la main, dans une pression continue.

– Sloane, dit la voix, qui était celle d'Albie.

Elle le chercha des yeux, scrutant le monument, la rivière, la foule de l'autre côté de la barrière, mais elle ne le vit nulle part. Quelque chose tirait sur sa peau sur le dos de sa main, à l'endroit de la cicatrice.

– Viens, on s'en va, reprit la voix d'Albie.

Elle était juste en face de Sloane cette fois, un murmure sur sa joue.

C'était idiot de s'imaginer qu'il puissc être là, même un tout petit peu, rien que parce que ses cendres y étaient et parce qu'ils avaient pratiqué une magie puissante ici ensemble. Mais elle avait vu, senti et fait des choses impossibles, arraché des portes de leurs gonds pour les faire voler vers les nuages, vu des arbres flotter au-dessus de la mer, fait exploser une tour comme un grain de raisin.

Elle s'était ouverte à vouloir des choses qu'elle ne pourrait jamais avoir, et elle les avait eues. En quoi ceci était-il différent ?

L'Obscur était mort ici. Peut-être Albie pouvait-il être en vie, quelque part ailleurs.

Elle fit un pas vers la voix…

… puis le regretta, voulut reculer, revenir en arrière, mais il était trop tard. Tout avait basculé dans le noir.

DEUXIÈME PARTIE

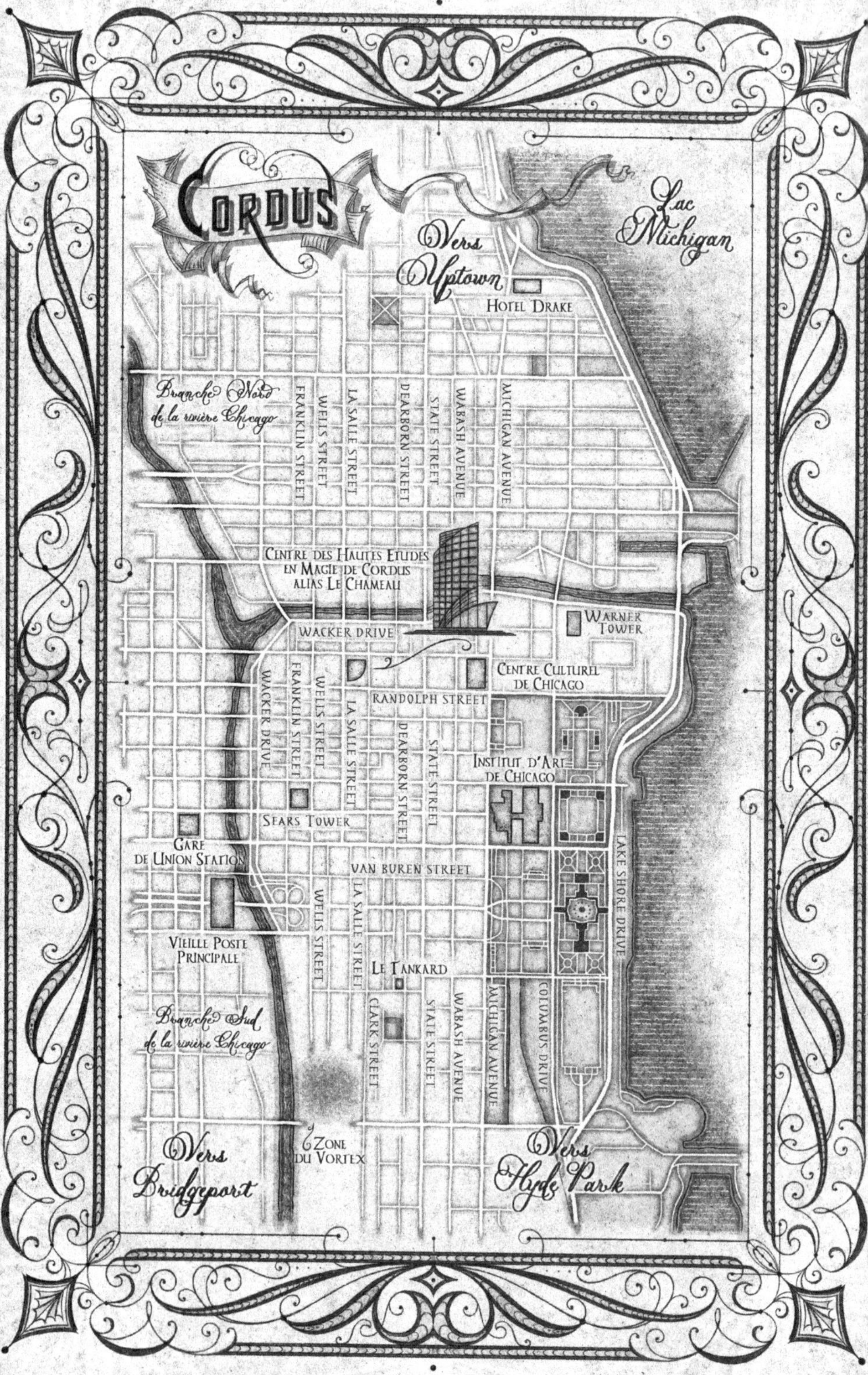

Cordus
Vers Uptown
Lac Michigan
Hotel Drake
Branche Nord de la rivière Chicago
Franklin Street
Wells Street
La Salle Street
Dearborn Street
State Street
Wabash Avenue
Michigan Avenue
Centre des Hautes Etudes en Magie de Cordus alias Le Chameau
Wacker Drive
Warner Tower
Centre Culturel de Chicago
Randolph Street
Wacker Drive
Franklin Street
Wells Street
La Salle Street
Dearborn Street
State Street
Institut d'Art de Chicago
Sears Tower
Gare de Union Station
Van Buren Street
Lake Shore Drive
Wells Street
La Salle Street
Vieille Poste Principale
Le Tankard
Clark Street
State Street
Wabash Avenue
Michigan Avenue
Columbus Drive
Branche Sud de la rivière Chicago
Zone du Vortex
Vers Bridgeport
Vers Hyde Park

EXTRAIT DE :

Nous vivons dans un monde magique !
Un guide de magie pour les moins de douze ans, 7e édition
par Agnès Dewey et Sebastian Bartlett

Savais-tu qu'il y avait autrefois beaucoup moins de magie dans le monde ? C'est pourtant vrai. Jusqu'en 1969, la plupart des gens ne croyaient même pas à son existence. Pour eux, ce n'était qu'une invention de conte de fées. Mais en 1969, il se produisit quelque chose que l'on appela ensuite **l'accident du *Tenebris*** (lire le chapitre 3 pour en savoir plus) et la magie se répandit dans tout Genetrix. Partout sur la planète, on vit des choses incroyables – et effrayantes ! – telles des portions de l'océan qui se mettaient à bouillir [*fig. 2*], des boules lumineuses flottant au-dessus des rues [*fig. 3*], et des immeubles entiers qui se retournaient [*fig. 4*]. Quelqu'un prit même une photo d'une baleine flottant dans les nuages [*fig. 5*] !

Après l'expansion de la magie, beaucoup de gens tombèrent malades. Leurs corps n'étaient pas habitués à l'énergie magique qui imprégnait l'air ! Et, comme il n'y avait pas de traitement, toutes ces personnes mouraient, malheureusement. Mais si tu es là, cela signifie que tu es immunisé contre les effets néfastes de la magie. Alors, inutile de t'inquiéter ! Il te suffit de savoir que la magie fait désormais partie de notre monde, et il est temps d'apprendre à t'en servir ! Même si tu dois attendre d'être plus grand pour obtenir de vrais résultats, tu peux déjà commencer à faire des choses sympas ! Mais avant cela, tu dois apprendre comment la magie fonctionne.

En réalité, personne ne le sait vraiment. Nous commençons à peine à le comprendre. C'est excitant, non ? Peut-être qu'un jour, c'est toi qui découvriras tous les secrets de la magie !

EXTRAIT DE :

La Manifestation de désirs impossibles, une nouvelle théorie de la magie

par Arthur Solowell

Dans le domaine naissant de la théorie de la magie, on présente souvent l'intention comme un élément central de cet art. Prenons l'exemple du siphon : il ne peut fonctionner sans quelqu'un pour l'actionner et orienter son pouvoir. Par nature, le siphon n'est qu'un instrument inerte, sans l'intervention d'un humain pour le manier. Et c'est là que l'intention joue un rôle essentiel. Sans elle, comment une personne évaluerait-elle les résultats de l'action d'un siphon ? Comment pourrait-elle, par exemple, congeler un objet plutôt qu'y mettre le feu ? Certes, on trouve des siphons dédiés à des tâches spécifiques – un siphon oculaire sert le plus souvent à des tâches visuelles, de même qu'un siphon d'oreille s'applique plutôt à des tâches auditives, et ainsi de suite. Mais même dans le cadre de ces catégories, ces appareils offrent une grande flexibilité. C'est l'intention qui va empêcher cette flexibilité d'aboutir à un manque de fiabilité.

Précisons toutefois que, si l'intention fait partie des *composantes* d'un acte magique, et non des moindres, elle ne représente pas *l'essence* de ce qui différencie un acte magique d'un acte ordinaire. Tout individu muni d'un marteau peut avoir l'intention d'enfoncer un clou, ce qui n'a rien d'un geste magique, et un siphon ne peut être assimilé à un marteau. L'objet de cet article est de démontrer que l'essence d'un acte magique tient à *ce que son auteur veut.* Ou, plus précisément, à ce qu'il veut et qui ne puisse être accompli facilement par le biais d'un acte ordinaire. Désirer qu'un clou s'enfonce dans une planche est une volonté, mais ce n'est pas de la magie. Vouloir que deux planches tiennent ensemble sans clou, *ça*, c'est de la magie.

Autrement dit, pour que quelque chose soit magique, il faut que cela corresponde au *désir d'une chose impossible.*

EXTRAIT DU :

Discours du sénateur Amos Redding en faveur de la loi Haven

17 septembre 1985

Je prends la parole aujourd'hui pour partager avec vous mes réflexions sur une question épineuse, celle de la proposition de loi Haven. Si elle était votée, elle permettrait d'organiser des référendums à l'échelle municipale pour interdire l'exercice de la magie et tout commerce d'objets qui exploitent la magie ou en facilitent l'usage. Je compte soutenir cette loi, et voici pourquoi.

Mesdames et messieurs, la magie est un raccourci, le choix de la facilité. Et nous ignorons où ce choix peut nous conduire et ce qui peut en découler. C'est une chose d'être enthousiasmé par ses possibilités. C'en est une autre de la laisser se développer à tout-va dans notre pays et s'infiltrer dans tous les domaines, rendant nos jeunes inaptes à accomplir la moindre action concrète. Nous devons préserver les compétences précieuses que nous avons acquises de haute lutte au fil des siècles.

Chers collègues et amis, je vous demande de considérer l'avenir que vous désirez, celui que vous souhaitez pour ce pays. La magie a longtemps suscité la circonspection, y compris aux temps des mythes et des légendes les plus anciens. Cette méfiance, voire parfois cette répugnance envers la pratique de la magie n'est pas le seul fait de l'ignorance. Elle traduit quelque chose de foncièrement viscéral en nous, qui nous dit que nous devons travailler la terre que nous habitons, que les grands accomplissements devraient être le fruit durement gagné du travail de nos mains…

16

Elle se rappela le goût de la rivière et la lueur pâle de la lune sur la joue de l'Obscur dans l'eau juste avant qu'il ne disparaisse, tout de suite après l'explosion de la tour, et le jet de lumière projeté vers le ciel par l'Aiguille.

Elle voulut crier et but la tasse. La main d'Esther se relâcha dans la sienne, puis glissa. Celle de Matt suivit. Sloane agita les bras frénétiquement à leur recherche, mais l'eau ralentissait ses mouvements et il régnait une obscurité totale.

Elle toussa des bulles sans bruit. L'eau – elle était environnée d'eau. Ses poumons la brûlaient. Elle battit des jambes. Elle avançait, mais elle ignorait vers où ; rien ne lui assurait qu'elle nageait vers le haut.

Posant le doigt sur ses lèvres, elle souffla une bulle, qui alla chatouiller l'extrémité de son index. Les bulles montant toujours vers la surface, cela signifiait qu'elle se tenait tête en haut. Elle intensifia ses battements de jambe. Son manteau trempé traînait derrière elle. Elle s'en débarrassa avant de passer la courroie de son sac en bandoulière pour avoir les mains libres.

Elle ouvrit les yeux malgré la piqûre de l'eau pour chercher la lumière.

Rien. Il n'y avait rien.

Cameron lui avait appris à nager à la piscine quand elle était petite. Ils y étaient allés chaque jour pendant tout un été. Ils avaient joué à celui qui éclabousserait le plus fort en faisant des bombes dans le grand bain.

Elle se força à monter, monter encore.

Devant elle, une lueur. Infime, d'abord, qui devint peu à peu un cercle bleu profond aux bordures floues. Elle continua. L'une de ses chaussures glissa. Elle accéléra, la poitrine brûlante.

En sortant la tête de l'eau, elle ouvrit grand la bouche pour inspirer à fond et se pencha en arrière pour faire la planche. Son pouls battait dans ses oreilles.

Au-dessus d'elle luisait une lune dans son dernier croissant, mince comme une rognure d'ongle, sur fond de ciel teinté de violet par la pollution lumineuse. Elle aurait pu jurer que la lune était croissante lorsqu'elle s'était dirigée vers la Géode, l'Aiguille à la main. À croire que quinze jours s'étaient écoulés au lieu d'un. Elle se frotta vigoureusement les yeux pour éclaircir sa vision.

Et dire qu'elles étaient aux funérailles d'Albie le matin même.

Elle savait où elle était. L'odeur de moisissure de la rivière lui était familière, tout comme la tour en forme d'épi de maïs qu'elle distinguait au loin, partiellement masquée par la silhouette anguleuse du gratte-ciel du 330, North Wabash. Mais à l'emplacement du monument élevé en souvenir de la défaite de l'Obscur se dressait une tour. Pas la Trump Tower aux reflets bleutés qui transperçait le ciel de son aiguille, mais une construction différente de tout ce qu'elle connaissait, moitié cylindre de verre, moitié panneaux de métal ondulants. On aurait dit un grand pan de fumée qui se déversait vers l'ouest.

Ayant retrouvé son souffle, elle se redressa et s'aperçut enfin de la présence d'une rangée d'individus sur la berge. À la lumière des lampadaires à l'ancienne qui éclairaient les quais, elle distingua leurs vêtements, de riches tissus drapés avec art, aux couleurs profondes. Elle écarta une mèche de cheveux de son visage tout en battant des jambes pour se maintenir en surface. Elle avait beau avoir mal partout, elle n'était pas sûre de vouloir s'approcher de la berge, s'approcher d'*eux*.

– Qui…

Elle avait parlé d'une voix rauque et gutturale. Porté par l'eau, le son alla résonner sur les parois de béton de la berge.

– Qui êtes-vous ?

Une femme vêtue de vert, à l'épaisse chevelure brune et à la peau cuivrée, s'approcha. Mais alors qu'elle semblait sur le point de parler, Esther jaillit à la surface, le visage maculé de mascara. Matt suivit, tout au bord de la rive. Il se retint à la barrière en vomissant aux pieds de la femme. Celle-ci fit un bond en arrière. Elle portait des chaussures brillantes à bouts pointus.

– Mais…

Elle se tourna vers un jeune homme blond qui se tenait un peu en retrait et qui serrait un gros livre sur sa poitrine.

– Pourquoi sont-ils plusieurs ? lui demanda-t-elle.

– Je…

D'un air incrédule, le garçon dévisagea tour à tour Sloane, Esther et Matt.

– Je ne sais pas.

– Où est Ines ? demanda Sloane à ses compagnons.

– Je ne l'ai pas vue, répondit Esther en secouant la tête.

Fatiguée de se maintenir à flot, Sloane gagna la berge et se hissa dessus, les bras tremblants. Elle s'affala en manquant heurter sa tête sur le béton, mais parvint à ramener les genoux sous elle et à se lever. Elle était à peine plus grande que la femme.

Celle-ci recula.

– Je vous ai posé une question.

Une partie de l'effet menaçant qu'elle avait mis dans son ton fut malencontreusement gâché par le fait qu'elle dut se plier en deux pour cracher de l'eau au goût de pêche moisie.

– Du calme, s'il vous plaît, dit la femme. Nous…

– Du calme mon cul ! lâcha Esther.

Elle se démenait pour se libérer de son manteau et Sloane vit son haleine s'élever en petits nuages de vapeur éclairés par la lune.

Matt avait réussi à sortir de l'eau à son tour et restait assis par terre, au milieu d'une mare d'eau qui dégoulinait de son pantalon. Esther gagna le bord et écarta les cheveux qui lui barraient la figure.

Sloane scruta les gens alignés à quelques mètres d'elle. Leur style vestimentaire était diversifié, mais ils avaient tous un point commun : une épingle en or grosse comme une mandarine fixée sur leur poitrine. Plusieurs d'entre eux portaient autour du cou et sur les mains des bijoux sophistiqués, d'inspiration un peu industrielle. Une femme portait à l'oreille gauche un gros bijou rouge qui semblait constitué de rubis.

– Où est-on ? demanda Matt.

Il avait pris la voix grave qu'il adoptait quand il tenait à être pris au sérieux, parce qu'il l'imaginait intimidante, là où le reste du groupe n'y entendait qu'une imitation de Batman. Mais comme il semblait y prendre plaisir, ils s'étaient mis d'accord pour ne pas le mettre en boîte.

– Qui de vous trois est l'Élu ? demanda la femme en les dévisageant successivement.

Sloane trouva que leur trio ne manquait pas de classe. Esther, maintenant sortie de l'eau, elle aussi, se frottait le visage pour se débarrasser des traces de mascara, tandis que Matt ôtait ses gants en cuir avec ses dents. Et le pantalon de Sloane était si chargé d'eau qu'elle était à peu près sûre d'avoir le haut des fesses à l'air.

– Vous poserez des questions quand vous aurez répondu aux nôtres, lâcha-t-elle en remontant son pantalon par les passants de sa ceinture.

Matt leva la main.

– C'est moi. Je suis l'Élu.

Esther ricana doucement.

– Quoi ? fit Matt. La question était simple.

– C'est juste que schématiquement, on constituait l'Élu à nous *tous*, clarifia-t-elle.

Elle avait réussi à étaler son mascara jusqu'à ses oreilles. Sloane réalisa brusquement qu'elle n'avait pas vu Esther sans une épaisse couche de maquillage depuis le combat final. Elle semblait… fatiguée. Aussi fatiguée que Sloane avait la sensation de l'être.

– Mais il manque un membre de notre groupe, déclara-t-elle. Où est Ines ?

La femme la regarda en fronçant les sourcils.

– Nous n'attendions qu'une personne. Pas trois, et encore moins quatre. Et pour répondre à votre question, vous êtes exactement au même endroit que précédemment, à la différence que vous êtes maintenant… une dimension plus à gauche, si je puis dire.

– Vous voulez dire, dans une sorte d'univers alternatif ? Vous avez fumé quoi ?

Dans un lointain passé, Sloane avait lu des choses sur les dimensions parallèles, la théorie des cordes et les possibilités qui se déployaient en arborescence jusqu'à former une infinité inimaginable pour l'esprit humain. Depuis lors, elle avait évité d'y penser, de crainte de se dire que, pour chaque décision qu'elle prenait, il existait sur une autre Terre une Sloane identique qui prenait une autre décision, dont chacune en générait d'autres, et ainsi à l'infini. Qui était-elle réellement si son identité n'était pas stable, s'il existait toutes ces Sloane suivant chacune leur chemin, poussées ici ou là par de menues altérations des circonstances ?

– Qui êtes-vous ? redemanda-t-elle.

Quel que soit l'univers, quelle que soit la dimension, c'étaient d'abord les gens qui la préoccupaient.

– Je m'appelle Aelia, répondit la femme. Je suis préteur de Cordus et tribun de l'armée de l'Étincelle.

– Elle a dit un truc, là ? demanda Esther. Elle parle quelle langue ?

C'était des mots d'un vieux monde, en effet, des mots étranges dans les lumières électriques de cette ville moderne qui scintillaient derrière la tête de l'inconnue. Mais Sloane en avait saisi le sens.

– Elle s'appelle Aelia et c'est la cheffe, traduisit-elle.

La femme était vêtue d'un tissu raide drapé en travers de son épaule sur une chemise ornée d'un petit col droit, et d'un pantalon étroit et fuselé. Des styles qui n'étaient pas totalement étrangers à Sloane, mais qu'elle ne rattachait à rien. Les tons gris vert de sa tenue mettaient en valeur son épingle en or, et elle portait au poignet un appareil qui avait l'aspect d'un gant mécanique orné de bijoux.

– Une autre dimension ? dit Matt. Comment c'est possible ?

– Votre peuple n'est pas conscient de l'existence d'autres dimensions ? s'étonna Aelia.

– Seulement en théorie, répondit Matt.

Aelia se tourna de nouveau vers le jeune homme blond, en fronçant le nez dans une légère moue de mépris.

– Alors ce doit être un choc pour vous.

Sloane étouffa un petit rire.

– Je sais que vous avez des questions et je vous promets d'y répondre, reprit Aelia en plissant les yeux à son adresse. Mais pour me permettre de le faire, vous devez avoir suffisamment confiance pour nous suivre.

Matt essora l'ourlet de son manteau, avec l'expression nonchalante de quelqu'un qui secoue son parapluie en se mettant au sec.

– Entendu, dit-il.

– Non ! s'écria Sloane en le foudroyant du regard.

Son pantalon continuait à glisser sur ses hanches.

– On ne va pas aller… je ne sais où comme ça. Pas avant de savoir ce qui se passe.

Le coin de la bouche de Matt tressauta. Pendant plusieurs années, tandis qu'ils traquaient l'Obscur, il n'avait pas souri autrement. Mais après la chute de l'Obscur, lorsqu'il avait cessé d'être responsable d'autres vies que la sienne, il s'était adouci, détendu, et ce sourire-là s'était fait de plus en plus rare.

Son retour signifiait qu'il essayait d'amadouer Aelia, et que Sloane lui mettait des bâtons dans les roues.

« Laisse-les s'appuyer sur leurs points forts comme ils te laissent t'appuyer sur les tiens », dit la voix de Bert dans sa tête. Chacun avait un rôle défini dans leur petite brigade, et même si cela l'énervait maintenant qu'ils étaient fiancés, Matt était leur leader. Il prenait les décisions. Et il leur fallait l'accepter pour que leur système fonctionne.

– Je compte vous le dire, répondit Aelia. Mais certaines choses sont plus faciles à comprendre quand on les voit.

Debout à côté de Sloane, Esther semblait aussi défiante qu'elle, jusqu'à ce qu'elle croise le regard de son amie. Alors elle hocha la tête en pinçant les lèvres.

– Bon. D'accord, dit Sloane. Montrez-nous.

Sloane resta dans le sillage d'Aelia en montant le large escalier minimaliste en pierre polie qui était, dans son monde, le River Theater. Ici, en revanche, l'espace était organisé en terrasses d'arbres qui donnaient une impression de forêt au milieu de la ville. Aelia serpenta entre les arbres et Sloane, Matt et Esther la suivirent jusqu'à la rue.

Les autres observateurs leur avaient emboîté le pas. Sloane était déstabilisée par leur silence et leur présence lui donnait des petits picotements dans la nuque. Elle avait la sensation qu'ils la poussaient comme un mouton.

Elle avait presque peur de lever la tête et d'être confrontée à l'étrangeté de l'environnement. Mais Wacker Drive, au moins, avait l'aspect qu'elle lui connaissait, avec les voitures qui fonçaient dans le virage et la Septième Église du Christ des Scientistes qui se dressait au point de bifurcation de la rue, tel un vaisseau spatial échoué. Il n'y avait pas de piétons sur les trottoirs. Elle ne comprit pourquoi qu'en voyant le groupe qui les suivait se disperser. L'un des hommes leva la main en émettant un trille qui n'avait rien d'humain, et un mur fluorescent surgit brusquement devant lui pour former une barrière le long d'un passage pour piétons.

Aelia attira son attention en s'éclaircissant la gorge. Elle s'était arrêtée à côté d'une limousine bordeaux aux lignes angulaires et aux roues chromées. Elle ouvrit la grande portière arrière et se glissa à l'intérieur. Le jeune homme blond, qui attendait à côté d'elle sur le trottoir, leva le bras. Dans le mouvement, la manche de sa chemise dénuda son poignet et Sloane put mieux voir l'appareil qu'il portait. Il était plus simple que celui d'Aelia, mais tout aussi beau. C'était une sorte de gant de cuivre aux doigts articulés. De riches motifs végétaux – des feuilles de lierre – étaient gravés sur chaque plaque et, contrairement aux gants des armures médiévales, il était profilé, de toute évidence modelé spécifiquement pour la main de son propriétaire.

– Je peux vous sécher, si vous voulez, proposa le jeune homme.

Sloane glissa un coup d'œil à Esther.

– On ne vous aurait pas fait venir ici si c'était pour vous faire du mal juste après, reprit-il. Je m'appelle Néron. Qui veut passer en premier ?

Bien qu'il ait poussé pour suivre le mouvement, Matt hésita quelques secondes avant de se porter volontaire. Il se campa devant Néron en s'agitant un peu nerveusement.

– Qu'est-ce que je dois faire ?

– Essayez de ne pas bouger.

Néron leva la main en écartant les doigts, paume dirigée vers Matt, et se mit à fredonner une note basse. La chemise de Matt ondula presque imperceptiblement, comme sous l'effet d'une brise légère.

Néron reprit son fredonnement et des gouttelettes d'eau s'échappant de la tête de Matt restèrent en suspension dans l'air. Matt les fixa, éberlué. Sloane regarda autour d'elle, histoire de s'assurer que le temps ne s'était pas arrêté, ce qui aurait expliqué le phénomène. Ça n'aurait pas été l'épisode le plus délirant de la journée.

Puis Néron passa la main devant les épaules, l'abdomen, le bassin de Matt, sans cesser de fredonner la même note basse. Cette fois, l'eau fut aspirée du tissu de son manteau et de sa chemise et, là encore, resta en suspension.

Lorsqu'il eut fini, Néron changea de note en décrivant un cercle avec sa main, et toutes les gouttes restées en l'air autour de Matt se rassemblèrent en une sphère d'eau. Puis il la fit voler jusqu'au caniveau, dans lequel il la fit tomber d'un geste. La sphère frappa le sol où elle se répandit en flaque.

Sloane avait déjà observé la magie à l'œuvre, sous la forme d'une force aussi puissante qu'un ouragan qui déchiquetait les gens dans tous les sens ; d'un jet de flammes instable s'élevant des paumes d'Albie ; ou même de la lumière étrange qu'émettait le Rameau d'or de Matt. Mais elle ne l'avait jamais vue manipulée avec tant de délicatesse, avec une précision si éblouissante.

Matt était sec, sa chemise impeccable. Néron se tourna vers les filles.

– Suivante ?

Matt, Esther et Sloane s'engouffrèrent à l'arrière de la limousine. Sloane palpa le velours bordeaux et tourna la tête vers la vitre. Ils prirent le virage d'Upper Wacker en direction de Lake Shore Drive. Les silhouettes des tours formaient un paysage inconnu, mais parsemé de repères familiers : ici, les longues lignes blanches verticales de l'Aon Center ; ailleurs, la pyramide de verre du Crain Communications Building, comme une carotte taillée en biseau ; plus loin, les colonnes ioniques du musée Field.

– Qu'est-ce que c'est ? demanda Matt en désignant les appareils de Néron et d'Aelia.

La main de celle-ci reposait sur son genou, et Sloane pouvait maintenant observer plus attentivement l'épaisse manchette sertie d'une pierre rouge qui entourait son poignet. Les bouts de ses doigts étaient recouverts de capsules semblables à des dés, reliées à la manchette par de fines chaînettes parsemées de perles rouges.

Aelia leva la main.

– On appelle cela un siphon. Ça canalise l'énergie magique.

– Magique, répéta Matt. On dirait un objet technologique, pourtant.

– En fait, on dirait une sorte de bijou, intervint Esther.

– Ce sont les trois à la fois, répondit Aelia, surprise de leur ignorance. Un objet magique, technologique et décoratif. Ce genre de choses est-il en décalage avec votre monde ?

– Nos technologies ne font pas appel à la magie, dit Matt. Nous faisons partie des rares individus à l'avoir utilisée, et même nous, nous commencions à peine à comprendre comment la manipuler.

Et Albie en est mort, songea Sloane avec amertume.

Aelia se tourna vers Néron d'un air réprobateur et il baissa le nez.

– Vraiment ? reprit-elle. C'est intéressant. Chez nous, l'association des deux éléments ne se passe pas sans heurts. Certains estiment que la technologie devrait progresser sans l'apport de la magie, pour le cas où celle-ci se révélerait une ressource limitée. Il y en a même qui considèrent l'usage de la magie comme l'œuvre du diable. Mais les siphons représentent le triomphe de la technologie ET de la magie.

Elle tourna la main vers le haut, ferma le poing et le déplia. Puis elle siffla, et des étincelles dansèrent sur sa paume.

– Inventé en 1980 à Xiamen, en Chine, par Liu Huiyin, enchaîna Néron. La magie ne s'est répandue sur Genetrix qu'à partir de 1969.

Sloane fixa la main d'Aelia. Les étincelles avaient disparu, mais en laissant sur sa rétine une image résiduelle déformée.

– Que s'est-il passé en 1969 ? demanda Matt.

– L'accident du *Tenebris*.

– Mais nous aurons tout le temps plus tard pour les cours d'histoire, intervint Aelia.

– Vous appelez votre planète Genetrix ? demanda Esther, les poings crispés sur les genoux.

Sloane regarda de nouveau au dehors. Elle s'y connaissait assez en architecture pour s'apercevoir que certains des immeubles qu'elle voyait ne rentraient dans aucune des catégories habituelles. En revanche, les constructions modernistes devenues si banales à Chicago avaient disparu du paysage urbain. À leur place se dressaient des formes étranges éclairées par des lumières de couleurs variées. Mais avant qu'elle ait pu en comprendre davantage, la limousine les avait déjà dépassées. Ils quittèrent Lake Shore Drive pour plonger dans South Loop.

– Lorsque la magie s'est généralisée, nous avons pris l'habitude de donner deux noms aux lieux, reprit Aelia. L'un pour la dimension matérielle et l'autre pour leurs aspects magiques. Nous utilisons à la fois les noms de Terre et de Genetrix, et nous appelons la ville à la fois Chicago et Cordus, qui signifie « deuxième ».

– Je vois, dit Matt. La deuxième ville. Comme après le grand incendie de 1871.

– J'ai l'impression de rêver, glissa Esther à mi-voix à Sloane. Comme la première fois que j'ai vu des images d'un Vortex.

Son amie hocha la tête. Ils passaient devant les jambages jaunes d'un McDonald's qui n'avaient pas changé.

– Tu ne donnais pas la main à Ines pendant qu'on… venait ici ?

Esther secoua la tête.

– Je venais de la lâcher. Je ne me rappelle pas qu'elle était dans l'eau avec nous.

– Elle a dû retourner sur la Terre, alors. Il y a peut-être moyen de la contacter.

Ils attendaient à un feu rouge et Sloane jeta un coup d'œil sur la voiture arrêtée à côté d'eux. La femme qui était au volant portait un siphon au poignet gauche et tournait le bouton de la radio. Le tableau de bord luisait d'une lumière orange. Il semblait analogique et non numérique.

Les aiguilles de l'horloge insérée entre les volets d'aération pointaient sur le 10 et sur le 12. Il était vingt-deux heures.

– Qu'est-ce que vous pouvez faire avec ces trucs ? demanda Esther à Néron.

Elle avait encore une traînée de mascara sur la tempe.

– On peut mettre un siphon sur n'importe quelle partie du corps, et cela modifie leurs possibilités. Les siphons de poignet comme celui-ci servent surtout à des usages pratiques : manipulation de l'électricité, de l'eau, de l'air…

– Du feu ? demanda Sloane.

Néron hocha la tête.

– Donc ce sont des armes.

– Tout peut être une arme. Pour peu qu'on le veuille assez.

– J'essaie juste d'évaluer jusqu'à quel point on est retenus en otages.

Sloane s'attendait à se faire rabrouer par Matt sur-le-champ, mais il ne broncha pas. Il se posait peut-être la même question qu'elle.

La bouche de Néron esquissa un léger sourire. D'ailleurs, Sloane décida que « léger » était un mot qui lui convenait bien. Sa voix était veloutée, délicate sans chercher à persuader. Ses mouvements, de ses pas jusqu'à ses plus petits gestes, étaient mesurés, comme s'il choisissait chacun d'eux. Tournant le poignet, il défit le fermoir de son gant siphon et une lumière étincela entre les plaques de métal. Il retira le gant, le posa sur la moquette de la voiture à ses pieds et ouvrit les paumes.

– Nous ne comptons pas vous menacer.

– De qui parlez-vous en disant « nous » ? demanda Matt. De vous deux ?

– Le groupe qui vous a fait venir est le conseil spécial de Cordus, dit Aelia. Il a été constitué pour… régler un certain problème que je vous exposerai en détail. Je suis la présidente de ce conseil ainsi qu'un membre élu de la municipalité. Préteur, comme je vous l'ai dit.

Sloane fixa l'appareil d'un air méfiant. Elle ne ressentait ni la brûlure ni les picotements qui accompagnaient d'ordinaire l'attraction de la magie. Elle tendit la main vers l'objet pour voir ce qui allait se produire, mais ne sentit rien. Peut-être qu'ici, tout était trop imprégné de magie pour qu'elle continue à la percevoir, de même qu'on cesse d'entendre un bruit blanc au bout de quelques minutes. Elle le frôla du bout des doigts. Il était tiède d'avoir été porté, mais rien de plus.

– Il faut y mettre une intention, lui expliqua Néron.

C'était bien ce qu'elle craignait.

La voiture s'arrêta. Aelia ouvrit la portière et leur fit signe de la suivre.

Leur côté de la rue était éclairé par des lampadaires à gaz à l'ancienne, aux élégants pieds noirs surmontés de globes en verre mouchetés de brun par les flammes. Quant à l'autre côté, il était couvert de gravats. De gros blocs de béton s'entassaient sur des poutres cassées en deux, qui commençaient à pourrir au point de brisure. Des armatures métalliques tordues s'élançaient vers le ciel. Des débris de verre luisaient au clair de lune.

Les pas d'Esther se rapprochèrent et Sloane sentit sa main sèche et froide frôler la sienne. Elle la prit en la serrant fort et les deux jeunes femmes se tinrent épaule contre épaule, contemplant le spectacle. Les ruines des immeubles se suivaient à perte de vue sans discontinuer, fondues les unes dans les autres. La rue n'était plus qu'une scène de carnage et de destruction : une colonne vertébrale d'écureuil jaunâtre repliée sur elle-même, un chemisier à fleurs coincé sous des gravats, un fragment de peluche dans la bouche d'un rat qui filait.

– Le Vortex, dit Esther.

Sloane eut la sensation que le temps s'était rembobiné et qu'elle se tenait à l'emplacement de la Géode avant sa construction, avant la déferlante des disciples de l'Obscur et des fervents de magie de tout poil. Le Vortex était une sorte d'empreinte digitale, distincte de toutes les autres formes de magie qu'elle avait observées. Et une seule personne pouvait laisser cette empreinte précise.

S'il s'agissait bien d'une zone de Vortex, alors l'Obscur était passé par là.

Néron s'éloigna pour maintenir les piétons à l'écart par une barrière semblable à celle qui avait surgi sur Wacker Drive. Mais Aelia n'avait pas bougé. Elle écarta ses doigts encapsulés dans le siphon jusqu'à ce que sa main ressemble à une serre métallique.

– Dans votre monde, dit-elle, une force du mal était à l'œuvre. Mais vous l'avez vaincue, n'est-ce pas ?

– L'Obscur, murmura Matt. Oui. Je… Enfin, nous l'avons tué, tous ensemble.

– Parfait.

Aelia sourit, et les ombres qui se creusèrent sous ses pommettes saillantes donnèrent à son visage un aspect presque sinistre sous la lueur des lampadaires.

– Nous aussi, nous avons un genre d'Obscur. Nous l'avons nommé le Résurrectionniste.

– Vous « avez », au présent, nota Esther.

– Oui, confirma Aelia. Notre Résurrectionniste est toujours en vie. Il continue à nous terroriser. À faire *ceci*.

Elle engloba d'un geste les gravats qui s'étendaient devant eux dans l'obscurité. Sloane distingua des ombres qui se déplaçaient, entrant et sortant vivement des immeubles effondrés. Les débris de bois, de verre et de béton devenaient de plus en plus petits à mesure que le regard s'éloignait vers le centre de l'impact, une caractéristique spécifique des zones de Vortex. Au milieu, tout devait être réduit en poussière fine comme du sable.

– C'est arrivé l'an dernier, reprit Aelia. C'est un point de frappe du Résurrectionniste, le plus proche du centre-ville. Ils sont de plus en plus puissants d'année en année et ils grignotent du terrain.

– « Ils » ? souligna Esther.

La bouche d'Aelia dessina un sourire grinçant.

– Votre Obscur œuvrait-il seul ? Il y a les adeptes. Il y a toujours des adeptes. Mais ceux du Résurrectionniste ont la même source que son surnom. Ce sont des morts-vivants.

En face d'eux se dressait le squelette d'une maison entièrement dépouillée de ses cloisons et de son revêtement. La laine de verre flottait au vent, rose et cotonneuse comme de la barbe à papa.

– Et comme vous, nous avions un Élu. Il était plein de bravoure et excellait dans la pratique de la magie. Et il était jeune, lui aussi. Trop jeune, peut-être.

– « Était » ? fit Esther.

– Il est mort. Vaincu par le Résurrectionniste.

La voix d'Aelia s'était brisée.

C'était logique, voire inévitable, songea Sloane. Si ses amis et elle avaient gagné dans un univers, il en existait forcément d'autres dans lesquels ils avaient perdu. Où ils étaient tous morts. Et d'autres encore où ils n'avaient jamais existé.

– Mais s'il est l'Élu, il ne *peut pas* être mort, objecta Esther. Vous êtes sûrs que vous aviez trouvé le bon ?

– Certains, répondit Aelia d'un ton définitif. Nous avions une prophétie dont les termes étaient très précis. C'est même sa signature magique qui nous a servi à vous faire venir.

– « Sa signature magique » ? questionna Matt, tandis qu'Esther demandait :

– Mais pourquoi nous avoir invoqués, *nous* ?

Matt recula et Sloane supposa que la réponse à la question d'Esther l'intéressait plus que la première.

– C'est évident, non ? dit Sloane avec amertume, d'une voix un peu étranglée. Elle veut qu'on se charge de son Obscur.

– Ce n'est pas *mon* Obscur, protesta sèchement Aelia. Et je ne me serais jamais autorisée à recourir à une mesure aussi extrême si la situation n'avait pas été aussi critique. Mais je ne peux pas continuer à laisser mourir les gens. Je ne peux pas laisser notre monde courir à sa perte.

– Oh, si la situation est *critique*, alors, on peut bien enlever des gens dans d'autres dimensions, railla Sloane, la gorge nouée par la menace d'une crise d'hystérie.

– Ouais, moi qui me disais justement que le niveau critique n'était pas atteint, ajouta Esther d'un ton aigre.

– Je vous assure qu'il l'est ! s'exclama Aelia d'une voix qui montait dans les aigus.

– Elle ne m'a pas l'air très sensible à l'ironie, glissa Esther à Sloane.

– Dans ce cas, elle va nous adorer.

– Il faut nous comprendre, intervint Matt en haussant un peu la voix pour neutraliser le duo. On a déjà vécu ça et on n'est pas très pressés de recommencer, encore moins dans un monde qui n'est pas le nôtre.

– Je crains que les choses ne soient pas si simples, déclara Néron, qui se trouvait à quelques mètres d'eux sur la chaussée. Les destins de nos mondes respectifs ne sont plus aussi indépendants qu'on pourrait le souhaiter.

Il avait les mains croisées devant lui, le cuivre du siphon reposant sur sa peau.

– Euh, pardon ? demanda Matt.

– Nos deux mondes sont reliés, expliqua Néron. Nous pouvons même distinguer le point de jonction. L'usage de la magie les a rendus instables. Et le Résurrectionniste exploite cette instabilité pour accomplir ses destructions.

– Comment ça ? demanda Sloane.

– Nous l'ignorons. Tout ce que nous savons, c'est qu'il ne devrait pas être capable de faire *ceci*, dit Aelia en désignant la longue dune de décombres. Personne n'en était capable avant lui.

Sloane songea à la première fois qu'elle avait touché l'Aiguille, à la façon dont celle-ci avait brusquement fait d'elle un ventre affamé, un trou noir de désir. Elle avait tout absorbé en elle, *tout* sans distinction, dans un accès de frénésie absolue, battant l'eau jusqu'à ce qu'elle bouillonne, réduisant les os en grains de sable. Avant de jaillir à la surface, couverte de sang et rugissant de pouvoir.

– Non, lâcha-t-elle d'un ton haché. Non, ce n'est pas possible. Ça ne peut pas arriver.

– Sloane, dit doucement Matt.

– On l'a *tué*. Je l'ai vu sous l'eau, je l'ai vu mourir.

– Dans *un* monde, nuança Matt. Apparemment pas dans tous.

– OK, dans *mon* monde ! J'ai rempli ma tâche, j'ai combattu l'Obscur. J'ai fait mon boulot ! (Elle pleurait, maintenant. Elle *détestait* pleurer.) Reste et aide-les si tu veux. Moi, je ne le referai pas. Ça a été assez dur la première fois.

Matt abattit une main sur son épaule gauche, puis sur la droite, pour la forcer à le regarder. Elle aurait voulu une de ses petites pilules jaunes. Elle aurait voulu une mère qui la rassure. Elle aurait voulu rentrer *chez elle*.

– Je ne peux pas, reprit-elle, en s'adressant uniquement à Matt.

– Je sais, répondit-il en hochant la tête. Moi non plus, Sloane. Sauf qu'on n'aura peut-être pas le choix.

Elle interrogea Aelia des yeux par-dessus l'épaule de Matt.

– Faire passer quelqu'un d'un univers à un autre est une véritable prouesse, répondit Aelia. Nous ne pourrons recommencer qu'une fois, pour vous renvoyer chez vous. Et pour ce faire, la nécessité nous contraint à attendre que vous nous ayez apporté votre aide.

– Donc on parle bien d'un enlèvement, commenta Esther. Et vous nous garderez prisonniers jusqu'à ce que vous ayez eu satisfaction.

Aelia baissa les yeux sans répondre.

– Je voulais juste être certaine d'avoir bien saisi, reprit Esther d'une voix acerbe, mais un peu chevrotante.

Par-dessus l'épaule de Matt, Sloane contempla le tronçon d'obscurité qui se dressait devant elle, au milieu des immeubles intacts et gaiement éclairés. Tout un pâté de maisons oblitéré. À tous les coups, Aelia les avait amenés là pour gagner leur compassion. Leur montrer un exemple concret des destructions auxquelles Cordus était confronté. « Ce n'est qu'un début des horreurs, promettait l'endroit. Vous allez voir. »

« Le choix est simple, ma chère », lui avait murmuré l'Obscur.

Sloane avait un goût de bile dans la bouche.

– Je comprends que vous ayez besoin de temps pour digérer tout cela, reprit Aelia. Nous vous avons préparé des chambres. Nous pourrons en reparler demain, lorsque vous vous serez reposés.

Esther prit la main de Sloane et la serra doucement. La sensation était chaude, familière, rassurante. Elles s'étaient battues côte à côte, dans des situations auxquelles elles n'auraient jamais cru survivre. Sloane revit leur binôme veillant pour monter la garde, dos à dos, regardant chacune dans une direction opposée.

Sloane se laissa recentrer par la chaleur corporelle de son amie. Elle savait comment affronter cela. Fouiller des zones dans le noir à la recherche d'ennemis. Dormir d'un œil, piéger une maison avec un sac de billes, marcher sans faiblir vers un seul et unique but et une mort presque certaine.

C'était un genre de danse dont elle n'oublierait jamais les pas.

Extrait de :
La Vie et la Mort : le point de vue des intellectuels sur le Résurrectionniste et son armée
par Garret Rogers

Extrait de : « La Possibilité de l'impossible » : entretien avec Marwa Daud, professeure de théorie de la magie (université de Chicago)

Pr DAUD : La magie nous a tous confrontés à des impossibilités devenues possibles. Mais jusqu'ici, ce principe demeure régi par certaines règles. Par exemple, il reste impossible de voler comme un oiseau ou de faire surgir des aliments de nulle part. Jusqu'à l'émergence du Résurrectionniste, nous pensions que ramener les hommes du monde des morts faisait partie de ces impossibilités. Or comme vous le savez, l'armée du Résurrectionniste est composée d'individus qui semblent être des cadavres. Pourtant ils marchent, ils parlent, et sont même occasionnellement capables de pratiquer la magie. Comment cela est-il possible ? Comment ce terroriste (si c'est bien le masculin qu'il faut employer) a-t-il pu lever toute une armée de morts alors que les praticiens les plus doués ne parviennent, au mieux, qu'à ressusciter un chat ? Détient-il un pouvoir tellement supérieur au nôtre ?

G. ROGERS : Quand vous parlez d'un chat, vous faites allusion à l'expérience réalisée il y a cinq ans par l'Allemand Franz Becker ?

Pr DAUD : En effet. Becker était un brillant scientifique. Il est assez poignant qu'il n'ait réussi à ressusciter son chat que pour le tuer peu après. Ce chercheur est un bon exemple de mon propos, à savoir que l'on avait déjà essayé de ressusciter des morts. La magie étant un phénomène relativement récent, il est trop tôt pour affirmer que personne ne marchera sur les pas du Résurrectionniste. Mais il est peu probable que cela se produise avant longtemps. Cela ne nous empêche pas de tirer des enseignements de son armée, au contraire. Sur le plan théorique, l'existence de cette armée est riche d'enseignements. Je trouve toujours les cas particuliers et les anomalies d'une importance primordiale, car ils permettent d'améliorer notre compréhension de la théorie. La réalité concrète façonne le possible. Le simple fait que l'on puisse insuffler une forme de vie aux morts nous fournit une information essentielle sur la nature même de la magie, sur son origine, et peut-être sur notre manière de l'exploiter. Pourquoi le Résurrectionniste est-il le seul à détenir son pouvoir ? A-t-il accès à une source ou à un canal de magie particulier ? Sa capacité est-elle innée, instinctive ou acquise ? Lorsque nous aurons les réponses à ces questions, nous aurons considérablement approfondi nos connaissances sur la magie.

G. ROGERS : Auriez-vous un exemple ?

Pr DAUD : Eh bien, si l'art de pratiquer la magie est inné, cela implique que nous vivons dans un monde où le pouvoir est purement et simplement un héritage. On peut donc se demander s'il est génétique et, dans cette hypothèse, s'il est plus présent dans certaines lignées que dans d'autres. Il est arrivé plus d'une fois que ce courant de pensée sur la supériorité de certaines lignées conduise l'humanité sur de sombres chemins. En revanche, si le Résurrectionniste a acquis son pouvoir, on peut supposer que nous avons tous la même capacité d'exploiter la ressource de la magie. Auquel cas il nous faut découvrir s'il s'agit d'une énergie limitée ou, au contraire, si elle est renouvelable. Si elle se révèle limitée, notre société pourrait en arriver à réserver l'usage de la magie à des personnes célèbres ou influentes. Grâce à l'usage de la magie, les riches et célèbres deviendraient aussi les plus puissants, ce qui les rendrait encore plus riches et célèbres. Si, en revanche, la magie est une énergie illimitée, son usage le sera également. Et si la magie permet aux hommes de se débarrasser des tâches à l'ancienne, si je puis dire, l'humanité en sera fondamentalement transformée…

G. ROGERS : Autrement dit, quelles que soient les réponses, vous n'envisagez aucune évolution positive ?

Pr DAUD : Bien que je n'aie pas abordé ces questions en priorité sous cet angle, je dois dire que non, en effet. Quels que soient les pouvoirs auxquels les hommes peuvent avoir accès, je ne les considère pas comme des outils d'évolution. Après tout, nous ne sommes ni plus ni moins que des animaux. Et ne laissez pas votre chat vous faire croire que les animaux sont de mignonnes boules de poils à moustaches qui ne nous veulent que du bien. La nature est cruelle et, en règle générale, privilégie la force au détriment de la compassion.

17

— On vient de passer devant l'hôtel de ville, signala Sloane à Esther tandis que la voiture se garait. Ici, ça doit être le Thompson Center.

– Tu parles du grand bâtiment en verre arrondi ? On ne dirait pas, observa Esther en se tournant vers la façade en briques devant laquelle ils venaient de s'arrêter.

– Mais non, je ne te parle pas des bâtiments, je sais bien que ce ne sont pas les mêmes. Je parle juste de l'emplacement.

Ils traversèrent un vaste hall d'entrée assez sombre et gagnèrent les ascenseurs. Il n'y avait pas assez de lumière pour mesurer la hauteur du plafond. Dans la cabine, Néron tira une grille en bronze terni devant la porte avant d'appuyer sur le bouton.

– Cet immeuble a été bâti dans l'esprit des Naguéristes, dit-il alors que l'ascenseur démarrait. En conséquence, il a été construit principalement sans recourir à la magie et mélange des styles de périodes très diverses sans souci de cohérence.

– Sans recourir à la magie ? C'est inhabituel de bâtir quelque chose sans la magie ? demanda Matt.

Néron haussa les épaules.

– À Chicago, oui. L'architecture est un domaine lourdement dominé par la magie, et les gens d'ici adorent leur architecture.

Cameron aurait adoré aussi, songea Sloane.

L'ascenseur s'arrêta au sixième étage. Néron les conduisit sur un balcon surplombant un dôme en pierre qu'il leur présenta comme la salle des Convocations, comme si tout le monde savait ce que c'était. Puis ils gagnèrent l'arrière du bâtiment et montèrent deux étages par un escalier en colimaçon qui donnait sur une paroi en bois massif.

Néron y appuya sa main gantée. Lorsqu'il la retira, l'empreinte d'une main d'un blanc lumineux s'affichait sur le bois. Elle s'effaça au bout de quelques secondes et la paroi s'ouvrit en deux, révélant un long couloir percé de portes de chaque côté.

– Ces chambres servent parfois d'appartements pour les invités importants du Centre des Hautes Études, les informa Aelia.

Elle siffla en désignant une porte, qui s'ouvrit en grand en allant claquer contre le mur.

– Comme elles sont prévues pour illustrer le talent de jeunes designers montants, elles sont assez… originales.

Néron entreprit d'ouvrir les autres portes, en faisant preuve de davantage de délicatesse.

Sloane arpenta le couloir en découvrant au passage des chambres aux styles très tranchés, dont elle ne retira que des impressions fugitives : l'une était aménagée avec une simplicité spartiate, une autre était une cathédrale en miniature aux fenêtres ornées de vitraux, et la dernière contenait des meubles en bois délicatement ouvragés.

– Le Centre des Hautes Études, c'est le nom de l'immeuble ? demanda Matt.

– Oui, répondit Aelia. C'est avant tout une institution académique, le Centre des Hautes Études en Magie Expérimentale et Appliquée Universelle.

– Chameau, fit Néron.

– Pardon ? dit Sloane.

– C-H-E-M-E-A-U, ou le Chameau. C'est le petit nom que lui donnent les étudiants.

Aelia lui jeta un regard par en dessous et Néron se fit plus petit.

– Bien, nous nous reverrons demain pour discuter de tout cela, dit-elle. Essayez de vous reposer. Néron ? On peut se parler ?

Et elle lui fit signe de la suivre d'un petit coup de tête.

Après les avoir salués, Néron lui emboîta le pas vers l'ascenseur. Sloane se serait bien glissée derrière eux pour épier leur conversation, mais le couloir filait tout droit, sans offrir ni recoin ni angle ni alcôve aux indiscrets.

– Je prends l'église, déclara aussitôt Esther.

– OK, dit Matt en jetant un coup d'œil à Sloane.

Il n'allait pas vouloir partager avec elle.

Puis il se retourna et gagna la chambre aux meubles en bois sculpté.

Celle de Sloane, la dernière disponible, était toute blanche : murs blancs, draps blancs, plancher peint en blanc. Mais en glissant les doigts dans les larges interstices entre les lambris des murs, elle découvrit des tiroirs, un petit placard et une bibliothèque secrète. Le dernier occupant y avait même laissé quelques livres : *La Manifestation des désirs impossibles : une nouvelle théorie de la magie ; Une société divisée : la guerre froide entre magie et science*, et enfin, *La mystérieuse histoire magique du siphon de gorge.*

Elle soupesait le dernier ouvrage lorsqu'on frappa à sa porte.

– Réunion, dit la voix d'Esther. Chez moi.

Sloane rangea le livre et laissa le panneau ouvert. En arrivant dans la chambre d'Esther, elle la trouva assise sur son lit, adossée au panneau de tête en bois sculpté. Matt tapotait sur un vitrail comme pour en éprouver la solidité. Son visage était moucheté de taches de couleurs qui formaient la silhouette de la vierge Marie.

Sloane s'appuya à l'un des arcs-boutants qui parachevaient l'atmosphère de cathédrale.

– Bon, alors, dit Matt, qui paraissait épuisé. Des remarques ?

La question était une incitation à lui faire réintégrer la peau de celle qu'elle était au temps du combat contre l'Obscur. De fait, ce fut elle qui répondit :

– Les points communs entre nos deux univers semblent assez importants. J'ai vu beaucoup d'immeubles que je connais sur la route de la zone de Vortex. À mon avis, le moment de la rupture entre leur monde et le nôtre est relativement récent.

Comme Esther prenait l'air largué, Matt lui expliqua :

– Il y a une théorie en physique quantique selon laquelle les possibilités d'évolution d'un événement sont infinies, et où chacune de ces possibilités crée un univers différent. Imagine… un carrefour. Tu peux prendre plusieurs chemins, ce qui crée un univers si tu pars à gauche et un autre si tu pars à droite. Ce que dit Slo, c'est que la bifurcation qui mène d'un côté à Genetrix et de l'autre à la Terre est assez récente.

– Et c'est une bonne nouvelle ?

– Je crois, oui, répondit Sloane. Ça veut dire qu'on aura nos repères ici.

– Sauf que, dit Esther, et il me semble que c'est un aspect non négligeable que tu oublies, on ne sait pas comment repartir. Alors qu'eux savent comment nous renvoyer. En résumé, on est à leur merci.

– Je ne l'oublie pas. Je dis juste que, quitte à se retrouver dans un univers parallèle, autant que ce soit quelque part où les gens parlent anglais, plutôt que s'ils avaient trois narines ou s'ils dormaient dans des cuves de vase, enfin tu vois.

Esther ricana et ils restèrent un moment silencieux.

– En tout cas, ils ont été surpris qu'on soit trois à sortir de la rivière, reprit enfin Sloane. Ils n'attendaient qu'une seule personne. Un Élu parallèle.

– Ouais, dit Esther. Au fait, Matt, tu es sûr que tu n'aurais pas pu aller encore plus vite pour revendiquer le titre ?

Sloane traversa la chambre pour aller ouvrir une fenêtre. Une bouffée d'air frais lui frappa le visage et la fit frissonner. En face se dressait un bâtiment en grès à la façade ornée de colonnes. L'hôtel de ville. Elle entendit le bruit des voitures en bas et le rugissement d'un métro au loin. On aurait dit le Chicago qu'elle connaissait.

Lorsqu'elle se retourna, Matt haussait les épaules.

– Vu que ça démarrait mal avec Sloane qui râlait, j'ai préféré jouer la carte de la coopération.

– Pardon d'avoir été un peu désarçonnée quand on a été aspirés dans une *autre dimension*, répliqua l'intéressée.

– « Désarçonnée », fit Matt en haussant les épaules. On pourrait aussi dire « agressive ».

– Hé, les gars, intervint Esther d'un ton las. On a intérêt à se serrer les coudes si on veut s'en sortir.

Puis elle se mordit les lèvres, et ajouta en fixant le mur ou un point qui se trouvait au-delà :

– On va vraiment le faire ? Recommencer à se battre contre l'Obscur ?

– On l'a déjà fait, dit Matt. Et ça nous a beaucoup appris. On peut le refaire, et être meilleurs.

Sa tête était encadrée par le vitrail et la vierge Marie paraissait le couver du regard, les yeux mi-clos, l'image même de la sérénité.

– Putain, Matt, non, riposta Sloane, on ne sera pas meilleurs.

– Slo...

– Non ! Je ne vais pas rester plantée là à écouter tes discours de motivation alors qu'on vient d'atterrir en plein cauchemar ! Albie est mort, Ines est dans l'univers d'à côté, l'Obscur est toujours vivant, et ce monde est bourré de magie qu'on ne sait même pas manier !

– Justement, j'aurais cru que tu avais ta petite idée sur comment la manier, répliqua Matt froidement. Sinon, explique-moi comment tu as fait sauter la Géode hier soir. Avec une bombe artisanale ?

Elle ne répondit pas. Elle ne savait pas quoi dire.

– Parce que tu penses que c'est Slo qui a fait sauter la Géode ? s'exclama Esther. Matt...

– C'est vrai, dit Sloane sans le quitter des yeux. C'était moi. J'ai récupéré l'Aiguille de Koscheï et détruit le prototype.

– Merde, Slo ! s'exclama Esther. Je croyais que l'Aiguille de Koscheï avait été détruite il y a des années !

– Eh non. Je ne voulais pas que l'ARIS mette la main dessus, c'est tout.

– Mais tu trouvais ça normal de l'avoir, toi ? demanda Matt. Parce que tu es bien plus fiable que l'ARIS ?

– Absolument.

– Tu as sans doute tué des gens, tu te rends compte de ça ? Des membres du personnel d'entretien et de sécurité.

Sloane baissa les yeux sur les lignes déchiquetées que ses dents irrégulières avaient gravées sur sa main.

– Ce ne serait pas la première fois, répliqua-t-elle en relevant la tête.

– Pourquoi tu dis ça ?

– Pourquoi crois-tu que j'aie arraché l'Aiguille de ma main ? demanda-t-elle en brandissant le dos de sa main vers lui telle une arme. Parce que tous ceux qui ont participé à la Plongée profonde avec moi sont morts. Je les ai tués jusqu'au dernier.

Elle était contractée, les épaules remontées jusqu'aux oreilles, se préparant à l'impact.

– Mais quand j'ai supplié l'ARIS de me l'enlever, ils ont refusé. Alors je l'ai fait moi-même.

Elle se rappela la radio de sa main après la Plongée profonde. Les os tout blancs sur fond noir, et grisâtres dans les zones moins denses. Et, en plein milieu, la grosse Aiguille fuselée et pointue.

« Elle est vraiment coincée, avait dit le médecin. Comme si elle pensait avoir trouvé sa place. »

Sloane avait passé sa vie à ne pas obtenir ce qu'elle voulait. D'ailleurs, ce qu'elle voulait n'avait jamais intéressé personne. Elle n'avait jamais écrit de lettre au père Noël ni réclamé de cadeau d'anniversaire, ça, ça allait de soi. Mais il n'y avait pas eu non plus de formulaires signés pour les voyages de classe, ni d'activités sportives, ni d'instruments de musique, ni d'argent pour le déjeuner – d'ailleurs, tant qu'on y était, pas non plus de bouffe dans les placards de la cuisine, la moitié du temps, encore moins après le départ de Cameron. Dans l'esprit de sa mère, Sloane n'avait pas de désirs hors des nécessités purement physiques. Et même cela, parfois, c'était de trop.

Alors pour ce qui était de se débarrasser de l'Aiguille, elle avait décidé que cette fois-ci, elle aurait ce qu'elle voudrait, quitte à l'obtenir avec ses dents.

– C'était pour ta sécurité. L'ARIS ne savait pas comment l'Aiguille allait réagir.

Elle éclata de rire.

– L'ARIS n'en a jamais rien eu à foutre de notre sécurité, du moment que l'un de nous restait en vie pour accomplir leur prophétie de merde. Ils m'ont fait garder l'Aiguille parce que ça les arrangeait. Point.

Les sourcils de Matt remuaient comme chaque fois qu'il avait de la peine pour quelqu'un. Elle avait horreur de ça.

– Et voilà que c'est reparti, reprit-elle. Il faudrait encore qu'on fasse un mur de chair entre les décideurs et l'Obscur. Et on survit comment, cette fois-ci ?

Aucun des deux autres n'avait de réponse à fournir. Esther ne semblait même pas prête à la regarder. Sloane revit les vagues ensanglantées qui s'agitaient autour du bateau de l'ARIS, qui n'hébergeait plus personne. Elle s'était hissée à bord et avait gagné le centre de commande en gardant ses palmes aux pieds pour lancer la balise de détresse, avec ce goût de cuivre dans la bouche.

Elle se rappela la piqûre de l'eau sur ses tibias lorsqu'elle frappait l'eau en sautant du plongeoir de la piscine, et Cameron qui l'attendait au bord du bassin.

Et le goût de l'eau de la rivière, la lueur pâle de la joue de l'Obscur au clair de lune, avant qu'il ne disparaisse.

Sloane ouvrit la porte et s'apprêtait à partir, lorsque Matt ajouta :

– On trouvera un moyen.

– Ouais.

Et elle sortit.

Sloane ne fut pas surprise que Matt la suive dans le couloir.

C'était à peu près ainsi qu'avait eu lieu leur premier baiser. Après la chute de l'Obscur, il lui avait proposé de sortir à trois ou quatre reprises. Elle avait toujours refusé, en arguant qu'ils étaient amis, qu'elle ne le voyait pas « comme ça ».

Mais ce n'avait été qu'un prétexte. En réalité, elle ne savait plus comment elle le voyait. L'image initiale qu'elle avait de lui, tout en coudes et en genoux, s'était évaporée, remplacée par celle dans laquelle il vainquait l'Obscur, le visage éclairé par la lumière chaude du Rameau d'or, le bras tendu, les muscles saillants tandis qu'il bandait l'arc pour porter le coup fatal, sa poitrine qui se soulevait, ses mâchoires serrées…

Son héros. Celui de tout le monde, mais le sien d'abord.

Il ne s'était pas laissé décourager par ses refus, ce qui l'avait irritée. Elle avait vécu son insistance comme une insulte. Comme s'il estimait qu'elle ne savait pas elle-même ce qu'elle voulait. Mais dans ce cas précis, il avait eu raison. Au cours d'une fête chez Ines et Albie, ils avaient parlé jusqu'à trois heures du matin, les bras sur le dossier du canapé défoncé, leurs canettes de bière au bout des doigts alors qu'ils les avaient vidées depuis longtemps. Matt le lui avait redemandé et elle s'était levée pour aller aux toilettes sans lui répondre. Alors il l'avait suivie dans le couloir et l'avait embrassée.

– Pense à moi autrement, lui avait-il dit en se détachant d'elle.

Elle n'arrivait pas à se rappeler la sensation de feu qui lui avait embrasé le ventre, et qui l'avait poussée à le coller contre le mur à côté des toilettes en glissant sa langue dans la bouche de Matt. Elle ne l'éprouvait plus.

– Je sais que ce n'est pas le bon moment, commença-t-il. Mais il faut qu'on…

– Qu'on parle. Je sais.

Il portait une tenue d'enterrement BCBG : chemise blanche, cravate et pull noir. Un pantalon à pinces noir fraîchement repassé du matin. Maintenant, ses vêtements étaient tout froissés et il semblait vidé, comme si cette discussion n'était pour lui qu'une corvée supplémentaire à la fin d'une liste déjà longue.

Elle le fit entrer dans sa chambre.

– En fait, je ne sais même pas par où commencer, dit-il.

Sloane lâcha un rire qui ressemblait à une toux. Elle n'avait pas besoin qu'il commence. Comme s'il n'avait pas suffi qu'elle se moque de sa demande en mariage à moitié bourrée avec Albie, elle avait fait sauter la Géode, menti sur la Plongée profonde, caché sa demande d'informations FOIA, planqué l'Aiguille dans leur cave… sans compter l'accumulation de petites tromperies qui constituaient leurs journées, toutes les fois où elle avait ressenti une chose et en avait dit une autre, ou l'avait laissé se construire une image d'elle sans rapport avec la réalité. Il n'y avait presque plus rien de réel dans leur couple, et elle en était entièrement responsable.

Mais elle avait la gorge serrée à l'idée de ce qui allait suivre, parce qu'il allait rejoindre les rangs de tous ceux qui ne voulaient pas d'elle. Comme si ses parents, Bert, l'ensemble des journalistes et des groupies de l'Élu ne suffisaient pas.

– Toi et moi, ça ne va pas, dit-elle. Tu n'as pas besoin de m'en convaincre.

– Tu ne vas même pas essayer de discuter ?

– Ça ne sert à rien.

– Donc, tu n'as aucune envie de te battre pour nous, reprit-il en s'enflammant. En fait, quoi, tu attendais juste que je rompe parce que tu n'avais pas le courage de le faire toi-même ?

Elle secoua la tête.

– Ce n'est pas ça. Je sais juste que tu me faisais du bien, et que quand on trouve quelque chose qui est bon pour soi, on doit s'y accrocher, c'est tout.

– C'est tellement…

Il battit rapidement des paupières.

– Putain, c'est tellement égoïste, Sloane !

– Quoi ?

– Dix ans ! Dix ans que j'aurais pu passer avec quelqu'un pour qui j'aurais compté, pas quelqu'un qui me ment et qui ne peut même pas faire *semblant* de tenir à moi quand on se sépare.

– Mais je tiens à toi. Ce n'est pas parce que je ne pleure pas facilement que je m'en fiche !

– Si c'était vrai, tu ne te serais pas enfuie à la seconde où je t'ai demandée en mariage pour aller te foutre de moi avec Albie. Et tu aurais appelé un psy après avoir failli me tuer en dormant au milieu de la nuit.

– Je ne me suis pas foutue de toi. Albie disait que tu n'avais pas l'air de bien me connaître et j'étais d'accord avec lui, c'est tout.

– Que je n'avais pas l'air de te *connaître* ?

– Mais oui ! s'écria Sloane en écartant les mains. Tu réagis comme si toutes ces conneries étaient une surprise ! Alors que je n'ai jamais prétendu être quelqu'un d'autre que celle que tu vois là ! Mais ça fait dix ans que tu te promènes en te bouchant les oreilles !

– Autrement dit, c'est ma faute parce que je croyais en toi.

– Non, c'est ta faute parce que tu prétends mieux me connaître que je ne me connais moi-même !

Elle réalisa à retardement qu'il avait dit « je croyais ». Imparfait. Elle n'avait pas mesuré jusque-là à quel point la foi que Matt mettait en elle, aussi idiote qu'elle puisse être, l'avait portée. Soudain, elle avait la sensation d'être une pomme vidée de son cœur, vidée de toute promesse de vie ou d'avenir. Tout en peau brillante et en chair juteuse, avec rien au milieu.

Elle fit glisser l'anneau de son doigt et le lui tendit. Sa main ne tremblait pas, mais elle fut incapable d'affronter son regard. Elle avait trop peur de se rappeler la chaleur qu'elle lisait dans ses yeux dès qu'ils se posaient sur elle. Comme ils étincelaient lorsqu'il souriait de ses blagues. Comme ils flamboyaient quand ceux qu'il aimait étaient menacés. Elle ne représenterait plus grand-chose pour lui, désormais. Une vieille amie, une ex-petite amie. Peu à peu, elle s'effacerait de sa mémoire. Ça se passait toujours ainsi : elle disparaissait des souvenirs des autres une fois qu'elle avait fini de jouer son rôle auprès d'eux.

– Je suis vraiment désolée, déclara-t-elle à mi-voix. De ne pas être plus que ce que je suis.

– Oui, dit Matt en mettant l'anneau dans sa poche. Moi aussi.

Il referma la porte derrière lui et elle resta un moment assise au bout de son lit, à écouter Esther s'agiter dans sa chambre de l'autre côté du mur et les moteurs des voitures dans la rue, une sorte de bruissement qui s'entendait même de tout là-haut. Lorsqu'elle put enfin bouger, elle rampa jusqu'à l'oreiller sans enlever ses chaussures et se recroquevilla sur le côté. Elle sentait monter les sanglots sauvages, féroces qui la secouaient lorsque la sensation de vide en elle devenait insupportable. Elle enfouit son visage dans l'oreiller, et s'endormit quand elle fut trop épuisée pour ressentir quoi que ce soit.

CONSEIL DE CORDUS

TOP SECRET

MÉMORANDUM À JOINDRE AU DOSSIER

OBJET : Projet Delphi, sous-projet 3

1. Le sous-projet 3 a été créé pour poursuivre le travail effectué à [redacted] dans le domaine de la Vérification et de la Validation de la Divination jusqu'au 4 avril 1999.

2. Ce projet inclura la suite de l'étude des prédictions de [redacted], nom de code Sibyl, dans le but de vérifier l'exactitude de la prophétie de la fin du monde datant du 16 février 1999, ainsi que les prédictions associées provenant d'autres « sensitifs » (ce terme définit les individus dotés de la capacité innée de percevoir des temps autres que le présent). Une proposition détaillée est jointe au présent document. Les principaux enquêteurs restent [redacted], [redacted], [redacted].

3. Selon les estimations, le budget de ce projet s'élève à $156 200. [redacted] servira de couverture pour ce projet et fournira le montant des fonds précisé ci-dessus à [redacted] sous forme de bourse philanthropique.

4. [redacted] ont accès aux documents classés SECRET DÉFENSE et sont informés du but réel de ce projet.

APPROUVÉ :

[redacted]

TOP SECRET

TOP SECRET

MÉMORANDUM À JOINDRE AU DOSSIER

À : Directeur de l'Agence centrale de renseignement (CIA)

DE : James Wong, Préteur du Conseil de Cordus

OBJET : Projet Delphi, sous-projet 3

Cher directeur,

C'est le cœur lourd que je rédige ce rapport, connaissant les implications de nos découvertes. Je m'explique.

1. Conformément à vos instructions, nous avons examiné l'ensemble des quatre-vingt-sept prophéties censément émises par [redacted], nom de code Sibyl, antérieures à la Prophétie de la fin du monde datant du 16 février 1999.

2. Sur la base de rapports de témoins, d'enregistrements téléphoniques, de traces de notes personnelles et autres formes de preuves concrètes, nous avons pu confirmer que quatre-vingts des quatre-vingt-sept prophéties sont réellement antérieures au 16 février 1999. L'examen du contenu de ces quatre-vingts prophéties a permis de constater qu'elles s'étaient toutes réalisées dans un délai allant de sept jours à treize ans.

3. L'opinion du Conseil de Cordus est que cinquante de ces prophéties se sont accomplies de manière précise et non ambiguë. Il ne s'agit pas de prédictions de même nature que celles des diseuses de bonne aventure, qui restent assez vagues pour

pouvoir s'adapter à de nombreuses circonstances. Par « précis », nous entendons des spécificités qui s'appliquent au plus à 30 % de la population. Il fallait qu'au moins cinq des spécificités mentionnées dans la prophétie initiale se réalisent.

4. En conséquence, nous sommes contraints de conclure, selon toute probabilité, à la véracité de la Prophétie de la fin du monde, qui est la plus précise des prophéties de Sibyl, et à l'imminence de sa réalisation. Le Conseil de Cordus recommande donc que la recherche de l'Élu mentionné dans la Prophétie soit entreprise dans les plus brefs délais.

Je regrette d'être le porteur de si sombres nouvelles. Je reste à votre disposition pour toute discussion ou complément d'information.

Cordialement,

James Wong

Préteur, Conseil de Cordus

TOP SECRET

18

Sloane rêva que l'Obscur se tenait à côté de son lit et passait un doigt froid le long de sa joue. Elle se réveilla en sursaut et vida d'un trait le verre d'eau posé sur sa table de chevet.

Rares étaient ceux qui avaient vu le visage de l'Obscur sans mourir aussitôt après. Même ses adeptes ne connaissaient de lui qu'une image digne d'un roman de fantasy ou d'une odyssée spatiale : un homme enveloppé d'une cape ou d'un linceul, aux traits cachés sous un masque. Ce qui frappait le plus Sloane dans le souvenir qu'elle avait de lui était son visage jeune et pâle, ses yeux larmoyants, son front barré par une grande mèche de cheveux châtain terne. Avec son regard vide et sa peau lisse comme de la cire, on aurait dit le cadavre momifié d'un beau jeune homme.

Elle avait vu son visage, et elle avait survécu.

Assise sur son lit, elle prit le sac qu'elle avait apporté de la Terre et en renversa le contenu sur le plancher blanc. C'était le matin, mais pas depuis longtemps, et la lumière qui filtrait par les vitres sablées était encore teintée de bleu. Elle examina le tas qui s'étalait à ses pieds. Il contenait des reçus et des papiers de chewing-gum détrempés, des allumettes mouillées, un canif, son portefeuille. Elle glissa les doigts dans la poche à billets. Là, glissée entre le cuir et un billet d'un dollar, il y avait une dernière pilule jaune.

Elle la brandit devant ses yeux. La dernière. Elle pouvait la prendre maintenant, en partant du principe que ce matin-là, suivant la découverte qu'elle était piégée dans un univers parallèle, était le pire des matins possibles. Ou elle pouvait la garder pour le moment où elle serait tétanisée par la peur. Elle devait s'attendre à des heures encore plus sombres que celle-ci.

Avec un soupir, elle déposa la pilule sur la table de chevet et cala la tête entre ses genoux pour respirer posément.

Il faisait un peu plus clair dans la chambre lorsqu'elle eut assez rassemblé ses esprits pour se lever. Elle laissa la boîte d'allumettes trempée et les papiers par terre, glissa les pieds dans ses boots et sortit dans le couloir. Les autres dormaient encore. Dans la salle de bains, elle s'aspergea le visage pour en chasser le sommeil. On ne leur avait pas donné de brosse à dents. Soit ceux d'ici se nettoyaient les dents avec un siphon, soit ils avaient simplement oublié. Quoi qu'il en soit, elle avait la sensation d'avoir les dents sales.

Après s'être rendue à peu près présentable, elle alla à l'ascenseur. Mais elle ne savait pas comment l'appeler. La veille au soir, Néron l'avait fait avec son siphon. Finalement, elle se dit que même les ascenseurs magiques devaient parfois tomber en panne et préféra prendre l'escalier.

Elle le trouva après le tournant du couloir, derrière le panneau d'une porte RÉSERVÉ AU PERSONNEL, qui ressemblait à une mise en garde sans conséquences. De fait, lorsqu'elle poussa la poignée, son geste ne provoqua ni sonnerie d'alarme ni lumières clignotantes pour appeler un hypothétique service de sécurité.

La cage d'escalier ne donnait pas l'impression d'être très fréquentée. Les marches étaient carrelées de dalles noir et blanc en forme de triangles et la rampe en fer forgé dessinait des volutes serrées. Elle descendit jusqu'au rez-de-chaussée en frôlant le métal avec les doigts pendant tout le trajet. Elle songea à son jogging du matin le long du lac dans son Chicago à elle, à l'air froid et aux dépôts d'écume que les vagues laissaient sur la plage. Cela, au moins, elle l'aurait aussi à Genetrix.

Mais en atteignant le hall, vaste espace tout en marbre, dorures et losanges Art déco associés à des lignes droites à la Frank Lloyd Wright, elle tomba sur un panneau signalant le chemin de la bibliothèque. Incapable de résister à la promesse d'une source d'informations inépuisable, elle suivit la flèche qui l'entraîna dans un couloir entre deux parois de verre teinté. Les panneaux multicolores étaient constitués de demi-cercles qui se chevauchaient en déclinant toutes les teintes de vert. Le soleil levant tachait ses chaussures en vert.

Le couloir débouchait sur une salle immense imprégnée de l'odeur du vieux papier. Sloane s'arrêta et ferma les yeux un instant en s'imaginant qu'elle était de retour dans son monde, dans la bibliothèque du bout de sa rue.

Les livres avaient tous la même odeur, quelle que soit la dimension dans laquelle on vivait.

La bibliothèque formait une surface relativement étroite en forme de C, comme si la salle s'était repliée sur elle-même pour se tenir chaud. De chaque côté se dressaient des étagères sur deux niveaux, dont celui du haut était longé par une galerie. Le centre était meublé de tables et de bureaux. L'éclairage était fourni par des Velux et par des lampes rétro aux abat-jour en verre coloré posées sur chaque table. L'endroit n'avait pas grand-chose à voir avec sa bibliothèque de quartier. Pour commencer, ici, les rayonnages n'étaient pas bourrés d'ordinateurs.

Sloane fronça les sourcils. Elle n'en avait pas encore vu sur Genetrix, et les gens qu'elle avait croisés au volant de leurs voitures n'avaient pas non plus l'air d'utiliser de portable.

Et si Genetrix n'avait pas Internet ?

Elle arpenta la courbe intérieure du C à la recherche d'un ordinateur. La salle était déserte et silencieuse. Rien ne l'aurait empêchée de ressortir de là avec une pile de livres sous le bras. Rien qu'elle puisse voir, en tout cas. Cela dit, elle ignorait ce que pouvait faire la magie de Genetrix.

– Je peux vous aider ?

Elle reconnut la voix de Néron, ce qui ne l'empêcha pas de sursauter. Il sortit du rayon qui se trouvait sur sa gauche, les mains levées dans un geste d'apaisement.

Il portait des lunettes rondes et la même cape que la veille, mais détachée.

– Pardon, dit-il en souriant. Je ne savais pas comment vous signaler ma présence.

– Vous m'avez suivie ?

Il haussa un sourcil.

– Pas exactement. Vous savez, on peut tomber sur des endroits dangereux en se promenant non accompagné dans cet immeuble. Moi-même, je travaille généralement sur cinq ou six expérimentations à la fois dans mon atelier. Mais le plus effrayant serait de tomber sur Aelia avant qu'elle n'ait bu son troisième café du matin.

– Alors j'ai de la chance d'être tombée sur vous d'abord, dit Sloane platement.

– Ce n'est pas non plus tout à fait une coïncidence. Je me suis assuré d'être alerté si l'un de vous commençait à errer dans les locaux.

– Si vous espérez nous faire oublier que vous nous avez enlevés, ce n'est pas le genre de chose que vous devriez avouer.

– Il m'a semblé que ça ne ferait que renforcer votre méfiance si je prétendais passer par là par hasard.

– Et vous avez eu raison, lui confirma Sloane avec un petit sourire ironique. Qu'est-ce qui vous a mis la puce à l'oreille ? La porte de la cage d'escalier ?

– Je ne vendrai pas la mèche.

Le soleil était monté dans le ciel et ses rayons s'infiltraient maintenant par les Velux. En tendant l'oreille, elle entendit klaxonner dehors. Les voitures circulaient dans la rue.

– Vous cherchiez quelque chose de précis ? demanda Néron. J'ai mes repères ici. J'ai travaillé dans cette bibliothèque quand j'étais étudiant.

– Peut-être. Est-ce que vous avez… des ordinateurs ?

– Des ordinateurs. Oui, on a ça. Mais je ne sais pas trop ce que vous pourriez en faire.

– Bah, je ne sais pas. Accéder à des informations, par exemple. J'aimerais savoir à quel moment nos univers ont divergé. On s'acclimaterait plus facilement en le sachant.

– Nous sommes dans une bibliothèque. Les ordinateurs, c'est pour les ingénieurs et les scientifiques. Si c'est l'histoire qui vous intéresse, c'est ici que vous trouverez des réponses.

– Mais vous avez Internet ?

Esther allait être tellement frustrée si la réponse était non.

– Ça existe, mais je ne connais personne qui l'utilise. Pourquoi ?

– Chez nous, les gens se promènent avec Internet dans leur poche. Tout ce qu'on peut avoir envie de savoir, dans n'importe quelle langue, c'est là qu'on le trouve. C'est ce qui me fournit mes informations, d'habitude.

– Et vous dites que vous n'avez pas accès à la magie.

– Ce n'est pas de la *magie*.

– Je sais, répondit Néron avec un petit sourire. Et je suppose que ça ne nous avancerait pas à grand-chose. On a déjà assez de mal à communiquer sur la théorie de la magie par écrit. Je n'imagine pas que l'on pourrait échanger des techniques par le moyen dont vous parlez. C'est bien plus simple de le faire en rencontrant les gens directement.

Sloane ne pouvait pas concevoir une chose qu'on ne puisse pas enseigner ou apprendre sur Internet. L'année précédente, elle avait appris à remplacer un siphon d'évier grâce à un tuto. Elle avait survécu aux courses alimentaires en Allemagne en se servant d'un service de traduction en ligne. Même là, alors que son portable gorgé d'eau se trouvait dans sa chambre, elle ressentait sa vibration fantôme dans sa poche arrière, comme lorsqu'il la prévenait de l'arrivée d'un message ou lui rappelait un rendez-vous chez le médecin. Elle n'aurait jamais cru devoir expliquer à quelqu'un l'utilité d'Internet. Pas plus que d'avoir à expliquer l'intérêt de boire de l'eau.

– Tout ici nous paraît sous-développé, dit-elle. Comme si on était revenus en arrière.

– Vous nous paraissez plutôt sous-développés, vous aussi, répondit Néron. Je vais vous montrer quelque chose. Donnez-moi un sujet sur lequel vous voudriez des informations, n'importe lequel.

– D'accord.

Elle ne trouva pas tout de suite. Elle avait des milliards de choses à apprendre sur Genetrix pour trouver comment rentrer chez elle – même si les Élus acceptaient de battre leur Résurrectionniste, ce qu'elle n'était pas sûre de vouloir faire. Elle ne voulait pas demander à Néron de chercher des données sur la magie. Elle n'avait pas envie de se reposer sur lui pour obtenir des informations tant qu'elle n'était pas sûre de pouvoir lui faire confiance. Elle pourrait peut-être chercher la confirmation de quelque chose qu'il venait de lui dire, ne serait-ce que pour vérifier s'il était sincère.

– Vous avez dit qu'il y avait un lien entre nos deux mondes, dit-elle. J'aimerais bien en avoir une preuve.

– Je ne sais pas si vous trouverez cela ici. Nos connaissances sur ce lien reposent sur des analyses de champs énergétiques magiques, et…

Mais Sloane ne l'écoutait plus. Elle pensait aux images que l'ARIS leur avait montrées dans la Géode et qui étaient censées prouver que le monde était au bord de l'implosion. Les arbres d'origine inconnue qui flottaient au-dessus de la mer ; le champ de maïs qui avait poussé au fond de la mer, et le mystérieux fermier bloqué dans son tracteur dont personne n'avait signalé la disparition. En admettant que Néron dise vrai, peut-être que ce fermier ne venait pas de la Terre, mais de Genetrix ?

– Quel jour sommes-nous ? Quelle année ?

– Le 29 avril 2020.

– Merde. On n'est qu'en mars, chez nous.

– Il semble que les décalages temporels soient fréquents lorsqu'on passe d'un univers à un autre, expliqua Néron. Nous avons trouvé des moyens de stabiliser ce phénomène, mais ce n'est pas parfait.

Sloane se laissa aller à un moment de terreur en réalisant que, même s'ils réussissaient à convaincre Néron et Aelia de les renvoyer chez eux, ils risquaient d'être projetés plusieurs millénaires dans le futur, ou pire, dans le passé. Elle s'empressa de chasser cette pensée. Elle ne pouvait pas se permettre de s'inquiéter pour cela maintenant.

– Je cherche un avis de disparition datant d'il y a… quelques mois, sans doute. Une drôle d'affaire : un cultivateur de maïs du Midwest. Il a disparu en plein champ, dans son tracteur. Un John Deere, une marque de chez nous.

Néron sembla un peu surpris par sa requête, mais ne lui posa pas de questions. Se tournant vers les rayonnages, il porta son sifflet à ses lèvres et leva une main, qu'il agita nonchalamment en émettant deux notes hautes et douces semblables à un trille d'oiseau.

– Certaines fréquences constituent des sortes de passages qui permettent d'enclencher des mécanismes donnés, dit-il en retirant le sifflet de sa bouche. Il en existe de nombreuses catégories, mais une fois qu'on a trouvé le bon passage, c'est l'intention qui guide la magie et non l'exactitude de la note. Je vais chercher ce que vous me demandez, mais j'ai besoin que l'intention soit plus précise. La disparition du tracteur me semble être un élément plus précis que la période que vous m'avez fournie.

Portant de nouveau le sifflet à sa bouche, il émit une longue note basse et ferma les yeux. Sloane attendit qu'il se produise quelque chose. Mais quand Néron rouvrit les paupières et recracha le sifflet, rien ne paraissait avoir changé dans la bibliothèque. Il eut un petit sourire satisfait et lui fit signe de le suivre.

S'éloignant des hauts rayonnages, il la conduisit au fond, dans une pièce plus petite dont toutes les surfaces étaient couvertes de piles de journaux bien alignées. La plupart portaient le nom du *Chicago Post*, un journal que Sloane ne connaissait pas, mais il y avait aussi quelques numéros du *New York Times*. Et elle réalisa que ce qu'elle avait pris pour un reflet causé par le soleil était une lumière émise par certains numéros au sein des piles. Elle s'approcha, les yeux écarquillés par la surprise, et extirpa un numéro « luisant » de la couche qui étouffait sa brillance. Elle feuilleta le journal en lisant les gros titres : « Le Résurrectionniste repéré près d'un supermarché de South Side » ; « Une nouvelle réglementation émise par l'Union européenne pourrait compliquer les démarches des réfugiés », « Birmingham : la prochaine cité refuge ? », « Une orque volante observée près des côtes de l'Alaska ».

Le journal luisant était le *Peoria Chronicle*, et annonçait en une : « Un agriculteur de l'Iowa disparaît avec la moitié de sa récolte. » L'article disait :

> Trevor Sherman, qui cultive une ferme dédiée au maïs au centre de l'Iowa, a disparu au volant de son tracteur depuis une semaine, ainsi qu'un système d'irrigation et soixante-cinq hectares de champs. Le correspondant du *Chronicle* dans le Midwest a pu constater les faits sur place.

Sous l'article, couvrant la moitié inférieure de la page, figurait la photo d'un cercle de terre nue et la moitié d'un pivot d'irrigation au milieu d'un champ de maïs. Quelque chose avait tranché en biseau net une partie des épis restants. Le pivot d'irrigation métallique avait subi le même sort.

– Avant de venir à Genetrix, on a vu des images d'un homme dans son tracteur au fond de la mer, clarifia Sloane. Ce matin, je me suis demandé s'il ne pouvait pas venir de Genetrix. Apparemment, la réponse est oui.

– Ce n'est pas notre première disparition, dit Néron en tapotant le journal. Lisez la suite.

> Les disparitions et les réapparitions de cette nature se sont multipliées partout dans le monde ces derniers mois. Citons notamment l'incident survenu l'an dernier sur la Sunshine Coast en Australie, avec l'arrivée d'un iceberg sur une plage. Certains théoriciens de la magie ont avancé en guise d'explication la théorie multiverse, mais celle-ci est rejetée par les scientifiques, faute de preuve qu'un contact entre univers différents soit possible à ce stade de notre histoire. Il existe encore moins d'indices que la matière puisse se déplacer d'un univers à un autre.

Sloane regarda Néron, qui lisait par-dessus son épaule.

– Le public ignore que vous avez réussi à entrer en contact avec un autre univers ?

– Il nous a paru plus prudent de rester discrets tant que nous ignorons les répercussions. On ne peut pas laisser tout le monde se balader d'un univers à un autre.

Le *Peoria Chronicle* proposait une rubrique intitulée « Étrangetés magiques ». Le contenu rappelait globalement celui du *National Enquirer* : des histoires de gens à qui il poussait une queue et des ailes, d'enlèvements par des extraterrestres, de véhicules qui se volatilisaient (et qui se révélaient ensuite avoir été volés ou mis à la fourrière). Mais certaines anecdotes étaient plus vraisemblables : une boîte à lettres qui fusait vers le ciel, un chat sortant d'une tombe à coups de griffes, un nouveau signalement du Résurrectionniste… cette fois dans l'Iowa.

– Comme ça, vous êtes du genre « Je ne vous dirai que ce que vous avez besoin de savoir », commenta Sloane.

Elle reposa le journal, les doigts poisseux d'encre. La lumière qui éclairait les caractères du gros titre par derrière commençait à faiblir, lui laissant des petites étoiles sur la rétine.

– Comment je peux être sûre que vous m'en dites assez ? demanda-t-elle.

Néron soupira.

– Je vous dois des excuses à tous les trois. Je sais que c'est un peu faible, bien sûr, mais… je ne dirai jamais assez à quel point nous étions désespérés après la défaite de l'Élu. On aurait dit… que la fin du monde arrivait.

Sloane se souvenait des nuits où ils avaient cru tous les cinq que le monde arrivait à sa fin. Il n'y en avait pas eu beaucoup. La pire était celle qui avait suivi leur retour de captivité à Albie et elle, alors qu'ils étaient à l'hôpital et que Matt faisait les cent pas dans le couloir entre leurs chambres. Deux jours plus tôt, la mère d'Esther avait appris qu'elle souffrait d'un cancer. Alors ils avaient amené Sloane dans la chambre d'Albie en fauteuil roulant, et tout le monde s'était soûlé.

Elle se rappelait surtout ce qu'elle avait ressenti. L'épuisement, mais aussi l'envie irrépressible de fuir, comme si elle était bloquée dans une camisole de force. Il y avait forcément une issue, une faiblesse qu'ils n'avaient pas identifiée, une direction qu'ils n'avaient pas explorée…

Ils n'avaient jamais envisagé l'existence d'un univers parallèle. Mais s'ils l'avaient fait à cette époque, elle était sûre que, dans son état fiévreux, elle n'aurait pas hésité à kidnapper quelqu'un pour sauver le monde.

– Il est puissant, ce Résurrectionniste ? demanda-t-elle.

Néron hocha la tête.

– N'importe qui peut faire *quelque chose* avec un siphon, mais il y a beaucoup de degrés dans le niveau de compétences. Je dis « compétences », mais elles ne jouent pas un grand rôle dans tout cela. Le mot « talent » convient sûrement mieux. Les siphons de poignet sont les plus simples à utiliser. Les siphons de gorge coûtent cher et demandent une affinité particulière que tout le monde n'a pas. Les autres impliquent un haut niveau de capacité innée à manipuler la magie. Les siphons d'oreille, d'œil, de bouche ou de poitrine… On peut en mettre un sur presque n'importe quelle partie du corps, mais certains sont illégaux à cause du type de magie qu'ils génèrent.

– Comme quoi ?

– Bah, par exemple, on dit que ceux qui se placent sur la colonne vertébrale rendent leurs porteurs sensibles au contrôle d'une autre personne. Et en mettre un provoque des déformations horribles.

Sloane eut une réaction de recul.

– Les gens sont vraiment prêts à mettre n'importe quoi dans cette zone.

Néron hocha la tête avec philosophie, mais la remarque le fit sourire.

– Quoi qu'il en soit, les siphons sont difficiles à maîtriser, et la plupart des gens ne peuvent pas en porter plus de deux en même temps sans tomber dans le coma. Le Résurrectionniste en porte cinq.

Sloane lâcha un petit sifflement.

– Sa capacité innée associée à sa nature est… dévastatrice, ajouta sombrement Néron.

– Que savez-vous sur sa nature ? s'enquit-elle prudemment en percevant son changement d'humeur.

Néron ne répondit pas tout de suite. Le soleil, maintenant haut au-dessus des Velux, inondait les rayonnages et brillait entre les livres. Il parvenait même jusqu'à eux, dans la petite pièce du fond encombrée de journaux.

– Ma sœur assistait l'Élu, répondit-il enfin. Une nuit, elle a été… enlevée. Torturée. On a retrouvé son corps flottant en l'air au-dessus de cet immeuble. On a mis des jours à trouver comment la faire redescendre pour que je puisse procéder aux funérailles.

Sloane repensa au jour où on leur avait ramené le corps de son frère de la zone de Vortex, dans un cercueil du gouvernement. Il ne rentrait dans aucune pièce de la maison et ils l'avaient mis dans le garage pour la nuit. Elle y était descendue une fois sa mère endormie, juste pour être auprès de lui. Elle n'avait pas voulu le laisser seul, aussi idiot que cela puisse paraître. Elle savait qu'il n'était plus là, que ce qui se trouvait dans ce cercueil n'était que de la chair morte et des os, mais ça n'y changeait rien. Personne ne devait rester seul dans la mort.

– Je suis désolée, dit-elle à Néron.

– Elle s'appelait Claudia. Comme vous l'avez peut-être remarqué, les prénoms de la Rome antique ont connu une vague de popularité ici il y a une quarantaine d'années.

– Ça m'avait interpellée, admit-elle. Généralement, le nom de Néron ne provoque pas des associations positives dans l'esprit des gens.

– Ma mère aimait bien sa sonorité.

Son sourire était un peu forcé et creusait une fossette profonde dans sa joue.

– Je n'aime pas parler de ma sœur, mais il me semblait que vous aviez le droit de savoir pourquoi on vous a arrachés à votre monde. Ou, plus précisément, pourquoi *j'ai* participé à l'opération.

– Je vous en remercie.

– Je devrais peut-être vous ramener à votre chambre. Sinon Aelia va réclamer ma tête.

– Elle a l'air de vous bouder un peu.

– Elle me reproche d'avoir fait venir trois personnes au lieu d'une. Bien que je n'aie pas été le seul à procéder au transfert.

– Quelle sorte de siphon utilise-t-on pour ouvrir une autre dimension ?

– Devinez.

– Un siphon de fesses, répondit-elle aussitôt.

– Non, répondit Néron avec un petit rire. En fait, celui-là n'est pas relié à une partie du corps. Il faut que plusieurs personnes se tiennent autour d'un siphon géant inséré dans le sol, qu'on appelle un siphon *fortis.* On en trouve de taille intermédiaire dans les cités refuges, mais les seuls ayant le format requis se trouvent l'un ici, dans la salle des Convocations, le deuxième à Los Angeles et le troisième dans le Maine.

– Dans le *Maine* ?

Néron sourit.

– Notre université de magie la plus prestigieuse se trouve dans la Maine, sur la côte. Elle est très réputée. Et très chère.

Il baissa les yeux sur son poignet, celui qui ne portait pas le siphon, pour regarder l'heure.

– Allons-y. Vous devez avoir envie de prendre une douche et de changer de vêtements. Et peut-être de prendre un petit déjeuner.

Ils se dirigèrent ensemble jusqu'à l'ascenseur et arrivèrent dans le couloir des Élus au moment où Matt et Esther se réveillaient.

Chicago Post

LA RECHERCHE DE « L'ÉLU » LANCÉE À L'ÉCHELLE NATIONALE

par Lucia Arras

(tiré des archives, 11 août 2009)

CHICAGO, LE 11 AOÛT

Lorsque les médias ont révélé le mois dernier l'existence d'une prophétie apocalyptique validée par les experts, la peur et la confusion se sont répandues comme une traînée de poudre. Mais il restait une lueur d'espoir : on parlait d'un « Élu » qui serait capable d'empêcher l'accomplissement de la catastrophe finale annoncée par la prophétie. Une source anonyme membre du Conseil de Cordus, la division « magique » du gouvernement, a révélé que celui-ci va se lancer dans la recherche active de cet individu dans les prochains jours.

« Les critères répertoriés sont très précis, ajoute notre source. Ils nous orientent vers des enfants qui ont déjà manifesté de fortes affinités avec la magie. »

La prophétie de la fin du monde divise les groupes religieux, les uns la dénonçant comme une fausse prédiction ou une hérésie tandis que d'autres l'acceptent comme un message du divin. Les habitants des cités refuges, qui bannissent l'usage de la magie, ont commencé à s'opposer à l'examen du dossier de leurs enfants par le gouvernement dans le but de découvrir et d'affûter ces jeunes talents. Ils font appel aux lois sur le respect de la vie privée et à la séparation de l'État et de l'Église.

Le Conseil de Cordus n'a pas souhaité commenter ces informations et n'a pas fait de déclaration officielle sur l'Élu ou la prophétie. Dans le passé, cependant, le Conseil a admis avoir identifié des manifestations d'une aptitude exceptionnelle chez certains individus, incluant des démonstrations de « pouvoirs bruts (en particulier sans siphon), tels que la télékinésie, la création de portails magiques pour se déplacer sur de courtes distances, la télépathie et les dons divinatoires ».

TOP SECRET

PROJET DELPHI, SOUS-PROJET 17

EXTRAIT du registre officiel de [redacted], nom de code Merlin :

Je commencerai par préciser que je rédige ce rapport une semaine après les faits, après avoir vérifié que le sujet [redacted], nom de code Mage, est selon toute probabilité le sujet désigné par la Prophétie de la fin du monde de Sibyl comme « le dernier espoir de Genetrix », plus communément connu sous le nom de l'« Élu ». Ce délai explique le biais inévitable dont souffre le présent rapport, du fait qu'il m'est impossible d'ignorer ce que nous avons appris depuis. Je vais cependant m'efforcer à l'objectivité.

Ma première impression du Mage fut fournie par la lecture de son dossier, dont j'avais pris connaissance avant d'entrer dans la salle d'examen. Il énumérait les faits habituels : son nom, [redacted] ; son âge : dix ans ; sa couleur de cheveux, [redacted] ; sa couleur d'yeux : [redacted] ; son lieu de naissance : [redacted]. Lorsque j'ai ouvert la porte, il était assis sur une table et balançait les jambes, les mains croisées devant lui. Taille moyenne pour un enfant de dix ans mais plutôt frêle, comme s'il avait été légèrement malnutri, bien qu'il puisse également s'agir de sa constitution naturelle.

Je n'ai éprouvé aucun des signes que d'autres ont rapportés à la vue de l'Élu pour la première fois : ni picotements, ni bien-être existentiel, ni lumières éblouissantes, ni chœur d'anges, ni élan à me prosterner devant lui. Il me paraît ridicule d'élever la rencontre avec le Mage au rang d'expérience religieuse, alors qu'il ne s'agit que de rencontrer un enfant doué de capacités à manier la magie brute.

« Bonjour », ai-je dit au garçon. Je me suis assis en face de lui. Quelqu'un lui avait apporté le jeu de développement de magie Perception Interception, qui avait été programmé pour un seul joueur. Pour autant que j'aie pu en juger, il n'y avait pas touché. Il avait passé près d'une heure dans la salle d'examen sans chercher à s'occuper.

« Tu n'avais pas envie de jouer ? » lui ai-je demandé.

Il a secoué la tête.

« Très bien. Qu'est-ce que tu as fait pour passer le temps ? »

« J'ai regardé. »

« Regardé quoi ? »

« Les… les cordes, m'a-t-il répondu en remuant les doigts. Je les vois quand je me concentre. »

« Et de quoi ont-elles l'air, ces cordes ? »

« C'est comme quand on voit le soleil à travers le brouillard. Ça fait des rayons lumineux, mais un peu brumeux.

« Et tu les vois depuis toujours ? »

Le Mage a plissé les yeux.

« Vous croyez que je suis dingue, c'est ça ? »

« Pas du tout. Je pense que tu décris une expérience en relation avec la magie que nous ne connaissons pas encore. La magie est quelque chose de nouveau pour nous, nous commençons à peine à la comprendre. Alors j'aurais tendance à te croire. »

« Oh. »

Ma réponse lui a fait plaisir, mais ça n'a duré qu'un instant.

« Mes parents disent que je ne dois pas en parler. »

« Je pense que tes parents essaient juste de te protéger, ai-je répondu. Parce qu'il y a des gens qui réagissent mal lorsqu'on leur parle de choses qu'ils ne comprennent pas. »

C'était presque triste de constater la facilité avec laquelle il acceptait l'idée, de voir que l'on admet ces principes dès le plus jeune âge.

« Peux-tu m'en dire plus sur ce que tu vois ? Ça a commencé quand ? »

Il s'est agité sur sa chaise.

« Il y a longtemps ? »

« C'est comme ça depuis toujours. Mais je ne les vois pas tout le temps. Seulement quand je me concentre. »

« Ça, c'est logique, ai-je acquiescé. Quand on parle d'une expérience magique, on utilise souvent le mot “intention”, qui veut dire qu'on a un but, un objectif. Et toi, quand tu te concentres pour voir les cordes, comme tu les appelles, ton intention est de les voir. Tu comprends ? »

« Oui. »

« Tu as déjà essayé d'en toucher une ? »

Il a haussé les épaules, mais même les enfants malins ont du mal à garder un secret. Il était clair qu'il avait fait des expérimentations pour tester ses capacités exceptionnelles. Et dans la mesure où l'un des premiers critères de la prophétie de Sibyl était que l'Élu devait avoir des capacités magiques supérieures à tout ce qu'on avait pu voir jusqu'ici sur Genetrix, il me fallait approfondir la question.

« Tu peux me montrer ? » ai-je demandé.

Le Mage a hoché la tête. Il a baissé les yeux sur la table. Il a inspiré et expiré lentement par le nez. Pour moi, il ne fait pas de doute qu'il s'était beaucoup entraîné, parce qu'à dix ans, il avait déjà mis au point une procédure. Il a continué à inspirer et à expirer jusqu'à ce qu'une espèce d'énergie s'allume dans ses yeux, comme s'il venait de recevoir la réponse à un problème complexe.

Il a tendu la main gauche… et il a pincé.

Concernant la suite, merci de vous référer aux images vidéo pour mieux comprendre. La gravité a disparu, et tout dans la pièce – y compris moi – s'est mis à flotter. La chaise sur laquelle j'étais assis est allée rebondir sur le plafond. Je me souviens en particulier d'une pièce du jeu de Perception Interception, un globe oculaire qui est passé devant moi.

Quant au jeune garçon que nous appelons maintenant l'Élu, il restait assis en bas sur sa chaise comme si de rien n'était.

TOP SECRET

19

Peu après le retour de Sloane de la bibliothèque, une jeune femme du nom de Cyrielle vint frapper à sa porte en se présentant comme l'assistante d'Aelia. Elle était vêtue de violet de la tête aux pieds, avec pour seule exception l'éclat d'argent de son siphon de gorge, que Sloane identifiait maintenant comme un symbole de statut. C'était un simple tour de cou, orné d'une rangée de perles violettes sur la nuque.

Sloane passa le reste de la matinée à accuser réception des fournitures apportées par Cyrielle : nourriture, shampooing, savon, rasoir à l'ancienne, vêtements, chaussures. Le temps qu'elle s'habille (avec un pull noir à col roulé aux manches trois-quarts et un pantalon ample de même couleur) et qu'elle mange, il était presque midi, heure à laquelle Cyrielle les rassembla pour leur faire faire une « visite d'orientation » de la salle des Convocations.

Sloane lâcha un grognement à la vue d'Esther. Comme on pouvait s'y attendre, celle-ci avait adopté sur-le-champ la mode extravagante de Genetrix. Elle était noyée sous des couches de rose pâle, de crème et de beige et portait des chaussures beiges à bout pointu. Son visage avait retrouvé toute sa gloire apprêtée : teint poudré, bouche lie-de-vin et trait d'eyeliner prolongé jusqu'aux tempes.

– Super sapée, et personne pour m'admirer, soupira Esther.

– On est là, signala Sloane.

– Je parlais d'Insta ! Vous, ça ne compte pas.

Matt marchait à côté de Cyrielle, tout sourire, en lui posant des questions. Il avait dédaigné la cape théâtrale et l'ample col écharpe qu'ils avaient observés la veille sur les hommes de Genetrix au profit d'une veste qui tombait parfaitement sur ses épaules carrées. Cyrielle avait l'air d'approuver, à en juger par la manière dont ses yeux s'attardaient sur lui.

Il n'avait pas accordé un regard à Sloane de toute la matinée, et elle avait une boule dans le ventre. Esther ne s'était pas beaucoup préoccupée d'elle non plus, un peu comme si elle la reconnaissait sans parvenir à la resituer.

Mais Sloane savait que pour affronter ce genre de situation, il suffisait de connaître le comportement à adopter. Après la mort de Cameron, elle avait appris à disparaître lorsque sa mère s'était enfouie sous sa couette pour ne plus jamais en ressortir. Ces choses-là se géraient de la même façon que le froid lorsqu'on n'a pas mis un manteau assez chaud : on se laisse traverser par le froid sans chercher à lutter jusqu'à ce qu'il nous transperce les os, jusqu'à ce qu'on ne le sente plus.

La salle des Convocations était énorme et déserte. Les murs formaient des cercles de pierre concentriques qui montaient en rétrécissant jusqu'à la pointe de la coupole, percée d'une ouverture ronde. La lumière naturelle qui passait à travers les vitraux jetait des éclats de bleu et de vert sur le mur du fond, dans lequel se découpait une porte rouillée.

Exactement à l'aplomb de l'oculus, une plaque métallique un peu plus grande qu'une plaque d'égout, d'environ un mètre quatre-vingt de diamètre, était encastrée dans le sol. Elle était décorée de volutes qui s'enchevêtraient comme des lianes. Sloane repensa à ce que lui avait dit Néron sur la présence d'un puissant siphon *fortis* à Chicago. Ça ne pouvait être que cela. Il régnait une drôle d'atmosphère dans la salle, un peu étouffante.

Lorsqu'ils entrèrent, Aelia était en train de déplacer une grosse table en pierre jusqu'au centre de la salle à l'aide de son siphon et d'un sifflet. Néron, à côté d'elle, lui montrait la page d'un livre si grand qu'il tenait à peine au creux de son bras.

– Ah, vous voilà, dit Aelia quand la table fut reposée. Merci, Cyrielle. Bonjour à tous. Je ne peux pas rester longtemps, mais je tenais à m'assurer que votre logement vous convenait.

– Disons qu'il est un peu dur de se satisfaire d'une cellule de prison, mais sinon ça va, lui répliqua Sloane. Super oreillers.

Esther lui glissa l'un de ses petits regards par en dessous, avant de sembler se rappeler qu'elle n'était pas censée communiquer avec elle et de se détourner.

Sloane laissa filer. Un peu de patience et ça ne lui ferait plus aucun effet.

Aelia avait pincé les lèvres.

– Bien. Comme vous l'avez peut-être compris, il est primordial que vous soyez capables d'exécuter de petites opérations avec un siphon pour circuler dans ce bâtiment et, *a fortiori*, accomplir votre mission. Néron va donc vous enseigner quelques actions à réaliser avec un siphon avant que nous ne passions à la suite. Néron sera…

– À vrai dire, la coupa Matt, avant de commencer, j'ai une requête.

Aelia grimaça comme si elle venait de mordre dans un citron.

– Oui ?

– J'aimerais en savoir plus sur le lien entre nos deux univers. Tout ce que vous savez, en fait.

Sloane avait parlé à ses deux compagnons de l'article trouvé dans la bibliothèque, et ils avaient admis que c'était suffisant pour les inciter à croire les déclarations de Néron et d'Aelia, mais pas à risquer leur vie.

– Et aussi, dit Esther, excusez-moi, mais s'il n'y a *pas* de lien, ça va donner l'impression que vous nous mentez pour nous persuader de risquer nos fesses pour un monde qu'on ne connaît même pas. Personnellement, je l'ai assez fait pour une vie entière.

– Je ne sais pas vraiment comment prouver ce que nous savons sur ce lien, répondit Aelia. Du moins pas avant que vous n'ayez atteint un niveau de compréhension de la magie assez avancé.

– Eh bien, je vous conseille de trouver un moyen, dit Matt en souriant.

Aelia jeta un coup d'œil à Néron, qui s'éclaircit la gorge.

– Je vais m'y employer, déclara-t-il. Entretemps, peut-être serez-vous néanmoins disposés à apprendre quelques rudiments de l'emploi du siphon afin de vous déplacer plus librement dans ce bâtiment ?

– Et pour l'extérieur ? demanda Sloane. À moins que notre laisse ne s'étende pas jusque-là ?

Aelia ne se formalisa pas.

– À ce stade, il ne nous paraît pas prudent de vous laisser sortir de l'immeuble. Vous ne connaissez rien de notre monde et vous ne savez pas vous servir d'un siphon…

– Mais une fois que nous en saurons plus, rien ne vous empêchera d'assouplir cette règle, observa Matt.

Sloane baissa le nez pour cacher un sourire. Aelia lui faisait penser à un jouet mécanique : chaque nouvelle exigence la mettait un peu plus sous pression.

– Nous évaluerons la situation au fur et à mesure, répondit celle-ci. Je vous laisse entre les mains compétentes de Néron et de Cyrielle.

Elle ajusta les plis de sa longue tunique au tissu épais, leur adressa un sourire pincé et s'éloigna en faisant claquer ses talons sur les dalles. Puis Cyrielle s'approcha d'une boîte qu'Aelia avait posée sur la table en pierre, et en étala le contenu : une rangée de siphons et d'appareils semblables à des enregistreurs, comme ceux qu'employaient les journalistes pendant les interviews. Elle en plaça un à côté de chaque siphon et les brancha. Des petits écrans situés au sommet des appareils, juste sous des espèces de micros, s'illuminèrent d'une lueur verte.

– Êtes-vous prêts à commencer ? demanda Néron en joignant les mains devant lui. L'objectif du cours d'aujourd'hui est de maîtriser quelque chose de très simple, que nous apprenons aux enfants sur Genetrix. Nous appelons cela un « souffle magique ». Mais pour y arriver, vous devez connaître les rudiments des éléments qui participent à tout processus donné. C'est ainsi que nous appelons les opérations magiques, même les plus insignifiantes.

– Vous parlez de… d'un sort ? questionna Esther.

– Comme nous n'utilisons pas d'incantations, je ne pense pas que ce terme convienne. Nous passons par le son. Si l'on compare l'énergie magique à de l'eau, on peut considérer certaines fréquences comme des canaux qui ouvrent une voie aux processus spécifiques. Ces appareils vont vous aider à trouver les bonnes fréquences. La communauté des usagers de la magie connaît cet objet sous le nom de *praécontographe*, mais il ne s'agit au fond que d'un oscilloscope modifié. Les fréquences sont mesurées par le micro qui y est relié. On peut régler un praécontographe pour qu'il nous indique de quelle fréquence relève notre processus.

– Est-ce que ça veut dire que… les processus des hommes et des femmes sont différents ? demanda Matt. Étant donné que les hommes ont généralement une voix plus grave…

– Quand le son provient de la voix, oui, confirma Néron en souriant. Mais nous disposons d'un ensemble de petits instruments pour produire un large éventail de fréquences. Et bien que certaines personnes produisent des processus très musicaux, même quelqu'un qui n'a aucune oreille – voire une personne malentendante – peut produire un son sur la bonne fréquence.

– Ouf, sauvée, fit Esther. Il paraît que quand je chante, on dirait un chat qui se noie.

– Par ailleurs, le nombre de processus réalisables avec la voix humaine reste limité, reprit Néron. Mais le souffle magique en fait partie, ce qui le rend facile à pratiquer par les enfants. Malheureusement pour les hommes adultes, sa fréquence est assez élevée. Cent soixante-dix mégahertz. J'ai un sifflet, si vous n'y arrivez pas.

– Ma voix de fausset n'est pas mauvaise, fit Matt.

– Parfait ! Bien, prenez chacun un oscilloscope et nous allons tous chercher la bonne fréquence.

Sloane s'approcha de la table avec les autres pour se munir d'un dispositif. Elle en profita pour examiner les siphons. Ils étaient simples, en métal noir granuleux, faits d'une plaque pour le dos de la main et d'une autre pour la paume, et ressemblaient à des gants sans doigts. Sans doute des siphons standard, tandis que ceux de Néron et de Cyrielle étaient des modèles de luxe. Le dos portait un logo représentant une créature à tête d'oiseau et au torse humain, avec une queue de serpent à la place des jambes. La queue s'enroulait autour d'un grand A majuscule.

– Abraxas, dit Néron en voyant ce qu'elle regardait. Ils fabriquent les meilleurs siphons.

Un oscilloscope à la main, Sloane s'écarta de la table pour s'aligner avec les autres. Puis Cyrielle chanta une note haute.

Sa voix était stable, pas particulièrement harmonieuse, mais le son était précis, facile à reproduire. Néron leur fit signe de l'imiter.

Sloane se sentit rougir. Elle ne chantait jamais en public ; elle ne chantait même pas sous la douche. Elle n'avait pas de problème d'oreille mais… elle ne chantait pas, point.

Elle approcha le micro de l'oscilloscope de sa bouche et fredonna. Une ligne sinueuse apparut sur l'écran du dispositif, ainsi que le nombre 165. Elle dut s'y prendre à plusieurs reprises pour atteindre les 170 MHz, mais lorsqu'elle eut trouvé la fréquence, elle parvint à recommencer sans difficulté. Esther, à côté d'elle, sifflait avec la bouche en cul de poule, fixant l'oscilloscope en roulant des yeux. Quant à Matt, il chantait « aaah » comme s'il s'échauffait la voix. Sloane se demanda s'il aurait chanté dans une chorale s'il avait pu mener une vie normale.

– Bien ! dit Néron. Maintenant, le siphon. Mettez votre main dominante dedans. Ne faites pas de bruit pour l'instant.

Le siphon était froid et la main de Sloane flottait un peu dedans. En la voyant se démener avec, Cyrielle s'approcha pour tirer un petit cordon qui se trouvait dans l'interstice entre les deux plaques, et celles-ci se resserrèrent sur la main de Sloane. Puis Cyrielle fixa le gant en place par un petit crochet. Sloane plia les doigts. Son siphon était plus massif que celui de Néron, mais pas inconfortable, et le métal se réchauffait à mesure qu'elle le portait, comme une montre.

– Vous avez peut-être remarqué qu'Aelia et moi faisions des petits gestes pendant les processus, dit Néron. Ils n'ont pas réellement d'impact sur le processus lui-même, c'est plus une façon de faire comprendre à notre esprit qu'on est en train d'essayer de *faire* quelque chose. Petits gestes ou pas, peu importe, l'essentiel est de trouver ce qui vous aide à vous concentrer sur vos intentions. Ce que nous appelons un « souffle magique » est une petite bouffée d'air émise par l'effet de la magie. À mon signal, produisez le son à la fréquence indiquée, et essayez de saisir cette chose nébuleuse et délicate appelée « intention » dans le domaine de la magie.

Il glissa un coup d'œil à Sloane. C'était le mot qu'il avait employé le matin pour lui expliquer pourquoi le siphon ne présentait pas de danger en soi.

– La définition précise de ce qui fait l'intention est le principal sujet des recherches théoriques sur la magie, ajouta Néron. Mais ce n'est pas pour rien qu'il est plus facile d'enseigner la magie à ceux qui ont commencé à l'apprendre dès l'enfance. Les enfants n'ont pas besoin d'explications ou de précisions comme les adultes. Ils peuvent se contenter de *vouloir* quelque chose… et de le *faire*. Donc, non, je ne peux pas vous expliquer exactement comment trouver la bonne intention. À vous de le découvrir. Mais moins vous réfléchirez, mieux ça vaudra.

– Alors Esther devrait avoir des facilités, observa Matt.

– Peux-tu avoir la gentillesse de la fermer ? rétorqua l'intéressée.

Puis elle siffla en agitant la main comme si elle chassait une mouche. Soudain, ses cheveux voletèrent et elle recula en écarquillant les yeux. Quelques secondes plus tard, un grand sourire s'épanouit sur son visage, révélant une petite tache de rouge à lèvres sur ses dents.

– J'ai réussi ! piailla-t-elle.

Son sourire mit des heures à s'effacer, et Sloane eut le sentiment de découvrir une Esther qui n'aurait pas combattu dans une guerre, qui n'aurait pas lutté contre l'Obscur ni dû s'occuper de sa mère malade.

Matt fit un check à Esther. Faute de savoir si ses félicitations seraient les bienvenues, Sloane se rabattit sur un sourire.

– Oui, bien joué, approuva Néron. Aux autres, maintenant.

Sloane fixa sa main, moulée dans son siphon. « Ne réfléchis pas. » Elle se mit à fredonner et l'oscilloscope indiqua 175B MHz. Un deuxième essai la rapprocha du but. « Ne réfléchis pas. Fais un geste qui te vient naturellement. » Elle n'était pas sûre qu'il en existe un pour une main alourdie par un gant métallique. Elle essaya de claquer des doigts. Au moins, ça paraissait simple.

Rien ne se produisit.

À l'autre bout de la salle, Matt chantait toujours son « aaaah » en remuant la main comme un chef d'orchestre. Elle aurait ri si les relations entre eux n'avaient pas été aussi tendues.

Esther accompagnait son sifflement en agitant l'index et tenait son oscilloscope devant ses yeux pour contrôler sa fréquence.

Ne réfléchis pas, s'enjoignit-elle avant de se remettre à fredonner. « L'intention. » C'était peut-être là, le problème. Elle n'en avait aucune. Elle ne voyait pas du tout pourquoi quelqu'un voudrait invoquer un souffle d'air magique alors qu'il suffisait d'ouvrir la bouche pour ça.

Alors elle ferma les yeux et tenta de se rappeler ce qu'elle avait éprouvé face au prototype de l'ARIS dans la Géode, avec les deux fragments de l'Aiguille dans la main. Cette béance en elle, suivie d'une faim féroce, ce besoin aussi violent que le besoin de respirer ou l'appel du sommeil. Elle se concentra sur la faim, sans même savoir la faim de quoi, alors qu'elle n'avait pas fini de digérer son petit déjeuner. Le désir était encore à un stade informe, mais elle le sentait.

Elle le sentait *toujours*.

Elle leva la main et fredonna. Soudain, elle le perçut enfin : le premier picotement de magie qu'elle ait ressenti sur Genetrix. Un instant plus tard, cela n'avait plus rien du picotement. Elle aurait plutôt dit qu'elle venait d'entrouvrir une porte pour voir qui frappait et qu'elle se retrouvait devant un enfer. La brûlure la consumait, lui piquait les yeux, lui asséchait la gorge. Elle cria et se débattit, mais la brûlure ne la lâchait pas.

Elle n'y voyait plus rien. Ses cheveux s'étaient rabattus devant ses yeux et ses vêtements avaient été arrachés. Un tourbillon s'était mis à virevolter autour d'elle, d'abord comme un fil de soie, puis comme une corde qui la ligotait, la soulevait…

Un grand craquement retentit. La vitre de l'oculus s'était brisée et le verre s'abattit en cascade au milieu de la salle. Une voix cria :

– Slo !

Elle reçut un coup sur la tête et le feu s'éteignit. Elle partit en arrière et tomba rudement sur le carrelage. Son crâne heurta le dallage. Esther, qui était aussi par terre, rampa jusqu'à elle, des cheveux collés à son rouge à lèvres. La lumière coulait à flots par l'oculus.

– Ça va ? demanda Esther en glissant la main sous la tête de son amie pour palper son crâne. Merde, Slo, tu ne fais jamais les choses à moitié, toi, hein ?

– Essy, lâcha Sloane, Slo va vomir.

Et il lui resta assez de présence d'esprit pour tourner la tête à la dernière seconde.

LES SIPHONS DE GORGE SONT ARRIVÉS, MAIS PAS DONNÉS

Par Corey Jones

MagiTech Mag, n° 240

Depuis qu'Abraxas (qui portait encore à l'époque le nom d'IBM, sa société mère) a mis l'orteil dans le domaine de la fabrication des siphons aux États-Unis dans les années 1970, l'entreprise domine le marché de cette technologie en Amérique du Nord. Son dernier modèle, le premier siphon de gorge au positionnement grand public, ne fait pas exception. Toutefois, son prix prohibitif, dépassant les 5 000 dollars, suscite des plaintes concernant les priorités de l'entreprise. Laissant les fabricants plus modestes se concentrer sur le développement de produits à prix contenu, Abraxas a privilégié exclusivement l'innovation. Cette vision restrictive semble avoir payé. Abraxas n'a jamais été aussi présent sur le marché.

Les spécialistes du Centre des Hautes Études en Magie estiment que 20 % seulement de la population possèdent les facultés nécessaires pour utiliser un siphon de gorge, raison pour laquelle le développement de ces dispositifs donne lieu à une controverse depuis l'annonce du projet. Il semblait peu probable que leur fabrication puisse être rentabilisée. Mais le créateur et actuel P.-D.G. d'Abraxas, Valens Walker, a tenu bon. « Nous n'avons pas besoin de vendre tous nos modèles de siphon à l'ensemble des acheteurs, a-t-il déclaré cet hiver dans une interview au *New York Times*. Il nous suffit de vendre les meilleurs qui existent. » Et c'est le cas jusqu'ici. Tous les produits Abraxas testés par *MagiTech Mag* ont obtenu une note A sur l'ensemble des critères, tandis que Trench, son concurrent le plus sérieux, obtient une moyenne de B, en particulier pour son produit phare, un siphon de poignet à prix imbattable.

Qu'en est-il donc du nouveau siphon de gorge Abraxas ? Eh bien, je l'ai reçu dans une boîte dorée qui révèle clairement le positionnement exclusif d'Abraxas. L'objet lui-même est loin de passer inaperçu. C'est un galet de métal parfaitement lisse, couleur cuivre, avec trois décorations disponibles pour la façade : brocart floral, chevrons ou damassé. Il mesure cinq centimètres de haut, ce qui le rend impossible à cacher sous un col. Cet objet est conçu pour être vu, et les stylistes de mode ne devraient par tarder à proposer pléthore de hauts qui dégagent le cou, de même qu'ils ont raccourci les manches à l'apparition des siphons de poignet. En toute franchise, je trouve l'accessoire un peu trop présent, mais il reste léger et ajustable et je l'ai à peine senti au porter.

Quant à ses performances… Si vous vous êtes déjà essayé à des processus de gorge, vous savez que ceux qui y arrivent en viennent à exploiter exclusivement ce type de magie. Du fait de sa proximité avec les cordes vocales, le siphon de gorge est particulièrement adapté à ceux qui fredonnent ou qui chantent leurs processus. Il capte les vibrations de la peau, ce qui permet d'effectuer des processus en toute discrétion. Il n'informe pas votre entourage de votre intention par un coup de sifflet bruyant. Et il offre un vaste éventail de possibilités, contrairement à d'autres siphons. Tous les processus du quotidien – l'ouverture de portes, l'allumage de bougies, le déplacement d'objets – se font sans effort, et j'ai fini par en effectuer de beaucoup plus complexes même chez moi. À l'aide d'un oscilloscope, j'ai pu mettre sur minuterie un processus qui faisait tourner un crayon sur lui-même dans l'intimité de mon appartement.

C'est l'un des inconvénients de ce modèle : l'oscilloscope est indispensable. Les siphons de gorge sont plus sensibles que les autres aux légères variations de hauteur et requièrent de la précision. Si celle-ci n'est pas votre point fort, il vous faudra le matériel pour compenser. Et pour régler un processus sur minuterie illimitée, vous devrez constituer une assemblée afin de soutenir vos efforts. Mais la puissance de vos processus devrait permettre de vous en tenir à des assemblées restreintes et n'exiger qu'une énergie modérée. Dans le cadre d'un processus séquentiel, vous pourrez vous passer d'une pause entre deux changements de fréquence, comme c'est nécessaire avec un siphon de poignet. Cependant, vos ruptures de fréquence devront être bien marquées, ou les résultats pourraient vous réserver des surprises. Comme pour tout siphon arrivant sur le marché, le gouvernement va surveiller de près les nouveaux utilisateurs. Je vous conseille donc d'attendre un peu avant de lever votre armée de zombies. (C'est de l'humour, les gars. On a déjà assez à faire avec un Résurrectionniste !) Mais cette nouvelle technologie pourrait bien changer pour de bon le visage de la magie.

Le siphon de gorge d'Abraxas 1.0 sera disponible à partir du vendredi 3 février.

20

Sloane s'endormit presque tout de suite après l'incident dans la salle des Convocations, et ne se réveilla que le lendemain matin.

Matt et Cyrielle l'avaient soutenue pour la ramener dans sa chambre. Elle avait compté leurs pas en s'efforçant de ne pas penser aux dégâts qu'elle avait provoqués. Tous les siphons et les oscilloscopes éparpillés, les courants d'air froid qui s'engouffraient par l'oculus, les débris de verre jonchant le sol d'éclats bleus, verts et rouges. La cape de Néron, au fermoir détaché, étalée par terre. Le chignon tressé de Cyrielle défait, toutes ses épingles arrachées.

Ils l'avaient fait asseoir sur son lit. Quand Matt était allé lui chercher un verre d'eau, elle avait levé les yeux vers Cyrielle pour demander :

– Qu'est-ce que ça signifie, que j'aie fait ça ?

– Je ne sais pas. Mais personne n'a été blessé. Vous réessayerez une prochaine fois, et nous prendrons… nos précautions.

– Il n'y aura pas de prochaine fois, avait dit Sloane, avant de s'endormir sans que ses pieds aient quitté le sol.

Elle n'avait aucune idée de l'heure. Elle était dans le même état qu'après une cuite et mit un moment à rassembler ses pensées. Elle s'assit. Se massa le visage. Se peigna avec les doigts. Ajusta ses vêtements. Matt avait posé le verre d'eau sur la petite table de chevet blanche et elle le but d'un trait, en cherchant ses chaussures des yeux. Quelqu'un les lui avait enlevées et les avait posées près de la porte.

Sloane les mit, serra les lacets et inspecta le couloir. Les portes des autres chambres étaient fermées, les lumières éteintes. Ils dormaient encore. Personne ne le remarquerait si elle sortait un petit moment.

Aelia leur ayant interdit de quitter le bâtiment, c'est tout naturellement que Sloane avait décidé de le faire.

Elle savait que Néron avait un moyen de les surveiller, mais ignorait lequel. Quoi qu'il en soit, elle ne pouvait pas appeler l'ascenseur et décida de tenter de nouveau sa chance en prenant l'escalier. Et si elle se faisait repérer, elle troquerait la discrétion pour la vitesse. Arrivée au bout du couloir, elle vit l'issue de la cage d'escalier. Elle se mit à courir, poussa la porte et dévala les marches trois par trois, puis quatre à quatre, à mesure qu'elle se réveillait.

Elle n'avait pas couru depuis un certain temps et se réjouit que l'accélération de son rythme cardiaque et la douleur dans ses muscles la distraient de ce qui s'était passé. Elle avait besoin de sentir l'air froid et vif dans ses poumons et le bitume sous ses semelles. En atteignant le rez-de-chaussée, elle repéra la sortie de secours, mais un panneau annonçant le déclenchement d'une alarme en cas d'infraction la dissuada d'essayer. Elle prit une autre porte pour déboucher dans le hall d'entrée.

Elle avait déjà traversé ce hall à quelques reprises avec les autres. C'était un vaste espace ouvert qui rappelait une église, avec sa décoration chargée (baroque, supposa Sloane), ses arcs-boutants (gothiques) et ses touches géométriques à la feuille d'or (Art déco). La lourde porte d'entrée en bois à double battant ne faisait que renforcer l'impression. La voie était libre. Elle se dirigea droit dessus.

– Sloane.

Un inconnu se dressa devant elle. Sans doute un militaire, à en juger par son maintien droit, sa musculature développée… et les vêtements, bien sûr. Pantalon bleu marine décontracté au bas rentré dans les boots, tee-shirt gris à manches longues roulées jusqu'aux coudes. Il arborait le même symbole que les gens du groupe qui les avaient accueillis au bord de la rivière, à droite sur la poitrine.

Elle envisagea de piquer un sprint jusqu'à la sortie, avant de se dire que ce n'était pas le moment de se lancer dans des actes désespérés. Il serait toujours temps plus tard. Alors elle prit la tête de la fille détendue.

– Écoutez, dit-elle, plus vous essaierez de m'empêcher de sortir, plus je serai décidée à le faire. Alors, si on zappait l'escalade des tensions ?

– OK. Et si je vous disais que mon boulot n'est pas de vous empêcher de sortir, mais de vous accompagner pour veiller à ce qu'il ne vous arrive rien ?

Sloane tourna les yeux vers les vitres extérieures ornées d'une vague de verre sablée qui masquait partiellement la rue. Elle pouvait presque sentir l'air chargé d'humidité qui venait du lac Michigan.

– Je devrais peut-être ajouter que si vous ne me laissez pas faire mon travail, ça va déclencher un vrai bazar et toutes sortes de discussions fastidieuses.

– Très bien, d'accord, céda-t-elle.

– Je m'appelle Kyros, dit l'homme en lui tendant sa main à serrer.

Bonne poigne, approuva-t-elle. *Logique, en même temps.*

– Je suis capitaine dans la nouvelle armée de l'Étincelle. Bien que ça ne vous dise sans doute pas grand-chose.

Il portait un siphon de poignet, plus simple que ceux qu'elle avait vus jusqu'ici : deux simples plaques de métal poli qui laissaient voir ses doigts. L'une d'elles portait le logo qu'elle avait repéré la veille, celui de la créature à la tête d'oiseau, au torse d'homme et à la queue de serpent.

– L'armée de la magie. OK. Et en quoi est-elle nouvelle ?

– La précédente a été décimée par le Résurrectionniste. Où avez-vous envie d'aller ?

Si je comprends bien, passons sur le massacre de l'armée.

– Au lac.

Le bord du lac avait toujours été une sorte d'ancrage pour elle. Si elle se perdait, il lui suffisait de le localiser pour savoir où était l'est. Elle pouvait énumérer les rues parallèles à la berge : Lake Shore Drive, Columbus, Michigan, Wabash, State, Dearborn, Clark, Lasalle, toutes les rues jusqu'à la rivière. Se retrouver au bord de l'eau l'aiderait peut-être à récupérer une certaine stabilité, même ici à Genetrix.

Kyros pointa l'index sur la porte.

Il avait une maîtrise impressionnante : la double porte coulissa juste assez pour les laisser passer à deux de front, et non en grand comme elle l'avait fait pour Aelia. Cela dit, Sloane y vit un usage assez frivole de la magie.

– Pour information, dit-elle en la franchissant, je sais ouvrir les portes.

– Désolé. C'était juste un réflexe.

Un monde de magie au bout de ses doigts et il s'en sert pour ouvrir la porte, songea-t-elle.

Une fois dehors, ils adoptèrent aussitôt le rythme des autres piétons. Sloane remarqua leurs chaussures. Ils avaient un faible pour les modèles pointus à semelles dures qui faisaient un bruit sec, presque comme des chaussures de claquettes. Elle observa aussi les lourdes draperies qui leur protégeaient les épaules et le cou, tout en dégageant celui-ci pour exposer leurs siphons. De même, leurs manches larges s'arrêtaient au milieu de leurs avant-bras pour montrer leurs siphons de poignet ; les tresses complexes révélaient de gracieux siphons d'oreille, les plus décoratifs. Sur le trottoir d'en face se dressait la vision réconfortante du Daley Center, une tour en forme de grande brique marron qui avait visiblement survécu à la rupture entre les deux mondes. Mais elle eut un choc en découvrant un amas de flèches à la place de la haute tour moderne aux vitres bleu pâle de son Chicago. Cela lui rappela aussitôt l'église de la Sagrada Família à Barcelone, avec son bouquet de tours en pierre accolées les unes aux autres.

Cette pensée lui causa un pincement au cœur. Un jour, Cameron avait rapporté de la bibliothèque un livre sur l'architecture. Il avait dû oublier de le rendre parce qu'elle l'avait retrouvé dans la chambre de son frère après sa mort. Il avait corné les pages de ses édifices préférés et la Sagrada Família en faisait partie.

– À propos de ce Résurrectionniste, dit-elle soudain, si je le rencontre (et je suppose que je le reconnaîtrai), qu'est-ce que je suis censée faire ?

– Ce que vous êtes censée faire, c'est apprendre les manœuvres défensives de base à exécuter avec un siphon. Il existe un bouclier facile à maîtriser qui permet de gagner du temps si on tombe sur lui. Ça l'empêche de mettre en œuvre son processus de prédilection.

– À savoir ?

– Un affaissement des poumons, répondit Kyros, aussi naturellement qu'il avait parlé de l'armée massacrée. Il est difficile d'intervenir avant que la personne ne suffoque, et elle ne peut pas le faire elle-même puisqu'elle ne peut plus émettre de sons.

– OK, fit Sloane en réprimant un frisson. Donc… bouclier.

– Attendez, je vais vous montrer.

Repliant la main sur le coude de Sloane, il la guida vers une allée encombrée de cartons et de sacs d'ordures. Elle aurait protesté si elle n'avait pas eu aussi hâte de découvrir le bouclier. Kyros tendit le bras en partant de son épaule, paume vers l'extérieur, et siffla à une fréquence si aiguë qu'elle dut plaquer ses mains sur ses oreilles. Elle se demanda comment c'était possible, jusqu'à ce qu'elle voie quelque chose briller dans la bouche de Kyros. Une fausse dent ? Un piercing ? Impossible à dire.

Quoi qu'il en soit, l'air parut soudain s'épaissir, comme dans une fuite de gaz. Sloane pouvait pratiquement le voir onduler devant la bouche de Kyros à chacune de ses expirations.

Elle tendit la main pour toucher l'air presque sans s'en rendre compte, dans ce réflexe avide d'appréhender les choses par le toucher qu'elle avait gardé de l'enfance. La sensation était soyeuse, un peu visqueuse, comme de l'eau dormante.

– Ça n'arrête pas le Résurrectionniste, mais ça le retarde, précisa-t-il, la voix étouffée par la barrière d'air qu'il venait de créer entre eux.

– Dommage que je sois aussi nulle avec un siphon.

– Dans ce cas, vous devriez vous fixer l'objectif de devenir moins nulle, répliqua fermement Kyros. Sinon, vous allez vous mettre en danger ainsi que tous les autres, en particulier si vous persistez à vous éloigner du Centre sans être accompagnée.

– Message reçu.

Quelque chose lui disait que Kyros ne l'aimait pas beaucoup.

Il dissipa le bouclier d'un air bourru et ils se remirent en marche.

Ils passèrent devant des commerces aux allures familières : boulangeries, sandwicheries, vendeurs de pizza. Ce ne fut qu'en passant devant un café à l'auvent bleu qu'elle réalisa qu'elle cherchait un Starbucks… sans en trouver. Le café s'appelait *Jack's*

Magic Beans, et l'enseigne, ô surprise, représentait une tige de haricot géante disparaissant dans un nuage.

Au carrefour de Randolph et State, elle s'aperçut que le signal du passage pour piétons n'était pas le bonhomme blanc clignotant qu'elle connaissait, mais une plaque métallique qui se retournait pour exposer une série de cercles superposés. L'image du stop était un cercle unique. Elle se demanda si on les voyait de nuit.

En approchant de Michigan Avenue, Sloane leva la tête pour chercher des yeux la tour noire du virage de Lake Shore Drive, mais elle n'y était pas. À sa place s'élevait une large tour à la façade percée d'un trou et, suspendue au milieu du trou, entièrement entourée d'air, une sphère, faite de la même association de verre et de métal que la tour.

– Comment…

Elle se sentait bizarre, comme si elle n'était plus ancrée dans son propre corps.

– *Comment…*

– Oh, ça ! Je ne sais pas trop comment ça marche, répondit Kyros d'un ton amusé. C'est de la magie, clairement, mais je ne connais pas les détails.

– Ce n'est pas une illusion ?

– Non. Vous voulez aller voir ?

Sloane secoua la tête. Non, elle ne voulait pas entrer dans une sphère en verre géante en suspension dans le vide. Elle porta la main à sa tempe battante. Un peu plus loin, elle repéra une structure familière, le *Chicago Cultural Center*, et marcha droit dessus sans même jeter un œil au signal du passage piéton. Tout cela était trop, trop vite. Elle avait besoin de s'asseoir et de respirer.

Kyros courut derrière elle dans la rue et l'escalier. Le centre culturel était un bâtiment ancien – ce qui, en toute logique, le rendait commun aux deux univers –, de style néoclassique. Il avait un petit air de gâteau à étages, avec sa façade ornée d'une rangée de hautes fenêtres en ogives surmontées d'une deuxième série de fenêtres à colonnes. Mais c'était l'intérieur qui en faisait l'un des endroits préférés de Sloane, avec son dôme en vitrail coloré qui étincelait dans la lumière du matin. Cela, et le calme général de l'endroit.

À l'entrée, elle s'assit sur un banc en marbre et enfouit sa tête dans ses mains. Kyros s'assit à côté d'elle – heureusement pas trop près, ou il aurait risqué de se prendre son poing dans la figure –, et attendit sans rien dire pendant qu'elle respirait profondément par le nez.

– Ça fait beaucoup, dit-elle une fois qu'elle eut retrouvé son calme.

Kyros hocha la tête.

– Sûrement, oui.

– Ça vous ennuie si je monte là-haut ?

Elle désigna l'escalier qui grimpait vers le dôme en vitrail. De là où elle était, elle n'en distinguait qu'une mince portion luisant d'un éclat vert, mais c'était déjà la promesse d'un terrain connu et, si Kyros le permettait, d'un moment de solitude.

– Toute seule…, précisa-t-elle. Rien que quelques minutes.

– D'accord. Mais au bout de ces quelques minutes, je vous rejoins pour vérifier que tout va bien.

Sloane se leva, un peu ragaillardie. Elle monta les marches et fit une pause sur un palier pour lire la citation de Bacon : *Telle est la véritable utilité de tout savoir : la raison qui nous a été accordée par Dieu devrait toujours être employée au service et au bénéfice de l'homme*, inscrite sur des petites tesselles dans la mosaïque murale, dans un cadre de motifs verts, jaunes et bleus, spirales, losanges et volutes de rubans.

Une fois au tournant de l'escalier, elle vit le dôme luire au soleil. Les murs voûtés de son socle étaient tapissés de petits carrés de mosaïque représentant des motifs organiques, des enchevêtrements de lianes vert vif. Le dôme lui-même était plus sobre, divisé en cadres de plus en plus étroits à mesure qu'ils s'élevaient. Chaque cadre était constitué de demi-cercles en verre bleu et vert en forme d'écailles de poisson, avec, au milieu, les symboles des signes astrologiques. Un grand lustre suspendu au plafond en reflétait la forme et les motifs.

Trois toiles étaient accrochées au mur en face de Sloane. À distance, les deux toiles extérieures étaient abstraites, massives et vides comme des Rothko. Celle du milieu figurait des traînées de lumière, comme si on avait entrebâillé une porte ou un couvercle sur une source lumineuse. Sloane vint se camper sous le lustre pour lire les cartouches fixés sous les toiles.

Soudain, quelque chose la saisit par la cheville, des doigts froids et précis qui tirèrent son pied vers le plafond. Sloane bascula tête en bas, le souffle coupé, revoyant dans un éclair la vidéo de l'adolescente emportée dans les nuages. Les murs se mirent à tourner autour d'elle ; non, c'était elle qui tournait, sous l'impulsion de la main qui la tenait par la cheville. Ses vêtements se détachèrent, mais sans retomber totalement, et ses cheveux aussi flottaient autour d'elle, comme si elle se trouvait dans un étang et non suspendue dans le vide, à fixer le sol comme si c'était le plafond.

Du calme, songea-t-elle, la première pensée réflexe de son cerveau quand la panique s'installait. Parce que c'était le calme qui l'avait aidée à échapper à l'Obscur avec Albie ; à échapper à la mort des dizaines de fois. Elle serra les mâchoires et cessa de bouger pour se laisser tourner la tête en bas, telle une décoration de Noël au bout d'une branche de sapin. Puis elle réalisa que, si elle parvenait à libérer sa jambe, elle se fracasserait le crâne au sol trois mètres plus bas. Elle regarda sa cheville prisonnière, comme si la force invisible qui la retenait pouvait lui parler et lui dire quoi faire.

– Bonjour, dit une voix plus bas.

Elle tressaillit et releva les yeux – vers le bas.

Elle tournait toujours, mais le visage de l'homme se trouvait exactement sous le sien, peut-être à un mètre de distance juste au centre de la toupie (auquel cas elle était suspendue à plus de quatre mètres, car il paraissait grand).

– Vous avez besoin d'aide ?

Il avait une voix grave mais étonnamment musicale pour un visage aussi sérieux. Il était pâle, avec un nez qu'on pouvait décrire poliment comme « prononcé » et des yeux sombres qui ne s'étaient pas détachés des siens depuis le début. Cette intensité la troublait.

– C'est quoi, ce bordel ?

Il eut un petit sourire.

– Un vilain tour des Irréalistes, je dirais. Prenez ma main, je vais vous sortir de là.

Prendre la main d'un inconnu dans une dimension parallèle était la dernière chose qu'elle avait envie de faire, mais elle ne voyait pas d'autre solution. Elle leva la main – vers le bas – et ils s'agrippèrent fermement. Il leva son autre main, enserrée dans un siphon noir qui avait dû être vert. Sa peinture s'écaillait par endroits et le métal portait de larges griffures et des marques de frottement. Elle remarqua des écrous sur ses bordures et des charnières de couleurs variées, signes que le siphon avait été réparé plus d'une fois.

Il fredonna, produisant un grondement sourd que Sloane crut sentir bourdonner dans ses doigts. Soudain, l'étreinte se libéra autour de sa cheville, aussi brusquement qu'une corde qui se rompt. Gardant la main tendue, il continua à fredonner en modifiant légèrement le ton. Les jambes de Sloane s'abaissèrent lentement et son corps regagna peu à peu son aplomb. Bientôt, elle se retrouva debout en face de l'inconnu, sa main toujours dans la sienne, jusqu'à ce qu'ils se rendent compte tous les deux en même temps que ça ne s'imposait plus.

Maintenant qu'elle avait regagné la terre ferme, elle vit qu'il mesurait une tête de plus qu'elle, ce qui n'était pas rien, compte tenu de sa taille à elle. Il était vêtu dans des teintes sombres, gris, noir, bleu marine, avec cette curieuse bande de tissu qu'ils étaient nombreux à porter ici et qui formait une large capuche autour de ses épaules. Elle était fixée sur son épaule, non par le genre de bijou en or arboré par Aelia et ses compagnons, mais par une espèce de gros fermoir en forme de verrou. Elle eut un petit sourire. On aurait presque dit une blague, une manière de se moquer de ceux-là mêmes qui l'avaient fait venir à Genetrix.

– Merci, dit-elle. Vous dites que c'est… un tour ?

– Oui, ça fait deux mois que le collectif des artistes Irréalistes en monte un peu partout. Ils appellent ça des « collets ». J'ai lu leur manifeste. Quelqu'un en avait tapissé tout un train il y a quelques jours.

Elle allait lui demander qui étaient ces Irréalistes, avant de se rappeler qu'elle était censée se couler dans le moule autant que possible. Elle ravala sa question.

– Et que disait-il, ce manifeste ?

– Ils estiment que l'apparition de la magie nous a fait perdre le contact avec les choses concrètes, et en conséquence avec la réalité. Et ils demandent si l'on peut encore considérer quoi que ce soit comme un fait, alors que la moitié des choses que nous voyions autrefois comme tels ont été totalement chamboulées. D'où l'inversion de la gravité dont vous venez d'être victime.

Sloane songea qu'ils n'avaient pas tort. La gravité était une loi naturelle et la magie l'avait bouleversée. Détricotée. Qu'avait-elle détricoté d'autre ?

Le temps. L'espace. Peut-être même des dimensions entières.

– Eh bien je déteste les Irréalistes, déclara-t-elle.

Cela le fit rire. Tout son visage se plissa et sa bouche s'ouvrit sur une rangée de dents légèrement de travers.

– Ils sont pénibles, mais la plupart du temps inoffensifs.

Ses yeux se posèrent sur la main de Sloane.

– Vous ne portez pas de siphon ? C'est un choix audacieux.

– Il est en réparation, répondit-elle du ton le plus naturel possible.

De tout le groupe des Élus, elle était celle qui mentait le plus mal. Même Albie était plus convaincant qu'elle. Mais elle s'était entraînée suffisamment pour limiter la casse.

– Il est vraiment pourri, ajouta-t-elle dans un souci de crédibilité.

– Le mien ne vaut pas mieux, dit-il en remuant les doigts. Mais je connais un réparateur pas cher.

Un silence s'installa. Sloane était consciente qu'elle aurait dû mettre fin à la conversation, dire au revoir et descendre retrouver Kyros. Mais ça faisait très longtemps qu'elle n'avait pas parlé à quelqu'un qui ne savait pas qui elle était. Elle aurait dit que cela faisait une vie entière. Pour une fois, elle avait envie d'en profiter.

– Comme ça, vous aimez ces tableaux ? demanda-t-il en désignant les toiles.

Elle s'approcha pour lire le cartouche fixé au mur : « *Tenebris*, Charlotte Lake, 2001. »

– J'ai entendu une interview de l'artiste hier, reprit-il. Elle disait que les gens voyaient dans ces toiles l'*USS Tenebris* avant l'accident, alors qu'il s'agit des lumières du *Tenebris* vues à travers le voile, sous la perspective de la magie.

Sloane ne sut quoi répondre. Elle ignorait ce qu'était le *Tenebris*, à part un navire militaire, et ne savait pas non plus ce qu'était le fameux accident, même si cela lui disait vaguement quelque chose.

– Je suis nulle pour regarder des tableaux. Il n'y a pas eu beaucoup de place pour l'art dans ma vie.

– Qu'est-ce qui a pris toute la place ?

Elle médita cette question un moment, avant de répondre avec une ébauche de sourire :

– Mettre le bordel.

Il eut un petit rire, mais ses yeux s'attardèrent sur elle, comme s'il devinait que ce n'était pas que de l'humour.

– Je m'appelle Mox, annonça-t-il en lui tendant sa main couverte du siphon.

– Sloane, dit-elle en repliant les doigts sur le métal frais. Et vous vous intéressez à l'art, alors.

– Pas particulièrement. Je répare et je customise les siphons hors marque Abraxax. Je venais juste livrer un article à un ami.

– Oh. Alors le réparateur pas cher que vous connaissez, c'est vous.

– J'ai cette chance.

– Eh bien, je pourrai toujours vous contacter si mon réparateur ne fait pas le job.

Pour la première fois depuis longtemps, elle se sentait elle-même. Elle n'était plus une Élue, ni le chien errant de Bert, ni Sloane Andrews la connasse insupportable qu'un journaliste de *Trilby* rêvait de baiser tout en la haïssant. Et à la seconde où elle venait de retrouver un petit peu d'elle-même, elle fut prise d'une envie violente de se retrouver entièrement.

– Il faut que j'y aille.

Elle n'avait pas envie que l'arrivée de Kyros gâche ce moment.

– Si jamais vous cherchez quelque chose à faire pour plus tard, je tiens parfois le comptoir dans un bar à Printer's Row.

– Au Tankard, je parie. Je verrai si je peux m'échapper.

Elle lui sourit. Il lui sourit. Et elle reprit l'escalier.

Mais elle ne put s'empêcher de se retourner sur le palier. Il était toujours au même endroit, la tête levée vers le vitrail du dôme, le teint encore plus pâle sous sa lumière.

TOP SECRET

MÉMORANDUM POUR : LE CONTRÔLEUR DES FINANCES

À : SERVICE FINANCIER

OBJET : PROJET DELPHI, SOUS-PROJET 17

Sous l'autorité conférée au Service de la supervision magique concernant le Projet Delphi par le directeur de l'Agence centrale de renseignement (CIA) dans le mémorandum du 9 mars 2004, le sous-projet 17, nom de code Étincelle, a été approuvé, et $ 1 000 000 des fonds consacrés à l'ensemble du Projet Delphi ont été alloués aux dépenses liées au sous-projet. L'entité Étincelle est définie dans le présent document comme une force militaire ayant pour mission de servir et de protéger le précieux individu dénommé le Mage jusqu'à ce qu'il ait rempli son rôle, dicté par les prédictions de [redacted], nom de code Sibyl.

Fatima Harrak

Directrice de la Sécurité

Service de la supervision magique

TOP SECRET

21

Kyros fronça les sourcils en tenant la porte à Sloane à la sortie du centre culturel.

– L'accident du *Tenebris* ? Personne ne vous en a parlé ?

– On aurait dû ?

– Eh bien, c'est un événement essentiel de notre histoire moderne. Alors voyons… C'est arrivé en 1969. L'*USS Tenebris* était un navire militaire dont la mission était de tester la réaction d'un missile balistique aux pressions intenses de Challenger Deep.

Sloane attendit que le signal pour les piétons se retourne.

– Euh, Challenger Deep, ce sont de grands fonds marins, c'est ça ?

– Le point le plus profond de la fosse des Mariannes, elle-même la fosse la plus profonde de la planète, confirma Kyros. Le but était d'illustrer la puissance navale des États-Unis à l'issue de la Seconde Guerre mondiale. Mais en raison d'un incident technique sans gravité, le submersible a dû se poser sur un point particulièrement instable de Challenger Deep. La zone rocheuse sur laquelle il a pris appui s'est effondrée et a révélé une zone encore plus profonde, qu'on a baptisée depuis la gorge du *Tenebris*. Personne ne sait ce qui s'est passé ensuite, mais le missile balistique qu'il transportait pour le tester a explosé dans la gorge et les hommes ont été ensevelis vivants sous les décombres. C'est à partir de là que la magie s'est répandue dans le monde, parfois avec des conséquences… dramatiques.

Les trottoirs étaient de plus en plus fréquentés, et surtout de plus en plus bruyants. Coups de sifflet, fredonnements et voyelles chantées s'élevaient de partout, sur les fréquences les plus diverses. D'après ce que Sloane pouvait observer, la plupart des processus étaient de nature insignifiante et d'usage très concret : un éclair de lumière pour appeler un taxi, une petite flamme pour allumer une cigarette, une minibulle de bouclier pour éviter une tache de café. Des adolescents assis en terrasse devant le Jack's Magic Beans fredonnaient en chœur en se tenant par le petit doigt, comme dans une séance de spiritisme.

– Quel genre de conséquences dramatiques ? demanda Sloane en tordant le cou pour continuer à regarder les jeunes.

L'une des filles se servait de son siphon pour lui faire cracher des bulles en direction d'un garçon. Il siffla en tapant sur la bulle du bout de l'index comme pour la crever, et elle prit la consistance du verre.

Puis Sloane dut ramener son attention sur ce que lui disait Kyros.

– Le premier incident dont nous ayons une trace signalait la présence du Léviathan, mais la véracité du témoignage n'a jamais été prouvée. Tout le monde voit des monstres partout. Ensuite, il y a eu la Commotion des tombes : la gravité s'est dissipée dans un espace au-dessus de la gorge, et un énorme chalutier a disparu en flottant dans le ciel en même temps qu'un gros paquet d'eau de mer. Et aussi, d'après certains, une baleine à fanons.

– Une *baleine* ?

– Visiblement. Des orages électriques ont provoqué des coupures de courant massives. Dans toute l'Angleterre, en fait, et l'une d'elles a privé la Floride d'électricité pendant quinze jours. La faune et la flore marines ont brûlé vives dans des zones entières de l'océan. Le nettoyage n'a pas été une partie de plaisir. Puis il y a eu l'épidémie qui a décimé un huitième de la population.

Ils étaient en face du Chameau et, de là où elle se trouvait, elle distinguait la tour intérieure et le dôme de la salle des Convocations, à l'endroit où la façade externe diminuait de hauteur. L'architecture de l'ensemble n'avait rien de cohérent, comme si des dizaines d'idées avaient été balancées dans un blender et déversées là alors qu'il restait encore des morceaux.

– Quelqu'un a-t-il déjà fait des commentaires sur votre manière de présenter les catastrophes ? demanda-t-elle à Kyros.

– Non, pourquoi ?

– Pour rien.

Cyrielle se tenait au milieu du hall d'entrée. Elle était tout en bleu : rouge à lèvres bleu, plume bleue piquée dans les cheveux, pantalon moulant bleu, et chemisier ample au col montant. Elle portait un siphon de poignet aux délicates chaînettes dorées qui s'entrecroisaient sur ses jointures et s'enroulaient pour former un réseau dense autour de son bras. Et elle n'avait pas l'air contente.

– On vous a cherchée partout, déclara-t-elle sèchement.

– Je suis allée me promener. Kyros a eu la gentillesse de m'accompagner.

– Néanmoins, vous devriez demander l'autorisation avant de…

– J'ignorais que j'avais besoin d'une permission pour sortir.

– Ce n'est pas la question, répliqua Cyrielle. Si vous vous moquez de ma réaction ou de celle de Néron et d'Aelia, vous auriez au moins pu penser à vos amis, qui se demandaient ce qui vous était arrivé.

Sloane ne trouva rien à répondre à cela.

– Et vous êtes en train de manquer le deuxième cours de formation. Venez.

Kyros salua Sloane d'un signe de tête et elle suivit Cyrielle à contrecœur. Elle allait au minimum devoir apprendre à maîtriser le processus du bouclier.

– Va te faire voir toi aussi, merci, dit Esther à Sloane à son arrivée dans la salle.

Cyrielle avait expliqué à Sloane en chemin que la salle des Convocations avait fermé pour réparations après sa « voltige », comme elle appela l'incident de la veille. Le cours avait été déplacé au troisième étage du Chameau, dans une pièce sans fenêtres qui servait normalement de salle de repos aux étudiants. Le mobilier, réduit à quelques canapés défoncés calés le long des murs, leur laissait un vaste espace de plancher nu tout aussi défoncé pour s'entraîner.

Lorsqu'elle entra, Matt continua à fredonner dans son oscilloscope sans même tourner la tête vers elle.

– Désolée, répondit-elle à Esther, un peu désemparée. J'ai juste…

– Laisse tomber, la coupa celle-ci. Mets-toi plutôt au boulot.

Sloane prit le siphon que lui tendait Cyrielle, déterminée à tirer des enseignements de cette séance. Elle tira la lanière pour resserrer le siphon autour de sa main et plia les doigts.

Malheureusement, « détermination » n'était pas synonyme d'« intention », et son seul exploit au cours des deux heures suivantes fut de réussir à fredonner de manière stable à 170 MHz. Pendant ce temps, Esther avait trouvé comment moduler la puissance de son souffle magique, Matt avait acquis assez de précision pour remplir un ballon de baudruche avec le sien, et Néron leur avait donné à tous deux le feu vert pour passer à autre chose. Au terme des deux heures, Cyrielle, qui travaillait en binôme avec Sloane, semblait prête à jeter son siphon contre un mur – et Sloane avec.

Celle-ci regagna sa chambre avec des élancements dans la tête et s'affala sur son lit. Elle avait trouvé impossible d'arrêter de « penser autant », selon les consignes de Cyrielle, en veillant en même temps à ne pas déchiqueter tout le monde avec sa magie incontrôlable, le tout en stressant parce qu'elle risquait de mourir étouffée par le Résurrectionniste si elle ne progressait pas plus vite.

Un coup fut frappé à sa porte. Esther fit son apparition et s'adossa au chambranle, les bras croisés. Elle avait déjà adopté l'épais trait d'eyeliner visiblement à la mode sur Genetrix. Au moins, on ne pouvait pas lui reprocher de ne pas s'adapter.

– Bon, OK, Slo, lui lança-t-elle. Si on résume, tu es une connasse égoïste qui a tué des gens.

Sloane la fixa sans savoir comment réagir.

– Je me suis dit que ça nous ferait gagner du temps de mettre les choses à plat, reprit Esther. Pendant que tu faisais ton petit tour et que tout le monde flippait en se demandant où tu étais passée, j'ai admis l'idée de ton trépas et j'ai fait un saut à la bibliothèque pour consulter quelques noms.

– Tu n'as pas eu trop de mal à admettre l'idée de mon trépas.

– J'étais énervée, se justifia Esther en tirant sur une cuticule. Bref, j'ai d'abord demandé à la bibliothécaire de chercher nos noms, histoire d'être sûrs qu'on n'avait pas de doubles qui se baladent dans la nature. Heureusement qu'elle n'a rien trouvé, ça aurait achevé de me rendre dingue.

Sloane avait été si occupée à digérer les autres questions soulevées par la vie dans un univers parallèle qu'elle n'avait pas accordé une pensée à Sloane bis. Ni à ses parents parallèles. Des « paralléloparents ». Si Albie avait été là, elle aurait pu lui soumettre sa trouvaille. Il se montrait toujours très indulgent avec ses jeux de mots.

Mais Albie était mort.

Sloane s'assit sur le lit en repoussant fermement cette pensée.

– Je crois que les deux mondes ont divergé en 1969. Ce qui impliquerait que nos parents sont encore en vie dans celui-ci.

– J'ai vérifié, figure-toi, répondit Esther. Tu savais qu'ici, Internet n'était qu'un nom ronflant pour « fichier classé par ordre alphabétique » ? Susan, la bibliothécaire, m'a décrit le principe. Bref, ce serait une galère pas possible de trouver ce que sont devenus mes parents ou ceux de Matt ici, vu qu'ils vivent dans d'autres États.

– Et ma mère ?

Esther haussa les épaules.

– J'ai pensé que ça te regardait. Je n'étais pas sûre que tu aies envie de savoir. Mais j'ai cherché Bert.

Sloane hésita entre l'espoir et le dédain. La lecture des lettres dans lesquelles il parlait d'elle à ses supérieurs avait fait virer sa tendresse à l'aigre, comme du lait tourné. Mais il avait été un meilleur parent pour elle que ceux qui l'avaient fait naître, et sa mort, quelques mois avant leur victoire sur l'Obscur, l'avait dévastée.

– Le Bert parallèle vit à Chicago. À Hyde Park. Je me souviens que notre Bert nous a parlé d'une tante qui habitait là-bas. Si les dossiers officiels sont exacts, il a hérité de sa maison.

Sloane se leva. Elle n'avait pas pris la peine d'enlever ses boots avant de s'allonger.

– Alors, on fait quoi ? demanda-t-elle. On va le voir, non ?

Esther s'approcha de la table de chevet pour prendre le livre que Sloane avait commencé : *La Manifestation des désirs impossibles.*

La couverture était blanche et unie, hormis le dessin d'un siphon de poignet noir. Elle le feuilleta, trop vite pour pouvoir lire quoi que ce soit.

– Matt trouve que c'est une mauvaise idée.

– On ne l'oblige pas à venir, fit Sloane en haussant les épaules. Tu n'as pas envie de voir à quoi ressemble Bert ?

– Si, mais…

Esther se mordit la lèvre.

– Bah, je ne sais pas. Il n'a rien à voir avec notre Bert à nous, à part la même combinaison génétique.

– Ce n'est pas « rien ».

Esther reposa le livre.

– On devrait d'abord accepter l'idée que ce n'est pas la personne qu'on a connue. Ne rien attendre. Tu crois qu'on en serait capables ?

– Mais oui, affirma Sloane, qui n'était sûre de rien du tout. Essy, si on découvre qu'une personne est la même dans les deux mondes, ça veut dire que le Résurrectionniste pourrait être une version parallèle de l'Obscur. Dans ce cas, on en saurait déjà plus sur lui que n'importe qui. Du coup, Bert serait un test important. Plus on en sait, mieux ça vaut.

– Ça, plus je vieillis, moins je le pense.

– Mais on va y aller, non ?

Esther soupira.

– Ouais, on va y aller.

TOP SECRET

PROJET DELPHI, SOUS-PROJET 17

OBJET : TRANSCRIPTION DE LA RÉUNION DE DÉBRIEFING AVEC LE MEMBRE DU CONSEIL DE CORDUS [redacted], NOM DE CODE MERLIN, TÉMOIN D'UN INCIDENT DE DESTRUCTION

AGENT L : Voulez-vous boire autre chose, monsieur ? Un autre verre d'eau ?

MERLIN : Non… Non merci. J'en ai encore.

AGENT L : Pouvez-vous nous donner votre nom pour le dossier ?

[*Silence.*]

AGENT L : Monsieur ? Votre nom ?

MERLIN : Oh, pardon. Je m'appelle [redacted], nom de code Merlin.

AGENT L : Merci. Nous sommes ici pour faire le récit officiel de ce que vous avez vu le soir du 2 juillet 2006. Nous sommes le 3 juillet 2006. Signalons que vos souvenirs sont récents et donc peu sujets à avoir été influencés. Nous allons utiliser un processus de partage de souvenirs, une technique dans laquelle Merlin est particulièrement expert. Monsieur, quelle fréquence requérez-vous ?

MERLIN : 65.4 MHz.

AGENT L : Avant que nous ne commencions, pouvez-vous nous résumer la technique que vous allez utiliser ?

MERLIN : C'est un processus qui recourt à la magie mentale. Il implique une légère altération de la conscience qui permet de partager temporairement avec quelqu'un ce que l'on nomme une représentation mentale. Je vais alimenter notre représentation mentale partagée avec mes souvenirs de… l'incident. Et vous décrirez ce que vous voyez. Vous établirez le lien sur 65.4 MHz par le biais de votre sifflet manuel et je le maintiendrai à 63.2 MHz à l'aide d'un implant dental pendant que vous décrirez les images.

AGENT L : Merci. Puis-je commencer ?

[*Son à basse fréquence.*]
[*Deuxième son à basse fréquence se joignant au premier.*]

AGENT L : Je me trouve dans un bureau où je regarde par la fenêtre. Il fait nuit, mais je reconnais deux des bâtiments à leur éclairage. Je reconnais l'hôtel de ville à ses piliers. Si je devais deviner, je dirais que je suis au Chameau – enfin, au Centre des Hautes Études en Magie de Cordus, et que je regarde vers le sud. Il y a une table devant moi, avec une pile de livres et un verre de whisky posé dessus. Il y a des piles de livres partout, d'ailleurs.
Quelqu'un frappe à la porte. Je me retourne et je siffle en claquant des doigts. La porte s'ouvre et un homme entre en courant. Il porte un survêtement militaire, le genre qui nous sert de pyjama. Il est trop essoufflé pour parler. Il me fait signe – enfin, il fait signe à Merlin de le suivre. Ils se rendent à l'ascenseur et descendent au quatrième étage. Tout le monde au Chameau l'appelle l'étage de l'Élu, car c'est là qu'il vit et que son armée suit son entraînement. Très peu de gens ont accès à cet étage et moi-même, je n'y suis jamais allé. Le gars doit scanner son badge pour que l'ascenseur démarre.

[*Le son à basse fréquence se poursuit.*]

AGENT L : L'ascenseur s'ouvre sur un couloir vide. Mais il y a quelque chose d'étrange dans l'air. Ça sent le fauve, comme quand il y a beaucoup trop de monde dans un petit espace, si ce n'est qu'il n'y a personne.
« Je fais les patrouilles de nuit, dit le soldat lorsqu'il a retrouvé assez de souffle pour parler. Je suis monté… j'ai entendu un truc… Et j'ai vu… Je ne savais pas qui appeler… »
« Vous avez fait ce qu'il fallait », dis-je - enfin, dit Merlin. « Que s'est-il passé ? »
« Il n'y a plus d'armée », répond le soldat.
Ils arrivent au bout du couloir, où il y a une double porte munie de barres-poussoirs. Au-dessus, un panneau signale qu'il s'agit de la salle d'entraînement. Le soldat laisse Merlin ouvrir. Le sol est collant, comme dans les gymnases. Un peu caoutchouteux aussi, et ça crisse sous les semelles. Il fait sombre là-dedans. Seul l'éclairage d'urgence est allumé, et je vois juste des formes sombres ici et là, des petites bosses par terre. Un peu comme si… comme si quelqu'un avait oublié de ranger les tapis de sol. Merlin siffle en agitant la main de son siphon et les lumières s'allument. Elles sont si vives qu'il se protège les yeux un instant, et je…

[*Le son à basse fréquence se poursuit.*]

AGENT L : … je regrette qu'il ait ôté la main de ses yeux.

[*Le son à basse fréquence se poursuit.*]

AGENT L : Ils sont tous là, par terre, en tenue de sport. Tee-shirt blanc et pantalon gris. Ils sont tous tombés dans des positions différentes, les uns à plat sur le dos, d'autres sur le visage, d'autres sur le

côté, les bras repliés sous eux, les jambes tordues comme s'ils étaient en train de courir et qu'ils avaient trébuché juste avant de mourir. Ils ont les yeux ouverts. On ne nous prévient jamais que les gens meurent parfois les yeux ouverts. Quelqu'un doit les fermer pour eux. Sauf que personne ne l'a fait. Alors il y a tous ces regards qui me fixent de partout, des regards vides. Des bouches mollement ouvertes aussi, qui bavent. Bon Dieu. C'est…
Il en reste un vivant, pile au milieu de la salle. Il se lève. Ce n'est pas un soldat, il est habillé en civil. Grand. Très grand. Le genre de gars à qui on ne cherche pas d'histoires. Il nous voit, mais je ne distingue pas bien son visage parce que ses cheveux tombent devant. Puis il lève la main et il y a un bruit et de la lumière … ça fait mal ! Le bruit est si fort que je recule en me protégeant la tête. Mais ça ne dure qu'une seconde. Je cligne des yeux pour retrouver une vision normale, mais les taches mettent une bonne minute à disparaître.
Le soldat qui m'a amené est étendu par terre, maintenant. Je me penche pour lui secouer l'épaule, mais il ne bouge pas. Il ne bouge plus… il est mort, et l'autre, le grand, a disparu et je suis seul avec les morts.

[*Le son à basse fréquence cesse.*]

AGENT L : Qui était-ce ? Vous le savez ?

MERLIN : Sibyl a dit qu'il y en aurait un autre. Un Obscur capable de déclencher la fin du monde, de même que seul l'Élu serait capable de le sauver. Je crois que nous l'avons rencontré.

TOP SECRET

22

Une heure plus tard, Esther et Sloane s'engouffraient dans un taxi avec Kyros et un autre soldat, une femme bien en chair du nom d'Edda. À travers les gouttes de pluie, Sloane regarda la masse gigantesque du Merchandise Mart, éclairée par le bas. Pendant quelques secondes, elle se sentit presque de retour chez elle. Comme si elle était en voiture avec Matt, en route vers le resto où ils iraient s'asseoir dans un box du fond pour avoir la paix. Ils prendraient un steak et un verre de vin. Se raconteraient des épisodes auxquels ils avaient survécu. La fois où ils étaient allés dans une vieille ferme qu'ils croyaient être le repaire de l'Obscur, et où ils n'avaient trouvé qu'une vieille femme avec des bigoudis sur la tête et un fusil sur les genoux. La fois où ils avaient mis du sucre dans la salière pour faire une blague à Bert, et où il avait fait semblant d'aimer ça pour ne pas leur donner la satisfaction de la victoire. La fois où…

– Matt ne va pas être content, prédit Esther.

– On lui a laissé un mot, éluda Sloane.

– Oh, alors…

– Tu n'auras qu'à dire que c'est de ma faute. Il me déteste déjà.

Esther se cala contre le dossier avec un soupir.

– Ouais. Tu as fais ce qu'il fallait pour, non ?

Le taxi avait le volume d'un petit bateau et des airs de soucoupe volante. Il était trapu, avec une décoration en forme de disque sur le capot. À peine monté, Kyros s'était lancé dans une discussion avec le chauffeur sur les favoris des championnats universitaires de lancer de poids. Apparemment, Genetrix connaissait depuis une dizaine d'années un regain d'intérêt pour l'athlétisme qui avait même éclipsé le baseball.

– Mais alors, vous n'avez qu'une seule équipe de baseball ici ? demanda Sloane. Elle s'appelle comment ? Les Cubsox[1] ?

– Les Éplucheurs de maïs de Chicago, répondit Edda.

– Les *Éplucheurs de maïs* ?

Sloane, qui avait déjà du mal à se faire à l'idée d'un Chicago sans rivalité interne au baseball, ne parvenait pas à imaginer la ville se ralliant sous une mascotte d'éplucheur de maïs.

– De toute façon, tu n'aimes pas le baseball, Sloane, lui rappela Esther.

– Quand on vit à Chicago, on aime le baseball par procuration.

– Il nous faut un plan, signala Esther d'un ton impatient. On ne peut pas débarquer devant la porte de ce type et lui dire qu'on vient de…

Elle jeta un coup d'œil dans le rétroviseur pour vérifier que le chauffeur parlait toujours avec Kyros avant d'achever à mi-voix :

– … d'une dimension parallèle.

Ils remontèrent Lake Shore Drive. Le lac Michigan avait la couleur de l'acier et de grosses vagues venaient percuter le mur qui le séparait de la voie rapide. Esther pianota sur son genou. Elle avait eu des ongles impeccables aux funérailles d'Albie, mais son vernis commençait à s'écailler.

Les yeux de Sloane tombèrent sur le badge de l'armée de l'Étincelle qui ornait l'épaule d'Edda.

– On n'a qu'à parler d'un truc militaire. Dire que c'est top secret, je ne sais pas.

– Mais bien sûr, c'est parfaitement crédible, répliqua Esther en levant les yeux au ciel.

– Vous ne le connaissez pas ? intervint Edda. Dans ce cas, évoquez une raison personnelle plutôt que professionnelle.

---

1. Cubsox : Mot-valise créé à partir des noms des deux équipes de baseball rivales de Chicago, les Cubs et les White Sox.

– On le connaît et on ne le connaît pas, lui répondit Sloane. Mais c'est vrai qu'on pourrait se servir de trucs qu'on sait de lui, du temps d'avant la date supposée du point de divergence entre les deux mondes. Donc, d'avant 1969.

– Il s'est marié à dix-huit ans, dit Esther. Il avait un grand frère qui s'est noyé quand il avait seize ans. Né dans l'Idaho…

Elles listèrent tout ce qu'elles se rappelaient du passé de Bert. Le taxi passa devant le musée des Sciences et de l'Industrie, dont le dôme vert et les colonnes imposantes se dressaient derrière une pelouse parfaitement entretenue, comme sur leur Terre. Au-delà s'étendait toute une zone d'édifices en brique rouge bordant des trottoirs lézardés ; des bâtiments municipaux peu élevés à pans en pavés de verre ; des arbres dont les branches nues s'entortillaient autour des lignes électriques ; toutes sortes de visions familières. Mais ici et là, Sloane était frappée par quelque chose qu'elle n'aurait jamais vu chez elle : un piquet de grève devant une boutique de siphons, avec des gens brandissant des pancartes qui clamaient : MAGIE POUR TOUS et ABRAXAS : ENNEMI DU PAUVRE, et même MA MÈRE A VENDU UN REIN POUR S'ACHETER UN SIPHON ABRAXAS ; un fast-food avec drive-in qui se révéla être un Howard Johnson's, une enseigne disparue depuis des lustres dans son monde ; un lycée portant le nom d'*École Noire de Timuel de théorie et de pratique de la magie*.

Le taxi quitta la 57e rue pour une petite rue où s'alignaient des maisons mitoyennes, et s'arrêta devant une maison du début du XXe siècle de style bungalow, au toit à pignon et au porche soutenu par des colonnes. La porte portait le n° 5730. Sloane et Esther la fixèrent pendant que Kyros payait le chauffeur avec ce qui semblait être deux pièces de vingt dollars. Sloane avait remarqué que les gens produisaient un petit tintement en marchant et que certains portaient une bourse à la ceinture, mais elle n'avait pas fait le lien avec la monnaie en vigueur.

Ils descendirent de la voiture et le taxi repartit. Sloane contempla la vieille maison grise relevée de boiseries blanches. La peinture s'écaillait, l'herbe de la pelouse était d'un vert terne voilé de givre.

– Il vaudrait mieux que vous attendiez ici, dit Esther à Kyros et à Edda.

Kyros prit un air sceptique.

– En cas de problème, je pousserai un cri à glacer le sang et vous pourrez débouler en courant, proposa Sloane. Ça vous va, comme ça ?

– Ce n'est qu'un vieux bonhomme, reprit Esther, optant pour un argument plus rassurant.

– Très bien, céda Kyros.

Prise d'un frisson, Sloane se força à suivre Esther. Une petite collection de nains de jardin à bonnet rouge entourait l'une des jardinières en pierre de la pelouse.

– Rappelle-toi, lui dit Esther, tu es sa nièce du côté de la sœur de sa femme. Je suis sûre à quatre-vingt-dix pour cent qu'elle s'appelait Shauna.

– Ou bien elle a un nom polonais qu'on ne sait prononcer ni l'une ni l'autre, répliqua Sloane alors qu'elles arrivaient devant la porte.

« J'avais une nièce qui avait ton âge, lui avait dit Bert un jour. Je ne l'ai pas vue depuis des années. »

Elle le revoyait très clairement sortir de sa Honda Accord devant chez elle, dans un costume mal taillé. Pantalon gris, chaussures noires, cravate bleue. Les cheveux courts mais pas trop, ni vraiment blonds ni franchement chatains, les yeux tournant autour du noisette. Il avait une apparence si ordinaire qu'elle aurait eu du mal à le décrire après son départ. Son seul élément distinctif était un œil larmoyant, qu'il avait tamponné avec un mouchoir toutes les trois minutes.

Evan Kowalczyk de Genetrix ouvrit la porte, un mouchoir plaqué sur son œil.

– Bonjour. C'est à quel sujet ?

La gorge de Sloane se noua, l'empêchant de répondre.

Il avait la même voix, le ton était juste un peu plus monotone.

– Désolé de vous déranger, dit Esther en collant un coup de coude à son amie.

Sloane s'éclaircit la voix.

– Oh, pardon. Je suis… la fille de la sœur de votre femme. Hum… votre nièce, Shauna.

– Shauna.

Il se gratta l'oreille d'une main en rangeant son mouchoir de l'autre.

– Houlà, ça fait une paye ! Tu devais avoir onze ans la dernière fois que je t'ai vue.

– Douze, je crois, dit Sloane parce que c'est ce qui lui vint naturellement. Je suis en visite à Chicago pour me renseigner sur les facs. Esther m'aide à faire mon choix. Et puis je me suis rappelé que tu habitais ici, alors…

– Alors on passe dire bonjour, compléta Esther. Si vous n'êtes pas trop occupé.

Après un silence, Evan déclara :

– J'ai le temps pour un café, si vous voulez.

– Parfait ! dit Esther, tout sourire.

– Oui, ajouta Sloane. Un café. Très bien.

Esther lui jeta un coup d'œil qui demandait on ne plus clairement : « Pourquoi tu parles comme un robot ? »

Il s'effaça pour les laisser passer. L'exiguïté de l'entrée les obligea à se serrer pour y tenir à trois. Elles suivirent Bert – pardon, Evan –, dont les chaussures grinçaient sur le plancher sombre. Un feu brûlait dans la cheminée du salon, et un disque tournait sur une platine : la voix ténue, tendue de Neil Young sur les accords de guitare de *Harvest Moon*.

Sloane se souvint du moment où Bert l'avait fait monter dans sa Honda Accord beige pour l'emmener rencontrer les autres Élus au centre de formation. C'était le modèle dont les phares se rabattaient dans le capot quand on les éteignait. Elle avait réclamé de la musique et il lui avait indiqué la boîte à gants, où l'attendaient trois CD de Neil Young, deux de Neil Diamond et un de Phil Collins. « Dur de faire plus ringue dans le genre mec blanc standard », avait-elle commenté.

Elle se tourna vers Esther qui fixait la platine d'un air stupéfait.

– Je me demande comment tu as fait pour devenir si grande, observa Evan en plissant le front.

– Oui, c'est un mystère, abonda Sloane.

Elle se creusait la tête pour se rappeler un détail, n'importe quoi, sur la belle-sœur de Bert qui était censée être sa mère.

– Il y a eu des allusions au jardinier, mais…

– Mais tu as les yeux de ton père, affirma Evan. Je fais faire le café.

Sloane n'avait jamais été aussi heureuse d'avoir les yeux bleus. Elle se tourna vers la bibliothèque en réprimant un rire nerveux : *Moby Dick, Croc-Blanc, Le Bruit et la Fureur, L'Attrape-cœurs*, tout le programme d'initiation à la littérature américaine. Il y avait aussi *Pour les vivants vers les morts* avec le nom de Lee inscrit au dos. Elle le prit pour lire la couverture et vit qu'il s'agissait d'Harper Lee.

L'étagère inférieure était plus intéressante. *Monstres et folie dans le folklore russe. Objets mythiques de la Grèce et de la Rome antiques. L'Arche d'alliance : mythe ou réalité ?*

– Tu as fait des études d'archéologie ? lança-t-elle en direction de la cuisine, où la machine à café s'était mise à crachoter.

– Non ! C'est juste un hobby. Mais il a perdu de son charme avec l'apparition de la magie.

– Pourquoi ?

Sa main flottant toujours au-dessus du volume sur le folklore russe, elle se tourna vers lui tandis qu'il revenait de la cuisine.

– Bah, il n'y a plus vraiment de mystère nulle part, maintenant, répondit-il.

Il tenait la cafetière dans une main et trois mugs dans l'autre, les doigts glissés dans les anses. Il posa le tout sur la table basse au-dessus d'un livre sur les châteaux, dont la jaquette portait des ronds d'humidité.

– Que faites-vous comme métier, monsieur Kowalczyk ?

– Je travaille à la poste, répondit-il à Esther en s'asseyant. Tu te souviens, Shauna ? Tu m'envoyais tes lettres au père Noël quand tu étais petite.

Sloane sourit.

– C'est vrai. Je me disais que tu devais avoir son adresse.

Evan sourit à son tour.

– C'est drôle que les enfants soient déjà conscients de l'importance d'avoir un bon réseau.

Sloane alla inspecter les photos qui ornaient la tablette de la cheminée. Leur Bert avait perdu sa femme dans un mystérieux accident – il n'était jamais entré dans les détails – qui l'avait poussé à travailler pour l'ARIS dans l'espoir d'y trouver des explications.

– Je ne connaissais pas cette photo d'Anna, dit-elle en prenant l'un des cadres.

C'était un portrait d'Evan Kowalczyk jeune assis à côté d'une jeune femme plantureuse – Anna Kowalczyk – coiffée d'un foulard, un tricot sur les genoux. L'image même de la vie domestique.

– Oh, ça ne m'étonne pas. Je n'ai jamais été très bon pour envoyer des photos à ta mère. Ni pour garder le contact, ajouta-t-il en pinçant les lèvres.

– Dans ce genre de choses, les torts sont souvent partagés, déclara Sloane en priant pour que ce soit le cas.

– Comment est-elle morte ? demanda Esther.

– Oh, vous ne savez pas ? s'étonna Evan. Elle a été tuée par le Résurrectionniste.

Esther et Sloane échangèrent un petit regard. Sloane repensa aux décombres de la zone de Vortex, un tombeau de corps et de souvenirs perdus à jamais.

– Comment va ta mère ? demanda Evan. Je sais que la date anniversaire a toujours été pénible pour elle.

– Bah, ça va, fit Sloane en haussant les épaules. Papa la rend dingue, comme d'habitude.

Dans sa tête, le commentaire lui avait semblé bien inoffensif, mais sa formulation sonna comme une fausse note. Evan se figea, sa tasse sur les genoux, les yeux rivés sur elle. Sloane n'osa pas détourner le regard.

– Enfin..., commença-t-elle.

– Peter est mort depuis dix ans, dit Evan en posant sa tasse d'une main tremblante. Vous n'êtes pas Shauna, hein ?

Il s'était totalement raidi. Sloane sentit son pouls battre un peu partout dans son corps : dans sa poitrine, ses doigts, sa gorge, ses joues.

– Merde, dit Esther.

– Non, avoua Sloane. En effet.

– Dans ce cas, vous êtes qui ?

Evan se leva pour avancer vers elle et elle recula vers la porte d'entrée. Esther s'était levée à son tour pour prendre la direction de la sortie en douceur.

– Quelqu'un qui sait qui vous auriez pu être, répondit posément Sloane. Il reste encore beaucoup de mystères dans ce monde, Evan.

– Qui êtes-vous ? répéta-t-il. Comment me connaissez-vous ?

Les yeux de Sloane piquaient comme si elle allait pleurer. La violence se mit à bouillonner brusquement en elle, si semblable à la manière dont la magie brûlait dans sa poitrine qu'elle eut peur de provoquer une nouvelle tempête, comme celle qui avait brisé la vitre de l'oculus dans la salle des Convocations.

Elle répliqua en haussant le ton :

– Le Résurrectionniste a tué votre femme, et vous, vous êtes là à vivre dans la maison de votre tante morte et à distribuer le courrier comme s'il n'y avait rien à venger !

– Comment savez-vous à qui a appartenu cette maison ? Comment savez-vous quoi que ce soit sur moi ?

Evan était livide. Il fit rouler une larme sur sa joue d'un battement de paupière, en oubliant de sortir son mouchoir.

– Elle a... des aptitudes médiumniques latentes, improvisa Esther en saisissant Sloane par le bras. Mais elle a aussi un côté connasse, désolée...

– Sortez.

– Comment peut-on être aussi...

Mais Esther la poussa vers la porte sans la laisser finir.

Cédant à sa poigne, Sloane se laissa entraîner dans l'allée du jardin jusqu'au trottoir. Elle entendit la porte claquer et le verrou se rabattre. Esther dit quelque chose à Kyros et à Edda qui les attendaient dehors, mais Sloane ne comprit pas les mots.

Elle s'assit par terre sur le bitume et essaya de respirer. Esther avait posé la main dans son dos, une main tiède et sécurisante. Le soleil se couchait et des bourrasques d'un vent brutal montant du lac la frappaient comme des coups de poignard.

Ils restèrent longtemps sans bouger tous les quatre, jusqu'à ce qu'Esther grelotte et que Sloane ait les oreilles brûlées par le froid.

– Je ne lirais pas les documents FOIA si j'étais toi, Essy, finit-elle par déclarer. Le Bert qu'on y découvre n'est pas quelqu'un qu'on a envie de connaître.

– Pourquoi tu les as lus, alors ?

Sloane haussa les épaules et renversa la tête en arrière pour contempler les étoiles. La lune se levait derrière les nuages.

– Plus on en sait, mieux ça vaut, pas vrai ? répondit-elle avec un petit rire. Mon cul !

– Comme tu dis, approuva Esther. Si on allait boire un coup ?

– Ouais. Je sais où.

Sloane laissa Esther l'aider à se relever et glisser un bras sous le sien.

Esther rit et sa voix claire résonna dans la rue déserte. Edda se tenait à l'angle de la rue, la main droite levée, son siphon brillant d'une lumière éthérée.

Elle hélait un taxi.

– On est dans un monde parallèle ! s'exclama Esther. Comment tu peux connaître un bar ici ?

Sloane réussit à sourire.

23

Ils s'arrêtèrent devant le Tankard. Le bar n'avait pas d'enseigne à proprement parler, juste une vieille chope de bière en néon rose qui brillait dans la vitrine. L'intérieur avait des allures de pub, un peu poisseux mais chaleureux, avec des lambris partout. Sloane ramena ses cheveux en arrière et chercha Mox des yeux.

– On se croirait dans un décor de film, fit Esther avec un petit rire.

Elle n'avait pas tort.

Les alcôves sombres, les murs de pierre, les bougies qui brûlaient sur les tables, on se serait cru dans un film fantastique ou un bar de parc à thème. Si ce n'est qu'ici, la magie était sans truquages. Au-dessus d'un verre de gin tonic flottait un quartier de citron qui se pressait chaque fois que sa consommatrice prenait une gorgée. Une olive luisante rebondissait dans un Martini. Une flamme continuait à brûler dans un verre de whisky flambé pendant que le client buvait.

Une fois qu'Esther leur eut déniché une table au fond où ils pouvaient s'entasser à quatre sur les bancs de bois, Sloane se dirigea vers le bar. La tenue de la barmaid n'avait pas grand-chose à voir avec celle des gens du Chameau. Elle portait des vêtements moulants déchirés, dans le genre loques artistiques. Une petite tige métallique traversait sa cloison nasale et rejoignait les ailes de ses narines en s'épaississant.

– Bonjour, lui dit Sloane. Je cherche Mox.

– Ah ouais ? Vous êtes qui ?

– Sloane. Il m'a dit que je pourrais le trouver ici.

– Je vais voir s'il est là.

– Je peux aussi… ?

La jeune femme avait déjà disparu.

– … commander un verre ? Non ? Tant pis.

Sloane regagna leur table, où Esther était en pleine discussion avec Kyros.

– Alors ils me suivent. Ça veut dire que chaque fois que je mets une photo ou une vidéo en ligne, ça apparaît sur leur fil d'actualités.

– Leur fil d'actualités ?

– Ouais, une sorte de liste de tout ce qui est posté par les gens qu'ils suivent.

– Donc, suivre les gens, ça veut juste dire qu'on peut voir des vidéos d'eux en train de parler, résuma Kyros.

– Voilà.

– Mais pourquoi ne pas parler plutôt aux gens qu'on voit en vrai ?

– Excellente question, fit Sloane en s'asseyant.

– Parce que c'est plus simple avec Internet, répondit Esther en riant. Dans la vraie vie, pour parler aux gens, il faut passer par tout le cirque des conventions. Alors qu'avec les réseaux sociaux, on peut rester tranquillement chez soi en slip et avoir quand même une vie sociale.

Esther arborait un rouge à lèvres rose Barbie et le siphon standard avec lequel Sloane s'était démenée dans l'après-midi. Il n'était pas assez décoratif pour elle. Il jurait avec la volute de tissu jaune pâle qui lui encadrait le visage et qui se perdait dans sa robe longue à motifs de losanges.

– Pas sûr que ça me tenterait de me montrer à poil à des antisociaux sur des vidéos, médita Kyros.

Sloane regarda Edda à la dérobée. Celle-ci était en train de scruter les clients du bar. Son siphon était rudimentaire, comme celui d'Esther, mais elle le portait à l'oreille, ce qui donnait à son visage quelque chose d'asymétrique. Elle haussa un sourcil en s'apercevant que Sloane l'examinait.

– Quoi ? J'ai un truc sur la figure ?

– Non. Mais je ne sais pas trop à quoi servent les siphons d'oreille.

– Ça augmente l'ouïe. Ça permet d'entendre les sons lointains, et ceux qui sont trop bas pour l'oreille humaine. Il y en a qui les utilisent pour mieux interpréter le ton des autres, mais je n'y arrive pas bien.

C'est alors que Sloane le vit. Il baissait la tête pour franchir la porte basse qui se trouvait derrière le bar, les cheveux noués en chignon sur la nuque. Son regard rencontra celui de Sloane aussitôt, comme attiré par un aimant.

– Salut, lui dit-elle lorsqu'il se fut rapproché. Je vous avais dit que j'essaierais de m'échapper.

Il était si grand que leurs yeux étaient presque au même niveau lorsqu'il s'accroupit à côté d'elle.

– Bonjour, dit Esther en lui tendant sa main à serrer. Moi, c'est Esther, et voici Kyros et Edda. Il paraît que vous avez tiré ma pote du pétrin.

– Un collet d'Irréaliste.

– Les Irréalistes, ricana Edda. Quelle bande de prétentieux !

– Ils peuvent parfois être assez géniaux, nuança Mox. Leurs tours sont des processus très sophistiqués qui demandent une assemblée d'au moins cinq personnes dotées d'un haut niveau de dissonance. Pas si facile à tenir.

– Ce n'est pas parce qu'une chose est difficile à réaliser qu'elle a un intérêt.

– Si on doit se lancer dans ce débat, il va me falloir un verre, déclara Kyros. Voire sept.

– Vous buvez quoi ? s'enquit Mox.

– Moi, je prends le truc avec l'olive qui luit, dit Esther.

– Le Génie Martini. Excellent choix, approuva Mox.

Kyros et Edda commandèrent des bières, ce qui était visiblement leur boisson habituelle. Mox se tourna vers Sloane.

– Euh… Je viens avec vous. Je vais voir ce qu'il y a.

– Mais bien sûr, fit Esther.

Sloane lui jeta un coup d'œil assassin avant de s'éloigner, soulagée d'échapper à son regard moralisateur. Mox se glissa derrière le bar et elle s'y appuya en inspectant ostensiblement les bouteilles alignées derrière lui.

Elle fut surprise de le voir poser une feuille de papier devant lui sur le comptoir : la liste des ingrédients pour le Génie Martini.

– Problème de mémoire, expliqua-t-il. Je ne sais plus comment marche le coup de l'olive.

– C'est un euphémisme, on dirait.

Il prit le bocal d'olives en riant, et Sloane le regarda avec intérêt en prendre une avec une cuillère pour la déposer dans un shaker. Puis il couvrit le shaker de sa main droite et elle l'entendit fredonner d'une voix basse, étonnamment grave. Des gouttes jaillirent du shaker. Il s'était mis à frémir et seule la pression du siphon l'empêchait de valser. Mox recommença à fredonner, d'une voix plus haut perchée. Lorsqu'il ôta sa main, l'olive luisait d'un éclat bleu. Elle faillit s'échapper d'un bond et il reposa aussitôt la main sur le shaker pour la retenir.

– Il doit y avoir de la casse quand vous testez de nouvelles recettes de cocktails. Ça vous arrive de servir autre chose que des trucs qui sautillent, qui flottent ou qui brûlent ?

– Je pourrais vous faire un OF-OF, un old fashioned-Old Fashioned.

– Ça a l'air tentant.

– Toujours pas de siphon ? dit-il en désignant ses mains nues d'un coup de menton.

Il versa des glaçons dans le shaker, en prenant soin de le maintenir couvert jusqu'à ce que la glace ait emprisonné l'olive au fond. Puis il ajouta du gin et du vermouth. L'olive s'était libérée entretemps, et il la laissa secouer le contenu en reposant la main dessus.

– Allez savoir si je n'en porte pas un sur le sein droit. Dites, comment vous faites, maintenant, pour que cette olive se calme assez pour qu'on puisse boire ce truc ?

– Si vous aviez assez de fric pour pouvoir vous offrir un siphon de poitrine, vous auriez fait des trous dans votre tee-shirt pour que tout le monde le sache, rétorqua-t-il en rigolant. Et pour ce qui est du processus de ce cocktail, c'est une pure arnaque. Il suffit juste d'attendre.

Elle tenta de réprimer une mimique d'incompréhension, sans certitude d'y parvenir.

– Je ne fais pas forcément partie de ces gens qui friment avec leurs siphons.

– Oh, je ne portais pas de jugement personnel. C'est une simple question d'instinct de survie. On arbore tous nos plus beaux atours pour attirer des partenaires ou pour éloigner les prédateurs. Comme les paons. Vous prétendez vous être affranchie de millions d'années d'évolution ?

– Je suis au sommet de la pyramide, répondit-elle d'un air solennel. Et je vous félicite de m'avoir rencontrée.

– C'est un honneur.

Il prit une passoire pour verser la boisson dans un verre à Martini avant d'ajouter l'olive. Celle-ci se contenta de danser au fond du verre sans plus menacer de se muer en projectile belliqueux.

– Mon siphon est toujours en réparation, reprit Sloane, répondant enfin à sa question. Ça ne fait jamais qu'une journée.

– Ce qui suffirait à rendre dingues la plupart des gens.

Après avoir jeté la glace et rincé le shaker, il entreprit la préparation de l'OF-OF en écrasant un morceau de sucre dans un verre avec un pilon.

– J'aime bien ne pas dépendre de la magie pour tout, argumenta Sloane.

– Dans ce cas, vous n'êtes pas tombée au bon endroit. Vous feriez peut-être mieux d'aller vivre dans une cité refuge.

Elle ne savait même pas ce que c'était.

– Vous en avez déjà visité une ? rusa-t-elle.

– Je suis né dans une cité refuge. Arlington, au Texas.

– Vous n'avez pas l'accent.

– J'ai eu des petits soucis assez rapidement avec la magie. Je suis venu vivre ici enfant pour apprendre à l'exercer sans tout détruire.

Il s'interrompit, verre dans une main et doseur rempli de whisky dans l'autre, et la fixa de ses yeux sombres. Elle sentit qu'il attendait quelque chose, et que plus elle tardait à réagir, plus elle s'enfonçait dans l'erreur. Mais elle ne décodait pas le langage de cet endroit – les non-dits concernant les cités refuges, les difficultés de Mox à maîtriser la magie, ni même ce qu'impliquait chez elle l'absence de siphon.

– Vos parents ont déménagé avec vous ? demanda-t-elle, consciente que ce n'était pas la réaction appropriée

– Nancy et Phil, vivre dans l'une des capitales de la magie ? Grands dieux, non !

Il déposa une cerise dans le verre par-dessus le whisky, la glace et le sucre.

– Non, ils ne sont pas venus.

– Oh.

Elle chercha désespérément d'autres sujets à aborder.

– Eh bien moi, je viens de nulle part. On était vingt-trois dans ma classe de terminale.

Elle avait fréquenté un lycée très moyen dans tous les sens du terme, mais il n'avait pas besoin de le savoir.

– Et vous voilà dans la grande ville.

Il avait toujours ce regard qui semblait attendre quelque chose. Elle savait que la réaction intelligente aurait été d'en rester là, d'aller rejoindre les autres et de ne plus jamais le revoir. Mais elle ne bougea pas de son tabouret.

– Et vous faites quoi, exactement ? demanda-t-il.

– Je vous l'ai déjà dit. Je mets le bordel.

Il ne rit pas, cette fois. La lueur bleue de l'olive se reflétait dans ses yeux, qui paraissaient presque noirs dans la pénombre du bar. Elle regarda le bleu ricocher dans ses iris tandis que l'olive remuait dans le verre. Il finit par lâcher un petit sourire un peu ironique.

– C'est vrai, j'avais oublié. Tenez, voilà votre verre.

Elle prit le OF-OF pour le goûter, avant de le suivre à leur table où il servit tout le monde comme s'il ne s'était rien passé. Il s'était pourtant passé quelque chose. Même si Sloane ne savait pas quoi.

Edda et Kyros chantaient. Ils se dirigeaient vers l'hôtel le plus proche, où ils trouveraient un taxi plus facilement. Il faisait nuit, et Esther avait remarqué qu'au moins la moitié des lampadaires étaient à gaz, à l'ancienne. Sloane avait l'impression que la propagation de la magie avait généré une attirance profonde pour le passé, mais elle ne percevait pas le lien. C'était un peu comme le décor et l'atmosphère de film du Tankard : toutes les histoires de magie étaient ancrées dans des mondes imaginaires au parfum rétro ou dans des temps si reculés que les arts magiques, dans l'inconscient collectif, étaient associés à des dieux, à des anges et à des démons d'autrefois. Et logiquement, cela amenait les gens à se tourner vers le passé plutôt que vers l'avenir pour faire vivre leur magie.

Esther passa le bras dans celui de Sloane.

– Alors, ce Mox, commença-t-elle.

– Je sais ce que tu penses, dit Sloane. Et tu te goures.

– Tout ce que j'allais dire, c'est que si tu as envie de te consoler dans les bras de ce guépard sexy, tu n'as pas besoin de me le cacher. Rien d'autre.

– C'est bon à savoir.

– Cela dit, à ta place, je le cacherais à Matt.

– C'est clair.

Esther pencha la tête pour regarder Sloane avec l'air concentré de quelqu'un qui essaie de se rappeler le titre d'une chanson.

– Tu as l'air d'aller mieux depuis qu'on est ici.

– Ah oui ? fit Sloane en éclatant de rire. Va dire ça à Evan Kowalczyk.

– Je n'ai pas dit que tu avais l'air *normale*. Seulement que tu me semblais aller mieux. Être plus équilibrée.

– Bah. Je me retrouve dans mon élément. Je connais la procédure : combattre le grand méchant, me faufiler entre les gorilles des organismes gouvernementaux. Le film change, mais pas le scénario.

Esther hocha la tête, avant de dire d'une voix un peu étranglée :

– Je ne veux *pas* recommencer, Slo.

Edda et Kyros étaient arrivés au bout de leur chanson, visiblement au répertoire de leur formation militaire. Arrêtés sous l'auvent de couleur vive de l'hôtel, ils parlaient à un homme en uniforme qui avait un sifflet à la bouche.

– Et si je meurs ici ? reprit Esther d'un ton crispé. Ou si ma mère meurt chez nous sans même savoir…

Sloane ne voulait pas entendre la suite. Elle avait fait la connaissance de la mère d'Esther quand elle n'était encore qu'adolescente, au temps où le visage d'Esther était rond comme une assiette. Sa mère s'était montrée chaleureuse mais quelque peu distante, comme si elle vivait à cheval sur deux mondes et que chacun l'empêchait de se concentrer pleinement sur l'autre.

Dix ans plus tard, après le diagnostic de son cancer, elle ne pesait plus que la moitié de son poids, se couvrait la tête d'un foulard et souriait toujours autant.

Parmi les Élus, aucun n'avait des parents qui faisaient rêver. Tous avaient laissé partir leur enfant sans chercher à le retenir. Mais la mère d'Esther était sans doute la plus attentionnée, s'inquiétant dès que sa fille perdait un kilo, gavant le groupe de thé et de biscuits chaque fois qu'elle les voyait.

Sloane serra la main d'Esther dans l'espoir de lui redonner courage. Elle n'était pas douée pour consoler les gens. Ça, c'était la spécialité d'Albie.

– Ta mère sait tout ce qu'elle a besoin de savoir. Elle sait que sa fille a sauvé le monde et qu'elle l'aime.

Esther hocha la tête comme un jouet mécanique.

– Ouais, fit-elle, la gorge nouée. OK.

Un taxi s'arrêta et ils s'y engouffrèrent. Personne ne parla sur le chemin du retour. Sloane regardait par la vitre sans rien voir. Elle était poursuivie par l'idée que tout ce qu'elle vivait maintenant – y compris le fait d'avoir été expédiée dans une dimension parallèle – appartenait désormais au temps « d'Après Albie ». Une sorte de nouvelle ère. La Sloane d'ap. A.

Certaines choses vous coupent une vie en deux.

TOP SECRET

MÉMORANDUM À JOINDRE AU DOSSIER

À : Directeur du Projet Delphi

DE : Capitaine Kyros Stasiak, Forces de protection de Cordus

OBJET : Elsberry, Missouri

Cher directeur,

Je comprends votre point de vue concernant l'incident dévastateur d'Elsberry (Missouri), pour l'avoir partagé. Toutefois, après avoir interrogé des dizaines de sujets et observé les répercussions en personne, je puis vous assurer que les rapports n'étaient ni fantaisistes ni exagérés. Des témoins ont effectivement observé une silhouette correspondant à la description de l'homme que Merlin a vu sur la scène du massacre de l'armée de l'Étincelle. Il était suivi par une troupe qui semblait composée de cadavres réanimés. Il nous reste à découvrir si ces présumés cadavres présentent une dimension paranormale. Mais les descriptions que nous en avons sont fiables et détaillées, et se recoupent.

Nous travaillons à la reconstruction de l'hôtel de ville, qui a été entièrement détruit, et nous avons offert de modestes réparations aux familles pour couvrir les frais des funérailles. Mais nous aimerions pouvoir leur apporter des éclaircissements sur les conditions de la mort de leurs proches et sur l'identité de celui qui les a tués. Ils ont commencé à l'appeler le « Résurrectionniste ». Espérons que nous réussirons à le capturer avant que ce surnom ne se répande.

Sincères salutations,

Capitaine Kyros Stasiak

Forces de protection de Cordus

TOP SECRET

TOP SECRET

MÉMORANDUM À JOINDRE AU DOSSIER

À : Directeur du Projet Delphi

DE : Capitaine Kyros Stasiak, Forces de protection de Cordus

OBJET : Elsberry, Missouri

Cher directeur,

Il y a deux jours, nous avons reçu un rapport nous signalant une perturbation dans le cimetière de Roe's Hill, au nord de Chicago. Les rapports précisaient que des volumes de terre considérables avaient été déplacés, *a priori* par des moyens magiques, exposant de nombreuses tombes aux intempéries. L'affaire a été classée par la police locale (non magique) jusqu'à ce qu'on s'aperçoive au bout de quelques mois qu'elle impliquait la magie et que nous soyons alertés. Nous avons envoyé un agent enquêter. Nous avons ainsi découvert que des dizaines de tombes avaient été profanées, les cercueils ouverts, et que les corps qu'ils contenaient avaient été volés. La poursuite de l'enquête a révélé que tous les corps concernés étaient ceux de soldats de l'armée de l'Étincelle.

Je ne peux m'empêcher d'établir un lien entre cet incident et la dernière attaque du Résurrectionniste à Peoria (Illinois), où il a été revu à la tête d'une petite armée de ce qui pourrait être des corps réanimés. (Pour être plus précis : peau décomposée, os exposés, ongles semblables à des griffes, certains corps tenant leurs membres sectionnés). D'autant que les cercueils ont été déterrés approximativement à la date de la première attaque du Résurrectionniste. Je soumets l'hypothèse que ce dernier a réussi à lever une armée de morts-vivants par le biais d'un processus magique répugnant dont le fonctionnement dépasse notre compréhension.

Je suppose que vous trouverez cela aussi perturbant que moi. Pardonnez mon vocabulaire, mais quel genre d'enfoiré massacre un bataillon de soldats pour les ramener ensuite du monde des morts dans le but d'abattre leur ancien chef ?

En regrettant de ne pas avoir de meilleures nouvelles à vous communiquer,

Sincères salutations,

Capitaine Kyros Stasiak

Forces de protection de Cordus

TOP SECRET

24

La toute première fois qu'elle avait vu Matt, c'était à la Ferme, le nom qu'ils donnaient au bâtiment dans lequel ils s'étaient entraînés à vaincre l'Obscur. Il avait la main sur la chaîne de la balancelle du porche, dégingandé, les cheveux tressés en petits dreadlocks. Il lui avait dit qu'elle avait un drôle de nom et lui avait demandé d'où elle sortait. Lorsqu'elle lui avait répondu que son frère et elle avaient été baptisés en hommage à des personnages de *La Folle Journée de Ferris Bueller*, il avait ri, et affiché un sourire si lumineux qu'elle s'était tout de suite prise d'affection pour lui.

Quelque chose dans sa façon de se tenir sur le seuil de la chambre d'Esther, la main sur le chambranle, rappela à Sloane l'adolescent qu'il avait été. Mais son sourire d'alors avait disparu depuis longtemps. Bien avant qu'ils ne sortent ensemble.

Et là, il ne souriait pas du tout.

– Sympa, le petit mot, dit-il en brandissant le papier qu'elle avait glissé sous sa porte avant de partir avec Esther.

Matt,

On va voir le Bert parallèle. Il faut qu'on sache. T'en fais pas, on part avec des chaperons.

Slo et Essy

Il froissa le papier avant de le jeter aux pieds de Sloane. La boulette rebondit sur ses tibias et retomba près du mur.

– Quoi ? Je t'ai prévenu, cette fois, souligna-t-elle platement.

– Ce n'est pas le problème. On est censés former une équipe, Sloane.

– Ce n'est pas une *équipe* que tu veux. C'est de l'obéissance.

Il tressaillit en reculant comme si elle l'avait frappé, et elle eut un pincement de remords. Mais elle en avait assez de redouter les réactions de Matt dès qu'elle voulait faire ou dire quelque chose ou aller quelque part. Pas seulement ici, à Genetrix, mais partout. Matt était quelqu'un de gentil, mais sa désapprobation était, au mieux paternaliste, au pire oppressante.

– Houlà, hé, on ne va pas commencer, intervint Esther avant qu'il ait pu riposter.

Elle se campa entre eux en leur tendant la main.

– Ce n'est pas Sloane qui m'a entraînée, Matt. J'étais d'accord avec elle que ça pourrait nous aider. Et comme je savais que tu ne voudrais pas venir…

– Non. Vous saviez que je désapprouverais. C'est pourri de faire des trucs dans mon dos dès que vous savez que je serai contre ! Je vous ai déjà fait ça, moi ?

– Peut-être que s'il t'arrivait de *faire* quelque chose…

– La ferme, Sloane, la coupa Esther. Arrête de faire ton ado insupportable.

Sloane sentit la chaleur lui monter au visage. Les ailes du nez d'Esther se pincèrent comme si elle se forçait à évacuer la tension, et Sloane se rappela combien elle lui avait paru fatiguée en sortant de la rivière. De retour sur Terre, Sloane ne retrouverait qu'un environnement familier et un appart qu'il lui faudrait quitter. Esther, elle, retrouverait une mère mourante. Pour elle, chaque moment passé ici était un moment de trop.

– Tu n'as pas tort, Matt, reprit Esther. Pas vrai, Sloane ?

– Ça ne sert à rien de lui mettre la pression pour qu'elle fasse semblant d'être d'accord avec toi, fit-il.

– Je suis d'accord, se força à déclarer Sloane. Désolée.

Avec un soupir de soulagement, Esther enleva l'une de ses chaussures qui atterrit à l'autre bout de sa chambre, où la seconde ne tarda pas à la rejoindre. Elle resta là pieds nus, avec son rouge à lèvres roses qui ne marquait plus que les contours de sa bouche et son mascara étalé sous ses yeux. L'Essy d'Instagram était loin.

– Bon, dit Matt. Alors, à quoi il ressemblait ?
– À un con, fit Sloane.
– Mais non, contra Esther. C'est un postier veuf qui ne s'intéresse ni au gouvernement ni à la magie.
– Donc, il n'a pas de points communs avec Bert, triompha Matt. Je te l'avais dit, Esther, ce n'est pas parce qu'on a les même gènes que son équivalent dans un monde parallèle que…
– Il ressemble beaucoup à Bert, en fait, reprit Sloane en s'adossant au mur, les bras croisés. Il écoute Neil Young et il a plein de bouquins sur les objets magiques des vieilles légendes. Il parle comme Bert, il a l'œil qui larmoie comme lui. Il a des putains de nains de jardin sur sa pelouse ! *C'est* Bert, mais la diffusion de la magie l'a fait complètement dérailler.
– Je ne comprends pas, dit Matt. Il était fasciné par la magie. Il aurait adoré qu'elle se répande partout.
– Non, c'est le *mystère* qui le fascinait. Il aimait être le seul à savoir certains trucs et découvrir que les mythes racontaient une réalité. Mais quand la magie est devenue un truc banal qu'on pouvait contrôler par la technique et des histoires de fréquences, ça a cessé de l'intéresser.

Elle fixa ses chaussures, couvertes de poussière et mouillées par les flaques.

– Il était même tellement Bert qu'à un moment, j'ai failli perdre les pédales. Et qu'à mon avis, il est possible, et même probable, que le Résurrectionniste soit la version parallèle de l'Obscur.
– Tout ce que faisait notre Obscur, c'était exploiter une magie à laquelle les autres ne croyaient pas, observa Matt. Dans un monde où l'existence de la magie est largement acceptée, ça paraît logique qu'il ait dû aller plus loin dans le domaine des possibilités. Par exemple, ramener des morts pour créer une armée.

Sloane hocha la tête.

– Si un individu normalement constitué trouvait comment ressusciter les morts, dit Esther, il ne s'en servirait pas pour créer une armée. Il ramènerait les gens qu'il aime, sa famille, ses amis.

Sloane revit Cameron lui apprenant à faire des sauts périlleux à la piscine municipale. Il y avait tellement de choses qu'elle ne lui avait jamais dites ! Et qu'elle pourrait lui dire, si elle savait comment ramener les morts.

Esther poursuivit d'une voix nouée, comme si elle pensait à son père tué par l'Obscur, ou à sa mère, qui ne serait plus là très longtemps :

– Mais l'Obscur n'était – n'est pas normal.

– La bonne nouvelle, enfin, celle qui est un peu moins horrible que le reste, dit Sloane, c'est qu'on le connaît un peu. Du coup, on connaît un peu notre ennemi. Comme tu le disais l'autre jour, Matt, on est déjà passés par là.

Quelque part, cet argument permettait à Sloane de se rattraper un peu vis-à-vis de Matt. Cela revenait à reconnaître qu'il avait eu raison de trouver de l'espoir. Elle se souvenait de tout ; si ce n'est que ce n'étaient pas réellement des souvenirs. Il s'agissait davantage de redevenir celle qu'elle avait été. Une Sloane épurée, taillée à la serpe, réduite à son essence. Déterminée, l'esprit clair, tendue vers un but unique : détruire l'Obscur.

– Je sais que tu détestes les siphons, Slo, répondit Matt, mais tu dois continuer à travailler dessus. Et Esther et moi aussi. C'est la prochaine étape pour nous parce que c'est notre meilleure arme : apprendre à utiliser la magie.

– Je n'aurais jamais cru regretter un jour de ne plus avoir l'Aiguille dans ma main, fit Sloane. Et pourtant…

Au cours de la semaine suivante, Sloane en vint à n'éprouver que mépris pour son siphon. Elle détestait son poids, sa froideur, la sensation des cordons qui resserraient cette coque sur ses os. Quoi qu'elle tente comme processus, l'objet restait inutile et inerte autour de sa main. Cyrielle avait renoncé à lui apprendre le souffle magique et essayé de lui inculquer une demi-douzaine de processus mineurs, avec un résultat immuable : rien. Le Résurrectionniste n'était qu'un spectre, une légende. Tandis que le siphon, lui, était un ennemi bien palpable.

Les autres maîtrisaient le leur sans trop de difficulté. Matt avait le truc pour déplacer des objets à distance. Esther avait du mal avec tous les processus de siphon de poignet, mais Cyrielle, dans un éclair de génie, lui avait proposé un siphon de gorge et elle était désormais capable d'imiter n'importe quelle voix.

Tous les matins, Sloane devait résister à l'envie de taper sur le siphon avec un livre jusqu'à le réduire en miettes. Seules la peur du Résurrectionniste et la pensée du Vortex l'en empêchaient.

Après avoir envisagé de retourner voir Mox au Tankard, elle avait préféré se trouver d'autres occupations. Elle emmenait Kyros courir le long du lac malgré le froid glacial. Elle lisait les livres qu'il y avait dans sa chambre. Elle avait même réussi à traîner Esther à l'Institut d'art de Chicago, dont une aile entière était consacrée aux Processus artistiques. Elle avait passé des heures dans une expo où les photographies se changeaient en images 3D dès qu'on s'en approchait, donnant la sensation de se promener dedans. Elle commençait à comprendre la position des Irréalistes : comment se fier à la réalité dans un monde où celle-ci était si facilement manipulable ?

Le seul avantage de la frustration constante liée au siphon était qu'elle l'épuisait. Du coup, Sloane dormait d'un sommeil de plomb qui lui épargnait ses pires cauchemars, même si rien ne pouvait réellement la protéger contre eux. Le plus souvent, elle rêvait d'Albie. Elle se voyait en train de le poursuivre dans des rues désertes et des escaliers. Dans l'un de ces rêves les plus frappants, il se jetait sur l'autoroute au milieu de la circulation et finissait écrasé entre deux poids lourds qui se fonçaient dessus. La scène s'achevait dans une explosion de flammes.

En se réveillant de ces rêves, plutôt qu'essayer de se rendormir, elle cherchait l'apaisement dans la lecture. Le trio avait constitué une petite bibliothèque dans le couloir avec tous les livres qui traînaient dans leurs chambres. Sloane s'était réservé *La Manifestation des désirs impossibles : une nouvelle théorie de la magie,* et s'était aussi approprié un livre de poésie que Matt lui avait prêté et un ouvrage d'Histoire venant de la chambre d'Esther.

Le livre d'Histoire couvrait la fin de la Seconde Guerre mondiale, l'instauration du rideau de fer et une guerre froide que Sloane reconnaissait sans la reconnaître. Elle attendit vainement l'apparition des satellites et de la course à l'espace. En revanche, elle découvrit le développement de technologies d'exploration des grands fonds marins et notamment du canal SOFAR, le niveau de la mer où les sons se déplacent sur les distances les plus longues.

L'objectif était d'augmenter les distances parcourues par les sons dans le canal pour implanter des hydrophones au fond des océans sans rien perdre de leur efficacité.

Le tout débouchant, bien sûr, sur l'accident du *Tenebris*, au cours duquel l'explosion d'un missile sous-marin avait répandu la magie partout dans le monde.

Un matin, Sloane était assise dans le couloir avec le livre sur les genoux, une tasse de café posée à côté d'elle, lorsqu'elle entendit le petit *ding* de l'ascenseur. Néron en sortit les mains dans les poches, un pouce glissé dans son siphon chromé. Ses cheveux rejetés en arrière révélaient des rides qu'elle n'avait pas remarquées jusque-là. Pour la première fois, elle se demanda quel âge il avait.

– Oui ? dit-elle en le voyant approcher.

– On m'a signalé que vous vous êtes baladée dans l'immeuble toutes les nuits de la semaine. J'ai fini par me demander si vous étiez somnambule.

– J'en déduis qu'il y a une alarme magique installée dans ma chambre. On m'épie pendant mon sommeil, Expert-chelou 2.0 ?

– Expert quoi ?

Il s'accroupit à côté d'elle, les coudes sur les genoux.

– Non, je ne vous épie pas. Je suis seulement informé quand quelqu'un sort de sa chambre.

– Je fais des insomnies.

– C'est habituel ?

– Depuis que mon frère a été assassiné par un seigneur du mal, oui. Je prends des calmants, normalement, mais ils sont restés chez moi.

Néron pencha la tête sur le côté.

– Et il ne vous est pas venu à l'esprit qu'on pouvait aussi avoir des médicaments sur Genetrix ?

Sloane eut un petit rire.

– Euh non. Vous avez des benzodiazépines ?

– Du Valium, vous voulez dire ?

– Je pense que ça ferait l'affaire.

– Je vais vous trouver ça. Je sais à quel point ça peut devenir pénible de manquer de sommeil, à la longue.

Sloane n'avait pas imaginé que les choses pouvaient être aussi simples.

– Eh bien… merci.

– Je vous en prie.

Néron releva légèrement le livre pour lire le titre. La couverture montrait le croquis de la baleine dont Kyros avait parlé à Sloane, flottant dans les nuages au-dessus de Challenger Deep.

– Un livre d'Histoire, dit-il. Ça devrait vous aider à dormir.

– Vous n'aimez pas l'Histoire ?

Il haussa les épaules.

– Pas particulièrement. Au sens large, pourquoi pas : la naissance de l'univers, les premiers organismes vivants, le commencement de l'humanité… Mais tous les détails des chamailleries entre pays – *Ça, c'est ma terre. Non, c'est la mienne. On n'a qu'à s'entretuer pour régler ça* –, non merci. Ça ne m'intéresse pas.

– Sans ces petites chamailleries, vous n'auriez pas la magie, signala Sloane. Il n'y aurait pas eu de tir accidentel de missile balistique dans la fosse des Mariannes.

– Parce que la magie en soi, c'est si génial que ça ?

– Non, admit-elle. Mais… vous n'aimez pas la magie non plus ? Vous vivez dedans pourtant.

– Parfois, j'aime bien. Ça m'a donné des connaissances sur le monde bien plus vastes que tout ce dont mes ancêtres ont pu rêver. Mais visiblement, elles ne suffisent jamais à empêcher les catastrophes.

– Ce n'est pas à vous d'empêcher tous les malheurs de ce monde.

– Non, je sais, seulement quelques-uns, répondit-il avec un sourire résigné. Mais j'en ressens le poids.

Elle se demanda s'il pensait à sa sœur, tuée par le Résurrectionniste. À l'horreur de sa mort, à son corps froid et rigide suspendu au-dessus du Chameau. Elle-même, elle songeait parfois à Cameron de cette façon, à son cadavre dans son cercueil, à son visage poudré par l'employé des pompes funèbres qui lui donnait l'air d'une poupée en plastique. Elle était encore petite lorsqu'il s'était lancé dans la lutte contre l'Obscur. Trop jeune pour l'arrêter, sans doute, mais elle n'avait même pas essayé.

– Je crois que je comprends, dit-elle.

– Mais je ne voulais pas interrompre votre lecture par ces pensées maussades. J'ai entendu dire que vous faisiez beaucoup d'efforts avec le siphon.

– Mais aucun progrès.

– Il y a un livre qui pourrait vous aider à mieux comprendre la théorie de la magie. Ça s'appelle *La Manifestation des désirs…*

– … *impossibles.* Je l'ai lu.

Elle se faisait peut-être des idées, mais il lui parut impressionné.

– La magie repose sur le désir, pas seulement sur l'intention, etc. Ça ne m'a pas beaucoup avancée. On ne peut pas se forcer à *vouloir* quelque chose.

Il la regarda en haussant les sourcils.

– Ah non ?

À vrai dire, elle n'y avait jamais réfléchi. Elle avait passé la moitié de sa vie à vouloir une chose, une seule (sauver le monde) et l'autre à vouloir qu'on lui fiche la paix, ce qui revenait à peu près à ne rien vouloir du tout. Elle ne savait pas ce que c'était que de vouloir quelque chose entre ces deux extrêmes. Elle n'était même pas sûre d'en être capable.

– En fait, je n'en sais rien.

– C'est pourtant la question centrale. Vous ne pourrez jamais pratiquer la magie si vous ne trouvez pas le moyen de le vouloir.

Il se releva avec un grognement, en faisant craquer ses genoux.

– Je crois que je suis trop vieux pour m'accroupir. J'irai voir un médecin pour vos somnifères quand le monde sera réveillé.

– Encore merci.

Et Néron s'éloigna dans le couloir en fredonnant.

25

Sloane s'arrêta au carrefour et chercha dans le ciel la flèche tirebouchonnée de la Warner Tower, la plus haute de Cordus. Elle présentait deux faces, dont l'une était plate et l'autre ondulée, et avait été bâtie, d'après Cyrielle, « sans l'aide de la magie mais dans l'esprit des Irréalistes ».

Si Sloane avait cru à la survivance de l'âme, elle aurait espéré que celle de Cameron existât quelque part sur Genetrix, qu'il y était un architecte qui concevait des maisons défiant la raison et la logique. Sauf qu'elle n'y croyait pas.

Cyrielle marchait devant avec Matt. Esther apprenait des mots en coréen à Edda et à Perun, leur troisième chaperon. S'apercevant que Sloane était à la traîne, Kyros s'arrêta pour l'attendre, les mains dans les poches de son blouson.

– Alors, ça s'est mieux passé, aujourd'hui ?

– Je n'ai pas réussi à faire autre chose de mon siphon qu'un presse-papier très cher pour ce que c'est, lui répondit-elle.

Tout à coup, un bourdonnement lui fit tourner la tête. Mais il n'y avait rien ni personne derrière elle.

– Enfin, au moins, vous savez que vous *pouvez* y arriver, répliqua Kyros avec un sourire sinistre. Il y a des gens qui n'ont strictement aucune aptitude.

– Comment font-ils, alors ? Ils s'installent dans des cités refuges ?

Elle fit quelques pas en courant pour le rattraper. Il y avait beaucoup de voitures, dont certains modèles aussi anciens que le taxi qu'elle avait pris avec Esther et d'autres qui ressemblaient à des petites bulles à roulettes.

– Oh, vous êtes au courant de l'existence des cités refuges ?

– C'est Mox – vous savez, le gars du bar – qui m'a dit qu'il avait grandi dans une de ces villes.

Elle s'était tenue à l'écart de Mox depuis cette conversation, mal à l'aise d'avoir clairement commis un faux-pas sans comprendre pourquoi. Il ne lui était pas venu à l'idée de demander à Kyros de décoder la conversation pour elle.

– Il a dit qu'il avait dû apprendre à ne pas détruire les choses avec la magie, et que c'était pour ça qu'il avait dû venir ici.

– Oh, fit Kyros en haussant les sourcils.

– Je ne comprends pas. Il a eu l'air d'attendre que je réagisse d'une certaine façon, et je… je ne l'ai pas fait, quoi. Du coup, je n'y suis pas retournée.

– C'est probablement une sage décision. Les enfants qui n'arrivent pas à contrôler leur magie sont plutôt rares. S'ils étaient plus nombreux, on n'aurait peut-être plus besoin de siphons pour canaliser la magie. Ce sont ces enfants-là qu'on a testés quand on a commencé à chercher l'Élu de Genetrix. Le fait que vous n'ayez pas réagi montre que vous n'êtes pas d'ici.

– Mais il ne risque pas de se douter de la vérité, si ?

Elle ressentit une drôle de pression sur les tempes, tout à coup, comme si elle venait de plonger au fond d'une piscine.

– Il y a peu de chances, répondit Kyros. Les gens savent qu'il existe d'autres dimensions, mais pas qu'elles sont accessibles.

Sloane se massa les tempes. La pression était toujours là.

– Qu'est-ce qu'il y a ? demanda Kyros en posant gentiment une main sur son épaule.

– Je ne sais pas. J'ai l'impression qu'il y a un truc qui *cloche*.

Et il y eut une explosion derrière eux.

L'apparition d'un Vortex était toujours brutale. Un changement de pression, puis, en un éclair, la tornade. Un mur de débris opaques qui s'élevait de la rue droit vers le ciel. Si ce n'est qu'il ne provenait pas d'un ouragan, mais de lanières d'énergie qui emportaient tout sur leur passage vers le centre de l'entonnoir, le noyau de la force destructrice. Et, entraînés eux aussi, les gens étaient déchiquetés organe après organe, disséqués vivants par la magie. C'était parfois trop rapide pour que le corps ait le temps de suivre et de mourir tout de suite, ce qui faisait que certains passaient les derniers instants de leur vie en plusieurs morceaux.

La première fois que Sloane s'était trouvée à proximité d'un Vortex, elle avait pris la fuite sans demander son reste. Comme tout le monde. Le courage n'avait pas sa place face à un Vortex. Ni la pensée. On ne songeait à rien, rien d'autre qu'à survivre.

Sloane avait envisagé un moment d'échapper à l'ARIS, de fuir le pays et l'Obscur. Mais elle était liée à lui par la prophétie et, quand son sens de l'honneur la lâchait, cette réalité suffisait à la maintenir au service de l'ARIS. Parce qu'elle était une Élue, l'Obscur la retrouverait, où qu'elle se réfugie.

Alors, faute d'avoir une issue, elle apprenait à ne pas fuir.

Passant sous le bras de Kyros, elle saisit Esther juste en dessous du coude. Celle-ci tordit le bras pour s'agripper à elle de la même manière. Cyrielle hurlait, échevelée, sa cape rejetée en arrière, sa grosse broche en or remontée sous son menton.

– On se replie ! cria Matt. Trois groupes ! Perun et Cyrielle ! Sloane, Esther et Kyros ! Edda et moi ! Sloane, tu es là ?

Elle hocha la tête. La question lui avait porté un coup au cœur. Leur procédure était rodée : ne jamais s'approcher d'un Vortex avec plus de gens qu'on n'avait d'armes. Ne pas se jeter à corps perdu dans le combat. Mieux valait survivre pour pouvoir assurer le suivant. Ces principes étaient inscrits dans ses muscles, gravés dans son cerveau.

– On garde les yeux ouverts. Rendez-vous au Chameau.

Matt jeta un regard fiévreux derrière lui tandis que le groupe se divisait selon ses ordres. Sloane n'arrivait pas à penser à lui, ni à rien d'autre qu'à la vague de béton, de chair et de terre qui les attendait.

Déplaçant sa main sur le bras d'Esther, Sloane prit la tête de leur trio, pliée en deux pour résister à la pression qui tentait de la repousser. Elle s'était familiarisée avec les sensations liées au Vortex, à la façon dont il vous poussait avant de se mettre à vous tirer, à la pression dans la tête qui s'atténuait si on s'approchait de trop près, à l'odeur d'ozone et de poussière, remplacée ensuite par celle du sang et de la terre. Elle se retourna pour chercher Kyros des yeux. Il tendait son siphon devant lui, les doigts en éventail.

« On garde les yeux ouverts. » Avant d'en voir un eux-mêmes, la seule certitude qu'ils avaient eue sur les Vortex était que la présence de l'Obscur y était signalée systématiquement. On pouvait en déduire qu'il avait besoin de se trouver sur place pour contrôler le phénomène. Par ailleurs, malgré toute l'étendue de sa puissance magique, il n'en restait pas moins un homme. Et ils s'étaient dit que, là où leur magie pouvait ne pas suffire, les balles et les couteaux feraient aussi bien l'affaire. En le cherchant sur les zones de Vortex, ils finiraient peut-être par le trouver. Et par le tuer.

Sloane s'engouffra dans une allée pour se rapprocher de l'entonnoir et se mit à courir. Sous ses yeux, le Vortex aspira une énorme vague du lac Michigan et l'éparpilla. Échappant à son attraction, un pan d'eau jaillit en étoile et détrempa la rue, les murs en briques et les immeubles restés debout, mouillant les joues de Sloane. Elle dut faire un pas de trop car le magnétisme du Vortex tira soudain sur ses bras et sur ses jambes. Elle vacilla, et bouscula Esther.

– À gauche ! cria-t-elle.

Elle entendit à peine sa propre voix dans le rugissement de la magie, les cris de ceux qui se faisaient entraîner, les hululements des alarmes de voitures et les sirènes des véhicules d'urgence. Elle tira violemment Esther pour la ramener dans la rue et Kyros les suivit en trébuchant. Elle distinguait encore le centre du Vortex, où le Résurrectionniste devait former l'œil de la tempête, immobilisé par sa propre magie. Si elle voulait le repérer et le tuer, il lui fallait gagner une zone ouverte, comme une avenue, un endroit où il n'y aurait pas d'obstacles pour lui boucher la vue.

Clark, Wells, Franklin, Wacker, se récita-t-elle. Le dernier panneau de rue qu'elle avait aperçu avait été arraché de son poteau, mais la Warner Tower se trouvait sur Franklin, donc à seulement un pâté de maisons au nord de Wacker Drive. Même si elle ne repérait pas le Résurrectionniste, c'était le meilleur trajet à prendre. La circulation était difficile sur les trottoirs des petites rues encombrées.

Elle se pencha en avant et se remit à courir en tirant Esther. L'air était chargé de poussière et Sloane se couvrit la bouche et le nez avec le col de son manteau. Partout, des gens fuyaient le Vortex, le visage couvert de suie et de traînées de larmes, figé dans une expression horrifiée. La foule formait un bloc impénétrable et Sloane continua au milieu de la chaussée, où des voitures traînaient à l'abandon. Elle monta sur le capot de deux taxis immobilisés nez à nez et contourna l'arrière d'un bus qui avait percuté un immeuble. Il était vide, jonché de sacs et de mallettes.

– Slo ! lança Esther entre deux quintes de toux.

– Wacker ! répondit Sloane, étouffant un rire en réalisant soudain que cette rue s'appelait « branleur ».

La sueur plaquait sa chemise sur son dos et les muscles de ses jambes protestèrent lorsqu'elle escalada une autre voiture. À l'instant où elle montait sur le capot, elle vit que le conducteur était toujours au volant et que du sang bouillonnait autour de sa bouche. Elle s'arrêta pour l'observer, mais son souffle ne soulevait plus sa poitrine.

Bouge ! Elle sauta de l'autre côté et se retrouva au carrefour de Monroe et Wacker. Wacker Drive, le grand bazar de voies à double niveau de Chicago. À cet endroit, entre les parenthèses des tours de verre et de métal vertigineuses, la route formait un large ruban séparé en deux par un terre-plein central surélevé. Derrière Sloane, la Warner Tower et les piques jumelles de la Sears Tower. Devant, le Vortex. Une femme qui avait perdu une chaussure sortit en clopinant d'une entrée d'immeuble et s'approcha trop près de l'implacable attraction du Vortex. Une langue d'énergie la retourna tête en bas et l'emporta, hurlante, dans le mur gris de l'annihilation.

Soudain, surgi du chaos de gens, de voitures, d'arbres déracinés et de montagnes de béton, une silhouette solitaire s'avança.

Le poids de l'inexorable s'abattit sur Sloane. Un frisson glacé remonta le long de son dos. À travers le nuage de poussière, elle distingua un visage recouvert de plaques de siphons qui ne laissaient voir dans leurs interstices que de fines bandes de peau pâle. Les mains, qui pendaient lourdement le long de son corps, étaient également revêtues de métal, ainsi que la partie visible du cou au-dessus du col haut de la tunique longue. Les cheveux étaient masqués par une capuche, et le reste de la silhouette était drapé dans d'épaisses couches de tissu.

Le Résurrectionniste.

– Repli ! hurla Esther d'une voix rauque.

Mais Sloane ne pouvait pas bouger. Si la théorie qu'elle avait exposée à Esther et à Matt après leur visite à Evan Kowalczyk était exacte et que le Résurrectionniste était bien la version parallèle de l'Obscur, elle ne vivait que pour le tuer. Tuer cet homme qui avait mis son cœur à l'épreuve. Qui avait brisé consciencieusement le corps d'Albie. « Le choix est simple, ma chère. »

– Sloane !

Elle était chez l'Obscur, pieds nus. Il lui avait pris ses boots.

Il fallait qu'elle trouve quelque chose de lourd ou de tranchant. Elle repéra une pierre grosse comme son poing et une canette écrasée. Et dans une jardinière, sur le terre-plein central, une vieille barre en métal, du genre des poteaux de panneaux de rue. Elle la ramassa. Elle était rouillée et des fragments de métal s'écaillèrent dans sa paume. Soixante centimètres de long. Sloane allait devoir le laisser approcher tout près. Elle devrait frapper fort, à la tête. Juste pour l'assommer, pour pouvoir s'enfuir…

Elle ne parvenait plus à respirer. Il arrivait vers elle, le pas sûr. Les mains levées comme pour la saluer, en penchant la tête comme un oiseau.

Elle était chez l'Obscur, pieds nus, et Albie hurlait.

– Sloane !

Avec un hurlement, elle chargea en brandissant la barre derrière elle comme une batte de baseball. Elle l'abattit en y mettant tout son poids et attendit le craquement, le choc du fer contre le fer…

Mais elle n'entendit qu'une note grave, métallique, qui sortait du masque du Résurrectionniste. Il claqua des doigts et la barre se réduisit en une poussière argentée qui lui couvrit les paumes. Puis il leva la main en serrant le poing, et elle se rappela brusquement sa méthode d'exécution préférée. L'affaissement des poumons…

Un violent coup au côté l'envoya tête la première dans le terre-plein. Profitant de l'élan, elle se projeta par-dessus la jardinière jusque sur la chaussée, de l'autre côté de la barrière. Avant de plonger dans une allée, elle jeta un coup d'œil par-dessus son épaule. Kyros avait pris sa place dans la rue et un air épais flottait devant lui tandis qu'il brandissait son siphon en émettant un coup de sifflet strident. Mais le Résurrectionniste siffla à son tour à travers son masque, repoussa le barrage d'air d'un revers de main et serra le poing.

Kyros suffoqua, et s'effondra.

– Es ! Es…

Sloane avait voulu crier, mais sa gorge semblait tapissée de sable. Esther était à genoux sur la chaussée, penchée au-dessus de Kyros.

Sloane se retourna en poussant un cri étranglé, mais le Résurrectionniste s'était déjà désintéressé des deux autres pour marcher sur elle.

Si sa journée de captivité lui avait appris une chose, c'était qu'il y avait *un* appât auquel l'Obscur ne pouvait pas résister : elle. Et elle semblait avoir le même effet sur le Résurrectionniste.

Elle se força à faire un pas en arrière, puis un autre. Marcha sur une paire d'escarpins abandonnés. Sur une mallette qui s'était ouverte en tombant et dont les papiers s'étaient déversés dans la rue. Sur un hot-dog à moitié mangé dans son emballage. Elle recula encore, en s'assurant que le Résurrectionniste s'approchait toujours, qu'il continuait à s'éloigner d'Esther et de Kyros…

Kyros qui était sans doute mort…

Elle fit un nouveau pas en arrière et percuta quelque chose de ferme. Quelqu'un, un corps. La peau verdâtre s'était détachée de la mâchoire, révélant un fragment d'os et des dents serrées. Sloane vit une langue bouger pour humecter des lèvres pâles et violacées.

Ce n'était pas « quelqu'un ».

– C'est elle ?

Une voix râpeuse, métallique.

– Oui.

La réponse venait d'une certaine distance, teintée de la même note métallique que celle qui avait réduit sa barre en poussière.

En un éclair, la créature avait plaqué un tissu blanc sur la bouche et le nez de Sloane. Celle-ci se débattit contre l'étreinte implacable. Pendant quelques secondes, avant de s'évanouir.

Chicago Post

L'ÉLU EST-IL TOUJOURS VIVANT ?

par Alexander Marshall

CHICAGO, LE 3 MARS

« Sommes-nous condamnés ? » demande une pancarte appuyée contre la façade de l'hôtel de ville. Un « Révélationniste » – un membre d'un mouvement qui réclame la transparence de la part du Service de supervision de la magie de Chicago au sujet de l'Élu – s'est arrêté pour fumer une cigarette. Les Révélationnistes protestent devant le Centre des Hautes Études depuis mardi. Pourquoi ? Parce qu'ils pensent que l'Élu est mort.

Le pays fêtait le jour où Cordus a annoncé la découverte de l'Élu, voué à sauver l'humanité. Mais depuis le massacre de l'armée de l'Étincelle il y a trois ans, celui-ci est resté bien gardé entre quatre murs. Dans ces conditions, on peut comprendre que certains commencent à se poser des questions.

« Et s'il était mort ? » s'interroge Eleanor Green, une mère de famille de la banlieue de Deer Grove. C'est la fondatrice du mouvement, même si elle rappelle à plusieurs reprises qu'elle n'est pas la première à demander des preuves de la vie de l'Élu. « Et s'il était mort dans le massacre et qu'ils avaient décidé de nous le cacher ? Est-ce que quelqu'un l'a vu depuis ? »

La plupart des Révélationnistes brandissent des pancartes représentant le portrait de l'Élu publié au moment de sa découverte. Ou « supposée découverte », diraient-ils plutôt.

« Ils nous ont dit qu'ils l'avaient trouvé, argumente Althea Grange, qui se présente comme une mamie du quartier. Puis qu'il était trop jeune pour avoir sa photo dans le journal. Et on doit les croire sur parole ? Si vous voulez mon avis, ils ne l'ont jamais trouvé. Ils essaient juste d'éviter une panique collective. »

Les Révélationnistes entonnent le refrain du moment : « L'Élu, reclus ! » Il y a deux heures, ils chantaient une parodie de *It's the End of the World*, de R.E.M., avec ces paroles : *If it's the end of the world, we should know it! We know you're lying*[1]. Ils sont même venus hier soir avec un pasteur pour prier Dieu d'épargner Genetrix.

Après plusieurs jours de protestation devant son bureau, la directrice adjointe du Service de supervision de la magie [SSM], Aelia Haddox, a enfin répondu aux inquiétudes des Révélationnistes : « Il ne s'agit en aucune façon d'une conspiration. Après le massacre, nous avons accru la sécurité autour de l'Élu pour le protéger. Il n'a encore que dix-huit ans et il a le droit de disposer d'un peu d'intimité en attendant le jour où il sera prêt à être présenté au public. Je vous demande de rentrer chez vous et de trouver d'autres sujets de préoccupation. »

1. « Si c'est la fin du monde, on a le droit de le savoir ! On sait que vous nous mentez. » (Ndt)

26

Sloane ondulait des hanches au rythme de la musique, les mains pleines de farine. Albie ouvrit le bocal de vermicelles au chocolat et rejeta la tête en arrière pour en verser dans sa bouche.

– Aah, c'est dégueu ! grogna Sloane en riant sans cesser de danser.

Devant elle s'étalait une rangée de biscuits en forme de sapins de Noël recouverts de glaçage vert.

– Bon, alors, tu les décores, ces foutus biscuits ? On est en train de lancer une nouvelle tradition, je te rappelle.

Albie avait les joues gonflées par les vermicelles et les lèvres bleuies par le colorant. Soudain, son visage blêmit pour prendre un teint de cendre. On aurait dit un cadavre aux lèvres bleues.

Elle se réveilla par étapes. Tout d'abord, elle vit que le sang avait afflué dans ses mains. Ensuite, que son ventre était plaqué sur quelque chose de dur et d'arrondi : une épaule. Puis, elle revit le bout de tissu qu'on lui avait collé sur le visage. Enfin, elle ouvrit les yeux.

Juste devant son visage, il y avait du tissu. L'ourlet d'une chemise. Elle releva la tête juste assez pour voir le sol défiler sous elle, un damier en marbre blanc et taupe. Celui – ou ce qui – la transportait était chaussé de solides boots en cuir marron aux lacets violets dénoués.

L'oreille contre le dos de l'inconnu, elle entendait son souffle entrer et sortir de sa poitrine. Une main retenait sa jambe avec la force d'un étau. Elle repensa au corps en décomposition, à la langue remuant derrière les molaires serrées qu'elle avait vus juste avant de s'évanouir. Aelia leur avait dit d'où le Résurrectionniste tenait son nom : son armée était composée de morts-vivants.

Son instinct la poussait à se débattre à coups de poing et de pied. À prendre son ravisseur par surprise et à s'enfuir en courant à toutes jambes. Mais elle ne bougea pas. Elle n'en savait pas assez, ni sur celui qui la portait – ressentait-il la douleur ? De quelle force était-il ? – ni sur l'endroit où elle se trouvait. Elle allait devoir prendre son mal en patience.

Alors, au lieu de se démener, elle nota la direction d'où venait la lumière (de fenêtres sur sa droite) et son inclinaison (ils étaient face à l'est et c'était le matin, peu après le lever du soleil). Une vive douleur dans la poitrine l'informa qu'elle paniquait. Elle s'était déjà réveillée prisonnière, et les choses s'étaient mal passées.

Tendant l'oreille, elle entendit des murmures autour d'elle, secs et aériens comme des souffles : l'armée du Résurrectionniste tout autour d'elle. Les échos et le reflet des hautes fenêtres sur le carrelage luisant indiquaient qu'ils se trouvaient dans un vaste espace. L'air sentait le moisi et la poussière, ainsi qu'un soupçon d'ozone que le Vortex avait laissé sur ses vêtements, sa peau et ses cheveux. Elle savait par expérience que l'odeur mettrait des jours à se dissiper, quoi qu'elle fasse pour s'en débarrasser.

Si elle survivait jusque-là.

Elle portait encore ses boots. C'était déjà ça, de quoi s'ancrer dans le présent au lieu de se laisser dériver dans ses souvenirs. L'Obscur lui avait pris ses boots. Alors que là, elle était chaussée.

– Elle est réveillée, dit quelqu'un – ou quelque chose – sur sa droite.

– Tant mieux, grommela son porteur. Je suis fatigué.

Il lâcha ses jambes et elle s'écroula par terre en heurtant brutalement le carrelage. Elle se trouvait dans une galerie dallée de marbre blanc, aux murs ponctués de colonnes blanches. Une rangée de suspensions géométriques en verre bleu filait en ligne droite le long du plafond. Les grandes fenêtres du mur de façade étaient bouchées presque jusqu'en haut par du contreplaqué. Sur le mur opposé, un rai de lumière matinale faisait étinceler de minuscules carreaux dorés.

Elle s'était fait mal aux coudes en tombant. Elle roula sur elle-même pour se mettre à quatre pattes et respira profondément le temps de faire passer la douleur. Elle ne s'était pas trompée sur la présence de l'armée du Résurrectionniste. Ils étaient partout et discutaient, assemblés par petits groupes ou assis par terre contre le mur. Ils portaient un uniforme constitué d'un pantalon à pinces bleu marine et d'une cape attachée sur l'épaule par des boutons dorés, jetée sur une chemise à col haut. S'il n'y avait eu la nuance verdâtre de leur peau et les plaques de décomposition sur leurs visages, leurs cous et leurs mains, elle aurait pu les prendre pour de simples soldats.

Elle se leva. L'homme – si on pouvait le qualifier ainsi – qui venait de la lâcher était grand et large d'épaules, avec des yeux d'un bleu laiteux et une oreille en moins. Derrière lui se tenait la femme à la mâchoire exposée qui l'avait capturée. Ses cheveux bruns étaient noués dans une tresse effilochée rabattue sur son épaule. Sloane eut un goût de bile dans la bouche.

– Avance.

Elle aurait voulu obéir. Vraiment. Mais ses jambes tremblaient trop, et elle resta immobile à les fixer.

La femme leva les yeux au ciel et la prit par le coude pour la tirer en avant. Sloane parcourut ainsi un couloir aux murs écaillés et aux dalles fissurées avant de prendre un escalier métallique. Plus elle montait en s'enfonçant dans le bâtiment, plus ses chances de s'échapper s'amenuisaient. Elle tenta de dessiner mentalement une carte des lieux – *vers l'ouest, tu marches vers l'ouest* – mais elle avait toutes les peines du monde à se concentrer sur autre chose que sur ses boots.

Les boots, c'était le présent. Les pieds nus, c'était le passé.

La femme s'arrêta devant une porte et l'ouvrit à l'aide d'une clé qu'elle portait sur un trousseau à sa ceinture. Sloane se retrouva dans un labo abandonné. Les murs étaient peints en bleu azur, ainsi que les façades des tiroirs et des placards. Une paillasse occupait le milieu de la pièce. Le sol, du plancher recouvert de linoléum, était gondolé par endroits, jonché de débris de plâtre et d'éclats de peinture bleue.

Ce n'était pas une vraie cellule. Bonne nouvelle. Ça signifiait que la pièce n'était pas conçue pour la retenir prisonnière Ça signifiait qu'il y avait une issue.

La femme la poussa à l'intérieur et referma la porte. Sloane écouta le bruit de la serrure, avant d'arpenter la pièce pour enregistrer ses dimensions. Elle ne contenait rien d'autre que la paillasse et un robinet sur le mur du fond. Elle alla l'inspecter. Le tuyau auquel il était fixé avait dû aboutir autrefois à la bonde d'un lavabo, mais le lavabo n'y était plus.

Elle tourna le robinet. Il émit un sifflement avant de cracher quelques gouttes orange dans toutes les directions, puis de lâcher une eau jaunâtre qui ne devait pas être potable. Mais Sloane était couverte de poussière et de débris du Vortex, et elle se sentait prête à tout pour se débarrasser de l'odeur de mort dont elle était imprégnée. Elle ôta son manteau et le retourna pour en arracher une poche avec les dents. Ça lui ferait un gant de toilette parfait.

Elle récura le dos de ses mains avec la boule de tissu jusqu'à ce que sa peau ait retrouvé une couleur à peu près normale, puis rinça son gant improvisé et se nettoya le visage. Elle frotta jusqu'à se faire mal, avant de passer à son cou et à sa nuque. Enfin, elle s'attaqua à ses cheveux. L'eau se teinta aussitôt de noir.

Elle ferma le robinet, s'essora les cheveux et les noua en chignon pour ne pas les avoir dans la figure. Puis elle s'emmitoufla dans son manteau en se frottant les bras pour se réchauffer. L'eau lui avait donné froid, à moins que ce ne fût la peur.

Enfin, gagnant le milieu de la pièce, elle s'accroupit face à la porte en s'adossant à la paillasse, et inspira aussi profondément qu'elle le pouvait.

Les choses suivaient le même déroulement que la première fois. Le réveil dans un lieu inconnu, puis l'attente que l'Obscur se décide à se manifester. L'arrivée du sommeil, au bout de l'épuisement. Elle n'avait pas su ce qui lui était arrivé pendant le temps qu'elle avait passé inconsciente avant d'atterrir dans la pièce où il l'avait enfermée, ni pendant combien de temps il l'avait observée avant de toucher son visage pour la réveiller. Cet intervalle, l'idée que son corps avait perdu la mémoire, qu'elle ne pouvait pas compter sur lui pour obtenir de réponse, l'avait davantage perturbée qu'elle n'aurait pu le croire.

Elle resta là sans bouger, comptant chacune de ses respirations pour s'assurer que le temps ne s'était pas arrêté, jusqu'à ce qu'elle ne sente plus ses pieds. Alors qu'elle se relevait pour ramener la circulation dans ses jambes, une clé tourna dans la serrure. Elle recula vivement jusqu'à buter sur les planches qui masquaient la fenêtre. Elle avait mal à la poitrine. Elle n'entendait plus rien que son nom, murmuré par la voix de l'Obscur.

Le Résurrectionniste se tenait à la porte et Sloane distingua la morte-vivante juste derrière son épaule carrée. Néron avait dit qu'il portait cinq siphons, et il avait mal compté. Il en avait un sur chaque œil, un sur le nez et la bouche, un sur la gorge, un sur chaque main et un dernier à une oreille. Ils étaient sobres, faits d'un métal sombre qui ressemblait à de l'étain.

Sans être tout à fait boiteuse, sa démarche était chaloupée, instable et prédatrice. Il fit claquer la porte derrière lui d'une pichenette dans l'air, accompagnée d'un sifflement aigu.

Ils étaient seuls.

La vision périphérique de Sloane s'obscurcit. Elle fut prise du même picotement dans les mains et la poitrine qu'au moment de sa rencontre avec l'Aiguille dans l'épave du *Sakhaline* et, plus tard, de sa proximité avec l'arme magique dans la Géode. Quelles que fussent l'identité et la nature du Résurrectionniste, il était saturé de magie.

– C'est Ziva qui m'a alerté. Tous ces sorciers qui s'agitaient dans leurs beaux habits… Il se passait visiblement quelque chose.

Le siphon déformait sa voix, lui donnant le timbre métallique qu'elle avait perçu lorsqu'il avait sifflé dans la rue. Il lui parlait comme s'ils reprenaient une conversation déjà engagée. Il pencha la tête sur le côté.

– J'ai des yeux partout où j'en ai besoin. Et ces yeux m'ont dit des choses intéressantes sur vous. Pas de siphon. Toujours en compagnie de ce grand soldat costaud…

– Celui que vous avez tué, vous voulez dire ? lâcha Sloane avec colère, avant de prendre une inspiration saccadée.

– Pas de connaissances sur notre monde, reprit-il comme s'il n'avait pas entendu. Vous faites de l'hyperventilation ?

– Je vous emmerde.

– Pas de magie, même dans les situations critiques. Dois-je en conclure que vous n'y avez pas accès ?

Puis, inclinant la tête de l'autre côté :

– Mais pourquoi vous avoir fait venir d'une autre dimension pour me tuer si vous ne pouvez pas vous servir de la magie ?

Les doigts de Sloane se crispèrent sur le mur, dont le plâtre s'enfonça sous ses ongles. Il savait. Il savait d'où elle venait, pourquoi elle était là…

Mais comment ?

Elle se rappela le regard de Mox au bar, la façon dont il avait semblé attendre d'elle une réaction qui n'était pas venue. « J'ai des yeux partout où j'en ai besoin. » Mox avait servi d'yeux au Résurrectionniste, qui avait dû mettre les protégés d'Aelia sous surveillance. Il avait profité de la sortie de Sloane pour l'attirer au Tankard et lui poser assez de questions pour comprendre qu'elle venait d'ailleurs.

Sloane se maudit. Mais quelle débile ! Aelia et Néron lui avaient demandé de rester à l'abri entre quatre murs, mais elle s'était crue plus maligne que tout le monde. Une gamine jouant à l'héroïne. Maintenant, elle allait le payer de sa vie.

– Il aurait été simple de régler la question, mais bon… il reste les *autres*, continua le Résurrectionniste. Combien êtes-vous ?

Sloane se décolla vivement du mur.

– Si vous touchez à un cheveu de leurs têtes, je…

– Vous me frapperez avec un tuyau qui va se réduire en poussière ? demanda-t-il d'une voix suave. Ce n'est pas très réglo. Vous et vos amis, vous venez pour me tuer, et je n'aurais pas le droit de riposter ?

– Vous êtes en train de détruire ce monde. Et le mien. Qu'y a-t-il de réglo là-dedans ?

– *Moi*, je détruis votre monde ? répliqua-t-il avec un rire sombre. Je devrais sans doute me sentir flatté que vous me croyiez capable d'un tel degré de destruction pendant une bagarre de rue.

Sloane revit sa haute silhouette dressée devant les turbulences brumeuses du Vortex. Le phénomène ne s'était pas interrompu une minute tandis qu'il avait pris Kyros en chasse.

– Ce monde-ci et le vôtre se détruisent eux-mêmes, reprit-il. Comme tous les mondes. Ils n'ont pas besoin de moi pour ça.

Il était fuyant, agité, ancré principalement par le poids des siphons.

– C'est comme ça que vous vous justifiez ?

– Ils vous ont promis quoi, en compensation ? Des pièces jaunes ? Du pouvoir à ramener chez vous ? Dites-moi ! Ça m'intéresse.

– Une *compensation* ?

– Oh, alors vous êtes une héroïne, répliqua-t-il d'un ton presque amusé. Choquée par la simple évocation d'une contrepartie…

– Je n'ai jamais demandé à venir ! Croyez-moi, si on m'avait donné le choix, je serais restée chez moi.

Mais il ne parut pas l'entendre. Il pencha la tête sur le côté comme pour tendre l'oreille, puis il tourna les talons et sortit brusquement. La porte se referma en claquant.

Sloane resta un moment immobile. Sa peur s'était réduite à une petite flamme. Elle connaissait l'Obscur. Elle connaissait la sensation crissante associée à sa présence, la manière dont ses tripes se nouaient lorsqu'il portait son attention sur elle… Non ?

Assez, pensa-t-elle en se tournant vers la fenêtre condamnée. C'était sa meilleure chance d'évasion. Le bois était une matière qui se brisait. Les planches pouvaient brûler. Les fenêtres donnaient sur des rebords, sur des rues et l'air froid de la nuit.

Elle entreprit d'ouvrir les tiroirs et les placards. Ils étaient en minces planches de contreplaqué que le temps avait rendus cassantes. Avec un peu de chance, ils étaient facilement inflammables, mais ça ne l'avançait pas beaucoup, à moins de vouloir mettre le feu à la pièce dans laquelle elle était enfermée. À tout hasard, elle retira quand même les tiroirs pour les empiler sur la paillasse. Ils pouvaient toujours servir.

La force pure était la première chose à essayer. Prenant un gros tiroir, elle l'abattit sur la fenêtre aveugle.

Le tiroir vola en éclats. Elle jeta la planchette qui lui restait entre les mains.

Entre les deux parois de contreplaqué fixées sur la fenêtre, il y avait un interstice assez large pour qu'elle y puisse y glisser les doigts. Agrippant l'un des pans, Sloane cala les pieds sur le bas du mur pour créer un effet de levier et tira sur la plaque de toutes ses forces dans l'espoir de la briser, ou simplement de la faire bouger. Sans succès. Les mains brûlantes, elle ravala un cri de rage.

Pas question de mourir là, dans cette pièce pourrie dans une dimension parallèle.

Il lui fallait une pression plus puissante. Ce qu'elle pouvait obtenir soit en appliquant une force supérieure – dont elle ne disposait pas dans l'immédiat –, soit en s'attaquant à une surface plus petite.

Elle fixa le contreplaqué quelques secondes en bénissant les lois de la physique et le fait de les avoir gardées en mémoire. Puis elle alla se camper devant le bout de tuyau qui sortait du mur. La vis coulissante qui le maintenait au siphon était vieille et facile à enlever. Elle empoigna la collerette et tira. Tout le bloc – conduite d'arrivée, collerette et canalisation – se détacha de la plaque de fixation. Le tuyau était lourd et solide. Elle le posa sur la paillasse.

Elle retira son manteau, puis sa chemise, remit le manteau en frissonnant et le boutonna jusqu'en haut. Puis elle tordit la chemise pour en faire une sorte de corde dont elle glissa l'extrémité dans l'interstice entre les planches de contreplaqué.

C'était aussi fastidieux que de devoir passer un fil dans le chas d'une aiguille avec des mains tremblantes. Même en avançant les doigts au maximum de chaque côté derrière la paroi, elle n'arrivait pas à attraper l'extrémité de la corde improvisée. Elle essaya encore et encore. La sueur commençait à perler sur sa nuque. Sans compter que plus le temps passait, plus elle risquait de se faire surprendre.

Enfin, elle parvint à saisir le bout de la corde dans l'autre main. Puis il fallut recommencer pour la deuxième paroi. Elle devait faire jouer les deux plaques l'une contre l'autre. Cette fois, elle eut moins de mal à faire ressurgir la corde de l'autre côté. Après avoir ramené les deux extrémités de la chemise devant elle, elle les noua fermement, glissa le tuyau dans le nœud et commença à le faire tourner sur lui-même.

Au début, cela ne changea rien. Mais peu à peu, à force de tourner, la corde se tendit, jusqu'à ce qu'il n'y ait plus moyen de tourner le tuyau. De nouveau, Sloane dut prendre appui sur le mur avec les pieds pour réussir à donner un nouveau tour de vis. Ses mains la brûlaient. Mais les planches commençaient à craquer.

Encore un tour. La peau de ses paumes s'était mise à peler. Les planches gémirent.

Un tour de plus, et elles craquèrent.

Récupérant le tuyau avec un rire de triomphe, Sloane l'enfonça entre les planches, plus faciles à faire plier maintenant qu'elles étaient fragilisées. Bientôt, il y eut entre les parois un espace suffisant pour qu'elle puisse s'y glisser, mais tout juste. Elle allait devoir forcer le passage.

Elle n'eut pas de mal à passer la tête, quitte à s'érafler un peu le cuir chevelu. Il faisait encore jour, mais le soleil était bas à l'horizon. L'immeuble était construit en gradins, comme un gâteau à étages, et elle se trouvait juste au-dessus du toit en terrasse le plus bas, recouvert de gravier. Au moins, elle pouvait l'atteindre sans se rompre le cou, même si elle ne voyait pas trop comment elle allait s'y prendre pour descendre de là ensuite.

Elle força le passage entre les deux planches de contreplaqué, se mordant les lèvres pour ne pas crier quand le bois lui scia les épaules. Le ventre rentré au maximum, elle fit passer le reste en se tortillant, puis sauta. Quand elle atterrit sur le gravier, elle avait mal partout.

Mais il était trop tôt pour crier victoire. Elle se releva, s'épousseta pour se débarrasser des gravillons et longea le rooftop en boitillant à la recherche d'un escalier de secours. La liberté était là, tout près… six étages plus bas. Elle avait une vue parfaitement dégagée sur la Sears Tower, qui s'élevait tel un géant sombre au milieu des nuages, et un peu plus loin, sur la Warner Tower, dont la façade ondulée jetait ses reflets gris sur elle. Elle se tenait face au lac et le bâtiment dans lequel elle se trouvait formait une arche enjambant ce qui était, à Chicago, la voie rapide de Congress Parkway. Elle était déjà passée dessous en voiture.

Elle fit le tour du rebord sans découvrir aucune échelle. Elle allait devoir repasser par l'intérieur pour sortir de là.

Au bout du toit se trouvait ce qu'elle supposa être l'entrée d'une cage d'escalier, le genre de celle qu'il y avait au Chameau. Avec de la chance, ça la mènerait jusqu'au rez-de-chaussée, après quoi elle n'aurait plus qu'à piquer un sprint.

Elle dut forcer un peu pour ouvrir la porte – soit il n'y avait pas de verrou, soit il était brisé – et tomba sur un escalier plongé dans le noir, où flottaient des relents de pourriture. Trouvant la rampe à tâtons, elle s'y agrippa fermement pour descendre. Elle n'avait ni mangé ni bu depuis longtemps et sa bouche était sèche comme du coton. Mais elle continua, en tenant l'image d'un verre d'eau devant elle comme une carotte au bout d'une ficelle.

Elle avait descendu cinq étages lorsqu'une lumière s'alluma. Elle se plaqua contre le mur et attendit que sa vision s'adapte. Elle entendit des pas. Des voix, toutes proches, qui se rapprochaient encore en montant l'escalier. Elle descendit les dernières marches et tenta d'ouvrir la porte du palier sans faire de bruit, mais elle était trop lourde. Il allait falloir y aller plus fort.

Après un compte à rebours, Sloane ouvrit la porte d'un coup en faisant grincer les gonds et fonça dans le couloir. Le linoléum était gondolé, comme dans le laboratoire.

D'énormes blocs de plâtre s'étaient détachés des murs et gisaient en morceaux par terre, et la moitié des carreaux qui tapissaient le plafond manquaient ou menaçaient de tomber. Sloane passa devant des portes donnant sur de vieux bureaux éclairés au néon, à la moquette marron. Dans l'un d'eux, des graphiques étaient encore affichés au mur, soulignant des courbes de congés maladie au surligneur.

Afin de s'orienter, elle regarda dehors par l'une des rares fenêtres qui n'étaient pas bouchées. Elle repéra la Sears Tower, plus proche que lorsqu'elle se trouvait sur le toit. Donc, elle se dirigeait vers le nord, vers le point par lequel elle était entrée. Vers l'armée du Résurrectionniste.

Un bruit derrière elle la fit se réfugier dans un bureau. Ou plutôt un ex-bureau. Les cloisons de séparation des box étaient toujours debout, avec leurs bureaux intégrés, mais tout le reste avait été déblayé. Dans un coin, il y avait un matelas garni d'un drap à fleurs aux couleurs passées avec taie d'oreiller assortie. À côté, une pile de livre parmi lesquels elle n'en identifia qu'un : *La Manifestation des désirs impossibles : une nouvelle théorie de la magie.*

Sur l'un des bureaux intégrés qui se trouvait près de l'entrée s'alignaient des vis, des câbles et des plaques de métal en petits tas bien ordonnés. Une boîte glissée sous la table contenait de vieux siphons à différents stades de détérioration. L'un avait perdu toutes les plaques de la paume, et un autre tous ses doigts. Un bocal contenait un assortiment de tournevis rangés pointe vers le bas, prêts à être utilisés.

Quelqu'un vivait là.

Elle ne savait pas grand-chose sur les zombies – si c'était bien le terme qui convenait aux soldats du Résurrectionniste, qui paraissaient dotés de trop d'intelligence pour n'être que cela – mais il ne lui semblait pas qu'ils eussent besoin de dormir. En toute logique, cette pièce devait servir de chambre au Résurrectionniste lui-même. Ce qui en faisait la pire cachette qu'elle aurait pu choisir.

Entendant de nouveau les voix, elle se glissa dans une autre pièce qui avait visiblement été une salle de réunion, à en juger par la longue table bancale et le nombre de fenêtres. C'étaient des fenêtres à guillotine et toutes n'étaient pas condamnées, laissant même entrer assez de lumière pour y voir. À vrai dire…

Elle était presque sûre de pouvoir les ouvrir. Elle en secoua une doucement par la poignée pour vérifier qu'elle glissait dans le dormant. Elle n'était pas bloquée. Sloane s'immobilisa pour écouter les voix en regardant par-dessus son épaule. Elles se rapprochaient encore, et elle distingua quelques paroles :

– Recouds-le, mais…

– Merde, souffla Sloane.

Alors elle poussa la fenêtre de toutes ses forces pour la remonter complètement et passa la tête au dehors. Elle était au deuxième étage. Assez haut pour se casser une jambe en sautant.

Elle se retourna de nouveau. Les voix s'étaient tues. Elle attendit en retenant son souffle. Puis elle entendit le linoléum gémir sous la pression d'un pied.

– OK, se murmura-t-elle à elle-même. OK, OK, OK.

Basculant les jambes au-dehors, elle s'assit sur le rebord de la fenêtre.

Puis, une fois prête à affronter la douleur, elle sauta.

Elle ne regarda pas sa cheville droite. Elle ne voulait pas savoir.

La douleur lui fit monter les larmes aux yeux. Elle se mordit le poing de toutes ses forces et se mit en marche d'un pas boitillant en prenant appui sur le mur. Celui-ci s'arrêtait quelques mètres plus loin et il lui faudrait continuer en transférant tout son poids sur le pied droit.

Elle s'arrêta pour s'essuyer les yeux. Elle aurait dit que quelqu'un lui lardait la jambe de coups de couteau. Toutes ses pensées palpitaient en rythme avec la douleur. Elle s'écarta du mur, et hurla.

Encore un pas, s'encouragea-t-elle, le souffle coupé.

Elle en avait bien une centaine à faire avant d'atteindre la rivière et de pouvoir s'appuyer sur le parapet. Elle regarda derrière elle dans un brouillard de larmes, mais il n'y avait pas une seule voiture. Elle fit un pas. Puis un autre.

Elle parcourut ainsi tout le chemin jusqu'à la berge, où elle distingua enfin des phares.

EXTRAITS DE :

Enfin une série d'articles sur l'Élu

Tiré de l'article « Comme dans un rêve »,
de Laura Bryant

Et ce fut là, en voyant mon sac de courses se déverser par terre, l'oignon rouler dans le caniveau

une bouteille de lait brisée se vider dans les fissures du trottoir

– que je le vis pour la première fois.

La tempête destructrice du Résurrectionniste avait commencé, la force d'attraction, le déchiquetage, la matière mastiquée. Et, partout autour, des gens qui hurlaient, qui hurlaient en courant.

Ils couraient pour échapper à la mort.

Je m'étais tordu la cheville en tombant. Moi qui faisais partie des faibles du troupeau, je me trouvais soudain exposée à une attaque du prédateur le plus redoutable de notre monde, notre futur destructeur, notre diable incarné. Ma mort était certaine…

Et pourtant.

Comme dans un rêve…

L'Élu apparut. Ses cheveux d'or étincelaient au soleil. Sous son épaule, le sceau de l'armée de l'Étincelle, en tribut à ses camarades tombés, à ses hommes massacrés. Une simple collerette de métal autour du cou, son siphon, son épée. Un sifflet serré entre ses dents, son bouclier. Derrière lui, une nouvelle armée, rebâtie sur les cendres des morts.

Notre défenseur.

L'Élu de Genetrix.

Tiré de l'article « Ma première pensée »,
de Xevera Ibáñez

J'ai vu une photo de lui dans le journal le lendemain de l'attaque de Cordus. Il s'était battu, il avait mis en œuvre de puissants processus par la force de son chant, fait trembler les fenêtres, secoué les portes, mais il n'avait pas gagné. Il n'avait pas non plus perdu. Il était toujours parmi nous, et nous étions heureux, mais également déçus qu'il n'ait pas sauvé le monde à l'aide d'un simple sifflet.

Cela signifiait que de nouvelles angoisses nous attendaient. Encore des rues fendues en deux, des mères au visage pétrifié, des enfants qui se réveilleraient seuls, des hommes qui fixeraient le vide assis sur le trottoir. Encore des bâtiments dépecés par un vent surnaturel, des décombres, des rideaux déchirés et des fenêtres fracassées. Encore plus de tout cela, plus de perte, plus de moins.

J'ai vu une photo de lui à côté d'un panneau de stop, avec ses cheveux d'or, une chaîne d'or autour du cou, une collerette d'or sur la gorge, lèvres serrées, fossette à la joue, serrant la main du maire.

Et ma première pensée a été : *Je le voyais plus grand.*

27

Sloane descendit sur la chaussée d'un pas incertain en agitant les bras. Le taxi s'arrêta dans un crissement de pneus et elle ouvrit la portière sans laisser au chauffeur le temps de se demander si ça valait le coup de s'embêter avec elle.

C'était un jeune homme au début de la vingtaine, pâle et bien rasé, qui tordait le cou pour la regarder. Elle allongea sa jambe sur la banquette et il écarquilla les yeux.

– Madame, vous êtes… ?

– Au Centre des Hautes Études, s'il vous plaît.

– Vous avez besoin d'aller à l'hôpital, madame…

– Non, le coupa-t-elle en serrant les dents.

Elle ne voulait pas devoir s'orienter toute seule dans un hôpital sur Genetrix.

– Et si vous m'appelez encore « madame », ajouta-t-elle, je saute de la voiture en marche.

Sloane fixa les amulettes suspendues au rétroviseur pendant la plus grande partie du trajet : une médaille de saint, la moitié d'un cœur, un sifflet miniature en plastique. La radio était réglée sur une station chrétienne et le refrain d'une chanson (« Jésus, tes processus ont agi sur mon cœur ») lui donna le sentiment d'être très, très loin de chez elle.

Ce ne fut que lorsque le taxi s'arrêta devant le bâtiment qu'elle réalisa qu'elle n'avait pas d'argent sur elle. Elle se chamaillait avec le chauffeur et le ton montait quand Cyrielle sortit en courant.

Sloane n'avait jamais ressenti un tel soulagement à la vue d'un rouge à lèvres orange vif.

– Oh, mon Dieu, dit Cyrielle quand Sloane extirpa sa cheville *très* enflée de la voiture.

Elle prit une pièce dans la bourse qu'elle portait à sa ceinture et la jeta au chauffeur avant de soutenir Sloane pour l'aider à sortir.

Alors seulement, Sloane prit conscience qu'elle avait réussi. Elle s'était échappée.

Elle ne se laissa aller qu'une fois à l'intérieur du Chameau. Cyrielle la fit asseoir sur un banc près de l'entrée, et Sloane resta là à fixer les losanges orange projetés sur les dalles par les reflets d'un vitrail. Il faisait bon, les gens allaient et venaient dans le hall, les uns chaussés de gros boots, les autres de fines chaussures à bouts pointus, d'autres encore faisant crisser les semelles blanc guimauve de leurs baskets. Elle-même avait le pied nu (elle avait retiré sa chaussure dans le taxi pour soulager sa cheville enflée comprimée par le cuir), qui virait au violet. Elle ne sentait presque plus la douleur.

Soudain, quelque chose lui fit lever le nez et elle vit Matt arriver presque en courant. Il avait les yeux rouges. Dès que leurs regards se croisèrent, il se mit à courir pour de bon, manquant renverser au passage une vieille dame aux cheveux gris frisottés. Sloane se releva en prenant appui sur le mur, pile à temps pour qu'il entre en collision avec elle.

Les bras de Matt se replièrent autour de sa taille en la soulevant de terre, et elle se laissa aller contre son corps solide et rassurant.

La dernière nuit qu'ils avaient passée ensemble, elle n'avait pas su l'apprécier. Outre son corps tout en muscles fuselés et toniques, Matt lui apportait sa chaleur, sa douceur, un sentiment de sécurité. Ces dernières années, elle ne pouvait pas prétendre qu'il lui avait inspiré un désir ardent, mais il avait continué à faire brûler en elle une petite flamme qui ne s'éteignait jamais tout à fait. Et ce feu couvant, cette veilleuse lui manquait.

Instinctivement, elle avait remonté les mains dans son dos, qui était moite de sueur. Il la reposa doucement, mais sans la lâcher. Elle réalisa brusquement qu'il tremblait.

– Tout va bien, lui murmura-t-elle à l'oreille. Tout va bien.

– C'était… Tout ce que je me disais, c'est… Tout ce que je me disais, c'est : *Ça ne va pas recommencer…*

Il parlait d'une voix étouffée, le visage enfoui au creux de l'épaule de Sloane.

Ça ne va pas recommencer. Cette même pensée l'angoissait depuis leur arrivée sur Genetrix. *Ça ne va pas recommencer. Pas un autre Obscur, pas un autre enlèvement, pas une autre évasion…* Mais elle ne s'était pas demandé ce que Matt avait ressenti en la voyant disparaître une deuxième fois, sans savoir s'il la reverrait vivante ni ce qu'elle était en train de subir.

En réalité, elle n'avait jamais réfléchi non plus à ce qu'il avait pu éprouver la première fois. Matt était alors leur leader incontestable, et deux des personnes qu'il dirigeait avaient été enlevées et torturées par leur ennemi. Impossible qu'il ne se soit pas senti coupable. Et il s'en voulait sans doute cette fois-ci aussi.

Sloane tourna son visage vers le sien, passa la main dans ses cheveux ras et lui dit, dans le petit espace qui les séparait :

– Ce n'était pas pareil. Personne ne m'a fait de mal. D'accord ? Je vais bien. Je dois juste… puer, je pense.

Il répondit par un rire hystérique proche du croassement, avant de relâcher son étreinte. Elle lui adressa un sourire timide et entrevit une lueur d'espoir pour la première fois depuis qu'elle lui avait rendu la bague – l'espoir qu'un jour, quand la peine se serait atténuée, ils puissent redevenir amis.

Esther attendait à quelques pas de là. Elle avait découvert la diversité des textiles de Genetrix et les portait en superposition : écharpe à imprimé cachemire drapée bas sur les épaules de manière à découvrir son siphon de gorge, chemisier à carreaux, pantalon à rayures et chaussettes à chevrons orange. Lorsque Matt et Sloane se séparèrent, elle s'avança et serra Sloane contre elle un peu plus délicatement qu'il ne l'avait fait.

– Kyros ? demanda Sloane tout doucement, parce que cela lui faisait trop mal de prononcer son nom.

– Il est dans le coma. Les médecins ne savent pas s'il se réveillera un jour. J'ai fait le processus du souffle pour relancer ses poumons.

Une petite étincelle qui ressemblait à de la fierté scintilla un instant dans les yeux d'Esther.

Le poids qui pesait sur la poitrine de Sloane s'allégea un peu. Elle avait été incapable de penser à Kyros depuis son enlèvement, mais la vision de l'instant où il était tombé ne l'avait pas quittée.

– Tu es blessée ? demanda Matt en désignant sa cheville.

– J'ai dû sauter par une fenêtre. Je crois que j'ai besoin d'un médecin. Voire d'une jambe neuve.

– Cyrielle est partie en chercher. Un médecin, pas une jambe.

Sloane n'avait même pas enregistré le départ de la jeune femme, mais, en effet, aucun éclair orange ne flottait plus dans son champ de vision.

– Parfait.

Esther se campa sur sa gauche et Matt sur sa droite et tous deux la soutinrent jusqu'aux ascenseurs de sorte qu'elle eut à peine à poser les pieds par terre. Esther émit sans se tromper la note qui appelait l'ascenseur.

Ça aussi, c'était un soulagement : malgré ce qu'elle leur avait caché, malgré tout ce qu'ils avaient traversé, ils restaient à ses côtés.

Tout n'était pas perdu.

Cette nuit-là, elle rêva qu'elle traversait un champ en trébuchant, pieds nus, un bras autour de la taille d'Albie. Elle entendait sa respiration sifflante à quelques centimètres de son oreille et son bras glissait, tout gluant du sang de son ami. Elle dut s'arrêter pour raffermir sa prise et il étouffa un cri .

Il faisait noir, mais la rosée qui lui mouillait les chevilles indiquait que c'était le matin.

Elle se réveilla avec des élancements dans la mâchoire à force d'avoir serré les dents, et avala sa dernière pilule jaune.

Deux jours plus tard, Sloane se trouvait dans le bureau d'Aelia, équipée de béquilles.

La veille, après avoir installé son matériel dans la chambre dépouillée de Sloane, le médecin s'était agenouillé pour poser son pied sur ses genoux. Il était équipé d'un siphon d'aspect très sophistiqué coincé entre ses dents, d'un oscilloscope amélioré qui lui donnait la fréquence du son au décahertz près, et d'un siphon d'œil qui ressemblait à une moitié de viseur. Et il s'était servi des trois ensemble pour visualiser la fracture, dans un processus qui, dans l'état d'épuisement dans lequel était Sloane, lui avait paru revêtir des allures de rite sacré.

Il avait remis l'os en place avec des mains froides, le geste sûr, sans trop s'excuser, en lui promettant pour le lendemain un plâtre et un siphon qui accéléreraient la guérison.

Maintenant, siphon et plâtre lui enveloppaient la jambe, et on lui avait annoncé qu'elle devrait garder ses béquilles pendant quinze jours.

Elle s'était débarrassée de la suie et de la poussière du Vortex avec vigueur sous la douche, mais la sensation lui collait à la peau, comme dans un rêve lucide.

« Propre », c'était le mot qui décrivait le mieux le bureau d'Aelia. Parquet, murs blancs, une unique bibliothèque contenant des livres classés par couleur. Il y avait des orchidées blanches dans une jardinière blanche près de la fenêtre. La porte se referma derrière Sloane avec un bruit sourd.

Elle était passée par l'atelier de Néron en chemin. Leurs deux bureaux avaient des portes identiques en bois épais munies de verrous, ce qui l'amena à se demander ce que ces deux pièces pouvaient contenir qui requière un tel niveau de sécurité.

Des relents de soufre continuaient à lui parvenir à quelques minutes d'intervalle, malgré les effluves de sauge de ses cheveux provenant du shampooing fourni par Cyrielle.

Elle en détecta de nouveau lorsque Néron vint prendre ses béquilles pour qu'elle puisse s'asseoir. Il s'assit sur la chaise à côté d'elle.

Aelia croisa les mains sur son bureau propre et tout blanc, faisant tinter les plaques métalliques de son siphon de poignet. Ses ongles vernis de rose mat formaient des moitiés d'ovales parfaites.

Sloane avait rédigé son rapport la veille et l'avait transmis à Aelia et à Néron par l'intermédiaire de Cyrielle, mais ils l'avaient convoquée en invoquant le besoin de lui poser quelques questions complémentaires. Elle ne voyait pas ce qu'elle pouvait ajouter à son récit. Elle avait déjà failli se briser le cou pour eux.

– Alors, dit-elle en voyant que personne ne parlait, vous aviez des précisions à me demander ?

– Comment vous sentez-vous, Sloane ?

Le sourire d'Aelia ne pouvait être que forcé. Sloane n'était pas quelqu'un à qui l'on souriait et elle-même n'était pas du genre souriant.

– Ça baigne. Donc, ces questions ?

Aelia glissa un coup d'œil à Néron, qui s'éclaircit la gorge. Puis se pencha vers Sloane en croisant les chevilles. Il y avait des petits dessins de baguettes magiques sur ses chaussettes. Sloane réprima un sourire.

– Nous nous inquiétions un peu pour vous, parce que nous avons détecté une certaine… compassion dans le ton de votre déclaration.

– De la compassion pour le Résurrectionniste, précisa Aelia.

– Pardon ? s'exclama Sloane, indignée. Il m'a fait enlever. Comment voulez-vous que j'aie de la compassion pour lui ?

–Vous mentionnez dans votre déclaration qu'il vous paraît… perturbé.

– J'ai juste voulu dire qu'il était différent de ce à quoi je m'attendais. Rien de plus.

– Différent en quoi, exactement ?

Néron pencha la tête sur le côté, avec une expression qui rappela à Sloane le psy qu'elle avait vu après la Plongée, tête inclinée et front plissé.

– Le Résurrectionniste n'est pas l'Obscur, expliqua-t-elle. J'avais envisagé qu'il puisse être sa version parallèle, mais je sais maintenant que ce n'est pas le cas. C'est tout.

– Notre inquiétude ne tombe pas de nulle part, précisa Aelia. Le Résurrectionniste a déjà rallié des gens à sa cause. Il a… un charme particulier.

– Un charme ? s'étonna Sloane. Où avez-vous lu quoi que ce soit dans ma foutue déclaration qui fasse allusion à son « charme » ?

– Ce n'est pas tout à fait ainsi que cela se passe, rectifia Néron. On le soupçonne d'avoir recours à des processus de persuasion…

– À qui a-t-il fait ça jusqu'ici ? le coupa Sloane.

Néron et Aelia échangèrent un bref regard.

– Cela n'a pas d'importance, éluda Aelia.

– Je pense que si, au contraire, ou vous ne seriez pas en train de me mettre en garde.

Nouvel échange de regards.

– Comme je le disais, reprit Néron, nous voulions juste nous assurer que…

– Eh bien, à vrai dire, moi aussi, je voulais vous parler. Parce que j'ai eu l'impression que le Résurrectionniste avait déjà eu affaire à quelqu'un dans ma position. Un autre Élu, je veux dire. L'Élu de Genetrix l'a-t-il déjà rencontré ? Enfin… au moment de sa mort ?

– Nous ne supervisions pas les activités de notre Élu autant que nous l'aurions dû, répondit Aelia. Peut-être parce que nous étions persuadés que tout se passerait selon les termes de la prophétie. Comme vous pouvez le constater, nous ne reproduirons pas cette erreur.

– Mais je remarque que vous ne vous proposez toujours pas pour vous battre contre lui.

– Connaître ses limites n'est pas nécessairement un tort, répliqua Aelia en rougissant légèrement.

Sloane haussa les épaules.

– Ah non ? Personnellement, je n'ai jamais eu le luxe de découvrir les miennes.

– Dans ce cas, vous manquez autant de sagesse que votre prédécesseur, riposta Aelia. Elle aussi croyait qu'un accord ou une sorte de réconciliation était possible. Elle avait tort, et elle l'a payé au prix fort. Est-ce ce que vous vouliez entendre ?

Les mots percutèrent Sloane un à un. « Elle avait tort. »

Or lorsqu'Aelia, devant les ruines du vieux Vortex, les avait informés de la mort de l'Élu de Genetrix, elle avait dit « il ». « Il était plein de bravoure et excellait dans la pratique de la magie… Il est mort. »

Aelia avait alterné les pronoms personnels des deux genres en parlant de la même personne. Mais Sloane choisit de ne pas le souligner pour l'instant.

– Ainsi, cette personne que le Résurrectionniste a manipulée… c'était votre Élue, commenta Sloane comme si de rien n'était. Il suffisait de le dire.

Aelia lissa sa chemise sans un faux pli.

– Disons que je ne tenais pas à vous alarmer inutilement, en particulier si vite après l'événement traumatisant que vous avez vécu.

Sloane s'adossa à sa chaise.

– J'ai l'air alarmée, là ? J'aurais plutôt cru que j'avais l'air en rogne que vous poussiez ma patience à bout, alors que tout ce que je demande, c'est de tuer ce connard et rentrer chez moi.

Aelia pinça les lèvres.

– Bien. Maintenant, si vous voulez bien me passer mes béquilles, je vais clopiner jusqu'à ma chambre.

– Étrange…, fit Esther, perplexe.

Sloane était assise dans l'encadrement de la porte, face à l'ascenseur pour anticiper toute arrivée. Sa jambe droite était étendue devant elle sur les larges lattes du parquet de la chambre d'Esther. Elle avait appuyé ses béquilles à l'inexplicable bénitier fixé au mur, qu'Esther avait détourné en boîte à bijoux.

– Ce n'est pas le mot que j'aurais choisi, observa-t-elle. Plutôt « inquiétant » ou « suspect ».

– Je ne vois pas ce que ça a de si inquiétant, dit Matt en remontant ses manches de chemise.

Esther et lui portaient désormais leurs siphons en permanence. Le matin même, au petit déjeuner, Sloane les avait surpris à changer leurs cafés en glace.

– Les gens font des fautes de grammaire tout le temps. À mon avis, ça ne veut rien dire.

– Ça t'est déjà arrivé de parler de moi en disant « il » ? demanda Sloane.

– Euh, non. Alors peut-être que c'était un trans et qu'Aelia mélange les deux pronoms, ou peut-être qu'elle ne l'a pas très bien connu, ou…

– Pourquoi tu ne lui as pas posé la question ? l'interrompit Esther.

– Je me suis dit que si elle était en train de me mentir, rien ne l'empêchait de continuer.

– Je crois quand même que…, reprit Matt.

– Ne dis pas n'importe quoi, le coupa de nouveau Esther. C'est évident qu'Aelia parlait de deux personnes différentes. Néron et elle nous mentent, c'est clair. Cela dit, on ne sait pas pourquoi. Ça peut très bien être pour une bonne raison.

– Vous me sciez, tous les deux, s'exclama Sloane en frappant le parquet du plat de la main. Ces gens nous ont kidnappés. Ils nous retiennent en otage jusqu'à ce qu'on ait tué leur méchant, et vous avez du mal à croire qu'ils nous mentent ? Expliquez-moi… C'est juste parce qu'ils ont dit « s'il vous plaît » et « merci » ?

– Il faut toujours que tu dramatises, répondit Esther en levant les yeux au ciel. Moi, j'essaie seulement de ne pas me faire un flip. Je ne demande pas non plus qu'on leur file le prix Nobel.

Matt enroulait le cordon de serrage de son siphon autour de son petit doigt.

– En admettant qu'Aelia nous ait menti et que ce soit pour une mauvaise raison, déclara-t-il, qu'est-ce qu'on peut y faire ? On dépend toujours d'elle pour rentrer chez nous.

Il marquait un point. Quels que fussent les éléments que leur cachait Aelia, quoi qu'il se passât vraiment sur Genetrix et sur la Terre, ils n'en étaient pas moins condamnés à faire ce qu'on attendait d'eux pour pouvoir repartir. L'idée de passer le reste de sa vie ici, au milieu du taffetas et des cliquetis des siphons, rendait Sloane claustrophobe. Ce n'était pas sa planète. Ce n'était pas sa vie.

Même si tout ce qui l'attendait sur la Terre était la désolation – quitter l'appartement qu'elle avait partagé avec Matt, pleurer la mort d'Albie, naviguer à vue pour échapper aux médias –, au moins, c'était *sa* vie. Mais elle ne pouvait pas ignorer l'étrange soulagement qu'elle avait ressenti à la bourde d'Aelia. Elle pouvait enfin mettre un mot sur ce qui la tarabustait depuis qu'elle était sortie de la rivière Chicago : on lui mentait. Et Sloane détestait tous les mensonges qui n'étaient pas les siens.

– Je trouverai des preuves, déclara-t-elle. Et je la mettrai au pied du mur. À ce moment-là, elle ne pourra plus me mentir.

– Je peux parler à Cyrielle, suggéra Matt. Juste comme ça, sans avoir l'air d'y toucher.

Sloane lui sourit, reconnaissant dans cette proposition un gage de réconciliation.

– Rien de tel qu'une petite causette sur les Élus morts autour d'un bon repas, fit Esther.

– Cyrielle, tiens, tiens, dit Sloane.

Elle avait voulu le taquiner, mais sa remarque était tombée à côté, teintée d'une nuance presque accusatrice.

– Tu as d'autres questions ? lui demanda-t-il doucement.

Sloane sentit enfler en elle – dans sa gorge, sa poitrine, son ventre – l'horrible bulle qui annonçait toujours le risque d'une crise de larmes. Elle se releva en prenant appui sur le chambranle derrière elle.

– Non, répondit-elle une fois qu'elle eut retrouvé ses esprits. J'y vais. Je suis fatiguée.

Ça aussi, c'était clairement un mensonge.

Mais Matt, dans son infinie délicatesse, ne le releva pas.

EXTRAIT DE :

Le Trésor titanesque de la poésie irréaliste, volume 2

El Qué,

par Artificial

Qu'est-ce ?
Est-ce
EST-ce ?
Qu'est
est ?
Est-ceceque c'est
E
S
T
E
S
T
-CE !
Que ?

28

Les semaines qui suivirent ne furent pour Sloane qu'ennui et frustration. Le médecin lui ayant déconseillé l'emploi des siphons pendant au moins quinze jours, personne ne vint lui mettre la pression sur les entraînements. Elle n'était pas censée marcher sans béquilles, et comme celles-ci lui faisaient mal aux aisselles, elle passait le plus clair de son temps au même endroit, à lire *La Manifestation des désirs impossibles.*

L'endroit en question était un petit banc au bout de la galerie qui menait à l'atelier de Néron.

Peu de gens s'approchaient de sa porte. Plus rares encore étaient ceux qui la franchissaient, et ceux-là ne le faisaient que sous l'escorte de Néron en personne. Comme s'il était le seul à commander la magie qui verrouillait l'entrée.

C'était précisément pour cette raison qu'elle avait ciblé son bureau de préférence à celui d'Aelia. Le préteur accordait au moins l'accès de son antre à Néron et à Cyrielle. Néron, à personne. Cela impliquait qu'il protégeait quelque chose d'important.

Au début, Sloane chercha une excuse pour qu'il la laisse entrer. Mais Néron se montrait plutôt fuyant depuis leur conversation dans le bureau d'Aelia. La première fois qu'il l'avait vue assise là, il lui avait demandé pourquoi elle avait choisi cet endroit. En guise de réponse, elle lui avait désigné la fenêtre et sa vue sur la Sears Tower. Depuis lors, il gagnait son atelier par un autre chemin pour ne pas avoir à la croiser.

Ce ne fut qu'au bout de quinze jours qu'elle l'entendit. Elle s'était levée en voyant Néron arriver à sa porte et s'était précipitée – autant que ses béquilles le lui permettaient – pour engager la conversation. Mais il s'était engouffré dans l'atelier en faisant semblant de ne pas la voir. Elle vit la lourde porte se rabattre… et le verrou se refermer.

Elle était partie du principe que Néron fermait son bureau par un processus de magie qu'il effectuait sur le seuil. Mais si elle s'était trompée, et que sa magie ne s'appliquait qu'au verrou ?

Alors – équipée depuis peu d'une chevillère qui lui permettait de se passer de béquilles – Sloane alla mendier de l'argent à Cyrielle et se rendit dans une quincaillerie pour y acheter un marteau et un tournevis.

– Je ne peux pas croire que j'ai accepté de faire ça, grommela Esther.

– Ne fais pas celle qu'on a forcée à venir, répliqua Sloane en pointant le tournevis sur elle.

Il avait un manche bleu roi sur lequel était gravé le nom SIPHONA TECHNICA en lettres dorées. Passant l'index sous le bracelet de la montre d'Esther, Sloane tira son poignet devant ses yeux pour lire l'heure.

– OK, on y va. Tu te rappelles la version officielle si on tombe sur Néron ?

– Ton truc de siphon de jambe émet un bruit aigu et on voudrait qu'il y jette un coup d'œil. Tu sais qu'il ne gobera jamais ça ? On aurait pu aller voir Cyrielle.

– De toute façon, il ne sera pas là. Ça fait quinze jours que je surveille ses allées et venues et il ne reste jamais après cinq heures.

– T'es qu'une sournoise.

Sloane sourit de toutes ses dents et poussa la porte de la cage d'escalier d'un coup d'épaule.

Puis elles remontèrent la galerie bordée de fenêtres jusqu'à l'atelier de Néron. Elles passèrent devant le banc sur lequel Sloane avait passé de longues heures à lire, puis une sculpture monochrome rose qui lui faisait penser à un rein. La porte à double battant du bureau de Néron aurait eu davantage sa place dans un château qu'au Chameau, avec ses gros gonds et ses vieilles charnières rouillées. En l'occurrence, cela leur simplifierait le travail.

– Préviens-moi si quelqu'un arrive, dit-elle à Esther en s'accroupissant avec raideur devant le gond du bas.

Elle inséra la pointe du tournevis sous le gond et le frappa avec le marteau pour le faire remonter dans la charnière. Une fois qu'il en fut assez ressorti, elle le retira à la main. Un de fait, plus que deux.

– Ça veut dire que la magie qui protège la porte n'empêche pas de faire ça ? s'étonna Esther. Ça paraît énorme, comme négligence.

– Oui, hein ? dit Sloane en s'attaquant au deuxième gond. Mais tout ce que fait sa magie, c'est protéger le verrou. Le processus le fait glisser en place et le maintient fermé. Il n'agit pas sur la porte dans son ensemble. Si c'était le cas, pourquoi Néron s'embêterait avec un verrou mécanique ? Ça ne servirait à rien. Ils comptent sur la magie pour tout, ici.

– Et qu'est-ce qui t'y a fait penser ?

– Je lis les journaux. C'est dingue, le nombre de cambriolages qu'il y a dans cette ville, rien que parce que les gens s'en remettent à la magie, et qu'ils en oublient qu'elle peut être contournée par des moyens bêtement mécaniques. Ils ont totalement perdu le sens du fonctionnement des trucs basiques.

Sloane régla son compte au dernier gond et dégonda la porte en plaçant le manche du tournevis entre le mur et la charnière pour faire levier.

Comme le verrou magique continuait à agir, la porte pendouillait maintenant à un angle étrange. On aurait dit une dent reliée à la gencive par son dernier ligament.

– Gagné.

Et, se tournant sur le côté, elle se glissa dans le bureau.

– Si on devait s'éterniser sur Genetrix pour une raison ou pour une autre, tu devrais envisager une carrière de cambrioleuse, lui suggéra Esther.

– Je prends note. Grouille, l'allure de cette porte ne va pas passer inaperçue très longtemps.

Sloane examina le bureau de Néron. La lumière du jour filtrait à travers le damier de panneaux translucides du plafond et baignait la vaste pièce dans une atmosphère de serre, pâle et tamisée. Les murs décorés de frises en pierre donnaient à l'ensemble un air de temple antique entouré de symboles mystiques. Le bureau était encombré de livres, de matériel, de pièces de vieux siphons et d'outils pour les réparer, de documents en toutes langues ouverts ou empilés les uns sur les autres.

Esther sortit quelque chose de sa poche. C'était un sifflet, à peu près de la longueur de ses doigts. Sloane avait vu des gens souffler dans ces sifflets dans la rue ou dans le hall du Chameau pour exécuter des processus un peu complexes.

Portant le sien à ses lèvres, Esther émit une longue note grave. Comme il ne se passait rien, elle recommença en fermant les yeux, le front plissé par la concentration. Une maigre lueur s'alluma dans un coin et Esther se jeta sur une pile de livres dont elle extirpa un mince cahier noir. Elle le feuilleta jusqu'à la page lumineuse et lut tout haut :

L'Élu décrit sa perception unique de la magie comme un réseau de ficelles lumineuses, comme les fils d'un métier à tisser reliant les gens les uns aux autres. C'est ce dernier point qui m'intrigue le plus – la magie qui pénètre la terre doit y plonger plus profondément que dans la couche de terre supérieure. Elle doit être reliée à quelque chose qui se trouve au cœur de notre planète, quelque chose que nous ne comprenons pas encore… peut-être quelque chose qui a été brisé par l'explosion du missile dans la gorge du Tenebris. *Ce qui expliquerait la propagation sur tout Genetrix de ce que nous appelons la magie.*

– Le journal de Néron ? demanda Esther en s'interrompant.

– Il en a plusieurs, on dirait, répondit Sloane en désignant un mince liseré de lumière dans une autre pile.

Elle se promena dans l'atelier en regardant les livres que Néron avait laissés ouverts, à la recherche d'autres lueurs. *Réparations complexes de siphons*, volume 3. *Colonne vertébrale, poitrine, ventre : étude sur les siphons les moins courants. Théorie des cordes de l'esprit magique.* Elle clopina jusqu'au bout de la pièce en promenant les doigts sur les pages. Devant la fenêtre, elle trouva une petite alcôve qui ressemblait un peu à une banquette, mais qui comportait une table au lieu d'un coussin.

Esther reprit sa lecture.

J'ai réussi à visualiser d'autres univers, mais sans tenter d'intervenir dessus jusqu'ici. À ce stade, le plus important est d'identifier un univers viable au sein duquel travailler. Il existe plusieurs paramètres : la présence d'un minimum de magie ; l'absence de barrière linguistique ; un point de bifurcation qui ne remonte pas à plus de cinquante ans, afin de faciliter l'adaptation du sujet sur Genetrix ; et un champion, ou un « Élu », qui soit capable d'accomplir la mission requise. Il est incroyablement difficile de trouver un monde qui conviendrait…

Esther arrêta de lire.

La table se trouvait sous une fenêtre aux petits panneaux vitrés en forme de losanges. Au travers, Sloane ne distinguait que les contours flous des immeubles qui viraient au noir et au bleu dans le soleil couchant. Quelques objets étaient posés sur l'appui de fenêtre : une montre à gousset à la chaîne cassée, une paire de petites lunettes en forme d'yeux de chat à monture rose, une bague sertie d'une pierre violette. Et, sous les lunettes, une grue en papier. Sloane pinça le bec de l'oiseau entre le pouce et l'index et le leva vers la lumière. La grue était soigneusement pliée, comme celles d'Albie.

– Attends, j'ai trouvé autre chose, dit Esther.

J'ai passé des jours à fouiller dans des nuages d'agrégats de matière qui n'ont pas encore constitué la Terre ; des mondes fondus, trop toxiques pour héberger la vie ; des mondes gazeux pris dans des tempêtes permanentes. J'ai vu des Terres coupées en deux par des astéroïdes, des Terres envahies par des dinosaures à plumes, des Terres saturées d'océans. J'ai même vu des Terres rendues stériles par des vagues de bombes atomiques. Des Terres vidées de toute vie humaine par des épidémies, aux maisons encore intactes, avec le petit déjeuner décomposé encore sur la table de la cuisine.

Esther passa à un autre carnet, rouge, celui-là, grand comme sa paume.

Mon champion est mort. Il a été tué cette nuit par le Résurrectionniste, à minuit quinze, sur la plage qui longe le chemin du bord du lac. Victime de la méthode d'assassinat préférée du Résurrectionniste, l'antithèse du souffle magique, une sorte d'affaissement pulmonaire magique…

La grue avait été pliée dans une feuille de cahier ligné. Sur l'arête du dos, Sloane repéra un gribouillis en rose, comme si quelqu'un avait testé un stylo. Après un coup d'œil vers Esther, qui feuilletait frénétiquement le carnet rouge à la recherche de la page luisante, elle déplia l'origami.

La feuille avait servi à tester toutes sortes de stylos, tous de couleurs vives, fluo, à paillettes, métallisées. De ceux qu'Albie avait continué à utiliser malgré leurs mises en boîte. Sloane n'en avait pas vu de semblables sur Genetrix. Ici, les gens se servaient de stylos sophistiqués à l'ancienne : plumes d'oie, stylos à encre à réservoir, porte-plume, stylos en métal à pointe bille.

– Essy.

– « Mon deuxième champion est mort. » Et merde, Sloane…

Elles se fixèrent à travers la pièce.

– Le *deuxième*, répéta Esther.

– Ce n'était pas censé être nous ? demanda Sloane en oubliant temporairement l'origami qu'elle tenait dans la main. L'Élu de Genetrix était le premier, et ensuite, c'est nous qu'ils ont fait venir… ou je me trompe ?

Je poursuivrai mes recherches – je dois *les poursuivre – jusqu'à ce qu'un candidat adapté se présente. J'écumerai l'infinité des mondes ma vie entière, s'il le faut…*

– Quel menteur de merde, dit Sloane.

Esther la dévisagea avec des yeux arrondis par le choc.

– Il y en a eu combien comme nous ? Dix ? Cent ? S'ils n'ont pas survécu, comment veulent-ils qu'on y arrive, bordel ? C'est tout juste si on a réussi à vaincre notre Obscur à nous, et c'était dans un monde qui ne connaissait pas la magie…

Sa voix s'étrangla et elle se tut.

– S'il nous ment là-dessus, observa Sloane, il peut nous mentir sur n'importe quoi d'autre. Sur la difficulté de nous renvoyer chez nous, pour commencer.

Elle traversa la pièce pour venir poser les mains sur les épaules d'Esther.

– On ne flippe pas. Enfin, pas tout de suite.

– C'est quoi, ce truc ?

Les yeux d'Esther s'étaient posés sur le papier que Sloane tenait à la main.

– C'était une grue en papier. Ça m'a fait penser à…

– Oh…

Quelque chose comme de la pitié adoucit l'expression d'Esther et Sloane se détacha d'elle.

– Bon, on a trouvé ce qu'on cherchait. Allons-y, avant que Néron…

– Il est un peu tard pour cela, dit Néron.

Il tapa du doigt le verrou magique qui maintenait la porte de guingois, et elle s'abattit dans un grand fracas.

La première réaction de Sloane fut de brandir la feuille de cahier dans sa direction. Les deux autres la fixèrent comme si elle tenait un sabre, jusqu'à ce qu'elle baisse la main.

L'espace d'un instant, en regardant Néron s'avancer en marchant sur la porte couchée par terre, les dents serrées, les cheveux dans les yeux, elle vit quelqu'un de dangereux. Puis il épousseta son pull gris à deux mains, écarta ses mèches blondes de son front, et redevint en un éclair le calme et la douceur personnifiés.

– Je me demande ce que j'ai pu faire qui justifie des soupçons assez sérieux pour que vous entriez par effraction dans mon atelier, dit-il posément.

Sloane fut soudain prise d'une envie irrépressible de mettre le doigt sur le point sensible qu'elle venait de découvrir chez lui et d'appuyer à fond.

– Alors, répondit-elle, il y avait déjà la question du kidnapping de trois personnes d'une dimension parallèle, mais plus récemment, s'y est ajouté le fait qu'Aelia soit passée de « il » à « elle » pour parler de l'Élu.

– Ah, fit Néron en promenant les doigts sur la poignée de porte. Je lui ai dit que vous l'aviez remarqué. Elle n'a pas voulu m'écouter.

– Alors on est venues chercher des informations. Et à moins que vos notes ne soient un premier brouillon de roman – pas terrible, d'ailleurs...

– Il y en a eu combien ?

Lancée sur un ton aigu, la question était tombée sans crier gare. Esther fondit sur Néron comme pour l'étrangler.

– Vous avez arraché combien d'Élus à leurs mondes pour combattre votre putain d'Obscur ?

– Si je ne vous en ai pas parlé, c'était uniquement pour ne pas vous inquiéter. Au moins tant que vous ne maîtrisiez pas la magie, tant que...

– Je suppose que tous ces journaux sont très précieux, intervint Sloane en prenant un carnet et en l'ouvrant pour faire mine de l'arracher.

– En fait...

Elle le déchira en deux au niveau de la reliure.

– Ça ne sert à rien de...

– Je ne sais pas, ça me fait du bien, à moi. Sachant que vous avez omis de nous signaler qu'on était, quoi, les dixièmes à devoir mener votre petit match à mort à votre place ?

– Vous êtes les cinquièmes, lâcha Néron en baissant la voix.

– Les *cinquièmes* ? piailla Esther.

– Nous en avons fait venir d'ailleurs parce que nous ne voulions pas jeter contre le Résurrectionniste des gens inexpérimentés et incompétents, reprit Néron en reprenant son ton habituel. Alors nous avons fouillé les mondes à la recherche d'Élus efficaces qui soient également d'habiles praticiens de la magie. Mais ils sont tous tombés. Pour la Terre et pour Genetrix. Jusqu'à ce que ces pertes deviennent inacceptables. Alors nous avons pensé qu'une motivation personnelle pour ce combat compenserait peut-être un manque d'expérience magique. C'est pour cette raison que vous avez été choisis. Oui, dix ans de combats, pour finir par vous choisir, vous.

Il serrait la main si fort que son siphon jetait des étincelles. Il lui jeta un regard noir, comme pour le gronder, et les étincelles s'apaisèrent.

– Sérieusement, vous ne vous êtes jamais dit que vous pourriez vous passer d'un Élu ? demanda Sloane.

– Vous raisonnez comme si personne d'autre n'avait jamais essayé d'éliminer le Résurrectionniste. Or pour chaque Élu, il y a au moins dix individus ordinaires qui sont morts en essayant de le tuer. Et je ne compte pas les milliers de personnes mortes dans les Vortex.

Les joues d'Esther luisaient de larmes.

– Si je vous ai caché tout cela, c'est parce que c'est déprimant, et décourageant, ajouta Néron en baissant de nouveau la voix. Je ne voulais pas que vous vous sentiez vaincus avant même de vous être lancés dans le combat. Je savais que vous en particulier, Sloane, vous étiez encore fragile. D'abord parce que vous aviez du mal à acquérir une pratique stable de la magie et, plus tard, à cause de votre enlèvement, et…

– Je ne suis pas fragile.

– Je ne cherche pas à vous offenser. Mais votre Obscur vous a fait subir un énorme traumatisme et…

– La *ferme*.

Cette fois, c'était Esther qui l'avait interrompu. Séchant ses larmes, elle tira sur le col de sa chemise au tissu raide pour montrer son siphon.

– Ou je vous fais cramer.

Néron leva les mains dans un geste d'apaisement.

– Allez, viens, Sloane, dit Esther. On va prévenir Matt. Sauf si vous avez encore d'autres mensonges à nous avouer, Néron ?

Sloane fit de son mieux pour clopiner dignement sur les pas d'Esther jusqu'à la sortie.

Lorsqu'elle fut à la porte, Néron ajouta d'une voix froide :

– Mais n'oubliez pas une chose : vous avez encore besoin de moi pour rentrer chez vous. Et vous devez tuer le Résurrectionniste, si vous voulez qu'il vous reste une Terre sur laquelle rentrer.

Parcourue d'un frisson, Sloane continua en boitant vers l'ascenseur sans se retourner.

– J'apporte un cadeau, annonça Matt sur le seuil de la chambre de Sloane.

Ils l'avaient surnommée la « Chambre blanche », pour une raison évidente. Celle de Matt était le « Chalet » et celle d'Esther, l'« Église ».

Sloane était allongée sur son lit, adossée à la tête de lit. Esther, en survêtement, était assise par terre, les doigts dans un pot de beurre de cacahuètes. Ils s'y étaient mis tous les trois – beurre de cacahuète dans des sandwichs, sur des tranches de pommes, sur des crackers – parce que la marque, Nutty Buddy, était la même que sur la Terre, et le goût aussi. C'était l'une des rares correspondances parfaites qu'ils eussent découvertes.

Matt brandit une bouteille remplie d'un liquide sombre.

– Bourbon ! Cadeau de Cyrielle.

Esther applaudit.

– C'est pour se faire pardonner de nous avoir caché qu'on était baisés ? demanda Sloane.

– Elle ne savait rien. Ça ne fait qu'un an qu'elle travaille pour Aelia.

Sloane ricana.

– Quelqu'un qui nous approvisionne en bourbon ne mérite pas un tel dénigrement, observa Matt. Même si les derniers faits confortent ta philosophie de méfiance universelle.

– Ma vision du monde se révèle être la bonne, et tu voudrais m'empêcher de frimer ?

Matt rit, et pendant quelques secondes, ils retrouvèrent leur complicité. Il déboucha le whisky et but une gorgée avant de passer la bouteille à Esther.

– Cela dit, je ne pense pas qu'on soit baisés, ajouta-t-il.

– On est les cinquièmes sur la liste à se retrouver face au Résurrectionniste, lui rappela Esther. Contrairement aux autres, on ne sait pas pratiquer la magie. Et par-dessus le marché, l'une d'entre nous vient déjà de se faire enlever.

Elle se leva pour passer la bouteille à Sloane, qui but à son tour. Le bourbon avait un goût de vanille et de beurre de cacahuètes. Sloane fit la grimace en le repassant à Matt.

– On est baisés, conclut Esther.

– C'est justement ça, le truc, dit Matt en s'asseyant par terre à côté d'elle. À mon avis, ça cache quelque chose. Ce n'est pas anodin, cette histoire de schéma qui se répète.

Sloane haussa les sourcils.

– Si l'histoire doit se répéter, moi, ça me va, explicita Matt. On a *gagné*, la dernière fois, non ?

– Pas faux, fit Esther, qui avait récupéré la bouteille.

– Mouais, dit Sloane. Mon avis à moi, c'est qu'on ne devrait même pas se battre.

– Et on laisse le Résurrectionniste détruire les deux mondes ? demanda Matt.

– Si Néron a menti, *tout* peut être un mensonge. On n'a aucune preuve que nos deux univers soient connectés. Si ça se trouve, le Résurrectionniste n'est pas notre ennemi. Le…

– Pas notre ennemi ? releva Matt, incrédule. Il t'a enlevée ! Il a tué je ne sais combien de personnes !

– Oui, dit Sloane en portant la main à son front. Ça, je sais. Ce que je voulais dire…

– On a confirmé le lien entre nos deux mondes, lui signala Esther. C'est même toi qui as trouvé les articles.

– Dont l'un ne constitue pas une preuve. Et on sait maintenant que Néron est un menteur.

– On sait aussi que le Résurrectionniste est un assassin, précisa Matt.

– Je ne suis pas en train de proposer qu'on aille boire un coup avec lui, répondit Sloane en lui tendant la bouteille. Juste qu'on vérifie plus systématiquement les infos de Néron !

– Ouais. OK, admit-il en prenant une rasade.

Quelques heures plus tard, il ne restait plus beaucoup de whisky et Esther dormait comme un loir, étalée en travers du lit. Sloane tenait la bouteille sur ses genoux et Matt était assis par terre, le dos contre le mur. Ils se taisaient depuis un moment, mais ni l'un ni l'autre n'avait bougé. Sloane n'en avait aucune envie. Elle voulait prolonger ce moment de paix passé ensemble le plus longtemps possible.

– Ça craint, déclara Matt tout à trac.

Sloane hocha la tête.

– Je ne sais pas comment ne pas être avec toi, développa-t-il. Chez nous, je ne peux pas être avec quelqu'un de normal. Et d'un autre côté, je ne peux pas arrêter totalement de te voir.

– Enfin, tu *pourrais*.

– Non… Toi, moi, Esther, Ines, on est liés à vie. C'est comme un mariage. Pour le meilleur et pour le pire. Dans la santé comme dans la maladie…

Sloane serra les mains sur la bouteille.

– Tu ne t'es jamais dit qu'on ferait aussi bien de rester ici ? demanda Matt. Personne ne sait qui on est. On pourrait avoir de vrais rencards, comme tout le monde. Sans qu'on nous dévisage ou qu'on nous réclame des autographes.

– Tu ne pourrais plus avoir les meilleures tables au restau.

– Ça, c'est vrai, soupira Matt. Et à tous les coups, j'aurais des problèmes de discrimination raciale. Il y a toujours un revers à la médaille.

Sloane étouffa un rire. Ce n'était même pas drôle – rien de tout cela ne l'était – mais le bourbon faisait monter des petites bulles de gaieté en elle, comme des bulles de champagne, et tous les angles lui semblaient adoucis. Elle s'éclaircit la gorge pour mettre de l'ordre dans ses idées.

– Tu trouveras, dit-elle à Matt. On trouvera tous les deux. On trouvera comment devenir amis.

Il renifla, et essuya une larme qui roulait sur sa joue.

– Je sais.

– Moi non plus, ça ne va pas, ajouta-t-elle. Je sais que je donne le change. Et ça va tant que je reste en mouvement. Mais dès qu'on rentre, dès que je m'arrête… (Elle fit un petit bruit d'explosion.) *Blam*, Sloanie saute.

– Bizarrement, ça me rassure, dit Matt. Même si ça ne devrait pas.

Elle posa la bouteille sur la table de chevet et ferma les yeux.

29

Matt ne tarda pas à exiger de nouvelles preuves du lien entre les deux mondes, ni Aelia à les fournir. Elle avait dû être informée de l'intrusion de Sloane et d'Esther dans le bureau de Néron, et cherchait sans doute à calmer le jeu. C'était du moins la théorie de Sloane. Ainsi, deux jours plus tard, Aelia, Cyrielle, Sloane, Matt et Esther se tenaient sur la berge, face à la rivière.

Deux ans après la chute de l'Obscur, les cinq Élus avaient présidé à la traditionnelle coloration de la rivière pour la Saint-Patrick. Esther avait des airs de reine du défilé, dans une robe verte à sequins avec perruque assortie. Ils étaient montés sur le pont d'un bateau tandis que la poudre de teinture déversée sur leur passage faisait virer l'eau boueuse au vert électrique, sous les acclamations d'une foule monstre.

– Les frontières entre nos mondes semblent plus perméables à certains endroits, dit Aelia. Nous avons réussi à en identifier quelques-unes, qui ont toutes l'eau comme point commun. Cet endroit-ci en est un.

Sloane songea au missile balistique du *USS Tenebris* qui avait foncé dans les profondeurs marines.

À son plongeon pour récupérer l'Aiguille et à la façon dont ses palmes l'avaient entraînée bien plus loin qu'elle n'aurait dû aller.

À l'explosion qui l'avait jetée dans l'eau après la mort de l'Obscur, et à la lueur étrange de sa joue lorsqu'il avait dérivé dans le courant.

L'eau, pensa-t-elle. *Bien sûr.*

– Actuellement, nous ne disposons pas du pouvoir nécessaire pour rompre la barrière entre nos mondes, reprit Aelia. Rien ne peut la franchir. Mais notre Élu précédent nous a appris que l'on pouvait… observer la magie. Nous pouvons réaliser un processus qui aide à mieux distinguer les connexions magiques entre eux. Cependant, il va falloir que l'un d'entre vous nage jusqu'au point le plus mince de la barrière pour observer de lui-même ce que nous avons pu voir de ces connexions. Lequel d'entre vous nage le mieux ?

Sloane sentit tous les regards peser sur elle. De fait, elle était la première à avoir émergé de cette même rivière à leur arrivée, celle qui avait décroché son diplôme de plongée pour aller chercher l'Aiguille. Celle qui avait passé tout un été à la piscine municipale avec Cameron, en faisant des concours à celui qui retiendrait son souffle le plus longtemps…

– Moi, dit-elle.

Aelia pinça les lèvres comme si elle suçait une pastille, mais elle hocha la tête. Ce jour-là, elle arborait trois motifs noir et blanc différents : pantalon ample à rayures, veste en pied-de-poule ornée d'une longue rangée de tout petits boutons et cape à damiers à col montant. Sloane la compara mentalement à un clown.

– Nous pouvons effectuer un processus pour vous permettre de tenir un moment sous l'eau sans respirer, lui dit-elle. Si vous êtes d'accord.

– Ouais. OK.

Sloane se pencha pour délacer sa chaussure. Sa jambe droite était encore enveloppée dans le siphon du médecin.

Tandis qu'Aelia préparait un processus pour qu'elle n'attrape pas froid dans l'eau, Cyrielle sortit un grand mouchoir de sa manche et le secoua comme une prestidigitatrice. Le plaçant sur le nez et la bouche de Sloane, elle le noua derrière sa tête. Puis Aelia serra les doigts d'une main et émit à l'aide de son siphon de dent un trille suraigu qui fit grimacer Sloane. Mais aussitôt, le mouchoir se gonfla autour de son visage tel un ballon de baudruche : sa réserve d'air.

Sloane ôta une première couche de vêtements et, en chemise et en culotte, s'approcha de la rive. Ses jambes étaient couvertes de chair de poule. Elle fixa l'eau trouble et n'y vit aucun reflet.

– Bien, le deuxième processus va vous permettre de voir les connexions, déclara Aelia.

Elle la prit par l'épaule et Sloane sentit le froid du siphon à travers sa chemise. Puis Cyrielle saisit son autre épaule. La note de l'implant d'Aelia était maintenant si basse que Sloane en sentit les vibrations dans son cou plus qu'elle ne l'entendit. Cyrielle se joignit à elle en produisant une note plus haute.

Lorsque les deux femmes l'eurent lâchée, Sloane se retourna et vit… de la lumière. Des cordes de lumière s'enroulaient autour de Cyrielle, Matt, Esther et Aelia. D'autres partaient de leurs pieds pour s'enfoncer dans le sol par les fissures dans l'asphalte. La lumière se déversait par les fenêtres des tours, les entourait comme de la ficelle autour d'un yo-yo. La ville étincelait, regorgeait de magie.

– Allez-y, lui dit Aelia, ou vous allez vous retrouver à court d'oxygène.

Un flot de lumière était sorti de sa bouche en même temps que ses paroles.

Sloane plia les genoux et plongea.

L'eau était trouble comme celle d'un lac, mais elle distinguait toujours la lumière au-dessus de la surface. Elle battit des jambes comme une grenouille en regrettant de ne pas avoir ses palmes. Elle pouvait respirer normalement, mais la pression sur ses oreilles et ses sinus était désagréable.

Une corde de magie descendait dans l'eau depuis la surface. Sloane ne l'avait pas vue depuis la rive. Elle était bien là pourtant, épaisse comme son bras. Sloane la suivit vers le fond.

Elle ne s'était jamais sentie aussi profondément seule – pas seulement isolée, mais vraiment la seule, l'unique personne plongée dans ces ténèbres infinies, avec rien qu'une corde pour compagnie.

Corde ou pas, elle aurait perçu quelque chose d'anormal. D'abord, aux picotements dans ses doigts. Et aussi parce que la profondeur de la rivière Chicago ne dépassait pas sept mètres et qu'elle avait largement dépassé cette distance. Où qu'elle se trouvât maintenant, ce n'était pas au fond de la rivière.

C'est alors qu'elle le vit : un éclair de lumière tout au bout de la corde. Sloane accéléra, comme un enfant essayant d'attraper une ombre. Sa tête était prise dans un étau de magie. Des fourmillements couraient le long de ses jambes et de ses bras. Elle aurait dit que l'eau se refermait sur elle comme un tunnel noir. Les plantes qui poussaient sur le lit de la rivière frôlèrent ses genoux.

L'éclat était un fil d'argent – non, seulement quelque chose qui ressemblait à de l'argent : l'Aiguille. Sous l'effet de la surprise, Sloane cessa de nager pour se redresser à la verticale, et son crâne heurta quelque chose de dur et de granuleux, un bloc de béton. Plaquant la main dessus, elle se tourna de manière à se placer au-dessus. Juste derrière le bloc, il y avait un morceau de métal tordu, qui prit forme à mesure qu'elle se rapprochait. Il était énorme, large d'au moins un mètre cinquante, enfoui dans le métal qui l'environnait.

C'était le haut d'un *P*.

L'une des lettres géantes qui avaient orné la Trump Tower, avant que la magie destructrice qui avait causé la mort de l'Obscur n'abatte la tour. Sloane avait nagé elle-même à la recherche du corps de l'Obscur dans ces gravats qui avaient coulé au fond de la rivière. Et voilà que cette lettre se trouvait au-dessus d'elle… Ou, physiquement, en dessous.

Sloane baissa les yeux – vers la surface – sur les plantes qui, contre toute logique, poussaient vers le fond. Des débris s'étaient nichés entre les tiges : canettes de Coca, bouteilles de verre, un enjoliveur, un fragment de métal portant le logo d'Abraxas. On était bien sur Genetrix.

En bas – au-dessus de sa tête –, les ruines de la tour qu'ils avaient détruite sur la Terre en tuant l'Obscur.

Et, flottant au milieu de ces ruines, et néanmoins figée, il y avait l'Aiguille.

Comme toujours, Sloane ressentit son magnétisme, le picotement froid qui l'envahissait en sa présence. Il lui sembla qu'il lui suffisait de s'approcher pour la prendre entre deux doigts. L'Aiguille la voulait. Et Sloane voulait l'Aiguille. Mais lorsqu'elle tendit la main, elle la *manqua*, comme si elle avait mal évalué la distance. Elle réessaya et il se passa la même chose. Ses doigts dérapèrent vers la droite.

Étrange.

Elle allait faire une troisième tentative lorsqu'elle remarqua autre chose. Quelque chose de pâle et de rapide comme un poisson, mais sans l'éclat des écailles. La chose tourna sur elle-même et prit l'aspect d'un homme : cheveux flottant autour du visage, vêtements sombres, fines chaussures en cuir.

La terreur saisit le cœur de Sloane.

L'Obscur.

C'était un souvenir. Une hallucination. Forcément. Elle commençait à manquer d'air et ça lui embrouillait le cerveau. Il fallait qu'elle remonte.

Au lieu de cela, elle se projeta vers lui de toute son énergie, en mode grenouille, les mains tendues. Ses yeux tombèrent sur le nœud de cicatrices de sa main droite et elle redoubla de vigueur pour saisir la chaussure. La silhouette devant elle baignait dans le halo de la magie. Sloane cria, et sa bouche s'emplit d'un goût d'algue et de moisi.

L'ombre rapetissait. Les décombres avaient disparu, tout comme l'Aiguille et la végétation. Sloane nagea de plus belle, malgré la brûlure de l'acide lactique dans ses muscles…

Et jaillit à la surface, sous les visages de Matt et d'Esther penchés au-dessus d'elle.

– Je crois…

Elle toussa en attrapant leurs mains, arracha le mouchoir de son visage, cracha de l'eau et reprit :

– Je crois que l'Obscur – le *nôtre* – est toujours en vie.

Esther secoua la tête.

– Ce n'est pas possible.

Ils étaient toujours sur la berge. Aelia avait séché Sloane par un processus et celle-ci était en train de remettre son pantalon, les membres tremblants de fatigue.

– On n'a jamais retrouvé son corps, observa Sloane.

– Tu as plongé dans la rivière. Tu as retrouvé son bouton, une partie de sa veste… Mais dans tous ces décombres…, signala Esther.

– On voulait tellement qu'il soit mort qu'on s'est persuadés qu'il l'était !

– Dans ce cas, pourquoi il n'est pas revenu nous achever ? Il avait tellement peur de nous qu'il a préféré se mettre à l'abri dans une autre dimension ?

Esther faisait de grands gestes frénétiques et Matt eut juste le temps de reculer pour éviter de se prendre sa main dans la figure.

Ni lui ni Aelia n'avaient encore ouvert la bouche. Ils semblaient se contenter du spectacle de la dispute.

– Je ne sais pas, admit Sloane. Peut-être qu'il avait achevé sa mission sur la Terre. Peut-être qu'il en a eu marre de s'amuser avec nous et qu'il a eu envie de changer de joujoux. Je ne suis pas une grande méchante totalement tarée, moi, je ne connais pas leur logique !

– Parce que la logique des hallucinations psychédéliques sous l'eau, tu la connais, peut-être ? Tu le vois s'éloigner à la nage, tu décrètes tout à coup qu'il est vivant, et nous, ça devrait nous suffire pour te croire ?

– Cite-moi une seule fois où mon instinct m'a trompée à propos de l'Obscur, rétorqua Sloane. J'ai dit qu'il tomberait dans notre piège, et il y est tombé. J'ai dit que je ferais un bon appât, et il y a mordu. J'ai dit qu'on devait laisser Albie se battre avec nous, et c'est grâce à lui qu'on a gagné. Et j'ai été la seule à douter de la mort de l'Obscur au point de plonger dans cette foutue rivière – une expérience *excessivement* désagréable, soit dit en passant. Alors ouais, je m'attendrais à ce que vous me fassiez confiance sur ce coup-là ! Ça te paraît vraiment si absurde ?

Esther la fixa, les yeux pleins de larmes, et Sloane songea qu'elle garderait peut-être toujours cette image d'elle, quoi qu'il leur arrive ensuite : Esther les bras ballants, les yeux brillants, avec la lune qui luisait derrière elle.

– Sloane, dit Matt.

Elle se raidit aussitôt, sans bien savoir pourquoi.

– Ton instinct ne nous a jamais trompés jusqu'ici, poursuivit-il. Mais ces derniers temps, il s'est mis à te raconter des tas de trucs. Que tu étais toujours captive de l'Obscur alors que tu es dans ton lit en pleine nuit. Que tu pouvais faire confiance à ce Mox, qui t'a sans doute vendue au Résurrectionniste. Que tu devais rendre visite au Bert de Genetrix…

– Va te faire foutre, gronda Sloane. Je t'interdis de te servir de mes terreurs nocturnes contre moi. La vérité, c'est que tu n'as pas digéré que mon instinct m'ait aussi dit de te larguer. Alors bien sûr, si je ne veux pas me marier avec le putain de sacro-saint Élu, c'est forcément qu'il y a un truc qui débloque chez moi…

– Bon Dieu, Sloane, le problème avec toi, c'est que tu n'as jamais été foutue d'argumenter sans cogner !

– *Stop*, tous les deux, dit Esther en ravalant un sanglot. J'en peux plus. Je *dois* rentrer chez moi. OK ? Je dois le faire. Ma mère est en train de mourir. Alors si vous pouviez arrêter de vous battre et juste m'indiquer le moyen le plus rapide d'y arriver…

Matt et Sloane se dévisagèrent. La mâchoire de Matt remua comme s'il était aux prises avec une bouchée de viande particulièrement résistante. Sloane se sentait juste épuisée. Elle se tourna vers la rivière. Elle ne savait même plus d'où lui venait la certitude que l'Obscur était toujours en vie, et qu'il avait franchi la frontière entre les deux mondes. Elle le savait, point. Mais personne ne la croyait. Même pas Esther.

– On doit affronter le Résurrectionniste, répondit Matt à Esther. On le tue et ils nous renvoient chez nous. C'est notre meilleure chance.

– Sloane ? demanda Esther.

Sloane éprouvait la même sensation d'anomalie qu'elle ressentait en présence de l'Aiguille, comme si toutes ses tripes avaient changé de place, comme si le monde s'était mué en un cauchemar et qu'elle ne se souvenait pas de s'être endormie.

– Très bien, dit-elle. OK. On fait ça.

Mais elle ne savait pas trop si elle était sincère ou si elle voulait juste qu'Esther arrête de pleurer.

TROISIÈME PARTIE

EXTRAIT DE :

La Manifestation des désirs impossibles : une nouvelle théorie de la magie,

par Arthur Solowell

Tout d'abord, qu'est-ce qu'un désir ? Nous pourrions commencer par définir ce que ça n'est pas. Un désir n'est pas un caprice. Ce n'est pas un souhait futile formé par un bel après-midi ensoleillé. Un désir est un manque profond, une faim durable qui n'admet pas d'opposition. Pour cette raison, il est impossible de forcer quelqu'un à pratiquer un acte magique s'il ne le souhaite pas réellement lui-même. La magie nécessite un désir, et ce dernier ne peut naître d'une menace ou d'une manipulation.

À mesure que nous verrons la magie se développer et se modifier dans notre monde, il pourrait apparaître que certaines personnes ne devraient pas bénéficier de la puissance conférée par la magie. Non parce qu'elles sont mauvaises, mais parce qu'elles sont abîmées au-delà de tout espoir de réparation. Actuellement, ces personnes peuvent nous donner l'illusion que leurs désirs sont semblables à ceux des gens sains et opérationnels. Mais lorsqu'elles pratiqueront la magie, cela révélera leur vraie nature, à leurs yeux comme aux nôtres.

En d'autres termes, la magie est un miroir. Elle nous renvoie l'image de qui nous sommes vraiment, et nous risquons de ne pas toujours aimer ce que nous verrons.

TOP SECRET

MÉMORANDUM À JOINDRE AU DOSSIER

À : Directeur de l'Agence centrale de renseignement (CIA)

DE : James Wong, Préteur du Conseil de Cordus

OBJET : Prophétie du Projet Delphi

Suite à votre requête, vous trouverez ci-joint le verbatim de la prophétie de [redacted], nom de code Sibyl, émise le 16 février 1999 et validée par le Conseil de Cordus :

Ce sera la fin de Genetrix, la destruction des mondes.

Quelque chose sépare Genetrix de sa jumelle. L'Obscur l'extirpera, ces deux mondes se percuteront et ce sera la fin de tout.

L'Obscur de Genetrix restera dissimulé, mais il ne cachera pas son existence, et sa faim sera insatiable. Son Pareil est l'espoir de Genetrix, né entaché par la magie et sous l'emprise d'un pouvoir jusque-là inconnu de nous.

Deux fois, les Pareils se rencontreront, et le sort des mondes se trouve entre leurs mains.

TOP SECRET

Extrait du journal de Néron Dalche, Conseiller de Cordus

Afin de traverser la frontière d'un autre univers, il convient principalement de simplifier les tenants et aboutissants de cet acte. La magnitude du passage d'un monde à un autre est trop grande pour être appréhendée par le cerveau humain, même le plus perfectionné. En conséquence, l'individu ne peut pas parvenir au niveau de désir requis, tel que Solowell l'a défini dans sa Manifestation des désirs impossibles. *Cependant, si nous arrivons à simplifier le concept de cet acte de manière à le rendre compréhensible par tous, cela pourrait permettre de faire passer des gens d'un univers à l'autre, quel que soit leur niveau de capacités intellectuelles.*

Faisons une comparaison avec l'hospitalité ordinaire. Le monde d'une personne est sa maison. La barrière perméable qui sépare nos mondes est l'équivalent de sa porte d'entrée. Si une personne bien élevée souhaite y entrer, elle frappe à cette porte et le maître de maison vient lui ouvrir. Il en va de même entre deux mondes : on doit employer la magie pour « frapper à la porte », et un habitant de cet autre monde doit « ouvrir la porte ».

Bien sûr, le décalage temporel complique les choses. On peut croire qu'on frappe un mercredi à l'heure décente de dix heures du matin, alors que dans cet autre monde, il est minuit, ou vingt ans plus tard, et que le résident de la maison est mort depuis longtemps.

30

Un vent froid se faufila sous la cape de Sloane et la fit frissonner.

Le soleil s'était couché depuis des heures et elle se tenait à la limite entre Wacker Drive et la dernière zone de Vortex, son dernier poste de contrôle avant de se mettre en position.

Même Esther avait fini par se ranger à l'avis de Matt. « Tu te comportes de manière super excessive depuis qu'on est là, avait-elle dit doucement à Sloane le soir de l'incident. C'est le moyen que ton cerveau a trouvé pour te dire que tu réprimes quelque chose. C'est vrai, il faut bien que tes émotions sortent d'une manière ou d'une autre, non ? »

Sloane s'était presque laissé convaincre. Indépendamment de tout ce qu'elle avait pu voir d'autre sous l'eau, il était indéniable qu'elle s'était trouvée à un point de rencontre entre les deux mondes. La Terre et Genetrix étaient reliés. Néron n'avait pas menti sur ce point. Ce qui impliquait qu'il leur fallait aider Genetrix pour aider la Terre. Ayant déjà abattu un psychopathe tueur en série, ils appliqueraient la même stratégie pour recommencer.

Dans ce cadre, la mission de Sloane était de faire sortir le Résurrectionniste du bois. Elle devait remonter la voie rapide de Congress Parkway jusqu'au pied de l'ancien bureau de poste central, où il avait installé son repaire avec son armée. Et elle devait y aller seule, mais l'armée de l'Étincelle la suivrait dès qu'elle aurait établi le contact.

Elle connaissait la procédure. Elle s'était rendue seule sur le pont Irv Kupcinet pour attirer l'Obscur. Elle ne connaissait que trop bien cette sensation d'engourdissement. Si elle n'avait pas vu les pointes de ses boots s'enfoncer dans les gravats, elle aurait eu du mal à croire que ses pieds foulaient toujours le sol. Mais, comme la première fois, elle continuait à avancer.

Elle connaissait le chemin à suivre parmi les débris de la zone de Vortex. Des agents municipaux avaient passé les deux derniers mois à la déblayer, mais l'endroit restait encombré de briques et de planches cassées et de cadavres tirés des gravats. Des gens de toutes les sphères de la société erraient dans les ruines à la recherche des corps de leurs proches. Sloane aurait voulu pouvoir leur dire de ne pas se donner cette peine. Les proches en question avaient très vraisemblablement été désintégrés, comme toutes les victimes des Vortex.

Sloane portait une cape d'Aelia, lourde et sombre. Des flocons de neige d'un front froid de printemps dérivaient dans les rayons de l'éclairage de secours et fondaient en touchant le sol. Les doigts de Sloane, enfouis dans les replis de la cape, n'en étaient pas moins gelés. Elle avait insisté pour mettre ses vêtements à elle : le pantalon noir qu'elle portait aux obsèques d'Albie, et aussi à son arrivée sur Genetrix.

Elle parvint à l'autre bout du Vortex, les boots blancs de poussière. Après avoir parcouru un pâté de maisons vers l'ouest, elle s'engagea sur le pont qu'elle avait traversé quelques semaines plus tôt en boitant, la cheville cassée.

Depuis ce jour-là, elle rêvait non plus de l'Obscur, mais du Résurrectionniste. Ce n'étaient pas des cauchemars, seulement le déroulé de leur conversation qui se répétait encore et encore, toujours le même. « Ce n'est pas très réglo. Vous et vos amis, vous venez pour me tuer et je n'aurais pas le droit de riposter ? »

Matt et Esther l'avaient chargée d'enquêter sur les morts des autres Élus qui avaient été appelés d'autres mondes. Mais en dépit de la promesse de Néron de se montrer plus coopératif, Aelia et lui continuaient à protéger le peu d'informations qu'ils détenaient et à les révéler au compte-gouttes. Sloane avait l'impression de n'avoir que quelques pièces d'un puzzle, dont pas deux n'allaient ensemble. Et chacune soulevait des questions auxquelles Néron et Aelia refusaient de fournir des réponses.

Tout cela ne faisait qu'alimenter sa méfiance.

« Ce monde-ci et le vôtre se détruisent eux-mêmes. Comme tous les mondes. Ils n'ont pas besoin de moi pour ça », lui avait dit le Résurrectionniste. Elle ne lui avait pas trouvé de ressemblance avec l'Obscur. Ni avec une version parallèle, ni avec l'homme lui-même.

Encore une pièce de puzzle qui ne trouvait pas sa place.

Sloane s'arrêta au milieu du pont pour contempler l'eau. Elle ne savait pas quoi penser. Elle ne savait pas si le Résurrectionniste était l'Obscur sous tous ses siphons et sa grande cape théâtrale, ni s'il était responsable des Vortex, ni combien d'Élus étaient morts en faisant précisément ce qu'elle s'apprêtait à faire.

Elle n'avait plus qu'à le découvrir.

Elle se remit en marche.

Debout dans l'allée entre l'ancien bureau de poste central et le bâtiment voisin, qui en était l'annexe, elle avait repéré la fenêtre du premier étage par laquelle elle avait sauté. Plusieurs semaines plus tard, elle ne lui paraissait plus si haute, mais elle l'était encore trop pour l'atteindre toute seule.

Elle se drapa le visage dans son foulard en ne laissant que ses yeux découverts et vérifia que sa capuche était bien en place. Sa cape était trop classe pour pouvoir être celle d'un membre de l'armée en haillons du Résurrectionniste, mais tant pis. Elle fit le tour du bâtiment à la recherche d'une entrée. À l'angle de Harrison Street, elle tomba sur une porte qui s'ouvrait en poussant sur une barre d'appui. *Parfait,* pensa-t-elle. *Pas de serrure.* Elle inspecta le sol à la recherche d'un objet qui puisse faire office de marteau. Elle dut revenir sur ses pas, mais elle finit par tomber sur un bloc de béton, si large qu'elle eut du mal à replier les doigts dessus. Elle devrait s'en contenter.

Puis, tenant son outil à deux mains, elle l'abattit sur la poignée de la porte. Celle-ci vibra, et Sloane frappa de plus belle. Des éclats volaient du bloc de béton, et elle eut bientôt creusé des entailles profondes dans le métal. Elle insista jusqu'à ce que la poignée se brise, restant suspendue à la porte par son mécanisme intérieur.

Poussant la porte d'un coup d'épaule, elle pénétra dans ce qui ressemblait à un hangar désaffecté, encombré d'un matériel industriel décrépit couvert de rouille et de poussière. Il y avait là des tapis roulants, des toboggans, des palettes pourries, des échelles, et de gros bacs munis de roulettes cassées, assez grands pour contenir un homme.

Sloane s'entraîna quelques minutes à imiter les longs pas traînants des deux morts vivants qui l'avaient amenée ici. Même si elle était entrée par l'arrière, il était possible que l'armée du Résurrectionniste rôde dans les parages. Elle trouva la porte intérieure du hangar, qui donnait sur un vieux couloir au sol gondolé. Ici et là, des lattes cassées du plancher transperçaient la moquette bordeaux. Des blocs de plâtre gisaient par terre, tombés des murs et du plafond. Elle les contourna comme quand elle jouait au jeu du sol en lave dans le salon avec Cameron ; tout ce qui n'était pas la moquette bordeaux était de la lave.

En même temps, elle essaya de se représenter le bâtiment. Au détour d'un angle, elle tomba sur la cage de l'escalier de secours et s'y engouffra. Jusqu'ici, il n'y avait pas un bruit. Elle monta deux volées de marches pour atteindre le premier étage, d'où elle avait sauté par la fenêtre. Sa cheville s'en ressentait encore, mais le siphon avait fait son œuvre et accéléré sa guérison.

Elle arriva bientôt sur le seuil du bureau désaffecté dans lequel elle avait trouvé le matelas et les pièces de siphon. La chambre du Résurrectionniste, *a priori*. Le côté incongru des draps à fleurs qui recouvraient le matelas la dérouta autant que la première fois. C'en était presque comique.

Maintenant qu'elle n'avait plus besoin de cacher son identité, elle se débarrassa de sa lourde cape, qui ne pouvait que la gêner. Elle sortit son couteau militaire de l'étui fixé à sa hanche, se glissa dans la pièce et alla s'accroupir près de l'un des bureaux intégrés, derrière la paroi d'un box.

Puis elle attendit le retour du Résurrectionniste.

Matt et Esther seraient furieux en découvrant qu'elle ne respectait pas le plan. Peut-être même qu'ils la détesteraient. Mais franchement, songea-t-elle, ils auraient dû se méfier en la voyant accepter de jouer de nouveau les appâts. Et puis, elle ne se détournait pas totalement du plan, elle ne faisait que… modifier sa chronologie.

Elle attendit.

Les battements de son cœur n'avaient pas ralenti quand des pas résonnèrent dans le couloir. Pas de voix ; il était seul. La porte s'ouvrit, et elle entendit son souffle lourd et le froissement du tissu. Elle leva la tête juste assez pour voir sa capuche par-dessus la demi-cloison qui entourait le bureau, puis se redressa, contourna la paroi et jaillit…

Elle ôta vivement la capuche du Résurrectionniste pour le saisir par les cheveux, qui étaient bruns, et longs pour un homme. De l'autre main, elle porta le couteau à sa gorge en appuyant juste assez pour qu'il sente le tranchant de la lame.

– Salut, dit-elle.

Elle sentait la chaleur de son corps, la vie qui l'habitait. Elle savait qu'il était humain, bien sûr. Mais, dans un coin de sa tête, elle s'était demandé s'il n'était pas semblable à son armée, plus poussière que chair. Son souffle était rapide, crépitant dans le siphon.

– Laissez vos mains où elles sont, ordonna-t-elle.

Tout en maintenant le couteau juste au-dessus de son siphon de gorge, elle défit son siphon de poignet. C'était étrange de frôler la peau du Résurrectionniste tandis qu'elle cherchait le fermoir de l'appareil. Elle tira dessus et il tomba lourdement par terre. Elle changea le couteau de main pour retirer son autre siphon de poignet.

Elle entendait nettement sa respiration, aussi rapide et bruyante que la sienne. Tous les bruits semblaient étouffés. Il avait presque tué Kyros sous ses yeux d'un simple coup de sifflet. De quoi d'autre était-il capable avant qu'elle ne le neutralise ? Elle était là comme une idiote, avec son couteau militaire.

– J'aurais dû me douter que vous reviendriez, dit-il d'une voix rendue métallique par le siphon. La grande héroïne, tout ça. Les gens comme vous ont tendance à se lancer tête baissée dans des missions suicides.

Elle eut un rire sec.

– Vos présupposés sur moi sont tellement à côté de la plaque qu'il y a de quoi rire. Je ne suis pas venue pour vous tuer. Si c'était le cas, je vous aurais déjà tranché la gorge. Vu que je ne suis pas non plus venue pour mourir.

Il écarta les mains, grandes et très blanches, aux jointures étonnamment fines.

– Dans ce cas, il aurait été plus sage de me trancher la gorge tout de suite.

– Ce n'est pas l'envie qui m'en manque. Mais ça n'aurait pas servi le but de ma mission. Je suis venue vous proposer un marché. Un échange de vérités.

– La vérité… Je ne sais plus trop ce que c'est.

– Oh, par pitié, ne me faites pas le coup du méchant qui débite des conneries existentialistes dans de grandes envolées lyriques ou je vous tue pour de bon. Si on commençait par cette question : qui êtes-vous ?

– Parce que vous ne le savez pas ?

Comme elle ne répondait pas, il leva lentement les mains à son visage. Sloane n'avait pas relâché la pression du couteau sur sa gorge. Il détacha les fermoirs des siphons qui lui couvraient les yeux et les ôta. Elle voyait le reflet du Résurrectionniste dans la vitre, mais l'image était floue : juste sa silhouette pâle sur le fond sombre.

Il se tint immobile, les mains levées, paumes vers l'extérieur, tandis qu'elle se déplaçait autour de lui. Ses poignets portaient la marque des siphons, de ces frottements qui usent la peau un peu tous les jours pendant des années. Son nez et sa bouche étaient encore couverts, mais ses yeux sombres étaient familiers.

Elle laissa échapper un léger rire.

– Mox. J'en déduis que vous n'êtes pas tombé sur moi par hasard au centre culturel.

Il défit les fermoirs de son siphon de bouche, essuya son menton moite de transpiration et posa les siphons sur le bureau. Il avait plus mauvaise mine qu'au Tankard. Blême, cerné, en sueur. Jeune.

– Voilà, je vous ai donné ma vérité. Maintenant, dites-moi la vôtre.

Sa voix était différente que dans le souvenir de Sloane, plus âpre.

Elle sentait chez lui quelque chose qu'elle n'avait pas perçu tant qu'il n'était que « Mox » : une sorte d'agitation, qui aurait pu être effrayante si elle ne l'avait pas connue si bien elle-même. Il avait peur. Et chez lui – comme chez elle –, la peur se traduisait par la colère et par des injonctions.

– Je ne vous ai pas demandé votre nom, mais *qui* vous étiez. Vous êtes l'Obscur ? Sous une autre apparence ou je ne sais quoi ?

– Le quoi ?

Sloane essayait de calmer sa respiration. Elle était perdue. Elle ne savait pas si elle se tenait en face de l'Obscur ou de quelqu'un d'autre, tout aussi toxique. Pas plus qu'elle ne savait si elle avait affaire à un assassin, à un psychopathe, à un sorcier malfaisant…

– J'avais un ennemi, dit-elle. Je croyais l'avoir tué, mais il s'est seulement réfugié ici. Et je veux savoir – j'ai *besoin* de savoir – si c'est vous.

– Si je vous dis que non, vous ne me croirez pas. Et je ne vous donnerai rien d'autre tant que vous n'aurez pas rempli votre part du marché.

Elle avait toujours écouté son instinct. Au moment de la puberté, quand son corps avait changé, elle avait toujours su lorsque des yeux la détaillaient, lorsque la douceur d'un homme était une menace. Quand Katy McKinney lui avait offert une boisson non identifiée dans un gobelet à une fête, elle avait su qu'elle ne devait pas boire parce que Katy avait craché dedans. Et à la fin du combat contre l'Obscur, elle avait su qu'elle devait utiliser son intérêt pour elle comme une arme contre lui.

Je le saurais, pensa-t-elle. *Je le saurais si j'étais devant l'Obscur. Je le sentirais.*

– Ils vont arriver. Néron et mes amis. J'étais censée vous attirer sur Congress Parkway. Mais je suis venue ici.

Les yeux de Mox s'agrandirent.

– Néron ? Il est avec eux, vous êtes sûre ?

– Euh, oui…

Il reprit vivement le siphon de bouche qu'il avait posé sur le bureau pour le plaquer sur son visage, avant de se pencher pour ramasser ses siphons de poignet.

– Hé, protesta Sloane. Cette conversation n'est pas terminée !

Mox s'était accroupi pour remettre ses siphons. Levant les yeux vers elle, il siffla en agitant sa main nue et le couteau se désintégra entre les doigts de Sloane comme un flocon de neige. Ses débris tombèrent sur la moquette usée.

– Merde ! lança-t-elle. Sérieux ?

– On pourra reprendre cette discussion, répondit-il d'une voix redevenue métallique. Mais je ne laisserai pas Néron approcher de ce bâtiment tant que je m'y trouve.

– Quoi ?

Elle pensa à l'atelier de Néron, encombré de livres, à ses cheveux blonds fins comme ceux d'un bébé. Il devait être expert en magie pour avoir réussi à organiser leur venue depuis un autre monde, mais il semblait loin d'être aussi dangereux que le Résurrectionniste.

Mox, qui s'était relevé, fixa ses siphons d'œil, reprenant son apparence de créature surnaturelle.

– Je vais vous répondre, dit-il en lui tendant une main gantée de métal. Mais pour ça, vous devez venir avec moi.

Et elle avait beau savoir que c'était de la folie de suivre cet homme, cet assassin masqué qui côtoyait les morts, au lieu de rejoindre Matt et Esther – et même Néron et Aelia –, elle savait aussi que sa décision était déjà prise, et cela depuis qu'elle était entrée dans le bâtiment.

Elle glissa sa main dans celle de Mox. Si elle mourait à cause de cette décision, au moins elle l'aurait choisi.

31

Mox la ramena dans la grande galerie au carrelage en damier et aux grandes fenêtres obstruées. Les soldats y étaient aussi nombreux que la première fois. Ils passèrent devant un petit groupe accroupi autour d'un jeu de dés, puis devant deux soldats qui recousaient mutuellement leurs doigts à l'aide de fil et d'une aiguille.

La femme à la mâchoire trouée s'approcha d'eux d'un pas décidé. Ses cheveux filandreux formaient maintenant deux tresses, lui donnant un air de gamine qui contrastait étrangement avec son teint décoloré. Elle dévisagea Sloane.

– Qu'est-ce que…

– Elle est venue nous avertir, la coupa Mox. On doit partir. Emmène tout le monde au repaire.

La femme se pencha vers Sloane en serrant les mâchoires, ce qui fit claquer ses dents. Sloane vit sa langue remuer dans sa bouche lorsqu'elle demanda de sa voix cassée :

– Tu es sûr que ce n'est pas un piège ?

– Je serais étonné qu'elle puisse planifier aussi loin, répliqua Mox.

– Je vous emmerde, lâcha Sloane.

À cet instant, elle repéra derrière la femme l'homme aux yeux bleu laiteux qui l'avait amenée sur son épaule dans le bâtiment. Il était assis par terre avec quelques autres, des pièces de siphon sur les genoux. Il la regarda en avançant les lèvres pour mimer un baiser.

– Je ne parlais pas en général, éclaircit Mox, d'un ton qui, malgré la déformation due au siphon, lui rappela le jeune homme normal qu'elle avait rencontré au centre culturel. Sloane, je vous présente Ziva, ma lieutenante. Ziva, Sloane.

– On s'est déjà rencontrées. Elle m'a chloroformée.

Ziva retroussa les lèvres dans ce qui aurait pu être un rictus de mépris, si elles n'avaient pas été craquelées comme de l'argile desséchée.

– On vous prenait pour une grande praticienne de la magie, répliqua-t-elle. Si j'avais su que vous étiez aussi nulle, je ne me serais pas fatiguée.

– Nulle ? releva Sloane en riant. Dans ce cas, expliquez-moi comment j'ai réussi à vous filer sous le nez.

– Ce bâtiment va être pris d'assaut d'une minute à l'autre par l'armée de l'Étincelle, intervint sèchement Mox. Mais je vous en prie, continuez à vous crêper le chignon comme des gamines.

Ziva se redressa. Puis, s'écartant de leur passage, elle glissa entre ses lèvres un sifflet fixé à l'un de ses doigts et souffla dedans. Sloane porta une main à son cœur en voyant tous les soldats se lever. Certains eurent plus de mal que d'autres ; une femme dut se caler contre le mur et pousser sur ses deux jambes pour faire levier. Lorsqu'elle se tourna, Sloane vit qu'elle tenait un *bras*, qui aurait clairement dû se trouver accroché à son épaule.

Après un deuxième coup de sifflet, Ziva posa la main sur le vieux siphon éraflé qu'elle portait autour du cou et lança, d'une voix deux fois plus forte que la normale :

– Évacuation d'urgence ! Tous au repaire, et gardez l'œil ouvert. Ils nous recherchent.

Puis elle s'éloigna en jetant un dernier coup d'œil à Sloane par-dessus son épaule avec un curieux mélange d'attente et de désespoir sur le visage.

Partout autour d'eux, les soldats avaient pris leurs sacs pour y ranger leurs affaires – sans oublier, remarqua Sloane, le bras détaché de la femme.

– Vous ne savez toujours pas vous servir d'un siphon ? demanda Mox à Sloane.

– Non, admit-elle.

– Dans ce cas, vous n'avez plus qu'à rester avec moi à l'avant. Et vous avez intérêt à suivre le rythme.

L'armée se mit en formation approximative derrière eux. Quelqu'un ôta les planches qui bouchaient l'une des portes. Une bouffée d'air frais s'engouffra à l'intérieur et fit osciller les plafonniers en verre bleu. À grands pas chaloupés mais puissants, Mox se dirigea vers la porte, sa cape battant sur ses épaules. Sentant les soldats se rapprocher derrière elle, Sloane pressa le pas.

Elle n'avait pas récupéré la cape d'Aelia et le froid traversa aussitôt sa chemise. Elle rentra les mains dans ses manches.

L'armée du Résurrectionniste se répandit dans la rue tel un verre d'eau qui se renverse. Là, les morts-vivants se divisèrent en petits groupes silencieux. Les seuls bruits étaient les craquements de leurs os et les frottements de leurs semelles. Ils disparurent les uns après les autres dans les allées entre les bâtiments, jusqu'à ce qu'il ne reste plus que Mox, Sloane et un trio de zombies décrépits.

Les rues étaient peu fréquentées par ici, au sud du centre-ville, et les immeubles plus espacés. Ils passèrent devant une petite épicerie éclairée par des néons pâles, dont la vitrine présentait une douzaine de marques de cigarettes – dont Rhabdo, Fairy Godmother et Fumus – et des bouteilles de soda vert, orange et bleu vif. Le vendeur au teint cireux les regarda passer bouche bée derrière son comptoir. Même si leurs capes et leurs capuches masquaient leur nature, ils offraient un drôle de spectacle : une femme en chemise et quatre silhouettes encapuchonnées qui marchaient d'un pas décidé en tendant devant eux leurs mains gantées de siphons.

Quelques voitures les dépassèrent en faisant des embardées comme face à un nid-de-poule, mais ils ne rencontrèrent pas d'obstacle jusqu'à Roosevelt Road. Sur leur gauche s'étendait le grand réseau de rails de la gare de triage. Sur leur droite, à l'angle de la rue, une voiture de police était à l'arrêt. Ses phares étaient éteints, mais Sloane distingua deux personnes à l'avant.

Le groupe s'immobilisa sur un geste de Mox, qui émit un pépiement semblable à celui d'un moineau. Les soldats tendirent le bras en soufflant dans leurs sifflets à leur tour, et tous quatre formèrent un chœur de chants d'oiseaux au son aigu et clair.

La voiture de police se souleva de terre et se retourna sur le capot. Sloane vit les policiers bouger. L'un des deux posa vivement sur le pare-brise une paume recouverte d'une plaque de siphon. Mox siffla de nouveau et la voiture retomba sur ses roues dans sa position initiale, comme si elle n'avait jamais bougé.

Une nuée de sons discordants s'éleva autour de Sloane, qui dut se boucher les oreilles. Les roues de la voiture partirent en arrière. Le véhicule traversa la barrière, passa par-dessus le parapet et bascula dans la rivière.

Sloane fixa Mox, qui se remit en marche, imité par les trois autres.

Après avoir franchi le pont en silence, ils tournèrent pour suivre la berge, longeant des caniveaux débordants de papiers et de canettes écrasées. Sloane shoota dans un trognon de pomme pourri qui se trouvait sur son chemin. Elle était engourdie de terreur, aussi effrayée par l'armée de l'Étincelle que par cet homme qui venait de noyer deux policiers.

Des silhouettes sombres se dressèrent devant eux. Un cri retentit, suivi d'un grand éclair de feu. À la lumière orangée des flammes, Sloane distingua sur une veste l'insigne de l'armée de l'Étincelle.

– Ziva ! cria Mox, si fort que sa voix crépita dans le siphon.

Puis il s'élança en courant.

Le mur de feu projeté par l'armée de l'Étincelle se mit à danser vers un groupe de cinq silhouettes serrées les unes contre les autres, où Sloane reconnut Ziva. Les cinq zombies sifflèrent en même temps dans leurs siphons. Une plaque de glace apparut à leurs pieds et monta peu à peu jusqu'à leurs genoux, formant une barrière étincelante sous le clair de lune.

Mox, qui les avait rejoints, émit un grondement sourd qui souleva leurs adversaires de terre pour les faire retomber durement sur les genoux. Il lança à Ziva des ordres que Sloane n'entendit pas.

Brusquement, un arc d'énergie roula jusqu'à lui comme une bulle géante, le repoussa vers la rivière en le soulevant à son tour à plus de deux mètres du sol. Retombant rudement sur le dos, il leva aussitôt le bras en lâchant une série de percussions.

Des blocs d'asphalte se détachèrent de la chaussée et fondirent sur les soldats, qui dressèrent devant eux des barrières d'énergie. Les rochers s'abattirent dessus sans les rompre.

– Go ! cria Mox à Ziva.

Comme celle-ci hésitait, il jeta dans sa direction un sifflement si intense que sa capuche fut rabattue en arrière. Elle partit en courant, suivie par les quatre zombies placés sous son commandement. Mox ramena alors son attention sur les soldats de l'armée de l'Étincelle. Ils avaient lâché leurs barrières de protection après l'assaut des blocs d'asphalte et, dans un processus collectif, faisaient surgir une masse d'eau de la rivière. Sur un signe de la femme qui les dirigeait, l'eau forma un orbe de la taille d'une voiture qui se referma sur Mox. À peine la bulle l'avait-elle touché qu'elle se tordit en tournant sur elle-même. Les cheveux collés sur son visage masqué, ses vêtements trempés battant autour de lui, Mox se dressait maintenant au centre d'un cyclone qui chargea les soldats dans un déferlement d'eau et de rochers.

L'un d'eux recula et Sloane reconnut Edda. Leurs yeux se croisèrent au moment où Mox levait de nouveau la main.

– Non ! cria Sloane.

Mox hésita, et en subit les conséquences. Déjà, Edda avait lancé un son clair et tranché, et un éclair argenté filait sur lui dans les airs : un gros fragment métallique, qui se ficha dans sa taille. Mox se recroquevilla avec un hurlement et, l'instant d'après, lâcha une longue note affûtée. Une lumière vive comme le jour explosa dans sa main.

Sloane se protégea les yeux, mais le flash se prolongeait ; elle continuait à sentir sa chaleur sur son bras. Les soldats de l'Étincelle se lançaient des consignes en criant. Une main se replia sur son coude.

– Laissez le bras devant vos yeux, dit la voix de Mox. On file.

La tirant en arrière, il aboya un ordre aux morts-vivants qui les suivaient, et tous partirent en courant.

Cordus Daily

LE PANNEAU D'AFFICHAGE, LIEU DE RENDEZ-VOUS DE LA JEUNESSE MAGIQUE,

par Sarah Romanoff

CHICAGO, LE 3 NOVEMBRE : « Si j'ai envie d'essayer un processus que je ne peux pas réaliser toute seule, je dépose une demande d'assemblée, explique Élissa, dix-sept ans, en agrafant une feuille de papier sur le panneau d'affichage du parc de Palmer Square. Comme on peut préciser les âges, j'indique toujours une limite de dix-huit ans maximum. Avec les vieux, on se marre moins. »

La demande d'Élissa ? Une lévitation différée Elle cherche à assembler un groupe de cinq personnes qui souhaitent chacune faire léviter un objet, et leur donne rendez-vous dans deux jours au parc de Palmer Square, leur objet à la main. Ensemble, ils prépareront un processus différé pour le lendemain matin, moment auquel leurs cinq objets se mettront à léviter en même temps.

« Les processus différés exigent toujours au moins deux personnes, une pour réaliser le processus et l'autre pour régler l'heure de déclenchement, poursuit Élissa. Du coup, ce sont les demandes qu'on trouve le plus sur ces panneaux. Avec les processus de rayonnement. Les gens adorent faire briller des trucs en ce moment. »

Pour la plupart d'entre nous, les assemblées – les réunions de plusieurs praticiens de la magie pour exécuter un même processus – font partie intégrante de l'apprentissage de la magie. Dans le passé, elles étaient organisées par les établissements scolaires et devaient se dérouler sous la supervision d'un professeur. Or de nos jours, les jeunes prennent leur autonomie et se retrouvent librement avec des élèves d'autres lycées, voire d'autres villes.

« Je suis allé jusque dans l'Indiana une fois pour en faire un, nous confie Josh, seize ans, de Buffalo Grove (Illinois). J'ai dit à ma mère que j'allais à un concert. Ce qui était vrai, en plus. Mais je suis aussi allé à une assemblée. On a créé un nuage de pluie – certains ont créé l'illusion du nuage, d'autres se sont occupés dc l'eau, un autre a fait les éclairs et un dernier, le tonnerre. »

Cet engouement ne va pas sans susciter l'inquiétude de certains parents. « Et s'ils prenaient des risques ? demande Ellen Higgins, fondatrice de Parents d'Ados Sous Contrôle (PASC), un groupe d'action communautaire qui traque les processus collectifs sauvages. On ne peut pas les laisser pratiquer la magie n'importe où n'importe comment, sans que personne ne sache ce qui s'y passe. Ils pourraient se blesser ! Alors on fait ce qu'on peut pour s'y opposer. »

Lorsque j'interroge Élissa sur le PASC, elle lève les yeux au ciel. « Bah, maintenant, on est obligés de coder nos messages. Mais de toute façon, mon prochain processus se passera sous supervision. Du coup, le PASC ne pourra rien faire. »

32

Le temps que Sloane retrouve une vision normale, ils avaient gagné le repaire de Mox, un grand bâtiment de brique rouge perché au bord de la rivière. L'endroit semblait avoir connu une certaine splendeur avant de tomber à l'abandon. Le plafond était tapissé de lambris, et la lumière de la lune y pénétrait par des lucarnes percées dans une arche carrée. Comme dans l'ancien bureau de poste central, les fenêtres du rez-de-chaussée étaient condamnées par des planches. Mais à en juger par la position de l'immeuble vis-à-vis de la rivière, Sloane était sûre que la façade donnait sur une forêt de gratte-ciel.

Les lieux avaient été investis par les groupes de l'armée du Résurrectionniste qui les avaient précédés. Ziva errait parmi eux, facilement repérable aux tresses qui se balançaient sur ses épaules. En entrant, Mox lâcha le bras de Sloane et se pencha sur le fragment de métal planté dans son flanc pour l'examiner.

– Ne retirez pas ce truc comme ça, lui dit-elle. Il faut d'abord désinfecter et prévoir un pansement.

Il la regarda – ou du moins ses yeux mécanisés par le siphon restèrent tournés un moment dans sa direction.

– Dans ce cas, ça devra attendre, répondit-il. Restez là.

Et il rejoignit Ziva à grands pas dans ses vêtements trempés. Sloane s'adossa à un pilier en bordure de la salle pour le regarder traverser la masse des soldats en leur tapant sur l'épaule ou en s'arrêtant pour les écouter. À son approche, la femme qui portait son bras dans un sac l'en sortit pour le lui montrer. Sloane fut surprise de voir Mox s'agenouiller et prendre quelque chose dans sa poche : une trousse en cuir qui se révéla contenir une aiguille et du fil épais.

Avec un mélange de révulsion et de fascination, elle le vit se mettre à recoudre le bras. La femme le tenait en place en regardant l'aiguille trouer sa peau et tirer doucement sur le fil pour réassembler les chairs. Quand Mox eut fini, il coupa le fil et fit un geste au-dessus des points de suture. Sloane supposa qu'il s'agissait d'un processus magique. Quoi qu'il en soit, la morte-vivante toucha la tête de Mox dans un geste d'affection et lui sourit.

Sloane était partie du principe que l'armée du Résurrectionniste lui était asservie, qu'elle n'était qu'un ramassis de zombies esclaves. Mais il semblait de plus en plus clair qu'ils le *connaissaient*. Peut-être même l'avaient-ils connu avant leur mort.

Il mit un certain temps à revenir, le morceau de métal toujours fiché dans son flanc.

– On a des stocks d'eau et de nourriture derrière, l'informa-t-il.

Elle le suivit hors de la pièce, consciente qu'elle aurait dû avoir peur de rester seule avec lui… et même d'être là. Mais il était trop tard pour faire marche arrière. Elle avait trahi ses amis. Et Edda l'avait vue avec le Résurrectionniste.

Ils entrèrent dans une salle plus petite, tout aussi délabrée que la première. Un cabinet de toilette était aménagé au fond, isolé par un mur bas effrité. Des toiles d'araignée étaient suspendues entre les poutres du plafond. Mais l'endroit était propre et contenait des rangées bien alignées de boîtes de conserve et de gourdes d'eau. Il y avait aussi des piles de couvertures dans un coin et une petite table entourée de deux chaises bancales.

Mox se campa devant la table et entreprit de retirer ses siphons. D'abord ceux des poignets, puis ceux de la bouche, des yeux et de l'oreille. Le visage qui apparut était pâle et moite de sueur.

– Je ne suis pas votre infirmière, dit Sloane.

– Je ne vous ai pas demandé de l'être, répondit Mox.

Cela n'empêcha pas Sloane d'aller chercher une gourde avant de fouiller dans les réserves en quête d'un kit de premier secours.

En ayant trouvé une, elle ouvrit la gourde et but avidement. Mox se laissa tomber lourdement sur une chaise qui craqua sous son poids et prit la petite boîte d'une main tremblante.

– C'est du métal dentelé ? demanda-t-elle en désignant le fragment de métal planté au-dessus de sa hanche.

– Non, le rebord m'a l'air lisse.

– Ça a touché l'os ?

Mox prit une paire de ciseaux dans le kit, coupa sa chemise de l'ourlet jusqu'à la plaie et écarta les pans de tissu. Ce n'était pas beau à voir. Les abords de l'entaille étaient ensanglantés, et la pointe de la lame – ou quoi que cela puisse être – ressortait derrière. Mais il avait eu de la chance : le projectile avait traversé la chair sans toucher ni os ni organe.

– À mon avis, vous pouvez le retirer simplement en tirant, dit Sloane.

Mox répondit par un grognement.

– Bon, je peux peut-être vous aider, concéda Sloane. En échange de quelques réponses.

– Je ne sais pas trop par où commencer.

– Par exemple, en m'expliquant pourquoi vous m'avez suivie au centre culturel.

Elle s'avança à contrecœur et chercha de l'antiseptique dans le kit. Il fallait stériliser la blessure le mieux possible, retirer le métal et appliquer une pression pour contenir l'hémorragie. Elle l'avait déjà fait ; Ines avait été atteinte par un débris tranchant une fois pendant un Vortex. Mais là, au calme, à l'écart de la bataille, c'était différent.

– Ziva avait remarqué qu'il se passait un truc au Chameau. Ça s'agitait beaucoup. Alors j'ai compris qu'ils en avaient convoqué un autre. Ça crée une… une sorte de poussée d'énergie quand ils font ça. Si on fait attention, on peut la sentir rayonner à des kilomètres. Ça fait… comme une bulle de magie qui éclate. Et je la guettais.

Il s'interrompait parfois en faisant la grimace.

– Vous dites qu'ils en avaient « convoqué un autre », dit Sloane. Un autre *quoi*, au juste ?

Elle versa de l'eau de la gourde autour de la plaie pour nettoyer le sang, avant d'asperger d'antiseptique les points d'entrée et de sortie de la lame. Il faudrait s'en contenter.

Pendant ce temps, Mox déplia une compresse.

– Ils font venir des guerriers d'ailleurs pour me combattre, reprit-il. Vos amis et vous, vous êtes les quatrièmes.

Il lui tendit la compresse dont elle enveloppa le fragment de métal pour pouvoir l'agripper fermement et proprement.

– Les quatrièmes ? Néron a dit qu'on était les cinquièmes Élus qu'ils faisaient venir.

– Les Élus ?

– Je vais le retirer, le prévint-elle. Sauf si vous préférez le faire par la magie.

Mox ricana.

– J'aurais de bonnes chances de me scier en deux.

– OK. Prêt ?

Il s'agrippa au bord de la table et Sloane pinça le fragment de métal entre le pouce et l'index des deux mains. Elle inspira à fond et tira de toutes ses forces. Mox se mordit le poing pour étouffer un cri. Le fragment avait bougé, mais seulement légèrement. Elle recommença sans attendre et, cette fois, réussit à le dégager entièrement. Mox essaya d'ouvrir l'emballage d'une nouvelle compresse malgré ses tremblements. Elle le lui prit des mains pour le faire elle-même et appuya la compresse sur la blessure.

– Ouais, des Élus, fit-elle, reprenant là où ils en étaient restés. Ils appellent qui, à votre avis ? Des mercenaires choisis au pif ? Ils ne prennent que des Élus… Des gens qui ont tous vaincu un être malfaisant dans leur propre monde.

Il cligna des yeux en levant vers elle un regard flou, sans doute à cause de la douleur.

– Je ne savais pas. J'ai bien essayé de leur parler, au début, mais ça ne les a pas arrêtés. Alors je les ai tués.

Son visage avait perdu toute expression.

Sloane prit peur. Mais aussitôt après, Mox battit des paupières et ses traits changèrent, comme s'il venait de remonter à la surface de son esprit.

– Vous auriez pu m'attaquer, au centre culturel, dit-elle. Et ensuite au Tankard. Mais vous ne l'avez pas fait.

– Je ne savais pas combien vous étiez, ni à quoi j'avais affaire. Je me suis toujours demandé pourquoi ils voulaient me tuer, ces guerriers des autres mondes. Ce qu'ils avaient à y gagner.

La gorge de Sloane se noua. Ce n'était peut-être pas une bonne idée d'insister sur ce point, mais c'était nécessaire.

– C'est évident, non ? C'est à cause des Vortex. Ils veulent les faire cesser.

– Comme je l'ai déjà dit, je devrais peut-être me sentir flatté qu'on me croie capable d'un tel niveau de destruction à moi tout seul, mais j'en suis loin.

– Vous voulez dire que les Vortex… ce n'est pas vous ?

Mox secoua la tête.

– Mais qui les déclenche, alors ?

– Personne ne le sait. Ma théorie à moi, c'est qu'il s'agit de phénomènes naturels. Une sorte de… d'effet secondaire de la connexion entre les mondes.

– Non, c'est autre chose. Tenez-moi ça.

Elle attendit qu'il appuie sur la compresse pour fouiller dans le kit de premiers secours à la recherche d'un pansement. Mais elle ne trouva qu'un sachet en plastique rigide.

– L'Obscur – la figure malfaisante de mon monde, celui qu'on a vaincu – provoquait des Vortex tout le temps, reprit-elle. Ils se sont arrêtés quand il a disparu.

La main de Mox arrêta la sienne et prit le paquet. L'ouvrant, il en fit tomber un long siphon plat, comme celui que le médecin avait fixé sur la cheville de Sloane. On aurait dit un bracelet composé de larges maillons plats. Sobre, en métal mat, mais non dénué d'élégance. Mox le posa sur sa hanche, retira la compresse et étala le siphon sur les deux entrées de l'entaille.

– Ça arrête les saignements, ça empêche l'infection et ça accélère la cicatrisation, expliqua-t-il, un peu comme s'il répétait quelque chose qu'il avait lu dans un livre ou une publicité.

Sloane fronça les sourcils, les yeux sur la bande de peau pâle visible au-dessus de la ceinture de Mox.

– Vous ne pouvez pas dire que l'Obscur n'était pas responsable des Vortex. Il était présent systématiquement, et tout a cessé quand il a disparu. Qu'est-ce que ça aurait pu être d'autre ?

Mox fronça les sourcils à son tour.

– Je ne connais pas tout ce qu'il est possible de faire avec la magie. Encore moins d'un monde à l'autre. D'une dimension à l'autre. Mais je sais ce que je ne suis pas capable de faire. Et je n'ai jamais rencontré personne d'aussi puissant que moi dans ce monde-ci.

Votre Obscur l'était peut-être. Mais c'est peu probable, acheva-t-il avec un haussement d'épaules.

Sloane ricana.

– Ouf ! Au moins, vous ne souffrez pas d'un excès de modestie.

– Non, répondit-il, avec plus de tristesse que d'arrogance… Pas tant qu'on parle de pouvoir brut. Mais ce n'est pas ce qui compte le plus, et vous le savez comme moi. C'est même ce qui vous a permis de vous échapper. Très bien joué, au fait.

– Merci, dit-elle avec raideur.

Il se leva en s'appuyant sur la table et gagna un petit meuble de rangement à l'angle de la pièce. Il contenait une pile de vêtements – tous de couleur sombre, bien sûr, le commandant d'une armée de morts-vivants ne pouvant décemment pas se promener en orange fluo. Il y prit une chemise et passa derrière le muret de la salle de bains pour se changer.

– À mon tour, dit-il. Pour la question.

Sloane s'assit et rassembla les débris de sa petite intervention d'infirmière. Un rôle qu'elle lui avait pourtant assuré ne pas vouloir tenir. Pas le genre de précédent à créer, mais ce qui était fait était fait.

– La dernière fois, reprit-il, vous avez dit que vous n'aviez pas choisi de venir à Genetrix.

Elle ne voyait de lui que l'arrière de son crâne et une épaule au-dessus du muret en ruine, mais cet éclair de peau nue l'embarrassa.

– Vous parlez de la fois où vous m'avez enlevée et retenue contre mon gré ? répliqua-t-elle. Oui, en effet. Juste avant d'être attirée ici, j'assistais à des funérailles. Et paf, dix minutes plus tard, je manque de me noyer dans la rivière.

– Et… on ne vous a pas donné la possibilité de repartir ?

Elle faillit lâcher un soupir de soulagement lorsqu'il revint avec une chemise sur le dos, les cheveux noués en un petit chignon sur la nuque.

– Non. On nous a expliqué que le destin de notre monde était lié à celui de Genetrix et qu'on devait combattre le Résurrectionniste – enfin, vous – si on voulait les sauver tous les deux.

Mox la dévisagea un instant sans rien dire. Puis ses épaules se mirent à trembler. Pendant une fraction de seconde terrifiante, Sloane crut qu'il pleurait, avant de se rendre compte qu'il riait, une main sur sa blessure.

– Incroyable, lâcha-t-il enfin, d'un ton presque admiratif. Qu'est-ce que je disais ? Vous savez ce qui est plus important que le pouvoir brut ? De beaux mensonges bien ficelés. Sans hésitation.

Sloane plissa les yeux.

– Vous voulez dire que… les destins de la Terre et de Genetrix ne sont *pas* connectés ?

– Non, je ne parle pas de ça, mais de la nécessité de se battre contre moi. Du fait qu'il faille me tuer. Comme si vous aviez une chance d'y arriver, en plus. Et comme si ça pouvait arranger quoi que ce soit.

– D'abord, si j'avais décidé de vous trancher la gorge au lieu de discuter, tout à l'heure, j'aurais parfaitement pu vous tuer, lui rappela Sloane. La magie, c'est peut-être génial, mais vous n'en êtes pas moins un sac de viande à la fin de la journée.

Mox écarta ses mains – massives même sans le volume ajouté des siphons – dans un geste d'aveu.

– Ensuite…, reprit Sloane, quel sens ça a, tout ça ? Pourquoi tiennent-ils à vous voir mort au point de faire venir des gens d'autres dimensions, sans essayer de vous poursuivre eux-mêmes ?

– Pas « ils ». « Il » au singulier, répondit Mox en se mettant à arpenter la pièce avec agitation. Néron.

– Néron. Je veux bien vous croire, mais il m'a l'air assez inoffensif. Vous êtes sûr qu'il… ?

– Si je suis *sûr* ?

Mox fit volte-face et la pile de boîtes de conserve alignée par terre contre le mur se souleva d'un bloc pour aller s'écraser au plafond avant de voler dans toutes les directions. Sloane en esquiva une qui filait droit sur sa tête et qui alla se fracasser sur le mur en l'éclaboussant de jus jaunâtre.

Tous deux retinrent leur respiration un instant, Sloane, de peur, et Mox, à en juger par la férocité de son regard, de colère.

– Pas la peine de piquer votre crise, merde, lâcha enfin Sloane. Tout ce que j'ai pu voir de Néron, c'est qu'il fait le larbin pour Aelia la plupart du temps. Il ne me donne pas franchement l'impression d'avoir l'étoffe d'un génie du mal. En particulier comparé à un type qui vient d'attaquer une boîte de haricots verts innocente.

Elle ramassa la boîte et la posa violemment sur la table.

– La magie ne fait pas tout, répéta-t-il.

– C'est clair, fit-elle en serrant les poings pour lui cacher que ses mains tremblaient.

– Il ne se contente pas d'agir, reprit Mox en recommençant à faire les cent pas. Il persuade les autres d'agir pour lui. Il est très fort pour ça. Il est toujours celui qu'on a besoin qu'il soit, quand on a besoin qu'il le soit… jusqu'au jour où ça s'arrête. Il vous a fait venir ici pour me tuer, comme il en a fait venir d'autres avant vous. Et s'ils échouent, pas de problème, ça détourne l'attention de tout le monde de ce qu'il est en train de faire. Quoi qu'il arrive, il est gagnant.

Sloane plongea dans ses souvenirs de Néron à la recherche d'un exemple de ce que Mox lui décrivait. Or la seule fois où elle l'avait vu sortir de son personnage affable, c'était quand elle s'était introduite dans son atelier avec Esther. Il s'était montré glacial. Mais ce n'était pas une preuve suffisante.

– Et de quelles activités chercherait-il à détourner l'attention ? demanda-t-elle doucement.

Mox ralentit.

– Je n'en suis pas sûr, mais je pense à une transformation de grande ampleur. Quelque chose qui lui permettrait de devenir plus puissant que moi. Et que n'importe qui. Qui le saturerait de magie.

Ses paroles évoquèrent à Sloane l'image qu'elle avait de l'Obscur, celle d'une bouche dévorante. Pour elle, aussi retors qu'il puisse être, l'horreur qu'il incarnait tenait à une chose très simple : rien, aucune magie, aucune douleur, aucun pouvoir ne lui suffirait jamais. Il mangeait pour manger. Quel argument aurait-elle pu opposer à quelqu'un de cette nature pour qu'il arrête de torturer Albie et qu'il les laisse partir ?

Elle fixa les pointes de ses chaussures.

Les pieds nus, c'était le passé. Les boots, c'était le présent.

Elle croisa les bras.

– Vous avez des preuves ?

Mox s'arrêta de marcher pour se camper face à elle.

– Vous pouvez quand même comprendre que je ne vais pas vous croire sur parole, ajouta-t-elle. Vous devez bien avoir d'autres éléments à me fournir.

– Je ne vous ai pas encore tuée.

– C'est le cas de beaucoup de gens. Ça ne prouve pas que vous me dites la vérité à propos de Néron.

– OK. Il y a aussi Sibyl.

– Sibyl ?

– La prophétesse, répondit Mox en s'asseyant en face d'elle. Celle qui a émis la prophétie à propos de la fin du monde de Genetrix.

Il n'avait plus rien à voir avec l'homme charmant et réfléchi qu'elle avait rencontré sous l'identité de Mox. Elle se demanda comment il avait réussi à masquer, même brièvement, le chaos qui bouillonnait en lui. Il en semblait tout à fait incapable à présent.

– Elle sait qui je suis. Elle sait qui est Néron. Et elle peut vous dire comment se passera la fin.

– Où est-elle ?

– Dans une cité refuge, là où aucune magie ne peut l'atteindre. Elle ne supporte pas la sensation. Elle a aussi du mal à supporter ma présence. Mais elle peut s'y exposer pendant une heure ou deux si je lui demande de le faire.

Il se gratta la nuque.

– Saint-Louis. Il y a aussi un Saint-Louis dans votre monde ?

Elle hocha la tête.

– Je peux vous y emmener. Demain.

– D'accord. Mais pas de casse en route, hein ? Pas de morts. On fait profil bas.

– Je ne m'excuserai jamais de me défendre, dit-il en plantant ses yeux sombres dans les siens, avec cette intensité qui donnait à Sloane l'impression d'être visée par un chalumeau.

– Je ne vous demanderai jamais ça.

Il la regarda bizarrement, comme s'il n'avait jamais rien entendu de pareil.

EXTRAIT DE :

Le Trésor titanesque de la poésie irréaliste, volume 4
Un message aux cités refuges après l'installation d'étouffoirs de magie,
par Intox et Botox

CITÉS REFUGES,
nous ajustons sur vous l'œil de notre jugement.
notre œil – un œil,
une canne de marche,
un volant de direction.
NOUS AJUSTONS SUR VOUS L'ŒIL DE NOTRE JUGEMENT,
ne vous a-t-on pas dit
qu'il était illégal de gober la magie des autres
pour n'en régurgiter que de la médiocrité ?
vous et vos étouffoirs à siphons, vos bâillons-boules, vos tétines,
votre ruban adhésif
sur la bouche de vos citoyens otages…
NOUS AJUSTONS SUR VOUS NOTRE ŒIL
nous ne pouvons pas vous ajuster
mais nous nous ajustons nous-mêmes
châteaux flottants,
libellules en papier,
flammes gelées…
nous rendons possible l'impossible
riche de possibilités.
VOUS PRÉTENDEZ NOUS ÉTOUFFER ?
mais c'est nous qui vous étoufferons…

33

Le lendemain matin, Sloane se réveilla en sursaut et glissa la main sous son oreiller pour y prendre les ciseaux qu'elle y avait glissés en se couchant. Ils ne lui seraient pas d'un grand secours contre des sorciers à la puissance démesurée et des cadavres ambulants – ce que Mox n'avait pas manqué de lui signaler en la voyant s'en emparer – mais elle détestait ne pas avoir d'arme sur elle.

Accroupie non loin de Sloane, Ziva posa ses yeux globuleux sur l'instrument et lâcha une sorte de ahanement qui pouvait passer pour un rire.

– La fille qui débarque avec son petit train-train dans un monde magique, siffla-t-elle. Tu vas faire quoi avec ça, me couper les ongles ?

– Ça ne t'a pas réussi si bien que ça de me sous-estimer la dernière fois, je te rappelle.

Ziva s'assit par terre dans un grognement.

– Le consul m'a dit de te donner ça.

Elle lui lança un paquet de vêtements qui semblaient appartenir à Mox. Au moins, le pantalon ne serait pas trop court.

– Je dois aussi t'informer qu'il y a du savon dans la salle de bains, si tu veux essayer de te doucher avec une gourde. Votre train part dans deux heures.

– Le consul ?

– Tu pensais qu'on l'appelait le Résurrectionniste ?

– Je pensais que vous l'appeliez peut-être par son nom.

Ziva fit claquer sa langue sur ses dents d'un air railleur. Pour se lever, elle dut prendre sa jambe gauche à deux mains, puis secouer le genou de la droite pour la déplier. Sloane se demanda si les membres de l'armée du Résurrectionniste devaient huiler leurs articulations, comme le Bûcheron en fer-blanc du *Magicien d'Oz.*

Ses habits de rechange sous le bras, elle se rendit dans la chambre de Mox – et sa salle de bains. La veille, elle s'était installée à bonne distance de l'endroit où campaient les soldats, au cas où elle devrait sortir de là rapidement. Elle avait mis du temps à s'endormir, en partie parce qu'elle se trouvait dans un lieu inconnu et à cause de ce que lui avait raconté Mox, en partie parce qu'elle s'en voulait d'avoir abandonné Matt et Esther au beau milieu d'une mission sans un mot d'explication. Elle n'avait fait que les décevoir depuis leur arrivée sur Genetrix. S'ils ne voulaient plus jamais lui adresser la parole, elle ne pourrait pas le leur reprocher.

Mais elle n'avait pas su résister à l'occasion de découvrir la vérité. Si la lecture des documents FOIA lui avait appris une chose, c'était qu'elle s'était lancée dans bien trop de missions sans avoir la moindre idée de ce qu'elles recouvraient. Elle n'avait jamais pris une décision en connaissance de cause. Bert avait exploité son enthousiasme juvénile, et Néron et Aelia avaient tenté d'en faire autant.

Mais ça, c'était terminé.

Heureusement, Mox n'était pas dans sa chambre. Après avoir pris une gourde, elle se déshabilla et se lava comme elle put, en frissonnant du début jusqu'à la fin. Le pantalon de Mox était vraiment trop long, elle remit donc le sien. Puis elle enfila la chemise de Mox dont elle roula les manches, qui firent une grosse masse de tissu autour de ses coudes. Elle était en train de se tresser les cheveux lorsqu'il entra, la main gantée dans le siphon vert qu'elle lui avait vu la première fois au centre culturel.

Ils se fixèrent un instant avant qu'elle ne se détourne vers le miroir, les mains toujours dans ses cheveux.

– J'imagine que vous n'avez pas à craindre qu'on vous reconnaisse, dit-elle.

– Non. Il n'y a qu'une poignée de personnes qui connaissent mon visage. Dont *lui*.

Il parlait de Néron comme elle parlait de l'Obscur. C'était ainsi qu'Albie et elle le désignaient ; comme s'il était toujours présent dans la pièce et qu'il n'y avait même pas besoin de le nommer.

– Dans la prophétie de fin du monde de Genetrix, c'est un combat à un contre un ? Un Élu contre un… destructeur ?

– Avec Genetrix comme terrain de bataille, oui, répondit Mox d'un ton lointain. Deux hommes qui entrent en collision.

– Et vous pensez que Néron est le vôtre ? Votre Obscur ?

– C'est comme ça que vous appelez le vôtre ?

Elle revit le visage cireux de l'Obscur, déformé par l'amusement lorsqu'il lui demandait de choisir. Entre Albie et elle, entre deux horreurs. Elle avala sa salive.

– Oui.

– Alors oui, c'est ce que je crois.

Sloane noua ses cheveux avec l'élastique qu'elle gardait toujours autour du poignet. Sa tresse était si serrée que la peau de son crâne tira lorsqu'elle bougea la tête.

Mox s'était approché de la petite table sur laquelle elle avait avalé une boîte de soupe froide la veille. Il y prit son deuxième siphon de poignet. L'appareil n'était pas plus sophistiqué que celui qu'il portait, mais plus flexible, constitué de petites plaques noires semblables à des écailles de poisson. Mox émit un trille, et les écailles se raidirent comme s'il les avait chargées d'électricité. Il le lui tendit.

– Tenez. Je sais que vous ne savez pas vous en servir, mais dans une ville comme Cordus, on attire l'attention quand on n'en porte pas.

Sloane glissa la main gauche dans le gant en soupirant. Dès que ses doigts furent en place, les plaques se modelèrent sur sa main telle une cotte de mailles. Mox lui prit le poignet et le retourna pour enclencher le fermoir. Ses grandes mains avaient beaucoup de délicatesse.

– Bon, dit-elle. Allons bavarder un peu avec cette prophétesse.

Ils partirent pour la gare en longeant la rivière. La décontraction de Mox désarçonnait Sloane ; il marchait les mains dans les poches, le nez en l'air pour profiter du soleil. Sloane, elle, avait tous les sens aux aguets. Chaque pas, chaque bruit lointain la faisait tressaillir.

À mesure qu'ils s'éloignaient du Loop, les bâtiments prenaient un aspect de plus en plus familier. C'étaient des petites copropriétés de deux ou trois étages typiques de Chicago, en brique rouge traditionnelle, séparées par des bandes de pelouse plantées d'arbres nus. De temps en temps, ils passaient devant une sorte d'ovni : une maison en forme d'orbe qui tournait lentement entre deux flèches en forme d'aiguilles ; une sculpture qui paraissait s'effondrer sur elle-même sous un angle et se rebâtir sous un autre ; et même la façade d'une boutique mêlant des lianes Art nouveau à des boiseries apparentes version chalet, dans un clash visuel qui lui arracha une grimace.

En atteignant la 31e rue, Mox héla un taxi en faisant jaillir un éclair de sa paume. Il lâcha en même temps un petit crissement grâce au sifflet fixé sur l'une de ses dents. Sloane avait vu plusieurs personnes porter leur sifflet ainsi. Il était repérable à l'éclair d'argent qui faisait scintiller leur sourire, et il produisait un petit cliquetis quand ils mangeaient. C'était sans doute plus pratique que de devoir le porter constamment à la bouche.

Dans le taxi, ils se contentèrent d'écouter la musique de la radio.

« Les Stocks of Siphona Technica sont en tête des ventes de la semaine, après avoir touché le fond l'an dernier suite à des rumeurs de conduite répréhensible qui… »

Tournant le bouton de la radio, le chauffeur jeta son dévolu sur un morceau de musique instrumentale qui évoquait un enregistrement de baleines dans les grands fonds.

– Au fait, je suppose que vous ne travaillez pas vraiment au Tankard ? demanda soudain Sloane.

– Mais si, répondit Mox avec entrain. Le week-end, et de temps en temps en milieu de semaine.

– Et comment c'est compatible avec… votre autre boulot ?

– Mon autre boulot n'est prenant que par périodes. Et il ne rapporte pas beaucoup d'argent.

Le chauffeur trifouilla de nouveau le bouton de la radio pour revenir aux informations.

« Une escarmouche a eu lieu entre le Résurrectionniste et l'armée de l'Étincelle hier soir à Bridgeport. Elle n'a fait qu'une victime, un policier du nom de Paul Tegen. Il laisse une épouse et un enfant de deux ans. »

Le chauffeur changea de nouveau de station. Mox était resté impassible, comme si l'évocation du Résurrectionniste ne le concernait pas.

Après avoir traversé la rivière, ils remontèrent Canal Street, passant devant un grand bâtiment rose vif dont l'un des murs était incurvé comme une parenthèse. Il se révéla être une épicerie, arborant l'enseigne Hey Presto ! et un Caddie volant en guise de logo.

Le taxi les déposa devant la gare de Union Station, un bâtiment ivoire à la façade massive ponctuée de colonnes doriques. Sloane se souvenait d'un vaste hall surmonté d'une grande verrière bombée. Elle n'y était passée qu'une fois, petite, pour visiter la ville avec sa mère et Cameron.

Elle entra derrière Mox. Elle avait du mal à suivre son rythme, une expérience inédite pour quelqu'un d'aussi grand qu'elle, mais le pas de Mox était long et décidé. Cependant, une fois à l'intérieur, il parut chercher ses repères dans la cohue, tressaillant dès que des gens s'interpellaient ou s'approchaient trop près. Sloane repensa à la boîte de haricots verts qui s'était écrasée la veille contre le mur. Elle l'entraîna vers une queue devant un guichet.

– Vous avez du fric sur vous ? Passez-le-moi et restez là. Je m'occupe des billets.

Lorsqu'elle revint du guichet, il la fixa d'un air égaré, planté au milieu du hall. Elle lui colla son billet dans la main et le guida vers leur quai. Mox avait l'air d'être facilement désorienté par les panneaux et de se laisser distraire par tout ce qui se passait autour de lui. Elle dut le tirer par le bras plus d'une fois avant qu'ils ne trouvent un banc où attendre dehors, à l'écart de la foule qui restait à l'abri du froid à l'intérieur.

Elle avait mis la cape que Mox portait la veille, à l'ourlet brûlé par le feu magique. De son côté, il avait revêtu une veste assez proche de ce qu'elle aurait pu porter chez elle.

– Vous n'avez pas trop l'habitude de voyager, on dirait, observa-t-elle lorsqu'ils furent assis.

Ses mots prenaient forme dans l'air frais, comme de la fumée.

– Mon truc à moi, c'est la magie, lui répondit-il en se mordillant le pouce. Jamais été bon pour le reste.

– Vous voulez dire… les trucs du quotidien ?

Il confirma d'un hochement de tête.

– Quand je vivais chez mes parents, je cassais toute la vaisselle. Il suffisait que j'aie un plat à la main et… Je ne sais pas, il suffisait que je pense à autre chose, et paf. Pareil avec les ampoules. Même avec les couverts, quelquefois.

– C'était vrai, ce que vous m'avez dit sur vos parents et votre vie à Arlington ?

Nouveau hochement de tête.

– Ils m'ont mis dans un avion pour Chicago quand j'avais… neuf, dix ans. Je ne les ai revus que deux ou trois fois depuis.

Il ôta vivement son pouce de sa bouche.

– Ils me croient mort, maintenant. C'est mieux comme ça.

– Ils ne semblent pas avoir été des parents géniaux.

Il s'était fait saigner le pouce en s'arrachant une cuticule.

– Peut-être pas, non. Ou peut-être simplement que… qu'ils n'étaient pas prêts à avoir un enfant qui déborde de magie de partout. Encore maintenant, c'est… C'est trop. Ça me rend… instable. Déséquilibré.

Il remua sur le banc.

Sloane posa la main sur son bras, la seule réaction qui lui vint à l'esprit.

– Je ne gère pas la magie si bien que ça non plus, déclara-t-elle en levant l'autre main, sur laquelle le soleil fit étinceler les écailles du siphon. En fait, ce n'est pas que je n'aie jamais réussi à faire quelque chose avec. Mais les résultats sont totalement imprévisibles et… et je n'aime pas ça, conclut-elle avec un haussement d'épaules.

Il la regarda en fronçant les sourcils.

– Vous n'aimez pas ça ? Mais…

Le train déboula en gare dans un grand crissement de freins. Il était massif et d'aspect balourd, avec de gros phares qui clignotèrent lorsqu'il s'immobilisa. Mox et Sloane se levèrent et remontèrent le quai jusqu'à la dernière voiture, pour éviter la foule qui s'était concentrée autour des premières.

En montant sur le marchepied, Sloane pénétra dans une explosion de couleurs. Les motifs de la moquette associaient triangles, ronds et lignes ondulées dans un mélange criard de jaune, de bleu et de rose. Ce n'était pas une voiture classique. Elle était divisée en compartiments comprenant deux longues banquettes en vis-à-vis. Sloane prit place près d'une fenêtre. Après avoir refermé la porte du compartiment derrière eux, Mox siffla, tira sur la poignée et sourit en constatant que la porte ne bougeait pas.

– Alors comme ça, vous n'aimez pas la magie.

– Si elle ne faisait que m'aider à mettre en œuvre mes coups de tête de misanthrope, j'adorerais, dit-elle. Malheureusement, elle a aussi une fâcheuse tendance à déchiqueter les gens. Alors…

Mox eut un petit hochement de tête pour montrer qu'il comprenait. Il s'assit en face d'elle en allongeant le bras sur le dossier de la banquette.

Quelques personnes tentèrent d'ouvrir la porte sans succès, et ils étaient toujours seuls quand le train démarra. Mox regardait par la fenêtre et Sloane se surprit à le regarder, lui. Son visage était un assemblage de contrastes : un nez fort et sévère et un front puissant surmontant une bouche vulnérable, des oreilles enfantines qui perçaient à travers des cheveux en désordre mêlés de quelques fils gris qu'elle n'avait pas remarqués jusque-là, malgré son évidente jeunesse.

– J'ai la sensation que vous êtes en train de me démonter pièce par pièce, dit-il sans détourner les yeux de la fenêtre.

– Vous n'êtes pas facile à déchiffrer.

– Vous non plus.

– Mais si ! se défendit-elle. C'est juste que vous ne connaissez pas mon monde.

– Quelque chose me dit que ce ne serait pas simple pour moi là-bas.

– Parce qu'ici, ça l'est ?

– Non, pas vraiment, répondit-il en riant.

Le train avait dépassé le lac Michigan et fonçait le long de la rivière en direction du sud-ouest. Sloane avait suivi ce trajet une fois pour rentrer chez elle. Sa mère lui avait demandé de débarrasser ses affaires du garage parce qu'elle avait besoin de la place. Pour quoi faire, elle ne l'avait pas précisé. Alors Sloane avait mis en cartons ses affaires et celles de Cameron et les avait chargées dans une camionnette pour emporter le tout chez elle. Elle connaissait les grands espaces qu'ils allaient traverser, les champs de maïs racornis par le froid, parsemés de silos qui se dressaient à l'horizon. Elle ne s'attendait pas à ce que le Midwest rural de Genetrix soit très différent du sien.

– Vos soldats vont se débrouiller, en votre absence ? demanda-t-elle.

– Ce n'est pas la première fois que je les laisse tout seuls. Le processus qui les maintient en vie dure quelques jours sans que j'aie à intervenir. Ils vont tenir.

Puis, après un silence :

– Enfin, peut-être pas tous, mais ça peut s'arranger.

Sloane eut la chair de poule à cette idée.

– Vous étiez… très doux avec cette femme dont vous avez recousu le bras.

Il haussa les épaules.

– Oh, Tera ? Eh bien, remettre un bras en place est un travail assez délicat.

– C'est juste que je n'avais pas réalisé que vous les connaissiez personnellement.

– Ah.

Jusqu'ici, Mox était resté calme, adossé à la banquette, les jambes croisées. Mais soudain, il se pencha en avant, joignit les pouces et pianota du bout des doigts d'une main sur l'autre.

– Ce sont mes amis.

Elle avait intérêt à se montrer prudente. Ils étaient enfermés dans un train en marche, et elle ne savait pas exactement ce qui était susceptible de déchaîner la magie de Mox.

– De… D'avant ?

– D'avant leur mort, oui.

– Vous vous y êtes pris comment pour les faire revenir ?

Elle n'était pas certaine de tenir à connaître la réponse. Si elle l'obtenait, elle aurait du mal à ne pas vouloir essayer elle-même avec Albie ou Cameron, ou Bert. À ne pas se servir d'eux comme d'une barrière entre le monde et elle.

– Je l'ai voulu, plus fort que je n'ai jamais rien voulu.

– Et c'est tout ?

– Le reste, je ne peux pas l'expliquer, dit-il en serrant les poings.

Elle se pencha pour poser les mains sur les siennes. Il tressaillit et la dévisagea fixement.

– On n'est pas obligés d'en parler, éluda-t-elle en se calant contre le dossier de la banquette.

Mais les poings de Mox s'étaient rouverts et il s'était redressé. Sloane songea qu'il était vraiment mille choses à la fois. Un langage qu'elle ne parlait pas.

– Vous avez dit que vous étiez à des funérailles juste avant d'arriver ici, reprit-il. Celles de qui ?

Il y avait longtemps qu'elle n'avait pas songé à Albie. Bien sûr, il se faufilait dans son esprit régulièrement, lorsqu'elle n'y prenait pas garde. Lorsqu'elle relâchait sa vigilance au moment de s'endormir, ou au réveil, quand elle pensait à des choses qu'elle allait lui dire avant de se souvenir qu'elle ne lui dirait plus jamais rien. Mais elle n'avait pas encore essayé de penser délibérément à lui.

– Albie, dit-elle.

Et ce nom était tendre dans sa bouche.

– Mon meilleur ami.

Mox hocha la tête comme s'il le savait déjà, ce qui était peut-être le cas.

– C'est votre Obscur qui l'a tué ?

– Non. Enfin, peut-être, indirectement. Il… Il s'est tué.

C'était la première fois qu'elle le formulait à haute voix, du moins en ces termes. Directs, dépouillés.

– On a abattu l'Obscur il y a dix ans, mais Albie ne s'en est jamais vraiment remis. Moi non plus d'ailleurs, je pense, dit-elle en se forçant à rire. Comment on fait pour se remettre de ça ? Des horreurs qu'on a vues ? Et de celles qu'on a *faites* ?

Celles-là, le nœud de cicatrices qu'elle portait sur le dos de la main ne la laisserait jamais les oublier.

– Dans un sens, reprit-elle, c'est plus facile depuis que je suis ici. Je n'ai qu'à recommencer ce que j'ai déjà fait. C'est dans mes cordes, je sais être cette personne-là. En revanche, je n'ai jamais vraiment trouvé comment être quelqu'un de normal.

– Je connais ça, fit Mox avec un petit sourire.

Puis ils retombèrent dans le silence, mais un silence détendu. Ils se tournèrent vers la fenêtre et regardèrent défiler les constructions, à un rythme de plus en plus clairsemé.

34

Dix minutes avant l'arrivée en gare de Saint-Louis, Sloane sentit quelque chose se taire en elle. Comme si quelqu'un venait d'arrêter une musique jouée à plein volume. Mox lui glissa un regard entendu.

– Cité refuge. Ils ne se bornent pas à interdire la magie dans les limites de la ville, il faut aussi qu'ils l'étouffent. Si on les laissait faire, ils l'éteindraient totalement.

– C'est possible, ça ?

– Un siphon n'est rien qu'une machine à amplifier l'énergie magique. Mais il peut aussi avoir l'effet inverse. Raison pour laquelle c'était aussi inquiétant pour mes parents que ma magie reste incontrôlable même dans une cité refuge, ajouta-t-il avec un sourire sans joie.

Il n'avait vraiment pas exagéré en parlant de son pouvoir brut, songea Sloane. Son corps à elle lui semblait lourd, tout à coup.

Ils descendirent du train et gagnèrent le hall de la gare par un tunnel. Le bâtiment avait des allures de château, avec ses murs de pierre, ses tours et ses toits rouges et pointus, mais le hall lui-même rappelait celui de Union Station, avec son vaste espace et son plafond voûté. En revanche, celui-ci ne comprenait pas de verrière mais une mosaïque verte rythmée par des arches richement décorées. Sur le mur du fond, des sculptures féminines soutenant des globes lumineux tendaient leur lumière vers les cieux. À leurs pieds, des box rouges meublés de chaises permettaient aux voyageurs de patienter.

Un agent de sécurité campé près de la sortie leur fit signe de se diriger à gauche vers une zone de casiers métalliques isolée par un cordon rouge. Mox alla ouvrir un casier, ôta son siphon et le déposa avec amour à l'intérieur. Sloane l'imita, nichant son appareil à côté du sien.

Ils se joignirent ensuite à une queue qui attendait pour sortir de la gare. Les gens défilaient un à un devant deux agents de sécurité qui promenaient des détecteurs métalliques autour d'eux avant de les laisser passer. Sloane regarda Mox en haussant des sourcils interrogateurs.

– Des détecteurs de siphon, expliqua-t-il. Pas question qu'ils laissent la magie entrer en douce.

– Ça se tient.

La queue avançait vite et Sloane franchit la barrière de contrôle sans encombre. Mais à l'instant où la vigile, une femme au chignon strict, leva son détecteur vers Mox, il recula en levant les mains.

– Je suis une Exception.

– Papiers, s'il vous plaît, demanda-t-elle avec un soupir.

Mox avait déjà sorti de sa poche arrière une carte blanche qui ressemblait à un permis de conduire. La vigile la brandit quelques secondes à la lumière avant de la lui rendre.

– C'est bon. Allez-y.

Mox rejoignit Sloane en franchissant le point de contrôle d'un pas tranquille et la guida vers la sortie. Elle attendit une explication, mais il ne semblait pas disposé à lui en fournir une. Une fois dans la file d'attente des taxis, elle lui donna une bourrade dans le bras.

– Une exception, hein ?

Il soupira et approcha son visage du sien, presque comme s'il allait l'embrasser. Mais alors qu'elle reculait, il lui désigna son œil en tirant sur sa paupière inférieure.

Les joues en feu, elle se pencha pour regarder ce qu'il lui montrait. Il avait les yeux brun très sombre, avec un éclat de vert près de l'iris. Si le droit n'avait rien de particulier, l'iris de l'œil gauche paraissait brisé, comme si la pupille débordait dedans. Son œil bougea très légèrement et la pupille déformée scintilla, luisante comme une écaille de poisson.

– Mais qu'est-ce que…

– Je ne sais pas. Mais ce truc-là brouille complètement les signaux des détecteurs.

Il se redressa et s'avança pour monter dans le taxi qui arrivait, laissant Sloane plantée là. Elle avait le souffle étrangement court.

La maison de Sibyl était un duplex entouré par un grillage, avec un carillon suspendu à côté de la porte. La pelouse était bien entretenue. Une Toyota bleue au pare-chocs rouillé stationnait dans l'allée du garage. Tandis que Sloane s'arrêtait devant le perron, Mox monta les marches, ouvrit la porte moustiquaire – trouée en plusieurs endroits – et frappa.

Sloane avait toujours imaginé un prophète comme un homme drapé dans une longue tunique annonçant l'imminence de la fin du monde, ou peut-être une diseuse de bonne aventure battant des cartes de tarot dans une arrière-boutique enfumée. Sybil n'avait rien à voir ni avec l'un ni avec l'autre. Elle était petite, entre deux âges, et portait un gilet vert avec une petite étoile piquée près de l'encolure. Elle avait ouvert sa porte à la volée dans un mouvement de panique – ou de rage, ce n'était pas clair – et brandissait son index sous le nez de Mox.

– Mais qu'est-ce que tu m'as amené ? gronda-t-elle en fixant Sloane par-dessus l'épaule de Mox.

– Je vais t'expliquer. Mais pas ici, si tu veux bien.

– Si tu crois que je vais inviter *ça* chez moi, tu ne m'as pas bien regardée, répliqua-t-elle en désignant Sloane d'un coup de menton.

Là-dessus, elle glissa les pieds dans des chaussons posés près de la porte et sortit.

– On va dans le garage.

– Sib, dit Mox.

– Et ne m'appelle pas comme ça !

Elle scruta les alentours comme si elle s'attendait à voir des voisins surgir des buissons.

– Enfin, mon garçon, aurais-tu oublié où tu es ?

Elle descendit le perron comme une furie en contournant soigneusement Sloane et les conduisit dans le garage. Celui-ci sentait l'essence et le moisi et débordait de vieux meubles, de cartons affaissés et de tapis roulés. Malgré le bric-à-brac, une sorte d'ordre régnait dans la pièce. Sibyl slaloma dans le labyrinthe en allumant des lumières, en libérant des chaises et en ôtant des toiles d'araignée de ses cheveux.

– Assis ! dit-elle en montrant les chaises. Vous êtes gigantesques, tous les deux. C'est intimidant pour une petite mamie comme moi.

– Tu n'es pas une mamie, rectifia Mo avec une tendresse manifeste, tout en obtempérant.

Sloane, elle, resta où elle était.

– J'aime autant m'abstenir. Il est clair que je ne suis pas la bienvenue.

– Elle ne parlait pas sérieusement, dit Mox.

– Ah non ? fit Sibyl. Même étouffée, la magie que vous irradiez tous les deux pourrait m'asphyxier. Alors, elle est quoi ? Elle est comme toi ?

– Chais pas. Ça dépend de ce que tu veux dire par là.

– Une *Élue*, quoi d'autre ? Vous puez l'Élu à plein nez, tous les deux.

Sloane eut la sensation qu'on venait de jeter une pierre dans son estomac.

– Un *Élu* ? répéta-t-elle en regardant Mox. Vous êtes… ?

Des plaques rouges couvraient les joues de Mox et gagnaient son cou.

– Restons calmes, reprit Sibyl. Il n'y a vraiment pas de quoi se vanter. Même les forces obscures de ce monde sont des Élues. *A priori*, c'est surtout une flèche qui clignote en disant : « Tuez-moi ! »

Elle sortit une bouteille du réfrigérateur qui se trouvait dans un coin et batailla pour la déboucher avec des mains tremblantes.

– Mais dans le cas qui nous occupe… Mox est notre sauveur attitré, entouré de cadavres et couvert d'assez de siphons pour prendre un pâté de maisons dans un bloc de glace sans bouger un cil. Avec ça, Genetrix est mal parti.

Mox. Un Élu. Sloane se faisait l'effet d'être un disque dur grillé par une surcharge électrique.

– Ta foi en moi me fait chaud au cœur, répliqua Mox d'un ton amer. Sloane est une Élue aussi, Sibyl. Mais dans un univers parallèle.

Sibyl détailla Sloane des pieds à la tête avant de hausser un sourcil.

– Vraiment ? Assieds-toi, ma fille.

Cette fois, Sloane obéit en se perchant tout au bord d'une chaise longue à côté de Mox. Elle était coincée entre une statue d'angelot érodée par la pluie et un carton avec *Chambre de Charlie* gribouillé dessus au feutre permanent.

– Dans ton monde à toi, tu as livré un combat, déclara Sibyl en se laissant tomber sur un gros rondin.

Elle posa sa bouteille par terre et se tassa, le dos rond, les bras autour des genoux. Elle paraissait toute petite ainsi, avec sa colonne vertébrale qui saillait sous son gilet.

– Ça te colle à la peau.

Elle avait posé les yeux sur la main droite de Sloane, qui résista au réflexe de la cacher.

– Pourtant, ce combat n'était pas le tien. Pas réellement.

Sloane faillit la contredire. Bien sûr que ça avait été son combat. L'Obscur lui avait pris son frère. Combattre contre lui avait été si inéluctable qu'il n'y avait même pas à en discuter. Mais au fond, il y avait trop de vérité dans l'affirmation de Sibyl pour qu'elle puisse la rejeter. Sloane ne regrettait pas d'avoir mené ce combat, mais cela ne signifiait pas que c'était le sien. Pendant dix ans, elle avait rongé son frein dans l'attente qu'une logique apparaisse, que quelque chose se produise. Et jusqu'ici, elle n'avait pas réussi à regarder en face le fait qu'il puisse y avoir un autre combat en attente, et que cette fois, celui-là puisse être vraiment le sien.

– Bon, pourquoi venez-vous me voir, au juste ? demanda Sibyl.

– J'ai été amenée sur Genetrix contre ma volonté par Aelia et Néron et… je ne sais qui d'autre. Ils nous ont expliqué que le Résurrectionniste détruisait notre monde en même temps que celui-ci, et qu'ils ne nous laisseraient pas repartir tant qu'on ne l'aurait pas tué pour eux. Mais Mox… enfin, je ne sais plus ce qui est vrai.

– Ce qui est vrai, répéta Sibyl en se levant. S'il faut parler de ça, on a besoin de whisky.

Une fois dans le salon, le premier geste de Sibyl fut de mettre un disque : *Parsley, Sage, Rosemary and Thyme,* de Simon et Garfunkel. Les accords de guitare avaient quelque chose d'irréel dans la pièce mal éclairée, avec ses vieux meubles et ses sièges au tissu râpé jusqu'à la trame. Le petit canapé bas tapissé en rose craqua sous le poids de Mox, qui avait l'air d'un adulte perché sur un siège d'enfant. L'air avait crépité autour de lui à son entrée dans la pièce, et Sibyl lui avait demandé sèchement de se contrôler. Ce qui lui avait juste valu un regard noir en retour.

Sibyl alla verser du whisky dans des verres dans la cuisine et Sloane attendit son retour en inspectant le contenu de la bibliothèque. Elle ne contenait pas de livres, juste une collection du *National Geographic* et des magazines de tricot. Il y avait aussi des petites figurines qui représentaient des ballerines, des chats qui s'étiraient et des montgolfières. À croire que Sibyl avait lu un article sur comment devait être décorée la maison d'une grand-mère et qu'elle l'avait appliqué à la lettre, jusqu'aux napperons de dentelle sur la table basse en acajou.

Quand la deuxième chanson de l'album commença, Sloane ne put s'empêcher de ricaner.

– Vous aimez vraiment vivre au milieu des clichés, hein ? dit-elle à la prophétesse lorsque celle-ci revint avec les verres.

Sibyl sourit.

– Cette chanson parle de schémas qui se répètent. J'ai pensé que vous y seriez sensibles, tous les deux.

Sloane prit une gorgée de whisky, et eut l'impression d'avaler une bouffée de fumée. Les yeux larmoyants, elle réprima une quinte de toux. Sibyl, qui avait déjà descendu la moitié de son verre d'un coup, s'allongea sur sa chaise longue pour regarder le disque tourner sur la platine.

– Je n'ai pas choisi d'avoir ce don, reprit-elle après un silence. Je n'en voulais même pas. J'avais deux ans au moment de l'accident du *Tenebris*, et quatorze quand les transes ont commencé. C'était très effrayant. Je n'en gardais aucun souvenir, mais on me racontait ensuite que j'avais parlé par énigmes, comme si j'étais possédée. Puis mes délires ont commencé à se réaliser, et les gens se sont mis à m'éviter. En réalité, personne ne souhaite vraiment connaître son avenir.

Elle reprit une gorgée de whisky, et Sloane se leva pour aller s'asseoir sur l'accoudoir du canapé rose troué qui perdait son rembourrage.

– C'était un don peu courant, même parmi les experts en magie, et la portée de mes prédictions l'était encore moins. Elles concernaient des événements d'échelle mondiale. L'issue de guerres, des catastrophes naturelles, le passage de lois. Et finalement, la fin de tout. J'ai même des enregistrements de tout ça.

Elle se leva, alla ouvrir une petite vitrine et fouilla parmi des cassettes. Sloane était trop loin pour lire les étiquettes, mais elle vit qu'elles étaient écrites à la main et qu'elles se décollaient dans les coins.

Trouvant celle qu'elle cherchait, Sibyl alla la glisser dans un lecteur de cassettes posé à côté des numéros du *National Geographic*. La bande se rembobina en couinant. Sloane reprit une gorgée de whisky en évitant le regard de Mox.

Sibyl appuya sur *play* et resta debout devant l'appareil, comme devant un autel. Après quelques crépitations, sa voix, étrangement déformée, s'éleva du lecteur dans un demi-murmure :

« Ce sera la fin de Genetrix. La destruction des mondes. Quelque chose sépare Genetrix de sa jumelle. L'Obscur l'extirpera, ces deux mondes se percuteront, et ce sera la fin de tout. »

Sloane se tendit, tout entière à ce qu'elle entendait. Elle pensa au fil de lumière qu'elle avait vu entre Genetrix et la Terre, au fond de la rivière.

Ce monde et sa jumelle. L'Aiguille.

Le coassement bas se poursuivit : « L'Obscur de Genetrix restera dissimulé, mais il ne cachera pas son existence, et sa faim sera insatiable. » Toujours campée devant le radiocassette, Sibyl articulait les mots en même temps que l'enregistrement. « Son Pareil est l'espoir de Genetrix, né entaché par la magie et sous l'emprise d'un pouvoir jusque-là inconnu de nous. »

Sloane regardait Sibyl battre un rythme sur sa jambe, comme si elle dansait au son d'une chanson. Et c'était peut-être le cas ; peut-être les fils de lumière qu'elle avait vus jouaient-ils une musique, comme les cordes d'un violon ou d'une guitare, et que cette musique parvenait à Sibyl sous la forme de prophéties.

« Deux fois, les Pareils se rencontreront, et le sort des mondes se trouve entre leurs mains. »

Mox fixait ses mains, qu'il serrait de toutes ses forces entre ses genoux.

La voix de Sibyl répéta la dernière phrase, si bas que Sloane eut du mal à l'entendre, et la cassette s'arrêta.

– Votre œil, dit Sloane à Mox. Vous êtes entaché par la magie.

Il hocha la tête. Il paraissait si chancelant qu'il semblait sur le point de s'effondrer devant elle.

– Néron a été mon professeur pendant dix ans, déclara-t-il d'une voix mal assurée. Il m'a trahi.

Ses yeux étaient rivés sur Sloane, qui remarqua que le défaut de son iris était redevenu imperceptible maintenant qu'il n'était plus en pleine lumière.

– Il a massacré la première armée de l'Étincelle, qui s'entraînait pour aider l'Élu. Et il m'a accusé. Il a retourné la prophétie contre moi.

Les mots étaient sortis un à un comme s'ils lui raclaient la gorge, et Sloane en eut froid dans le dos. Elle revit les longs doigts du Résurrectionniste passant un fil rigide dans le bras détaché de sa soldate et tirant sur l'aiguille et se rappela la panique dans sa voix lorsqu'il avait crié le nom de Ziva dans la rue près du repaire. Si ses soldats morts-vivants étaient les membres de l'armée prévue pour l'Élu, bien sûr qu'il les avait connus avant leur mort, qu'il avait compté sur eux pour se dresser à ses côtés contre un mal qu'il ne comprenait pas.

Néron. L'homme à la soif inextinguible.

Ils s'affronteraient sur le terrain de bataille de Genetrix, et ils tenaient le sort du monde – *des* mondes – entre leurs mains.

EXTRAIT DE :

La Magie de la cruauté,

par Erica Perez

Dans son livre *La Manifestation des désirs impossibles : une nouvelle théorie de la magie*, Arthur Solowell ose l'assertion que « le désir ne peut naître d'une menace ou d'une manipulation ». Si je suis d'accord avec l'idée que des menaces simples ne produisent pas de résultats magiques fiables, il est naïf de suggérer que la coercition ne peut être d'aucune efficacité pour influencer la magie. Peut-être M. Solowell a-t-il grandi entouré d'adultes dotés d'une solide morale qui n'ont jamais abusé de leur influence sur les enfants, mais je n'ai pas eu cette chance. J'ai vu comment des adultes cruels façonnaient certains de mes camarades, et, partant, leurs désirs.

Et cela pouvait revêtir des formes très diverses. Parfois, c'était une éducation religieuse stricte qui rétrécissait un esprit ouvert, jusqu'à ce qu'il ne puisse plus produire que des processus basiques très concrets. Parfois, c'était de la négligence qui créait une absence totale de limites, et qui poussait quelqu'un à en entraîner d'autres dans des processus dépourvus d'éthique. L'injonction de réussir au plus haut niveau a fait perdre à certains de mes amis toute créativité et toute imagination dans l'exercice de leur magie. La maltraitance émotionnelle en a amené un à abandonner les nuances pour se tourner vers une magie plus brutale. Un autre de mes amis, qui était très doué, a totalement perdu la capacité d'exécuter des processus, jusqu'à devoir aller vivre à Saint-Louis, une cité refuge.

Comme le souligne Solowell, un désir n'est pas un caprice. Mais un désir n'est pas non plus inchangeable, inébranlable. Et la variable à prendre en compte est le pouvoir. Qui dispose du pouvoir sur l'individu concerné ? Certaines personnes en ont-elles trop ? Certaines figures de pouvoir sont-elles des conjoints, des membres de la famille ou des amis maltraitants ? L'individu est-il particulièrement sujet à se laisser manipuler, mû par le désir de plaire ou simplement de s'épargner de la souffrance ? A-t-il été coupé de ses pairs ou du monde extérieur ? Nous devons apprendre à identifier tous ces signes. Nous ne pouvons pas nier l'existence de ce problème. C'est l'avenir de nos enfants qui en dépend.

35

Comme il ne restait pas grand-chose à ajouter après l'écoute de la prophétie, Sibyl invita Sloane et Mox à rester manger, ce qui aiderait peut-être à combler le silence. Sloane accepta faute de savoir quoi faire d'autre. Et voilà comment ils se retrouvèrent piégés tous les trois dans la petite maison, à tourner en orbite les uns autour des autres. Sibyl s'affaira à glisser des tranches de citron dans un poulet dans la cuisine, pendant que Sloane feuilletait des magazines à genoux sur la moquette beige. Elle découvrit des photos de pays dont elle n'avait jamais entendu parler, aux noms, aux frontières et aux destins modifiés par la rupture entre les deux mondes. Elle vit des siphons rudimentaires aux poignets de villageois dans des campagnes roumaines et au fin fond de la Sibérie – une curiosité, précisait l'article, mais un phénomène en expansion chez les jeunes.

– Mox ne croit pas que les Vortex soient provoqués par quelqu'un, dit-elle soudain en relevant la tête de la photo d'un tracteur dans une petite ferme en Argentine.

La cuisine était séparée du salon par un comptoir et Sibyl se tenait derrière, occupée à couper quelque chose. Des oignons, à en juger par l'odeur.

Mox avait disparu quelques minutes plus tôt, séduit par la proposition de Sibyl de se doucher et de se changer. Les vêtements de son mari décédé étaient toujours dans son dressing. Sloane entendait le jet de la douche au bout du couloir.

– Il est important de distinguer les causes des effets, répondit Sibyl en inspectant le poivrier qu'elle tenait à la main. Ce qu'on sait, en revanche, c'est qu'un Vortex se produit chaque fois que l'un de vous arrive pour tuer Mox. On peut en déduire qu'il existe un lien, en effet.

– Ah bon ? Mais je ne savais pas ! dit Sloane en se levant. Alors, vous croyez qu'ils peuvent être causés par la présence de quelqu'un venant d'un autre monde ?

– Tout ce que je sais, c'est que votre place à toi et à tes amis n'est pas ici. Alors peut-être que les Vortex sont une sorte de réaction à votre présence, oui.

Elle s'impatienta devant le regard interrogateur de Sloane.

– Mais qu'est-ce que j'en sais de tout ça, moi, ma fille ? Je ne suis pas une scientifique !

– Vous faisiez quoi comme métier, à ce propos ? demanda Sloane en s'accoudant au comptoir. Cracher des prophéties, ça ne doit pas gagner beaucoup, j'imagine.

– Dans une cité refuge, c'est le moins qu'on puisse dire, confirma Sibyl. Mais la magie s'agrippe à moi comme du Velcro. Ce n'est pas comme si j'avais eu le choix, hein ? Enfin. J'étais prof. Je suis à la retraite, maintenant.

– Elle s'agrippe à vous comme du Velcro…, répéta pensivement Sloane. C'est curieux.

– Quel effet ça te fait, à toi, la magie ?

– J'ai l'impression que ça met ma tête dans un étau. Et ça m'engourdit les mains, quelquefois. Je ne suis pas une grande fan non plus, à vrai dire.

– Hm.

Sibyl souleva le grand plat dans lequel elle avait déposé le poulet, et Sloane lui ouvrit la porte du four.

– Lui, il adore ça, reprit Sibyl en donnant un coup de menton en direction de la salle de bains. Il voit… des rayons de lumière, ou quelque chose comme ça. Il joue de la magie avec des cordes de guitare. *Pling*… au revoir la gravité. *Pling*… ta maison prend feu. C'est charmant !

Des rayons de lumière. Ça ressemblait à ce qu'Aelia avait fait à Sloane avant son plongeon dans la rivière. Aelia l'avait peut-être appris de Néron, qui l'avait appris de Mox.

– Vous avez déjà rencontré Néron ?

Le regard de Sibyl se durcit.

– Oui. Cet homme porte de nombreux masques, empilés les uns sur les autres. Il n'y a jamais moyen de voir ce qu'il y a dessous.

Elle régla le minuteur en forme d'œuf, avec la phrase *Qui mange un œuf mange un bœuf !* peinte dessus, et se pencha vers Sloane pour lui dire :

– C'est toi qui possèdes la magie la plus abrasive, gamine. Le destin a refermé sa poigne sur toi et il ne te lâche pas. Et je veux que tu te rappelles une chose.

Elle replia sa main sur le bras de Sloane, avec une force étonnante pour une femme aussi petite.

– La ligne de séparation entre un Élu et son contraire a l'épaisseur d'un cheveu. Alors ne prends pas trop tes aises en te croyant à l'abri de ton côté.

Sloane avait les yeux qui piquaient à cause des oignons. Elle dégagea son bras.

– Tout ce que je veux, c'est rentrer chez moi.

Une petite lueur s'alluma dans les yeux de Sibyl.

– Ça, c'est le plus gros mensonge que j'aie jamais entendu. Tu veux *tout*. Tu es un puits sans fond. C'est simple, ça m'épuise rien que de penser à toi.

– On ne peut pas dire que vous soyez un ange non plus, riposta Sloane.

À cet instant, Mox l'appela depuis la salle de bains, sa voix grave portant sans effort d'un bout à l'autre de la maison :

– Sloane ! Vous pouvez venir me donner un coup de main ?

Elle se rappela sa blessure et quitta la cuisine. Les murs du couloir, peints dans le même rose laiteux que le canapé, étaient couverts de photos ; de Sibyl, de son mari et de ses enfants, *a priori*, étant donné leurs poses figées et conventionnelles. Sloane avait du mal à croire que cette femme, avec sa maison et sa famille à la normalité presque agressive, ait pu avoir des prémonitions, dont celle de la fin du monde. Pas étonnant qu'elle ait un tel dégoût pour la magie. La vie que Sibyl s'était construite était un parangon de rigidité, l'antithèse de la magie.

Mox était dans la chambre, vêtu d'un jean usé et d'un tee-shirt gris, ce qui la surprit. Elle n'avait encore vu ni l'un ni l'autre de ces vêtements sur Genetrix. Il était appuyé contre la commode de Sibyl, les mains agrippées au rebord, la tête baissée. Ses cheveux étaient raides lorsqu'ils étaient mouillés, et plus longs, lui balayant presque les épaules. Il était pieds nus.

Il était musclé. La taille sèche, sans doute à cause de dix années de privations et de dîners composés de boîtes de soupe. Mais les muscles de ses longs bras et ses larges épaules remplissaient sans peine le tee-shirt.

Il semblait bâti pour être plus étoffé qu'il ne l'était. Dans un autre univers, peut-être.

Et il était en train de perdre le contrôle ; la pression de l'air autour de lui était en tel décalage avec celui du couloir que les oreilles de Sloane se bouchèrent lorsqu'elle s'approcha.

– Désolé, dit-il d'une petite voix tendue, sans la regarder. Mais vous avez réussi à me calmer… dans le train.

– Oh.

Elle essaya de se rappeler ce qu'elle avait fait dans le train. Elle lui avait touché les mains. Mais l'idée de le toucher lui paraissait bien plus intimidante tout à coup. Tout à l'heure, son geste avait été instinctif, alors qu'ici, elle devait le faire intentionnellement.

L'air se plaqua sur son visage comme quand elle remontait la côte d'Oak Street à vélo pour dévaler la pente. Comme si elle pouvait le saisir par poignées.

Trouillarde, se fustigea-t-elle. Elle posa la main sur l'épaule de Mox, à la naissance du cou, et ses cheveux mouillés lui chatouillèrent les doigts. Elle se pencha vers lui.

– Qu'est-ce qu'il y a ?

Il ne répondit pas. La façon dont sa cage thoracique se soulevait sous le tee-shirt montrait qu'il hyperventilait. Elle glissa la main sur sa nuque et la pressa doucement. Sa peau était brûlante. Ça faisait longtemps qu'elle n'avait pas touché quelqu'un d'autre que Matt de cette manière, vulnérable et confiante.

– C'est le fait de parler de lui… tous ces souvenirs, répondit-il les dents serrées, sans relever la tête. C'est…

– Ça fait trop ? Pas de problème, on n'a qu'à… s'asseoir une seconde.

Elle appuya doucement sur sa nuque pour l'inciter à se baisser et s'assit par terre avec lui en s'adossant à la commode. Le bouton d'un tiroir du meuble lui rentra dans le dos. Mox restait à genoux sans bouger, les bras tremblants, continuant à fuir son regard.

– Moi et mon ami, celui qui est mort, dit-elle en sentant monter la vieille terreur familière, on a été capturés par l'Obscur. Ça n'a duré qu'une journée.

Elle creusa la moquette avec ses chaussures. Sibyl avait haussé les sourcils en la voyant entrer sans les enlever, mais elle n'avait pas fait de commentaire.

– Mais l'Obscur m'a forcée à choisir.

Elle avala sa salive avec la sensation que des couteaux lui transperçaient la gorge.

– Il m'a dit que l'un de nous deux – Albie ou moi – allait souffrir, et que c'était à moi de décider lequel. « Toi ou lui ? »

Elle s'empêcha de fermer les yeux, pour ne pas revoir le visage de l'Obscur tandis qu'il attendait tranquillement sa réponse sur le seuil de la pièce, adossé au chambranle.

– Je ne voulais pas. Alors il m'a dit que si je ne choisissais pas, on souffrirait tous les deux, et que c'était absurde.

Mox s'était légèrement redressé pour la regarder sous le rideau de ses cheveux. Ils bouclaient à mesure qu'ils séchaient.

Sloane se força à reprendre, pour prononcer des mots qu'elle n'avait jamais, jamais dits :

– Et j'ai fini par désigner Albie. Je me suis sauvée moi-même.

L'horreur était maintenant toute proche de la surface. Si elle l'avait voulu, Sloane aurait pu la libérer, la laisser sortir, hurler pour la cristalliser. Elle avait peur de regarder Mox, peur de voir la révulsion sur son visage. Il avait tué, lui aussi, mais seulement pour survivre. Il n'avait jamais fait cela : jeter un ami cher dans les flammes pour y échapper lui-même. Sloane ne connaissait personne qui ait fait cela.

Enfin, elle se força à le regarder, parce qu'elle méritait de voir combien elle était répugnante d'avoir trahi Albie, de l'avoir détruit et poussé sur un chemin qui le conduirait à sa mort…

Or Mox se contentait de la regarder.

La pression de l'air avait diminué, et Sloane n'avait plus l'impression de mâcher chaque respiration.

– Alors je sais ce que c'est, reprit-elle d'une voix étranglée, la rage qui peut nous envahir quand on pense à certaines personnes. Je sais comment elle peut nous changer.

Mox glissa ses cheveux derrière ses oreilles. Son visage paraissait plus mince, ainsi dégagé, plus pâle. Il était fatigué. Pas étonnant, au bout de toutes ces années à vivre d'expédients dans des immeubles et des entrepôts abandonnés, avec une armée qui tombait en morceaux dès qu'elle se déplaçait, et le fardeau du sort de ses soldats qui reposait sur ses épaules. Il était aussi fatigué qu'elle.

– En philosophie éthique, dit-il, il existe une expérience de pensée qui s'appelle le dilemme du tramway. Vous connaissez ?

Elle secoua la tête.

– On pose l'hypothèse qu'il y a un tramway sur une voie. S'il continue, il tue cinq personnes, alors que si on modifie l'aiguillage, il n'en tuera qu'une seule. Et on doit décider si on choisirait de changer l'aiguillage, si on supporterait d'être personnellement responsable d'une mort, même si ça épargne d'autres vies. J'ai toujours détesté ça, mais *vraiment*, ajouta Mox d'un air indigné. J'ai répondu au prof qui nous présentait ce dilemme que moi, c'était la personne qui me contraindrait à ce choix que je jetterais sur la voie, parce que c'était elle qui le méritait.

Il eut un petit sourire qui creusa une fossette dans sa joue.

– Mais ça ne répondait pas à la question posée par l'exercice.

Il posa la main sur celle de Sloane, qui reposait sur son genou. Et elle se sentit soudain toute petite, mais dans le bon sens – un sentiment qu'il lui était rarement donné d'éprouver, compte tenu de sa taille.

– En tout cas, une personne qui vous oblige à faire un choix pareil, entre un ami et vous, entre la douleur et la culpabilité… qu'elle aille se faire *foutre*.

Sa main se resserra sur celle de Sloane. Ils se fixèrent un moment, et il lui sembla que l'horreur reculait, qu'elle s'était tassée dans un petit coin quelque part au fond d'elle-même.

Ils mangèrent le poulet de Sibyl en silence, et quand Sloane avala sa dernière bouchée, tous trois en éprouvèrent un soulagement palpable.

Puis Mox et Sloane mirent les pommes de terre dans des récipients pour les ranger au réfrigérateur et firent la vaisselle. Sibyl les avait laissés prendre la direction des opérations pour aller fumer une cigarette. « Mon petit plaisir après le repas », avait-elle justifié, sans que Mox ni Sloane n'aient fait de remarque. Puis elle démarra la vieille Toyota, chaussa des lunettes vertes à verres épais et les ramena à la gare.

En regardant défiler les longues rangées de bâtiments bas en brique et les terrains vagues qui émaillaient le trajet, Sloane fut frappée par l'aspect aride de l'environnement par contraste avec l'architecture de Cordus, si influencée par la magie. Dans le peu de temps qu'elle avait passé sur Genetrix, elle s'était habituée à ses excès. Les édifices les plus intéressants de Saint-Louis étaient les églises, qui semblaient particulièrement dépouillées sans la patte des architectes irréalistes ou naguéristes. C'étaient des bâtisses blanches et sans relief, aux arêtes aiguës, assez proches des constructions minimalistes qu'on trouvait sur la Terre, si ce n'est que leurs fenêtres étaient en forme de croix.

Sibyl les déposa devant la gare et recommanda à Mox en le regardant bien en face :

– Tâche d'ouvrir l'œil.

Il déposa un baiser sur sa joue, bien qu'elle n'ait pas quitté l'air revêche avec lequel elle les avait accueillis.

– Merci.

Sloane descendit de la voiture sans dire au revoir. Son attention était distraite par une sensation bourdonnante à la surface de sa peau, une espèce de ronronnement. Ils ne devaient pas être loin des limites du système d'étouffoir des siphons. Quand la Toyota se fut éloignée, elle se tourna vers Mox pour lui demander :

– Vous l'avez rencontrée comment, au fait ? Moi, je n'ai jamais eu l'occasion de rencontrer notre prophète.

– J'ai beaucoup fouiné au Chameau. Ils n'arrivaient jamais très longtemps à m'empêcher d'entrer dans une pièce.

Il leva les yeux vers le ciel. Le soleil était voilé par des nuages.

– Il se passe un truc… Vous le sentez ? Pour moi, ça brille de partout, dit-il en remuant les doigts. Ma magie est de retour !

– Mais pourquoi ils neutraliseraient l'étouffoir ?

– Je ne vois qu'une raison : parce qu'ils savent que je peux pratiquer la magie même lorsqu'il est activé, et qu'ils préfèrent garder les moyens de l'exercer aussi.

– Dans ce cas, mieux vaut récupérer nos siphons avant qu'ils ne nous tombent dessus.

Mox la guida jusqu'aux casiers où ils les avaient rangés, et poussa un soupir de soulagement lorsqu'il eut composé le code et ouvert la porte. Les siphons étaient toujours là, posés côte à côte. Il prit le vert, plia les doigts et sortit son implant dentaire de sa pochette pour le mettre en place. Sloane remit son siphon à contrecœur, en maudissant ce contact froid, ce poids sur sa main, et la façon dont l'engin lui pinçait la peau.

Mox la regarda batailler avec le fermoir pendant quelques secondes avant de lui prendre le poignet. Il glissa le doigt sous une plaque pour vérifier qu'elle était bien ajustée et verrouilla le fermoir d'un petit geste de la main. Elle avait senti la chaleur et la pression de sa peau contre la sienne, et elle savait où cela pouvait mener, si elle suivait la pente. Mais elle avait le sentiment que cela ne ferait qu'ajouter une ligne de plus à la liste de ses trahisons.

Sloane referma le casier et se tourna vers le hall. À Cordus, la plupart des gens qu'elle croisait avaient le style vestimentaire un peu théâtral qu'elle avait appris à associer aux élites de la magie. Mais dans la cité refuge de Saint-Louis, il n'y avait ni amples draperies conçues pour mettre en valeur les siphons de gorge ou de poignet, ni coiffures élaborées parsemées de grosses pinces dorées dénudant des siphons d'oreille, ni répliques modernes des tenues de sorcier. La mode semblait même avoir pris l'orientation inverse, comme par réaction. Une femme qui passait en hâte portait un chemisier au col montant, dont les tout petits boutons dessinaient une ligne droite de son menton à son nombril. Un homme arborait une chemise orange et rose fluo qui couvrait le haut de ses bras et ses poignets, tandis que le milieu des manches était constitué d'une sorte de filet laissant voir sa peau nue, dépouillée de tout appareil magique. Une fillette boudeuse était vêtue d'une tunique semblable à un froc de moine. À la vue du siphon, elle jeta un regard noir à Sloane, que celle-ci lui retourna aussi sec.

Soudain, un mouvement rapide capta son attention – quelqu'un venait de se cacher vivement derrière une colonne. Sloane tendit le bras derrière elle et frappa Mox à l'estomac, un peu trop fort.

– Aïe ! Qu'est-ce que…

Levant sa main gantée, elle la pointa vers un soldat de l'Étincelle en train de s'approcher sous l'auvent qui ceignait la salle.

Mox se raidit et se retourna, presque dos à elle.

– Sloane.

C'était la voix d'Edda, qui sortit de derrière un meuble en faux velours rouge sur sa gauche, la main levée et gantée de noir rutilant. Une étincelle dansa sur sa paume, signalant l'arrivée d'un processus.

Sloane détailla rapidement son équipière, une jeune femme menue à l'allure alerte, au visage auréolé d'une couronne de cheveux noirs bouclés. Elle portait un siphon d'œil, un demi-masque de chrome lisse fixé sur son œil et sa pommette.

– Salut, lança Sloane à Edda. Franchement, tu gâches un peu les vibrations de ma balade à Saint-Louis.

– Tu es sous l'emprise d'un processus, Sloane, répliqua calmement Edda. Une sorte de manipulation mentale.

Tous les civils qui se trouvaient près d'elle avaient déjà plongé derrière des tables ou des chaises, s'étaient réfugiés dans des recoins ou avaient carrément fui la salle. La petite fille à la robe de moine, recroquevillée non loin d'Edda, tremblait comme une feuille.

– Rejeté, dit Sloane. Théorie suivante.

– Je n'en ai pas d'autres.

– J'en ai une à te soumettre : on t'a menti.

Sloane jouait la montre, scrutant discrètement la salle pour repérer les issues de secours. Une haute colonne de casiers s'élevait sur sa droite, mais elle se rappelait que, derrière, il y avait le panneau rouge clignotant d'une sortie. Pour peu qu'elle parvienne à faire passer à Mox le message de faire sauter les casiers pour dégager le passage, ils pouvaient l'atteindre.

– Impossible, lui répondit Edda en secouant la tête.

Sloane se laissa aller un peu en arrière jusqu'à ce que son épaule touche celle de Mox.

– Ah non ? C'est toujours *possible* qu'on t'ait menti, pourtant.

Elle donna un petit coup de coude à Mox du côté droit, celui de la colonne de casiers, et toqua doucement sur la porte du leur.

– Lieutenant, elle…

Mais avant que la soldate ait pu alerter Edda, Mox percuta la colonne du poing en émettant un son atrocement strident.

Les casiers s'affaissèrent comme des ballons en aluminium dans un fracas assourdissant, et Sloane commença à les escalader à la seconde où elle put poser les pieds dessus. Elle avait saisi Mox par sa chemise pour ne pas le perdre. Mais le métal des casiers s'écrasait sous ses pas. Déséquilibrée, elle vacilla et tomba à genoux sur le carrelage.

La soldate masquée avait lancé une note limpide et Edda se joignit à elle. Sous l'effet conjugué de leurs voix, un poids s'abattit sur les épaules de Sloane. Un poids écrasant, qui la fit tomber en avant sur les coudes. Étouffant un cri de rage, elle essaya d'avancer en rampant, mais le poids ne faisait que croître, la broyant, expulsant l'air de ses poumons…

Les paumes plaquées au sol, Mox émit un son guttural, vibrant comme le rugissement d'un lion. Alors le sol se mit à trembler, d'abord sous lui, puis la secousse se propagea telle une onde, passant sous le corps de Sloane, gagnant l'amas de casiers. Un soubresaut la souleva brutalement avant de la laisser retomber durement sur le dallage. Mox glissa un bras sous le sien en changeant de note, qui monta plus haut, toujours plus haut…

Un craquement sec, et Mox cria lorsqu'une barre métallique vint briser sa concentration en percutant son dos. Elle semblait avoir volé de la main d'Edda. Mox s'affala. La soldate masquée n'était plus qu'à quelques pas. Si elle les capturait, ils seraient perdus tous les deux, prisonniers de Néron.

Alors Sloane fit la seule chose qui lui passa par la tête : elle leva la main et siffla une note pour réaliser un souffle magique en priant pour qu'elle soit précisément à 170 MHz. Elle se concentra sur ce que Sibyl lui avait dit : elle voulait *tout*, elle n'était qu'un puits sans fonds, une créature avide qui puait la magie. Un feu brûlant courut en elle, le long de ses bras et de ses jambes. Elle sifflait toujours. Un violent courant d'air passa à côté d'elle et, dans ce bruit assourdissant, Sloane entendit celui du tissu qui se déchire, du verre qui explose, et des cris.

Elle vit Edda basculer en arrière, les quatre fers en l'air. La soldate fut projetée contre un pilier. La rangée de casiers, qui ne formait plus qu'une montagne de métal, craqua sur les boulons qui la rivaient au sol, menaçant de s'envoler.

Le bras de Mox se replia autour de sa taille, solide comme une poutre. Il la tira vers la sortie de secours et poussa la porte d'un coup d'épaule. Ce ne fut qu'en voyant le ciel enflammé par le soleil couchant que Sloane cessa de siffler. Malgré la brièveté de l'effort, sa gorge était en feu. Elle se laissa aller contre Mox, sûre de s'évanouir d'une seconde à l'autre. Mais pas tout de suite, pas tout de suite.

Mox se jeta dans la circulation, obligeant une voiture à dévier brutalement et la suivante à piler. Il lâcha Sloane pour ouvrir la portière au vol.

– Sors, dit-il entre ses dents en brandissant son siphon.

Le conducteur, un post-adolescent au menton couvert de boutons, le regarda fixement. Sloane s'était déjà glissée sur le siège passager et s'abandonna contre le dossier avec soulagement.

– Maintenant ! rugit Mox.

Des flammes dansèrent autour de ses doigts, s'enroulèrent autour de son poignet et rampèrent vers son coude. En panique, le garçon détacha sa ceinture, attrapa son sac à dos et jaillit du véhicule. Mox prit sa place et enfonça l'accélérateur. La voiture fit un bond en avant et il braqua, manquant les envoyer sur le trottoir.

– Tu sais conduire ? lui demanda Sloane.

– Non, répliqua-t-il sobrement.

– Accélérateur à droite, frein à gauche. Ralentis ! Ils ne savent pas encore qu'on est dans cette voiture, mais ça ne va pas tarder si tu continues comme ça.

Elle était dans le cirage, et frappa le tableau de bord pour se réveiller.

– Merde, prends la direction de l'autoroute le plus vite possible et arrête-toi au premier endroit que tu trouves. Un truc pourri, genre un motel…

Elle battit des paupières. Tout tournait lentement, comme si l'air s'était changé en mélasse.

– Maintenant, je vais m'évanouir.

– Sloane !

Ce fut la dernière chose qu'elle entendit avant de partir en arrière contre son dossier.

36

Sloane fut réveillée par un coup de frein brusque. La voiture – qui sentait violemment le déodorant de son propriétaire et le tabac froid – se garait dans une embardée sur une aire de stationnement à l'angle d'une petite route. Derrière un parterre d'herbes folles se dressait un panneau affichant le mot MOTEL, dont le L perdait de son lustre de minute en minute. C'était exactement le genre d'endroit que Sloane aurait choisi si elle avait été consciente.

– Bien joué, approuva-t-elle d'une voix enrouée.

Elle regarda Mox tripoter le levier de vitesses pendant un instant avant de le mettre au point mort à sa place.

– Cette autoroute a failli causer notre mort à tous les deux, l'informa-t-il. Interdiction de me refaire le coup de l'évanouissement.

– Désolée, ça t'a compliqué les choses ?

Il ouvrit sa portière avec un petit sourire sur les lèvres. Il se déplia avec raideur, sans doute endolori par le coup de barre métallique infligé par Edda. Sloane le suivit. Elle sentait encore la fatigue, mais son vertige était passé.

Mox lui tendit une poignée de pièces et elle se rendit à l'accueil pour réserver une chambre pendant qu'il se lançait à la recherche d'un distributeur de snacks. S'ils n'avaient pas intérêt à laisser la voiture garée trop longtemps à la vue de tout le monde, ils pouvaient s'accorder quelques heures de repos. Mox la rejoignit dehors, muni de deux bouteilles d'eau et de trucs à grignoter qu'il tenait plaqués contre son ventre, et ils suivirent le couloir extérieur qui longeait les chambres jusqu'à celle du fond.

Plongée dans la pénombre, la pièce était entièrement tapissée de lambris et percée d'une unique fenêtre, et Sloane eut l'impression d'entrer dans un cercueil. Le lit était large, le matelas marqué par un creux au milieu. Avec une grimace, elle s'approcha pour en arracher le couvre-lit à fleurs qu'elle fourra dans un coin. Les draps étaient blancs et, par chance, fraîchement lavés. Mox la regardait faire d'un air intrigué.

– Ben quoi ? Ils ne nettoient jamais les couettes, c'est répugnant. Évite aussi de marcher pieds nus. Ah, et ne touche pas non plus au téléphone.

Il éclata de rire.

– Je vis dans un hangar et je dors sur un tas de vieilles couvertures, au cas où tu l'aurais oublié.

– C'est vrai. D'ailleurs, à ce propos… Qu'est-ce qui t'empêche de quitter Chicago ? Ou même carrément le pays ?

Mox déposa ses provisions en tas sur la petite table calée dans un coin et tira les rideaux. Un coup de sifflet, et toutes les lumières s'allumèrent.

– J'ai essayé, à l'époque où je n'avais pas encore levé mon armée.

Il ouvrit une bouteille d'eau pour y boire une longue rasade.

– J'ai essayé de partir, mais il m'a suivi. Et tous ceux à qui j'avais parlé, tous ceux qui m'avaient aidé…

Sa voix s'étrangla et il se tut.

– Oh, dit Sloane.

Elle traversa la chambre pour venir poser la main doucement ente ses omoplates.

– Ça va, ton dos ?

– Je sais pas.

Là, elle aurait clairement dû s'éloigner. Refuser de jouer l'infirmière. Mais ce fut plus fort qu'elle. Ses mains glissèrent jusqu'au bas de sa chemise et la remontèrent, exposant une large surface de peau pâle, les bosses de sa colonne vertébrale, les légers contours de ses muscles. *Solide*, pensa-t-elle.

– Il faut que je te prévienne…, commença-t-il.

Mais elle avait vu. Les plaques en métal contrastaient sur sa peau blanche, avec leur ton chaud à mi-chemin entre le cuivre et l'or. Un siphon.

La chaleur lui était montée aux joues et elle se réjouit que Mox ne puisse pas la voir. Néron lui avait dit un truc à propos des siphons de dos. Les gens n'en portaient pas. Elle ne savait plus pour quelle raison, mais elle n'avait pas envie de demander d'explications à Mox…

– C'est lui qui m'a mis ça, déclara-t-il d'une voix sourde. Ça lui permet de contrôler ma magie quand je suis à proximité de lui. Il est le seul à pouvoir les enlever.

La zone où la barre d'Edda l'avait frappé, au niveau de l'omoplate, avait déjà commencé à se décolorer. Mais la peau était intacte. Sloane posa la main sur le siphon : une chaîne de plaques imbriquées les unes dans les autres qui suivaient la forme et la courbe de ses vertèbres. Elles étaient si plates qu'elles créaient à peine un renflement sur son dos et qu'elles étaient indétectables sous des vêtements. Le métal absorbait la chaleur de Mox, et, maintenant, celle de Sloane.

– J'étais jeune, presque encore un enfant, reprit-il. On ne peut pas poser cela à quelqu'un sans son consentement. Mais il m'a expliqué que ça m'aiderait, que ça agirait un peu comme des petites roues pour mon entraînement de magie. Que ce serait moins écrasant pour moi, jusqu'à ce que je me sente prêt…

Elle recula d'un pas en laissant retomber sa chemise et déclara calmement :

– Je vais le tuer.

Mox la regarda par-dessus son épaule. Elle sentait tout son corps brûler, comme si de l'acide lui consumait la poitrine. À sa place, Mox se serait laissé submerger par la magie et il aurait déjà dévasté la petite chambre, qu'il le veuille ou non. Mais Sloane n'avait pas éprouvé cette sensation depuis longtemps. Elle s'était toujours arrangée pour noyer la colère dans une autre émotion, parce que la colère seule n'était pas gérable. Elle inspira profondément par le nez.

– Je le *hais*, dit-elle.

Mox se retourna et hésita pendant une fraction de seconde avant de lui toucher la joue. Elle trouva une forme de sérénité dans la caresse fraîche de ses doigts, dans la tranquillité totale de son regard.

– Je sais. Je sais.

Ils restèrent ainsi longtemps, leurs visages tout proches l'un de l'autre. La main de Mox était toujours posée sur sa joue. Elle décida d'attendre, juste le temps que sa rage retombe. Mais ensuite, elle fut incapable de bouger. L'haleine de Mox sentait le chocolat – il avait dû en manger au distributeur. Sa joue était parsemée de poils de barbe. Elle replia les mains sur ses poignets, pour qu'il reste là.

– Embrasse-moi, murmura-t-elle. Maintenant.

Il obtempéra, ses mains abandonnant la douceur pour la force en s'enfouissant dans ses cheveux. Elle le repoussa contre le mur en se collant à lui et ils mêlèrent la chaleur de leurs hanches, de leurs ventres, de leurs poitrines. C'était la même brûlure, les mêmes picotements que ceux de la magie, la destruction en moins. Car la magie était là, forcément ; Mox en était inondé, irradié. Sloane sentait luire à travers ses paupières l'électricité qui dansait autour de ses mains. Elle s'arrêta pour regarder les lumières se promener sur ses doigts, et elle rit.

– Désolé, dit-il avec un petit sourire crâneur.

– Sale menteur, dit-elle avant de se remettre à l'embrasser.

Elle pensa à Matt seulement brièvement, lorsqu'elle se rendit compte qu'elle avait oublié la chorégraphie, qu'elle ne savait plus comment embrasser quelqu'un de vraiment plus grand qu'elle. Quelqu'un qui ne marchait pas sur des œufs avec elle, qui venait de la voir déchaîner une bourrasque assez puissante pour balayer des gens au milieu d'une gare, quelqu'un qui savait qu'elle avait la rage au cœur parce que cette rage brûlait aussi dans le sien. Les bras de Mox se replièrent dans son dos et la soulevèrent de terre. Elle rit lorsqu'il la jeta sur le lit et qu'il se redressa pour enlever sa chemise et ses chaussures, sans un soupçon de gêne.

Sloane eut l'impression que l'air se resserrait sur elle de toutes parts. Elle n'aurait pas su dire si c'était l'effet de la magie, ou une sensation normale quand on était devant quelqu'un avec qui on avait lâché tous faux-semblants.

Elle l'attira à elle et fut frappée par tout ce qu'il n'était pas. Il n'avait pas peur de la toucher, ne prit pas de gants pour faire glisser sa culotte jusqu'à ses chevilles et la jeter par terre, n'eut pas de réaction de recul lorsqu'elle le prit par les cheveux en riant pour le tirer vers le bas. Ah, ses cheveux qui s'emmêlaient autour de ses doigts, ses dents qui lui mordillaient le bout des doigts lorsqu'il retira son siphon de poignet, ses yeux, plongés dans les siens avec une attention tenace tandis qu'ils apprenaient à bouger ensemble.

Elle qui voulait tout, elle l'eut : le feu, la tornade et les rires ; la fureur, la douceur et la complicité.

Il lui resta tout juste assez de lucidité pour remarquer que tous les objets de la chambre – bloc-notes, bouteilles d'eau, sachets de bretzels, télécommande poisseuse, poste de télévision antédiluvien, savon incrusté de poussière – sautèrent soudain en l'air avant de retomber. Elle n'aurait même pas pu dire si ça venait de lui ou d'elle.

Quand Sloane se réveilla, il faisait nuit et Mox dormait sur le ventre, la tête calée sur ses mains. Il avait les cheveux en bataille et une boucle égarée sur le front, ce qui la fit sourire.

Puis le siphon de dos capta son attention et elle se pencha pour l'examiner. Il avait la même structure que n'importe quel autre siphon, avec une plaque plus robuste en haut de la colonne, dont elle supposa qu'elle contenait tous les mécanismes de l'appareil. Les autres plaques emboîtées descendaient jusqu'au milieu de son dos. Elles avaient sûrement une fonction propre, elles aussi – peut-être qu'une plus grande surface de contact générait une source d'énergie complémentaire, de l'énergie thermique, par exemple ? À moins qu'elles ne renforcent la stabilité du dispositif ?

Elle ne voyait pas comment l'appareil tenait. Il paraissait aussi stable que s'il avait été vissé aux vertèbres, bien qu'il ne le fût pas. Si la magie le maintenait là, alors la magie devait pouvoir l'enlever. Mais Mox et Néron l'avaient précisé tous les deux : seule la magie de celui qui l'avait mis là pouvait l'en retirer. Cela impliquait que chaque individu avait une signature magique unique, une sorte d'empreinte ; que chacun avait un rapport à la magie qui lui était propre, indépendamment de ses capacités et de ses compétences.

Pourtant, elle n'arrivait pas à s'ôter de la tête l'idée qu'un siphon n'était qu'une machine. Pour peu que l'on coupe sa source d'énergie, qu'on supprime ce qui l'alimentait, théoriquement, il devait y avoir moyen de le désactiver. Il était même possible que personne sur Genetrix n'ait trouvé comment parce qu'ils étaient tous trop obnubilés par la magie pour considérer les choses sous un angle mécanique. Comme Néron avec sa porte verrouillée par la magie.

– Qu'est-ce que tu regardes ?

Mox avait ouvert les yeux et l'observait sans bouger.

– Je réfléchissais. Sur le moyen de te retirer ce truc.

– Ah, l'une des deux questions centrales de mon existence. L'autre étant de trouver comment tuer quelqu'un qui te contrôle.

Passant une jambe en travers du dos de Mox, elle se blottit contre lui jusqu'à ce que leurs visages se touchent presque.

– Ce que je me disais… c'est que ce siphon n'est qu'une machine. Si on modifie le fonctionnement d'une machine, on peut changer son action.

– Comment ça ? demanda-t-il en collant son front au sien.

– Dans l'immédiat, ce truc canalise de la magie. Mais est-ce que tu ne pourrais pas le changer en siphon de cité refuge ? Lui faire canaliser… de l'anti-magie ?

– Si je faisais ça, je perdrais tout mon pouvoir.

Elle enroula la petite boucle de Mox autour de son index.

– Ouais, je sais… En fait, je ne pensais pas à ton siphon de dos. Je pense à celui qui se trouve dans le sol de la salle des Convocations. Si on arrivait à lui faire neutraliser *toute* la magie, on pourrait tuer Néron à mains nues.

Il la dévisagea en clignant des paupières avant d'écraser sa bouche sous la sienne. Elle rit tandis que sa tête s'enfonçait dans le matelas, les lèvres toujours pressées contre celles de Mox, puis il se mit à lui embrasser le cou.

– Mais tu es… *géniale*, dit-il.

– Tu veux dire que ça… ah… (Il savait vraiment y faire) que ça ne t'a vraiment jamais traversé l'esprit de… ? Bah, laisse tomber.

Il roula sur elle. Il était lourd, mais elle accueillit avec bonheur ce poids qui se laissait aller sur elle, et le contact de ses pieds glissés sous les siens.

– Je m'y connais en siphons, Sloane. Je répare les miens, ceux de Ziva, ceux de tout le monde. Et ces choses se cassent, tu sais. Après, tu ne peux plus rien faire.

Elle glissa les cheveux de Mox derrière ses oreilles et sourit avant de répondre :

– Bien, plus qu'à en casser un exprès, alors.

Ils regagnèrent la ville de nuit. Sloane aimait particulièrement rouler dans la grande prairie de l'Illinois à cette heure-là. Il y avait juste l'autoroute et des petites lumières à l'horizon : les pistes des aéroports régionaux, des fermes dans des bourgades trop petites pour figurer sur les cartes, la lueur d'une arche de McDonald's à côté d'une station-service. Mox expliqua à Sloane que certaines villes avaient intégré la magie dans leur quotidien, mais qu'à l'exception des jeunes, en règle générale, les habitants des régions des cités refuges avaient du mal à s'y mettre.

– Le fait qu'elle permette potentiellement de détruire la planète ne semble pas avoir effleuré grand monde, remarqua-t-il en donnant une pichenette sur sa vitre.

– C'est parce que les gens manquent d'ambition, répondit Sloane avec un sourire.

Mox rit et mit de la musique. Ils avaient déniché dans la boîte à gants un CD que Sloane connaissait : *Pet Sounds*, des Beach Boys. Mox lui avait lu les titres des autres albums, plus récents, mais aucun ne lui disait quoi que ce soit. Certainement pas le groupe Unfathomable Cosmic Blackness, qui avait réalisé le tout premier album entièrement produit à l'aide de la magie. Mox lui expliqua que, dans l'une de leurs chansons, si l'on chantait les notes sans se tromper, on pouvait faire danser des lumières multicolores sur le tableau de bord.

Régulièrement, il s'amusait à lui jeter des petits souffles magiques pour la faire rire. Elle l'avait menacé plus d'une fois de lui piquer son siphon de dent, mais ça n'aurait sans doute pas changé grand-chose.

– Je crois que j'ai compris d'où venait ton problème avec les siphons, lui annonça-t-il soudain.

– Ah bon ?

– Ouais. Ils ont dû te parler de l'intention, j'imagine ?

Sloane leva les yeux au ciel en guise de réponse.

– OK. Bon, l'intention, ça joue un rôle important, mais l'essence d'un acte magique, c'est...

– Le désir, frima Sloane. J'ai lu le livre.

– Tu as lu *La Manifestation des désirs impossibles* ? Vous avez ça dans ta dimension ?

– Non, le livre était dans ma chambre quand je suis arrivée. Et comme je me suis cassé la cheville en sautant de ta fenêtre, j'ai eu tout le temps pour lire.

– Désolé.

– Et moi, désolée d'avoir essayé de te tuer. Bon, tu avais réduit mon arme en poussière, mais... n'empêche.

– J'ai admiré la tentative, cela dit. Tout le monde n'aurait pas eu le cran.

– Bref, tu disais, à propos du désir ?

– Ah ! oui. Alors... Tu n'as jamais pensé que, quand tu essayais de créer un souffle magique, tu n'avais peut-être pas *envie* de créer un souffle magique ? Que ce que tu avais envie de faire en vrai, c'était créer un ouragan destructeur qui pèterait toutes les fenêtres ?

Sloane ouvrit la bouche pour objecter. Bien sûr qu'elle avait voulu faire ce qu'on lui demandait ! Elle avait passé des journées à s'énerver sur ce siphon, au point de rêver de le détruire à coups de marteau. Mais en y réfléchissant, elle s'était peut-être bien demandé où était l'intérêt de créer des souffles magiques, d'appeler des ascenseurs sans avoir à appuyer sur un bouton ou de faire ouvrir les portes toutes seules, alors que tout cela était si simple à faire sans la magie. Et lorsqu'elle avait brisé le verre de la coupole dans la salle des Convocations, n'avait-elle pas puisé dans cette force tapie en elle qui lui commandait d'en prendre plus, encore plus, tant qu'elle pouvait s'en saisir ?

– T'as peut-être mis le doigt sur un truc, admit-elle.

– On ne peut pas forcer quelqu'un à vouloir quelque chose. Et savoir ce qu'on veut – pas juste vaguement, mais vraiment très précisément ce qu'on veut –, ça joue un rôle essentiel dans la magie. On ne peut pas choisir un acte et, ensuite, se forcer à le désirer. On doit commencer par connaître son désir – sa tonalité exacte –, et après seulement, définir l'acte en conséquence.

– Alors, c'est pour ça que tu as appris le truc de… l'affaissement des poumons ? demanda-t-elle d'un ton soigneusement détaché.

Elle parlait du processus qu'il pratiquait pour tuer les gens, bien sûr. Celui qui avait failli tuer Kyros.

– Oui, répondit-il, un peu tendu. Cette méthode… particulière était… celle qui me convenait.

Il secoua la tête, non avec l'air de nier quoi que ce soit, mais plutôt comme pour chasser certains souvenirs.

– C'est… C'est horrible, je sais. Je…

Elle posa la main sur sa cuisse, qui s'était mise à tressauter, et ce contact le calma.

– Moi aussi, murmura-t-elle, j'ai trouvé ce qui me convenait.

Et elle lui raconta la Plongée.

La lune était haute dans le ciel lorsqu'ils entrèrent dans Cordus. Mox balança la voiture dans la rivière comme il l'avait fait avec le véhicule de police et ils entrèrent dans le repaire avant même que le pare-brise n'ait eu le temps de disparaître sous l'eau.

Austin Chronicle

LE TEXAS VOTE UNE NOUVELLE LOI SUR LES SIPHONS DE DOS

par Kiersten Reichs

(tiré des archives, 11 août 2009)

AUSTIN, LE 2 FÉVRIER

Le gouverneur républicain du Texas Colin Hauser a annoncé mercredi le vote d'une loi autorisant l'usage de siphons de dos dans des conditions restreintes à un cadre thérapeutique.

Le gouvernement fédéral a interdit les siphons de dos il y a trois ans en faisant voter la Loi éthique sur l'utilisation des siphons (LESUS). À l'époque, cette loi a été votée sans soulever de difficulté ni de controverse particulière. Mais aujourd'hui, avec le développement des cités refuges, le débat revient sur le devant de la scène.

« Nous refusons que les siphons de dos soient utilisés à la légère. Il n'est pas question de remettre en cause ce principe, a déclaré Colin Hauser dans une interview donnée mercredi après-midi au *Washington Magical Monitor*. Mais il existe des cas extrêmes dans lesquels ils peuvent se révéler utiles, en particulier dans des cités refuges comme Arlington. Il est de notre devoir de le prendre en compte. »

Les « cas extrêmes » évoqués par Colin Hauser comprennent « les exemples de pouvoir magique incontrôlable et destructeur » qui ne réagissent ni à une formation intensive, ni aux autres traitements, comme le déplacement pour une cité refuge équipée d'un siphon étouffoir.

Certains ont exprimé leur soulagement. « Mon fils est allé à l'école avec un garçon qui n'arrivait pas à contrôler sa magie, malgré tous les efforts des enseignants pour le maîtriser, témoigne Mary Millary de Dallas (Texas), mère de deux jeunes enfants. Tous les jours, quand mon fils était à l'école, j'avais peur qu'on m'appelle pour me dire qu'il avait été brûlé ou qu'il s'était envolé en flottant à cause de je ne sais quel processus. Cette loi rend les écoles plus sûres pour tout le monde. »

Mais tous ne partagent pas cet enthousiasme à l'égard de la nouvelle loi. « Cette législation cible de manière disproportionnée les personnes âgées, les malades mentaux et les enfants, déclare

Darcy Atwood, de la Société pour la Liberté d'Exercice de la Magie. Elle va permettre à des bigots qui détestent la magie sous toutes ses formes de réprimer les dons magiques des plus vulnérables – ce qui est totalement illégal, bien sûr. Même les cités refuges ne brident pas totalement les capacités magiques, notre gouvernement ayant déclaré qu'une telle répression tomberait dans la catégorie des « sentences inhumaines ». Dans ce cas, comment diable pouvons-nous considérer cette loi comme acceptable ?

37

Le chaos régnait dans le repaire. Les soldats du Résurrectionniste étaient couchés par terre en rangs, tête contre tête sur le plancher, au milieu de pieds, de mains, de bras et de jambes épars. Un soldat était recroquevillé sur un tronçon de poutre planté dans son ventre, d'où s'écoulait un liquide sombre. Perchée sur une table au fond de la salle, Ziva tentait de rattacher la jambe d'un homme au-dessus de son genou en maniant une grosse aiguille entre deux doigts malhabiles. Sloane la vit faire tomber l'aiguille en jurant.

Mox jura aussi en enjambant les organes démembrés pour charger droit sur elle. Sloane se força à détourner les yeux d'un os blanc dentelé qui sortait d'un genou et à le suivre.

– Qu'est-ce qui s'est passé ? demanda t-il.

Ce n'est qu'alors, en le voyant redevenir le Résurrectionniste, tout de tumulte et de fureur, qu'elle réalisa combien il s'était contenu pendant le voyage du retour. Ziva foudroya Sloane du regard par-dessus l'épaule de Mox.

– *Elle*, répliqua-t-elle en abandonnant le soldat unijambiste pour descendre de la table avec un grognement. Voilà ce qui s'est passé. Sa troupe est venue à sa recherche. *Il* est venu.

– Néron était ici ? s'exclama Sloane.

– Ce n'est pas lui qui nous a posé le plus de problèmes, mais oui, il est venu. Il a attendu que ses larbins aient fini de nous mettre en pièces pour entrer et renifler partout ici comme une putain de fouine. Il a même laissé un truc pour toi.

Ziva s'éloigna d'un pas lourd, ses tresses dansant sur ses épaules. La lieutenante alla ramasser un paquet dans un coin et Sloane remarqua alors qu'elle avait une entaille à l'épaule, cernée par une tache sombre de… fluide de zombie, ou quel que soit le nom que ça portait. Elle revint avec le sac de toile et le déposa aux pieds de Sloane.

Elle s'accroupit devant le sac. Un goût acide lui avait envahi la bouche. Et, alors que tout en elle lui criait de ne pas l'ouvrir, ses doigts tâtonnaient déjà pour en écarter les bords.

Néron lui avait apporté une paire de boots. Noirs, incrustés de boue séchée et de brins d'herbe. L'un avait des lacets noirs et l'autre des lacets rouges aux bouts effilochés. Ils avaient été mâchonnés par un chien. Les vieux boots de Sloane.

L'Obscur les lui avait pris.

Sloane sentit le poids d'Albie contre elle, la brûlure dans son épaule à force de le soutenir. Il était tout gluant et glissant de sang et il sentait la sueur.

Elle entendait ses gémissements tout contre son oreille, mais elle ne percevait réellement que les battements de son propre cœur, même une fois qu'ils eurent atteint la route au bout du pré couvert de rosée.

Quelque chose lui piqua le pied. Elle se pencha et vit qu'une écharde de verre s'était enfoncée dans son talon.

– Faut qu'on avance, dit Albie.

Sa voix lui parvint comme s'il parlait sous l'eau, et elle eut du mal à saisir ses paroles.

Les chaussures, c'était le présent. Les pieds nus, c'était le passé. Mais passé et présent se mélangeaient tout à coup. L'Obscur était vivant.

L'Obscur était Néron.

– Sloane.

Quelque chose de chaud contre sa joue.

– Inspire. Bloque. Expire.

Reconnaissant le schéma, elle l'appliqua instinctivement. Inspirer. Bloquer. Expirer. Le docteur Thomas l'avait coachée pendant leurs séances pour lui apprendre à maîtriser ses crises d'hyperventilation. Compter les inspirations, compter les blocages, compter les expirations. Par séries de cinq.

Albie n'était pas là. Albie était mort. Son cerveau le savait sans parvenir à l'intégrer. « C'est comme si je vivais en permanence avec un pied dans le passé », avait-elle expliqué un jour à Matt. C'est alors qu'il avait attrapé la pointe de sa chaussure pour l'agiter. « Dans le passé, tu étais pieds nus, lui avait-il répondu. Et dans le présent, regarde ! Tu as des chaussures. Avec les deux pieds dans le présent. »

C'était la paume rugueuse de Mox qu'elle sentait sur sa joue, et sa voix, calme et claire, qui lui disait comment respirer. Elle s'assit brutalement et allongea les jambes devant elle pour pouvoir fixer le daim mat de ses nouveaux boots, ceux qu'elle avait portés aux funérailles d'Albie. Le sel avait décoloré les pointes.

Les pieds nus, c'était le passé. Les chaussures, c'était le présent.

Mox retira sa main de son visage en voyant que sa crise de panique était passée, mais il resta accroupi près d'elle, avec ses cheveux emmêlés noués sur sa nuque, qui faisaient ressortir ses oreilles comme celles d'un petit garçon.

– Ce sont tes boots, j'imagine, devina-t-il.

Elle acquiesça d'un hochement de tête.

– C'est l'Obscur qui me les avait pris, dit-elle d'une voix étranglée. Je n'ai jamais compris pourquoi il m'avait pris mes chaussures.

– *Votre* Obscur ? demanda-t-il, même si la réponse allait de soi, puisqu'il n'y en avait qu'un.

Elle hocha la tête de nouveau.

– Apparemment, c'est Néron qui les avait, ajouta Mox.

– Mais comment… *comment* Néron peut-il être l'Obscur ? Ils sont tellement différents…

– Il existe des moyens magiques qui permettent de changer d'apparence, intervint Ziva.

– Ça voudrait dire que… que l'Obscur a survécu, conclut Sloane. Et qu'il est Néron.

Je le saurais, pourtant, songea-t-elle. *Je le saurais si j'étais face à l'Obscur.* Elle s'était trouvée en présence de Néron cinq ou six fois. En sortant de la rivière. En allant chercher des réponses dans la bibliothèque. En se bagarrant avec le siphon. Elle s'était tenue dans son atelier, cernée par sa voix. Elle avait…

– Oh, mon Dieu.

Elle se mit à se balancer d'avant en arrière, une main sur le front.

L'origami. La grue en papier qui était dans le bureau de Néron, avec les gribouillis au stylo sur le papier ligné. Elle ne *ressemblait* pas aux origamis d'Albie ; *c'était* un origami d'Albie. Et l'Obscur l'avait conservée. Que ce soit parce qu'elle représentait une sorte de trophée ou parce qu'elle lui servait concrètement à pratiquer sa magie, ça, Sloane n'en savait rien.

Elle ne savait rien de rien, que dalle.

Il se tenait à côté d'elle lorsqu'elle s'était éveillée. Elle était restée tétanisée à sa vue, incapable de se décider entre se rallonger et s'asseoir.

« Bonjour, Sloane. Tu as pu dormir un peu ? »

La voix était froide, presque robotique, malgré le ton plutôt amical.

Albie et elle avaient été imprudents en s'approchant en douce de l'enclave des adeptes de l'Obscur, seuls en pleine nuit sur une route de campagne. Ils se trouvaient dans l'Iowa, l'air était doux, imprégné d'un parfum d'herbe séchée par le soleil. C'était un environnement familier pour Sloane : du gravier le long de la route, les herbes des prairies qui lui éraflaient les chevilles et un grand ciel saupoudré d'étoiles. Ce qui expliquait sans doute qu'elle ait un peu baissé sa garde. Peut-être n'aurait-elle rien pu faire. Toujours est-il qu'ils les avaient capturés, qu'ils leur étaient tombés dessus en meute avant de les assommer. À son réveil, elle avait tellement mal à la tête qu'elle arrivait à peine à ouvrir les yeux.

La question de l'Obscur avait paru stupide. Elle ne se réveillait pas d'un sommeil, mais d'un évanouissement.

Il n'avait pas attendu sa réponse. « Je l'espère, car tu as une grande décision à prendre aujourd'hui. » Elle s'était forcée à se lever et à repérer des issues. Derrière elle, une fenêtre. Assez facile à briser à l'aide d'une lampe ou d'un pied de lit. Derrière l'Obscur, une simple porte en bois, à la poignée munie d'un bouton de verrouillage. Avec une épingle à cheveux, elle…

« Tu ne partirais quand même pas sans ton ami ? » avait-il demandé. Savait-il lire dans les pensées, ou seulement dans les siennes ? Les deux options étaient aussi terrifiantes l'une que l'autre.

Mais le plus terrifiant de tout, c'était son visage. Il faisait penser à celui d'une statue de cire. Il aurait pu s'agir du visage d'un passant dans la rue ou de celui d'un portrait factice dans un cadre photo, sans identité propre. Il avait la peau lisse – trop –, les cheveux d'un châtain indéterminé qui aurait presque pu être blond. Un visage qui semblait construit pour être facile à oublier, mais créé par quelqu'un qui ne savait pas ce qu'était l'apparence humaine.

« J'aimerais savoir où se situe la planque de vos objets magiques, avait-il ajouté. En échange, je t'offre un cadeau précieux, Sloane. Le trésor rare de te voir toi-même. »

À sa décharge, on pouvait dire qu'il avait tenu sa promesse.

– Il a toujours gardé son identité secrète, observa Ziva de sa voix rauque. Pourquoi décide-t-il tout à coup de te révéler qui il est ?

Mox avait conduit Sloane dans la réserve pour lui faire boire un peu d'eau, mais elle se sentait toujours pétrifiée. Elle fixa ses vieux boots. Il y avait encore les petits nœuds au bout des lacets rouges pour éviter qu'ils ne s'effilochent davantage. Ils étaient alignés soigneusement près de la porte, comme si elle était en visite chez sa grand-mère.

– Je ne sais pas, répondit-elle, la bouche pâteuse.

– Quelque chose a changé, déclara Mox en prenant une chaise pour s'asseoir en face d'elle, enserrant le genou de Sloane entre ses jambes. Tu es partie.

Elle se surprit à l'observer, à noter que la chaise avait l'air d'une chaise d'enfant sous ce grand corps, avec ses genoux remontés plus haut que ses hanches et ses mains massives qui pendaient devant lui. « Un guépard », avait dit Esther.

– Il détient mes amis, reprit-elle. Il sait que si je découvre qu'il est dangereux, je retournerai là-bas pour les aider.

Mox secoua la tête.

– Tu ne peux pas faire ça.

– Qu'est-ce qu'il en a à faire, de toi, de toute façon ? demanda Ziva. Tu ne sais même pas pratiquer la magie. Qu'est-ce que tu as de si spécial ?

Son argument était tellement sensé que Sloane ne pouvait même pas s'en offenser. Elle n'en savait rien. Elle n'avait jamais pu expliquer l'intérêt particulier que l'Obscur lui portait. Elle avait seulement trouvé comment l'utiliser à son avantage.

Elle se leva, un peu chancelante. Depuis sa crise de panique, tout restait mouvant autour d'elle. Elle se sentait comme un bateau à la dérive. Ce qui ne l'empêcha pas de vérifier la présence du siphon à son poignet et d'enregistrer le plus court trajet vers la sortie.

Mox replia les mains sur ses bras et dit, à quelques centimètres de son oreille :

– Quand un taré fait tout pour qu'on vienne à lui, on ne fonce pas tête baissée.

– Mes amis. Mes…

– Je sais.

Son ton était presque abrupt. Il lui serra les bras, l'un dans une main gainée de métal froid et l'autre dans une paume chaude et râpeuse.

– On ira. Quand on aura un plan.

Ziva s'approcha de son pas lourd et se campa face à Sloane, de telle façon que celle-ci n'aurait pas pu sortir du repaire si elle l'avait voulu. Elle avait croisé les bras sur sa poitrine, et Sloane s'aperçut qu'elle portait un blindage sur son avant-bras, comme un gantelet qu'on aurait vissé directement dans l'os.

– Je ne vous laisserai pas marcher tous les deux comme des crétins sur un type que vous avez *tous les deux* échoué à tuer plusieurs fois. Alors on se ressaisit, l'Élue.

– Ziva, la reprit Mox d'un ton de reproche.

Mais Sloane se contenta de hocher docilement la tête. Le comportement de Ziva avait quelque chose de fortifiant, comme une gifle qui lui aurait remis les idées en place. Sloane passa les mains dans ses cheveux et acquiesça de nouveau.

– OK, OK, dit-elle en se libérant de la poigne de Mox. Montons-le, ce plan.

38

Sloane n'avait jamais eu à planifier une opération de cette ampleur sans ses amis. Son esprit n'était plus qu'un dédale de rues, de points d'entrée et de sortie. Elle était douée pour l'observation, pas pour la stratégie. Contrairement à Matt, qui avait le sens de la psychologie et savait précisément par quel bout prendre les gens, ou à Esther, capable de prendre cinq coups d'avance sur les actions de ses adversaires, quels qu'ils soient. Ils ne s'étaient pas particulièrement illustrés pour leur talent dans l'exercice de la magie, mais ils formaient les doigts d'une main qui pouvait frapper comme un poing.

Maintenant, elle n'était plus qu'un doigt. « Le petit doigt, je parie », songea Sloane avec dérision.

Mox et Sloane étaient dans la grande salle du repaire, assis à la table qui avait servi de salle d'opération à Ziva pour recoudre le bras d'un soldat. Mox avait achevé l'intervention lui-même avec dextérité, comme s'il raccommodait une chaussette. Il avait demandé au soldat s'il avait de la chance aux dés, un jeu auquel il semblait jouer régulièrement avec ceux de son peloton, et perdre souvent. Le soldat avait expliqué à une Sloane quelque peu perplexe qu'ils pariaient des rebuts : de jolis cailloux de verre poli, de vieilles capsules, des vis et des écrous ramassés dans le caniveau. Il lui offrit un bout de verre bleu qu'il avait poncé pour lui donner une forme ovale.

– Tu sais coudre ? avait demandé Mox à Sloane.

Elle avait considéré la salle remplie de corps qui se traînaient en grognant, et soupira.

– Oui.

Voilà comment elle s'était retrouvée une aiguille à la main, à rapprocher les bordures de peau morte d'une entaille au-dessus d'un coude en ravalant sa salive pour ne pas vomir. Mox lui avait déniché une paire de gants, mais le liquide sombre qui semblait remplacer le sang chez les morts-vivants dégoulinait sur ses doigts gantés et le long de sa main. Le liquide dégageait une odeur de moisi et de décomposition.

Elle essayait de tenir à distance l'idée de la dernière aiguille qu'elle avait tenue, avec laquelle elle avait fait un trou grand comme une maison dans la Géode.

Au moins, le fait de recoudre les soldats zombies lui occupait l'esprit. Ses pensées ne cessaient de revenir à ses vieux boots. À des fragments de boue séchée de la Terre tombant sur un plancher de Genetrix. Néron voulait qu'elle sache ce qu'il était. Cela signifiait-il qu'il garderait ses amis en otage jusqu'à ce qu'elle se présente, ou qu'il les avait déjà tués ? Des gouttes du liquide gris et nauséabond jaillirent sur sa joue après un geste un peu trop vif et elle s'essuya avec son poignet en tâchant de réprimer une grimace. L'Obscur qu'elle connaissait n'était pas quelqu'un d'imprévisible. Ses actions avaient toujours été soigneusement pesées.

Ziva et Mox parlaient librement devant les soldats, le second expliquant à la première l'illumination de Sloane sur le principe d'inverser le siphon *fortis* de la salle des Convocations. Mox ne se comportait pas comme si les autres n'étaient pas là ; de temps à autre, l'un d'eux donnait son opinion et il l'écoutait de bonne grâce.

– Vous savez faire ça avec un siphon normal ? lui demanda une femme qui le regardait recoudre sa jambe, en appui sur les coudes. Parce que si vous n'arrivez pas à le faire sur un petit, vous avez peu de chances d'y arriver sur un siphon géant.

– Pas faux, admit Ziva. On ne peut pas débouler là-bas et espérer trouver comment ça marche une fois qu'on sera devant.

– Qu'est-ce que vous proposez ? demanda Mox, son aiguille entre les dents, tout en examinant ses points de suture.

Sloane était passée à l'entaille suivante et ses gants poisseux tachèrent la manche de la chemise de son patient.

– Gaffe, grommela le soldat. Je viens de la laver.

– Désolée, hein, gronda-t-elle. C'est la première fois que je recouds de la chair pourrie. Veuillez m'excuser si je suis encore un peu maladroite.

– Elle est pas *pourrie*. Elle est *en train de pourrir*.

Ziva rigola, ce qui fit siffler ses dents.

– Te vexe pas, Pete. Elle est un peu remontée en ce moment.

Sloane noua le dernier point en crispant les mâchoires, sans trop s'embarrasser d'esthétique. Pete… Quel nom stupide pour un zombie.

– Faut que ça puisse bouger, dit-il en déboîtant son bras d'un coup sec avant de l'agiter dans tous les sens.

Sloane dut se retenir de rire.

– Ça ne vous fait pas mal ?

– Bah, pas vraiment. On ressent juste des sortes de douleurs fantômes, si vous voyez l'idée. Tout a cet effet-là, maintenant, pour nous : des espèces d'échos.

Sloane glissa un coup d'œil vers Mox, qui faisait celui qui n'entendait pas.

– Qu'est-ce que tu proposes, toi, Ziva ? demanda-t-il à sa lieutenante.

Sloane glissa une longueur de fil dans le chas de son aiguille. Comment avait-elle pu ne pas comprendre qui était Néron à la seconde où elle l'avait vu ? Ces cheveux mous, ce sourire passif, cette attitude soumise devant Aelia, tout cela n'était qu'une façade pour garder toute sa liberté d'agir sous son nez. Mais dans quel *but* ? Elle coupa le fil. Ses mains s'étaient remises à trembler.

– Ce que je propose, répondit Ziva à Mox, c'est que moi et ton ennemie jurée slash amoureuse, là…

– Pardon ? fit l'intéressée.

– Je suis morte, mais pas débile. Vous deux, vous êtes…

Ziva fit voleter ses mains entre Mox et Sloane.

– Donc, je propose qu'on parte ensemble pour une petite mission de reconnaissance pour en apprendre un peu plus sur les boyaux de ce siphon *fortis*.

– Sloane et toi, répéta Mox. Sans moi ?

– Toi, avec ton dos…, répondit Ziva, aussi doucement que le lui permettait sa voix rauque et grinçante.

– C'est vrai, reconnut Mox en jetant un regard sombre sur ses mains.

Il tira sur son aiguille un peu trop énergiquement et le soldat qu'il recousait sursauta.

– Pardon, Fred.

Fred. Franchement, pensa Sloane.

Il fallait qu'elle se concentre. Si Esther avait été là, elle aurait fait claquer ses doigts manucurés sous ses yeux en lui disant : « C'est le moment de réfléchir. Tu sentiras les choses plus tard. » Ce qu'elle fit.

– Mox, tu connais la portée d'action de Néron sur tes plaques ? demanda Sloane. Quelle est la distance maximale à laquelle il peut te contrôler ?

– Je n'ai pas souvent fait l'expérience. Environ cent cinquante mètres, c'est le plus près que je me sois rapproché de lui.

– Bon, au moins, ça te permet de nous accompagner, dit Sloane. Ils doivent être à un haut niveau d'alerte, on risque d'avoir besoin de toi. Je suis encore imprévisible quand je me sers d'un siphon. Imagine si je faisais tomber la tête du cadavre blond !

– « Imprévisible » ? ricana Ziva. C'est pas « nulle », le mot que tu cherches ? Tu es nulle avec un siphon. Ce qui soulève une autre question : comment va-t-on entrer dans le Chameau ? On a assez peu de chances de passer inaperçues.

– On n'aura qu'à mettre du ruban adhésif sur le trou dans ta figure.

– Fais gaffe, sac de viande, riposta Ziva. T'es pas de taille.

Mox toussa comme pour masquer un rire et secoua la tête.

– L'idéal serait d'arriver par le sous-sol, mais…

– Attends, dit Sloane.

Quand l'Obscur avait restreint son rayon d'attaque au Midwest, elle avait avalé toutes les informations qu'elle avait pu trouver sur les grandes villes de la région, à commencer par Chicago. Maintenant, elle en connaissait les moindres bizarreries : ses passages secrets, ses portes dérobées, ses…

– Vous avez le Pedway, ici ?

– Le quoi ?

– C'est un réseau de galeries souterraines pour les piétons qui se trouve sous le Loop. Il y en a une qui débouche directement en dessous de la Thompson Tower – pardon, sous votre Chameau. Je suis à peu près sûre que la construction du Pedway a débuté avant que nos univers se séparent. Si ça se trouve, ça permet de ressortir en plein milieu du bâtiment.

– Nos univers se sont… séparés ? dit Mox.

– Enfin, il semble qu'à l'origine, on ait évolué côte à côte, d'où le terme « parallèle ». Mais ensuite, vous avez développé la magie, contrairement à nous. Au départ, je croyais que la rupture avait été provoquée par l'accident du *Tenebris*. Maintenant, je pense plutôt que ça vient de la Seconde Guerre mondiale, que Genetrix a essentiellement menée dans la mer et non dans les airs comme nous. Du coup, vous avez privilégié l'espionnage sous-marin, ce qui a précipité l'accident du *Tenebris* et…

Mox et Ziva la regardaient tous les deux d'un drôle d'air.

– Mais d'où tu sors cette intello à la con ? demanda Ziva.

Sloane engloutit deux boîtes de soupe au dîner, dont la première était froide parce qu'elle s'était jetée dessus à la seconde où elle l'avait ouverte, et la deuxième préalablement chauffée au-dessus du siphon de Mox tandis qu'il sifflait pour produire une flamme régulière.

Elle était assise par terre dans la petite réserve, sur une couverture pliée dont la laine lui grattait les chevilles. Assis à table, Mox tournait sa cuillère dans une boîte de maïs d'un air morose.

Elle se demanda à quoi il ressemblerait le jour où il n'aurait plus à se battre pour survivre. Après tout ce temps passé coupé du monde, enfermé avec ce qu'il restait de ses amis, saurait-il reprendre une vie normale ?

Elle-même, elle ne s'en était pas tirée si bien que ça. Elle avait ses amis autour d'elle, mais elle en était encore à escalader des toits pour fuir la curiosité des journalistes, à grimacer d'un bout à l'autre des événements mondains, à mentir à ceux qu'elle aimait, à se faire surprendre la nuit par les accès de panique et les mêmes cauchemars à répétition. Et maintenant, Albie, qui avait été son soutien, n'était plus là. Elle avait réussi à retarder le chagrin, aidée par le fait qu'elle ne vivait même plus dans la même dimension que ses cendres. Mais elle ne lui échapperait pas indéfiniment.

– Qu'est-ce qu'il y a ? demanda-t-elle à Mox qui tournait sa cuillère dans sa boîte pour la vingtième fois.

Il lui jeta un bref coup d'œil.

– Je te préviens, c'est idiot.

– Quoi ?

Il posa la boîte de maïs sur la table avec un sourire ironique.

– Je n'ai jamais été aussi près de l'éliminer. Je devrais avoir hâte que tout ça soit fini. Mais quand je vois l'armée dans cet état, je…

Il secoua la tête.

– Quand *il* ne sera plus là, je n'aurai plus d'excuse pour les garder.

– Non, sans doute pas.

Il appuya le poing sur son œil comme pour combattre une migraine.

– Et s'ils disparaissent, je me retrouverai tout seul.

Et puis s'ils réussissaient, elle repartirait, pensa-t-elle. Ce qu'ils ne formulaient ni l'un ni l'autre, parce qu'ils ne se connaissaient que depuis quelques jours et que ça paraissait ridicule de s'attacher en si peu de temps. C'était pourtant ce qu'elle avait fait. Ça faisait une éternité que personne ne s'était adressé à elle autrement que comme à la Sloane Andrews de dix-huit ans.

Mais ce n'était pas l'idée de la perdre bientôt qui le tourmentait. Elle avait bien vu comment il regardait ces gens tout suintants, aux yeux ronds comme des billes, qui venaient à lui pour qu'il les répare. Elle avait entendu la tendresse dans sa voix lorsqu'il leur parlait. Elle avait remarqué qu'il les connaissait tous par leur nom, qu'il écoutait toutes leurs remarques.

– Ils n'étaient pas seulement sous tes ordres, hein ? Tu étais proche d'eux.

– Pas de tous, forcément. Mais de certains, oui. Ziva, en particulier. Toi et moi, c'était notre destin de nous jeter dans cette bataille. Mais elle, non. Elle l'a choisi. Elle voulait défendre le monde. Je ne crois pas que j'aurais été capable de porter ce fardeau volontairement.

Il sourit avant d'ajouter :

– J'ai l'art d'attirer les ronchons chroniques, on dirait.

Il sembla à Sloane qu'elle pouvait deviner le Mox d'autrefois, un Mox qui ne triturait pas nerveusement le poignet de sa manche, qui ne s'arrachait pas les cuticules, qui ne se grattait pas le bras pour apaiser une démangeaison subite. Elle l'imaginait toujours en mouvement. Toujours un peu ailleurs, à regarder la lumière de la magie danser dans une pièce, peut-être, ou à en rechercher la source au fond de lui, les tonalités précises de ses désirs. Il attirait à lui les caractères un peu acerbes parce qu'ils correspondaient à un besoin chez lui ; il lui fallait des gens qui le secouent, qui le forcent à se concentrer.

– C'est la meilleure amie que j'aie jamais eue. Tu dois me trouver complètement tordu de m'entourer d'une bande de cadavres.

Connaître la magie, c'est se connaître soi-même, pensa Sloane. Si l'on parvenait à être honnête avec soi-même, il devenait plus facile de prévoir ce qu'allait faire notre magie. Mais comment y arriver ? Ça, c'était la question. Au bout de presque trente années passées dans ce corps, la moitié du temps, elle ne savait pas où était sa magie ni comment elle marchait. Elle pouvait même dire que le mystère ne faisait que s'épaissir.

– Euh, commença-t-elle, personnellement, je viens de faire une crise de panique à cause d'une paire de boots. Alors je ne suis pas sûre qu'on me propose une médaille dans un futur proche pour me féliciter de ma santé mentale. Mais si je savais comment ramener Albie ou mon frère pendant quelque temps, même une pâle version d'eux-mêmes… Franchement, je crois que je le ferais.

– C'est vrai ?

Elle lui sourit.

– Il n'y a pas que toi qui sois resté seul trop longtemps.

– Ouais. Au fait, Sloane, tu te sens mieux ? demanda-t-il.

Elle aimait bien sa façon de prononcer son nom, en insistant sur la première syllabe. Comme s'il goûtait toutes les voyelles avant de le lâcher.

– Bof. J'ai du mal à comprendre comment j'ai pu passer tout ce temps à côté de l'Obscur sans m'en rendre compte.

Elle avait été persuadée qu'elle pourrait le reconnaître n'importe où, dans n'importe quel monde. Qu'elle pouvait s'en remettre à l'intelligence de son cœur. Mais visiblement, son cœur n'était pas si malin que ça.

– Cela dit, je commence à saisir la logique, ajouta-t-elle. Sibyl pense que les Vortex sont une réaction allergique à la présence d'individus qui ne sont pas censés être dans ce monde. On a toujours cru que c'était *lui* qui les provoquait parce qu'il se trouvait toujours sur place. Mais peut-être que c'était le contraire : que les Vortex se déclenchaient à cause de sa présence. Il constituait une anomalie dans notre univers, et les Vortex étaient une réaction de la Terre pour essayer de rééquilibrer les choses.

– Sauf qu'ensuite, il est venu ici et que les Vortex ont commencé sur Genetrix, objecta Mox.

– Ah bon ? Mais quand, exactement ?

– Après que je me suis enfui. Tout le monde disait que je préparais quelque chose d'énorme, que j'étais dangereux, et c'est là…

Mox s'interrompit en fronçant les sourcils.

– C'est là qu'il a fait venir le premier challenger. Le premier Élu d'un autre monde, je suppose.

– Et c'est ce qui a provoqué un Vortex, compléta Sloane avec un sourire satisfait.

– Elle était très jeune, reprit Mox, de nouveau perdu dans son monde, pianotant des doigts sur son genou, les cheveux dans la figure. Plus habile que puissante, à mon avis. Elle a tout de suite adopté la magie de Genetrix, comme si c'était une seconde nature chez elle. Et elle était douée. Elle était capable de passer d'un processus à un autre en un clin d'œil. C'était son talent contre ma brutalité.

Il haussa les épaules.

– Je me sentais complètement coincé par tout ça. Englué.

– Moi, tout ce pour quoi j'étais bonne, c'était des choses que je savais déjà faire avant, dit-elle doucement. Je pouvais m'endormir super vite et me réveiller encore plus vite, foncer vers un Vortex au lieu de m'enfuir, et ensuite, faire des blagues sinistres qui mettaient tout le monde mal à l'aise. Quand on est bon pour ces trucs-là, comment peut-on être bon pour aller au bureau, se marier et pondre des mômes ? Ce sont des modes de vie diamétralement opposés.

Elle secoua la tête avant de conclure :

– Personne ne m'a préparée à la suite. Les gens partaient du principe que je n'arriverais pas jusque-là.

En tournant les yeux vers Mox, elle fut surprise de voir un sourire flotter sur ses lèvres.

– C'est un peu un faux problème que tu t'es créé. Ce n'est pas comme si la vie consistait à choisir entre traquer l'Obscur et tomber enceinte. Il y a des milliards d'autres vies envisageables. Des tonnes de possibilités à étudier et à rejeter.

Elle n'avait jamais considéré les choses sous cet angle. Elle lui avait demandé pourquoi il n'avait pas fui, quitté l'État, quitté le pays. Et son ennemi était toujours là, à le traquer. Alors que son ennemi à elle… Même si elle savait maintenant qu'il était toujours en vie, elle l'avait ignoré jusque-là. Elle aurait pu laisser tomber Chicago, Matt, toute sa vie. Elle aurait pu partir pour l'Europe sac au dos, comme une étudiante prise par l'envie de voyager après son diplôme. Elle aurait pu manger, prier et aimer en sillonnant l'Inde en quête d'elle-même. Acheter un bout de terre dans l'Idaho et s'y construire une cabane de rondins. Mais elle n'avait rien essayé. Elle n'avait pas eu d'autre désir que celui qu'on lui fiche paix.

Il ne fallait pas s'étonner qu'elle n'arrive pas à pratiquer la magie ; elle ne savait même pas ce qu'elle voulait.

– Tu as raison, répondit-elle enfin. Mais d'abord, on doit survivre à Néron.

– Exact. Et pour cela, il va nous falloir dormir un peu.

– « Nous » ? Qui a dit que nous allions dormir ensemble ?

Des petites étoiles brillèrent dans les yeux de Mox.

– Hm, personne. Mais je te rappelle qu'on pourrait mourir demain.

Elle ne put s'empêcher de sourire.

– Bon argument.

– Je vais prendre ça pour un oui, dit Mox.

TOP SECRET

CONSEIL DE CORDUS

À : Aelia Haddox, Préteur du Conseil de Cordus

DE : Néron Dalche, Questeur du Conseil de Cordus

OBJET : Plan d'action pour la dimension C

Chère Préteur,

Suite à notre dernière discussion, je me suis assuré que la dimension C-1572, le troisième univers parallèle parmi ceux que nous avons identifiés comme chevauchant le nôtre, soit une candidate acceptable pour la convocation de notre premier Élu. L'Élu en question est un certain Sergueï Petrov. Il a vaincu une force obscure connue sous le nom de Nuage noir il y a cinq ans, selon la chronologie de son univers.

Dans le respect des règles d'hospitalité qui gouvernent les déplacements entre univers, j'ai localisé un point de vulnérabilité dans la dimension C. Nous avions précédemment défini que ce point devait être un individu sensible à l'influence de l'énergie magique, ce qui, concrètement, doit pousser cette personne à nous ouvrir la porte lorsque nous y frapperons. Les enfants constituent habituellement de bons récepteurs, car ils ne s'étonnent pas des phénomènes atypiques comme le font les adultes. Toutefois, dans la dimension retenue, notre point de vulnérabilité est une adolescente à l'esprit ouvert qui présente une croyance enfantine à l'impossible.

Lorsque j'aurai pu gagner la dimension C, j'identifierai un objet significatif pour Sergueï Petrov – à savoir un objet que Petrov aura hautement investi. Je rapporterai l'objet sur Genetrix et il nous servira ensuite à convoquer personnellement Sergueï Petrov, puisque celui-ci aura imprégné cet objet de sa propre énergie magique.

Pour rappel, en l'absence d'un objet significatif pour guider le processus, il est peu probable que le sujet réagisse à la convocation de se déplacer dans un autre univers. L'objet doit agir sur son esprit de telle manière que lorsque nous formulerons notre invitation, le sujet l'entendra sous la forme de la voix d'un défunt qui lui est cher, ceci afin de lui inspirer confiance. S'il accepte cette invitation, ne serait-ce que temporairement, il initiera la procédure d'entrée. Quant à nous, nous nous efforcerons de stabiliser les fluctuations temporelles inhérentes aux voyages intermondiaux afin d'éviter l'arrivée de Petrov sur Genetrix dans un passé ou un futur lointain.

J'aurai besoin d'une assemblée d'une dizaine de praticiens de la magie aguerris, un groupe qui doit être sélectionné au sein du Conseil de Cordus pour garantir une sécurité maximale. Le but de la présente note est de vous informer de mon programme d'action et de requérir votre accord sur la réunion d'une assemblée pour cette convocation.

Je suis à votre disposition pour répondre à toutes vos questions ou préoccupations.

Cordialement,

Néron Dalche

TOP SECRET

39

Sloane rêva du Vortex. Matt s'avançait de trop près et s'y faisait entraîner comme s'il était tiré par un fil invisible. Son corps se faisait déchiqueter, ses bras étaient arrachés, son cœur explosait comme un ballon. Esther hurlait, les joues couvertes de cendre et de gouttelettes de sang. Et Sloane restait vissée au sol, d'abord pieds nus puis, un instant plus tard, encastrés dans un bloc de béton. *Il* était là aussi. Elle sentait sa présence derrière elle, comme elle pouvait parfois sentir des regards insistants.

Elle se retourna et il était bien là, et c'était à la fois l'Obscur et Néron, passant d'un visage à l'autre comme la page d'un livre tournée et retournée par le vent.

Elle se réveilla en tremblant, la main crispée sur la couverture qui leur servait de matelas. Mox resserra son étreinte autour de sa taille. Il s'était endormi dans la même position, en laissant peser son bras sur les côtes de Sloane, et elle avait senti ses doigts tressaillir alors qu'il s'enfonçait dans le sommeil. Elle tourna la tête vers lui. Il était réveillé, les yeux grands ouverts.

– Ça va ?

– Oui. C'était juste un rêve. Et toi ?

Elle réalisa tout à coup qu'elle n'avait pas été réveillée par son rêve, mais par un grand fracas. Un carton avait volé à travers la pièce pour aller frapper un mur en faisant voler des savons partout.

– Pareil, répondit-il en se levant.

Bon, pensa Sloane. Ça leur faisait au moins un point commun.

Le soleil venait à peine de se lever et elle était déjà tellement à cran qu'elle en avait mal à la tête. Elle fit tout ce qu'elle avait à faire : elle se brossa les dents (en piquant la brosse de Mox), s'aspergea le visage, s'habilla, prit son petit déjeuner, mit son siphon, consulta le plan qu'elle avait dessiné la veille. Elle connaissait le chemin, et aussi cette sensation qui lui disait qu'il la mènerait peut-être à sa mort.

Ils retrouvèrent Ziva à l'entrée du repaire. Elle était drapée dans des étoffes noires, la bouche couverte d'un siphon qui cachait le trou dans sa mâchoire. À l'arrivée de Sloane, elle sortit de sa poche la paire de ciseaux que celle-ci avait mis sous son oreiller la première nuit.

Sloane sentit quelque chose se fendiller en elle et elle rit, ou plutôt elle gloussa, libérant une partie de sa tension nerveuse.

Les yeux de Mox se plissèrent, comme quand il souriait, mais c'était difficile à dire avec le siphon qui lui masquait tout le bas du visage. Ce n'était pas celui qu'il portait sous l'identité du Résurrectionniste, mais une plaque de métal unie, sans soudures, sur laquelle étaient gravées des plumes qui semblaient descendre en vol comme une nuée d'oiseaux. Il ne déformait pas sa voix, et Sloane en fut soulagée. La voix de Mox avait quelque chose de rond et de chaleureux, et elle ne tenait pas à entendre celle du Résurrectionniste au cours de leur mission.

– J'ai fait une rapide inspection du secteur, leur annonça Ziva. Aucun signe de l'armée de l'Étincelle nulle part. Comme il a cherché à t'attirer en te donnant tes boots, je pense qu'il te laisse volontairement la voie libre pour retourner au Chameau.

– Eh bien, c'est toujours ça de gagné, commenta Mox. Je n'aurais jamais cru me réjouir d'apprendre que Néron nous attend.

– Il n'aura pas ce qu'il attend, ajouta Sloane. Un, je n'y vais pas seule, et deux, je ne vais pas le voir. Ta diversion est au point, Mox ?

Il hocha la tête.

– Une diversion, ce n'est pas compliqué. Mais une diversion qui soit assez sérieuse pour faire sortir l'ensemble des gardes du Chameau, ça, ça demande de la ruse…, précisa-t-il avec des étincelles dans les yeux.

Ils marchèrent jusqu'à l'arrêt de bus de la 35e rue, qui se trouvait à un pâté de maisons. Une vieille femme y attendait, la tête couverte d'un châle fleuri, un panier rempli de brochures à ses pieds. Sloane se tenait assez près pour en lire le titre : *Le Seigneur, premier praticien de la magie de Genetrix, ou comment faire de la magie une pratique religieuse.*

Le bus arriva au bout de quelques minutes. Sloane laissa passer la vieille femme et prit les trois tickets pour que le conducteur ne s'attarde pas trop sur l'apparence de Ziva. Sur les conseils de Sloane, Mox n'avait pas revêtu les habits du Résurrectionniste, mais la tenue qu'elle avait observée sur une partie de la jeunesse généticienne : tons pâles, jean déchiré et lourd blouson en cuir. Rien qui risque de faire surgir l'image du danger public de Cordus, encapuchonné et couvert de siphons.

Elle alla s'asseoir tout au fond et se cala contre la fenêtre. Mox s'installa à côté d'elle. Ziva prit le troisième siège, rabattit sa capuche sur ses yeux et fit semblant de dormir. En la regardant de près, on ne pouvait pas ignorer que son teint n'était pas normal. Il n'y avait plus qu'à espérer que personne n'y ferait attention.

Le bus parcourut la 35e rue en brinquebalant en direction du stade de Comiskey Park – si c'était ainsi qu'ils appelaient ici l'endroit où jouaient les White Socks à Chicago. Après le stade, ils prendraient la Ligne Rouge du métro en direction du Loop, où ils emprunteraient les tunnels du Pedway. Si Cordus avait un Pedway. Sloane se fiait à ses souvenirs de l'histoire de la ville pour les guider.

La 35e rue était large et plate, bordée de petits immeubles, pour la plupart en brique rouge de Chicago. Elle était si semblable à l'apparence qu'elle avait sur la Terre que, par moments, Sloane se serait crue de retour chez elle. Puis, soudain, un panneau signalant un service de réparation de siphons ou la vente d'oscilloscopes d'occasion dans la vitrine d'une boutique miteuse, ou l'affiche d'une promotion pour les dix volumes des *Processus concrets élémentaires pour l'utilisateur de siphon moyen* dans une librairie, lui rappelaient où elle était, et le fait que sa mission n'était pas achevée. Qu'elle ne l'avait jamais été. Elle devait encore tuer l'Obscur.

Au loin, devant eux, elle distingua un grand bâtiment qui devait être le stade. Elle y était allée deux fois au cours des dix dernières années, une fois incognito, une casquette des White Socks rabattue sur le visage, et la seconde avec Matt pour le derby entre les White Socks et les Cubs, avec des places gratuites dans la loge du propriétaire des Cubs. Elle avait passé presque tout le match avec des portables devant la figure, à essayer de sourire pour les photos.

Mais lorsque le bus s'approcha, elle fronça les sourcils. À Chicago, le vieux Comiskey Park avait été démoli au début des années quatre-vingt-dix et remplacé par un stade plus grand aux murs extérieurs beiges, surmonté d'un niveau surélevé. Or la façade qu'elle découvrait était toujours blanche et tout en longueur et l'entrée était couronnée par les mots COMISKEY PARK en lettres bleues. C'était l'original.

– Je n'arrive pas à croire qu'il soit toujours là, murmura-t-elle à Mox.

– Ils voulaient le reconstruire, mais des architectes irréalistes ont proposé d'exploiter leurs techniques pour le consolider et l'agrandir, à rebours, ou en marche arrière, enfin bref. Du coup, on l'a gardé comme il était.

Sloane eut un grand sourire. Elle allait devoir revoir son opinion sur ces Irréalistes.

– Même si tout le monde se fout du baseball, ici ?

– Oh, ce n'est plus pour le baseball. C'est un stade d'athlétisme.

– Pitié. Ça va vraiment trop loin, cette obsession pour la Rome et la Grèce antiques.

Ils dépassèrent le stade, derrière lequel se trouvait l'autoroute et, sur la passerelle, la bouche du métro. Sortant par le fond du bus, ils se retrouvèrent directement en face de l'entrée. Sloane prit les tickets à une machine, tandis que Ziva se tassait dans un recoin et que Mox regardait passer les voitures sur l'autoroute.

Derrière la machine, il y avait un panneau d'affichage public, un grand panneau en liège sur lequel étaient punaisées des petites annonces diverses. Beaucoup réclamaient des partenaires pour réaliser des processus complexes. Tout groupe au-delà de trois personnes était appelé une « assemblée ». En l'absence d'Internet, ces panneaux d'affichage étaient visiblement le mode de communication privilégié sur Genetrix. Kyros avait paru interloqué qu'on puisse avoir envie de s'asseoir pour regarder une vidéo au lieu de faire les choses par soi-même. « Pourquoi surfer sur Internet, quand on peut enflammer des trucs rien qu'avec la pensée ? » avait commenté Matt en haussant les épaules.

Sloane pria pour qu'il aille bien.

Envahie par un accès de nervosité, elle fit signe à Ziva et à Mox de la rejoindre. Ils franchirent les portillons et descendirent jusqu'au quai. Il y avait davantage de monde ici que dans le bus ; ce qui voulait dire plus de risques que Ziva se fasse remarquer, mais aussi des conditions plus favorables pour se noyer dans la foule de ceux qui allaient travailler.

Au bout du quai, un petit groupe de femmes portaient de longues tuniques flottantes et diaphanes de toutes les couleurs de l'arc-en-ciel qui chatoyaient à chacun de leurs mouvements. L'une d'elles avait noué ses cheveux avec un foulard tout aussi coloré. On aurait dit des caricatures de cartomanciennes, avec leurs bracelets qui tintaient et leurs yeux grands ouverts sur l'avenir. Sloane les trouva ridicules, après sa rencontre avec Sibyl – Sibyl la paranoïaque, la grande ennemie de la magie. Qui avait envie de connaître l'avenir, en plus ?

Et ce n'étaient pas les seuls clins d'œil aux sorciers du passé qu'on pouvait observer parmi les gens amassés sur ce quai. Un ado affublé de gants blancs et d'un haut-de-forme de prestidigitateur – dont le reste de la tenue était plus sobre – parlait avec une fille coiffée d'une couronne de fleurs qui lui donnait l'air d'une nymphe. Une femme arborait une grosse amulette aux formes alambiquées, tandis que son compagnon portait autour du cou une espèce de collerette qui semblait sortie de *Blanche-Neige*.

– Il faut toujours qu'il y ait de l'ironie partout, maintenant, dit Ziva, d'une voix rendue râpeuse par le siphon. Comme si je me déguisais en momie…

– Tu ferais un Frankenstein tout à fait crédible, lui assura Sloane. Il te manque juste deux ou trois boulons dans le crâne.

Ziva la regarda en rapetissant les yeux.

– L'autre jour, j'ai vu un gars avec un chapeau pointu qui dessinait des runes sur le trottoir, dit Mox en secouant la tête. Un type a failli se ramasser en marchant dessus.

Le métro arrivait. Sloane éloigna ses compagnons des voyantes aux robes colorées pour les entraîner vers les voitures du milieu.

Ce n'était pas l'un de ces trains aux voitures argentées aux lignes adoucies qu'elle connaissait, mais un vieux modèle d'autrefois. Il était peint de deux bandes, marron en bas et orange en haut, et faisait penser à une boîte à chaussures avec sa silhouette carrée et ses angles droits. Les sièges, tapissés d'un tissu pelucheux, étaient tous disposés dans le sens de la marche, mais il y avait une petite alcôve au fond où ils étaient tournés vers l'intérieur. Sloane poussa un homme arborant des bretelles rouges pour y arriver la première. La paroi qui isolait l'alcôve ne serait pas inutile pour cacher Mox et Ziva.

Ziva s'assit et Mox prit place en face d'elle, tandis que Sloane restait debout pour barrer le passage aux intrus. Elle regarda par la vitre tandis que le train quittait le quai.

À l'arrêt de Cermack-Chinatown, une femme en blouse d'hôpital vert menthe monta, son sac sous le bras, ainsi qu'un homme chaussé de vieilles baskets avachies.

Ensuite, la voie tournait vers le lac avant de plonger dans un tunnel. Un peu partout dans la voiture, des petits coups de sifflet rapides retentissaient. Les gens réalisaient des processus pour allumer des lampes de lecture ou dresser des barrières autour d'eux, sans doute pour neutraliser le son. Sloane avait l'impression d'entendre des pigeons regagnant leur nichoir.

À la station de Jackson, Sloane croisa le regard de Mox. Ils descendaient à l'arrêt suivant. Le train s'immobilisa en douceur en faisant gémir ses freins et tous trois passèrent devant l'infirmière et monsieur Baskets, qui tentait d'exécuter un processus en sifflant et en claquant des doigts. Ça n'avait pas l'air d'aller tout seul.

Le trio remonta à la surface et se fondit dans le flot des piétons – l'attente au carrefour, les frôlements d'épaules et de coudes. Ziva marchait tête baissée en tenant la manche de Mox du bout des doigts pour ne pas le perdre. Sloane le maintenait dans sa vision périphérique.

Elle s'accorda une brève pause près de la petite église Saint-Peter, coincée entre deux géants de verre. Un énorme crucifix séparait les deux fenêtres gothiques qui surmontaient son portail en bois.

Cette vision familière la rassura. Certes, sur la Terre, elle n'avait jamais vu un homme jongler devant l'entrée avec des balles d'eau, un siphon à chaque poignet. Mais elle n'allait pas faire la difficile.

Il leur restait un pâté de maisons à parcourir jusqu'au Daley Center, la tour marron qu'elle avait identifiée lors de sa première sortie avec Kyros. Sur la Terre, l'entrée du Pedway se situait sur l'esplanade qui s'étendait devant. Sloane repéra de loin la grille en ferronnerie bleu pâle qui signalait l'entrée des escaliers souterrains. C'était là qu'elles devaient se séparer de Mox, à environ cent cinquante mètres du Chameau.

Elle s'arrêta devant la grille et leva les yeux vers lui, avec une drôle de sensation d'oppression sur la poitrine.

Défaisant les fermoirs qui fixaient le siphon sur son visage, Mox essuya la sueur qui perlait au-dessus de sa lèvre, puis il se pencha et l'embrassa.

Même rongée par la nervosité, avec l'haleine âcre et la peau moite, dans le tourbillon de tous ces gens qui allaient et venaient, Sloane se haussa spontanément sur la pointe des pieds et enfouit sa main nue dans les cheveux de Mox pour lui rendre son baiser.

– Pas de conneries, lui dit-elle ensuite en se détachant de lui. On sort de ce truc vivants.

Il lui sourit avant de remettre son siphon. Sloane se tourna vers Ziva et lui désigna l'entrée du Pedway d'un petit coup de tête. Ziva pinça sa manche entre deux doigts et, ainsi arrimée, descendit l'escalier derrière elle.

40

Il régnait dans le Pedway exactement la même odeur que sur les quais du métro : un fond de renfermé de vieux garage, mélangé à des relents d'urine rance. La galerie empruntée par Sloane et Ziva était entièrement tapissée de dalles grises, dont une bonne partie étaient fissurées ou cassées. Sur les murs, elles étaient remplacées à intervalles réguliers par des vitraux. Certains représentaient des motifs géométriques bordés de baguettes en plomb. D'autres, des volutes colorées décomposées en fragments et des tourbillons de cercles enchevêtrés, monochromes ou à damiers de plomb et de feuille d'or.

Le Pedway était un véritable labyrinthe, et Sloane dut s'en remettre à son sens de l'orientation pour ne pas se perdre. D'un regard assassin, elle avait persuadé Ziva de glisser son bras sous le sien. La main en décomposition de la soldate restait cachée sous sa manche. Son bras semblait friable comme une branche sèche. Sloane se retint d'accélérer devant l'escalier qui montait à l'hôtel de ville. Elles n'avaient plus qu'à passer Randolph Street pour arriver sous le Chameau.

À cause du manque de clarté de la signalisation, Sloane s'était demandé comment elles identifieraient le bon endroit, mais ça ne posa finalement pas de problème. Devant elles, entre deux colonnes majestueuses, les mots CENTRE DES HAUTES ÉTUDES EN MAGIE EXPÉRIMENTALE ET APPLIQUÉE UNIVERSELLE figuraient en lettres bordeaux éclatantes sur un voile chatoyant. Sloane jeta un coup d'œil à Ziva.

– Eh bien, c'est parti, commenta celle-ci.

Dès que Sloane franchit le voile, un violent courant d'air balaya ses cheveux et plaqua ses vêtements contre elle. Son siphon de poignet s'alluma comme une lanterne et une lumière blanche dansa au-dessus de sa main, à l'aplomb de sa cicatrice. En face d'elle se tenait un soldat dont la poitrine arborait l'insigne de l'Étincelle.

La bourrasque avait rabattu en arrière la capuche de Ziva, révélant sa peau grise et ses yeux globuleux. Dès que le vent fut retombé, elle se recouvrit à la hâte et ses longues manches glissèrent le long de ses bras en exposant la peau pelée de ses doigts et ses ongles griffus. Le soldat jeta un regard dans leur direction, détourna les yeux, les regarda de nouveau. Sloane entraîna Ziva aussi vite que possible sans se mettre à courir. Elle ne se retourna pas pour voir s'il les suivait.

– Putain de connards du Chameau, marmonna-t-elle. C'est quoi, cette connerie de processus qui leur donne un prétexte pour se rincer l'œil en collant les fringues des filles sur leurs seins ?

– Oh, je suis sûre que ça leur permet de voir des tas de trucs. Plus qu'à espérer que ce gars croie que j'ai un sacré problème dermato.

Elles étaient maintenant sorties du pavillon et suivaient une galerie dallée des mêmes pierres grises, comme les abords de la salle des Convocations, si sombres qu'on avait toujours l'impression qu'il pleuvait dehors. Sloane ressentit des picotements dans la nuque, comme si l'Aiguille lui égratignait la peau à distance depuis sa place entre les deux mondes.

Avant de monter l'escalier, elle se risqua enfin à regarder par-dessus son épaule. Aucun signe du soldat, mais il avait très bien pu repérer Ziva, voire être parti chercher des renforts. Là, tournant le dos aux ascenseurs, elles gagnèrent le hall du Chameau, la galerie en verre teinté qui menait à la salle des Convocations. Les vitraux firent danser des éclats verts sur les deux jeunes femmes, sous le scintillement des ventilateurs à l'ancienne.

Au bout de la galerie, Sloane tira Ziva dans une alcôve où elles s'assirent sur un petit banc en pierre. Elles n'avaient plus qu'à attendre la diversion de Mox. Il leur avait promis qu'elle ferait assez de bruit pour être entendue de l'intérieur.

Elles patientèrent en silence, autant que le permettaient le raclement de l'air dans les poumons de Ziva et le sifflement de son souffle à chaque expiration.

– Au fait, ça te fait quel effet d'être revenue parmi nous ? Tu te sens comme avant ? demanda soudain Sloane à Ziva.

Ziva la regarda en plissant un œil. L'autre n'avait pas assez de paupière pour ça.

– Rassure-moi, tu ne songerais pas à ramener de vieux amis à la vie ?

– Non. Enfin… c'est vrai que c'est un peu dur de ne pas y penser, une fois qu'on sait que c'est possible.

– Eh bien, maintenant que tu y as pensé, tu peux oublier.

– Tu n'es pas contente d'être revenue ? De revivre ?

Ziva la dévisagea. C'était étonnant, la méfiance qu'elle était capable d'exprimer malgré une apparence aussi raide et inhumaine.

– J'ai une soif de justice, et le fait d'être revenue me donne l'occasion de la satisfaire. Je ne me rappelle pas grand-chose de… de la période intermédiaire. En tout cas, je n'en garde pas le souvenir de m'être sentie… apaisée. C'est sans doute logique, quand on est mort assassiné.

– Mais ?

– Mais…, soupira Ziva. Mais plus les semaines passent, plus il m'apparaît clairement que j'ai fait mon temps, et que chaque nouveau jour est une sorte de violation de… je ne sais quoi.

Elle souleva les épaules dans un haussement exagéré.

– Et puis regarde-moi. Je suis un monstre.

Elle tapota sa mâchoire là où le siphon recouvrait le trou qui exposait entièrement ses gencives. Sloane n'avait jamais songé qu'en se regardant dans le miroir, Ziva pouvait éprouver autant de répulsion qu'elle-même la première fois qu'elle l'avait vue. Qui aurait envie de se réveiller tous les matins avec une tête de mort-vivant ?

– Tu en as déjà parlé avec Mox ?

Ziva secoua la tête.

– Il a besoin de moi. Tant que ça durera, je ne pourrai pas partir.

Sloane acquiesça, tout en se faisant la réflexion que personne ne cessait un beau matin d'avoir besoin de ses amis.

Soudain, un bruit retentissant fit sursauter Sloane, qui lâcha un petit cri de surprise. De la poussière s'éleva des murs et retomba autour d'elles comme une fine pluie de flocons de neige. Sloane entendit des cris au loin, et des pas derrière les murs.

Un œil de Ziva fit le point sur Sloane ; c'était l'heure.

Elles suivirent le trajet que Sloane avait gravé dans sa mémoire le jour où Cyrielle l'avait conduite pour la première fois à la salle des Convocations, celui où elle avait brisé le verre de la coupole avant de perdre connaissance. Dans la lueur grisâtre d'un orage imminent, elle navigua entre des colonnes et sous des arches jusqu'à la lourde porte à double battant de la salle des Convocations, dont le nom et l'année de construction, 1985, s'affichaient sur une plaque dorée.

Un agent de sécurité montait la garde devant. D'un coup de sifflet sec, Ziva envoya l'homme s'écraser contre un mur. Sa tête percuta la pierre et il s'effondra. Ziva se pencha sur lui pour glisser les doigts dans sa bouche, retira le sifflet qu'il avait sur la dent et le tendit à Sloane.

– Tiens, cadeau.

Un peu sonnée, Sloane s'accroupit à côté du garde assommé et défit son siphon de poignet en remerciant le ciel que le fermoir soit simple. Puis elle le jeta dans la salle des Convocations et y rejoignit Ziva, qui referma derrière elles.

– Je peux bloquer la porte par un processus temporaire, dit-elle à Sloane. Mais ça ne tiendra que quelques minutes. Si ça ne nous suffit pas, il faudra que je recommence. Je compte sur toi pour me le rappeler.

Sloane hocha la tête, puis s'avança vers le siphon inséré dans le sol. Il était recouvert d'une plaque dorée d'environ un mètre quatre-vingt de diamètre. Le picotement qu'elle avait ressenti en arrivant sous le Chameau s'était mué en une pression continue sur ses tempes, comme si quelqu'un essayait de lui écraser le crâne. Le doute n'était plus possible : l'Aiguille l'appelait. Mais voulait-elle lui répondre ?

Agenouillée à côté du siphon *fortis*, Ziva avait déjà tenté de soulever la plaque en sifflant, mais le lourd couvercle en métal n'avait pas bougé.

– Ce truc résiste à la magie, déclara-t-elle en poussant dessus de tout son poids pour faire glisser la plaque. Je crois qu'on va devoir le déplacer à la main.

La rejoignant, Sloane banda ses muscles et se mit à pousser à son tour sur le rebord du couvercle. Mais même en alliant leurs forces, elles parvinrent à peine à le faire bouger. Sloane sentit l'arête métallique s'enfoncer dans la paume de sa main.

Soudain, elle se revit en train d'entrer dans la Géode et se rappela la façon dont l'Aiguille avait projeté la porte d'entrée droit à travers le plafond avant de la maintenir en l'air.

– Merde, dit Ziva en frappant le couvercle. Merde !

L'Aiguille battait dans la poitrine de Sloane comme un deuxième pouls, flottait comme une présence derrière son épaule. Elle la sentait à l'instant même, à un monde de distance. Et c'était toujours vers elle qu'elle se tournait dans les situations désespérées.

– Tu as vécu ici, non ? demanda-t-elle.

– Qu'est-ce que ça change ? demanda Ziva en s'accroupissant.

– J'ai peut-être la solution. Mais il faudrait que j'aille à la rivière sans repasser par devant. Ça donne sur quoi, ça ? dit-elle en désignant une porte rouillée au fond, qui paraissait minuscule à l'échelle de la salle.

La rivière était à moins de deux cents mètres. En courant, elle pouvait faire l'aller-retour en dix minutes.

– C'est une porte de service. Je ne sais pas ce qu'il y a derrière, mais tu as des chances de tomber sur une sortie de secours.

– Tu peux continuer à bloquer l'entrée ? demanda Sloane. Je n'en ai que pour quelques minutes.

Ziva la regarda de son œil torve et hocha la tête.

Sloane courut à la petite porte. Derrière, elle découvrit un couloir désert, comme celui par lequel elles étaient arrivées. De la poussière et des débris s'accumulaient dans les coins, certaines dalles étaient fendues ou incomplètes, les tuyaux visibles au plafond. Tout laissait croire qu'il s'agissait d'un couloir de service.

Sloane prit instinctivement à droite et chercha des yeux la lueur d'un panneau d'issue de secours. Deux femmes s'écartèrent lorsqu'elle passa devant elles et elle eut l'impression d'interrompre une pause volée. Déjà hors d'haleine, Sloane bredouilla une excuse.

Au bout du couloir suivant, un panneau signalait la présence d'un escalier. Poussant lourdement la porte, Sloane tomba sur une cage d'escalier qui sentait la poubelle. Des pas résonnaient au-dessus de sa tête.

Une autre porte se dressait en face d'elle. Elle l'ouvrit et déboucha dans une allée jonchée d'ordures. L'allée la mena dans une rue qu'elle ne reconnut pas, mais l'espace qu'elle distingua entre les bâtiments devant elle indiquait la présence de la rivière. Sloane s'élança en courant, manquant de se faire renverser par un taxi sur le passage pour piétons. Le chauffeur klaxonna furieusement en lui criant quelque chose, mais elle était déjà repartie.

Parvenue de l'autre côté de Wacker, tout près de la rivière, elle ralentit pour escalader le garde-fou. Elle n'avait pas le temps de chercher les marches qui descendaient sur la berge. Elle qui avait haï l'Aiguille au point de se mutiler pour s'en débarrasser, tout son corps lui faisait mal, maintenant, fourmillait, brûlait du besoin de rejoindre l'objet magique.

Elle passa une jambe par-dessus la grille, puis l'autre, s'adossa à la barrière en fixant l'eau trois mètres plus bas… et sauta.

Le froid de la rivière lui coupa le souffle. Elle remonta à la surface en toussant, les vêtements alourdis par l'eau, les cheveux plaqués sur le visage. Le temps de remplir ses poumons, et elle replongea en battant des jambes comme une grenouille.

Cette fois, il n'y avait pas de lumière magique pour la guider jusqu'à la membrane entre les deux mondes, plus mince dans cette ville qu'ailleurs. Oui, elle croyait sans peine que cet endroit avait quelque chose de spécial. Depuis qu'elle était petite, cette ville l'attirait pour sa beauté, son étrangeté, la façon dont elle étincelait au soleil. Là, dans la rivière, elle était dans une obscurité totale qui effaçait tous les repères. Elle s'en remit à la force de la gravité, comme si elle se tenait à un fil qui y était rattaché.

Ses battements de jambes, d'abord puissants et mesurés, se firent plus frénétiques, fouettant l'eau pour accélérer. Ses poumons brûlaient, mais cette brûlure n'était pas différente de celle qui s'était emparée de sa poitrine et de sa tête. Elle réalisa qu'elle avait toujours associé la sensation de la Plongée – celle d'un feu intérieur, d'une pression qui lui comprimait la tête, les picotements dans tous ses membres – à la magie, et que ce moment en était peut-être l'aboutissement. Peut-être que toute sa vie n'avait fait que la conduire vers cet instant, non par avancées mais par cercles concentriques, comme un objet aspiré dans un tourbillon.

Elle manquait d'air. Se rappelant qu'elle portait un siphon au poignet, elle tâcha de se rappeler le ton du sifflement grâce auquel Aelia avait piégé l'air sous le mouchoir, avant son premier plongeon sur Genetrix. Puis elle se mit à fredonner. Elle se moquait bien de ses désirs. Tout ce qu'elle voulait, c'était respirer. Elle visualisa une bulle autour de sa tête, une sorte de casque d'astronaute de dessin animé, et l'eau autour de son visage se déplaça tout à coup comme un courant océanique. Elle sentit soudain son poids libérer son nez et sa bouche. Elle expira, et entendit le bruit de son souffle comme si elle se trouvait à la surface.

Mon premier souffle magique, se dit-elle avec un petit rire.

Au-dessus d'elle, elle voyait les décombres de la tour qui gisait au fond de la rivière dans le Chicago de la Terre, avec son P géant coincé entre deux blocs de béton et d'acier. Et sous elle, l'enchevêtrement de plantes qui poussaient au fond de la rivière sur Genetrix. Elle se trouvait dans l'espace entre les deux mondes.

Elle avait jeté les deux tronçons de l'Aiguille dans la rivière juste avant les funérailles d'Albie. Et elle savait déjà à ce moment-là qu'elle réussirait toujours à la retrouver en cas de besoin, que l'Aiguille lui parlait même lorsqu'elle décidait d'ignorer sa voix. Tendant son siphon devant elle, elle fredonna de nouveau, sans réfléchir à la hauteur ni à la fréquence, ni à la ligne qui se serait affichée sur l'oscilloscope. Elle ne pensait plus qu'à la façon dont l'Aiguille l'avait aidée à entrer dans la Géode et à détruire le prototype magique, et même à éliminer l'Obscur.

Elle avait encore besoin de sa magie.

Elle fit du sur-place dans le chenal qui séparait la Terre de Genetrix, sans gravité pour la tirer dans un sens ou dans l'autre. Elle ne s'était jamais trouvée dans une situation aussi proche de l'apesanteur. Repensant à la voix d'Albie lui chuchotant à l'oreille pour l'attirer sur Genetrix, elle murmura dans la poche d'air qu'elle avait créée autour de sa tête :

– Allez… Allez !

Soudain, malgré l'absence de lumière, elle vit quelque chose scintiller d'un éclat métallique et deux minces fragments apparurent devant elle. Sloane sentit tout son être chanter de soulagement. Elle tendit la main.

Le premier contact avec les fragments de l'Aiguille lui fit l'effet d'une électrocution. Tout son corps se raidit. L'espace d'une seconde, elle eut peur qu'ils l'aient piquée, comme la première fois, et qu'ils se soient de nouveau enfouis sous sa peau, jusqu'à ce qu'elle les voie briller dans sa paume.

Elle leur avait fait signe, et ils étaient venus. L'expression « manifestation des désirs impossibles » n'avait jamais eu autant de sens pour elle. Ça, c'était de la magie !

Prenant les deux moitiés de l'Aiguille entre le pouce et l'index de chaque main, elle frappa le fond de la rivière d'un coup de pied pour remonter.

Alors qu'elle quittait le sas entre les deux mondes, la poche d'air qui entourait sa tête s'effondra sans crier gare et elle redoubla d'efforts pour accélérer. Elle avait mal aux jambes lorsqu'elle distingua enfin la lumière de la ville, d'abord une simple étincelle, comme celle d'une allumette craquée dans le noir, puis une lueur… Et enfin… l'air, et la rive. Sloane se hissa sur le béton et s'y laissa tomber, à bout de souffle.

– Slo !

La voix d'Esther. Sloane releva la tête. Mains levées, siphons prêts à l'action, Esther et Matt faisaient face à Ziva.

Sloane toussa.

Ils étaient sains et saufs.

Matt maintint son siphon braqué sur Ziva tandis qu'Esther se tournait pour viser Sloane.

– Je peux vous expliquer, déclara celle-ci lorsqu'elle eut repris son souffle.

– T'as intérêt d'avoir une putain de bonne explication, fit Esther.

EXTRAIT DE :

HISTOIRES DU MULTIVERSE,

par Rufus

The Chicagoan, 11 août 1994

Un homme quitte son univers en quête d'aventures. Il devient aveugle à cause de la lumière du soleil qui traverse sans filtre l'atmosphère d'un univers calciné.

Un homme quitte son univers en quête d'aventures. Il est réduit à un tas de cendres, consumé instantanément par la chaleur de l'univers parallèle (supérieure à mille cinq cents degrés).

Un homme quitte son univers en quête d'aventures et se noie dans une planète-océan. Son corps est dévoré par des créatures marines ravies de cette occasion.

Un homme quitte son univers en quête d'aventures. Il se retrouve sur une planète ravagée par la guerre nucléaire, boit de l'eau contaminée, et meurt.

Un homme quitte son univers en quête d'aventures. Il se fait assassiner pour sa chair par des pilleurs cannibales post-apocalyptiques.

Un homme quitte son univers en quête d'aventures, et ne retrouve plus jamais le chemin du retour.

41

– Néron est l'Obscur, déclara Sloane.

Cela lui semblait être un début aussi bon qu'un autre.

Esther et Matt ne réagirent pas immédiatement. Sloane faisait bouclier devant Ziva, les bras écartés. Les quais étaient déserts. Le soleil allait bientôt se coucher. Elle avait encore le temps de retourner à la salle des Convocations, d'examiner le mécanisme interne du siphon et de s'enfuir avant que Néron ne les trouve. Il lui suffisait de convaincre ses amis.

– Edda – qui a une épaule déboîtée, à ce propos – dit que tu es sous l'emprise d'une espèce de… d'enchantement, dit Matt.

Face à lui, Sloane fut prise d'un accès de culpabilité. Il n'y avait pourtant pas de quoi ; elle ne l'avait pas trahi, elle n'avait rien fait qu'elle ne referait pas si elle avait pu revenir en arrière. Mais c'était plus fort qu'elle.

Et il y avait dans le regard de Matt une dureté qu'elle n'y aurait jamais vue quelques mois plus tôt. Mais *cela*, Sloane devait admettre que c'était inévitable. Ces derniers temps, leur vie de couple avait comme retenu son souffle. L'expiration leur pendait au nez.

– Ah oui ? Et qui a dit ça à Edda ? demanda-t-elle. Néron. Qui, comme je viens de le signaler, *est l'Obscur.*

Esther était en train de se pencher pour mieux voir Ziva.

– C'est une zombie ? Tu la contrôles, ou quoi ?

Ziva se racla la gorge dans un bruit de bétonnière.

– Ça ne se fait pas de parler d'une personne devant elle comme si elle n'était pas là, sac de viande.

– Ben merde ! fit Esther en écarquillant les yeux.

Elle brillait littéralement de mille feux. Les cheveux noués en une queue-de-cheval plantée haut sur le crâne, elle portait une cape noire tissée de fils d'argent sur une veste à col châle, un siphon de gorge chromé étincelant et un trait d'argent sur chaque paupière.

– Qu'est-ce qui nous prouve que tu n'es pas sous influence ? demanda Matt.

Les mains de Sloane vibraient d'énergie sous l'effet des moitiés d'Aiguille. Elle avait la sensation d'être encore sous l'eau. Et tout lui paraissait tout proche, à quelques centimètres de son nez.

Elle ne savait pas quoi répondre à Matt. S'ils étaient persuadés que le Résurrectionniste avait perverti son jugement, quoi qu'elle dise, ils penseraient que c'était faussé. Néron avait bien joué. Mais elle n'avait rien à perdre à essayer.

– Hier, Néron m'a envoyé un message, déclara-t-elle. C'étaient mes boots. Ceux de...

Elle jeta à Matt un regard implorant.

– Enfin, vous savez. L'Obscur est la seule personne qui ait pu les avoir. Je ne sais pas pourquoi il les a apportés ici, ni comment il a pu survivre et sauter dans un autre univers alors qu'on était censés l'avoir tué. Mais je ne vois pas d'autre explication.

Le scepticisme qu'elle lut dans les yeux de Matt la mit en rogne.

– C'est toi qui dis toujours que pour connaître vraiment quelqu'un, il faut regarder ses actes. Néron nous a enlevés et il nous a menti. Alors que Mox – je parle du Résurrectionniste –, lui, ne m'a jamais fait de mal, même quand il croyait que je voulais le tuer. Il m'a même emmenée voir la prophét...

– Attends, la coupa Esther, le Résurrectionniste, c'est le *guépard sexy* ?

– Le quoi ? fit Matt.

Esther éluda d'un geste de la main.

– Mais il t'a suivie, ou... ? reprit-elle à l'adresse de Sloane.

– Non, pas exactement. Néron est toujours en train de convoquer des Élus d'autres univers pour se battre contre lui. Il pensait qu'on en faisait partie.

– Vous en faites partie, lui rappela Ziva.

– Et tu dis que tu as rencontré une prophétesse ?

– Celle qui a fait la prophétie de fin du monde de Genetrix, confirma Sloane avec un hochement de tête.

– Bien que je sache d'expérience que ce récit est tout à fait *palpitant*, intervint de nouveau Ziva, on ne peut pas attendre ici jusqu'à ce que l'armée de l'Étincelle débarque. Je suggère que tes amis nous suivent en lieu sûr.

– Un endroit qui grouille de morts-vivants, tu veux dire ? répliqua Esther. Autant que je te donne mon cerveau tout de suite, on gagnera du temps.

– En ce qui me concerne, répondit Ziva, ça peut grouiller de ce qu'on voudra tant que ce n'est pas une section de soldats de l'Étincelle siphon au poing !

– Elle a raison, dit Sloane. Il ne faut pas rester là. On n'a qu'à se rabattre en zone neutre.

Elle regarda vivement Ziva par-dessus son épaule.

– Un endroit public. Avec un maximum d'issues.

– On n'ira nulle part tant qu'on ne saura pas ce que c'est que ce bordel ! décréta Esther.

Sloane n'y avait pas prêté attention jusque-là, mais Esther paraissait de nouveau plombée par la fatigue, malgré la poudre et tout cet argent qui brillait. À leur arrivée sur Genetrix, elle lui avait confié qu'elle craignait que sa mère meure en son absence. Et, dans son esprit, Néron était son ticket pour un retour rapide à la maison.

Ce qui ne l'avait pas empêchée d'accompagner Sloane dans l'atelier de Néron pour chercher des preuves qu'il leur mentait.

– Il vous suffirait de décider de me faire confiance, Esther. Je sais que j'en demande beaucoup, mais je n'ai jamais rien fait qui vous mette en danger. J'espère que vous êtes conscients de ça, au moins.

Matt avait déjà baissé son siphon.

– Ouais, dit-il dans un murmure. OK.

– À vrai dire, rappela Ziva, on doit d'abord retourner jeter un coup d'œil au siphon *fortis* dans la salle des Convocations.

– Pour quoi faire ? demanda Esther.

– Sloane, dit soudain Matt. Ce n'est pas… ?

Elle avait presque oublié qu'elle tenait un bout de l'Aiguille dans chaque main. Lorsqu'elle avait fait voler la barrière de sécurité à l'entrée de la Géode, le geste lui avait été aussi naturel que de respirer ou de cligner des paupières. Mais elle avait senti la brûlure de l'Aiguille dans ses paumes, le bourdonnement de quelque chose de vivant, doté d'une volonté propre. Et cette volonté restait palpable ici, bien qu'étouffée : l'Aiguille cherchait de nouveau à s'enfouir dans sa main. Elle repoussa les fragments vers l'extérieur en les maintenant du bout des doigts.

– L'Aiguille se trouvait sur la Terre, reprit Matt. Comment tu as fait pour la récupérer ?

– Elle était dans la rivière, dans le sas entre les deux mondes.

Alors qu'elle allait continuer, elle s'aperçut que Matt crispait les mâchoires, tandis qu'Esther portait la main à son siphon de gorge. En se retournant, elle vit deux hommes descendre les marches en terrasse du River Theater, au bout du petit jardin public où ils se trouvaient tous les quatre.

L'un d'eux était Néron, qui avait enfin abandonné son masque de douceur pour révéler l'homme froid et déterminé que Sloane avait entrevu en sortant de son atelier. Il avait les cheveux ébouriffés, et sa cape rejetée par-dessus son épaule exposait une doublure en soie chatoyante. Son épingle en or du Chameau était piquée de travers sur sa poitrine. Sa main droite reposait lourdement sur la nuque de celui qui l'accompagnait.

Mox, bien sûr.

Mox ne portait plus son siphon de bouche et son regard avait perdu sa concentration habituelle. Son front était en sueur, la tension faisait saillir les tendons de son cou et contractait ses épaules. Lâchant la nuque de Mox, Néron leva la main et siffla. Une onde traversa les airs et projeta Mox aux pieds de Ziva.

– Consul ? souffla-t-elle.

– Fuyez, dit-il en regardant tour à tour les deux femmes, d'un ton qui avait perdu tout espoir.

– Elles n'iront nulle part, répliqua Néron.

Maintenant qu'elle cherchait les points communs entre Néron et l'Obscur, Sloane n'avait plus de mal à les identifier. Pas dans les traits de son visage – qu'il avait dû modifier sur la Terre, ce qui expliquait leur manque de naturel – mais dans sa posture et son comportement, le torse bombé, les gestes rapides et efficaces. Sa voix aussi était bien celle de l'Obscur, maintenant, dure comme du silex, avec la même prononciation mécanique.

Néron siffla dans son implant dentaire et Mox se raidit violemment, la tête et les épaules tirées en arrière. Sloane revit la manière dont les plaques de son siphon de poignet se raidissaient lorsqu'elle l'enfilait, avant de s'assouplir et de se modeler sur sa main. Mox venait de se comporter exactement comme si tout son corps était utilisé comme un siphon, à travers celui qui était fixé sur sa colonne vertébrale.

Tout autour d'eux luisait l'éclat irisé des barrières magiques qui les retenaient captifs tout en tenant les intrus à distance. Non que Sloane ait envisagé de s'enfuir. Elle ne laisserait pas Néron transformer Mox en pantin manipulé par la magie.

Les tronçons de l'Aiguille bourdonnaient dans sa main en réaction à la présence de Néron, ou à celle de Mox, ou aux deux. La sensation lui rappela le jour où ses doigts d'enfant avaient glissé dans une prise alors qu'elle branchait une guirlande de Noël. La décharge électrique lui avait traversé tout le corps, un incident bénin, mais désagréable.

– Qu'est-ce qui se passe, Néron ? demanda Matt en faisant un pas en avant.

Il s'était forcé à garder un ton calme, dont Néron ne devait pas être dupe.

Celui-ci le regarda comme s'il se rappelait vaguement l'avoir déjà croisé, mais sans le situer. Sloane s'engouffra dans ce temps mort.

– Mox, dit-elle d'un ton implorant qu'elle n'avait pas contrôlé. Tu es blessé ?

Il se tenait légèrement voûté, la main pressée sur le côté.

– Non. Je me sens juste… pas très bien.

– Mox ? releva Néron en le considérant presque avec tendresse. Oh, je vois. Micah Oliver Kent Shepherd. M-O-K-S. Ça te va mieux que « l'Élu ».

Sloane se dit furtivement que le prénom de Micah convenait mieux à un garçon ordinaire qu'à l'homme prisonnier de la magie qui se tenait devant elle, en sueur, le dos courbé, visiblement peu habitué à être dépouillé de son pouvoir.

– L'Élu ? répéta Matt en fixant Mox avec de grands yeux.

– Le premier, lui répondit Mox platement. Vous – je ne sais pas lequel des trois –, vous êtes les cinquièmes.

– Mais… vous avez tué les autres ? demanda Matt, non pour l'accuser, mais dans un effort réel pour comprendre. Pourquoi ?

– Je ne savais pas ce qu'ils représentaient. Et je n'avais pas envie de mourir.

Matt lui accorda un regard compatissant, légèrement teinté de condescendance, et Sloane eut l'envie familière, presque rassurante, de le gifler.

Néron agita la main en se mettant à fredonner. Il avait une voix grêle de ténor, très différente du timbre riche et mélodieux de Mox. Mais la note était stable. Mox se mit à tressaillir, et Matt cria tandis que le métal de son siphon se froissait dans sa main en rentrant dans sa chair. Du sang coula le long de ses doigts et goutta sur le béton. Puis le siphon d'Esther se resserra autour de son cou et elle commença à suffoquer en tirant désespérément sur la chaînette qui le fermait sur sa nuque. Enfin, elle parvint à la briser, et le siphon tomba par terre en rebondissant hors de sa portée.

Puis ce fut le tour du siphon de Ziva, qui fut arraché à son visage en même temps qu'un bout de chair pourrissante. Le trou dans sa mâchoire, encore plus grand qu'avant, révélait encore davantage ses dents serrées.

– Sloane, pourrais-tu rassembler les deux tronçons de l'Aiguille, je te prie ?

Il semblait presque… las. Ses cheveux fins brillaient comme des fils d'or dans le soleil.

– Non, répondit-elle par réflexe.

Elle songea à jeter l'un des fragments dans la rivière, mais elle n'était pas certaine de pouvoir les lâcher. Ils vibraient toujours dans sa main, et elle avait l'intime conviction que, si elle ouvrait les poings, ils resteraient plaqués sur ses paumes comme par une force magnétique.

– Tu as tort de me défier, reprit Néron, en rejetant une mèche de cheveux de son front. La prochaine fois, je ne te le demanderai pas aussi poliment.

– Je n'ai pas beaucoup de principes, répliqua-t-elle. Mais l'un d'eux est très clairement : « Lorsqu'un assassin psychopathe te donne des ordres, abstiens-toi. »

– Comme tu voudras.

Néron siffla un trille de notes limpides semblable à celle d'un pinson. Mox se cambra de nouveau, et son visage et tout son corps se tendirent.

Les deux tronçons de l'Aiguille s'étaient mis à s'agiter dans les mains de Sloane et lui piquaient les paumes dans leur tentative pour se dégager. Elle tint bon, jusqu'à ce que l'une des pointes se fiche dans le bout de son doigt. Elle cria en secouant la main et, soudain, vit les deux tronçons planer devant elle.

Or elle les sentait toujours vibrer, piquer en elle. Leur acide brûlait dans ses veines. Ils voulaient être à elle. Pas à lui. Tout ce qu'elle avait à faire, c'était les vouloir aussi.

Eh bien, vas-y ! Qu'est-ce que tu attends ?

Alors elle tourna les paumes vers l'extérieur comme pour les appeler.

Une douleur atroce lui vrilla les mains alors que les deux fragments s'enfonçaient dans sa chair, chacun dans un index, à la racine des ongles. Sous ses yeux, ils se faufilèrent vers l'intérieur en se tortillant tels des vers dans une terre meuble. Horrifiée, elle regarda la peau de sa main mutilée se soulever pour accueillir l'objet étranger, mais familier.

Elle avait brisé l'Aiguille elle-même en y jetant jusqu'à ses dernières réserves d'énergie. Mais elle avait toujours su que l'objet magique pouvait se reconstituer sans peine, comme elle avait toujours perçu sa volonté de s'enfouir de nouveau en elle.

Le fragment qui s'était enfoncé dans sa main gauche avançait toujours, traçant un chemin de douleur le long de son bras, dans le pli de son coude. Un bleu s'épanouit sur le passage de l'Aiguille, là où elle venait de percer un vaisseau. Sloane serra les dents quand le tronçon atteignit son épaule, se tailla un passage au-dessus de sa poitrine et redescendit le long de l'autre bras en y créant un nouveau bleu jumeau du premier. Les deux moitiés de l'Aiguille se réunirent dans un violent éclair de lumière, en déclenchant une brûlure insoutenable, comme si chaque centimètre carré de sa peau était à vif. Elle hurla.

Mox la regardait stupéfait, le visage congestionné par ses efforts désespérés pour résister à la tension. Les doigts de Sloane saignaient. Elle reprit son souffle en laissant le sang couler.

– Maintenant, je vais devoir l'extraire, grommela Néron.

Il avait à peine fait un pas en avant qu'elle l'arrêta d'un geste. Elle n'avait pas besoin de siffler ni de produire le moindre son pour que l'Aiguille lui obéisse. L'objet réalisait tous ses désirs, et tout ce que Sloane souhaitait à cet instant était un répit de quelques secondes pour penser. Une barrière se dressa aussitôt entre eux, dessinant des ondulations dès qu'il la toucha. Néron tenta de franchir l'obstacle, en puisant d'abord dans sa propre magie, puis dans celle de Mox. Sloane perçut la différence entre les deux, l'une vive et rusée, l'autre brute et indomptée.

Malgré le dégoût que lui inspirait le retour de ce corps étranger en elle, Sloane ne put s'empêcher de s'émerveiller qu'une si petite chose détienne autant de pouvoir, autant de mystère. L'Aiguille agissait un peu comme le soleil : même à une distance infinie, et filtrés par l'atmosphère, ses rayons gardaient assez de chaleur pour chauffer la Terre. Toutes les entités les plus puissantes que connaissait Sloane détenaient un potentiel de destruction si elles n'étaient pas diluées.

Sloane fixa Néron – l'Obscur – à travers la barrière.

– Alors c'est de cela qu'il s'agissait depuis le début ? demanda-t-elle. De l'Aiguille ?

Elle se souvenait qu'en l'interrogeant sur la planque où ils cachaient leurs armes magiques, – juste avant de la forcer à choisir entre Albie et elle –, l'Obscur avait regardé les cicatrices sur sa main avec une expression proche de la fascination. Et elle avait pensé qu'elle en était l'objet. Or, comme l'avait si bien dit Ziva sans prendre de pincettes, Sloane n'avait strictement rien de spécial, rien de puissant, en dehors de cette arme qui n'appartenait qu'à elle.

– Qu'est-ce que vous voulez ? lui demanda-t-elle à mi-voix.

Néron plongea les yeux dans les siens et elle perçut un bourdonnement, ou un sifflement, mais elle ne le remarqua même pas. Son esprit était déjà ailleurs.

42

Néron s'agrippa à la rambarde métallique, les doigts dégoulinants. Aelia l'attendait accroupie au bord de la rivière, sa jupe rouge tendue autour de ses genoux. Il lui passa une paire de boots, qu'elle attrapa en les maintenant à bout de bras d'un air dégoûté.

– Des chaussures, sérieusement ? C'est ça, l'objet dans lequel elle a déversé son âme ?

– Ce n'est pas une sentimentale et elle ne tient pas de journal intime, contrairement à l'Élue précédente. Pour pouvoir la convoquer, il me fallait quelque chose qu'elle ait modelé et qu'elle ait l'habitude de garder auprès d'elle.

Il se hissa hors de l'eau en se tenant à la rambarde et l'escalada, les membres engourdis par la nage. Posant les boots par terre, Aelia claqua des doigts pour faire sécher la cape trempée de Néron.

– Tu peux ôter ce masque, maintenant, lui dit-elle avec un mouvement de recul. On dirait une bougie qui a fondu.

Il défit le bouton supérieur de sa chemise pour ouvrir le fermoir de son siphon de poitrine. Le processus qu'il commandait ne changeait pas son visage lui-même, mais il en modifiait l'apparence aux yeux de tous ceux qui le regardaient, y compris sur la Terre. Aelia lui avait signalé que cette projection manquait de naturel, mais cela servait peut-être encore mieux l'objectif qu'il s'était fixé. En outre, le fait de nier l'existence de la magie rendait les Terriens vulnérables aux processus les plus grossiers.

Il s'était beaucoup amusé en lisant les théories les plus récentes : l'Obscur était une expérience gouvernementale qui avait mal tourné ; une invasion d'extraterrestres cherchant à conquérir le monde ; un milliardaire fou devenu un super-vilain. Décidément, ces Terriens lisaient trop de bandes dessinées.

Il ramassa les boots et se dirigea avec Aelia vers les terrasses plantées d'arbres du River Theater. Le soleil n'était pas encore levé et la ville était déserte. On entendait juste quelques voitures filer sur Wacker Drive, la SDF installée au carrefour de LaSalle qui se fredonnait une chanson et les talons d'Aelia qui claquaient sur le bitume. Il lui avait reproché plus d'une fois ses tenues ostentatoires et ses chaussures excentriques. Il convenait de faire preuve de discrétion au cours de ces missions nocturnes s'ils ne voulaient pas se faire remarquer.

– C'est de la magie qu'elle met dans ces boots ? demanda Aelia. Je ne comprends pas bien.

Ils montaient les marches de l'escalier en terrasse en baissant la tête pour esquiver les branches en fleurs des pommiers d'ornement et des arbres de Judée.

– Ça ne m'étonne pas, répondit Néron. On peut appeler cela une forme de magie si on la considère comme une énergie de la volonté. Elle a exercé sa volonté sur ces boots en les modifiant, en les réparant, les mettant et les ôtant, tout comme le garçon a exercé sa magie sur la grue en papier. Le lien affectif à l'objet ne fait que renforcer l'énergie qui y est associée, ce qui va me donner le pouvoir de les convoquer tous les deux.

Ayant survécu à un précédent voyage depuis la Terre dans un emballage de sandwich en plastique, l'origami était maintenant perché sur un appui de fenêtre dans l'atelier de Néron.

– Et tu ignores lequel des deux a l'Aiguille.

– Je suis certain que c'est la fille, mais je préfère ne pas faire d'erreur.

– Quand y retournes-tu ?

Ils avaient atteint la rue. Néron s'arrêta et sourit à Aelia.

– Ne me dis pas que tu es pressée que je reparte ?

Aelia tressaillit légèrement et les coins de sa bouche tombèrent.

– Je voudrais juste pouvoir prévoir mon déménagement s'il est imminent.

– Ne t'inquiète pas, il nous reste encore quelques mois avant la destruction des deux mondes, répondit Néron. Je me suis occupé de te

trouver un endroit où vivre dans le prochain. Tant que tu continues à m'aider, tu n'as rien à craindre.

Aelia lui répondit par un sourire crispé avant de traverser en direction du Chameau. En passant devant la SDF qui chantonnait au carrefour, Néron fit tomber une pièce dans le gobelet posé devant elle. Il n'y avait pas de honte à accorder un petit réconfort temporaire à quelqu'un, pensa-t-il, même si son monde était voué à l'anéantissement.

Le sourire d'Aelia fut le dernier à disparaître, s'attardant tel celui du chat du Cheshire, alors qu'arrivait un nouveau souvenir.

– Tu ne m'écoutes pas, dit Néron.

Ils se trouvaient dans l'atelier, où il jetait des pensées éparses dans un cahier pour ne pas les oublier. Des orbes lumineux flottaient dans l'air autour d'eux, projetant une lumière irréelle sur le visage d'Aelia, le nouveau préteur. En raison d'une coupure d'électricité dans le Chameau, c'était le seul éclairage dont ils disposaient.

– La collision est inévitable, reprit-il.

Il parlait lentement, comme s'il s'adressait à quelqu'un à l'intelligence limitée. Ce n'était pas ainsi qu'il l'avait considérée au départ, mais elle avait manifesté un manque de compréhension assez frappant dans leurs échanges jusqu'ici.

– Pour l'instant, je tiens les deux mondes à distance l'un de l'autre – en déployant pas mal de ma puissance magique, soit dit en passant. Mais si je meurs, ils poursuivront chacun leur course sur le chemin qu'ils ont pris depuis l'accident du Tenebris *: vers l'annihilation.*

Un éclair sinistre sillonna le ciel derrière la fenêtre. Le tonnerre retentit peu après, grondant comme un roulement de tambour.

– L'accident du Tenebris *? s'étonna Aelia. Tu ne m'avais jamais dit que la connexion venait de là.*

Un orbe flottait à côté de son oreille ornée d'un siphon plaqué or en forme de pointe, reflet de la mode absurde qui poussait les Généticiennes à se déguiser en princesses des elfes. Elle portait une longue robe ample aux manches papillon.

– De quel autre événement aurait-elle pu provenir ? demanda Néron en perdant patience. Le noyau magique de cette planète s'est fracturé et des fragments de la magie de Genetrix ont été projetés dans un autre univers, dans le passé, en raison de l'instabilité temporelle des voyages intermondiaux. Ces échardes sont devenues des objets de légende sur la Terre. Mais il y a tant de fausses légendes dans ce monde-là qu'il m'est difficile d'identifier les vraies. Ce qui me contraint à tous ces allers-retours. J'envisage une action plus spectaculaire pour faire apparaître la vérité plus rapidement. Je suis las de retarder l'inéluctable.

– Et avec tout ton pouvoir, tu ne peux rien faire pour briser cette connexion et sauver les deux mondes ?

– Même si je le voulais, ce qui n'est pas le cas, je suis immortel, pas tout-puissant. Et bientôt, si les circonstances le permettent, je ne serai plus immortel non plus.

Aelia s'approcha des fenêtres. Le vent secouait les vitres battues par la pluie, qui brouillait la vue sur la ville.

– Décidément, je ne te comprendrai jamais, dit-elle. Beaucoup de gens tueraient pour avoir la vie éternelle. Ils seraient prêts à sacrifier leurs conjoints, leurs enfants, jusqu'à leur dernier bien. Et toi, tu consacres tout ton temps à chercher celui qui pourra mettre fin à ta vie.

Néron alla se servir un whisky au chariot à boissons près de la porte. La lumière d'un orbe, réfractée par l'une des facettes du verre, s'éparpilla en éclats sur le plancher.

– Ceux qui rêvent de l'immortalité ne savent pas de quoi ils parlent, répondit-il. Pendant deux cents ans, certes, cela a été enivrant. Mais à la longue, tout perd de son sens, toujours un peu plus. Une vie, un pays, tout un univers, les triomphes des gens, leurs chamailleries, leur pathétique soif de pouvoir, où que j'aille, quoi que je fasse, c'est partout pareil.

Il but une gorgée du whisky, dont la saveur épicée lui piqua la gorge.

– Je suis fatigué.

Aelia lui jeta un coup d'œil. Elle n'avait plus peur de lui comme au début, lorsqu'il lui avait appris ce qu'il était et qu'il lui avait demandé de le tuer. Il ne s'était pas trompé en s'adressant à elle, car elle avait réellement essayé. Elle avait pratiqué sur lui une demi-douzaine de processus. Elle l'avait asphyxié, elle avait arrêté son cœur, elle avait même tenté de le décapiter. Et il l'avait laissée faire, bien qu'il eût déjà essayé tout cela lui-même. Il avait aussi plongé dans la mer les chevilles *lestées de poids, s'était administré le venin du taïpan du désert, le serpent le plus mortel de la Terre, s'était jeté dans un volcan en éruption… Autant de tentatives qui s'étaient soldées – celles d'Aelia comme les siennes – par des échecs. Chaque fois, sa magie l'avait protégé.*

Mais il arrivait encore à Aelia d'être en proie à la peur, comme maintenant. Il le voyait à ses sourcils froncés et à son expression tourmentée.

– Mais tu crois que ce garçon va réussir ? demanda-t-elle.

– J'ai visité des dizaines d'univers où j'ai affronté des dizaines d'Élus, de guerriers et de magiciens de renom. Aucun n'avait son pouvoir brut. Il manque peut-être de compétences et de concentration, mais je n'en ai pas besoin. Sa matière première me suffit.

Aelia hocha la tête.

– En revanche, nous devons cultiver son désir de te tuer, dit-elle d'un ton un peu absent. Et le désir ne se commande pas.

– C'est précisément pour cela que j'ai besoin de ton aide, dit Néron en vidant son verre.

Il ne demeura que la lueur d'un orbe.

Il fit vibrer la porte de l'atelier en l'ouvrant et en la refermant à la volée à l'aide de son siphon. Il tremblait. Il jura en secouant les mains. On aurait pu espérer qu'après avoir vécu plusieurs centaines d'années, on était libéré de ce genre de faiblesse. Mais non, elle perdurait.

Il remplit l'air de sifflements, un pour verrouiller la porte, un pour insonoriser l'atelier, un pour convoquer son carnet devant lui sur le bureau, et le dernier pour que son stylo soit prêt à prendre ses notes. Il s'affala sur sa chaise à côté d'une pile de livres et épongea son front moite avec un mouchoir. Ses lèvres étaient salées.

Le stylo se positionna à la verticale, frémissant dans l'attente du son de sa voix.

– C'est fait. Les soldats de l'Étincelle sont morts.

Le stylo se mit en mouvement. Néron essuya ses mains en sueur sur ses cuisses.

– Maintenant, il va vouloir me tuer, poursuivit-il avec soulagement.

Sloane perçut chez l'Obscur la faim, et, par-dessus tout, la lassitude. Deux sensations qu'ils avaient en commun.

Il pensa à Micah et à son sourire en coin. Il avait toujours trouvé étonnant qu'un enfant aussi extraordinaire puisse être issu d'une famille à ce point quelconque. Nancy, présidente d'un club de tricot, gagnante du concours de chili con carne de l'an dernier à la kermesse municipale. Phil, directeur de l'agence bancaire du coin, qui se dégarnissait en haut en s'épaississant au milieu. Ils avaient jeté un regard méfiant sur le siphon de Néron lorsqu'il leur avait serré la main, et n'avaient pas manifesté la moindre opposition quand il était reparti avec leur fils.

Micah n'avait pas besoin de siphon pour exercer la magie. À peine avait-il besoin d'intentions. Ses désirs étaient générés par la colère. Il avait mis le feu à sa première chambre dans le Chameau. Il avait brisé toute la vaisselle de la cafétéria d'un seul coup. Il avait fait pousser des fleurs sur le sol dallé de la salle des Convocations.

Il était maintenant assis sur le siphon fortis *dans la salle des Convocations, et semblait tout petit, malgré sa poussée de croissance précoce. C'étaient peut-être ses oreilles pointant à travers ses cheveux qui lui donnaient cet air aussi enfantin.*

Un lecteur de cassettes était posé devant lui, et la voix de Sibyl, rauque et râpeuse, répéta pour la troisième fois de la matinée : « Ce sera la fin de Genetrix. La destruction des mondes. »

– Alors ? Qu'en penses-tu ? demanda Néron.

– Marqué par la magie, répondit Micah en désignant son œil gauche. Ça vient de là, mon œil ? De la magie ?

– C'est ce que je crois.

Lui qui n'aimait pas cela, il s'assit en tailleur en face de Micah, à côté du siphon fortis. *Le froid de la pierre traversa ses vêtements et le fit frissonner.*

– Ma théorie est que l'accident du Tenebris *a éparpillé des fragments de la magie et que l'un d'eux a atterri dans ton œil.*

L'œil en question le fixa par en dessous.

– L'accident du Tenebris, *ça s'est passé il y a super longtemps. J'ai seulement onze ans.*

– Tu as déjà entendu parler des trous de ver ?

Micah fit non de la tête.

– Je vais essayer de t'expliquer, dit Néron. Un trou de ver, c'est une espèce de tunnel. À un bout du tunnel, les choses peuvent bouger très lentement. À l'autre bout, elles bougent très vite. Ce qui fait qu'en traversant ce tunnel, on peut se retrouver très loin dans le futur, et y arriver super vite. Tu comprends ?

C'était pour cette raison qu'il vivait depuis des centaines d'années, même si sa Terre à lui avait évolué dans le même siècle que Genetrix à l'époque de sa naissance. Les temps des différents mondes ne collaboraient pas entre eux.

– Ça voudrait dire que la magie a explosé, qu'elle est passée par un tunnel et qu'elle est tombée dans mon œil ?

– C'est une possibilité.

– Et ce serait pour ça que j'ai toute cette magie et que mes parents ont peur de moi ?

– Peut-être. Mais tu peux la contrôler, le temps d'apprendre à la maîtriser. Ça te plairait ?

Micah hocha la tête.

Le pauvre gamin, *se laissa aller à penser Néron dans un bref moment de pitié. Il débordait de magie et personne au monde n'était en mesure de la comprendre. Pas même Néron lui-même.*

– Je vais te parler d'un siphon spécial qu'on pose sur la colonne vertébrale.

La colonne vertébrale, pensèrent-ils.

Il fit le dos rond et Claudia tapota les vertèbres qui dessinaient des bosses sous sa chemise. Tap tap tap.

Le feu s'éteignait. Il avait oublié de remettre des bûches dans la cheminée et il faisait si froid que son souffle formait des petits nuages de vapeur. Il avait du mal à s'extraire de ces préparatifs, depuis le temps qu'il attendait ce soir-là, ce soir où tout serait enfin prêt. Les objets de pouvoir étaient disposés dans un large cercle dans le jardin, reliés par un ruban de sel. Il avait mis cinq ans à les rassembler, à traquer des légendes qui conduisaient le plus souvent à des impasses, à suivre des murmures qui l'avaient mené à des trésors.

Mais le vrai trésor, en réalité, brûlait dans sa poitrine. Il avait fallu une radio pour le découvrir. Le médecin avait soupçonné l'existence d'un trou dans son cœur, et dans un sens, c'est bien ce qu'on y avait trouvé. Si ce n'est que quelque chose bouchait ce trou : un éclat d'obus, avait dit le médecin. Or Néron ne s'était jamais trouvé à proximité d'un engin explosif. Sa santé n'étant pas en danger, il avait gardé son fragment dans le cœur, quitte à vivre avec le souffle court et être rapidement rattrapé par la fatigue.

Il se redressa et remit ses bretelles. Sa sœur Claudia se tenait derrière lui, vêtue d'un chemisier très classe au col orné d'un gros nœud. Ses cheveux aux pointes bouclées étaient séparés par une raie sur le côté.

– Tu es jolie, comme ça.

– N'est-ce pas ?

Elle recula d'un pas et se déhancha pour faire voleter sa jupe longue.

– Je me suis dit que je devais être chic pour célébrer le premier jour de ta vie éternelle.

– À d'autres ! Tu t'es faite belle pour prendre le train.

Elle avoua d'un petit sourire.

– Et tu es sûre que tu n'en veux pas une petite part ?

– J'aurai l'éternité au paradis, répondit-elle doucement. Même si je suis triste de me dire que mon frère ne m'y retrouvera pas, puisque tu resteras ici sur la Terre.

– Je ne crois pas au paradis.

Claudia hocha la tête.

– Oui, c'est ce que tu m'as dit.

Elle se pencha pour déposer un baiser sur sa joue. Elle portait un parfum fleuri. Et elle avait toujours son petit sourire en se redressant.

Dans la cheminée, les dernières brindilles se brisèrent en faisant crépiter le feu.

La sensation était celle du feu.

Les flammes léchèrent une branche de bouleau, détachèrent son écorce parcheminée et la réduisirent en cendres. Sa peau lui faisait la même impression. Chaque couche de son corps – sa peau, ses tendons, ses os – semblait se détacher et se réduire en cendres.

Ce n'était que le début. Plus tard, dans un autre univers, lorsqu'il trouverait les mots pour l'exprimer, il comparerait cela à un plongeon la tête la première dans le soleil. Plus brûlant que la lave, plus brûlant que n'importe quelle chaleur qu'il connaissait, avec le réflexe de se tordre pour y échapper, de soulever la main de la plaque de cuisson ou d'épousseter à la hâte des braises tombées sur son vêtement, mais sans la possibilité de bouger. Il n'était plus qu'un nuage de poussière, une association de particules désagrégées, et il ne pouvait même pas crier.

La procédure prit une éternité en soi. Il s'était servi du fragment non identifié qu'il avait dans le cœur pour creuser profondément la terre et établir une connexion avec la magie la plus pure. Il ne s'était pas contenté de la goûter ; il en avait bu à satiété, comme à la paille, en absorbant tout ce qu'il pouvait, et davantage. La connexion, une fois formée, ne pouvait plus être rompue, qu'il le veuille ou non.

Pas tant que les réserves ne seraient pas épuisées.

À son réveil, quelques secondes ou quelques années plus tard, il était seul, et tout ce qui avait été vivant autour de lui, chaque mauvaise herbe dans les champs, chaque fleur sur chaque arbre, chaque insecte qui rampait, chaque serpent qui ondulait, chaque oiseau qui volait, chaque être humain qui arpentait cette terre avait disparu.

Ils avaient détruit leur monde et devaient maintenant en trouver un autre.

Extrait du journal de Néron Dalche, questeur du Conseil de Cordus

C'est une chose étrange que de porter le poids d'un monde. Je n'avais jamais imaginé que j'aurais autant en commun avec Atlas. Pour prix de son erreur, pour s'être dressé contre les dieux, il passa l'éternité à porter la voûte céleste sur ses épaules – et non la Terre, selon une erreur courante. Pour prix de la mienne, qui a été de fouiller dans les secrets de l'univers, mon châtiment est de porter pour toujours ma planète détruite.

Mais ce ne sont pas les fleurs et les animaux qui me hantent le plus, ni les arbres et les merveilles de l'océan, ni les enfants dont je n'ai jamais connu le visage ni le nom. Ces êtres sont si nombreux qu'ils se fondent dans une abstraction. Ce sont les particularités d'une chose et non son ampleur qui la chargent de sens.

Et ainsi, à la fin, c'est la femme du bout de la rue qui me donnait une tranche de pain beurré tous les matins sur le chemin de l'école parce qu'elle me trouvait trop maigre, et le chat errant qui dessinait des huit entre mes jambes quand je sortais fumer, et notre voisin du dessus qui m'a appris à faire des nœuds solides, ce sont eux qui me hantent.

Et bien sûr, il y a ma sœur, Claudia.

Parfois, je hais le Résurrectionniste pour la magie qu'il détient, pour son pouvoir de faire revenir les morts. J'ai essayé.

43

L'Obscur avait torturé Albie tantôt avec brutalité, tantôt avec délicatesse ; parfois, étrangement, avec les deux en même temps. Sloane se souvenait d'une panoplie d'outils : clé à molette, couteau, pince à becs. L'ensemble semblait neuf, tout droit sorti de la quincaillerie.

Il avait voulu arracher quelque chose à Sloane, et torturé Albie pour l'obtenir. Elle ne le lui avait pas donné.

L'Obscur en avait paru épaté.

« Il veut mourir », dit Sloane. Elle avait failli dire « on » – « On veut mourir », tellement elle s'était confondue avec Néron en plongeant dans ses souvenirs. Tout de suite après, elle eut un haut-le-cœur et alla se cacher derrière un rocher pour vomir.

– Qu'est-ce qui vient de se passer ? demanda Esther. Qu'est-ce que vous lui avez fait ?

– J'ai répondu à sa question, dit Néron. Vous n'avez pas besoin de savoir comment.

– Si vous vouliez mourir, il n'y avait qu'à le dire, observa sombrement Matt, qui se tenait recroquevillé par la douleur, sa main broyée repliée contre sa poitrine. On se serait fait… un plaisir.

Sloane se redressa en s'essuyant les lèvres, un goût âcre dans la bouche.

– Non ! La Terre et Genetrix sont sur une trajectoire de collision. C'est lui qui les maintient à distance. Si on le tue, on meurt tous.

Elle avait du mal à reprendre son souffle. Il fallait qu'il meure, mais il était immortel. Il fallait qu'il meure. S'ils ne le tuaient pas comme il le réclamait, il risquait de cesser de maintenir la Terre et Genetrix séparées l'une de l'autre et de gagner un autre univers pour y faire de nouvelles victimes. Et ils mourraient tous, de toute façon.

Il n'y avait pas de solution.

Sloane se tourna vers Mox, dont le corps était plié en avant par la force du siphon, les cheveux dans la figure. Depuis le début, Néron avait cherché à provoquer son désir afin de façonner sa magie. Néron l'avait modelé comme une statue de glaise.

Et il l'avait modelée, elle aussi. Non pas au fil des années, mais par à-coups. En lui imposant un choix entre Albie et elle. En tombant dans le piège qu'elle lui avait tendu sur le pont Irv Kupcinet. En l'attirant sur Genetrix par la voix d'Albie. Mais il n'avait jamais vraiment eu à modifier ses désirs, puisqu'elle avait toujours voulu la même chose que l'Obscur.

– Je n'aurais pas cru te voir un jour te radoucir à mon égard, lui dit-il.

– Ce n'est pas le cas.

Elle s'avança lentement vers lui.

– Donne l'Aiguille à Micah, Sloane, pour qu'il puisse faire ce à quoi il est destiné. Ou je serai obligé de te motiver.

Elle connaissait sa conception de la motivation. Il avait torturé Albie pour lui faire avouer où se trouvaient les armes – où se trouvait l'Aiguille. Il connaissait ses points faibles. Il savait que, par-dessus tout, elle était une solitaire.

Mox se tenait voûté, le visage couvert de larmes et de sueur. Toute sa vie, il avait été utilisé. Elle ne pouvait pas laisser Néron l'utiliser pour précipiter la fin du monde.

– Mox n'est pas fait pour ça, dit-elle. Moi, oui.

– Sloane, non ! cria Matt.

Elle eut l'impression qu'il criait dans la tempête, et c'était peut-être le cas. L'espace d'un instant, ses cheveux masquèrent sa vision en lui fouettant le visage, tandis qu'Esther se précipitait pour ramasser son siphon de gorge tombé à quelques mètres. Le maintenant d'une main sur son cou, elle mit un sifflet dans sa bouche et souffla de toutes ses forces. Mais avant qu'elle ait pu émettre un son, Néron agita la main dans sa direction et la projeta violemment à terre.

– Tout n'est pas forcément perdu, tu sais, reprit-il à l'adresse de Sloane. L'énergie produite par ma mort pourrait servir à sauver quelque chose. Micah dispose d'une réserve de bienveillance intacte, et il se peut qu'il désire assez sauver le monde pour réussir à en préserver une partie. Mais toi… toi, tu n'as jamais voulu autre chose que la destruction.

Il avait raison. Mox lui avait expliqué que la magie était l'expression des désirs profonds d'une personne. Cela signifiait que, lorsqu'elle avait éviscéré tout l'équipage au cours de la Plongée Profonde, et lorsqu'elle avait créé une bourrasque au lieu du souffle magique dans la salle des Convocations, et lorsqu'elle avait créé une explosion qui avait ouvert un cratère dans la Géode, elle l'avait voulu. Elle n'avait jamais pratiqué une magie qui ne soit pas au service de la dévastation. Quelque part en elle, il y avait quelque chose de vorace, d'insatiable, qui voulait tout prendre jusqu'à la dernière miette, comme Néron l'avait fait dans son monde à lui, incapable d'étancher sa soif inextinguible de pouvoir et de magie avant d'avoir asséché la poche de magie qui gisait sous la croûte de sa planète.

Elle leva la main et Néron fut soulevé haut dans les airs. Sa cape claqua dans le vent, battant sur l'une de ses épaules, le fermoir remonté sur sa gorge. L'Aiguille chantait en elle, chantait sa revanche. Sloane laissa retomber sa main et Néron s'écroula sur le trottoir en se fracassant les jambes sur l'asphalte. Brisées, à en juger par le bruit. Sloane s'en foutait.

– « Quelque chose sépare Genetrix de sa jumelle, déclara-t-il avec un petit rire tout en grimaçant de douleur. L'Obscur l'extirpera, ces deux mondes se percuteront et ce sera la fin de tout. »

– Oui, dit-elle. On m'a dit que la ligne de séparation entre un Élu et son contraire avait l'épaisseur d'un cheveu.

Une partie d'elle désirait la destruction, mais une partie seulement. Elle voulait aussi d'autres choses : la justice et la clémence, boire des verres avec Albie, échanger des baisers avec Matt et des rires avec Esther. Elle voulait se réveiller tôt le matin, quand la lumière est encore pâle et neuve, et courir jusqu'au lac.

Elle voulait s'asseoir dans le silence de l'Aile moderne de l'Institut d'art et regarder les fenêtres de Frank Lloyd Wright en pensant à Cameron. Elle voulait apprendre à conduire à Mox. Elle voulait lire tout le manifeste des Irréalistes. Elle voulait regarder une olive danser dans un shaker.

Elle n'avait plus qu'à espérer que ces désirs-là l'emporteraient sur les autres.

Elle leva la main qui renfermait l'Aiguille et s'imagina adolescente, dans les profondeurs de la mer et, dans le même temps, une experte en légendes sur l'Aiguille de Koscheï, l'homme qui ne pouvait pas mourir et qui avait caché son âme dans une aiguille. Elle perçut la pression de l'eau tout autour d'elle, ainsi que le feu de la magie, si violent qu'elle se débattit contre son étreinte. Mais il y avait autre chose par-delà la douleur : les affres de la faim. Dans un texte qu'elle avait écrit pour sa psy, elle parlait d'un désir si puissant qu'elle aurait été prête à mourir pour l'assouvir. Elle avouait qu'elle aurait fait n'importe quoi pour combler le vide qu'elle sentait en elle.

Elle s'imagina au centre du Vortex, la vision obscurcie par un tourbillon de débris. Une épaisse poussière matérialisait le flux de l'air qui comprimait ses épaules. Des éclats de roche, des morceaux de chair et des fragments d'os l'enveloppaient. Ses cheveux lui fouettaient le visage, entraient dans sa bouche, et sa magie en voulait toujours plus. Encore.

Encore.

La main tendue, elle se concentra sur Néron. C'était la main de l'Aiguille, la main couverte des cicatrices qu'elle s'était faites en devenant une bête fauve mordant sa propre chair pour se libérer de ce piège. Et si la magie puisait son énergie dans le désir, alors tout ce qu'elle désirait, c'était prendre la vie de Néron, jusqu'à la dernière goutte. Les yeux exorbités, il porta la main à sa gorge, ou plutôt il essaya, avant d'être soulevé encore plus haut dans les airs au-dessus de la rivière.

Elle se trouvait dans le mémorial, entourée des petites lueurs qui éclairaient les noms des morts…

Elle était assise au bar avec Albie, devant l'alignement de verres à shot vides…

Elle marchait pieds nus au bord de la route, un éclat de verre fiché dans le talon, et…

Elle se tenait sur les quais de la rivière à Genetrix.

Elle voulait tout ce que l'Obscur avait pris. Après un cri, qui racla sur son passage tous ses organes internes et qui la vida encore davantage, elle se remplit de la vie de l'Obscur. Des morts qu'il avait entassées, comme des piles de jetons au casino. De la magie amassée dans les mondes qu'il avait visités, par centaines, peut-être, si nombreux qu'il avait oublié leurs noms.

Elle le *dévora*.

Le corps de Néron fut déchiqueté d'un seul coup. Et il resta là, éviscéré, en suspension dans l'air. Ses entrailles pendaient, débordant de son abdomen. Son cœur battait toujours, encore relié au réseau de ses veines et de ses vaisseaux. Elle vit un enchevêtrement de nerfs blancs et les lignes précises de ses os, et du sang partout, jaillissant en gerbes. Elle n'aurait pas su dire s'il hurlait ou s'il en était incapable, avec sa langue qui flottait dans l'air et ses dents arrachées de ses mâchoires.

Soudain la magie enflamma Sloane, comme dans les souvenirs de Néron, lorsqu'elle avait plongé avec lui tête la première dans le soleil, et elle se désintégra dans un nuage de chair et de sang, sans que sa gorge puisse émettre un son. Ce n'était pas une manifestation de sa volonté, rien que l'expression de son *désir*. Puis la membrane qui séparait les deux mondes se rompit, dans une cascade d'eau qui s'abattit du ciel.

Elle inonda les quais, envahit les marches en gradins, engloutit les voitures qui passaient sur Wacker et les piétons qui traversaient le pont. Sloane s'éleva, ou elle tomba.

De nouveau sous l'eau de la rivière, elle tomba, remonta à travers les ruines de la tour qu'ils avaient détruite, et heurta –

– impossible –

heurta le bitume du monument de la Décennie, là où ils avaient dispersé les cendres d'Albie.

44

Une alarme de voiture se déclencha quelque part à proximité. Le son était étouffé, comme si elle avait les oreilles bourrées de coton. Y portant la main, elle trouva un conduit auditif poisseux, mais dégagé.

Les alarmes se multiplièrent dans un chœur de bêlements calés chacun sur leur rythme ; quelques systèmes de sécurité annoncèrent la présence d'intrus et des sirènes s'élevèrent de toutes parts. Sloane cligna des yeux en levant la tête vers les nuages. Sans trop savoir ce qu'elle s'était attendue à voir, elle fut surprise de découvrir un ciel clair.

Elle se tâta la tête et le cou puis, n'y trouvant pas de plaies, se releva en position assise. L'une de ses oreilles tintait et tout se mit à tourner autour d'elle, donnant à la scène un aspect encore plus irréel.

D'un côté, il y avait la rivière et le monument de la Décennie, un modeste bloc de bronze fendu par un mince interstice en guise d'entrée. De l'autre, la façade en métal ondulé de la Warner Tower de Genetrix dressait son ombre dans le ciel. Devant elle, de l'autre côté de la rue, il y avait la moitié du 300, North Wabash, une construction sobre de verre et de métal. Son flanc exposait ses entrailles, coupé comme une part de fromage. Sloane vit une moitié de canapé tranché net au milieu d'un coussin basculer dans le vide et tomber en piqué sur vingt étages avant de s'écraser sur le trottoir.

Son cerveau ne fonctionnait plus. Son corps lui faisait mal jusqu'au bout des doigts. Elle remua les jambes, qui répondirent en tremblant. *Les autres,* chuchota une voix dans sa tête. *Tu dois retrouver les autres.*

Se mettant à quatre pattes, elle rampa un moment sur le béton avant de se lever et de gagner le bord de l'eau en vacillant. Elle avait l'impression d'être ivre. Elle vit une tête sombre apparaître à la surface et courut jusqu'au pont, où un escalier descendait sur le quai. Devant elle, un taxi boîte à savon de Genetrix percuta une BMW aux lignes fuselées. Les deux conducteurs sortirent de leurs véhicules et se mirent à hurler, le chauffeur de taxi en agitant une main gauche gantée d'un siphon.

Sloane dévala les marches et tomba à genoux sur la berge, en face de l'endroit où la tête était apparue. Mox cracha en repoussant ses cheveux. Avançant le torse au-dessus de l'eau, elle jeta les bras autour de lui.

– Ton oreille saigne, lui dit-il.

– Tympan perforé.

Il écrasa sa bouche contre la sienne, dans un geste sans délicatesse. Sloane sentit un goût d'eau croupie, de poussière et de sang. Il était vivant.

Un bruit de toux la fit s'arracher à l'étreinte de Mox et elle vit Esther qui crachait de l'eau quelques mètres plus loin, les coudes sur la berge. Sloane se releva en titubant pour aller la tirer de la rivière.

Agrippée à sa chemise, Esther toussa contre son épaule.

– Essy. Où est Matt ?

– Je… Je ne sais pas.

C'est alors que Sloane vit Ziva sortir quelque chose de la rivière. De l'eau coulait du trou dans sa mâchoire tandis qu'elle hissait Matt sur le quai. Il toussa en roulant sur le côté.

– L'Obscur…, demanda Esther d'une voix faible. Il est… ?

– Mort ? compléta Sloane

Elle avait des taches de sang sur sa manche.

– Oui. Il est mort.

Ils traversèrent le pont serrés les uns contre les autres, Sloane marchant devant, Ziva et Mox clopinant derrière. Matt s'appuyait sur Esther, submergé à retardement par la douleur dans sa main.

Ils passèrent devant des curieux qui les observaient sans comprendre, amassés à côté de la rambarde. Parmi eux, il y avait un adolescent qui portait un jean déchiré et des Converse ; pas de siphon. En face, Sloane identifia l'espèce de capsule spatiale de la dix-septième Église du Christ, l'église scientiste campée au point de bifurcation de Wacker. En revanche, le bâtiment qui aurait dû se trouver derrière avait disparu, remplacé par un immeuble de bureaux irréaliste, dont le haut s'éparpillait comme des branches de palmier retombant en arcs au-dessus de la rue.

Ils prirent à droite sur Wacker, en ignorant les cris de terreur et de panique qui s'élevaient de partout, noyés par le vacarme des alarmes.

– On doit retrouver Ines, dit Esther. Et ma mère.

– Les portables, dit Sloane. Ils doivent être morts.

Par terre gisaient des câbles électriques, des fils tombés des immeubles et des lampadaires.

– Alors je vais en Californie en voiture, dit Esther.

– Mais d'abord, on doit retrouver Ines, rappela Sloane. Vous pourrez partir ensemble.

Elle n'ajouta pas : « Si elle est toujours en vie », car elle refusait d'envisager l'autre hypothèse.

– Éventuellement, vous pourriez même passer par le Mexique avant de revenir. Et moi, je…

Elle se tut avant de dire qu'elle allait essayer de retrouver sa mère, parce qu'elle eut soudain la certitude que celle-ci ne pouvait plus être en vie.

Lorsqu'elle vit le Chameau devant eux – et non le Thompson Center –, elle faillit tomber à genoux de soulagement. Parce qu'ils allaient avoir besoin de toutes les connaissances magiques que pouvait fournir le Chameau pour survivre à ce qui était en train de se produire.

Ses oreilles tintèrent lorsqu'ils franchirent les portes du Centre des Hautes Études et se frayèrent un chemin dans le hall bondé de Généticiens qui se criaient des consignes au milieu de la cacophonie. Une alarme s'était déclenchée, qui rendait difficile de former la moindre pensée structurée. Des soldats de l'armée de l'Étincelle essaimés ici et là lançaient des appels au calme.

Esther et Sloane observèrent la scène en silence. Sloane ravala une montée de panique.

– Qu'est-ce qui s'est passé ? demanda-t-elle d'une voix enrouée. On est sur la Terre ou sur Genetrix ?

Esther inspecta le chaos qui régnait dans le hall.

– Un peu des deux, je dirais.

Premier indice encourageant concernant le sort d'Ines : son immeuble était toujours debout.

Ils n'auraient pas parié dessus. Laissant Mox et Ziva partir à la recherche de leur armée, Esther, Matt et Sloane avaient remonté les quais avant de prendre Wilson Avenue pour gagner le centre, où la tranquillité des berges avait fait place à la folie. Certains immeubles étaient coupés en deux, exposant ici une moitié de salon, plus loin un lavabo prêt à glisser dans le vide au bord d'un plancher éventré. Ils passèrent sous une cuisine dont les carreaux tombaient à chaque souffle d'air. Perché sur une échelle, un homme escaladait la fenêtre d'une petite maison mitoyenne tandis que sa petite fille lui lançait des instructions depuis le trottoir.

– C'est l'ours qui a perdu une oreille ! lui cria-t-elle, les yeux pleins de larmes. Tu le vois ?

Un peu plus loin, Sloane vit dans l'un de ces petits immeubles éventrés un bras et une jambe qui pendaient à une latte de plancher. Elle se força à détourner les yeux.

En face de chez Ines et Albie, où se trouvait normalement un pub, il y avait maintenant un grand parc et un petit étang, au milieu duquel se dressait une statue colorée. Épargnées par la collision des deux mondes, des lumières magiques dansaient juste sous la surface de l'eau.

– Qu'est-ce qu'il y a ? demanda Esther, alertée par le silence de Sloane.

– Le pub merdique où Esther ne bouffait que des trucs merdiques…, dit Sloane. Il n'est plus là.

– Tu le détestais, ce pub, souligna Matt, comme s'il lui annonçait un scoop.

– Ouais, admit-elle en fronçant les sourcils.

– Hou hou, les gars, fit Esther en la secouant par la manche. Ines ! On y va !

L'interphone était cassé. Sloane força la porte, dont le verrou n'avait jamais été très efficace, et monta l'escalier. Maintenant qu'ils y étaient, elle était tétanisée à l'idée de ne pas trouver Ines dans l'appartement. Esther dut la tirer derrière elle sur les dernières marches. Elle martela la porte.

– Ines ! Ines, c'est Essy ! Ouvre !

Alors qu'elle se préparait mentalement à affronter le silence, Sloane entendit presque aussitôt des pas derrière la porte, et la voix grave d'Ines qui bataillait avec la serrure.

– Oh ! mon Dieu, oh ! mon Dieu, bredouillait-elle en secouant la porte.

Celle-ci s'ouvrit enfin et Ines apparut devant eux, en sweat-shirt et bas de pyjama, pieds nus, les yeux rouges et les cheveux emmêlés. Elle sentait l'herbe, la transpiration et le café.

– Mais putain, vous étiez où ?

Ils se tombèrent tous dans les bras comme un château de cartes, ne tenant debout que parce qu'ils se soutenaient.

45

Cette nuit-là, Sloane fut réveillée par un cauchemar dans lequel le cadavre d'Albie sortait de la rivière et s'avançait vers elle en chancelant. Il condamnait violemment ce qu'elle avait fait, lui reprochant d'avoir tué Néron et détruit des pans entiers de deux mondes.

Elle tremblait, le souffle court. La flamme d'une bougie vacillait sur la table de la cuisine. Esther la fixait, assise sur un tabouret, une bouteille d'eau à la main.

– Esther, dit Sloane en serrant son oreiller sur son ventre. Je crois… Je crois que j'ai compris un truc.

Esther appuya la joue sur sa bouteille d'eau en levant vers elle des yeux remplis de chagrin et d'inquiétude.

Sloane alla s'asseoir sur le canapé sans desserrer sa prise sur l'oreiller.

– Ta mère n'est pas morte, reprit-elle, le cœur battant. C'est forcé, parce que je l'aime et que toutes les choses qui ont survécu à la collision sont celles que j'aimais dans les deux mondes. Ma magie a changé la mort de Néron en un truc de dingue, un putain de monde à la Frankenstein, qui est fait de tous les trucs que je voulais, et…

Sa voix s'étrangla. Esther se leva pour venir s'asseoir contre elle sur le canapé, épaule contre épaule.

– Et… Et il n'y a pas que des bonnes choses dans les trucs que je veux, murmura Sloane. Personne ne devrait avoir le pouvoir de façonner son propre monde…

– Je sais, Slo.

Celle-ci enfonça le visage dans son oreiller en essayant de ne pas hurler.

Matt sortit de la chambre d'Albie, où il devait se tenir derrière la porte depuis quelques minutes. Il alla fouiller dans le placard de la cuisine pendant que Sloane s'efforçait de relâcher son oreiller, puis s'approcha en lui tendant une pilule jaune.

Elle l'avala.

Le silence régnait dans le repaire. Quelqu'un avait arraché la plupart des planches obstruant les fenêtres et le soleil filtrait à l'intérieur à travers les couches de poussière qui encrassaient les vitres. Sloane passa devant la pile de couvertures posée près de l'entrée – son vieux lit – et les soldats assis par terre, qui jouaient aux cartes ou réparaient leurs siphons. Quelques-uns jouaient des percussions en tapant sur de vieilles casseroles de leurs doigts osseux.

Elle entra dans la réserve et y trouva Mox assis à la petite table en face de Ziva. Ils se tenaient la main, les doigts menus de Ziva disparaissant dans la grande paume tiède de Mox.

Ils eurent tous deux le même mouvement de recul, comme s'ils avaient été surpris dans une situation embarrassante, et Sloane eut le sentiment d'interrompre quelque chose.

– Sloane ! s'exclama-t-il.

– Pardon, je peux revenir plus tard.

– Non, non, reste, dit Ziva. J'étais juste en train de lui rapporter une conversation qu'on a eue toutes les deux.

Sloane ne doutait pas qu'au fil du temps, elle réussirait à démêler le nœud des événements des derniers jours, mais il était trop tôt. Après avoir pris sa pilule d'anxiolytique, elle avait plongé dans un sommeil de plomb sur le canapé d'Ines. À son réveil, elle lui avait emprunté des vêtements, puis elles avaient trouvé une voiture pour traverser la ville. C'était le maximum de ce dont elle se sentait capable dans l'immédiat.

D'après ce qu'elle avait appris des conversations qui se tenaient devant la bodega du coin de la rue, personne n'avait plus ni

Internet, ni réseau cellulaire, ni électricité. Mûs par un mélange de curiosité et de désespoir, les habitants des quartiers terriens de la ville avaient commencé à s'aventurer dans les secteurs de Genetrix, les Généticiens s'en étant mieux sortis car leurs siphons marchaient encore. Puis l'épicier s'était mis à fulminer à propos des sorciers, et elle n'avait pas pu en découvrir davantage.

– Une conversation qu'on a eue toutes les deux ? répéta Sloane.

– Quand tu m'as demandé si j'étais heureuse d'avoir été réanimée, précisa Ziva.

Elle remua les mâchoires quelques secondes en les faisant cliqueter. En voyant sa langue bouger derrière ses dents exposées, Sloane se demanda comment son dégoût pour ce corps en décomposition avait pu disparaître presque totalement en quelques jours.

– Ah, fit-elle.

– Ziva et moi, on a décidé que le moment était venu pour elle de partir, déclara Mox, les yeux rivés sur la table.

– Oh ? fit Sloane, apparemment incapable d'aligner des mots de plus d'une syllabe.

Ziva hocha la tête.

– Maintenant que Néron est mort, le consul n'est plus en danger, il n'a plus besoin de nous. J'ai parlé aux autres, ils sont d'accord.

– J'aurai toujours besoin de toi, rectifia Mox. De vous tous.

– Mox, dit Ziva.

Il y avait plus de douceur que Sloane n'en avait jamais entendu dans sa voix rocailleuse. C'était aussi la première fois qu'elle l'entendait prononcer son nom. C'était toujours « consul » ou « monsieur ».

Mox releva les yeux et Ziva posa de nouveau sa main sur la sienne.

– Non. Tu vas regretter qu'on ne soit pas là. On va te manquer. Mais ce n'est pas la même chose.

Mox ne répondit pas, ce qui valait acquiescement.

– Faisons-le maintenant, tant que Sloane est là, décida Ziva en se levant. Comme ça, je m'inquiéterai moins pour toi.

– Maintenant ? fit Mox d'une voix un peu étranglée.

– Ce n'est jamais le bon moment. Ni pour laisser partir les autres ni pour se reposer.

Ziva adressa à Sloane un sourire de travers, que celle-ci lui retourna.

Puis ils retournèrent dans la grande galerie où les attendait le reste de la troupe. Tous se levèrent à l'arrivée de Mox, certains avec plus de facilité que d'autres. Les plus agiles aidèrent leurs compagnons ou portèrent leurs membres détachés, comme un mari aurait tenu le sac de sa femme.

Sloane n'imaginait pas Mox se lancer dans un discours, et il n'y eut pas de surprise de ce côté-là. Il passa entre les rangs des soldats en les saluant par leurs noms, en leur chuchotant quelques mots à l'oreille ou en glissant un bras autour de leurs épaules. En le regardant, Sloane se demanda s'il allait y arriver, ou si son désir intense d'avoir des amis allait faire obstacle à sa magie.

Sloane s'assit par terre contre le chambranle de la porte pour observer la scène. Les soldats qui avaient dit au revoir à Mox se faisaient maintenant leurs adieux. Deux femmes qui se trouvaient tout près d'elle rirent d'une vieille blague, dans des rires rauques et étranglés qui ressemblaient à des râles d'agonie. Un homme s'assit en s'adossant au mur, son pied détaché entre les mains, les doigts repliés délicatement autour de la cheville.

Enfin, Mox arriva près de Ziva. Elle se tenait tellement droite et fière que sa tresse atteignait le milieu de son dos. La lumière pâle qui tombait sur son visage effaçait la teinte verdâtre de sa peau, et Sloane essaya de l'imaginer telle qu'elle était avant, avec les joues pleines et colorées, les épaules carrées, les yeux brillants.

Mox étreignit Ziva en la soulevant presque de terre. Elle posa sa main décharnée dans son dos pendant qu'il lui parlait doucement, trop bas pour que Sloane puisse entendre ce qu'il disait. Ce qu'elle n'essayait pas particulièrement de faire. Tout autour d'eux, les soldats s'étaient rassis par terre devant leurs jeux de cartes, leurs tambours improvisés et leurs petites piles de galets de verre colorés gagnés en paris. Ils étaient tous silencieux.

Enfin, Mox desserra son étreinte, juste assez pour poser son front sur celui de Ziva.

Lorsqu'elle tomba, il se tenait prêt à la rattraper. Soudain, une tension que Sloane n'avait pas réellement perçue jusque-là disparut, comme si la pression de l'air s'était modifiée. Les corps de tous les soldats se figèrent brusquement et devinrent secs et cassants. Mox déposa doucement Ziva par terre.

Sloane se leva pour le rejoindre. Pendant un moment, elle resta debout à côté de lui, à regarder ses épaules tressauter. Quand il s'apaisa enfin, elle lui tendit la main pour l'emmener hors du repaire.

Et lorsque le bâtiment prit feu, elle s'arrêta au bord de la rivière et ils le regardèrent brûler.

Assise au volant d'une vieille Jeep Wrangler, Ines se défoulait en jurant sur la colonne de direction. Mox était installé à côté d'elle, une boîte à outils sur les genoux, et lui donnait des conseils qui ne semblaient que l'énerver davantage. Sloane observait la scène depuis le trottoir où elle faisait le guet armée d'une clé à molette, prête à défendre ses amis en cas de nécessité. Il y avait beaucoup de pillages en ville, ainsi qu'une bonne dose de violence.

La Jeep était garée devant chez Ines et ils avaient eu de la chance de la trouver les premiers. La plupart des voitures en état acceptable avaient déjà été volées et il ne traînait plus dans les rues que de vieux tacots rouillés et des mobylettes.

– Salut, lui lança Matt en sortant de l'immeuble, muni de bouteilles d'eau.

Son autre main, celle qui avait été écrasée par le siphon, était enveloppée d'un épais bandage. Cyrielle lui avait trouvé un médecin généticien le matin même. Il offrit l'une des bouteilles à Sloane, qui la prit en le remerciant.

– Je reviens de notre appart, l'informa-t-il. Ou plutôt du jardin public de Genetrix qui le remplace.

Sa voix était teintée d'un soupçon de reproche. Sloane ne réagit pas. Les yeux gonflés, les épaules voûtées, il paraissait épuisé.

– Si ta théorie est la bonne, ajouta-t-il en baissant la voix, il a disparu parce que tu l'as *voulu*.

– Non. C'est un endroit où… je redoutais de retourner. Je savais que ce serait dur. C'est tout.

Matt hocha la tête, sans pour autant se détendre.

– Tu peux la prendre si tu es pressé de partir, lui dit Sloane en désignant la Jeep.

Ils avaient tous leur voyage à faire : Esther et Ines comptaient aller passer un peu de temps chez la mère d'Esther en Californie avant de pousser jusqu'au Mexique pour rendre visite aux parents d'Ines. Matt partait pour New York à la recherche de ses parents. Enfin, Mox et Sloane prenaient la route le matin même pour la campagne de l'Illinois, pour voir si la mère de Sloane y vivait toujours ou si sa maison avait été rayée de la carte. Sloane était terrifiée à l'idée de le découvrir, même si, en son for intérieur, elle savait déjà que la maison n'y était plus.

Les mondes s'étaient mélangés pour répondre à toutes ses préférences, à tous ses caprices, à toutes ses petites peurs même les plus mesquines. Sloane se sentait nue comme elle ne l'aurait jamais cru possible. Elle était profondément soulagée que Matt soit encore là. Alors que ses désirs s'étaient révélés plus puérils et plus glauques qu'elle ne s'y attendait, au moins, elle désirait toujours qu'il fasse partie de son monde.

– Non, merci, lui répondit-il. Je préfère mettre la main sur un modèle qui ne consomme pas trop. New York, ce n'est pas la porte à côté.

– Tu es sûr de vouloir y aller seul ?

– Oui. Je crois que ça me fera du bien d'avoir du temps pour réfléchir.

Leur rupture s'était – à peu près – concrétisée, maintenant qu'ils étaient de retour sur la Terre. Matt avait rencontré Mox, et Sloane et lui prenaient littéralement des directions opposées. Mais surtout, toutes les illusions que Matt avait pu nourrir sur l'intérieur « fondant » de Sloane s'étaient volatilisées. Il n'avait qu'à regarder autour de lui pour que la vérité s'impose.

Un cri de victoire leur parvint de la Jeep tandis que le moteur se mettait à vrombir, puis Ines sortit de la voiture.

– Et le réservoir est plein, en plus ! lança-t-elle à Sloane. Mox et toi, vous êtes parés !

– Bon, dit Sloane à Matt. À dans un mois, alors ?

Ils avaient prévu de se retrouver tous chez Ines pour faire le point.

Elle aurait eu tant de choses à lui dire ! Qu'elle était désolée de ne pas avoir épargné leur appartement. Que la décision de le quitter n'avait pas été aussi facile à prendre que son attitude pouvait le laisser croire. Qu'elle aurait voulu être quelqu'un de meilleur. Mais leur petit drame personnel paraissait bien insignifiant comparé au chaos qui régnait partout, au sort incertain des membres de leurs familles. Alors elle ne dit rien. Elle tendit une bouteille d'eau à Ines et l'étreignit, pendant que Mox chargeait leurs affaires dans le coffre.

Puis elle resta plantée devant Matt, sans trop savoir comment lui dire adieu.

Réagissant le premier, il se pencha pour la serrer contre lui. Elle avait à peine eu le temps de répondre à son étreinte qu'il l'avait lâchée.

– Prends soin de toi, lui dit-il.

– Toi aussi.

– Tu vas devoir apprendre à conduire, dit Sloane à Mox, qui pliait son corps pour s'asseoir à la place du passager.

Elle avait cherché une voiture assez grande pour caser les longues jambes de Mox, mais le défi s'était révélé impossible. Au moins la Jeep tiendrait le coup sur les routes cabossées d'un voyage dans le Sud.

Mox portait son siphon, retrouvé intact dans l'atelier de Néron. Il avait proposé à Sloane de lui en dénicher un, mais elle savait qu'elle n'en aurait pas besoin. Elle avait l'Aiguille.

Il y avait deux sacs sur la banquette arrière, l'un rempli de vêtements et l'autre de nourriture et autres produits de première nécessité ramassés ici et là. En théorie, Sloane désapprouvait le pillage, mais toutes ses affaires personnelles avaient disparu et elle ne pouvait pas retirer d'argent – qui ne lui aurait d'ailleurs pas été d'une grande utilité dans un monde où circulaient deux monnaies différentes. Dans un environnement privé de gouvernement et d'organisation, l'argent n'était plus que du papier sans valeur.

Sloane s'engagea sur Lake Shore Drive, la voie rapide qui longeait le lac. Comme elle existait dans les deux mondes, elle avait été globalement épargnée. Il y avait des fissures et des bosses aux points de choc entre les deux revêtements, mais, d'après la rumeur, la route était praticable.

Au départ, Sloane ne voulait pas entreprendre ce voyage, mais Mox avait fini par la persuader. Comme il l'avait dit la veille, il valait sans doute mieux qu'elle sache si sa mère était encore vivante. Un jour, peut-être s'apercevrait-il qu'il avait besoin de savoir lui aussi ce que ses parents étaient devenus.

Il se retourna pour fouiller dans l'un des sacs et ses vertèbres saillirent sous sa chemise. Le siphon de dos s'était détaché de lui-même à la mort de Néron, et gisait au fond de la rivière Chicago.

Il sortit un CD du sac. *Pet Sounds.*

Sloane sourit.

Lorsque la première chanson démarra, il lui dit :

– Je crois que je sais pourquoi tu l'as fait, au fond.

– Pourquoi j'ai fait quoi ?

– Tuer Néron.

– Oh, fit-elle en lui glissant un coup d'œil. Je t'écoute.

– Parce qu'il allait me forcer à le faire. Et tu as décidé que si l'un de nous deux devait porter ce poids, c'était toi. Du coup, au final, ce n'était pas de la vengeance, ni une fatalité ni je ne sais quel noir dessein. C'était une sorte de… de geste d'humanité.

– Oh, je peux te dire que le désir de vengeance était bien présent.

– Oui, bien sûr, dit Mox en calant la tête sur l'appuie-tête et en fermant les yeux. Mais la générosité aussi.

Il prit la main de Sloane par-dessus le levier de vitesses.

Ils roulaient le long du lac Michigan, et l'eau scintillait dans le soleil.

Remerciements

Merci.

Tout d'abord, aux trois personnes sans lesquelles je n'aurais eu aucune chance d'écrire ce livre : John Joseph Adams pour son imperturbabilité, son humour et sa sagesse, et pour m'avoir aidée à donner forme à cette histoire. (Même si je n'ai pas exploité sa super blague sur les zombies.) À Joanna Volpe, pour nos dix ans d'amitié et de militantisme intrépide (!!!) et pour n'avoir jamais douté de moi, même lorsque je doutais moi-même. À Nelson Fitch, pour les nombreuses journées passées à souffrir avec moi pour créer un monde, pour ses relectures de mes premières versions, et tout ce qu'il a accompli pour protéger mon travail et ma santé mentale. Pas une mince affaire.

Chez Houghton Mifflin Harcourt : merci à Jaime Levine, l'autre moitié du duo dynamique qui a permis à ce livre de marcher, pour sa gentillesse à toutes les étapes de notre collaboration. Et à tous les autres membres de ma famille chez HMH, en particulier Ellen Archer, Bruce Nichols, Helen Atsma, Fariza Hawke, Lori Glazer, Taryn Roeder, Matt Schweitzer, Hannah Harlow, Becky Saikia-Wilson, Jill Lazer, Katie Kimmerer, Jenny Freilach, Tracy Roe, Diana Coe, Chloe Foster, Emily Snyder, Rita Cullen, Christopher Moisan, Jim Tierney, Ed Spade, Colleen Murphy, Candace Finn, et à tous ceux que j'oublie sûrement à l'éditorial, à la direction éditoriale, à la publicité, au marketing, au commercial, à la finance, au juridique et aux droits éditoriaux. Merci pour votre travail acharné au service de ce livre. Merci aussi à mon équipe audio chez Audible, notamment à Kristin Lang, Rena Ayer et Dan Battaglia.

Chez New Leaf Literary : merci à Jordan Hill et Abigail Donoghue pour leur infinie patience. À Mia Roman et Veronica Grijalva, qui déchirent aux droits étrangers. À Hilary Pecheone et Meredith Barnes, pour veiller au grain sur tout ce que j'oublierais totalement sans elles. À Pouya Shahbazian, pour l'enthousiasme qu'il a manifesté pour chacune de mes nouvelles histoires, et son discernement pour tout ce qui a trait à la production cinématographique. Merci à tout le monde chez New Leaf Literary pour tout ce qu'ils accomplissent jour après jour, année après année.

À Rawles Mumumba, pour ses précieux retours. À Katherine Tegen, toujours là pour me remonter le moral.

À Courtney Summers, Somaiya Daud, Maurene Goo et Sarah Enni, pour leur soutien et leur générosité, et pour m'avoir fait hurler de rire pendant que j'écrivais ce livre. Je m'efforcerai toujours d'être là pour vous comme vous l'avez été pour moi cette année. À Amy Lukavics, Kaitlin Ward, Kate Hart, Michelle Krys, Kara Thomas, Laurie Devore, Diya Mishra, Aminah Mae Safi, Zan Romanoff et Elissa Sussman, pour le soutien qu'elles m'apportent dans le monde de la fiction et pour m'avoir montré les innombrables merveilles d'Internet. À Margaret Stohl, mon alter ego émotionnel même quand tout part en vrille. Ces auteurs et autrices ne sont que quelques-uns de ceux qui me portent quand je commence à couler, et qui sont toute ma richesse. Merci à eux tous.

À ma famille – Barb, Frank, Ingrid, Karl, Frank IV, Candice, Beth, Roger, Tyler, Rachel, Trevor, Tera, Darby, Andrew, Billie, Fred, Chase, Sha et mes trois nièces – qui acceptent mes longues périodes d'immersion dans le travail et qui sont toujours là pour me rappeler que je suis aimée pour autre chose que ce que je fais. Et à mes amis non écrivains, pour la même raison.

À mes lecteurs, pour le risque qu'ils prennent en lisant chacune de mes nouvelles histoires.

Composition
PRESS·PROD

IMPRIM'VERT® PEFC 10-31-1510

Imprimé en France
par Corlet Imprimeur
14110 Condé-en-Normandie
N° d'imprimeur : 20060475
Dépôt légal : octobre 2020
ISBN : 978-2-7499-3953-7
LAF : 2738